여 필자는 위구르 농민들의 과분한 사랑과 환대를 받을 수 있었다.

1974년부터 필자는 장편소설『이리하의 풍경(這邊風景)』의 집필을 시작하였다. 문화적 생태가 불안하던 당시 위구르족 농민들에 대한 이해와 사랑을 충분히 활용하여, 나는 변경지역의 풍경 및 인민들의 운명을 그려내기 위해 노력하였고, 여러 사람들을 관찰하면서 그들의 일상생활과 문화적 심리 특징을 부각시켰다. 당시 신장은 온갖 풍파를 겪고 있었다. 특히 1962년 중소 관계가 악화되고 있었고,[01] 전국이 기근에 허덕이고 있었던 때였는데, 이때 벌어진 이리와 타청(塔城) 변경지역 주민들이 외국으로 도망간 사건은 많은 사람들의 마음에 상처를 남겼다.

그리고 1963년부터 1965년까지 기간에 농촌 사회주의 교육운동과 그 운동과정에서 나타난 소위 '형좌실우(形左實右, 형식은 좌파지만 실제는 우파 - 역자 주)' 문제에 대한 마오쩌둥(毛澤東) 주석의 견해는 나로 하여금 문학작품을 통해 '좌'에 대한 비방과 사회에 끼친 악영향, 사람들에게 미친 피해를 폭로 및 비판할 수 있도록 가능성을 제공해 주었다.

소설에서 나는 한편으로는 개인숭배(個人迷信), 계급투쟁, 반제국주의(反帝), 반수정주의(返修) 등 그 시기의 용어들을 완전하게 떨쳐버릴 수 없었고, 또 한편으로는 '좌'적 세력이 기세등등하여 대놓고 압력을 가하던 시기였지만, 필자는 극단적이고 허위적인 '좌'에 대해 독창적인 형식으로 비판하였다. 뿐만 아니라 민족·종교·나라를 바라보고 인정함에 있어 필자만의 독특

---

01) 1962년 중국·인도 간 무력 충돌이 일어났을 때, 소련이 인도에 미그기를 비롯한 무기를 공급해 중국을 격분시켰다. 이런 갈등은 베트남 전쟁에 대한 입장차로 더욱 증폭되었고 중국의 문화혁명에 대한 소련의 맹렬한 비난에, 중국은 '소련의 지도부는 사이비 수정주의 공산주의자'라는 말로 맞받았다. 이런 분위기 속에서 신장에 거주하던 일부 위구르인들이 소련으로 넘어가는 사건이 빈번하게 일어났다.

한 시각으로 관찰하고 묘사하였으며, 위구르족 인민들의 역사적 운명과 세부적인 생활에 대한 관심을 소설 곳곳에 담아 표현하였다.

1978년에 본 소설이 대체로 마무리 되었을 무렵 마침 문화대혁명도 끝이 났다. 그리고 장칭(江青) 등 '4인방(四人幇, 4인의 소위 '반당집단[反黨集團]')에 대한 폭로와 비판운동, 그리고 문화대혁명이 가져다준 재난에 대한 성토에 전국 인민들의 목소리와 눈길이 집중되어 있었다. 그러다보니 이 소설을 발표하기에 적절하지 않았던 시기였으므로, 필자는 원고를 꽁꽁 묶어 높은 곳에 얹어둔 채 그렇게 34년을 방치하였다.

2012년에 아이가 옛집 침실에 있던 장롱 위의 궤짝 안에서 이 육필원고를 발견하고는 무척 기뻐하였다. 이후 가족들의 지지 하에 약간의 수정을 거쳐 마침내 2013년에 출판되게 되었던 것이다.

평론가들의 견해 중 하나는 문학적 환경이 극히 정상적이지 않던 시기에 생활과 인성, 그리고 문학의 목소리에 귀를 기울임으로써 이 책을 써낼 수 있었다는 것이고, 또 한 가지 견해는 위구르인에게 있어서 이 책은 당대의 청명상하도(清明上河圖)[02]라는 것이었다.

이 책을 번역하고 국외에 소개하는 데 편리함을 주기 위해 작가는 책의 내용 총 18개의 장절을 삭제하였고, 이야기의 줄거리에 대해서도 필요한 보충과 설명 작업을 하였다.

---

02) 청명상하도 : 중국 북송시대 한림학사였던 장택단이 북송의 수도였던 카이펑의 청명절 풍경을 그린 그림

- **구하이리바눙**(古海麗巴儂) : 마이쑤무의 아내이자, 중국 우즈베크족(烏玆別克族).

- **기리리**(基利利) : 약진인민공사 주재 '네 가지 정돈' 공작대 부대장.

- **니사한**(尼莎汗) : 아시무의 아내이자 아이미라커쯔의 어머니.

- **니야쯔 파오커**(尼牙孜泡克) : 제7생산대의 농민으로, 파오커(泡克)는 그의 별명이고 대변(大糞)을 뜻한다.

- **디리나얼**(狄麗娜爾) : 랴오니카의 아내.

- **다우티**(達吾提) : 대장장이(鐵匠)인 동시에 대대(大隊, 애국대대) 지부(支部) 위원(委員).

- **라이시만**(萊希曼) : 라이이라의 어머니로 이미 세상을 뜬 고인이다.

- **라이이라**(萊依拉) : 우푸얼의 아내로, 타타르족(塔塔爾族)인 그녀의 이름은 백합꽃(百合花)을 뜻한다.

- **라이티푸**(賴提甫) : 일찍이 싸타얼(薩塔爾)이라는 가명을 사용하였고, 이리 지역의 적대세력 중에서 가장 신비롭고 위험한 인물.

- **랴오니카**(廖尼卡) : 애국대대의 물방아(水磨) 관리인으로 중국에 사는 러시아

족(俄羅斯族).

· 러이무(熱依穆) : 애국대대 제7생산대의 대장으로 있다가 부대장으로 전임(轉任)되었다.

· 러자터(惹紮特) : 쿠얼반(庫爾班)의 생부(生身父親).

· 루쯔한(如茲汗) : 쿠얼반의 어머니로 이미 세상을 뜬 고인이다.

· 리시티(裏希提) : 애국대대 대대장(大隊長)으로 있다가 후에는 서기(書記)로 임명되었다.

· 린지루(林基路) : 성스차이 시기 때 초청을 받아 신장 쿠처(庫車, 신장위구르자치구에 있는 오아시스의 하나)현의 장관으로 근무하다가 살해된 중국공산당원.

· 마리한(瑪麗汗) : 악덕 지주인 남편 마무티(馬木提)를 잃고, 과부(遺孀)가 된 여인.

· 마얼커푸(馬爾科夫) : 랴오니카의 아버지로 중국에 거주하는 러시아족인 그는 소련(蘇聯) 국적을 선택하여 소련으로 돌아갔다.

· 마오쩌민(毛澤民) : 성스차이 시기 때, 초청을 받아 신장에서 근무하다가 살해된 중국 공산당원으로 마오쩌둥(毛澤東)의 남동생.

· 마원핑(馬文平) : 누하이쯔(努海子)라는 세례명을 가지고 있는데, 민족은 회족(回族, 중국 소수 민족의 하나)이고, 중농계급으로, 무싸의 장인(嶽父)이기도 한 그는 이미 세상을 뜬 고인이다.

· 마위친(馬玉琴) : 무싸의 회족 아내.

· 마위펑(馬玉鳳) : 마위친의 회족 여동생.

· 마이나얼(瑪依娜爾) : '네 가지 정돈운동'의 공작대원.

· 마이마이티(買買提) : 지주 이부라신의 조카.

· 마이쑤무(麥素木) : 현(縣, 중국 행정단위의 하나. 지구[地區]·자치구[自治

區]·직할시[直轄市] 밑에 속함)의 모 단위에서 과장(科長)으로 전임하였다.

1962년 사건(1962년 초여름, 중국 신장의 국민들이 이리와 타청지를 중심으로 접경지역의 몇 개 주요한 구안 [口岸]을 통해, 인접국인 소련으로 집단 불법 월경을 감행한 사건으로 이타사건[伊塔事件]이라고 부른다)이 발발하자 국경을 넘어 외으로 도망치다가 실패하고, 그 후 애국대대에 들어와 농업에 종사하였다.

· **무라퉈푸**(木拉托夫) : 이리주(伊犁州, 신장위구르자치구(新疆維吾爾自治區) 이리카자흐자치주(伊犁哈薩克自治州)의 간칭) 간부(幹部)였고, 후에는 재중 소련교민협회(蘇僑協會)의 '책임자'로 전임하였다.

· **무밍**(穆明) : 대대의 수리(水利) 공사위원회 위원 겸 지부위원.

· **무싸**(穆薩) : 제7생산대 전임(前任) 대장.

· **미지티**(米吉提) : 식품회사 구매 담당 직원(食品公司采購員).

· **미치얼완**(米琪兒婉) : 이리하무의 아내로 그녀의 이름은 자애로움을 뜻한다.

· **바오팅구이**[包廷貴] : 제7생산대의 신임인 한족(漢族)농민.

· **바이바라티**(巴伊巴拉提) : 카자흐족(哈薩克族, 중국 소수 민족의 하나로, 주로 신장·간쑤[甘肅]성·칭하이[青海]성 등지에 분포) 목장주(牧主).

· **베슈얼**(別修爾) : '네 가지 정돈운동' 공작조 조장(組長).

· **보라티쟝**(波拉提江) : 이싸무동과 우얼한의 아들.

· **셰허쓰라무**(謝赫斯拉木) : 허톈(和田, 신장위구르자치구의 도시)시(市)의 한 고위(高層) 종교 인사.

· **쉐린구리**(雪林姑麗) : 타이와이쿠의 아내였던 그녀는 이혼 후 아이바이두라(艾拜杜拉)와 부부의 연을 맺는데, 그녀의 이름은 라일락(丁香花)을 뜻한다.

· **싸니얼**(薩妮爾) : 대대의 여성 위원(婦女委員)이자 지부위원.

· **싸얼한**(薩爾汗) : 타이와이쿠의 어머니로 일찍이 악덕 지주인 마리한으로부

터 박해를 당했다.

- **싸이리무**(賽裏木) : 현위서기(縣委書記)
- **싸칸터**(薩坎特) : '네 가지 정돈운동' 공작대의 성원인 카자흐족.
- **쑤리탄**(蘇裏坦) : 대지주이자 이부라신의 아버지.
- **쓰라무**(斯拉木) : 제7생산대 삼림 감시원(護林員).
- **아리무쟝**(阿裏木江) : 약진인민공사 우체국(郵電所)의 모범적인 우편배달부 (投遞員).
- **아바쓰**(阿巴斯) : 마이쑤무의 아버지로 이미 세상을 뜬 고인이다.
- **아부두러허만**(阿葡都熱合曼) : 제7생산대의 관리위원회 위원(管委會委員).
- **아시무**(阿西穆) : 중농(中農, 중국 토지개혁 전의 빈농[貧農]과 부농[富農] 사이 계층)
- **아이리**(艾裏) : 현(縣) 우체국의 모범적인 우체배달부로 본적이 아투스(阿圖什, 커쯔러쑤커얼)
- **아이미라커쯔**(愛彌拉克孜) : 아시무의 딸로 유년시절 한쪽 손을 잃게 되었지만, 결국 의사가 되었다.
- **아이바이두라**(艾拜杜拉) : 제7생산대 민병대장(民兵隊長)이자 이리하무의 남동생.
- **아이산**(艾山) : 약진인민공사의 지도자(社長).
- **야리마이마이티**(亞力買買提) : 은폐되어 있는 적대 세력.
- **야썬**(亞森) : 목수(木匠)인 동시에 사원(寺院)의 무에진(宣禮員)[03]으로 디리나얼의 아버지.

---

03) 무에진(아랍어: مؤذّن Mu'addin[*]) : 하루에 5번 이슬람 사원에서 예배 시간을 알리는 사람을 일컫는 말이다. 예배시간을 알리는 것을 아잔(adān)이라고 하는데, 종이나 나팔을 사용하는

- 양후이(楊輝) : 인민공사에 주재하고 있는 현(縣) 농업기술보급소(農技站)의 한족 기술자.
- 우라쯔(烏拉孜) : 애국대대 목축업 작업조(牧業隊)의 목축민(牧民).
- 우얼한(烏爾汗) : 이싸무동(伊薩木冬)의 아내.
- 우푸얼(烏甫爾) : 제4생산대 대장으로 판판쯔(翻翻子)라는 별명을 가지고 있다.
- 왕씨(老王) : 애국대대 제4생산대의 한족 농민.
- 위싸이인(玉賽因) : 약진인민공사의 지도자.
- 이리하무(伊力哈穆) : 약진인민공사(躍進公社) 애국대대(愛國大隊) 제7생산대(生産隊) 대장(隊長)으로, 노동자로 일한 경력이 있는 인물로서, 환향 후 생산 분야에 뛰어든 본 작품의 핵심인물.
- 이밍쟝(伊明江) : 아시무(阿西穆)의 아들로 중국 공청단 단원(團員).
- 이부라신(依葡拉欣) : 구시대 이곳의 지주였으나 현재는 제4생산대에 속해 있다.
- 이싸무동(伊薩木冬) : 제7생산대에서 창고 관리 담당자. 이인 농민계급으로 쿠투쿠자얼의 형
- 이타한(伊塔汗) : 아부두러허만(阿葡都熱合曼)의 아내.
- 윤중신(尹中信) : 약진인민공사 주재 '네 가지 정돈(四淸, 정치, 조직, 경제, 사상 정돈. 계급 투쟁을 기본으로 하는 전제 하에 발동한 사회주의 교양운동을 가

다른 종교와는 달리 이슬람교에서는 사람이 직접 고함을 쳐 알리는 것이 보통이었으나, 최근에는 많은 이슬람사원들이 녹음기나 확성기를 이용한다. 사원의 동서남북 4개에 솟아있는 첨탑(미나렛, manāra)을 돌며 하는 경우가 보통이며, 미나렛이 없는 소규모의 사원에서는 사원 문 앞에서 한다. 무에진은 사원의 직원 중에서 성품이 선한 사람을 골라 선발한다. 이슬람권이 아닌 유럽, 아시아, 아메리카 등지의 이슬람 사원에서는 아잔이 없는데, 무슬림이 아닌 사람들에게 큰 소리로 민폐를 끼치지 않기 위해서이다.

리킴)' 운동의 공작 대 대장(工作隊長).

- 자이티(粲依提) : 약진인민공사의 트랙터 보급소(拖拉機站) 소장(站長)으로 젊은 시절 우얼한의 파트너로 쌍무(雙人舞)를 춘 적이 있다.

- 자커얼쟝(粲克爾江) : 약진인민공사의 통신원(通訊員).

- 장양(章洋) : '네 가지 정돈' 공작대 성원(成員)인 한족.

- 자오지헝(趙志恒) : 약진인민공사의 당위원회 서기(黨委書記).

- 짜이나푸(再娜甫) : 러이무의 아내.

- 챠오파한(巧帕汗) : 이리하무의 외할머니. 그녀의 이름은 새벽녘 동쪽에서 반짝이는 샛별(啟明星)을 뜻한다.

- 천탄츄(陳潭秋) : 성스차이(盛世才, 군인이고 정치가로서 신장왕(新疆王)으로 불린다) 시기 때 초청을 받아 신장에서 근무하다가 살해된 중국공산당원.

- 커쯔자치주[克孜勒蘇柯爾克孜自治州] : 이 주의 수부[首府]) 시(市)이다.

- 쿠투쿠자얼(庫圖庫粲爾) : 애국대대 서기로 일하다가 후에는 대대장으로 임명되었다.

- 쿠얼반(庫爾班) : 명의상 쿠투쿠자얼의 양아들이지만, 실상은 미성년 근로자(童工)이다.

- 쿠와한(庫瓦汗) : 니야쯔의 아내.

- 타례푸(塔列甫) : 약진인민공사에 특파되어 온 공안(公安, 경찰).

- 타시(塔西) : 아부두러허만의 손자.

- 타이와이쿠(泰外庫) : 제7생산대의 마부(馬夫).

- 투얼쉰베이웨이(吐爾遜貝薇) : 짜이나푸의 딸. 애국대대 공청단(共青團, 중국 공산주의청년단의 약칭)의 지부(支部) 서기.

- 파샤한(帕夏汗) : 쿠투쿠자얼의 아내.

- 파티구리(帕提姑麗) : 약진인민공사 부녀연합회(婦聯) 주임(主任).

- 하리다(哈麗妲) : 아부두러허만의 딸로 중국 상하이 모 대학교를 졸업하고, 1962년 사건이 발발하자, 국경을 넘어 외국으로 도망쳤다.
- 허순(何順) : '네 가지 정돈운동' 공작대원인 시보족(錫伯族).
- 하오위란(郝玉蘭) : 바오팅구이의 아내라고 자칭하지만, 신분이 명확하지 않다.
- 하쯔(哈茲) : 바이바라티의 할아버지.

CONTENTS

1962년 전국이 그렇듯 신장의 백성들도 기근에 허덕였고, 중국과 소련의 관계는 갈수록 악화되고 있었다. 설상가상으로 이리와 타청[塔城, 신장위구르자치구 서북쪽에 있는 타청현의 현청 소재지] 지역에서 변경지역 거주민들이 소련으로 도망치는 사건이 벌어지면서, 전 사회에 큰 파동이 일어났다. '대약진운동(大躍進, 마오쩌둥의 주도하에 1958년부터 1960년 초 사이에 일어난 노동력 집중화 산업의 추진을 통한 경제성장운동)' 시기 급진적이고 성급하게 세워진 도시의 일부 공장들은 결국 도산을 피하지 못했고, 본 작품의 주인공인 이리하무는 우루무치(烏魯木齊, 신장위구르자치구의 성도)로부터 이리 농촌으로 돌아가 농업에 종사하기로 하였다.

고향으로 돌아오는 장거리 버스에서 이리하무는 현위서기 싸이리무와 식품회사 구매 담당 직원 미지티를 만나게 된다. 그들은 돌아오는 내내 이리의 물산이 얼마나 풍부하고 백성들의 살림이 얼마나 넉넉한지에 대해 마음껏 자랑하였다. 그 속에서 고향을 사랑하는 이리지역 인민들의 마음과 과장되고 허풍떨기를 즐기는 특색을 엿볼 수 있었다. 이닝시(伊寧市, 이리카자흐자치주의 수부 현급 시)에 도착한 이리하무는 짐을 챙겨 버스에서 내렸다. 하지만 그의 눈앞에 펼쳐진 것은 동향(同鄕)인 우얼한이 이산가족의 행방을 찾아 헤매며 대성통곡하는 비참한 모습이었다. 우얼한은 외국으로 도망치려다가 실패하여 결국 아들, 남편과도 헤어지게 된 것이다. 우얼한의 남편은 약진인민공사 대대의 회계인 이싸무동이다. 이싸무동은 이미 대대의 밀 절도사건에 연루되어 있었고, 또 그러한 상황에서 외국으로 도망치려다가 혼란 속에 실종된 것이었다. 그리하여 대대의 서기인 쿠투쿠자얼이 이싸무동 부부는 절도범 및 반역분자(叛國分子)라고 선고하였다.

21장

마이쑤무가 마르크스, 레닌, 스탈린을 논하다
마이쑤무가 타이와쿠에게 저녁식사를 접대하다

모든 일에 소식이 빠른 소식통답게 마이쑤무 '과장'은 그 날 밤에 벌써 소를 억류하였다는 사실을 알게 되었다. 이튿날 아침 일찍 마이쑤무는 의심스럽다며 주저하는 아내 구하리바눙의 의견을 뒤로 한 채 이미 끓여놓은 위에서 반짝이는 버터와 두꺼운 유피가 둥둥 떠 있는 우유 한 그릇을 들고 니야쯔 네 집으로 왔다. 그러나 니야쯔 네 집으로 들어서는 순간 만족스러운 웃음을 띠고 있던 그의 표정은 곧바로 동정과 우거지상으로 바뀌었다.

설명을 덧붙이자면 이리의 농가에서 사육하는 젖소는 대부분 토종 소이다. 이런 소의 몸집은 덴마크(丹麥)나 네덜란드의 우량종 소의 3분의 1 혹은 2분의 1가량 되고, 우유 산량은 약 1.5kg 내지 7~8kg이다. 그리고 사료도 그다지 많이 들지 않는다. 내륙의 한족 주민들은 북부 신장의 농가에서 젖소를 사육한다고 하면, 늘 상상조차 할 수 없다고 한다. 사람들은 흔히 젖소 기르는 것을 아주 호화롭고 사치스러운 일이라고 생각하기 때문이다. 여기에서 말하는 젖소는 몸집이 작은 토종 소를 말한다는 것을 알고 나면 이해하기 쉬울 것이다.

방금 세수를 한 집주인 니야쯔의 얼굴에는 아직 마르지 않은 물방울이 묻어 있었고, 깨끗하게 씻어내지 못한 눈곱이 붙어 있었다. 그는 맨발로 구들 가장자리에 앉아 있었다. 이 불청객의 방문에 니야쯔는 당황하여 그 자리에 굳어버렸다. 누군가 먼저 다가오거나 말을 걸면 니야쯔는 습관적으로 적의를 품고 대하였다. 그리고 먼저 다가오고 말을 거는 사람들도 대부분은 자신을 속이고 해치려는 의도라고 생각하였다.

니야쯔는 경계심을 놓지 않고 의혹스러운 눈빛으로 마이쑤무의 황백색의 납작한 얼굴을 유심히 관찰하였다. 심지어 처음 그의 집을 방문하는 이 손님의 인사에 대답하는 것조차 까맣게 잊었다. 니야쯔는 관례와 상식에 따른 가장 기본적인 인사인 "어서 오세요."라는 말조차 한 마디도 하지 않았고, 얼굴에는 최소한의 웃음도 없었다. 하지만 아내 쿠와한의 반응은 완전히 달랐다. 자욱한 땔감 먼지가 눈앞을 가려 비록 손님의 얼굴은 미처 확인하지 못했지만, 그 손님 손에 들려 있는 우유 그릇은 한눈에 알아보았다. 쿠와한은 눈이 아픈 것을 참고 눈물이 고인 눈으로 재빨리 유피의 두께를 짐작해 보았다. 우유의 농도와 지방 함량을 판정하고 나서 그녀는 주름마다 웃음을 가득 머금은 얼굴로 손님을 반겨주었다.

그녀는 "알라, 후따(胡大, 알라를 다르게 부르는 말), 어서 들어오세요, 어서 올라와 앉으세요."라고 하면서 야단법석을 떠는 한 편, 미처 거두지 못한 이부자리를 정리하고, 잡아당기고 꼬집고 밀치며 아직 자고 있는 아이를 마구 깨웠다. 그녀의 목소리와 행동에는 단순하고 값싼 만족감이 넘쳐흘렀다. 마치 쓰레기더미에서 사탕 한 알을 주운 식탐 많은 아이 같았다. 잘 보이기 위해 아양 떠는 그녀의 목소리를 만약 눈을 감고 듣는다면 아마 백치 소녀를 연상할 수 있을 것이다.

마이쑤무는 우유가 담긴 그릇을 내려놓고 코를 찌르는 매캐한 먼지 냄새를 간신히 참으며 침착하게 구들 가장자리에 세워진 기둥에 기대어 앉았다. 이 기둥은 금이 간 들보를 받쳐주기 위해 얼마 전에 박아 넣은 것이었다. 마이쑤무는 아무 생각 없이 물었다. "아직 차를 마시기 전인가요?"

"아이고, 아이고! 우리가 지금 차가 목으로 넘어가겠어요? 말 좀 해 보세요. 이렇게 함부로 사람을 능욕해도 되는지요? 우리 같이 가엾은 사람의 소까지 붙잡아 가다니! 아, 알라, 아, 후다! 우리가 지주예요? 우리는 돈도 없고, 우유도 없어요. 그래요. 돈이 없어요. 돈이 어디 있겠어요?"

니야쯔가 쿠와한을 말리며 말했다.

"거 참! 아침부터 말이 많구려! 얼른 가서 차나 끓여 와요. 식탁을 놓고, 식탁보도 깔아요!"

"알았어요, 얼른 준비할게요. 이번에 구입한 찻잎이 별로예요. 지난 달 공급수매합작사 판매원이랑 한바탕 싸웠어요. 세상에 나쁜 사람이 참 많아요! 그 날 이후부터 나에게 부서진 나쁜 찻잎만 골라 줘요. 줄기 부분만 담아주는 거 있죠……"

손님이 들고 온 최상급의 끓인 우유 때문에 쿠와한은 흥분과 희열 속에서 말문이 터졌다. 그리고 동시에 남편의 한껏 찌푸린 미간 아래 어두운 눈빛이 느껴졌다. 니야쯔는 손님이 보는 앞에서 살며시 하지만 엄하게 경고하였다.

"쓸데없는 소리 그만해요!"

"후다가 인간을 만들 때, 여자에게는 혀를 주지 말았어야 해요! 여자가 말이 많으면, 그 자체가 재난이에요!"

니야쯔는 엄숙하게 말하고 나서, 마이쑤무를 향해 웃었다.

"윗자리로 오르세요!"

위엄 있는 척하는 니야쯔의 모습을 보며, 마이쑤무는 속으로 웃었다. 마이쑤무는 아무 말도 하지 않고, '윗자리'로 옮겨 앉았다. 쿠와한은 온돌 위에 앉은뱅이 식탁을 놓고, 그 위에 식탁보를 폈다. 그리고 우유차를 내왔다. 마이쑤무는 세심하게 낭을 쪼개면서, 한편으로는 혀를 차면서 한숨을 쉬며 말했다.

"지금 상황으로 봐서는 당신네 소를 다시 돌려줄 것 같지 않네요!"

"뭐라고요?"

깜짝 놀란 니야쯔와 쿠와한은 동시에 소리를 질렀다.

"대장의 뜻이래요. 당신이 진 빚 대신 소를 억류한 거고요."

"정말이에요?"

"그럼, 거짓말 하겠어요?"

마이쑤무는 가볍게 콧방귀를 뀌며, 니야쯔가 감히 자신이 가져온 정보의 진실성을 의심하는 것에 대해 불쾌함을 표현하였다. 그는 우유차 한 모금을 마시고 나서 딴 곳을 바라보며, 냉담하고 딱딱하게 말했다.

"아부두러허만 형은 만나는 사람마다 붙잡고 말한대요. 당신이 생산대에 몇 백 위안이나 빚을 졌다고요. 그리고 당신의 소가 다섯 번이나 밀밭에 들어갔다고도 말했대요……"

"몇 백 위안이라고요? 다섯 번이라고요?"

"100위안이던, 800위안이던, 네 번이던, 여섯 번이던 그건 중요하지 않고…… 아무튼 소는 돌려주지 않을 것 같네요."

"그건 안 되죠!"

니야쯔는 버럭 소리를 질렀다.

"나는 허락 못해요!"

"허! 당신이 허락 안 한다고 돌려받을 수 있나요?"

마이쑤무는 눈썹을 위로 찡끗하고 입술을 삐죽거렸다. 그는 아이의 진지함과 단순함이 재밌어서 놀리는 어른처럼 놀란 척 또 탄복한 척 표정을 지었다.

"칼부림이라도 할 셈이에요!"

마이쑤무가 빈정거리자, 니야쯔는 더욱 자극을 받아 고래고래 소리를 질렀다. 그러자 마이쑤무는 경멸하듯 가볍게 웃었다. 그리고 눈썹과 입술을 자유자재로 변화시키며 익살스러운 표정을 지었다.

"나는······"

니야쯔는 스스로 말문이 막혔다는 것을 깨달았다. 큰소리는 늘 사람을 막다른 골목으로 몰아넣는다. 그는 저도 모르게 쿠와한을 향해 구원의 눈빛을 보냈다.

"마이쑤무 오라버니, 마이쑤무 과장님!"

말이 많으면 재난인 여자 쿠와한이 혀를 놀리기 시작하였다.

"말씀 좀 해주세요. 어떻게 하면 좋을 지를요. 당신은 잘 알잖아요. 우리는 하루만 우유차를 거르면 머리가 어지럽고, 눈이 떠지지 않으며, 이틀을 거르면 사지가 시큰거리고 힘이 빠져서 일어날 수 없어요. 사흘을 거르면 육체에서 영혼이 빠져나가고, 머리가 터질 것처럼 아프죠······ 아허(啊赫, 통증을 나타내는 어조사), 우허(嗚赫, 피곤함을 나타내는 어조사)······"

한숨을 내쉬며 간절하게 부탁하는 그녀의 눈가에서는 눈물이 흘러나왔다.

"지금 상황에서 어떤 방법이 있겠어요?"

마이쑤무는 동정하며 머리를 끄덕였다. 갑자기 먹구름이 그의 얼굴에 드리웠다.

"대장은 그 사람이에요! 만약 무싸가 대장이었더라면······"

"무싸는 나의 가장 친한 친구예요. 만약 무싸가 대장이라면, 당연히 두말할 것도 없죠. 우리 둘은 어릴 때부터 형제처럼 가깝게 지냈어요……"

니야쯔는 다른 화제를 잡고서, 그 기회를 틈타 자신을 추켜세웠다.

"어릴 때부터라고요?"

마이쑤무는 귀가 아주 밝았다.

"어릴 때 당신은 난장에 살았던 거 아니었어요?"

마이쑤무가 물었다. 니야쯔를 응시하는 눈빛은 마치 "당신들 내막을 내가
모를 줄 알아?"라고 하는 것 같았다.

니야쯔는 눈을 희번덕거렸다. 거짓말이 일상인 니야쯔에게 있어 거짓말
이 들통 나는 일은 익숙한 것이었고, 들통 났을 때는 귀머거리인 척 벙어리
인 척, 얼굴색 한 번 안 변하는 것도 습관처럼 자연스러웠다.

마이쑤무는 그런 니야쯔를 너그러이 한 번 봐주어 넘어가기로 하였다.

"그래요. 대장이 뭐예요, 대장은 아버지와 같은 사람이에요. 그는 우리의
운명을 결정할 수 있는 사람이에요. 다른 점이 있다면, 아버지는 우리가 선
택할 수 없지만, 대장은 선택할 수 있다는 거지요."

"하지만 우리 소는요?"

쿠와한이 끼어들어 말했다. 그녀는 마이쑤무의 추상적인 변론에 전혀 관
심이 없었다.

"당신네 소를 함부로 붙잡아 두는 건 당연히 안 되죠. 정책에 따른다 해도,
당신들을 상대로 사상교육을 행하고, 도리를 따져 설득하는 것이 맞아요. 기
껏해야 구두로 비판이나 하고 넘어갈 문제예요. 어쨌든 인민 내부의 모순이
고, 당신들은 빈농이잖아요. 농민에게 타격을 주는 건, 혁명에 타격을 주는
것과 같은 거예요. 마오 주석께서도 말씀하셨어요. 그가 마음대로 당신네 소
를 붙잡아 둔 것은 잘못된 일이지요!"

"그렇죠, 그럼!"

니야쯔와 쿠와한은 기뻐서 동시에 대답하며, 목이 빠지게 고개를 끄덕였다.

"그런데 그가 기어이 소를 붙잡아 두었단 말이에요! 그럼 붙잡아 두라고 해요! 그까짓 소 버리면 그만이에요! 이제 얼마 남지 않았어요. 곧 우리가 목소리를 낼 수 있는 기회가 와요……"

"그게 무슨 말이에요!"

쿠와한은 격분하여 얼굴이 새빨개졌다. 당장 싸울 기세였다.

"우리 소를 버리라고요! 그럼 당신의 우유를 우리에게 줄 거예요? 왕년에 과장씩이나 했다는 사람이, 어찌 그렇게 말을 하죠? 이미 말했잖아요. 우유차를 하루라도 거르면……"

"그렇게 할게요. 내일 당장 우리 집 젖소를 당신네 집으로 끌고 올게요."

마이쑤무는 관대하고 아무렇지도 않게 말했다. 지나친 관대함을 절대 곧이곧대로 믿어서는 안 된다는 상식을 위구르족들은 누구나 알고 있었다. 물론 관대하지 못함도 절대 허락할 수 없는 일이었다. 관대하면 관대할수록 믿을 수 없었다. 관대함을 보여주는 것은 사내대장부의 넓은 아량을 나타내는 것이지만, 그러나 다른 사람의 관대함을 믿고, 의지하고, 그대로 받아들이는 것은 구제불능의 바보이고 조롱박(즉 '멍청이'를 뜻한다)같은 것이었다.

"나는 반드시 소를 가져 올 거예요."

니야쯔가 당당하게 말했다.

"이리하무가 돌려주지 않으면, 대대로 가서 고발할 거예요! 쿠투쿠자얼 대대장을 찾아갈 거예요. 작년에 그를 위해 내가 어떤 말까지 했는지 누구나 다 알아요! 그것 때문에 수정주의 랴오니카에게 협박까지 당하는 모욕을 당했어요……"

"그래서, 대대장이 당신 편을 들어주고, 당신을 위해 소를 내놓으라고 할 거라고요?”

마이쑤무는 냉담한 어투로 되물었다.

“보아하니, 당신은 우리 대대장을 너무 모르는 거 같네요! 게다가 현재, 그는 사람들로부터 따돌림 당하고 있고 공격을 당하고 있어요. 그런데 이런 때, 당신이 대대로 찾아간다면 대대장은 당신을 훈계나 하고, 따끔한 맛을 보여줄 지도 몰라요. 그러면 당신은 오줌을 쌀 정도로 혼나서 돌아오겠죠……”

“그게…… 무…… 무슨 말이죠?”

니야쯔는 놀라서 말을 더듬었지만, 마이쑤무의 말은 맞는 말이었다.

“이러지 말아요, 마이쑤무 오라버니, 방법을 가르쳐 주세요. 우리에게 지혜를 주세요!”

쿠와한은 다시 애원하기 시작하였다. 그러나 마이쑤무는 ‘당신들에게 지혜를 일깨워주는 일은 당나귀에게 춤을 가르치는 것보다 더 어려운 일이야!’ 라고 생각했다. 그렇지만 우유 한 그릇을 잃었는데, 욕까지 먹을 수는 없다는 생각이 들자, 한 마디 안 해줄 수가 없었다. 상황을 보아하니 한 발 물러나서 차선을 택할 수밖에 없을 것 같았다.

“쿠와한에게 파샤한을 찾아가 보라고 해요.”

마이쑤무는 무심코 말했다. 쿠와한이 파샤한을 찾아간다는 것이, 어떤 의미인지 니야쯔는 알고 있었다. 그는 망설이면서 이마를 어루만졌다.

“사실, 당신도 너무 했어요.”

마이쑤무는 갑자기 말머리를 확 돌렸다.

“밀밭은 생산대 재산이고, 젖소는 당신 개인의 소유예요. 당신은 개인 이익만 따지고, 생산대의 이익은 안중에도 없어요. 그러니 간부들이 화가 나지 않겠어요? 게다가 이리하무 대장은 아주 적극적이고 공명정대한 사람이에요. 그런 사람이 어찌 당신을 쉽게 용서할 수 있겠어요? 안 그러면, 반성문이나 보증서라도 써요. 그게 뭐였죠? 맞아요, 맞아. 고개를 숙이고, 죄를 인정해요(低頭認罪). 그럼 당신이 자발적으로 젖소를 바쳐 빚을 갚은 것으로 설명이 될 거예요. 그런데 당신이 진 빚은 소 한 마리로 다 갚을 수 없는 거 아니에요? 가장 좋기는 당나귀도 끌어다 바쳐요. 그리고 앞으로는 아침 일찍 일어나고, 밤늦게 자면서, 적극적으로 부지런하게 일해요. 또 생산대의 풀 한 대, 양식 한 알이라도 함부로 주워오지 말고…… 그러다 보면 모범 근로자로 거듭날 수 있어요. 그럼 수건 두 장, 법랑 항아리 하나를 상으로 받게 될 것이고, 자치주에 가서 회의에 참석하게 될 것이며, 회식에서 서우좌러우도 먹을 수 있을 거예요…… 하하하, 그럼 이만 가봐야겠어요. 비둘기에게 모이를 줘야 해서요. 쿠와한, 당신이 메기장을 꽤 많이 주워왔다고 들었는데, 좀 나눠 줄 수 있어요? 우리 집 비둘기들이, '구구구, 구구구' 하며 날마다 메기장을 먹고 싶어 난리예요…… 뭐라고요? 없어요? 그래요, 괜찮아요. 그럼 갈게요. 참 올해 사회주의 교육운동(社會主義敎育運動)의 중점 대상으로 우리 공사가 당첨되었다고 하네요. 다음 달에는 숱하게 간부들이 내려 올 거예요. 뭘 그리 놀라고 그래요. 안색이 다 변했네요. 뭐가 그리 두렵지요? 이번 운동은 간부들을 정돈하는 운동이에요. 이리하무가 당신을 정리하게 될지, 아니면 당신이 이리하무를 정리하게 될지는 두고 봐야 알지요. 가능해요. 모든 가능성은 열려 있어요. 답답할 때면 우리 집에 와서 잠깐 앉았다 가요…… 또 봐요."

비록 '과장'에 대해 반감과 의심을 가득 품고는 있지만, 니야쯔는 마이쑤무의 의견을 받아들이기로 하였다. 두 봉지의 각설탕과 한 마리 젖소의 가격과 이해득실을 비교 판단하고 나서 그는 쿠와한을 파샤한에게 보내기로 하였다.

쿠와한은 각설탕을 들고 대대장의 아내 파샤한을 찾아갔다. 그녀는 울며불며 젖소 – 우유 – 우유차에 대해 차례로 말하면서 여자 머릿속의 공식대로 논술하였고, 세상에 존재하는 가장 악독한 단어들을 나열하며 이리하무와 아부두러허만에게 저주를 퍼부었다.

1년이 넘는 지난 시간 동안 쿠투쿠자얼의 처지는 애매모호한 변화과정을 겪었다. 지난해 여름이 끝나갈 무렵, 바오팅구이와 쿠얼반의 일 때문에 한동안 그는 난처한 궁지에 빠지게 되었다. 추수 후 그는 2인자로 강등되면서 더욱 김이 빠지게 되었다. 쿠투쿠자얼은 심장병이 도졌고, 파샤한은 관절통을 앓았다. 부부는 나란히 공사의 보건소 병실에 입원하였다. 그들은 겨우내 병을 핑계로 집에만 있었다. 그러나 봄이 되면서 다시 정상으로 돌아왔고, 별다른 큰 문제도 생기지 않았다. 쿠투쿠자얼은 여전히 가공공장과 기본건설팀을 관장하고 있었고, 사원들도 그를 만나면 여전히 합장하고 허리를 굽혀 공손하게 안부를 물었다.

그러한 상황에서 보다 더 중요하고 쿠투쿠자얼의 정서를 전환시키는 데 결정적 작용을 한 사건이 있었다. 올해 3월 공사의 당 위원회에서 회의를 소집하였는데, 리시티가 자리를 비운 터라, 리시티를 대신하여 회의에 참석할 사람으로 쿠투쿠자얼을 지목하였던 것이다. 역시 그의 지위는 여전히 원래 상태를 유지하고 있었다. 게다가 리시티의 건강이 갈수록 악화되고 있었고, 쿠투쿠자얼 자신은 여전히 대대에서 상당한 영향력을 갖고 있는 사람이었다. 그의 우아한 태도와 자신감 넘치는 행동거지, 우렁찬 목소리는 점점 되살아나고 있었다. 물론 전보다는 상당히 신중해지기도 하였다.

그러나 파샤한의 후유증은 끝이 없었다. 퇴원한 후 그녀에게 새로운 습관인 신음하는 버릇이 하나가 더 생겼다. 그녀는 때도 없이 신음하고, 아무 때나 신음소리를 냈다. 잠을 잘 때도, 밥을 먹을 때도, 말을 할 때도, 매점을 돌

때도, 그녀는 언제나 가냘프고 구성진 신음소리를 멈추지 않았다. 그 신음소리는 마치 물이 적게 담긴 사모바르를 가열하였을 때, 약간의 증기가 뿜어져 나오는 소리 같았다. 신음과 함께 그녀는 뚱뚱한 몸을 미세하게 떨었고, 마치 쓴 한약 한 사발을 삼켜버린 듯한 표정을 지었다. 그녀는 신음을 장착하고부터 생산대의 그 어떤 노동에도, 회의에도 참가하지 않았고, 여름걷이와 같은 바쁜 시기에 거드름 피우는 것조차 하지 않았다.

파샤한은 신음 소리를 내면서 쿠와한의 하소연을 들었다. 두 봉지의 달달한 각설탕과 줄줄이 이어지는 악독한 저주에 파샤한은 정신이 번쩍 들었다. 단 음식과 선물, 그리고 쓸데없이 남의 일에 참견하기를 좋아하던 젊은 시절의 열정이 되살아나는 것 같았다. 파샤한은 쿠와한이 젖소를 돌려받을 수 있도록, 대대가 나서서 최선을 다할 것이라고 약속(이 말을 할 때, 마치 파샤한 본인도 대대의 지도간부인 것 같았다)하였을 뿐만 아니라, 쿠와한에게 우유 한 사발과, 군 바오쯔(烤包子) 두 개, 포도 한 송이를 선물하였다.

두 사람은 대문 앞에서 서로 인사를 하였다. 한 여자가,

"빈손으로 방문하게 돼서, 정말 면목이 없어요."

라고 하자, 다른 한 여자가,

"빈손으로 돌려보내는 것 같아, 정말 미안해요."

라고 말하자 두 사람은 동시에 한숨을 쉬었다.

"어쩌겠어요? 우리의 형편이 이런 걸요."

마음 같아서는 한 사람은 방문하러 올 때, 비단과 장신구를 몇 박스 들고 오고, 다른 한 사람은 손님을 보낼 때, 답례로 말 세 마리, 낙타 두 마리를 드리고 싶다고 말하는 것 같았다.

"앞으로 자주 와요! 우리 집 찻주전자는, 바로 당신과 같은 손님을 위해 언제나 끓고 있어요!"

"당신도 자주 들려 줘요. 우리 집 식탁보는 항상 당신과 같은 귀인을 위해, 활짝 펴져 있으니까요."

두 여자는 서로 감동하여 눈물을 가득 머금고 아쉬운 마음으로 헤어졌다.

마이쑤무는 니야쯔네 집에서 나와 무언가를 생각하고, 계획하며, 대대의 가공공장을 향해 걸어갔다. 농촌에 호적을 올리고 정착한 지, 벌써 2년이 넘었고, 가공공장의 출납원으로 임명된 지도 1년이 넘었다. 마이쑤무는 드디어 가장 난감하고 위험한 고비를 넘겼다. 상처는 이미 아물었고, 아픔은 기억 속에 사라졌다. 그러나 추억은 고통스러운 것이었다. "아바쓰 호자의 사랑하는 아들, 경문학교(經文學校)의 어린 학생, 민족군의 장교(軍官), 과장…… 우즈베크인 마이쓰모푸, 나라를 배반하고 외국으로 도망가다가 붙잡혀 심사와 처분을 기다려야 했던 미수자…… 사면이 주황색 벽으로 둘러싸인 낮고 정교한 집…… 그의 이마에는 도대체 어떤 운명이 적혀 있는 걸까?" 돌이켜보면, 마치 논리에 맞지 않는 기이하고 다채로운 꿈인 것 같았다. 그대로 무너지지 않고 살아남았으며, 영위해가고 있고, 축적하고 있으며, 움직이고 있고, 나아가고 있는 자신이 대견스럽고, 스스로 탄복하지 않을 수 없었다. 어릴 때 아버지가 했던 말이 떠올랐다. "넌 평범한 사람이 아니다. 넌 반드시 큰 인물이 될 거다." "마이쑤무는 아마도 묘지에 묻혔다고 해도, 땅속에서 한바탕 엎치락뒤치락할 사람일 것이다. 큰 인물이 될 거라고 했던가? 현재 그는 자신의 소중한 세월을 한 무리 우매하고 무지한 촌뜨기들 속에서 헛되이 보내고 있지 않은가? 니야쯔와 쿠와한, 이 구역질나는 한 쌍의 미련한 놈들만 생각해도 진저리가 나지 않는가! 그나저나 만약 이런 멍청이들이 없다면, 희롱하고, 부려먹고, 이용할 사람도 없지 않겠는가?"하고 생각했다.

맞은편에서 몸집이 웅장하고, 허리가 꼿꼿한 늙은이가 걸어오고 있었다.

늙은이는 이리 지역에서 사람들이 거의 입지 않는, 챠판(裕祥, 위구르족 남자들의 두루마기)이라고 하는 구식 긴 두루마기를 입고 있었다. 이런 챠판은 단추가 없었다. 그리하여 허리에 띠를 몇 바퀴 감았을 뿐이었다. 늙은이는 미골(眉骨)이 툭 튀어나왔고, 무성하게 난 은색 눈썹이 길고 구불구불하였으며, 깊고 큰 눈은 매섭고 정기가 있었다. 그리고 주름이 촘촘한 얼굴에 범상치 않은 건강한 혈색이 돌고 있었다. 정연하고 둥글둥글하게 정리된 늙은이의 흰 수염은 마치 방금 바리캉으로 깎은 듯하였고, 그의 장엄한 얼굴에 약간의 상냥함을 더해주었다. 이 늙은이는 바로 야썬 목수 무에진이었다. 그의 형상은 위구르족 노인의 정중함, 경건함과 진부함을 두드러지게 보여주었다.

"싸라무! 야썬 형"

마이쑤무가 먼저 깊은 저음으로 가슴에 손을 얹고 인사를 하였다.

"싸라무, 마이쑤무아훙!"

야썬도 답례하였는데, 입을 벌렸을 때 완전무결한 새하얀 치아가 드러났다. 이것은 담배를 피우지 않고, 술을 마시지 않으며, 모든 불결하고 이단적인 음식을 먹지 않는 청교도(淸敎徒)의 생활방식을 철저하게 지켜왔다는 상징이었다.

그들은 예의에 갖춰 서로 하고 있는 일이 순조로운지, 몸은 건강한지, 생활은 평안한지 등에 대해 묻고, 가족들의 안부까지 물으면서 문안을 하고 대답을 하였다.

"오랜만이에요, 야썬 형. 주일 오후 예배를 하러 오셨는가요?"

마이쑤무의 목소리는 여전히 낮고, 태도도 아주 조심스러웠다. 이렇게 해야만, 연장자에 대한 예의를 표현할 수 있었다. 거기에다 그의 말투까지 무척이나 친근하였다.

"아니요. 그쪽 대대에서 나무바퀴 수레를 조립해야 한다면서, 도와달라고 해서 왔어요."

"아, 맞아요, 맞아, 들었었는데 깜빡했네요. 그나저나 정말 일찍 오셨네요! 아직 대장장이와 목수도 오지 않았어요. 일단 제 사무실에서 가서 잠깐 쉬시지요!"

마이쑤무의 '사무실'은 가공 공장 뜰 안에 들어서자마자 바로 그 옆에 있었다. 좁고 습하고 어두운 방에는 페인트 통, 종이상자, 나무상자들이 가득 쌓여 있었다. 그래서 원래 좁은 방이 더욱 비좁아졌다. 벽면에는 각종 장부 항목과 수지 명세서가 빼곡하게 붙어 있었는데, 주인의 노련함과 꼼꼼함이 돋보였다. 마이쑤무는 평소에 결산할 때 앉는 의자를 가져와 야썬에게 앉으라고 하였다. 그리고 자신은 나무상자 두 개를 쌓아놓고 겸손하게 그 위에 앉았다.

"제가 가공 공장에 온 지 일 년 넘었어요. 제 기억에 어르신이 이 보잘것없는 공간으로, 존귀한 발걸음을 한 것이 이번이 처음이신 것 같네요. 어르신이 누추한 이곳을 찾아주시니, 저로서는 더없는 영광이고 큰 행운입니다."

"어때요? 이제는 농촌생활에 적응하셨나요?"

야썬이 미소를 지으며 물었다. 아무리 융통성이 없기로 소문난 무에진이라고 하지만, 마이쑤무의 예의바른 행동거지, 아첨하는 말 앞에서, 기분이 유쾌하지 않을 수 없었다.

"당연하죠. 당연히 적응했지요. 마르크스가 말한 적이 있어요. 사내대장부는 어떤 것에도 적응할 수 있다고요. 그리고 마오 주석께서도 말씀하셨어요. '농촌은 하나의 드넓은 세상이다.' 인류에게 있어, 양식은 가장 신성하고 위대한 것이다. 선지자 마호메트도 그 당시 농민이었어요. ……"

마이쑤무는 늙은이의 성격을 잘 알고 있었다. 늙은이는 경건하고 정성스러운 마음으로 마호메트를 신봉하였다. 늙은이는 또 성심성의껏 당과 인민 정부를 옹호하고, 혁명의 선도자를 추대하고 존경했다. 마이쑤무는 되는대로 지껄인 소위 마르크스의 '말'과 마호메트의 경력, 확실한 마오 주석의 가르침을 무슬림의 관념과 적절하게 섞어서 말했다. 그것은 마치 종이꽃과 감자튀김을 같이 담은 러시아인들의 렁핀(冷拼, 화려하게 꾸민 차가운 쟁반 요리) 같았다. 마이쑤무는 알고 있었다. 이렇게 함으로써 야썬 늙은이는 그의 핀판 (拼盤, 두 종류 이상의 차가운 요리를 한 접시에 담아 놓은 요리)을 거부감 없이 쉽게 먹을 수 있고, 동시에 그의 고명함을 나타낼 수 있었던 것이다. 제멋대로 꾸며댄 이 말들을 야썬은 마이쑤무가 아닌 다른 사람에게서 들은 적이 없었다! 그리하여 늙은이는 더욱 탄복하고 감탄을 금치 못하였다. 그야말로 큰 지혜를 얻어 모든 것을 깨달은 것 같은 느낌이었다!

"허, 허, 맞아요."

늙은이는 연신 고개를 끄덕였다.

"농촌은 좋은 농촌이에요. 농촌의 생활에도 적응하였고요. 그러나 농촌의 일들 중에 눈에 거슬리는 일들이 꽤 많아요!"

마이쑤무는 말을 슬쩍 흘리며, 미리 파놓은 수로 속으로 화제를 이끌어 갔다.

"오늘 아침만 봐도 그래요. 니자훙이 불러서 갔더니, 저를 붙잡고 주절주절 하소연을 늘어놓는 거예요. 불쌍한 사람의 소가 억류됐다는 겁니다."

"어떻게 된 일이에요?"

"니야쯔 네 소가 실수로 밀밭에 들어가고 말았대요. 그러자 이리하무 대장이 빚 대신 소를 붙잡아 두었대요."

"그래요?"

야썬은 냉담한 반응을 보였다.

"쿠와한은 울며불며 난리도 아니에요. 우허(嗚赫), 인간은 연약하고, 생활은 고되죠. 소가 없으면 우유가 없고, 우유차를 마실 수 없으며, 크림을 만들 수 없고, 유타쯔와 크림 칼싹두기(奶油面片)를 먹을 수도 없겠죠. 그리고 젖소를 길러 용돈도 좀 벌고, 소금, 찻잎을 사려고 했던 생각도 물거품이 되겠죠. 눈물을 흘리는 것 빼고 여자가 할 수 있는 일이 뭐가 있겠어요!"

마이쑤무는 어려운 현실을 탄식하고 쿠와한을 동정한다는 듯이 말하며 연신 한숨을 내쉬었다. 뿐만 아니라 눈까지 빨개졌다.

"정말 니자훙은 재미도 없고, 맛도 없는 사람이네요······"

야썬 목수는 미간을 찌푸리며 말했다. 야썬은 절대 거친 말을 사용하거나, 뒤에서 악담하는 사람이 아니었다. 재미도 없고, 맛도 없다는 표현은 그의 사전에서 가장 심각한 단어라고 할 수 있었다.

"맞아요, 맞아."

마이쑤무는 서둘러 대답하였다.

"니야쯔는 확실히 부족한 점이 많아요. 마르크스가 일찍 말한 적이 있어요. 우주의 만물은 모두 결점이 있다고요. 존재와 결점은 쌍둥이자매와 같아요. 이건 아시죠? 지구도 결점이 있어요. 양극은 너무 춥고, 적도는 너무 더워요. 그리고 이 주판도 결점이 있지요."

마이쑤무는 자리에서 일어나 탁자 위에 있던 주판을 들고 야썬에게 보여주며 말했다.

"이걸 보세요. 여기 이 부분이 주판알 하나가 부족해요. 하물며 불쌍한 인간은 어떻겠어요! 결점이 있기 때문에 세상이 존재하는 거지요. 음, 이건 철학이에요······"

문자를 대충 익힌 야썬은 간신히 대강대강 새 책과 낡은 책을 조금 본 적이 있었다. 그에게는 공부할 기회가 없고, 독서할 능력이 충분하지 않았다.

비록 책과 학문의 향기를 맡아보았고, 평생 노력하였지만, 끝내 진정한 학문은 맛도 보지 못했다. 그리하여 책에서 배운 지식을 그는 각별히 우러러보고 숭배하였다. 그는 심오하고 수준 높은 이론을 듣기 좋아하였고, 심오할수록, 알아들을 수 없을수록 더 희열을 느꼈다. 그는 이맘(阿訇), 물라, 의사, 지식인과 간부를 존경하였다. 무에진으로서 그는 진리를 추구하고, 기꺼이 종교와 철학, 문화의 하인이 될 수 있는 사람이었다. 마이쑤무를 가까이한 이유도 바로 이 때문이었다.

야썬 노인이 흥미진진하게 귀를 기울이고 듣는 모습에 마이쑤무는 더욱 자신감을 얻게 되었다. 마이쑤무는 계속해서 말했다.

"하물며 농민은 또 어떻겠어요? 농민은 소생산자예요. 농민들에게서 매일 매 시간마다 자본주의가 나타나고 있어요. 농민은 노동자이기도 하지만, 동시에 개인 소유자예요. 농민의 이익을 침범해서는 안 돼요. 레닌은 서거 전에 다른 사람들을 다 쫓아버린 다음, 스탈린 한 사람만 남겨두고 그에게 말했어요. '농민은 작은 새와 같아요. 지나치게 느슨하게 잡으면, 날아가 버려요. 그렇다고 지나치게 꽉 잡으면, 또 죽을 수 있어요.'"

마이쑤무는 왼손으로 주먹을 움켜쥐었다 놓았다 하면서 설명하였다.

"뭐라고요? 레닌이 농민을 작은 새라고 했다고요?"

야썬은 깜짝 놀랐다. 젊었을 때, 이런 비유를 들어본 적이 있었지만, 이 말이 레닌의 명언이었다는 건, 꿈에도 몰랐다!

"당연하죠. 책에 적혀 있어요! 러시아어를 아시나요?"

야썬은 부끄러워하며 머리를 흔들었다.

"그럼 한어는요?"

야썬은 기어들어가는 소리로,

"아니요."

라고 대답하였다.

"그럼 방법이 없겠네요. 저에게 레닌 저작이 몇 권이나 있는데, 안타깝게도 위구르어가 아니에요. 괜찮아요. 레닌이 한 말이 확실해요. 이 명언은 사람이라면 누구나 아는 말이죠. 니야쯔가 바로 이 작은 새가 아닐까요? 그것도 털이 다 뽑혀 알몸이 된 새란 말이에요. 때문에 레닌 동지의 가르침에 따라, 소를 그에게 돌려주어야 해요. 이리하무 대장이 이번에 너무 했어요."

야썬은 머리를 끄덕였다. 그는 마이쑤무의 말을 점점 납득하고 있었다.

"무슬림의 정의를 따진다면, 더더욱 그렇게 해서는 안 되죠. 벼슬이 아무리 높다 하더라도 여전히 위구르족이잖아요. 어떻게 하루아침에 안면을 바꾸고 사람을 모르는 척할 수 있어요! 너무 악랄해요! 쿠투쿠자얼 인간성에 대해서는 어떻게 생각하세요?"

"쿠투쿠자얼이요? 그야 물론 좋은 사람이죠."

"그래요! 당신의 말처럼, 쿠투쿠자얼은 그런 사람이에요."

마이쑤무는 엄지를 빼들었다.

"하지만 일부러 그를 따돌리려는 사람이 있어요. 누구인지는 제가 말하지 않아도, 이미 알 거예요. 따라서 기회가 되면 쿠투쿠자얼을 위해 우리도 나서서 말해야 해요. 다음 달이면, 사회주의 교육공작대가 온다고 해요."

······야썬을 배웅하러 나온 마이쑤무는 마침 몸과 얼굴에 온통 검은 석탄먼지를 뒤집어쓴 채 석탄 실은 마차를 몰고 돌아오는 타이와이쿠와 마주쳤다. 타이와이쿠의 눈썹에도 수염에도 몽땅 석탄가루였다. 석탄덩이 위에 이미 새까맣게 물든 융단 하나를 펴고, 타이와이쿠는 그 융단 위에 높게 앉아 있었다. 비록 날씨가 춥지는 않았지만 그는 그레인 가죽 외투를 걸치고 있었다. 아마도 별밤에 출발하였던 같았다. 새벽에 석탄을 실으면서 스며든 한기가 아직도 그의 몸에는 남아 있었다. 머리부터 발끝까지 청백색의 흰자위와

분홍색의 입술만이 사람의 생기를 나타내고 있었다.

"타이와이쿠라훙, 어디의 석탄이에요?"

"차부차얼이요."

"어쩐지 품질이 좋다 했어요! 석탄덩이가 하나같이 고르네요!"

"약간의 부스러기도 있는데, 밑에 깔려있어요."

"돈을 지불할 테니까, 이 한 차 석탄을 나에게 넘겨요."

"안 돼요. 이건 우바오 대상자들에게 주기 위해 실어온 석탄이에요."

"그래요, 알아요! 그냥 해본 소리예요. 농담이에요. 이렇게 품질 좋은 석탄을 실어온 당신을 위해 찬가를 불렀을 뿐이에요. 우리 집에 아직 석탄이 많아요. 아우, 오늘 할 일은 이걸로 끝인가요?"

"오후에 또 가축들에게 쓰이는 도구나 장비들을 정리해야 해요."

"좋아요, 좋아. 그럼 마구간에서 바로 우리 집으로 와요……"

"그럼 들어가세요……"

"그럼 들어가라뇨? 나는 지금 진심으로 당신을 초대하고 있어요! 오후 다섯 시까지 끝나지 않으면, 여섯 시도 좋아요. 기다릴 테니까, 꼭 와요. 안 오지 말고요. 알겠죠?"

타이와이쿠는 마이쑤무의 초대가 그리 놀랍거나 이상하지 않았다. 끼니 때가 되면 외톨이 신세로 살고 있는 그를 집집마다 번갈아가면서 집으로 초대해주었다. 거칠고 둔한 남자의 손으로 부엌에서 식칼과 도마, 솥·그릇·국자·사발 등 주방도구들을 다루는 것이 보기 안쓰러워, 그에 대한 관심과 애정 때문에 부르는 사람도 있고, 그에게 부탁을 하고, 그의 남아도는 시간과 노동력을 이용하기 위해 부르는 경우도 있었다.

마이쑤무에 대해 그는 각별히 존경하지도 않고, 각별히 경멸하지도 않았다. 과장, 외국으로 도망가다가 실패한 미수자, 공사 사원, 그가 어떤 길을 선택했든 그것은 전부 그의 몫이고, 그에게 관심을 가지고 간섭하는 사람도 있겠지만, 아무튼 타이와이쿠 그는 알바가 아니라고 생각했다.

물론 모든 사람이 다 과장이 될 수 있는 건 아니지만, 한 과장이 농민이 되어 보는 것도 무방한 일이지 않는가? 과장이라고 하여 기쁠 것이 없고, 외국으로 도망쳤다고 하여 죄가 되는 것도 아니며, 농업에 종사한다 하여 우려할 것도 없다. 그는 되는대로 두루뭉술하게 처리해 버리는 한결같은 대인 철학자였다. 오후에 마구간에서 도구와 장비들을 정리하고 나서도 시간이 아직 이르자, 사육사를 도와 작두로 개자리를 썰었다. 그리고 날이 어둑어둑해져서야 그는 질박한 선의와 왕성한 식욕을 안고 때를 맞춰 마이쑤무네 집에 도착하였다.

마이쑤무의 집은 애국대대와 신생활대대의 접경지대에 있었다. 그의 집은 공로를 마주하고 있고, 왼쪽에는 생산건설 병단의 모 단위로 통하는 흙길이 있으며, 오른쪽에는 신생활대대의 면 가공하는 작은 작업장이 있었다. 이 작업장은 1년 중 반년은 비어 있었다. 작업장 뒤에는 신생활대대의 넓은 채소밭이 펼쳐져 있었다. 끝물 배추까지 수확을 마친 지금은 어렴풋하게 구별할 수 있는 높은 이랑과 두렁, 파서 부순 흙과, 밭에 떨어진 색깔이 누렇게 변한 반 건조 상태의 야채 잎들뿐이었다.

이 집은 마이쑤무의 두 번째 거처였다. 1962년 여름 마이쑤무 과장이 이곳으로 배치되어 왔을 때, 생산대에서는 이전에 목공방(木工房)으로 쓰이던 집을 내주었다. 올해 봄, 그는 신생활대대 제3생산대의 한 사원에게서 이 집터를 구입하고, 여기에다 집 두 채를 지었다. 그리고 원래의 집주인이 거주하던 찌그러진 소옥(小屋) 하나를 곳간으로 고치고, 다른 소옥 하나를 외양간으로 고쳤다. 그 외에 닭장을 새로 지었고, 비둘기 집과 야채 움을 만들었으며, 담장도 다시 쳤다. 농촌에 다소 어울리지 않는 지나치게 높고 정규적인 담장을 보며, 타이와이쿠는 지난번의 충돌을 떠올렸다. 그 날 타이와이쿠가 마침 차를 몰고 이곳을 지나가게 되었는데, 저 멀리에서 한 무리 사람들이 소리를 지르며 왁자지껄 떠들어대는 광경이 눈에 들어왔다. 알고 보니 마이쑤무가 이 담장을 칠 때, 원래의 토대에서 밖으로 1미터 가량 확장하여 쌓았던 것이다. 그래서 신생활대대의 채소밭을 점령하게 되었다. 아부두러허만이 제지하였지만 마이쑤무는 듣지 않고 "신생활대대 제3생산대 대장과 이미 말을 끝낸 일이니 당신이 상관할 바가 아니에요!"라며 변명하였다. 그러자 러허만이 말했다. "누구에게도 집단의 경작지를 침범할 권리는 없어요! 그리고 누구에게나 경작지를 지킬 권리가 있어요!"

두 사람은 서로 자기의 의견을 고집하면서, 팽팽하게 대치하고 있었다. 그 때 이리하무가 와서 러허만 노인의 관점을 지지하였고, 마이쑤무를 비평하였다. …… 안색이 음침하던 마이쑤무는 이리하무가 오자 곧바로 태도를 바꿨다. 그는 말을 얼버무리며 몇 마디 반성을 하기도 하였다. 그리고 아까운 마음을 참고 이미 무릎 높이까지 쌓은 담장 토대를 허물었다.

타이와이쿠는 그냥 닫아 둔 마당 대문을 열었다. 그를 반기는 것은 맞은편의 역사가 유구한 살구 밭이었다. 늙은 살구나무의 짙은 갈색의 균열된 껍질 위에, 가슴 아프게 투명한 진이 가득 붙어 있었다. 마당에는 아무도 없었다. 날이 저물어 가는 어스레한 빛 속에서 살구나무들의 모습은 더욱 크고 웅장하게 느껴졌고, 마당을 전체를 차지하고 하늘 전부를 가리고 있는 것 같았다. 타이와이쿠는 살구나무 숲의 깊숙한 곳에 자리한 주택으로 발걸음을 옮겼다.

뒤 걸음 걸었을 때 문득 심상치 않은 움직임 소리가 들렸다. 그는 돌아보지 않았지만 직감적으로 옆쪽 후방으로부터 개 한 마리가 달려오고 있다는 것을 알게 되었다. 이런 개는 가장 비열한 개로 그 성격의 특징은 무방비 상태에 있는 사람을 한 입 덥석 물고 재빨리 내빼는 데 있다. 타이와이쿠는 몸을 홱 돌렸다. 아니나 다를까 주둥이가 뾰족하고 눈 부위에 흰점이 있는 검정 개 한 마리가, 비단 같은 털을 번쩍이며 달려오고 있었다. 짧은 찰나에 타이와이쿠는 그 개의 잘생긴 외모와 저속한 행위의 부조화에 안타까움을 느꼈다. 타이와이쿠는 정신을 차리고 자세를 살짝 낮춘 다음 왼쪽 다리를 약간 구부린 상태에서 오른쪽 다리를 뒤로 뺐다. 일단 개가 덮치면 이단차기로 퇴치할 생각이었다.

그의 거대한 몸집, 만반의 준비를 마친 표정, 팽팽하게 당겨진 활 같은 자세, 똑바로 크게 뜬 눈에 달려오던 개는 이 자세를 보고는 기세가 꺾이고 겁을 먹은 듯 했다. 개는 앞몸을 잔뜩 낮추고 기지개를 펴는 것 같은 공격 자세를 한 채, 앞발로 땅을 박박 긁어댈 뿐 감히 앞으로 다가오지 못했다. 동시에 꼬리를 하늘 높이 쳐들고 흉악하게 "컹컹"하고 짖어댔다. 그런 채로 10초 간 대치 상태를 유지하다가 타이와이쿠가 먼저 앞으로 한 걸음 성큼 다가갔다. 그러자 개는 깜짝 놀라 뒷걸음질 치더니 더 악을 쓰며 짖어댔고, 심지어 제자리에서 껑충껑충 날뛰기까지 하였다. 타이와이쿠는 피식 냉소를 짓고 나서 뒤도 돌아보지 않고 다시 가던 길을 성큼성큼 걸어갔다. 물론 경계를 끝까지 늦추지 않았다.

개 짖는 소리와 함께 문이 삐걱 하고 열렸다. 마이쑤무와 아내, 우즈베크 여인 구하이리바눙이 걸어 나왔다. 그녀는 높다란 전랑에 꼿꼿하게 서서 검은 개의 무례한 행동을 호통 치면서 제지하지도 않고 손님에게 인사도 하지 않았다. 그녀는 타이와이쿠를 뚫어지게 쳐다보기만 하였다. 해가 저물고 어둑어둑하여 찾아온 사람이 누군지 미처 알아보지 못한 것일 수도 있다. 타이와이쿠가 전랑 바로 앞까지 걸어와 "구하이리바눙 누님"하고 부르자 그제야 정신을 차린 듯 대답하였다.

　대부분의 우즈베크 혈통을 가진 사람들의 둥글둥글하고 돈후한 얼굴과는 달리 구하이리바눙은 긴 얼굴형이었다. 키가 크고, 피부가 검은 그녀는 비록 색이 바라긴 했지만 꽤 고급스러운 자줏빛 스웨이드(絨面) 원피스를 입고 있었는데, 호리호리한 몸매가 더욱 돋보였다. 그녀는 길고 가는 눈썹 아래 납작하고 큰 두 눈을 가지고 있었고, 코끝이 단정하고 높았다. 그리고 물 같이 맑고 촉촉한 눈빛과 약간 도드라진 작은 입술, 입가의 옅은 주름이 어우러져, 예쁘고 귀여운 외모에 성숙함이 더해졌고, 심지어 뚜렷한 생각과 의식을 가진 여성의 이미지가 엿보였다. 타이와이쿠라는 것을 알아채고 멍하게 서있던 그녀는 곧바로 활기가 넘치기 시작하였다. 그녀는 가늘고 카랑카랑한 목소리로 손님의 안부에 대답하였다. 그녀는 참 한결같았다. 처음 손님을 만나면 그녀는 목소리를 거의 8단을 높여 가성으로 자신의 반가움과 기쁨을 표현하곤 하였다.

　"어서 들어오게! 들어와! 타이와이쿠라훙, 내 동생!"

　"마이쑤무 형 집에 계세요?"

　"들어가요, 들어가서 앉아요!"

　타이와이쿠가 집 안으로 들어와 앉은 다음, 다시 한 번 마이쑤무에 대해 물어 보어보자, 그제야 그녀는 대답하였다.

　"아니요. 아직 돌아오지 않았어요. 곧 돌아올 거예요." 그녀는 웃으며 말했다. 코를 찡긋하며 환하게 웃는 그녀의 예쁜 콧마루에는 주름이 살짝 잡혔고, 앞으로 도드라진 입은 활짝 핀 나팔꽃 같았다. 그 속에서 아주 작은 눈부신 금니 하나가 보였다.

　구하이리바눙의 대답에 타이와이쿠는 깜짝 놀랐다. 집에 남자 주인이 없어서가 아니라, 가성으로부터 진성으로 바뀐 여주인의 목소리 때문이었다.

그것은 비음이 잔뜩 섞인 쇅쇅한 저음이었다.

타이와이쿠는 아무 말도 하지 않고 얌전하게 앉아 있었다. 그는 배가 고파서 뱃속에서 꼬르륵 소리가 날 정도였다. 구하이리바눙은 밀가루 반죽을 하면서 식사준비를 하고 있었다. 그녀의 손에 들려있는 밀가루 반죽덩어리가 얼마나 작은지 타이와이쿠 한 사람이 먹기에도 부족한 양이었다. 그녀는 반죽을 하면서 타이와이쿠에게 친근하게 이것저것 물어보았다. 그녀의 질문에 타이와이쿠는 "네" 혹은 "탕(堂, 이리 지역의 사람들이 '누가 알겠어요[誰知道呢]'라는 뜻으로 자주 사용하는 어조사임)"으로만 대답하였다. 무슨 영문인지 모르겠지만, 구하이리바눙의 목소리에는 듣는 사람으로 하여금 불편함을 느끼게 하는 뭔가가 있었다. 타이와이쿠는 그녀의 목소리를 들으며 부드럽고 끈끈한 접착제 같은 것을 연상하게 되었다.

반시간이 흘렀다. 그리고 또 10분이 지났다. 밖은 완전히 어두워졌다.

하지만 마이쑤무는 여전히 모습을 드러내지 않았다. 구하이리바눙과 단둘이 있는 것이 너무나도 어색하여 타이와이쿠는 더 이상 앉아 있을 수가 없었다.

타이와이쿠가 불편해하는 것을 눈치 채고 구하이리바눙이 물었다.

"그 사람에게 무슨 볼일이 있어요?"

"마이쑤무 형이……"

타이와이쿠는 "불러서 왔어요."를 생략하였다. 말할 필요가 없다고 생각하였다. 그래서 다시 대답하였다.

"아니요…… 먼저 가 볼게요."

구하이리바눙은 잡지 않았다. 타이와이쿠는 자리에서 일어나 집 밖으로 나왔다. 비록 오전에 타이와이쿠에게 신신당부하며 초대하였지만, 마이쑤무는 처음부터 진심이 아니었고, 그 초대는 무의미한 것이었으며, 그에게 저녁식사를 접대할 생각은 더더욱 없었다는 사실이 분명해졌다. 그러나 화를 낼 필요도 없는 일이었다. 말하고 돌아서자마자 바로 까먹는 경우는 일부 사람들에게 신기하지도 않고 놀랄 것도 없는 일이었다. 따지고 보면 마이쑤무가 그를 접대해야 할 의무도 없었다. 그렇다면 마이쑤무가 왜 스스로 책임지지 못할 말을 했는지에 대해서도, 머리 복잡하게 생각할 필요가 없는 것이다. 얼른 집으로 위구르어의 습관에 따르면 자신의 '가옥(房子)'으로 돌아가는 게 상책이었다.

마이쑤무는 자신이 했던 말을 잊은 게 확실하였다. 초대는 초대이고, 실제는 실제라는 것이 그의 일관된 태도이고 자세였다. 그 사람의 팔을 붙잡고 당장 집으로 가자고 한다면 몰라도, 그저 지나가는 말로 한 초대는 단지 호의이고, 예절이며, 아름다운 언어이고, 우정을 표현하는 모습일 따름이었다. 맛있는 음식은 사람들의 배를 위로하고, 아름다운 언어는 사람들의 마음을 위로하는 법이다. 누군가가 친근한 말로 초대하면서 호의를 베푼다면, 마음이 흐뭇해지면서 만족스러운 표정이 절로 나오지 않겠는가? 그러니 아름다운 언어에 인색할 이유가 있겠는가? 그러다 보니 맛있는 음식은 점점 줄어들고, 아름다운 언어만 점점 늘어갔다.

그리하여 오전에 타이와이쿠를 집으로 초대한 후 마이쑤무는 이 일을 완전히 잊고, 생각조차 하지 않았던 것이다. 고의적으로 거짓말을 한 것은 아니었다. 반대로 그에게 확실히 타이와이쿠를 초대할 마음이 있었다. 그러나 그 자리가 아직 준비되지 않았고, 그 날이 오늘이 아니었으며, 이번 기회가 아니었다. 퇴근 후 마이쑤무는 한 구두자이(靴匠) 집으로 가서 차를 마시고, 이야기를 나누고, 발 치수를 쟀다. 그는 가죽부츠 한 켤레를 맞췄다. 그리고 여유롭게 천천히 돌아다니다가 집으로 돌아왔다.

마침 대문 앞에서 타이와이쿠와 마주쳤다. 그제야 마이쑤무는 오전에 한 약속이 떠올랐다. 그는 황급히 타이와이쿠를 잡으며, 거듭 사과하고 재삼 유감을 표하였다. 그리고 제4생산대의 회계가 자꾸 붙잡는 바람에 어쩔 수 없이 늦었다며, 제4생산대의 회계를 죽일 놈이라고 욕하였다. 결국 타이와이쿠는 마이쑤무의 손에 끌려 다시 집 안으로 들어갔다.

집에 들어서자마자, 마이쑤무는 구하이리바눙을 향해 버럭 화를 냈다.

"어찌 손님을 그냥 돌려보낼 수 있어?"

그리고 또 욕을 해댔다.

"왜 탕면을 했지? 오늘 저녁에 귀빈을 접대할 거라고, 미리 얘기했는데?"

"언제 나에게 말했어요?"

구하이리바눙은 눈을 동그랗게 뜨며 소리 없이 따졌다. 그러나 남편의 눈빛을 보기도 전에 구하이리바눙은 이미 모든 것을 깨달았다. 그녀는 머리를 숙이고 입속으로 우물거리며, 모든 잘못과 책임을 감당하였다. 그리고 그대로 머리를 숙인 채, 한 마디도 하지 않고, 식사준비를 하였다. 남편 앞에서 그는 순종적이고 조용한 숙녀였다.

정작 타이와이쿠는 그들 부부의 무언의 대화에 아무 관심이 없었고, 이상한 분위기도 눈치 채지 못했다. 타이와이쿠는 배고픈 정도가 지나쳐서 오히려 시장기를 느끼지 못하게 되었다. 마차를 모는 사람에게 있어, 하루 세 끼 중에서 한 끼를 거르는 일은 한 끼를 더 먹거나, 혹은 삼시세끼를 제 때에 챙겨먹는 것과 같이 흔한 일이었다. 타이와이쿠는 벽에 기대어 앉아서, 이런저런 생각을 하였다. 오늘 흰말이 땀을 왜 그렇게 많이 흘렸을까? 오른쪽 윤축에 기름을 바를 때가 되었지. 이제 일곱 시간이 지나면, 다시 말에 수레를 메워야하고, 나의 새로운 하루가 시작되는구나. 내일 이닝시의 백화점을 지날 때, 방울 장난감을 사다가 이리하무의 막내딸에게 줘야겠다. 그리고 미치얼완이 기워주겠다고 했던 바지를 찾아와야겠다. 입다가 해진 옷은 버리면 그만이라는 것이 그의 생각이었지만, 미치얼완이 기어이 버리지 말라며 기워주겠다고 하였던 것이다. 그리고 그를 근검하고 소박하지 않다고 책망하였다……

탕면이 식탁에 올라오는 동시에, 또 한바탕 자아비판이 이어졌다. 타이와이쿠가 다행히 귀를 기울여 듣지 않았으니 망정이지, 만약 그 침울하고 절절한 죄책감이 담긴 언어들을 열심히 들었다면, 아마 너무나 감동되어 눈물을 흘리느라 식사조차 할 수 없었을 것이다.

타이와이쿠는 국수 한 그릇을 뚝딱 비웠다. 구하이리바눙이 두 번째 그릇을 담고 있을 때, 마이쑤무는 자리에서 일어나 안방으로 들어갔다. 그리고 상자를 열고 닫는 소리가 들렸다. 마이쑤무는 손에 백주 한 병과 술잔 하나를 들고 다시 나타났다.

타이와이쿠가 술을 좋아한다는 것을 마이쑤무는 잘 알고 있었다. 그는 득의양양하여 춤 스텝을 밟으며 다가오더니, 타이와이쿠 눈앞에서 술병을 휙 흔들었다. 타이와이쿠는 눈썹을 위로 찡긋하면서 입가에 옅은 미소가 번졌다. 마이쑤무는 술병을 식탁 위에 툭 내려놓았다. 위구르족들의 음주 습관에 따라 우선 자기가 한 잔을 따라 쭉 마셨다. 마이쑤무는 눈썹을 찡그리고 입을 일그러뜨리며 고통스러운 얼굴로 연신 호호 입김을 불었다. 독한 술의 쓰고 매운 맛을 감당할 수 없다는 표정이었다. 그다음 다시 그 술잔에 술을 넘치도록 가득 채워서 타이와이쿠에게 건넸다.

타이와이쿠는 머리도 들지 않고 두세 입 만에, 두 번째 그릇의 국물과 국수를 몽땅 흡입해 버렸다. 그리고 술잔을 들어 살짝 기울였다. 술잔은 단번에 술 한 방울 없이 깨끗해졌고, 입술조차 젖지 않았다. 그는 힘들게 머리를 뒤로 젖히지도 않았고, 부자연스러운 넘김 동작도 하지 않았다. 그야말로 시원한 물을 마시는 것처럼 쉬웠다.

"대단해요!"

마이쑤무는 술잔을 받으며, 감탄을 금치 못했다.

"이게 진정한 사내대장부죠! 이게 바로 위구르족이에요! 이것이야말로 우정이라고요!"

구하이리바눙은 식탁을 깨끗하게 정리하고 나서 후식으로 과일사탕 한 접시와 절인 파란 토마토(青番茄) 한 접시를 내왔다. 마이쑤무는 스스로 술잔을 채우고 나서, 한 모금 살짝 마셨다. 그리고 술잔을 들고 말했다.

"방금 당신이 술 마시는 그 하나의 작은 동작에서, 다시 말하지만, 그 하나의 작은 동작에서 나는 위구르족의 자부심, 청춘, 영혼을 보았네! 아름다운 젊은 시절은 유수같이 흘러가고, 청춘은 붙잡을 수 없고…… 시대가 변했지, 변했어. 지금 이 시대에 진정한 위구르인이 얼마나 되겠나! 하지만 나는 지금 봤다네. 자네가 남자답게 먹고, 일도 사내답게 잘하고, 즐길 줄도 알고, 고생도 두려워하지 않으며, 행복을 누릴 줄도 한다는 것을 말이네. 그리고 경 읽을 때는 경을 읽고, 춤출 때는 또 춤을 추고……"

"독경은 열심히 하지 않았어요. ……"

타이와이쿠가 작은 소리로 말했다.

"그건 단지 비유일 뿐이네. 속담이 그렇다는 말이지! 자네는 용감하고, 의지가 굳세며, 성격이 활달하고, 수사자보다 더 위풍이 당당하며, 준마보다도 힘이 더 좋은 것 같네……"

타이와이쿠는 귀찮은 듯 손을 내저으며 재촉하였다.

"얼른 술잔이나 비우세요!"

"잠깐만! 그리고 당신은 또 겸손하고, 산처럼 우람하며, 물처럼 유순하고, 바람처럼 빠르고 민첩하며, 불처럼 열정이 넘쳐나네……"

"그만하세요!"

타이와이쿠가 다시 한 번 제지하였다. 마이쑤무는 술잔을 더 높게 들어 올리면서 말했다.

"원래 이 잔은 내가 마셔야 하는 술이지만, 자네에 대한 나의 경의를 표하기 위해, 자네에게 넘겨주겠네. 내 술잔을 받아주게, 우리 친구처럼 지냅시다. 어때, 친구가 되어 줄 텐가?"

타이와이쿠는 술잔을 받았다. 그리고 입술을 달싹거렸다. 예절에 따르면, 답례로 그도 아름답고 감동적인 말들을 해야 했다. 그러나 마이쑤무의 지나치게 과장되고 노골적인 아부는, 술병을 옆에다 두고 견디기 힘든 말들이었다. 타이와이쿠는 어떤 말로 대답해야 할지 몰라서, 묵묵히 또 한 번 '쭉' 마셨다. 그리고 미간을 약간 찌푸렸다.

"술을 마신다는 게 뭐예요? 술 마시는 법은 우리가 바로 정석이지. 한족들은 술을 마실 때 안주를 엄청 많이 먹거든…… 그들이 마시는 건 술이 아니라, 안주를 씻은 물이고, 조미료이지. 러시아인들은 또 어떤가? 참, 그걸 술 마시는 거라고 할 수 있나? 그건 한약 마시는 거나 다름없지. 그들은 술 한 모금에 과일사탕 한 알, 혹은 양파 한 입이나, 혹은 마늘 한 쪽을 먹지. 가장 어이없는 것은, 러시아인들은 술을 마시고 나서 알코올 냄새를 견딜 수 없어 한다는 거지. 그래서 그들은 모자를 벗어 냄새를 맡는데, 땀을 많이 흘린 머리 냄새로 술 냄새를 쫓아내는 거지. 이건 아예 교양 없는 행위이지…… 그리고 카자크인은 양가죽 주머니를 들고 마유주를 마시는데, 그건 술을 마시는 게 아니라, 말……"

타이와이쿠는 손을 휙휙 내저으며 그만하라는 의사를 나타냈다. 그는 마이쑤무의 각 민족의 음주 습관에 대한 연구를 더 이상 듣고 싶지 않았던 것이다.

술잔이 오가자 타이와이쿠의 얼굴도 약간의 술기운이 돌기 시작하였다.

마이쑤무의 얼굴색은 갈수록 창백해졌다. 타이와이쿠는 반잔을 더 마시고 나서 과장에게 그토록 비웃음을 당한 과일사탕을 입에 넣고 씹었다. 마이쑤무가 또 다시 말했다.

"세상에 마부보다 더 위대한 사람이 있나? 속설에 마부는 곧 고부(苦夫)라는 말이 있지. 자네는 추위와 더위를 무릅쓰고, 밤과 낮을 가리지 않고, 매일 배고픔·갈증과 싸우면서, 풍찬노숙하고 있잖아. 먼지 때문에 새 옷이 썩을 지경이고, 석탄에 피부가 까맣게 물들곤 하지…… 뿐만 아니라, 항상 위험 속에서 살고 있지. 가파른 낭떠러지 옆의 울퉁불퉁한 산길을 오가고, 낡은 다리와 모래톱 위를 달려야 할 뿐만 아니라, 날이면 날마다 말이 통하지 않는 가축을 벗 삼아야 하니…… 마부의 몸 위로 마차가 지나가는 것을 내 눈으로 본 적도 있다네…… 늙을 때까지 허리·다리 한 번 끊어지지 않고, 귀·눈이 멀쩡한 마부가 얼마나 되겠나? 적어도 손가락 몇 개는 잃게 마련이지!"

"그런 근거 없는 소리는 그만해요!"

"그러죠."

마이쑤무는 타이와이쿠의 뜻을 오해하였다. 자신의 불길한 말 때문에, 타이와이쿠가 겁을 먹고 제지하는 것이라고 생각하였다. 그래서 그는 말을 바꿨다.

"내가 하려는 말은, 전 생산대에서 당신을 따라갈 사람이 없다는 거지! 자네 공로가 가장 크고, 공헌이 가장 많으며, 능력이 가장 뛰어나고, 하는 일도 가장 힘들고…… 물론 마차를 모는 일은 가장 고귀하고, 가장 자랑스러우며, 가장 자유로운 직업이기도 하지. 행인들은 누구나 자네의 마차를 공짜로 얻어 타려고 하지. 그리고 집집마다 당신 편에 크고 작은 부탁을 하려고 하지. 말과 수레는 곧 재부이고 권력이네. 그렇지 않은가? 마부는 나그넷길에서의 알라지……"

"내일 탄광에 가는데, 분탄 한 마대 실어다 줄까요?"

타이와이쿠는 재빨리 현실적인 제안을 하였다. 그 목적은 마이쑤무의 도도하게 소용돌이치는 아부의 격랑과 거품 속에서 빨리 벗어나기 위함이었다.

"아냐, 아냐, 그런 뜻이 아니네. 내가 자네를 초대한 이유는 절대로 석탄 때문이 아니라네. 사람 때문이라네."

마이쑤는 잠시 머뭇거리더니 쑥스러운 듯 웃으면서 말했다.

"소련공산당 중앙 서기장(第一書記) 니키타 후루서체프(尼基塔·赫魯舍切夫, 일반적으로는 흐루시초프라고 하는데, 마이쑤무가 여기서 '쇼(曉)'를 '서체(舍切)'라고 발음한 이유는 자신의 러시아어 발음의 정확성을 강조하기 위한 것이다)가 말한 적이 있네. '모든 것은 사람을 위해서다!' …… 그리고 그게 뭐냐, 음, 물론, 만약 자네가 기어코 분탄을 실어다 주겠다고 하면 나는 어떻게 해야겠나? 당신의 호의를 거절할까? 어쩔까?"

타이와이쿠는 침묵하였다. 그리고 술잔을 뚫어지게 쳐다보는 두 눈은 마치 "마치 술이나 따라줘요."라고 재촉하는 듯하였다.

그러나 마이쑤무는 서두르지 않았다. 그는 한숨을 내쉬더니 목소리를 낮춰 말했다. "자네에게 똥을 실어오는 임무를 주겠다는데……"

"뭐라고요?"

"대장이 그랬다네. 당신을 이리시로 파견하여, 똥을 치고, 똥을 실어오는 임무를 주겠다고 말이네."

타이와이쿠는 혀로 소리를 "딱" 내며 부정의 뜻을 나타냈다.

"정말이라니까!"

마이쑤무는 손가락으로 식탁을 내리치며, 사실이라고 강조하였다.

타이와이쿠는 처음에는 당혹스러워하다가 점점 분노로 바뀌었다. 이리의 농촌에는 사람의 똥과 오줌을 비료로 사용하는 습관이 없었다. 타이와이쿠의 마음속에서 똥은 세상에서 가장 더럽고 구역질나는 존재였다. 똥과 오줌이 싫어서 그는 몇 십 미터나 더 걸어 외진 광야를 찾아 대소변을 보곤 하였다. 그런데 이 버젓한 사내대장부에게 똥을 치우라고 하다니! 설마 그 동안 정성을 다해 아껴온 마차에 똥과 더러운 밑 닦은 종이, 회충까지 실으란 말인가? 설마 목숨처럼 사랑하는 그의 흰말에게 이런 더러움을 견디게 하란 말인가? …… 그는 단호하게 말했다.

"안 가요!"

"안 가면 어쩔라고? 대장의 지시인데!"

마이쑤무의 눈빛에는 야유와 도발이 섞여 있었다.

"대장의 지시라도 안 가요?"

마이쑤무는 목소리를 높였다.

"물론, 겨울에는 탄광을 다니는 게 훨씬 좋겠지. 매번 한두 덩이씩만 남겨도, 일 년 치 땔 것은 될 테니까……"

"나는 그런 일을 한 적이 없어요. 석탄 살 돈은 충분히 있어요!"

"사실, 똥을 나르는 것도 좋은 일이지. 퇴비를 만들잖나. 한족 농민들은 똥을 비료로 사용한다니까! 대대손손 우리는 똥을 사용하지 않고도, 흰 밀가루로 만든 낭을 먹어왔지만 말이야…… 하지만 지금은 모든 일에서 한족을 따라 배워야 하잖아, 그렇지 않은가?"

"이게 한족이랑 무슨 상관이에요. 시답지 않은 소리라고요."

타이와이쿠는 반감을 느꼈다. 기분이 언짢고 초조해진 그는 체면을 차리지 않고 다그쳤다.

"술 따라요!"

"마시게나!"

마이쑤무는 그런 타이와이쿠에게 공손하게 술을 건네주었다.

"그런데, 자네는 왜 아내를 놓아주었는가? 채찍을 내려놓고 집으로 돌아오면, 사면의 벽이 얼음장처럼 차갑게 느껴지지 않나?"

타이와이쿠는 머리를 숙이고 술병을 물끄러미 바라보았다.

"쉐린구리는 갈수록 예뻐지던데. 태양보다 눈부시고, 달보다 아름다운 여성이지…… 그런데 부질없이 대장 동생 손에 넘어가고 말았으니……"

"갑자기 왜 쉐린구리를 거론하는 겁니까?"

타이와이쿠는 머리를 더 깊게 숙였다. 쉐리구리의 결혼으로 인해 그는 실의에 빠졌고, 무언가 잃어버린 듯한 기분이었다.

"당신이 가엾고 안타까워서 그래! 당신이 아이바이두라보다 모자란 게 뭐가 있나? 결국은 이리하무를 등에 업고……"

"마이쑤무 형, 오늘 내게 술을 접대하려고 부른 게 아닌가요? 왜 그 사람의 이름을 자꾸 입에 올리는 거죠?"

"화 내지 말고, 기분 풀게 나! 내가 본의 아니게 아픈 데를 건드렸군 그래. 그래 아네, 알아. 아! 아름다운 라일락……"

"허튼소리 말아요!"

타이와이쿠는 식탁을 땅 치며 소리쳤다. 그는 머리를 들더니 두 눈을 부릅뜨고 마이쑤무를 똑바로 쳐다보았다. 음울한 눈빛에서 무한한 자부심이 흘러나왔다.

"순전히 허튼소리만 하네요. 나 타이와이쿠는 당당하고 공명정대한 남자라고요! 나는 하루에 흙벽돌을 1,200장 만들었었고, 하루에 세 묘(畝)나 되는 밀을 수확한 적이 있는 사람이라고요! 나랑 살기 싫다는 여자는 나도 붙잡지 않아요. 가라고 해요! 나랑 무슨 상관이에요? 나는 아내를 놓아줄 용기가 있는 만큼, 두 번째 아내를 맞을 능력도 있어요! 만약 두 번째도 내 주먹을 감당하지 못한다면, 또 보내줄 수 있어요. 그리고 세 번째 아내를 얻으면 그만이에요……"

"그려! 그려! 그렇게 해야지!"

마이쑤무는 연신 갈채를 보내며 자신이 한 모금 마신 술잔을 또 재빨리 타이와이쿠에게 공손하게 올렸다.'

타이와이쿠는 술잔을 받아 단숨에 들이켰다.

"나는 성질머리가 나빠요. 그러나 마음은 착해요! 이리하무는 나를 친형제처럼 대해줘요. 당신이 내게 왜 그런 말을 해요? 무슨 의도예요? 나는 공사의 훌륭한 사원이라고요. 내가 앞을 지나가면, 집집마다 '안으로 들어와요. 어서 와요!'라고 하면서, 반갑게 맞아줘요. 그런데 내가 왜 가엾고 안타깝죠? 채찍을 내려놓고 집으로 돌아가면, 아이마이타훙(艾買塔洪)이 라몐탸오 한 그릇을 가져오고, 싸이마이타훙(賽買塔洪)이 바오쯔 한 접시를 들고 와요. 사면 벽이 얼음장 같다고 누가 그래요? 당신 오늘 내게 술 접대하려고 부른 거 아니에요? 술 있으면, 술이나 더 내와요. 한 병밖에 없어요? 한 병으로는 취하지도 않아요. 술 없으면 그만 갈게요!"

타이와이쿠는 자리에서 벌떡 일어나 마이쑤무의 재잘거리는 소리를 무시하고 접대해줘서 고맙다는 인사도 하지 않은 채 걸어 나갔다. 그리고 문어귀에 서서 뒤를 돌아보며 말했다.

"구하이리바눙 누님! 당신네 검둥개를 잘 지켜요. 주제를 모르고 나에게 덤볐다가 내 발질에 어떻게 될지 몰라요!"

2 2 장

온화하고 아름다운 신혼, 카스와 이리지역 라멘탸오의 차이
첫날밤의 어색함, 다짜이(大寨)의 꿈

타이와이쿠가 마이쑤무 집에 있던 그 날 쉐린구리는 한 번 또 한 번 대문 앞까지 나가 아이바이두라가 돌아오기만 목 빠지게 기다리고 있었다.

막 결혼 한 그들은 여전히 '신혼휴가'를 보내고 있는 중이었다. 오후에 아이바이두라는 당나귀 달구지 한 대를 빌려서 겨울에 불쏘시개로 쓸 옥수수 속대를 실으러 마을의 식량 창고로 갔다. 집을 나설 때, 아이바이두라는 분명 한 시간 남짓 있다가 돌아올 거라고 하였다. 그런데 벌써 오후가 다 지나고 날이 저물었으며 날도 제법 쌀쌀해져 집 앞마당에 심은 과일과 채소에 대던 작은 수로의 남은 물(餘水)에도 이미 살얼음이 얼었건만, 아이바이두라는 여전히 돌아오지 않고 있었다.

그들의 신혼집에 앉아 남편을 기다리고 있는 쉐린구리의 마음은 조급하기도 했으나 한편으로는 달콤하기도 하였다. 그다지 크지 않은 집 안의 새로 칠한 하늘색 벽에서는 석회수 냄새가 났고, 단향(檀香) 비누·새 화포(花布)의 염료·양고기 튀김·양파·고추·배추·연탄가스 등의 냄새가 혼합되어,

행복한 가정에서만 맡을 수 있다는 향기가 풍기고 있었다. 신혼집은 디리나 얼이 도와서 정리하고 꾸민 것이었다. 집안은 전체적으로 깨끗하고 보기 좋았으며 정갈하였다. 그러나 쉐린구리는 오늘 내내 이것저것 반복해서 다듬고, 체크하고, 조절하면서, 가만히 있지를 않았다. 그는 의자를 밟고 올라서서 벽에 걸린 작은 그림액자의 위치를 약간 옮겼다가 내려와서 확인하고는 다시 원위치로 복귀시키기를 반복하였다. 그리고 새로 장만한 설치가 잘 되어 있는 거울처럼 깨끗하고 반짝거리는 단철(鑌鐵) 화로와 연통을 뜯어서, 이리저리 만지작거리다가 다시 설치하기도 하였다. 그녀는 쉴 새 없이 바닥을 쓸고, 탁자를 닦고, 새 솥과 그릇들을 씻고 하면서, 집안 곳곳이 매끄럽고 윤이 나며, 사람이 비칠 정도로 깨끗해질 때까지 움직였다. 그녀는 마치 자신에게 늘 만족하지 못하지만, 또 자신에게 깊게 도취되어 있는 예술가 같았다. 수정의 행위 자체가 목적이 된 그녀는 흥분상태에 빠져 있었고, 희열에 젖어 있었으며, 동시에 머리가 어지러운 느낌이었다.

한바탕 정리와 수정을 마친 쉐린구리는 조용히 앉아서, 자신의 손길이 닿은 결과물을 감상하며 까다롭게 트집 잡고 있었다. 이 모든 것은 심지어 환상 속에서조차 똑바로 바라볼 수 없었던 상황이었다. 그런데 오늘 그녀의 소원대로 이토록 마음에 들고 불가사의한 상황이 이루어졌던 것이다. 오늘 그와 아이바이두라가 정녕 하늘과 땅처럼 영원히 변치 않는 행복한 생활을 꾸린 걸가? 오늘 그에게 정녕 안락하고 포근한 가정이 생긴 걸까? 그녀 앞에서 항상 등을 돌리던 운명이 오늘부터 정녕 그녀에게 너그러워지고 자애로워지는 걸까? 이 모든 게 진실이 맞는 걸까?

이건 진실이었다. 아이바이두라는 곧 돌아올 것이다. 그는 그들을 위해 따뜻함과 밝은 빛을 발산해줄 옥수수 속대뿐이 아니라, 온 세상을 싣고 돌아올 것이다. 아이바이두라는 쉐린구리의 전부이고, 생활의 맥박이며, 참신한 사상이고, 풍부한 지식이며, 순박한 덕행과 오색찬란한 견문이었다. 그녀는 한 시간 두 시간 시간 가는 줄 모르고 아이바이두라의 이야기를 들으며, 아이바이두라의 행동을 하나하나를 관찰하곤 하였다. 아이바이두라는 끊임없이 솟구쳐 나오는 영원히 고갈되지 않는 맑디맑은 샘물처럼 부단히 그녀의 가슴속의 갈증을 해소시켜 줄 수 있었다. …… 그런데 왜 아직도 돌아오지 않는 걸까?

쉬린구리는 저녁식사로 라몐을 먹을 생각이었다. 두 시간 전에 그녀는 벌써 밀가루를 반죽하고 물렁해지도록 숙성시켜 놓았으며, 몇 개의 큰 덩어리로 나누어 나선형으로 빚어 놓았다. 그리고 그 위에 유채 씨 기름을 한 층 바른 다음 큰 접시 안에 넣고 따뜻한 수건으로 덮어 놓았다. 뿐만 아니라 쉬린구리는 라몐에 곁들여 먹을 채소를 볶았고, 거기에 국물을 부어 덮개가 달린 작은 녹색 법랑 단지에 넣어두었다. 그리고 한 시간 전부터 솥을 부뚜막에 올려놓고 물을 끓이기 시작하였는데, 물이 끓어 없어지면 다시 생수를 붓고, 불이 약해지면 또 석탄을 넣었다. 그런데도 아이바이두라는 아직도 돌아오지 않았다.

한참이 지나자 두 바퀴 짐수레의 삐걱거리는 소리, 당나귀 발굽이 땅에 박히는 소리가 들렸다…… 이미 몇 번이나 대문 밖으로 뛰쳐나가 목을 빼들고 두리번거렸지만 번번이 허탕만 치다가 지금 기다리던 순간이 오자 그녀는 행복해서 서 있기조차 힘들 정도였다.

쉬린구리는 아이바이두라를 도와 짐을 내리고 함께 집안으로 들어왔다. 집안의 밝은 불빛을 빌려 그제야 아이바이두라의 땀과 먼지로 범벅이 된 얼굴을 볼 수가 있었다. 새 옷도 더러워져 있었다.

"당신, 무슨 일 있었어요?"

쉬린구리가 궁금해 하며 물었다. 그녀는 "왜 이렇게 늦었어요?"라고 묻지 않았다. 아이바이두라가 돌아왔다는 기쁨 때문에, 그녀는 불만이 담긴 어투로 추궁하듯 캐물을 수가 없었다. 뿐만 아니라, 여전히 '당신'이라고 불렀다.

"얼마나 좋았는지 몰라요! 다들 그야말로 열정이 넘쳐나요. 이리하무 형이 우리들에게 많은 이야기를 해주었어요. 쉐린구리, 내일부터 우리도 일하러 나갑시다. 꼭 나갑시다!"

아이바이두라는 무척 기뻐하며 두서없이 말했다.

쉐린구리는 머리를 끄덕였다. 왜 며칠 더 쉬지 않는지, 그녀는 생각조차 하지 않고, 무조건 아이바이두라의 뜻에 따른 것이었다.

"오후 내내 이리하무 오라버니의 이야기를 들었던 거예요?"

그녀는 이렇게 물으면서, 한편 구리 징후(淨壺, 손을 씻고 세수하는 물을 담는 전용 구리 주전자로서, 선이 굴곡적이고, 비교적 높다) 안에 찬물과 더운 물을 섞었다. 그리고 자기의 손등으로 물의 온도를 체크해보고 나서, 차갑고 뜨거운 정도가 적절해지자 대야에 물을 붓고, 아이바이두라의 옆에서 시중을 들어주려고 하였다.

아이바이두라는 아직 이런 시중이 익숙하지 않았다. 그는 주전자를 이리 달라며 손을 내밀었다. 그러나 쉐린구리는 개의치 않았다. 아이바이두라는 서툴게 두 손으로 물을 움켜 떠서 뿌리며, 얼굴, 눈, 콧구멍을 씻고, 귀 안의 먼지를 씻어냈다. 그는 시원하여 "흥흥" 하는 우스운 소리를 냈다. 그는 팔과 목도 씻었고, 평소에 잘 쓰지 않는 비누까지 사용하였다. 그런 다음 쉐린구리의 손에서 흰색 바탕에 두 송이 화려한 모란꽃을 날염한 새 수건을 받아 얼굴과 목이 빨개질 정도로 힘껏 닦았다. 그는 얼굴을 닦으면서 설명하였다.

"이리하무 형이 양식을 다시 한 번 점검해 보라고 해서 나도 이밍쟝을 도와 양식을 점검했어요. 다음 달에 사회주의 교육공작대가 온대요. 마을에서는 지금 눈코 뜰 새 없이 일하고 있어요. 그런데 어찌 한가하게 옥수수 속대만 싣고 돌아올 수 있겠어요? 남들은 먼지와 연기 속에서 구슬땀을 흘리고 있는데, 나 혼자 단정하게 차려입고, 일도 안 하고 있으니, 꼭 지주 집 도련님 같았어요. 정말 난감했어요. ……"

아이바이두라가 웃었다. 그는 웃을 때 잇몸이 약간 드러났는데, 그 모습이 정직하고 무던하게 느껴졌다.

"한창 식량 점검을 도와주고 있는데, 우얼한 누님이 배급 식량을 받으러 온 거예요. 그 불행한 여자가 어찌 한 마대 양식을 메 나를 수 있겠어요? 그래서 이 참에 아예 몇 달 치 식량을 한꺼번에 받아가라고 했죠. 그리고 내가 끌고 갔던 당나귀 달구지로 집까지 실어다 주었어요. 우얼한 누님이 고맙다며 기어이 차 한 잔 마시고 가라며 붙잡는 걸 그냥 나와 버렸어요. 그런데 길에서 마침 하곡의 낡은 양 우리에서 양 똥을 싣고 돌아오는 투얼쉰베이웨이를 비롯한 한 무리의 사람들을 만났어요. 그래서 그들을 도와 양 똥을 부리고, 양 똥이 발효한 정도가 아직 부족한 것 같아, 흙으로 몇 더미 되는 양 똥을 덮어놓았어요. …… 그리고 또 이것저것 하다 보니 지금 이 시간이 되어서야 돌아온 거예요."

"내일부터 일하러 나가야 한다더니, 들어 보니 오늘부터 한 거네요, 뭘."

쉐린구리는 깔깔거리며 웃었다.

"오늘은 일했다고 할 수 없어요."

아이바이두라는 입을 삐죽거리며 턱을 약간 들더니 말했다.

"그렇지만 용서해줘요. 오래 기다리게 해서 미안해요."

"아니에요. 오래 기다리지 않았어요."

쉐린구리는 자기도 모르게 거짓말을 하였다. 그녀는 연신 부정하고 나서, 접시를 가리키며 말했다.

"늦지도 빠르지도 않게, 때마침 잘 왔어요."

쉐린구리는 남은 식사준비를 하였다. 그의 라멘탸오는 카스가얼 식이었다. 이리 사람들처럼 하나하나 작은 반죽 덩어리로 나누어 하는 것이 아니라, 반죽을 몇 개의 큰 덩이로 나누고, 손으로 잘 비빈 다음, 나선형 모양의 모기향처럼 타래를 트는 것이었다. 숙성 시간이 길어지다 보니, 반죽 덩이들은 충분하게 물렁해졌다. 그녀는 한쪽을 잡고 별로 힘도 들이지 않고 면을 길게 또 더 길게 뽑았다. 손목에 어느새 빼곡하게 몇 바퀴 휘감겨 있는 가늘고 긴 면발들을 한꺼번에 잡고 탁자 위에 탁 내리치고 휙 털더니, 군더더기 없이 끓고 있는 물에 넣었다. 능란한 연결 동작으로 한 가마 가득한 면이 뚝딱 만들어졌다.

"완전 전문가네요!"

아이바이두라는 면 뽑는 과정을 지켜보더니 감탄을 금치 못하였다.

쉐린구리는 아이바이두라의 칭찬에 얼굴이 빨개져서 말했다.

"앉아서 쉬어요. 면이 다 익으면 그릇에 담아서 내갈게요. 왜 계속 여기에서 있어요?"

"혹시 내가 도와줄 일이 없을까 해서요?"

아이바이두라는 이렇게 말하면서 젓가락으로 솥 안에서 끓고 있는 면이 달라붙지 않게 휙휙 저었다.

"괜찮아요. 내가 할게요."

쉐린구리는 재빨리 젓가락을 빼앗아왔다. 아이바이두라는 유일하게 할 수 있는 일을 빼앗기고는 머쓱해져서 약간 부끄러운 표정을 지으며 식탁 옆으로 가서 앉았다.

얼마 되지 않아 라멘탸오가 완성되었다. 쉐린구리는 쫄깃한 면발을 건져 아이바이두라에게 큰 사발로 한 사발 수북하게 담아주었다. 그리고 그 위에 고기 한 조각이라도 더 얹어주려고 애를 썼고, 또 야채도 가득 담아주었다.

그녀는 아이바이두라에게 윗자리에 편안하게 앉으라고 하고는, 정작 자신은 작은 그릇에 면을 담은 후, 그 위에 배추 몇 조각만 얹어서 모퉁이에 몸을 옆으로 기울이고 앉았다.

"당신은 왜 그렇게 적게 먹어요?"

아이바이두라가 말했다.

"난 충분하니까, 당신이나 많이 먹어요. 천천히 많이 먹어요. 솥 안에 면이 더 있어요. …… 배부르게 먹었어요? 기억나요? 작년 여름, 당신은 내장탕을 한 그릇도 먹지 못 했잖아요…… 양파도 다시 식당에 돌려주었고요……"

"양파요? 그런가? 난 기억력이 나쁜가 봐요……"

아이바이두라는 얼굴을 긁적거리더니 다시 후루룩 후루룩 맛있게 먹었다. 그리고 먹으면서 말했다.

"음, 쉬린구리. 당신 오늘 마을에 안 간 게, 에이, 너무 아쉬워요. 이리하무 형이 얼마나 많은 유익한 말들을 들려주었는지 몰라요! 이번에 현에서 '선진대회(先進大會)'에 참석하였는데, 거기에서 우리 생산대가 표창을 받았대요. 현에서 우리들에게 신형의 쟁기를 상으로 주었대요. 그러나 배우면 배울수록 우리가 많이 뒤떨어졌다는 걸 느끼게 된다고 했어요. 엄격히 말해서 우리는 선진적 모범이라고 할 수 없다는 거예요. 현 위원회에서는 다짜이의 경험에 대해 가르쳤다고 해요. 다짜이가 어디에 있는지 알아요?"

"……"

"신문을 보지 않았어요? 그럼 라디오 방송도 듣지 않았어요? 집집마다 스피커를 달았잖아요!"

"다짜이는 산시성에 있어요. 옌안(延安, 황토고원에 있는 역사도시)이 있는 산시성이 아니라, 그 류후란(劉胡蘭, 혁명에 목숨을 바친 순국열사이자, 우수 공산당원)의 고향 산시 말이에요."

"맞아요! 이처럼 전면적이고 정확하게 알고 있다니! 당신의 대답은 지리 교과서에서 나올 법한 그런 모범 답안이네요. 나의 쉐린구리는 뒤떨어진 코흘리개 여자애가 아니란 걸 일찌감치 알고 있었어요. 나의 쉐린구리는 사상이 진보적이고, 아는 것도 많아요……"

쉐린구리는 두 손으로 얼굴을 가렸다. 기쁘기도 하고 부끄럽기도 하여 얼굴을 들 수가 없었다.

"이리하무 형은 우리 이리 사람들은 어릴 때부터 허풍을 배우고 자랐다고 했어요. 항상 우리 이리의 사과, 우리 이리의 쑤유며 꿀, 또 우리 이리의 백양나무며 무연탄(無煙煤), 그리고 신장에서 첫 손가락에 꼽히는 이리의 날씨를 노래 부르면서 허풍 떨기를 좋아한다는 거예요. 맞아요. 우리 이리의 자연조건이 뛰어난 건 사실이에요. 하지만 올해 봄, 자치구 당 대표대회(黨代會)에서 선정한 몇 개의 농업생산 선진집단(農業生産先進單位)은 대부분 난쟝 지역의 집단이었고, 타클라마칸사막과 근접한 지역이었어요. 왜 그랬을까요? 다짜이 사람들은 가파른 산비탈을 개간하여 층층이 계단식 밭을 만들었고, 그 1무당 단위생산량이 황허(黃河, 중국 제2의 강) 유역의 산량을 초과하였다고 해요. 그런데 우리는 왜 그 얼마 되지 않는 알칼리 문제도 해결하지 못하고 있을까요? 우리는 왜 이만큼의 성과밖에 이루지 못했을까요? 이유가 뭘까요? 왜일까요? 당신 혹시 생각해 본 적이 있어요?"

"나요? 뭘 생각해요?"

쉐린구리는 아이바이두라가 제기한 문제를 완전하게 이해하지 못했다. 지금 이 상황에서 이런 문제를 묻다니 너무나 갑작스럽고, 심지어 조금은 우스꽝스럽기도 하였다.

"사실, 나도 생각해본 적이 없어요. 그러나 이리하무 형은 생각했어요."

쉐린구리의 망연한 표정은 아이바이두라의 흥미진진함에 전혀 영향을 끼치지 못했다. 그는 계속하여 말했다. "이리 사람들이 자만에 부풀어 현실에 안주하면서, 늘 사과와 백양나무를 거론하는 것에 대해, 이리하무 형은 진작 싫증이 났다고 했어요. 해방된 지도 벌써 15년이란 시간이 흘렀는데, 우리도 위대한 사회주의 새로운 시대에 어울리는, 새로운 성과를 창조해야 되지 않겠냐는 거예요. 그렇게 하려면 우리는 반드시 원대한 포부와 장한 뜻을 품고, 거만과 자만, 제자리걸음에서 벗어나, 소농제 농업경제로 인한 좁은 안목과 잘못된 만족감을 극복해야 한대요. 그리고 다짜이를 따라 배워야 한대요……"

아이바이두라는 흥에 겨워 다짜이의 성과와 노력에 대해 설명하였다. 그의 표정은 그토록 생동적이고 열정이 넘쳤으며, 그의 마음은 그토록 진지하고, 다급하였다. 그의 두 눈에서는 불빛이 반짝거렸고, 움찔거리는 입꼬리는 그의 결심과 넘치는 힘을 나타내고 있었다. 그는 종래 볼 수 없던 청산유수 같은 말재주를 뽐내고 있었다. 평소에 그는 말이 적고 과묵한 편이었다. 특히 쉐린구리와 단둘이 있을 때는 더욱 말수가 적어지곤 하였다. 처음에 쉐린구리는 아이바이두라가 이야기에 정신이 팔려 자신이 정성 들여 만든 요리를 제대로 맛보지 못할까봐 걱정하였다. 하지만 흥미진진한 아이바이두라의 모습을 보고 참아 그의 말을 끊고 식사에 집중하라고 말할 수도 없었다. 그러나 듣다 보니 쉐린구리고 즐겁고 흐뭇하였다. 왜냐하면 아이바이두라는 그토록 기쁨에 넘쳐 비할 바 없는 믿음으로 그녀를 향해 자신의 드넓은 마음을 활짝 열어주었기 때문이었다. 차츰 아이바이두라의 이야기가 귀에 들어왔고 점점 빠져들게 되었다. 인민공사와 집단의 사업에 완전히 열중하고 있는 아이바이두라의 성실한 마음이 느껴졌다……

아이바이두라의 이야기 내용은 다음과 같았다.

"머나먼 산시에 다짜이라고 불리는 대대가 있는데, 그곳은 산이 많고, 돌이 많으며, 생활이 아주 어렵다. 그러나 그곳에 사는 우리의 형제 한족 농민들은 놀라운 용기와 완강함으로 그토록 휘황찬란한 업적을 창조하였다. 다짜이의 찬란한 빛은 이리의 위구르족 농민들의 마음을 밝게 비춰줄 것이고, 그들의 앞날을 밝혀줄 것이다."

아이바이두라의 이야기 속에는 거대한 세상이 펼쳐지고 있었다. 그들의 신혼집보다 훨씬 광활하고, 훨씬 웅대하며, 퍽 견고한 세상이었다. 하루 종일 자신의 작은 집에 도취되어 있었던 쉬린구리는, 이 숭고하고 풍부한 세상 앞에서 저도 모르게 두려움과 당혹스러움을 느끼게 되었다. 그녀는 방금 전 자신의 어리석었던 대답을 떠올리며, 부끄러워서 얼굴이 붉어졌다.

"맞아요. 그래요."

그녀는 웃음을 머금고 연신 고개를 끄덕였다. 아이바이두라의 열정과 소망에 어떤 말로 응답해야 할지, 또 어떤 보충들을 해야 할지 잘 몰라서, 쉬린구리는 안타깝기만 하였다. 하지만 전혀 무관심하게 대하고 싶지도 않았다. 그녀는 어떤 면에서든 아이바이두라와 너무 멀리 떨어져 있고 싶지 않았다. 그리하여 그녀는 열심히 들으며 연신 호응하였다. 그리고 지금 이 순간 아이바이두라가 다가와 자신을 안고, 입을 맞춰주기를 그녀는 간절하게 바랐다. 만약 지금 이 순간 아이바이두라가 다가온다면, 그와 함께 산시 다짜이로 떠날 수도 있을 것 같았다.

"내일, 우리 같이 일하러 나갑시다, 쉬린구리."

"네. 좋아요!"

그녀는 물처럼 촉촉한 눈빛으로 아이바이두라를 바라보았다. 그녀는 입술을 약하게 떨며, "다짜이……"

라고 하였다. 마치 즐겁고 다정한 신음소리 같았다.

"또 한 가지 당신과 의논할 문제가 있어요……"

아이바이두라의 목소리에도 약간의 격정이 흘렀다. 아이바이두라는 하려던 말을 채 하지 못했다. 딸랑딸랑 소리에 그의 말은 중단되었다. 그리고 대문 두드리는 소리가 들리더니, 곧바로 다급하게 부르는 목소리가 들렸다.

"쉬린구리!"

익숙한 낡은 자전거의 방울소리, 익숙한 약간은 우스꽝스러운 이름 부르는 소리, 농촌에서 언제 들으나 익숙하지 않은 문 두드리는 소리. 두 사람의 얼굴에는 뜻밖의 손님에 대한 반가움으로 웃음꽃이 활짝 피었다. 두 사람은 동시에 얼른 자리에서 일어나며 말했다.

"들어오세요! 어서 들어오세요!"

문이 열리고, 그들의 예상대로, 기술자 양후이가 들어왔다. 색 바랜 빨간 두건, 솜저고리 위에 걸친 꽃무늬 덧옷(罩衣), 파란색 데님 바지는 이미 깨끗하게 턴 것 같았지만, 그녀의 안경알에는 아직 먼지가 두껍게 묻어있었다. 이 기술자 여자애의 하루가 얼마나 고달팠는지를 말해주고 있었다. 평소와 마찬가지로 이미 숙련되었지만, 발음이 여전히 정확하지 않은 위구르어로 그녀는 두 사람에게 급하게 인사를 건넸다. 그녀는 언제 보나 항상 다급한 모습이었다. 그녀가 이곳에 온 지도 꽤 오래되었지만 어딘가에 마음 놓고 편안하게 앉아 휴식한다거나, 여유롭게 어딘가에서 산책을 한다거나 하는 것을, 이 공사의 사람들은 한 번도 본 적이 없었다. 그녀는 그들과 악수를 나누는 한편 빠르게 신혼집을 훑어보고 나서 말했다.

"좋네요! 정말 예뻐요!"

그녀는 또 말했다.

"아, 집안이 참 따뜻하네요!"

"올라와서 식탁에 마주 앉아요!"

쉬린구리와 아이바이두라는 동시에 말했다. 위구르어에서 식탁에 마주

앉으라고 하는 것은, 손님에게 함께 식사를 하자고 권하는 뜻이었다.

아이바이두라는 윗자리를 내주었다. 양후이는 기뻐하면서 올라가 앉았다. 그리고 두 사람이 먹고 있는 라몐탸오를 힐끗 보더니 말했다.

"두 분은 하던 식사를 계속해요. 나는 낭 하나만 주면 돼요."

"왜 그래요?"

쉐린구리는 영문을 몰라 물었다. 그리고 나무대야 안에 담겨 있는 이미 삶아서 찬물에 담가두었던, 가늘고 긴 새하얗고 반들거리는 면을 가리키며 말했다.

"저기 봐요. 몐탸오가 아직 많아요. 혹시 라몐탸오를 싫어해요?"

양후이는 국수 양이 충분하고, 자신의 방문으로 인해, 주인들이 배불리 먹지 못하는 상황은 벌어지지 않는다는 것을 확인하고 나서야, 자신도 라몐탸오를 먹겠다고 하였다. 그리고 깜짝 놀라며 물었다.

"와우, 두 사람뿐인데, 국수를 엄청 많이 삶았네요!"

"맛있는 음식은 많이 만들어야 해요. 그래야 지금처럼 좋은 사람과 함께 나눠 먹을 수 있으니까요."

아이바이두라가 해명하였다.

"정말 고마워요. 당신네 면을 먹고, 또 당신들에게서 칭찬까지 받다니…… 솔직하게 말하면, 아침부터 지금까지 어디 앉아서 편안하게 식사한 기억이 없어요. 아! 6대대에서 구운 감자 두 개를 먹기는 했지만……"

양후이는 재빠르게 많이 먹었다. 그녀는 라몐탸오를 먹으면서 쉐린구리의 요리솜씨에 감탄을 금치 못하였다.

"양후이 언니! 만약 내가 만든 요리가 입맛에 맞는다면, 앞으로 매일 와서 함께 먹어요. 공사 식당의 반찬이 변변찮다는 걸 알아요. 그리고 남방 사람이라는 것도 아니니, 다음부터는 쌀밥을 지을 게요!"

"앞으로요? 날마다 오고 싶어도 못 올 뿐만 아니라, 내가 당신도 매일 밥을 지을 수 없게 할 수도 있어요!"

양후이는 깔깔 웃었다. 그녀는 교활한 눈빛으로 쉐린구리를 바라보며 약간 놀리는 듯한 표정을 지었다.

"나를요?"

쉐린구리는 긴 속눈썹 아래의 두 눈을 깜빡거리며 물었다.

양후이는 웃음을 거두고, 친근하면서도 정중하게 말했다.

"오늘 찾아온 이유가 바로 이거예요. 그거 알아요? 6대대 부근에 원래 한 병단의 젖소목장이 있었어요. 지금은 그 젖소목장을 없애고 땅을 공사에 돌려주었어요. 공사 당위원회에서 그곳에 기술연구소(技術實驗站)를 세우기로 결정하였어요. 초보적인 임무는 우량종을 번식시키고, 경작제도(耕作制度) 개혁에 관한 실험과 토양개량(改良土壤)에 관한 실험과 연구를 진행하는 거예요. 그리하여 매 대대에서 한두 명의 젊고, 사상이 진보적이며, 지식이 있는 사원들을 뽑아, 계속하여 농사에 종사하는 한 편, 농업과학기술을 학습할 계획이에요. 즉 우리 연구소의 수강생인 동시에, 원래 대대의 기술자가 되는 거예요. 그리고 여전히 원래 대대에 배치되는 거고요. 연구소에서 학습하고 일하는 시간에 따라 노동시간을 계산할 것이고, 연구소가 자체 수입에서, 생산대의 일을 못하는 시간만큼의 보상비를 조달하여, 대대에 지불하게 돼요. 그럼 대대가 평소처럼 본인의 노동점수를 관리하게 되는 거예요. 어때요? 해볼 마음이 있어요?"

"……"

쉐린구리는 어떻게 대답했으면 좋을지 몰라 아이바이두라를 쳐다보았다. 그리고 한 사람의 이름을 말했다.

"투얼쉰베이웨이……"

"투얼쉰베이웨이를 당연히 생각했죠. 왜 고려하지 않았겠어요?"

양후이는 개의치 않고, 솔직하게 숨김없이 말했다.

"투얼쉰베이웨이는 대대의 공청단 지부서기예요. 공사의 공청단위원회에서도 그녀에게 이런저런 직무를 맡기려고 할 것이고, 승승장구할 거예요…… 디리나얼도 생각해 보았지만, 지금 아이가 있어서 안 될 거 같아요. 이 임무를 맡을 사람은 쉐린구리 당신밖에 없어요."

양후이는 자리에서 일어나, 쉐린구리가 정성들여 꾸며 놓은, 그림액자를 감상하면서 말을 이었다.

"아마 이렇게 될 거예요. 가장 바쁜 농사철과 진정한 농한기에는(연구소에서 급훈을 하게 된다), 그곳에 머물러야 할 거예요. 그 외의 계절과 시간에는 자주 대대로 돌아올 수 있고, 물론 집으로 돌아올 수 있는 거죠. 쉐린구리, 이렇게 예쁘고 따뜻한 집을 미련 없이 떠날 수 있겠어요?"

양후이는 두 사람을 돌아보며 말했다.

"만약 정 마음이 없다면, 괜찮아요. 절대 나쁘게 생각하지 않아요. 그러니까 내 걱정은 하지 말아요. 두 분이 갓 결혼하기도 했기에 이해해요. 아이바이두라, 내가 쉐린구리를 데려가겠다고 해서, 혹시 나에게 화난 건 아니죠?"

"아, 아니에요."

아이바이두라는 말을 더듬었다. 그리고 격려의 눈빛으로 쉐린구리를 바라보며 다그쳤다. "빨리 대답해요!"

"내가 할 수 있을까요?"

쉐린구리는 얼굴이 빨갛게 달아올라서, 양후이에게 물었다.

"당연히 할 수 있죠! 당신들의 식물보호반(植物保護小組)도 아주 잘하고 있잖아요. 성과도 좋고요. 당신은 성격이 세심하고, 무엇이나 열심히 하며, 깊이 파고 들기를 좋아하는 사람이에요. 기술자에게 가장 중요한 것이 바로 이런 빈틈없는 꼼꼼함과 성실함, 깊이 파고드는 탐구욕이에요. 만약 동의하다면 대대에 당신 이름을 추천하겠어요. 내키지 않는다면 억지로 하지는 말아요. ……”

“왜 제안을 받아들이지 않겠어요?”

아이바이두라는 끝내 참지 못하고 말했다.

“쉐린구리, 정말 하고 싶지 않아요? 더 많은 지식을 배우고, 더 많은 일을 하고 싶지 않아요?”

“나야 당연히 하고 싶죠.”

“좋아요! 그럼 두 분이 더 의논해 보도록 해요. 그리고 내일 안으로 나에게 답을 줘요. 먼저 갈게요.”

양후이는 웃으면서 작별 인사를 하였다. 그녀는 딸랑딸랑 소리를 내며, 자신의 그 낡은 남성용 자전거를 밀고, 대문 밖으로 나왔다. 그리고 자전거에 올라타고 떠났다. 별빛 아래 자전거 페달을 밟기 위해 좌우로 씰룩거리며 흔들거리는 그녀의 아담한 뒷모습이 어둠속으로 점차 사라져갔다.

“왜 시원하게 대답을 하지 않았어요? 정말 좋은 기회라고 생각하지 않아요? 당신은 우리의 기술자가 되고, 우리의 과학자가 되어야 해요. 다짜이를 따라 배우고, 신농촌(新農村)을 건설하는 일에 더욱 많은 공헌을 해야 해요!”

“당신의 의견을 들어보고 싶었어요!”

“내 의견이요? 당신의 일인데 내가 결정할 수는 없잖아요?”

“만약 이 임무를 맡게 된다면, 연구소에 자주 머물러야 할 텐데, 그럼 당신 끼니를 챙겨줄 수 없단 말이에요!”

“그게 무슨 말이에요?”

아이바이두라는 소리 내어 웃으면서 말했다.

“아니, 나에게는 손이 없단 말이에요? 당신 없으면, 굶어죽기라도 한단 말인가요?"

"하지만……"

쉐린구리는 "하지만 나는 당신의 끼니를 챙겨주고 싶단 말이에요."라고 말하고 싶었다. 그러나 말을 하지 않았다. 왜냐하면 그녀가 연구소에 들어가 기술 배우기를 바라는 아이바이두라의 마음이 얼마나 진지하고 간절한지 누구보다 잘 알기 때문이었다. 쉐린구리는 화제를 돌렸다.

"방금 전에, 당신이 나에게 의논할 일이 있다고 했잖아요?"

"맞아요. 올해 겨울에 농토 기본건설과 거름주기를 크게 벌일 예정이라고 이리하무 형이 말했어요. 그래서 사람들을 조직하여, 이닝시에 가서 인분을 수거해 와야 한다고 했어요. 우리 이리사람들은 지금까지 인분으로 거름을 낸 적이 없기 때문에, 수많은 좋은 비료를 헛되이 낭비한 거예요. 토지의 타고난 비옥함에 만족하여, 노력을 하지 않으면 안 된다고 하였어요. 천방백계로 비료의 원료 공급원을 발굴하여 시비량을 높여야 한다는 것이 이리하무 형의 의견이었어요. …… 나도 이미 지원하였어요."

"당신이요?"

쉐린구리는 뜻밖의 소식에 놀라 물었다.

"더럽다고 불쾌하게 생각하지 말아요! 똥은 더럽지만, 밭에다 내면 보물이에요! 사실 사람들이 더러운 일이라고 내키지 않아 할까봐, 이리하무 형도 걱정하고 있었어요. 하지만 나는 상관없어요. 그래서 할 거라고 했어요!"

아이바이두라는 또 보충하여 설명하였다.

"걱정 말아요. 지금보다 더 청결과 위생에 신경을 쓸게요. 일이 더러울수록 사람은 더욱 깨끗해야 하니까요!"

"알았어요. 해요! 난 괜찮아요! 농업 생산에 도움이 되는 일이라면, 나도 찬성이에요. 하지만 그렇게 되면, 나도 연구소에 가고 없고…… 당신이 이닝시에서 비료를 싣고 집으로 돌아왔을 때, 부뚜막이 차갑게 식어 있을 텐데……"

"또 끼니 걱정이군요! 에이, 참! 나의 쉐린구리! 몇 번이나 말했잖아요. 나는 일을 마치고 집으로 돌아오면, 온돌 아랫목에 멍하게 앉아, 아내가 밥을 짓고, 반찬을 나르고, 잠자리를 깔고, 이불 개기를 기다리는, 그런 남자가 아니에요. 우리 둘 다 공사 사람이에요. 만약 밖에서 볼일이 많다면, 가사에 신경 쓸 겨를이 없는 건 당연한 일이에요. 누구든 먼저 돌아온 사람이 밀가루 반죽을 하고, 아궁이에 불을 지펴야죠! 나는 내일이라도 당장 당신에게 요리를 만들어 줄 수 있어요. 내 요리 솜씨 한 번 뽐내 봐요?"

"사람들이 비웃어요!"

"비웃음을 당해야 할 사람은 그들이에요!"

아이바이두라는 목청을 높였다.

"그들은 비록 사회주의 신 중국에서 살고 있지만, 머리 안에는 몇 백 년, 몇 천 년 전의 봉건적 독소가 가득 차 있어요! 말도 안 되는 악습이에요!"

쉐린구리는 침묵하였다. 그녀는 화롯가로 다가가더니 부집게로 무연탄을 툭툭 치면서 그 위에 덮인 재를 털어주었다. 그러자 불꽃은 활활 소리를 내며 다시 타오르기 시작하였다. 쉐린구리는 검은색 면비로드(平絨) 솜 조끼를 벗으면서 들릴락 말락 한 목소리로 물었다.

"화났어요, 아이바이두라 오라버니? 어제 내가 당신 신발을 벗겨 주려고 했는데(낡은 관습에 따라, 신혼 첫날밤에 신부는 신랑의 신발을 벗겨 주어야 한다), 당신이 싫다고 했잖아요. 그것도 이런 이유 때문이었어요? 나는 괜히 마음이 불편했단 말이에요."

"에이, 참."

아이바이두라는 웃으며 말했다.

"류후란도 알고, 다짜이도 알고, 위구르어 신문자(新文字)도 익혔으며, 또 곧 대대의 기술자가 될 사람이, 왜 이래요? 뭐라고 할까요? 그건 미신이잖 아요. 이 귀여운 바보야!"

깊고 조용한 밤이 되었다. 1964년 겨울의 첫눈이 이리하곡에 소리 없이 천 천히 내리기 시작하였다.

그 날 이후 쉐린구리와 아이바이두라 부부 사이에는 핵심적이고 은밀한 밀어가 생기게 되었다. 아이바이두라가 늦게 들어온 날, 식사 후에 또 열변 을 토하며, 대대 민병 중대(民兵連)의 업무와 다짜이 따라 배우기, 적은 힘을 모아 큰일을 해내자(螞蟻啃骨頭) 등 훌륭한 지시에 대해 의논할 때면, 쉐린구 리는 조용하게 "다짜이…… 다짜이가 보고 싶어요."라고 하였다. 그리고 아이 바이두라가 정치가 넘치고, 몸도 마음도 뜨겁게 달아오른 날, 쉐린구리가 청 소(淸掃)·세척(淸洗)·정리(淸理)·청결(淸潔)의 '네 가지 정돈' 사업에 빠져 있 으면, 아이바이두라도 "이리로 얼른 와요. 다짜이 이야기를 들려줄게요……" 라고 일깨워주었다. 그다음 뒤의 풍광은 언어와 문자의 노력이 굳이 필요하 지 않은 부분이었다. 장자(莊子)는 "생각을 전하고 나면 곧 말을 잊어버리고 (得意而忘言), 물고기를 잡고 나면 곧 통발을 잊어버린다(得魚而忘筌)"라고 말 했다. 그렇다면 만약 마음(意)도 얻고, 물고기(魚)도 얻었다면, 어떻게 되는 걸까? 다짜이를 제외한 모든 세상을 잊어버리게 되는 걸까?

23장

마이쑤무가 어르신을 찾아가다
저쪽에서 돌아온 라이티푸
두 마리 비둘기의 운명
그 사람은 언제나 당신 곁에 있다

약진공사는 이 해 겨울·봄 두 계절을 거쳐 진행되는 사회주의 교육운동의 중점 단위(重點單位) 중 하나였다. 사회주의 교육공작대가 곧 이곳으로 오게 될 거라는 소식은 벌써 사람들의 각양각색의 반향과 기대를 일으켰다. 마이쑤무는 사전에 벌써 '어르신'의 가르침을 받았고, 이미 조용하게 활동을 시작하였으며, 만반의 준비를 하고 있는 중이었다. 그러나 공작대가 오는 시간이 가까워질수록 그는 점점 더 불안하고 두려워져 갔다. 불안한 또 한 가지 이유는 바로 최근의 국제 형세였다. 대머리 어르신(흐루시초프를 가리킨다)이 갑자기 사직한 후부터 전해지는 말에 의하면, 줄곧 '공개논쟁(公開論戰, 1960년대 전반에 걸쳐 반복된 중소 양당의 논전)'을 멈추려 하고 있고, 정전패(免戰牌)를 내걸었다는 것이다. 이게 도대체 어떻게 일인가? 이대로 가다가 그들은 어느 세월에 돌아올 수 있단 말인가? 치욕을 꾹 참고 비굴하게 굽실거리며 살아가는 그의 힘든 생활은, 또 어느 천 년에 끝날 수 있단 말인가? 이런 생각에 미치자 그는 꼬챙이에 꿰어진 자신의 심장과 간이 불 위에서 지글지

글 구워지고 있는 것 같았다……

일요일 마이쑤무는 눈 같이 하얀 비둘기 두 마리를 들고 그가 어르신으로 생각하고 있는

야리마이마이티를 찾아갔다.

30년 전 마이쑤무의 아버지 아바쓰는 쑤이딩현의 유명한 부호였다. 당시 아바쓰는 수천 곡(斛)04의 토지, 열다섯 개의 물방아, 두 개의 큰 과수원, 하나의 탄광, 두 개의 판매점과 숱한 차량·저택·가축을 가지고 있었다. 그곳의 농민들 사이에서 이런 민요가 널리 전하여 칭송되었다고 한다.

수로의 물은 밭으로 흘러들고,
강의 물은 고비사막에 흘러들며,
인간의 재부는 바이 집으로 흐르고,
예쁜 여자는 아바쓰 손에 걸린다.

아바쓰는 소년시절부터 방탕한 생활을 하였는데, 술을 마시고, 도박을 하며, 사냥을 하고, 대마초(麻煙)를 피웠다. 그는 무슬림의 규정에 따라, 정식으로 혼인하여 맞은 아내만 7명이고, '재미로' 만난 애인은 그의 얼굴에 난 수염보다도 더 많았다. 그리하여 그는 '황소'라는 호칭을 얻게 되었다. 그의 이름이 나오면 15세부터 50세까지 여성들은 온몸에 소름이 돋고, 무서워서 떨려하였다. 그러나 1939년 56세 때 아바쓰는 갑자기 큰 병을 앓게 되었다. 구토와 설사가 멈추지 않고, 열이 나고 오한이 들며, 연이어 14일 동안 인사불

---

04) 곡(斛) : 본래 열 말(斗)이었는데, 남송(南宋) 이후에는 닷 말로 바뀌었다. 곡의 용량은 시대마다 차이가 있다.

성 상태로 누워있기도 하였다. 그는 이상한 병에 걸렸던 것이다. 목 아래와 배 부분에 호두보다 더 큰 종기 세 개가 자랐는데, 피고름이 줄줄 흐르고 죽을 만큼 아팠다. 그리하여 당시 용하다고 소문난 모든 의사와 사기꾼을 모셔왔다. 그리고 그들의 처방대로 뱀 기름을 쏟아 붓고, 남반(藍礬, 한약의 일종)을 바르고, 고두자(콩과 식물) 달인 물을 마셨으며, 온몸에 계란 노른자를 터뜨려 바르기도 하였다. 그래도 낫지 않자 마지막에는 스스로 허톈에서 온 무술로 병을 치료하는 무의(巫醫)라고 일컫는 사람까지 모셔왔다. 무의는 경을 외우고, 춤을 추고, 짜이뤄지(宰羅雞, 환자의 몸에 붙은 마귀를 닭에게 옮겨 붙도록 한 다음 그 닭을 잡아 마귀를 소멸시킨다는 뜻)까지 모든 의식을 마친 후, 아바쓰의 옷을 벗기고 버드나무 가지로 환자를 마구 후려쳤다(후려치는 행위의 뜻은 귀신을 쫓는다는 의미). 아바쓰는 까무러쳤다가 깨어나고, 깨어났다가 다시 까무러치면서, 넉 달 동안을 앓았다. 끝내 죽음의 문턱에서 다시 돌아와 반년이 지난 후 그는 집밖으로 나가 움직일 수 있게 되었다.

그러나 큰 병으로 인한 고통과 죽음에 대한 공포 때문인지, 아니면 지난날 장기간의 마약 섭취의 자극 때문인지, 병을 앓고 난 아바쓰는 알아보기 힘들 만큼 전혀 다른 사람이 되었다. 몸집이 크고, 힘이 좋으며, 나이가 들었어도 절대 쇠약하지 않던 무뢰한·호색한 아바쓰가 아니었다. 병을 앓고 난 아바쓰는 한쪽 눈이 멀었고, 등이 굽었으며, 목 근육이 축소되었고, 시도 때도 없이 머리를 앞뒤·좌우로 떨었으며(머리를 앞뒤·좌우로 떠는 노인성 진전증[老年性搖頭點頭症]은 젊었을 때 오리고기를 너무 많이 먹어서 걸린 거라고 마을사람들은 생각하였다. 잘 생각해보면, 오리들은 목을 습관적으로 좌우·아래위로 흔드는 특징이 있다), 손도 마구 떨고 흔들었다. 음탕한 노래도 곧잘 부르고, 저급한 농담도 잘하던 아바쓰가 지금은 발음이 어눌한 것이 마치 입안에 뜨거운 통감자 하나를 물고 말하는 것 같았다. 그는 예전의 방탕한 생활을 칠중천(인간 세상 밖 – 역자 주) 밖으로 버렸고, 어릴 때부터 주입 및 침투시켰던 여러 가지 계율과 훈계가 갑자기 더없이 선명하고, 신성한 강대한 힘으로 느껴졌다. 그는 더 이상 무절제하게 피우지 않고, 미친 듯이 마시지 않았으며, 심지어 식욕마저 잃었다. 그는 더 이상 눈을 게슴츠레 뜨고 여인들을 바라보지 않았고, 심지어 가장 사랑하는 외아들조차 어루만져주지 않았다. 그의 머릿속에는 온통, 죽음과 영혼, 『코란경』, 천국과 둬짜이하이(多災海, 중국 무슬림들이 자주 사용하는 단어, 즉 지옥을 말함)뿐이었다.

병을 앓고 난 뒤 아바쓰는 밤낮으로 한 가지만 생각하고 말했다. 바로 메카(麥加, 즉 카바신전[克爾白] – 톈팡[天房] – 알라의 집이 있는 성지로서, 이곳을 찾아와 참배하는 것은 무슬림의 5가지 의무 중 하나이다)를 찾아가서, 무슬림의 마지막이자 가장 영광스러운 의무를 다하고 싶다는 것이었다. 그렇게 또 2년이 지났다. 그는 마침내 모든 준비를 마쳤다.

그는 3분의 2의 가산을 팔아 낙타와 말들을 구입하였고, 충족한 여비와 귀중품들을 챙겼으며, 많은 하인들을 고용하였다. 그리고 떠나기 전 쒀이딩현에서 역사상 가장 성대한 나이쯔얼을 거행하였다. 수백 명의 바이·촌장·호자·백극·카쯔(卡孜)·뮬라·이맘들이 그의 송별연에 참석하였다. 가깝게는 훠청, 멀게는 징허(精河), 자오쑤 등 곳곳에서 귀빈들이 찾아와, 먼 길을 배웅하고 그를 위해 기도하였다. 선물들 중에서 중외(中外)의 각종 화폐만 담아도 한 주머니 가득 채울 수 있었다.

그다음 그는 장엄하게 길을 나섰다. 몇 달 후 난샹의 예청현에서 그를 본 적이 있다는 사람이 있었다. 1년 후 그는 이미 인도를 경유하여 서쪽으로 홍해(紅海)를 건너갔다는 말이 전해졌다. 그 후로는 그에 관한 어떤 소식도 들려오지 않았다. 아바쓰를 말하는 별명 황소 – 바이 – 환자 – 성도의 그림자는 아주 가끔 우연히 노인들의 잡담과 한숨 속에서 잠깐 나타날 뿐이었다.

아바쓰는 여섯 아내를 얻어 14명의 딸을 낳았으나, 그의 대를 이을 아들은 한 명도 없었다. 42세 되던 해에 그는 일곱 번째 아내인 15살 여자아이와 혼인하였다. 아바쓰의 이 일곱 번째 '장인'은 그보다 6살 어렸고, 융단에 물을 들이고, 무늬를 그리는 공예미술 장인이었다. 3년 후에 마이쑤무가 태어났다.

10살 때부터 마이쑤무는 마이더리쓰(麥德裏斯,『코란경』경문을 가르치는 기숙학교)에 들어가 공부하였다. 아바쓰는 자신의 외아들이 앞으로 사람들의 존경을 받는 물라(이슬람 학자)가 되기를 간절하게 원하였다. 아바쓰는 "아버지는 늙은 나이에 하나 밖에 없는 사랑스러운 아들 너를 얻게 되었고, 너는 태어나자마자, 나 같은 부유한 아버지를 만났으니, 이 모든 건 알라의 은혜란다. 사람들이 내가 두려워 벌벌 떨고, 나에게 아부하며, 내 비위를 맞추고, 항상 나를 중심으로 돌아가고 있지만, 누구도 나를 진심으로 존경하지 않는단다. 왜냐하면, 아버지는 속이 까맣거든(속에 든 것이 조금도 없다는 뜻이다). 부(富)는 새와 같단다. 그것을 영원히 손바닥 안에 움켜쥐고 있을 수 없는 거란다. 손가락 하나만 잘못 움직여도, 재부는 새처럼 날아가 연기처럼 사라진단다. 양과이 놀이의 공깃돌처럼, 세우기는 힘들지만, 넘어지는 건 한 순간이란다. 부를 축적하는 것은 힘들어도, 부가 사라지는 건 너무나도 쉬운 일이다. 그러나 영원히 사라지지도 않고, 훔쳐갈 수도 없으며, 빼앗길 위험도 없는 한 가지 재부가 있는데, 바로 학식이다. 그러니 가서 열심히 공부하도록 해라. 몽둥이(棍子, 위구르어에서 '매를 맞다'를 '몽둥이를 맞다[吃棍子]'라고 표현한다. 여기에서는 경문학교의 엄한 체벌 규칙을 말한다)는 너를 덕과 재능을 겸비한 사람으로 가르칠 것이다. 너는 큰 인물 아바쓰의 후대라는 걸 잊지 말거라."라고 말했다.

하지만 마이쑤무는 끝내 아버지의 기대를 저버렸다. 고된 마이더리쓰의 생활, 버거울 만큼 엄청난 수업내용과 진도, 그리고 과제의 양은, 마이쑤무의 마음에 전혀 들지 않았다. 엄한 체벌을 피해, 개구쟁이들은 온갖 궁리를 다하여 소란을 피우고, 엇나갔으며, 파괴적인 행동까지 하였다. 날마다 몽둥이를 맞는 미래의 뮬라들 중, 몇몇은 이상할 정도로 짓궂은 행동들을 하면서, 일으키지 않는 문제가 없었다.

마이쑤무는 마이더리쓰에서 암담한 생활을 간신히 1년을 버틴 후, 11살이 된 그는 어른들을 상대로 놀라운 수단을 썼다. 즉 그는 정신이 나간 척 꾀병을 부렸던 것이다. 집으로 돌아왔을 때, 그는 어른들이 들을 수 있게 한밤중에 일부러 잠꼬대하였는데, 소름 끼치는 비명을 지르면서, 두서없는 말들을 하고, 겁에 질린 표정으로 무섭다는 말을 반복하였다. 어른들은 애가 얼마나 큰 두려움을 겪었으면, 병까지 났을까 하는 생각에 가슴을 쳤다. 그리고 그는 낮에도 전혀 알아들을 수 없는 말들을 하고, 이해할 수 없는 행동들을 하였으며, 이상한 표정을 지었다. 그의 연기에 거의 모든 사람들이 속아 넘어갔고, 짧은 시간이지만 스스로도 자신의 정신을 의심하게 되었다. 정신이 정상적인 그가 정신이 이상한 척 하는 것인지, 아니면 정신이 이상한 그가 정신이 비정상적인 척 하는 것인지, 본인도 헷갈렸다. ……아무튼 그는 끝내 학교를 중퇴하게 되었다.

마이쑤무는 어려서부터 주위의 모든 사람들의 총애와 아첨을 받았고, 어릴 때부터 자신의 우월함을 인식하고 있었다. 다섯 살 때, 그는 가정부와 함께 사과 밭에서 뛰어놀다가, 아무 이유 없이 울음을 터뜨렸다. 마침 과수원을 지나가던 아바쓰는 아이의 울음소리를 듣고 달려와 묻지도 따지지도 않고 가정부를 향해 채찍을 휘둘렀다. 얼굴이 피범벅이 되어 땅에 쓰러져 있는 가정부를 보며, 마이쑤무는 공포를 느꼈고, 동시에 이름 모를 만족감을 느꼈다. 그는 가정부를 보며 웃었다.

그러나 마이쓰무가 13살 되던 해, 아버지가 성지 순례를 떠나면서, 그의 운명은 급격한 변화가 일어나게 되었다. 그의 6명의 '큰어머니'들과 그들이 낳은, 그의 어머니보다 나이가 많은 열 몇 명의 누나들은, 나머지 재산을 수박 쪼개듯 몽땅 나누어 가졌다. 이슬람교의 법규에 따르면, 딸에게도 상속권이 있다. 마이쓰무의 어머니는 할 수 없이 신발 만드는 기술자에게 재가하였다. 기술자인 계부는 그에게 신발을 깁고 꿰매는 솜씨를 배우라고 하였다. 그러나 그는 달갑지 않아했다. 가죽부츠와 낡은 신발에서 나는 냄새를 그는 견딜 수가 없었다. 그에게 맡긴 신발 하나를 잘못 기워서, 가죽을 못 쓰게 만들었고, 송곳 끝을 부러뜨렸다. 그리하여 계부는 그의 뺨을 한 대 갈겼다(태어나서 지금까지 한 번도 당한 적 없는 일이었다). 홧김에 집을 뛰쳐나간 그는 경문학교 한 동창의 부모님을 찾아가 일자리를 부탁하였다. 그리하여 국민당의 현 정부에서 문서 담당 직무를 맡게 되었는데, 그 때 나이가 16살이었다.

1944년 마이쓰무가 19살이 되던 해, 이리·타청·아러타이 등 세 개 촨취의 인민들이 장제스 및 국민당을 반대하는 민족 민주혁명 봉기를 일으켰다. 그는 순식간에 신분을 바꿔 민족군에 참가하였다. '지식인'이라는 이유와 머리가 명석한 덕분에 그는 승승장구하여 대대급(營級) 장교가 되었다. 1949년에 신장이 평화적 해방을 선고한 후 인민해방군과 민족군이 성공적으로 합류하면서, 민족군은 인민해방군의 일부분이 되었다. 1951년 그는 해방군의 한 장교로 있다가 제대한 후, 모 현에 배치되어 과장직을 맡게 되었다.

과장의 직위는 그를 득의양양하게 만들었다. 먼저 온 사람이 바자의 임자라는 말처럼 24살에 과장이 된 그는 그야말로 남보다 훨씬 앞섰다고 할 수 있었다. 서른 살이면 그는 현장이 될 수 있고, 서른대여섯 살이면 주장이 될 수 있었다. 그렇다면 마흔 전후가 되면, 성급(省一級) 영도자 간부가 될 수도 있겠다는 생각을 하였다. 이건 완전히 실현될 수 있는 목표였다. 왜냐하면 이 먼 국경지대에서, 근면하고 질박하며, 충실하고 무던한 카자흐 유목인과 농민들 사이에서, 그는 자신이 양 무리 안의 한 마리 낙타처럼 느껴졌기 때문이었다.

제대한 뒤에 일어난 여러 가지 일들도 그의 마음에 꼭 들었다. 우즈베크족 아내 구하이리바눙은 키가 크고 날씬하며, 피부가 검고, 하늘색 눈동자와 물 같이 촉촉한 눈빛을 가지고 있는 여자였다. 결혼 후부터 마이쑤무는 이력서를 적거나 이야기를 나눌 때, 자신을 아예 우즈베크족이라고 소개하였고, 후에는 타타르족이라고 말했다. 그의 마음속에서 위구르족들은 우매하고, 저급하며, 미개한 이미지를 가진 민족이었다. 때문에 우즈베크족, 더욱 좋기는 타타르족이라고 사칭해야만, 그의 고귀한 혈통이 뭇 사람들 속에서 뛰어난 현재의 상황에 어울릴 수 있다고 생각하였다.

그에게는 넓은 전랑이 달린 저택이 있게 되었고, 과수원이 생겼으며, 그는 모직 의류를 입고, 마멋(marmot, 旱獺)이라는 가죽 모자를 썼다. 그리고 그의 아내의 귀에는 암시장에서 구입한 루비에 준할 만한 보석이 달린 귀고리가 걸리게 되었다. 그의 집에는 날마다 많은 손님들이 모여 들었는데, 그 가운데는 밀수업자, 이맘, 감금 중인 범인의 친구들도 있었다. 날이면 날마다 술잔과 접시 등이 어지러이 널리게 되었고, 손님과 친구들이 자리에 가득하였다. 그는 어려서부터 출세하여 흥청망청 누리고 싶은 꿈을 가지게 되었다. 이런 뿌리 깊은 꿈은 조금씩 실현되기 시작하였고, 출세와 향락의 욕심은 점점 팽창되어 갔다.

즐거운 모임이 끝나고, 숱한 손님들을 배웅하고 나면, 그는 늘 소년시절에 잃은 아버지의 모습이 떠올랐다. 성지 순례를 떠난 이후, 아버지의 그 어떤 소식도 들리지 않았지만, 아버지의 위풍은 차츰 그의 몸에서 되살아나고 있었다. 수많은 호화로운 연회와 마이시라이푸의 기억들이 재현되고 있었다.

하인들은 카스가얼의 무늬가 새겨진 채색 구리 주전자를 들고, 손님들이 손을 씻을 수 있게(비록 식사 도구가 있지만, 위구르족들에게는 손으로 음식을 먹는 습관도 있다. 때문에 연회에서 끊임없이 손을 씻게 된다) 한 번 또 한 번 시중을 들었고, 육즙과 술이 식탁 위에서 흘러넘쳤다. 그리고 손님들 사이에서 술잔이 번갈아 전달되고, 술병이 여기저기 널려 있었다. 날이 샐 때까지 취한들의 춤, 야성적이고 음란한 괴성과 홍소가 끊이지 않았다.

……이드 알 아드하(古爾邦節, 이슬람력 12월 10일에 메카 근교 미나의 골짜기에서 양·낙타 등의 가축을 신에게 희생 제물로 바치는 축제)이면, 소와 양을 잡고, 숱한 동전으로 '희사(施舍)'를 흩뿌렸으며, 태평소(嗩吶)를 부는 사람은 얼굴이 쇠간처럼 자색으로 변할 때까지 연주를 멈추지 않았다…… 여름 사냥을 나갈 때면 한쪽 팔에 독수리를 얹고, 사냥개 한 무리를 몰고, 거침없이 깊은 산으로 들어갔다. 그와 아버지 아바쓰는 말을 탔고, 노복들은 맨발로 달리면서 그들 뒤를 따랐다. 그리고 도박의 광경은 또 어떤가? 정신을 가다듬고 숨을 죽이고, 눈동자가 튀어나올 만큼 몰두하여, 양과이 공깃돌을 던지는 순간, 이쪽은 괴성을 지르고, 저쪽은 얼굴이 잿빛이 되어, 콩알만 한 땀을 뚝뚝 흘리곤 하였다…… 언제면 마이쑤무도 이때처럼 아무 거리낌 없이 행복을 누릴 수 있을까?

1954년 이리카자흐자치주가 성립되었다. 각 현에서도 잇달아 인민대표대회(人民代表大會)를 소집하여, 각급 인민위원회를 정식으로 설립하였다. 마이쑤무가 현장이 되는 건 땅 짚고 헤엄치기나 다름없는 일이었다. 모 부주장이 이미 그에게 귀띔해주었고, 평소에 그와 왕래가 잦던 친구들은 벌써 축하인사를 전하였다. 그에게 집중되는 주위 사람들의 이목과 아부, 끈끈한 눈빛으로부터 마이쑤무는 진급이 임박하였다는 것을 느낄 수 있었다. 그러나 꿈에도 생각지 못했던 일이 벌어졌다. 인민대표대회에서 현장 후보로 거

명된 사람은 방목공(牧工) 출신의 가방끈도 짧고 용모도 변변찮은 공사 간부였다. 상급기관은 완전히 미쳤고, 인민대표들도 완전히 미쳤으며, 세상도 완전히 미쳤다! 그도 질투에 눈이 돌아갔다! 부주장이 그를 기만하였고, '밀우들'이 그를 기만하였고, 공산당이 그를 기만하였다! 말재주, 지식, 자격, 패기, 기민함, 어느 하나 빠질 데 없는 마이쑤무 그가 어찌 양치기 무식쟁이에게 밀려날 수 있단 말인가! 현장은 외출할 때 지프(吉普)에 앉아 다니지만, 이 불쌍한 마이쑤무 과장은…… 얼마 후 공금 횡령과 수뢰, 반혁명분자 은닉 등의 죄명으로 마이쑤무는 비평과 경고(그가 책임지고 있는 과[科]의 한 죽일 놈의 한족 간부가 그의 죄행을 고발하고, 다오간쯔한 바람에 그는 현장으로 진급하지 못했던 것이다) 처분을 받았다. 마이쑤무는 드디어 꿈에서 깨어났다. 그는 자신이 틀어쥐고 있는 모든 것에 속은 것 같았다. 완두콩만한 벼슬에 목숨을 걸었고, 이미 이룩한 성취에 대해 득의양양해 하였으며, 혼전부터 악명이 자자했던 시커먼 여자를 흠모하여 혼이 빠졌던 자신이 실망스러웠다. 그가 그토록 갈망하던 행복, 만족, 즐거움은 사실 하나도 얻은 것이 없었다. 그러나 그가 더욱 두렵고 미칠 것 같은 것은, 앞으로도 영원히 가질 수 없을 것이라는 예감이었다.

이후 그는 불평과 불만이 많고, 매사에 부정적인 사람이 되어버렸다. 그는 주위의 모든 사람을 원망하였고, 현장·부 주장·단짝들·구하이리바눙까지 모두 증오하였다. 그리고 그를 고발한 한족 간부에 대해 더욱 이를 갈았다. 모든 재난은 바로 이러한 한족 간부들 때문에 일어난 것이었다. 만약 그들이 사회주의를 가져오지 않았다면, 만약 그와 방목공의 능력, 수단 등을 따진다면, 방목공이 어찌 그의 상대가 될 수 있겠는가?

그리하여 자신이 위구르족임을 쉽게 인정하는 이 양반은, 차츰 위구르 민족전통에 대한 옹호자가 되었고, 위구르 민족의 대표가 되었다. 1956년과

1957년 사이에 그는 모든 장소에서 당의 민족정책·간부정책·농업 집단화 정책에 대해 규탄하였고, 각종 악독한 언어로 위구르족 인민들과 한족 인민들의 단결을 이간질시켜 분쟁을 일으켰다. 결국 그는 또 한 번 형세를 잘못 판단하였던 것이다. 공산당의 영도는 결코 무너지지 않았고, 사흘 동안의 비판을 받게 된 것은 마이쑤무 본인이었다.

마이쑤무는 풀이 죽었다. 그의 황백색의 납작한 얼굴에는 혈색이 없이 창백해졌다. 그는 혼자 있을 때에는 늘 미간을 잔뜩 찌푸리고 있었지만, 사람들을 만나면 억지로 겸손한 미소를 지었다. 옛날의 단짝들은 모두 발걸음을 끊었고, 아이가 없는 가정은 무덤 같이 조용하고 사막하였다. 어느 날 수확을 마친 밀밭에서 홀로 쓸쓸하게 자란 아커티간(阿克提幹, 식물 백자[白刺]를 말함)을 보며 그는 눈물을 흘렸다. 고독하게 시들어가다가 곧 사망하게 되겠지만, 온몸에 여전히 악독한 가시가 가득 덮인 자신의 운명을 연상하였다……

이날 밤 늘 아내를 두려워하던 그가 귀에 거슬리는 말 한 마디 때문에, 구하이리바눙을 죽을 지경으로 두들겼다. 그리고 그는 집을 나와 이닝시까지 걸어갔다. 날이 밝자 그는 주점에 들려 1kg의 술을 사서 단숨에 들이켰다. 절반 이상의 술은 그의 입가로 흘러나와, 턱, 목을 따라 옷깃, 가슴, 배, 바지로 흘러들었다. 그는 술에 취해 비틀거리며 거리로 나왔다. 그리고 맞은편에서 간부 복을 입고 걸어오는 한 사람에게 달려들어, 주먹을 휘둘러 때리려고 하다가, 그는 퍽 하는 소리와 함께 빈 마대처럼 바닥에 쓰러지고 말았다. 그는 땅에 엎드린 채 인사불성이 되어 거품을 토해냈다.

마이쑤무가 깨어났다. 파란 천장, 주홍색 벽걸이 융단, 무늬가 새겨진 나무창과 목제 문, 자수한 긴 커튼. 여긴 어디일까? 그는 벌떡 일어나 앉고 싶었지만, 온몸에 힘이 하나도 없었다. 문 열리는 소리가 들렸다. 소리가 나는 쪽을 돌아보는 순간 마이쑤무는 온몸의 피가 얼어버리는 것 같았다. 문을 열고 들어온 것은 흉악하게 생긴 절름발이었다. 목까지 검은 털이 뒤덮인 절름발이의 뒤로, 검둥개 한 마리가 따라 들어왔다. 절름발이는 그를 힐끗 쳐다보더니 물었다.

"정신이 들어요?"

마이쑤무는 뭐라고 대답하고 싶었지만, 소리가 나오지 않았다.

한참 후 절름발이의 뒤를 따라 정중한 옷차림의 한 젊은이가 들어왔다. 젊은이의 입 주변에 이제야 노란색 수염들이 띄엄띄엄 자라고 있었다. 그는 미소를 지으며 말했다.

"몸은 좀 어때요? 마이쑤무 형."

마이쑤무는 깜짝 놀라며,

"당신…… 나 알아요?"

라고 되물었다.

"안 지 꽤 오래되었다고 말할 수 있죠. 아커싸카러(어르신)가 이미 당신의 상황에 대해 말한 적이 있어요."

"어르신이요? 어느 어르신을 말하는 건가요? 어르신이 누구죠?"

젊은이는 미소를 지을 뿐, 그의 질문에 대답하지 않았다.

"어르신이 당신을 구해준 거예요. 그래서 지금 여기에 누워 있는 거고요. 어르신이 당신에게 말을 전해 달라고 했어요. 이렇게 타락해가면 안 된다고요. 당신은 위구르족의 정화(精華)이고 희망이라고요. 어르신은 또 당신에게 한 가지 이야기를 들려주라고 하였어요. 한 국왕이 자신의 얼굴을 가리키고, 머리를 가리켰어요. 그리고 이 국왕의 뜻을 이해하지 못한, 수많은 대신(大臣)들은 교수대로 끌려갔어요. 그때 한 대머리가 된 문둥이가 국왕 앞에 다가서서, 국왕의 뜻을 맞춰 보겠다고 했어요. 국왕이 자신의 얼굴을 가리키자 대머리는 자신의 목구멍을 가리켰고, 국왕이 자신의 머리를 가리키자, 대머리는 자신의 내민 혀를 가리켰어요. 결국 대머리는 재상(宰相)으로 등용되었대요. 이 이야기를 들어본 적이 있어요? 무슨 뜻인지 알겠어요?"

마이쑤무는 이 이야기를 들었던 기억이 어렴풋이 나는 것 같았다. 그는 잠깐 생각하다가 대답하였다.

"혹시, 후두(喉頭, 위구르어에서 탐오와 부당한 소비를 모두 '먹다[吃]'라고 표현한다. 때문에 여기에서 후두는 탐욕을 가리킨다) 때문에 체면을 잃을 수 있고, 혀 때문에 목이 날아갈 수 있다는 말을 하려는 게 아닐까요?"

"봐요, 당신은 이렇게 명철한 사람이에요. 어르신은 또, 당신에게 절대 낙담하거나, 실망하지 말라는 말을 전하라고 했어요. 앞으로 기회가 많으니, 보살핌과 보호를 받게 될 거라고 했어요. 필요시 당신이 최근 한동안 친하게 지냈던 몇몇 단짝들을 희생할 각오도 해야 한다고 했어요……"

젊은이는 마이쑤무의 물음에 대답하지 않고, 자기 할 말만 하였다.

"한참 후, 우리 같이 간단하게 식사를 해요. 그다음 잠깐 더 휴식하다가, 당신은 돌아가면 돼요. 앞으로, 이곳에 다시 찾아올 필요가 없어요. 우리를 찾으려고도 하지 말고요. 무슨 일이 생기면, 내가 당신을 찾아갈게요. 내가 찾아갔을 때, 달가워하지 않는 건 아니겠죠?"

"당연히 반갑게 맞아줘야죠."

마이쑤무는 젊은이 때문에 머리가 어리둥절하였다.

"하지만, 적어도 나에게 당신 성함이라도 알려줘야 되지 않겠어요?"

젊은이는 한참 망설이다가 대답하였다.

"라이티푸라고 해요."

마이쑤무는 다시 자신의 신분으로 돌아왔다. 그리고 라이티푸가 전달한 '어르신'의 가르침에 따라, 정신을 가다듬고 기운을 냈다. 그는 과장된 언어,

격렬한 태도와 과분한 열정, 콧물과 눈물, 그리고 긴 한숨으로 자신의 잘못을 반성하고 자기비판을 하였다. 동시에 적극적으로, 무정하게 없는 죄를 뒤집어씌우면서 그의 두 단짝을 깊게 파고들어 분석하였다. 그는 이 두 단짝을 비판하면서 '의분'을 참지 못해 얼굴이 빨갛게 달아올랐고 목소리가 파르르 떨렸다. 그는 자신의 모든 잘못의 근원을 이 두 사람에게로 돌렸다. 마치 그는 순결한 천사, 정결한 숫처녀이고, 모든 재난은 이 두 마귀의 유혹으로 인해 일어난 것 인양 해명하였다. 그리하여 그는 마음이 아프고, 몹시 후회한다면서, 가슴을 두드리며 통곡하였다. 뼈에 사무치는 원한과 분노로 인해 그는 까무러칠 지경이었다. 아니나 다를까, 이 모든 수단과 연기는 효과를 발휘하였다. 공작조에서 그는 좋게 바뀐 전형이라고 선포하였다. 그리하여 그 두 놈은 엄중한 처분을 받았고, 마이쑤무는 여전히 당원이고 과장으로 있을 수 있게 되었던 것이다.

반년이 지나고, 일 년이 흘렀다. 그리고 또 반년이 지났지만, 줄곧 라이티푸와 어르신의 소식이 들려오지 않았다. 어르신은 도대체 누구일까? 누구이기에 그에 대해 잘 알고 있고, 그를 도와주는 걸까? 그러나 여전히 아무 단서도 찾을 수 없었다. 혹시 맞은편의 사원에 사는 그 늙은이가 아닐까? 그런데 그 늙은이는 이미 눈귀가 어둡고, 말까지 어눌한 사람이다. 아니면 혹시 현 중학교의 덕망이 높은 교장(校長)일까? 그래서 마이쑤무는 교장을 찾아가 몇 번이나 떠보았지만, 교장은 매번 신문 사설의 정신과 일치한 말들만 하였다. 참으로 기이한 일이다! 설마 어르신은 하늘의 요정이란 말인가? 혹은 그의 오른쪽 어깨 위의 신일까? 그렇다. 앞서 이미 말한 바가 있다. 위구르족들은 사람의 양쪽 어깨 위에, 각각 신이 있다고 믿는다. 왼쪽 신은 그 사람의 과오를 기록하고, 오른쪽 신은 그 사람의 덕행을 기록한다고 한다.

어르신은 어찌하여 그의 모든 걸 속속들이 알고 있단 말인가? 그곳에서 돌아온 후, 그는 심지어 당시 자신이 제정신이었는지, 혹시 취중에 본 환영이 아닌지 의심까지 하였다. 그는 이닝시에 갈 때마다 그 신기한 집과 뜰을 찾아보고 싶었다. 그는 아직도 기억하고 있었다. 그 집의 대문 앞으로 대수로가 흐르고 있었고, 수로의 옆에는 키 작은 관목식의 버드나무가 숲을 이루고 있었으며, 대문은 꽁꽁 닫혀 있었고, 빗장 위에는 누런 녹이 얼룩덜룩하였다. 대문 옆에는 높은 계단이 있었고, 비를 막아주는 무늬가 새겨진 기와를 얹은 아치형 처마가 있었으며, 창가에 있는 파란색 옻칠이 되어있는 작은 문 안으로는 어두운 복도가 펼쳐져 있었다…… 그러나 마이쑤무는 감히 찾아가지 못했다. 그는 라이티푸의 훈계가 떠올랐고, 온몸에 검은 털이 덮인 얼굴색이 음침한 절름발이와 그의 뒤를 따라다니던 검둥개도 떠올랐다. 그 속에는 마이쑤무가 미처 알지 못한, 자세하게 알 수 없는, 감히 접근할 수 없는 뭔가가 있었다.

1961년 가을 마이쑤무는 공사를 정돈하러 약진공사에 가게 되었다. 떠나기 전날, 당나귀를 타고 다니면서, 사람들의 병을 고쳐주는 떠돌이 의사가 그를 찾아왔다. 그 사람은 익살스럽고 가느다란 검은 수염을 기르고 있었는데, 꽤 떠돌이 한의사(野郞中)의 기품이 있었다. 그리고 의사가 멀어진 후에야, 마이쑤푸는 깨닫게 되었고, 깜짝 놀랐으며, 기쁘기도 하고 두려움도 밀려왔다. 그 떠돌이 의사는 다름이 아닌 바로 라이티푸였던 것이다!

라이티푸는 약진공사에 관한 수많은 일들을 그에게 말해주었다. 특히 애국대대의 리시티와 쿠투쿠자얼에 대해, 그리고 타이와이쿠와 이싸무동에 대해 많은 이야기들을 하였다……

1962년 봄 외래의 전복활동(顚覆活動)이 전개됨에 따라 오랫동안 억눌러왔던 마이쑤무의 환상은, 사그라진 재가 다시 타오르듯 되살아났다. 그는 더 이상 허위적이고 익살맞은 말들로 다른 사람들의 비위를 맞춰줄 필요가 없게 되었다. 그는 더 이상 의식적으로 자신의 이미지를 왜곡할 필요가 없었다. 그는 허리를 곧게 펴고, 거리낌 없이 거친 말들을 내뱉으며, 마치 온 세상이 자신의 손바닥 안에 든 것처럼 행동하였다. 특히 재밌는 것은 당시 마이쑤무가 고발하는 바람에 크게 재수 없는 일을 당했던 그 두 친구는, 예전의 앙심을 풀고 다시 그와 가깝게 지내게 되었다는 사실이다.

바로 이 해에 그가 '소련교민협회'의 무라퉈푸로부터 받은 것은, 소비에트연방공화국의 타타르스탄 자치공화국 교민증이었다. 마이쑤무는 타타르인이 되었다. 일을 시작했으면 끝을 보아야 하지 않겠는가? 그렇다면 소매를 걷고 나서서 진정한 타타르인이 되어 보자! 그의 마음속에서 타타르인은 우즈베크인보다도 더 유럽인들의 특색이 있는 사람들이었다. 그리하여 그는 더욱 득의양양해졌다.

……그러나 그는 그쪽으로 넘어가지 못했다. 그는 이미 모든 수속과 절차를 밟았고, 티켓까지 구입하였으며, 저렴한 가격에 모든 가산을 팔았다. 그리고 이곳저곳 찾아다니며, 고별주를 나눠 마시다가, 그만 급성 중독성이질(中毒性痢疾)에 걸렸고, 구토와 설사의 증상으로 인해, 2급 탈수증에 걸리게 되었다. 만약 연이어 12시간 동안 포도당(葡萄糖)과 생리 식염수(生理鹽水) 링거주사를 맞지 않았다면, 일찌감치 황천길로 갔을 것이다. 그가 퇴원하였을 때는 이미 정부에서 합법적인 정부를 전복시키려는 반동분자들과, 분열을 꾀하는 불순분자들의 음모와 활동에 대해 일련의 조치를 강구한 후였다. 그의 소련교민의 신분은 심사를 통해 순전히 날조라는 사실이 밝혀졌다. 그는 갈 수 없게 되었다……

이것은 1957년 공작조 지도자들의 그에 대한 비판보다 퍽 심각한 위기였다. 마이쑤무는 이리하에 투신하고 싶었고, 허리띠를 풀어 목을 매달고 싶었으며, 쥐약이라도 먹고 싶은 심정이었다.

그러나 끝내 자살은 하지 않았다. 그는 5년 전 구제를 받았던 그곳으로 찾아갔다. 그는 높은 계단 위의 작은 문을 열고, 어두운 복도 안으로 들어갔다. 그리고 혹시나 하는 마음에 슬쩍 "라이티푸아훙"하고 불렀다. 그러자 정말한 사람이 걸어 나왔다. 마이쑤무는 깜짝 놀랐다. 어딘가에서 본 적이 있는 사람이었다. 희고 깨끗한 얼굴에 마맛자국 몇 개가 있었고, 눈썹이 연하고, 코뼈가 구부러지고 높았으며, 얼굴 옆의 사마귀 위에 털이 한 움큼 나 있었다. 이 사람은 바로 5년 전 그의 사건에 대한 비판과 처리를 담당하였던, 공작조의 책임자이자, 주 상업 부문(商業部門)의 한 회사의 지도간부 마이마이티였다!

"그……그게, 잘못 찾아온 거 같아요."

마이쑤무는 말을 더듬으며, 뒷걸음질 쳤다.

"잘못 찾아왔다니, 그게 무슨 말이에요?"

야리마이마이티는 웃으며 말했다.

"우리가 누군지 몰라요? 어서 들어와요!"

마이쑤무는 어쩔 수 없이 야리마이마이티의 객실로 들어가 앉았다. 그의 귓가에서, 그 당시 그를 비판할 때의 엄숙하고 권위적이며, 고저장단이 있던, 마이마이티의 목소리가 맴도는 것 같았다.

"당신…… 가지 못했어요?"

야리가 물었다.

"저……"

마이쑤무는 마치 다리가 꽁꽁 묶인 닭처럼, 무슨 말을 해야 할지 몰라서, 안절부절 하였다.

야리는 미소를 지으며 온화하고 친근하게 말했다.

"그렇지 않아도 사람을 보내, 당신에게 가지 않는 것이 좋겠다는 말을 전하려고 했어요. 그런데 요즘 형세가 너무 복잡하잖아요. 그들은 본인이 가는 일에만 신경 쓰느라 당신을 찾아갈 겨를도 없었나 봐요. 참 안 됐어요. 당신은 너무 맹목적이에요. 당신은 마치 감기에 걸린 환자 같아요. 이건 적절한 모습이 아니에요."

"저에게 보내려고 했던 사람이 누군데요? 누굴 말하는 거죠?"

"누가 됐든 뭐가 중요해요? 이런 문제는 신경 쓸 필요가 없어요. 당신의 상황에 대해 말해 봐요. 얼굴에 고통스럽다고 적혀 있네요. 출산을 앞둔 임신부 같이 말이에요……"

야리는 농담을 던졌다. 마이쑤무가 여전히 아무 말이 없자, 그는 또 말했다.

"당신은 위구르인의 정화이고 희망이에요. 우리는 신장을 떠나서는 안 되고, 신장도 우리가 없으면 안 돼요. 제집을 떠난 개는 짖어도 짖은 게 아니잖아요. 그런데 당신은 어찌된 일이에요?"

마이쑤무는 여전히 침묵하였다. 그러자 야리는 계속하여 말했다.

"꿀꺽 삼키는 행위는 체면을 잃는 일이고, 말이 많으면 목이 날아가게 되죠. 그럼 맹목적인 질주는 어떨까요?"

그는 마이쑤무의 다리를 가리키며 말했다.

"더 큰 재난을 가져올 수도 있어요!"

"당신 그 '어르신'이 맞죠!"

마이쑤무는 눈을 휘둥그렇게 뜨고 소리를 질렀다.

"어르신은 또 누군데요?"

야리는 냉담한 표정과 어투로 되물으며, 손을 휙 내저었다.

"당신이 바로 라이티푸가 말한 아커싸카러예요!"

마이쑤무는 야리의 발뺌에도 아랑곳하지 않고, 기뻐서 환호하였다.

"라이티푸는 또 뭐예요? 내가 지금 당신의 처지에 대해 묻잖아요."

마이쑤무는 자신의 상황에 대해 설명하였다. 그러자 야리는 고개를 절레절레 흔들며 말했다. "어찌 그렇게 어리석을 수 있어요! 당신은 원래 어리석은 사람이 아니잖아요? 당신은 이보다 훨씬 명철한 사람이에요. 그러니까 목 위에 조롱박이 달린 사람(생각이 없고 미련한 사람을 가리킨다)들의 장단에 맞춰, 이리저리 끌려 다닐 필요가 없어요. 현재 상황이 심상치 않아요…… 하지만 괜찮아요. 당신은 과장직을 맡았던 사람이에요. 그 동안 먹고, 놀고, 쓰고, 누릴 거 다 누렸으니, 지금은 농촌에 내려가 깨끗한 공기도 마셔 봐요. 농촌의 맑은 공기는 당신의 머리를 더욱 명확하게 만들어 줄 거예요. 울긴 왜 울어요?! 뭐라고요? 다 끝났다고요? 말도 안 되는 소리예요. 반라쯔 하지에게 있어, 그들의 정책은 관대한 편이에요. 뿐만 아니라, 이 모든 건 단지 시간 문제예요. 겨울이 되어, 빙설이 대지를 뒤덮었지만, 두껍게 깔린 눈 밑에 땅이 있고, 땅 속에 겨울잠을 자고 있는 벌레들이 있단 말이죠. ……"

마이쑤무가 약진공사 애국대대 제7생산대의 구성원이 된 후, 그는 또 두 번이나 야리마이마이티를 찾아온 적이 있었다. 파란 천장, 무늬가 새겨진 나무창과 목제 문이 있고, 주홍색 벽걸이 융단이 걸려 있는, 이 자그마한 집이 그의 마음을 지배하게 되었다.

이 일요일, 야리마이마이티는 누운 것도 아니고, 앉은 것도 아닌 자세로 벽에 비스듬히 기댄 채, 침에 젖은 손수건 한 장을 입에 물고, 손으로 우거지상이 된 자신의 볼을 문지르고 있었다. 마이쑤무가 들어오자, 그는 손수건을 뺄며 해명하였다.

"이가 너무 아파서 그래요."

"오는 김에 비둘기 두 마리를 가져왔어요. 당신 애들이 좋아할 거예요."

마이쑤무는 공손하게 두 손으로 선물을 올리고 나서, 보충하여 말했다.

"당신도 알잖아요. 우리는 가난한 사람이 되었어요. 그래서 더 그럴듯한 걸 드리고 싶어도 없어요. 정말 쑥스럽네요."

야리마이마이티는 씩 웃었다. 그러나 아픈 이 때문에 다시 얼굴이 일그러졌다. 마이쑤무는 작고 빨간 눈이 놀라서 빠르게 돌아가고 있는 비둘기를 들고, 몸에 덮인 희고 부드러운 깃털을 쓰다듬었다.

"얼마나 아름다운 녀석들이에요!"

그는 비둘기들을 뚫어지게 바라보며, 중얼거렸다. "허, 귀여운 녀석들, 내 목숨 같은 녀석들, 불쌍한……" 그는 비둘기를 한쪽에 내려놓고 계속하여 말했다.

"참 아쉬워요! 지금은 비둘기랑 놀고 있을 때가 아니에요. 앞으로……"

마이쑤무는 고개를 흔들었다. 그리고 땅이 꺼지도록 한숨을 내쉬었다. 야리마이마이티는 그의 표정을 주시하고 있었다.

"얼마나 먼 '미래'예요! 우리가 과연 그 미래를 볼 수 있을까요?"

"자신감을 많이 잃었군요!"

"그래요. 자신감은 조금밖에 남지 않았고, 자꾸 걱정이 앞서요. 대머리 어르신이 사직하셨지만, 감히 논전도 못하게 되었어요. 이쪽은 원자탄까지 터졌어요. 다 허풍이에요……"

마이쑤무는 말을 얼버무렸다.

야리의 표정은 더욱 볼품없이 일그러졌다. 그는 주먹을 쥐더니, 마치 아픈 이를 두드려 빠지게 할 것처럼, 한 움큼 털이 난 오른쪽 뺨을 기를 쓰고 두들겼다.

"사회주의 교육공작대가 곧 마을로 들어온대요."

마이쑤무는 불쌍한 도움을 청하는 눈빛으로 야리를 쳐다보았다.

"좋네요."

야리의 말은 마치 콧구멍을 통해 나온 것 같았다.

마이쑤무의 눈빛은 더욱 막막해졌다. 그는 우울하고 기어들어가는 소리로 말했다. "가는 곳마다 계급투쟁 어쩌고저쩌고 논하고 있고, 3가지 혁명운동을 말하고 있어요……"

"그래요."

야리의 태도가 조금 정중해졌고, 얼굴의 사마귀도 더 이상 움직이지 않았다.

"상황이 심각해요. 날마다 하루 종일 계급투쟁을 잊어서는 안 된다고 부르짖고 있어요. 하지만 당신이 두려울 게 뭐가 있어요? 알라신이 당신을 보호해 주시고 있어요. 매일 신문을 읽고 있어요?"

"신문을 신청하지 않았어요."

"왜 신청하지 않아요? 혹시, 당신 물건 훔칠 줄 아나요?"

"네? 아니, 아니요……"

마이쑤무는 깜짝 놀라서, 버벅거렸다.

"그럼 가죽을 무두질할 줄은 알아요? 융단 만들 줄은 알아요? 돗자리를 짜고, 흙화덕을 만드는 건 할 수 있어요? 털실을 꼬고, 옷에 물들이는 일을 할 줄 알아요?"

"아, 아니요. 당신……"

"급해하지 말고 들어봐요. 그 말은 곧 잘할 수 있는 일이 하나도 없다는 뜻이네요. 당신은 그 어떤 능력도 기술도 가지고 있지 않군요."

마이쑤무의 두렵고 불안해하는 모습을 보며, 야리는 득의양양해서 웃었다.

"그러면서도 당신은 가장 행복하고 호화로운 생활을 원하고 있고, 일반 사람들보다 뛰어나기를 바라고 있는 거네요. 대체 뭘 믿고 그러지요? 무슨 근거로 그런 꿈을 꾸고 있나 이 말이에요?"

"저는 지식이 있고, 저는 간부이며……"

"맞아요. 바로 그거예요."

야리는 고개를 끄덕였다.

"지식·이론·정책, 이것이 당신의 무기이고 수단이에요. 당신과 나, 우리는 모두 정치가예요. 그런데 정치가로서, 당신처럼 안목이 짧고, 쉽게 낙담하고 자신감을 잃으면 되겠어요? 당신처럼 신문도 신청하지 않고, 신식 논조와 구호로 자신의 혀와 이를 무장하지 않아도 되겠어요? 에이 그러면 안 되죠, 과장 아우, 에이, 마이쓰모푸 어르신, 설마 촌뜨기들 속에서 지내다 보니 당신도 점점 식견이 좁은 시골뜨기가 되어가는 건 아니겠죠?"

야리마이마이티는 하던 말을 잠깐 멈췄다. 그리고 다시 떨리기 시작한 사마귀를 툭툭 두드리며 안정을 되찾게 하였다.

"그래요. 지금 계급투쟁을 논하고 있어요. 좋아요. 절대 잊지 말아요. 계급투쟁은 그들에게 들려주는 말이기도 하지만 동시에 우리들에게 하는 말이기도 해요. 우리는 누구도 잊어서는 안 돼요. 우리는 허풍이 가득하고, 허풍이 더 심하면 더 심했지, 절대 작아지지 않는 시대에서 살고 있어요. 그리고 우리 러시아인, 우즈베크인, 타타르인, 카자흐인과 위구르인들이야말로 허풍의 대가예요. 카자흐의 속담에 '허풍은 하늘에 닿을 수 있다! 허풍은 산을 옮길 수 있다! 허풍은 세상을 바꿀 수 있고, 당신과 나를 바꿀 수 있으며, 이리하의 흐름을 바꿀 수 있다!'는 말이 있어요."

"예를 들어, 절대 계급투쟁을 잊지 말아야 한다고 하는데, 좋다 이거예요. 얼마나 좋아요! 그런데 투쟁 대상이 누구예요? 이건 전투에서의 적군과 아군의 대치처럼 명확한 것이 아니에요. 당내 모순과 당 외 모순이 겹쳤다든

91

지, 네 가지 정돈과 네 가지 불분명(四不淸, 인민공사 안에서 재고·장부정리·노동점수·자산의 네 가지가 분명치 않은 것)의 모순이라든지, 어떤 우마스(烏麻什, 옥수수 가루로 쑨 걸쭉한 죽)를 쑬지 누가 알겠어요? 최근에 일부 문건을 읽었는데, 무시무시한 말들도 있었어요! 농촌 간부들을 얼마나 나쁜 놈으로 몰고 있던지! 좋아요! 그들이 자기 기름으로 자기 살을 튀기는 건데, 당신이 왜 걱정이에요? 당신은 아주 평범한 사원이고, 민중의 일원일 뿐이에요. 열성분자가 되어도 좋고, 주위 관계를 매끄럽게 처리함으로써, 누구에게나 환심을 살 수도 있지 않아요? 계급투쟁이 도처에서 일어나고, 계급투쟁으로 인해, 천지가 뒤집히고, 인심이 흉흉해지는 것이, 우리에게 꼭 불리하다고 생각하나요? 이 말을 이미 당신에게 한 적이 있어요. 이곳으로 자주 찾아오지 말라고 말한 적이 있잖아요. 그런데 오늘 당신이 왔네요!"

야리는 불만스럽게 말했다.

"자꾸 걱정돼서요."

마이쭈무는 자신의 가슴을 감싸며 말했다.

"그래요. 그건 다 자신감이 부족한 표현이에요. 정치가에게 이런 마음 상태는 아주 위험한 거예요. 당신이 만나야 할 사람이 있어요. 그 사람이 당신이 가장 원하는 말을 들려줄 거예요……"

마이쭈무는 자신이 만나게 될 사람이 누군지 절박하게 알고 싶었다. 하지만 야리는 갑자기 화제를 돌리더니 물었다.

"선물 고마워요. 이 두 마리 비둘기는 내가 알아서 처리해도 되겠죠?"

"당연하죠."

"혹시 이 비둘기를 풀어줘야 될까요?"

야리는 의문과 조롱이 섞인 눈빛으로 마이쭈무를 따갑게 쳐다보았다. 비둘기에 대해 그는 완전히 전문가였다. 비둘기는 풀어주면 바로 마이쭈무 네 집으로 돌아가게 될 것이고, 그러면 손을 떠난 선물이 저절로 다시 돌아오는 격이 되는 것이었다. 이건 비둘기를 기르는 사람들만이 알고 있는 비밀 술법(秘術)이었다.

"비둘기는 하늘에 있어야 하고, 물고기는 물에 있어야 하며, 당나귀는 사람의 가랑이 밑에 있어야 하고, 시랑은 깊은 산의 밀림 속에 있어 해요."

갑자기 그는 아주 신속하고 눈을 현혹시키는 현란한 솜씨로 두어 번 만에 비둘기의 머리를 비틀어 뽑았다(위구르족들은 비둘기 고기를 먹을 때, 칼로 잡는 것이 아니라, 머리를 비트는 방법을 사용한다). 순간 빨간 피가 솟구쳐 나와 그의 손을 새빨갛게 적셨고 그의 바짓가랑이로 흘러내렸다. 잔혹하게 죽임을 당한 머리를 잃은 비둘기는 여전히 두 다리로 발버둥을 치며 경련을 일으키고 있었다.

"이따가 익혀서 술이랑 같이, 우리의 귀한 손님을 접대하면 되겠네요."

이렇게 말하고 나서 그는 휘파람을 휙 불었다.

그러자 안방에서 머리에 하얀 써라이를 높게 감아올리고 긴 수염을 기른 사람이 긴 두루마기를 입고 걸어 나왔다. 옷차림으로 보아 이맘 같았다.

마이쑤무는 얼른 자리에서 일어나 가슴에 손을 얹고 허리를 굽혀 이맘에게 안부를 물었다.

그러나 '이맘'은 마이쑤무의 인사에 답례를 하지 않고 아주 익숙한 목소리로 물었다.

"내가 누군지 모르겠어요?"

"……라이티푸!"

마이쑤무는 깜짝 놀라 소리쳤다. 라이티푸는 그의 입을 틀어막으며 조용히 하라고 눈짓하였다.

"당신은 그쪽에서…… 돌아온 거예요?"

저도 모르게 부르르 떨고 있는 마이쑤무의 온몸에는 '좁쌀'이 돋았다. 순간 그는 협박, 괴로움, 기쁨, 어떤 감정을 느꼈는지, 본인도 알 수 없었다. 라이티푸는 한쪽 눈을 찡긋하고, 입을 삐죽 내밀면서, 고개를 살짝 끄덕였다.

소는 어떻게 죽었을까?
니야쯔가 잇속을 차릴 수 없게 되다
쿠투쿠자얼과 마이쑤무의 겨룸

쿠와한은 발걸음을 재촉하며 집으로 돌아왔다. 문을 열고 들어올 때, 그만 머리를 숙이지 않아 이마가 문머리에 부딪치고 말았다. 그는 아파서 "아야" 하고 비명을 지르며, 머리를 부둥켜안았다. 이 때 문어귀의 부뚜막 옆에 앉아 있던 타이와이쿠는 오랜 기다림에 신경질이 나 있었다. 쿠와한이 돌아오자, 그는 벌떡 일어나서 물었다.

"지금 잡아요, 말아요?"

"잡아요, 잡아! 소가 병에 걸려, 곧 죽게 생겼어요. 이 일을 어떻게 하면 좋아요……"

마침 이때 남동생을 안고 있던 둘째 딸이 쿠와한의 눈에 들어왔다. 그녀는 둘째 딸을 보자마자 갑자기 그 애의 뺨을 짝 소리 나게 한 대 갈겼다.

"내가 뭐라고 당부했어? 왜 타이와이쿠 아저씨에게 차를 따라주지 않았어? 이 창녀 같은 계집애야, 이런 사람 구실도 못할 것……"

둘째 딸은 갑작스러운 기판(起板)에 맞아 몸을 비틀거리면서 손이 풀렸고,

그 바람에 안겨 있던 남동생이 바닥에 떨어지고 말았다. 바닥에 떨어진 남동생이 "와!"하고 울음을 터뜨렸고, 누나도 놀라서 엉엉 울었다. 타이와이쿠는 과감하게 아이들을 향해 돌진해 가는 쿠와한을 말리며 말했다.

"나는 뒤에 또 볼일이 있어요. 잡을 거면 지금 빨리 시작합시다!"

"얼른, 얼른 합시다!"

쿠와한은 마음이 더 급했다. 그녀는 문머리에 찧은 이마의 아픔도, 아이들의 울음도 외면한 채, 빠른 걸음으로 상당히 민첩하게 외양간으로 뛰어 들어가 늙은 검은 소를 끌고 나왔다. 병에 걸려 곧 죽을 것 같다고 했던 검은 소는 머리를 기웃기웃 하며, 기풍이 넘치고 아주 무관심한 표정으로 꼬리를 흔들고, 혀로 콧구멍을 핥으며, 느긋하게 걸어 나왔다. 소는 앞으로 닥쳐올 재난을 전혀 예상하지 못하고 있었다. 타이와이쿠는 비록 의심쩍은 빈틈을 발견하였지만, 참견하고 싶은 마음이 전혀 없었다. 그의 임무는 소를 도살하는 것뿐이었다.

타이와이쿠는 소를 뒤뜰의 한쪽 모퉁이로 끌고 와서 쿠와한을 향해 저리로 비키라고 손을 내저었다. 그리고 허리에 감고 있던 굵은 삼노끈을 풀어 능숙하게 소의 다리를 끌어맨 다음 끈을 슬쩍 잡아당겼다. 그러자 소는 맥없이 땅에 푹 쓰러졌다. 타이와이쿠는 재빨리 앞으로 한 걸음 다가가 끈을 더 꽁꽁 조이고 나서 한쪽 무릎을 꿇고 앉아, 부츠 몸통 안에서 반짝반짝 빛나는 끝이 뾰족한 칼을 휙 뽑았다. 그다음 칼날을 부츠에 대고 두어 번 쓱쓱 문지르더니, 말꼬리를 길게 끌며 소리쳤다.

"알―라―아이커―바이얼!" 이것은 가축을 도살하기 전에 반드시 외워야 하는 한 마디 경문이었다. '알라는 위대하다'는 뜻이었다!

말소리가 떨어지기 바쁘게, 타이와이쿠는 전문가다운 숙련된 기교와 냉정한 표정으로, 예리한 칼날을 소의 목에 대고 쓱 문지름과 동시에 왼손으로 쇠뿔을 잡고 힘껏 젖혔다. 푸— 소리와 함께 거품이 섞인 노을빛의 빨간 선혈이 몇 미터 밖까지 뿜어져 나갔다. 늙다리 검은 소는 "음매—"하고 김빠진 외마디를 울부짖더니 분홍색 혀를 길게 뱉어내고 두 눈을 별안간 크게 떴다. 크게 뜬 두 눈에 빛이 번쩍하더니 눈알이 밖으로 툭 튀어나왔고, 그 자리에서 굳어져 버렸다……

회의가 끝나고, 사람들은 뿔뿔이 흩어져 집으로 돌아갔다. 회의장에는 리시티, 이리하무, 니야쯔와 쿠투쿠자얼이 남아 있었다. 리시티는 이리하무와 니야쯔에게 가까이 다가와 앉으라고 하고 쿠투쿠자얼을 보며 말했다.

"우리 함께 니자훙의 소에 대해 이야기를 나눠봅시다."

쿠투쿠자얼은 핑계를 대 거절하며 말했다.

"당신들끼리 나눠요! 나는 가공공장에 가봐야 해서 먼저 갈게요. 이봐요! 니자훙, 소가 죽었으면 그만이죠. 소는 언젠가는 죽게 되잖아요. 소는 물론, 당신도 나도, 우리 모두는 어차피 죽는 거예요. 그러니까 너무 화를 내지 말아요. 대장도 화내지 말고요. 농촌 일이 다 그렇죠. 하하, 어이구……"

쿠투쿠자얼은 이렇게 말하면서, 인사를 하고, 모자를 단정하게 썼다. 그리고 중얼거리며 가버렸다.

"보아하니, 이리하무 대장에게 불만과 이견이 많은 거 같네요. 이 자리에서 터놓고 이야기해 보는 게 어때요? 이리하무 본인도 들어보는 게 좋을 것 같아요."

리시티가 니야쯔에게 물었다.

"더 이상 할 말이 없어요."

"흥!" 콧방귀를 뀌며 말하는 니야쯔의 목소리에는 피로함이 묻어 있었다. 마이쑤무가 예언했던 것처럼 간부들이 당황하고 위축되는 그런 유리한 상황은 오늘 나타나지 않았다. 현재 그는 아무런 이득도 얻을 수 없다는 것은 분명한 사실인 것 같았다. 대대장도 그에게 싸우면서 물러설 줄 알아야 한다고 일깨워주고 있는 것 같았다.

"제가 대대에 온 이유는 이것밖에 없어요. 딱 한 마디만 물을 게요. 저의 소는 어떻게 할 겁니까? 당신들도 나 몰라라 할 겁니까?"

"이리하무 대장, 계세요?"

사람은 보이지 않았지만, 양후이의 낭랑한 목소리가 들려왔다. 이리하무는 연거푸 대답하였다. 그리고 문이 열리는 동시에, 속사포 같은 양후이의 질문이 쏟아졌다.

"정말 대단한 대장이에요! 전화 한 통으로 사람을 5킬로미터 밖에서 불러 오더니, 정작 본인은 편안하게 사무실에 앉아 나리 행세를 하고 있다니!"

양후이는 뒤늦게 리시티와 니야쯔도 함께 있는 것을 보고는 혀를 내밀었다.

"도대체 지금 뭘 하자는 거예요? 소는 이미 잡아놓고, 나에게 이제 와서 병을 고치라니요. 나에게 오장육부를 다시 원위치로 돌려놓고, 뱃가죽을 꿰매란 말인가요?"

그녀는 이렇게 말하면서 약상자를 니야쯔에게로 쭉 밀어놓았다.

"이럴 줄 알았으면, 이 안에 페니실린과 아주까리기름(蓖麻油)을 넣어 오지도 않았어요. 산초와 생강 껍질 두어 봉지를 넣어올 걸 그랬어요. 그랬더라면, 곰탕이라도 맛있게 끓여 먹을 수 있었잖아요!"

그리고 이리하무를 돌아보며 나무랐다.

"당신도 참 관료주의자예요!"

리시티와 이리하무는 모두 어리둥절해졌다. 이어 두 사람은 동시에 이 말 가운데는 분명히 꿍꿍이속이 있다는 것을 깨달았다. 그들은 약속이나 한 것처럼 의심과 불만의 눈빛으로 니야쯔를 바라보았다.

양후이는 두건 매무새를 정리하고, 안경을 추켜올리더니 손부채를 부쳤다. 먼 길을 부지런히 걸어오고, 또 도착하자마자 급하게 말을 하다 보니, 이 방의 열기를 감당할 수 없는 듯싶었다. 그녀는 니야쯔가 이 자리에 있음에도 불구하고, 전혀 아랑곳하지 않고 계속하여 말했다.

"내가 이 니야쯔 오라버니네 집에 도착하였을 때, 쿠와한 언니가 들어가지 못하게 대문을 막아서는 거예요. 와! 이런 손님 대접은 난생 처음 봐요. 아마도 여름 탈곡장에서 있었던 일 때문에 쿠와한 언니가 아직도 나에게 '원한'을 품고 있는 거 같았어요. 여름에 여성들을 조직하여 탈곡장에서 밀 종자를 고른 적이 있어요.

다른 사람들은 모두 한 이삭 한 이삭 정성들여 고르고 있는데, 쿠와한 언니만 연맥(燕麥)이든, 메밀(蕎麥)이든, 야생귀리(野麥)이든, 상관하지 않고, 한 줌씩 마구 집어 던지는 거예요…… 마침 내가 검사를 나갔다가, 그 장면을 보고, 처음부터 다시 고르라고 하였어요. 후에 들었는데, 그날 쿠와한 언니는 노동점수를 절반밖에 받지 못했대요. 뒤에서 나를 엄청 욕했다고 하던데, 욕해도 어쩔 수 없었지요. 아무리 욕해도 다시 할 건 다시 해야죠.

오늘도 마찬가지예요. 막아서도 소용이 없어요. 쿠와한 언니에게, 대장이 당신네 소가 위급한 상황이라고 하던데, 혹시 구제역에 걸린 거 아니냐고 물었어요. 혹시 구제역일지 모르니까, 반드시 검사해 보아야 한다고 했죠. 만약 문제가 심각하면, 당신네 가족들과 모든 가축을 격리시켜야 하고, 자칫하면 이리와 우루무치의 교통을 잠시 중단시켜야 하며, 또 전염병 발생과 유행 상황을 현·주·자치구와 국무원(國務院, 중화인민공화국의 최고 행정 기관)에까지 보고해야 한다고도 했어요. 뿐만 아니라 소련·파키스탄(巴基斯坦)·아프가니스탄(阿富汗) 등 인접해 있는 나라들도 조치를 취해야 된다고 했더니, 그제야 울며 겨자 먹기 식으로 나를 마당 안으로 들어가게 했어요. 그런데 세상에나 소는 이미 여름의 임시 찻집 대들보에 떡하니 걸려 있는 거예요. 그 마차를 모는 키 큰 사람, 이름이 뭐라고 했죠? 그 사람이 한창 쇠가죽을 벗기고 있었어요!"

"도대체 어떻게 된 일이에요?"

이리하무는 치밀어 오르는 분노를 참고 굳은 표정으로 니야쯔에게 물었다.

"뭐가 어떻게 된 일이에요? 굴뚝 어쩌고 과일 저쩌고(위구르어에서 '굴뚝(煙筒)'의 발음은 '소'와 비슷하고, '과일(水果)'의 발음은 '손님'과 비슷하다. 여기에서는 니야쯔가 정확하지 않은 양후이의 위구르어 발음을 비웃는 말이다) 하는데, 무슨 말을 하는 건지, 도통 알아들을 수가 없네요."

니야쯔는 양후이의 위구르어 발음을 비웃으며 일부러 알아듣지 못한 척을 하였다.

"그쪽에게 소 잡은 일에 대해 묻고 있잖아요. 아직도 알아듣지 못한 부분이 있어요?"

리시티는 준엄한 표정으로 단호하게 물었다. 그리고 성인들 사이에 거의 사용하지 않는 '그쪽'이라는 단어를 썼다. 양후이에 대한 니야쯔의 조롱에 화가 났던 것이다. '우리들의 딸'을 어떻게 무례하게 대할 수 있단 말인가! 리시티의 숨소리는 마치 분노의 울부짖음 같이 들렸다. 니야쯔는 저도 모르게 목을 움츠렸다.

"아, 예, 그거요."

니야쯔에게는 사실 벌써 준비해 놓은 말이 있었다.

"소가 병에 걸려서 오늘 내일 하고 있었어요. 그대로 죽게 두고 볼 수는 없잖아요? 자연사하기 전에 잡아서 팔아야 돈 몇 푼이라도 챙길 수 있잖아요.

나는 지금 가난해서 소금조차 사먹을 수 없는 처지라고요……"

"당신의 소는 팔수도 없고, 먹을 수 도 없어요. 사람들이 먹고 혹시 중독될
수도 있으니까 병원에 보내 검사해야 해요."

이리하무가 진지하게 말했다.

"뭐, 뭐라고요? 소고기에게 무슨 죄가 있다고요?"

"소의 사인이 불명하잖아요. 소의 몸에 인간에게 해로운, 대량의 병독소
(致病毒素)가 들어있을 가능성이 높아요. 그러니까 소고기를 가축병원(獸醫
站)에 가져가도록 해요!"

"고기는 문제없어요!"

니야쯔는 정말 안달이 났다.

"아무 문제없다는 데 내 머리를 걸 수 있어요. 만약 한 사람이라도 이 고기
를 먹고, 배가 아프다거나 하면, 내가 모든 책임을 질게요!"

그는 다급한 나머지 손짓 몸짓을 해가면서 해명하였다. 그의 침은 탁자 위
에까지 튀어 나왔다.

"그 말은 당신의 소가 심각한 병에 걸린 게 아니라는 말인가요?"

이리하무는 냉담하게 웃으며 물었다.

"네, 없어요. 아이고, 있, 있어요, 그게 아니라……"

니야쯔는 어떻게 대답해야 할지 몰라 횡설수설하였다.

"그럼, 내가 그렇게 먼 길을 걸어서, 여기까지 왔는데, 부질없는 짓을 한
건가요? 도대체 내가 여기까지 와야 하는 이유가 뭐죠? 만약 여러분이 방
역소(防疫站) 직원을 불러, 니자훙네 소를 처리할 필요가 없다고 여긴다면,"

양후이는 자리에서 일어났다.

"난 이만 가볼게요."

"잠깐만요."

리시티가 말렸다.

"니야쯔가 아직 도축세(屠宰稅)를 납부하지 않았으니, 좋아요, 우리의 딸이 세무국(稅務局)에 알리면 되겠네요."

니야쯔는 씩씩거리며 자리에서 벌떡 일어났다. 탁자와 의자에서 모두 요란한 소리가 났다. 그는 누구도 쳐다보지 않고 말했다.

"좋아요. 우리 두고 봅시다!"

분노 때문인지, 아니면 세금 때문에 배 아파서인지, 그의 얼굴은 창백하게 질려 있었다. 그리고 몸을 부들부들 떨었는데, 마치 학질이 발작을 일으킨 사람 같았다.

"잠깐 서 봐욧!"

리시티는 떠나려는 니야쯔를 손짓으로 제지하였다.

"니자훙, 잘 생각해 봐요. 당신은 왜 이런 행동을 하고, 이런 사람이 되려는 건가요? 소에 관한 일은 처음부터 당신이 잔꾀를 부린 거 아닌가요, 맞죠? 만약 낡은 사회였다면, 당신네 한 가족 여덟 식구는 벌써 얼어 죽거나 굶어 죽었을 거예요. 당신은 누구보다 사회주의 사회를 사랑하고, 좋은 사원이 되어야 해요……"

서기의 말은 니야쯔에게 아무런 영향도 미치지 못했다. 니야쯔는 리시티의 말이 채 끝나기도 전에 돌아서서 나가버렸다. 그는 비대하고, 우둔하며, 고집스러운 등살을 흔들며 떠났다.

이리하무는 그의 뒷모습을 바라보며 고개를 저었다.

"정말 속을 모르겠어요. 저 사람은 지주도 부농도 아닌데, 왜 지주와 부농도 하고 싶지만 감히 하지 못하는 일을 저지르는 걸까요? 사회주의의 은혜를 받고 살아가면서, 어찌 사회주의를 원망하고 해칠 수 있을까요? 저 사람의 머릿속에는 온통 사회주의와 집단과 맞서서 말썽을 부리고, 문제를 일으키려는 생각뿐인 것 같아요. 그런 열정과 정성으로 흰 면양 몇 마리 더 기르고, 마늘이라도 더 심어서 판다면, 그래도 이해할 수 있을 텐데 말이에요……"

이리하무는 하고 싶은 말이 많았다. 리시티와도 더 많은 이야기를 나누고 싶었다. 그러나 서기의 초췌한 얼굴을 보니, 차마 더 말을 잇지 못하였다. 그는 하던 말을 중단하고 돌아보면서 말했다.

"서기! 집으로 돌아가서 쉬세요."

"그럽시다."

리시티는 대답하면서도 움직일 생각은 하지 않았다. 리시티는 오늘 하루 너무나 많은 말들을 하였다. 그래서 가슴에 솜이 가득 차 있는 것처럼 뱉어낼 수도 없고, 시원하게 숨을 쉴 수도 없어서 답답하였다. 그런 리시티를 보며 이리하무도 뭘 도와드려야 할지 몰라 안타까워했다. 이리하무가 말했다.

"뜨거운 차 한 잔 따라드릴게요."

리시티의 얼굴에 고마운 웃음이 어렸다. 그는 손을 흔들며 낮은 목소리로 말했다.

"니야쯔가 또 왜 말썽을 피우는 것 같아요?"

"뭔가 냄새를 맡은 게 아닐까요?"

"무슨 냄새요?"

"사실, 이밍쟝이 맡고 있는 창고 관리인 직무를 그만두게 할 거라고 아시무 형도 찾아와서 말한 적이 있어요. 이제 곧 사회주의 교육을 진행할 텐데, 그러면 간부들이 모두 비판을 받게 된다는 거예요. 그리고 대대장에게서 쑤이딩의 한 회계가 곧 맞게 될 비판투쟁이 두려워 이미 목을 매달았다는 말을 들었다고 했어요."

리시티는 머리를 끄덕였다.

"기타 생산대에도 비슷한 상황이 나타나고 있어요. 지금 진행하고 있는 운동에 관하여, 각양각색의 소문이 돌고 있어요. 그 중에 비판과 목을 매 자살한 소문도 있고요……"

"누군가 소문을 지어 내 파괴하려 하는 거 같아요. 정말 얄미워요!"

"누군가 소문을 지어내고 있어요."

리시티는 되풀이하면서, 사색에 잠긴 표정을 지었다. 그의 눈가의 주름이 더욱 깊어졌다. 그리고 또 낮은 소리로 말했다.

"그러나 일부 면에서는 어쩌면 완전히 헛소문이 아닐 수도 있어요."

"지금 뭐라고 했어요?"

이리하무의 표정이 망연해졌다.

"완전한 날조가 아닐 수도 있다고요? 그 말은 소문 중 일부분은 사실이라는 건가요? 왜요?"

리시티는 한쪽으로 사색하면서 말했다.

"투쟁은 복잡한 일이에요. 사회주의 교육운동을 어떻게 진행해야 하는지, 우리도 사실 명확하게 설명할 수 없어요. 투쟁은 반드시 한 번은 일어날 거예요. 투쟁을 하지 않으면, 부패가 진행될 것이고, 수정주의로 변질하게 되겠지만, 반면에 투쟁은 또 사회의 분위기를 긴장하게 만들 것이고, 잘못된 투쟁은 맹목적인 투쟁과 혼란을 일으키게 될 거예요. 운동 중에 복잡한 상황들이 나타나게 될 거예요. 그렇기 때문에 우리는 반드시 그런 시련과 단련을 견뎌내야만 하지요."

이리하무는 서기가 구체적으로 어떤 상황을 가리키는 건지 명확히 이해할 수가 없었다. 그러나 '복잡하다', '시련', '단련' 이 몇 개의 단어의 무게는 알 수가 있었다. 그는 심각한 태도로 리시티의 말에 귀를 기울였다.

리시티는 머리를 들고 사무실 벽에 걸려 있는 마오 주석의 사진을 바라보았다. 한 줄기 병색이 리시티의 얼굴에 깃들어져 있었다. 리시티는 감정이 북받쳐서 말했다.

"우리는 군중들을 믿어야 하고, 우리는 당을 믿어야 해요. 그러나 말은 쉬워도 실제로 행동에 옮긴다는 건 엄청 힘들지요. 하지만 우리는 해낼 수 있겠죠? 언제 어디서나요?"

"네."

이리하무가 대답하였다. 그의 마음속에서도 소용돌이가 치고 있었다.

"얼른 들어가서 쉬세요."

"아, 그래요. 그……"

리시티는 잠깐 머뭇거리다가 물었다.

"대대장에 대해, 또 어떤 의견이나 견해가 있나요?"

"대대장이요?"

이리하무가 되물었다. 잠깐 생각하다가 대답하였다.

"상황은 점점 더 뚜렷해지고 있어요……"

그는 서슴없이 명석하게 자신의 생각을 말했다. 더 먼 옛날부터 짚어볼 필요도 없었다. 1962년 이리하무가 우루무치에서 돌아와 보고 들은 쿠투쿠자얼의 하나하나의 말과 행동, 그가 저지른 짓만으로도 판단하기란 어렵지 않았다. 그가 도대체 누구를 위해 힘을 쓰고 있고, 누구에게 유리한 일을 하고 있으며, 누구를 믿고, 누구와 가까이하며, 누구와 거리를 두고, 누구를 반대하는지, 눈이 있다면 어찌 모를 수 있겠는가? 그가 무엇을 찬성하고, 어떤 일을 하며, 무엇을 방해하고, 어떤 일을 하지 않는지도, 이미 뚜렷해지지 않았는가? 혁명 사업을 대하는 그의 자세, 동지들에 대한 그의 태도, 생활에 나타나는 그의 품행에서, 공산당다움을 조금이라도 찾아 볼 수 있었던가? 그리고 일부 은폐된 사실, 애매모호한 상황을 놓고 보아도 마찬가지였다. 우얼한은 1962년 4월 30일 밤에, 이싸무동을 불러 낸 사람이 쿠투쿠자얼이라고 가끔 말하다가도, 다그치면 또 잘 기억이 나지 않는다고 말을 바꾸곤 하였다. 후에는 랴오니카도 이리하무에게 자신이 알고 있는 사실을 털어놓았다. 즉 소련교민협회의 무라튀푸는 1962년 4월에 쿠투쿠자얼 네 집을 방문한 적이 있고, 쿠투쿠자얼과 몇 번이나 담화를 나눈 적이 있다는 것이었다. 이러한 사실을 이리하무는 이미 거듭 대대와 공사의 당조직(黨組織)에 보고하였다. 그리고 자오 서기는 쿠투쿠자얼과 면담을 가졌었다.

자오 서기는 쿠투쿠자얼의 입을 통해, 1962년에 있었던 상황을 직접 듣기를 바랐지만, 쿠투쿠자얼은 끝까지 자기 잘못을 인정하지 않았고, 의심할 여지조차 남지 않게 모든 것이 루머라고 단호하게 부정하였다. 그리하여 대화를 더 이상 끌고 나갈 수가 없었다. 우얼한과 랴오니카가 제공한 단서는 방증이 부족하여 법적인 권위성을 가질 수 없었다. 그 뒤 바오팅구이의 신분이 밝혀졌을 때에도, 지도자들은 그를 설득하고 동원하기 위해 갖은 노력을 하였다. 지도자들은 바오팅구와 쿠투쿠자얼에게서 그들 사이의 각별히 친밀했던 관계에 대해, 자백을 받아낼 수 있기를 기대하였다. 그러나 그들은 입을 꾹 다물고 담화를 거부하였다.

쿠투쿠자얼 이 오리는 자신의 꾀가 먹혀들었다고 여겼다. 몸에 물이 묻지 않으면, 물새가 아닌 게 되는 것처럼 그는 득의양양하였다. 그러나 인민들은 결코 바보가 아니었다. 적어도 쿠투쿠자얼이 공공연히 수정주의에 유리하고, 적과 나쁜 놈들에게 유리하지만, 공산당에게는 불리한 일을 저지르고 있다는 사실을 확신할 수 있게 되었다. 비록 이러한 행동을 하는 그의 배후의 동기가 무엇인지, 아직 명확히 알 수 없지만 말이다. 지방이 많은 반들반들한 깃털 위에, 아무리 많은 기름을 바르더라도 자주 물속을 드나들다 보면, 세상에 물 한 방울 묻지 않는 오리는 없다. 절대 자취를 남기지 않는 일은 없다. 구불구불 굴곡이 있든, 왜곡이 되었든, 현상은 언제나 본질을 반영하게 된다. 쿠투쿠자얼의 문제가 대대의 문제점의 핵심인 것은 틀림없었다. 이것은 날이 갈수록 명확해지는 결론이었다. 그러나 이 문제의 해결은 대대의 몇몇 간부들의 힘으로 해낼 수 있는 것이 아니었다.

"나는 희망을 이번 사회주의 교육공작대에 걸고 있어요. 지금은 모든 것이 다 갖추어져 있으나, 중요한 네 가지 정돈이 부족한 상황이에요. 이제 네 가지 정돈의 동풍만 불면, 이 허위적인 가면과 면사포들을 벗겨 버릴 수 있어요."

이리하무가 말했다.

"맞아요. 이 문제는 유래가 깊어요. 다만 1962년에 가장 충분하게 폭로되었던 거예요. 사회주의 교육공작대가 오면, 우리는 적극적이고 주도적으로 그들에게 상황을 설명해 주고, 이 문제를 제기해야 해요."

리시티가 말했다.

"마이쑤무, 마이쑤무는 요즘 어때요?"

그는 또 물었다. "이전까지 별다른 심각한 문제는 발견하지 못했어요. 다만 사람만 보면 대놓고 아부를 하면서, 위선적으로 사람을 대하는 면이 있었어요. 회의에서 발언할 때면, 신문에서 본 사설 그대로 외우는 것 같기도 했고요…… 그런데 올해 봄 담장 칠 때 토대를 밖으로 확장하는 바람에 신생활대대 밭을 점할 뻔했던 일이 있어요. 요즘 들어 다시 활약하기 시작한 것 같아요. 사원들의 반영에 따르면, 니야쯔 네 집을 두 번이나 찾아갔대요. 사실 이전까지 그 두 사람은 아무런 왕래도 없었거든요. 그리고 또 야썬 네 집도 방문하고, 타이와이쿠를 초대하여 집에서 술을 마셨다고도 해요……"

"그래요. 그저께 가공공장을 둘러 본 적이 있는데, 적잖은 사람들이 그를 둘러싸고, '과장!, 과장!' 친근하게 부르며 이야기를 나누고 있었어요. 내가 나타나자 그들은 하던 말을 멈추고 조용해지는 거예요."

리시티는 망설이다가 또 물었다.

"대대장과 마이쑤무의 관계는 어떤 거 같아요?"

"지금까지는 아직 별다른 관계를 보아내지 못했어요. 마이쑤무가 이곳에 와서 갓 자리를 잡았을 때, 쿠투쿠자얼에게 복차 두 덩이를 선물했는데, 쿠투쿠자얼은 오히려 한바탕 호통을 치고 다시 돌려보냈다고 하지 않았나요?"

"맞아요. 이 일은 모르는 사람이 없죠."

"하지만 사원들이 의논하는 말을 들어보니, 마이쑤무가 가공공장 출납원이 된 건, 전적으로 대대장이 힘을 써준 덕분이라고 해요. 그리고 마이쑤무가 새로 집을 짓게 된 것도 대대장의 도움이 있었다고 해요. 대대장의 집에 걸려 있는 비단 벽걸이 융단은, 올해 구하이리바눙이 선물한 거래요. 작년에 바오팅구이에게 기대를 걸었는데, 그 벽걸이 융단이 무산이 되었던 거예요……"

"그래요?"

리시티는 의문이 풀린 듯, 만족스러운 표정을 지으며 말했다.

"당신의 정보는 나보다 빠르고 세밀하네요."

이리하무는 쑥스러워하며 웃었다. 이만한 정보력으로 어찌 신속하고 세밀하다고 할 수 있겠는가? 농촌에서 벌어진 일들은 누구의 눈을 속일 수 있겠는가? 눈을 가리고 술래잡기할 때처럼, 자신의 눈을 가리지 않고, 강물에 들어가 수영할 때, 귀를 막는 사람처럼, 자신의 귀를 막지 않는다면, 인민 대중들과 가까이에 있다 보면, 수많은 정보는 듣고 싶지 않아도 들리게 된다! 사람마다 귀가 있고 눈이 있으며, 혀와 입이 있다. 사람들은 누구나 머리가 있다. 사람들은 서로 여러 가지 정보를 수집하고, 분석하며, 교류하고 있다. 사실 이리하무가 모르는 사실들도 많을 것이다. 예를 들면, 타이와이쿠의 정서라든가……

　리시티는 한참 동안 아무 말도 하지 않았다. 이리하무는 단호하게 자리에서 일어섰다.

　"얼른 들어가요. 돌아가서 쉬어야 해요. 공작대를 맞이하는 일은 내가 준비할게요."

　이리하무와 리시티는 함께 사무실을 나섰다. 리시티와 작별 인사를 나누고 돌아서서 몇 걸음도 채 가지 못했을 때, 뒤에서 강렬한 기침소리와 극심한 고통의 신음소리가 들려왔다. 이리하무가 놀라서 돌아보았을 때, 리시티는 나무를 붙잡고, 허리를 굽힌 채, 심한 기침을 뱉어내며 토하고 있었다. 이리하무는 재빨리 뛰어가 보았다. 순간 저도 모르게 소리를 질렀다.

　"서기……"

　리시티는 이리하무를 말리면서, 가냘픈 목소리로 말했다.

　"소리는 왜 질러요? 기관지 모세관 문제일 따름이에요."

　"나랑 같이 병원에 가요."

　이리하무는 허둥지둥 리시티를 부축하며 말했다.

　"그러니까 눈 오던 날 수로 파러 나오지 말라고 했잖아요……"

　"당신 볼일이나 봐요! 난 괜찮으니까. 내 몸은 스스로 보살필 수 있어요."

　리시티는 뼈만 남아 앙상해진 손으로 이리하무를 밀어냈다. 그리고 허리를 펴고, 가슴을 내밀고, 머리를 들더니, 무겁지만 묵직한 발걸음을 내디디며 떠났다.

　이 날 오후, 대대 본부에서 빠져나온 쿠투쿠자얼은, 니야쯔가 일으킨 분쟁과 도전에 속으로 박수를 보냈다…… 누군가 싸움을 벌이거나, 분쟁을 일으키면, 그는 무엇보다 속이 시원하고 기뻤다. 이것은 아주 어릴 때부터 양성

된 기질이었다. 동시에 그는 니야쯔가 일으킨 분쟁에 대해, 자신이 미리 알고 있지 못했다는 사실이, 마음에 걸렸고 불만을 느꼈다. 그는 소위 병든 소 사건의 자초지종에 대해 곰곰이 생각해 보았다. 만약 누군가의 참모가 없었다면, 니야쯔는 감히 지난 일을 다시 꺼내지 못했을 것이고, 이런 일을 벌이지도 않았을 것이라고 쿠투쿠자얼은 믿고 있었다. 그렇다면 니야쯔 이 꼭두각시를 뒤에서 조종한 사람은 마이쑤무 밖에 없다고 단정을 지었다. 마이쑤무는 당연히 그의 숨어 있는 맹우(盟友)였다.

쿠투쿠자얼에게 있어 마이쑤무의 경험·이론·지식·사회관계 등은 아주 유용한 조건이었다. 그러나 마이쑤무의 반라쯔 하지라는 명성이 듣기 너무 거북하였다. 작년 현위서기 싸이리무가 여기에 있을 당시 받았던 한 통의 익명의 편지로부터 분석해 보면, 마이쑤무는 이곳에 발을 단단히 붙이려 하고 일부 일에 참견할 가능이 높을 뿐만 아니라, 쿠투쿠자얼보다 더 높고 중요한 위치를 차지하기를 도모하고 있으며, 심지어 그를 향해 지휘봉을 휘두르려고 하는 것 같았다. 그야말로 간이 배 밖으로 나온 행동이었다. 이에 대해 쿠투쿠자얼은 일찌감치 짐작하고 있었다. 그래서 그는 마이쑤무에게 따끔한 경고를 하여 정신이 퍼뜩 들게 하였던 것이다.

마이쑤무가 복차 두 덩이를 선물로 들고 찾아왔을 때, 그는 날카롭고 엄숙하게 한바탕 훈계를 하였고, 이 사실을 모든 사람들에게 퍼뜨렸다. 사후 마이쑤무는 어찌된 상황인지 깨닫고, 방법을 새롭게 하였고, 구하이리바눙에게 원래 선물한 복차 두 덩이에다가, 비단 2미터까지 더해서, 쥐도 새도 모르게 들려 보냈던 것이다. 파샤한은 즐거운 마음으로 구하이리바눙의 선물을 받았고, 대대장 아내의 얼굴에 웃음꽃이 몇 시간이나 활짝 피게 했었다.

물론 선물은 파샤한이 받았고, 쿠투쿠자얼은 '모르는 일'이었다. 다만 대대의 가공공장에 자리가 났을 때, 쿠투쿠자얼은 마이쑤무를 위해 천방백계로 그 일자리를 얻어냈을 뿐이었다. 심지어 이 임명이 확정될 때에도 쿠투쿠자얼은 여전히 복차를 돌려보낸 일을 거론하며, 자신의 강경한 원칙성을 증명하였고, 복차를 돌려보낼 때에도 체면을 따지지 않았으니, 출납원 임명도 원칙에 따랐을 뿐이라고 강조하였다. 마찬가지로 이 일에 관해서는 마이쑤무도 '모르는 일'이었다.

마이쑤무가 출납원을 맡은 것은 단지 조직의 배려를 존중하고 따르기 위한 것이었다. 곧바로 구하이리바눙은 대대장 집에 고급 도자기 찻종 한 세트를 선물하였다. 대, 중, 소 세 가지 크기의 찻종이 각각 4개씩 들어있는 세트였다. 과장 아내라서 그런지, 역시 도량과 기품이 남달랐다! 그러자 대대장은 또 이내 '폐기'해야 할 목재를 '처분'하여, 마이쑤무가 집을 지을 때 사용하게 하라는 지시를 내렸다.

처음에 차를 선물하였을 때 거절당한 후부터, 그들 사이의 엄숙하고 공적인 일은 공정하게 원칙적으로 처리하는 관계를 유지하였다. 마이쑤무와 교류할 때 쿠투쿠자얼은 언제나 지도자와 교육자의 태도를 취하였다. 마이쑤무는 열성적이고 진보적이며, 근면하고 신중한 모습으로 자신을 위장하였다. 차츰 이러한 마이쑤무의 모습을 쿠투쿠자얼은 혐오하기 시작하였다. 젊은 시절 번지르르하고 화려한 입담으로 소리치며 물건을 파는 다른 시의 행상인의 목소리를 들었을 때와 같은 혐오감이었다.

평생 거짓말로 남을 속여 온 사람이 가장 싫어하는 것은, 바로 다른 사람이 거짓말로 자신을 속이는 일이었다. 더 이상 참을 수 없다! 그는 이런 가식적이고, 허위적이며, 부자연스러운 관계를 청산하고 싶었다. 쿠투쿠자얼은 이미 마이쑤무의 가면을 호되게 찢어버릴 기회를 노리고 있었다. 그는 자기 앞에서 망신을 당하고, 벌벌 떨며, 흐느껴 우는, 마이쑤무의 모습을 상상하며, 언젠가 스스로 내막을 밝히고, 자신의 보호와 은혜에 완전히 의지하고,

고분고분 그의 명령에 복종하면서 살아가도록 만들겠다고 결심하였다. 그럼으로써 마이쑤무로 하여금 다시는 자기 목소리를 내지 못하게 하고, 감히 배반하지도 못하게 하고 싶었다. 왜냐하면, 그가 침을 한 입 뱉는 순간 그의 이 피보호자는 곧 침몰되기 때문이었다.

쿠투쿠자얼은 우선 고무 타이어 차 정비소와 기름집(油坊), 목공방, 철공장(鐵工場)에 가서 한 바퀴 휘돌았다. 그리고 습하고 어두운 출납원의 사무실 문어귀에서 발걸음을 멈췄다. 문을 밀었지만, 안으로 잠겨 있었다. 쿠투쿠자얼은 피식 냉소를 웃고 나서, 문을 가볍게 두드렸다.

마이쑤무는 문 두드리는 소리를 들었지만 모른 체하였다. 그는 큰 장부책과 주판을 책상머리에 놓아둔 채 건드리지도 않았다. 대신 정신을 집중하여 흥미진진하게, 작은 노트에 무언가를 적고 있었다. "똑, 똑" 문 두드리는 소리가 "쾅, 쾅" 소리로 바뀌었다. 그는 작은 노트를 덮고, 다시 큰 장부책을 앞에 펼쳐놓은 다음 문을 열어주었다. 문밖에 서 있는 사람이 생각지도 않던 쿠투쿠자얼인 것을 발견하고 짜증이 가득하던 표정이 순식간에 아부하는 웃음으로 바뀌었다.

"대대장, 당신이었군요! 그런 줄도 모르고…… 안녕하세요!"

쿠투쿠자얼은 마이쑤무의 악수를 힘없이 받아주고, 안부에 대답하고 나서, 들어오라는 말도 하기 전에, 당당하고 스스럼없이 실내로 걸어 들어갔다. 그리고 하나 밖에 없는 의자에 털썩 앉으면서 책문하였다.

"나마저도 당신 문 앞에서 몇 분이나 기다려야 하니, 백성들은 들어올 엄두조차 내지 못하겠구려."

"기분 푸세요. 연말 결산을 해야 하는데 찾아와 방해하는 사람들이 많아서, 어쩔 수 없이, 안으로 문을 걸어놓았어요."

마이쑤무는 공손하게 두 손을 모으고 옆에 서서 해명하였다.

쿠투쿠자얼은 "흥!" 하고 콧방귀를 뀌었다. 그리고 손가락질을 하며 분부하였다. "내일이면 네 가지 정돈 공작대가 우리 공사로 와요. 그러니까 오늘 저녁에 야근을 좀 하더라도, 환영 슬로건을 써서 가공공장 안에 걸어놓고 돌아가는 게 어떨까요?"

"네, 어떤 내용을 쓰면 좋을까요?"

"어떤 내용을 써야 하는지는 당신이 더 잘 알지 않아요? 과장!" 쿠투쿠자얼의 말에는 비웃는 뜻이 분명하게 담겨 있었다.

"대대장 말에 따라야죠, 별 수 없잖아요?"

마이쑤무도 쉽게 지려하지 않았다.

"말하는 투를 보니 꼭 그런 것만은 아닌 거 같은데요?"

쿠투쿠자얼은 호주머니 안에서 나쓰(那斯)를 담은 작은 조롱박을 꺼내 만지작거리며 감상하였다. 그러더니 갑자기 "탕!" 하고 조롱박으로 탁자를 내리쳤다. 그리고 마이쑤무를 뚫어져라 쳐다보며 물었다.

"니야쯔의 일은 어떻게 된 거예요? 니야쯔가 오늘 대대에 가서 한바탕 소란을 피웠는데······"

"무엇을 말하는 거지요? 난 모르는 일인데······"

마이쑤무는 시미치를 뗐다.

"아니, 어찌 이럴 수 가 있죠!"

쿠투쿠자얼은 노기등등하여 "흥!"하고 콧방귀를 뀌었다.

"설마 목 위에 달고 있는 게, 머리가 아니라 조롱박인가요? 어찌 지금 이런 상황에서 말썽을 일으킬 수 있어요? 내가 보기엔, 니야쯔를 뒤에서 조종한 사람이 따로 있는 것 같던데······요!"

마이쑤무는 그제야 대대장이 찾아온 이유를 깨달았다. 그도 오래 전부터 이 날이 오기를 기다렸다. 그는 대대장을 찾아가려고 준비하고 있던 참이었다. 대대장을 찾아가 한 번쯤 겨뤄볼 생각이었다. 곧 있으면 이 도덕군자인 양 점잔을 빼는, 안하무인으로 노는 이 놈을 마이쑤무는 자신의 발아래에 납작 엎드려 마음대로 다룰 수 있는 보잘것없는 졸병이 되게 만들어 놓아야겠다고 벼르고 있었던 것이다.

마이쑤무는 쿠투쿠자얼의 가시 돋친 말에도 들은 체 만 체 아랑곳하지 않고 걸레를 꺼내들고 책상 다리를 문지르며 한담하듯 말했다.

"방금 다우티 철공소(鐵匠爐) 옆에 있다가 돌아왔는데, 거기서 몇몇 늙은 이들이 둘러앉아 뭔가 논의하고 있던데요?"

다이티의 이름이 나오자 쿠투쿠자얼은 놀라서 움찔하였다. 하지만 그는 자신의 마음을 들키기 싫어서 무관심한 척 한 마디도 하지 않고 앉아 있었다.

"다우티 지부위원은 네 가지 불분명한 간부들을 이번 기회에 반드시 잡아내겠다고 하더군요!"

"그래야죠. 이번 운동을 통해 반드시 네 가지 불분명한 간부들을 모두 잡아내야 하지요. 그런데 당신 장부는 문제가 없나요?"

마이쑤무는 탁자 쪽으로 걸어와서 서랍을 열더니, 장부 한 부를 꺼내며 말했다.

"결산 상황은 여기에 다 적혀있어요. 대대장이 한 번 살펴보시죠."

쿠투쿠자얼은 경멸의 표정을 지으며 장부를 휙 밀어놓았다.

"장부상의 기재 내용으로 뭘 알 수 있겠어요!"

쿠투쿠자얼은 '장부상'이 몇 글자를 말할 때 귀에 거슬리도록 괴상한 소리를 내며 과장되게 표현하였다.

"적어야 할 건 빠짐없이 다 정확하게 적었어요."

마이쑤무는 아주 정중하게 말했다.

"여기에 내가 가불한 돈이 얼마나 되죠?"

"장부상으로 봤을 때,"

마이쑤무는 곧바로 이 몇 글자를 쿠투쿠자얼에게 돌려주었다. 그러나 발음은 평범하였다. "칠십사 위안 팔십 전이요."

"이틀 내로 다 갚을게요."

쿠투쿠자얼은 결단을 내린 듯 말했다. 그는 지금 어떤 틈도 보여서는 안 되었다.

"비록 큰돈도 아니고, 빌린 데는 모두 특별한 이유가 있으며, 또 전부 차용증을 쓰긴 하였지만, 간부로서 가불이 많으면 어쨌든 보기 좋지 않고, 나쁜 영향을 미칠 겁니다. 원칙 선상에 올려놓고 볼 때 이런 행위는 권력을 가진 자가 부당하게 자기 몫 이상의 이익을 차지한 문제로 번질 것이고, 경제상 불분명한 점이 있다고 지적받을 거예요. 경제상의 불분명에다 또 정치상의 불분명까지 더해지면 그럼 상황이 심각해지죠!"

쿠투쿠자얼은 보고하듯 엄숙하게 틀에 맞춘 듯 이야기하였다. 그리고 말할 때 '정치상' 이 몇 글자를 특별히 강조하면서, 의도적으로 마이쑤무의 상처를 들추려고 하였다. 말을 마친 후, 쿠투쿠자얼은 손을 무릎 위에 올려놓고, 건반을 두드리듯, 손가락을 번갈아 들면서 튕겼다.

"그럼요. 정치상 떳떳하지 못한 짓거리를 했다면, 그게 가장 큰 문제가 되죠!"

마이쑤무는 깊이 생각하지 않고 나오는 대로 말을 뱉었다. 그리고 돌아서서 걸레를 힘 있게 "팍, 팍" 털었다.

"떳떳하지 못하다"는 구절에 쿠투쿠자얼은 온몸에 소름이 끼쳤고, 가슴이 덜컥 하였다. 피가 머리끝까지 솟는 것 같았지만, 쿠투쿠자얼은 재빨리 정신을 차리고, 속으로 자신을 위로하였다. '아니야. 그럴 리가 없어. 아바이커

호자(阿拜克霍加, 역사상 유명한 지자(智者))가 부활한다 해도, 절대 알 수가 없어.' 그는 자리에서 벌떡 일어나, 뒷짐을 지고 몇 걸음 왔다갔다 거닐면서, 그다지 성공적이지 않은 이번 탐색전을, 이쯤에서 끝내려고 하였다. 그는 훈계하듯 말했다.

"당신의 상황과 신분에 대해 누구보다 당신이 제일 잘 알 거예요. 이번 운동 중에서 당신은 반드시 조직과 군중들의 심사와 교육을 적극적으로 받고, 태도를 단정히 해야 해요. 그러니까 당신의 장부나 잘 따지라는 말이에요. 물론 농촌에 내려온 뒤 당신은 대체로 태도가 양호했어요. 앞으로는 더 신중하게 처신하면서, 기고만장하지 말고, 조용하게 지내도록 해요. 그럼 적어도 얼울함을 당하지 않을 거예요. 당신만 긁어 부스럼 만들지 않고, 터무니없는 익명의 편지 같은 것만 쓰지 않으면 말이에요. 내 말이 어때요?"

"좋아요."

마이쑤무는 실눈을 뜨며 대답하였다. 쿠투쿠자얼이 가려고 하자, 마이쑤무가 말렸다. 마이쑤무는 그의 옷자락을 잡더니, 겸손하고 친근한 말투로 귓속말하듯이 낮은 소리로 말했다.

"대대장 동지, 대대장 형, 한 가지 여쭤볼 게 있는데요. 저도 옛날엔 간부였지만, 이미 다 지난 얘기예요. 지금은 아주 보편적이고 별 볼일 없는 사람일뿐이에요. 하지만 대대장은 농촌에서 지도자의 직무를 맡았었고, 지금도 맡고 있어요. 당신은 나보다 나이도 많고, 나보다 수준도 높으며, 당신은 내가 배워야 할 본보기예요. 그래서 무슨 말을 하려는 거냐면요. 니러커현에 친척 한 명이 있는데, 사촌형이라고 해두죠. 이 형이 예전에 작은 장사를 했었는데, 해방을 앞두고 파산하면서 머슴살이를 했었어요…… 서두르지 말고 말을 끝까지 들어 봐요. 후에 그는 열성분자, 간부, 당원이 되었어요. 민주개혁(民主改革, 중국 해방 초기에 진행한 봉건제도를 타파하고 민주제도를 수립하기 위한 사회개혁을 말함) 때 그는 겉으로는 지주, 바이들과 투쟁하였지만, 사실 암암리에 그들과 결탁하고 있었어요. 마귀가 그의 뇌를 삼켜버렸나 봐요…… 1962년에 그는 또 양다리를 걸쳤는데, 표면상으로는 인민공사의 간부였지만, 뒤에서는 소련교민협회의 특파원과…… 관둡시다. 내가 구구절절 설명이 너무 길었네요. 아무튼 그는 떳떳하지 못한 짓거리들을 꽤 했어요. 그래서 말인데 대대장 형, 만약 이 일들이 폭로된다면, 그는 총살을 당하게 될까요? 아니면…… 아마 그렇게까지 안 되겠지요? 난 그 정도는 아닐 거라고 생각해요……"

순간 쿠투쿠자얼은 눈앞이 캄캄해지면서, 귀에서 윙 소리가 났다. 처음 대마초를 피웠을 때의 그 강렬했던 반응과 같았다. 그는 두 눈이 새빨개져서 마이쑤무의 가늘고도 길며, 부드럽고도 차가운, 죽은 사람과 같은 손을 잡고 마치 발광하는 곰처럼 마이쑤무를 갈기갈기 찢을 기세였다.

마이쑤무는 쿠투쿠자얼의 손을 가볍게 밀어내고, 느긋하게 탁자 옆으로 걸어가더니, 장부책과 주판, 그리고 표를 정리하였다. 그리고 자물쇠와 대대장이 팽개친 탁자 위의 나쓰 조롱박을 들고 말했다.

"지금 먹과 나무 조각을 사러 갈 거예요. 당신의 나쓰 조롱박은 넣어둬요. 그리고 나갈 때 문 잠그는 걸 잊지 말고요."

말을 마치고 마이쑤무는 몸을 흔들거리며 미끄러져 가듯 조용하고 가볍게 빠져나갔다.

……쿠투쿠자얼은 거리로 나왔다. 그는 거리까지 어떻게 나왔는지도 모른채…… 지금 천천히 앞으로 움직이고 있는 것이 그의 다리가 맞는지, 그는 머리가 어지럽고, 속이 메슥거렸으며, 심신이 미약한 상태에 있었다. 그는 거친 숨을 몰아쉬고 있었다. 여기가 어디지? 가공 공장부터 집까지 가는 이 이숙한 길을 수천 번 오갔던 그가 맞는지 알 수가 없었다. 이 낯선 세상이 어디

서 불쑥 나타난 걸까? 자신에게 압박감을 안겨주는 검은 그림자만 가득 차 있었다. 저 높고 긴 것은 나무일까? 왜 하나하나가 쟈디가이얼(加底蓋爾, 악마를 가리키는 말)처럼 이토록 음침한 걸까? 저 크고 뚱뚱한 그림자는 한 마리 소일까? 왜 야리마오쯔(鴨裏麻渥孜, 요괴를 말함)처럼 흉악한 걸까? 이건 또 무슨 소리지? 나무바퀴 수레에서 나는 삐걱거리는 소리인가? 왜 마무티 배불뚝이의 목소리 같이 들리는 걸까? 이것은 무슨 빛일까? 길거리 맞은편의 창문에서 흘러나온 석유등 불빛인가? 왜 무라튀푸의 깜빡거리는 눈 같이 보이지?

쿠투쿠자얼은 집으로 돌아왔다. 아무 병도 없으면서 하루 종일 베개에 비스듬히 기대어 누워 신음소리를 내던 파샤한은, 남편의 모습을 보자마자 놀라서 후닥닥 일어나며 소리를 질렀다.

"알라신이여! 당신 왜 그래요? 안색이 꼭 누렇게 마른 밀짚 같아요……"

떳떳하지 못한 짓거리들을 마이쑤무가 다 알고 있었던 것이다. 속이 메슥거렸다……

"뜨거운 차 한 사발만 따라줘!"

마이쑤무가 알고 있다. 떳떳하지 못한 일들을 모두 알고 있다. 마무티, 마리한, 무라튀푸, 라이티푸, 이싸무동, 그리고 마이쑤무 본인…… 너무 끔찍하다! 파샤한이 가지고 온 차를 받아 들고 한 모금 쭉 들이켰다. "앗 뜨거워!" 하며 떨어뜨린 찻종지는 "쨍그랑"하고 바닥에 떨어지면서 깨져버렸다…… 그러나 이미 목구멍 안으로 넘어간 차는 입안을 물집 투성이로 만들었다.

그 때 누군가가 집으로 들어왔다. 불안한 마음으로 자세히 보니 들어온 사람은 쿠와한이었다. 그녀는 큰 소고기 한 덩이를 들고 파샤한과 쿠투쿠자얼에게 인사를 하였다. 그리고 신이 나서 말했다.

"소고기 조금 가져왔어요. 가장 살진 부위에서 잘라낸 고기예요. 반 마리 정도 가져오고 싶었지만……"

하고 쿠와한이 입을 삐죽거리자, 파샤한도 입을 삐죽하였다. 그녀들은 우는 건지, 아니면 웃는 건지 알 수 없는 표정을 지었다. 그녀들은 왜 웃고 있는 걸까? 왜 익살스러운 표정을 짓는 걸까? 두 사람이 밀고 당기면서 뭘 하는 걸까? 혹시 싸우고 있는 건 아닌가?

드디어 쿠와한이 돌아갔다. 쿠와한은 왜 이렇게 오래 머무른 걸까? 들어온 지 2시간 만에 돌아간 건가?

"술 한 잔 따라줘."

쿠투쿠자얼은 낮은 소리로 말했다. 쿠와한이 돌아가자 마음이 조금은 가벼워진 것 같았다. 파샤한은 술을 찾느라 분주했다. 술이 어딘가에 있기는 있지만 별 볼일 없는 손님들의 눈에 띄지 않게 파샤한 본인도 기억 못하는 깊은 곳에 깊숙이 숨겨두었기 때문이었다. 그녀는 상자를 내리고, 장롱을 뒤졌으며, 단정하게 개놓은 이불까지 흐트러뜨렸다. 그리고 작은 창고에 들어가 이리저리 뒤지다가 다시 돌아와 뒤지면서, 난리를 피운 결과 끝내 찾아냈다. 쿠투쿠자얼은 술을 따라 한 잔을 쭉 들이켰다.

그는 조금 전에 벌어진 일을 돌이켜보았다. 술 한 잔에 몸이 조금 따뜻해지기 시작했고, 심장 뛰는 것이 느껴졌다. 그는 아직 살아 있었다. 그는 누군가와 의논하고 싶었지만 그럴만한 사람이 없었다. 그는 또 한 모금 들이켰다. 심장은 더욱 빨리 뛰었다. 무겁고 거친 심장소리가 귀에까지 들리는 것 같았다. 그는 반드시 생각해야 하고, 결정을 내려야 했다. 그는 살아 있음을 인식했다. 그 말은 곧 여전히 먹고, 마시고, 사람을 속여야 하며, 연극을 계속해야 한다늘 것을 인식했다는 것이다. "아냐! 마이쑤무는 나를 고발하지 않을 거야. 만약 정말 나를 고발할 생각이었다면, 사전에 나에게 귀띔을 해주지도 않았을 것이다." 하고 스스로 자신을 달랠 뿐이었다.

그러면서도 "마이쑤무는 얼마나 위험한 인물인가!"하고 생각하니 참을 수가 없었다. 또 한 잔을 마셨다. 입안에 잡힌 물집 때문에 심장을 찌르는 것 같은 통증이 느껴지기 시작하였다. 그는 한 모금의 술을 끝내 넘기지 못하고 뱉어냈다. 팔도 아프고, 허리도 아프고, 다리도 시큰거렸다.

"바자(시장)는 언제나 먼저 온 사람이 임자다! 그렇다! 무슨 방법을 써서라도, 반드시 마이쑤무 이 화근을 뿌리째 뽑아버려야 한다. 마이쑤무와 같이 죽는 한이 있더라도…… 아니다, 같이 죽을 일은 절대 없다! 왜냐하면, 바자는 원래 먼저 온 사람의 몫이기 때문이다. 굴러온 돌이 박힌 돌을 뽑아내기란 어디 그리 쉬운 일인가? 그는 지금 당장 리시티, 아니 직접 공사의 자오 서기를 찾아가, 마이쑤무의 상황을 보고해야 한다. 충분한 증명 자료가 없다고? 괜찮다. 약간의 실마리만 있으면, 말재주를 동원하여 추측하고 파생시키고, 살을 붙이고, 확대함으로써, 마이쑤무가 모반을 꾀한다고 꽉 물고 늘어지면 된다……

마이쑤무가 역으로 그를 고발하면 어떻게 해야 할까? 시치미를 뚝 떼고 인정하지 않으면 된다. 죽어도 인정하지 않으면 된다. 고발이 시작되면 우선 2년 동안 자신이 마이쑤무와 팽팽하게 맞서 투쟁을 한 탓에 나라를 배신하고 외국으로 도망치다가 실패한 이 지주 새끼의 뼈에 사무치는 원한을 사게 되었다고, 명확하게 설명해야 한다…… 그리고 니야쯔를 찾아가 도움을 청할 수도 있다. 마이쑤무를 넘어뜨리는 것이 지금의 급선무이다. 신분, 지위, 간판으로부터 보았을 때, 사람들은 그의 말을 더 믿을 것이고, 반면에 마이쑤무는 사람들의 믿음을 얻지 못할 것이다. 그렇다. 참으로 우스꽝스럽다. 마이쑤무 몇 마디에 놀라서 어찌 이런 몰골을 하고 있을 수 있단 말인가! 중요한 것은 신속함이다. 주도권을 쟁취하고, 기선을 제압해야 한다."

이렇게 생각한 그는 얼굴을 씻고 양가죽 모자를 쓴 다음 파샤한에게 말했다.

"급한 일이 있어서, 공사에 다녀올게……"

그는 힘차게 대문을 열었다. 순간 저도 모르게 뒷걸음질 쳤다. 쿠투쿠자얼은 소름이 끼쳐, 온몸에 털이 쭈뼛 섰다. 대문 어귀에 초승달과 눈의 어둡고 희미한 청백색 빛 속에 검은 그림자 하나가 서 있었기 때문이었다.

그 사람은 다름이 아닌 바로 마이쑤무였다.

25장

마이쑤무 네 손님 접대방의 장식
한 차례 색다른 접대와 병창
괴(壞)·악(惡)·사(邪)·광(狂)·독(毒)의 꽃

마이쑤무는 오른손을 가슴에 얹고 허리를 깊게 숙여 인사를 하였다. 그는
두 손을 깨내더니 오른손은 앞에 왼손은 살짝 뒤로 한 채 손바닥이 위로 향
하게 폈다. 마치 무용이 끝났을 때 잠깐 정지 동작을 취하는 무용수 같기도
하고, 또 두 손으로 공손하게 선물을 받는 사람 같기도 하였다. 그는 간사스
럽고, 아주 부드러우며, 감정이 격앙된 목소리로 말했다.

"쿠투쿠자얼 대대장, 쿠투쿠자얼 형, 내 생명의 영혼, 영혼의 생명, 세상 무
엇보다 소중한 나의 친구, 존경하는 나의 연장자! 나는 당신의 대범한 마음
과 드넓은 아량을 믿어요. 시의적절하지 않고 경솔한 나의 방문을 개의치 않
을 거라고 믿어요. 만약 허락해 주신다면 이 마음속에 오랫동안 담아두었던
말을 당신에게 말하고 싶습니다. 이 말을 해야 할지, 하지 말아야 할지 심사
숙고하고, 곰곰이 따져도 보았으며, 망설이기도 했어요. 대대장 형, 나의 희
망, 나의 소망, 나의 부탁을 말해도 될까요? 입을 열어도 될까요?"

이 말을 하는 마이쑤무는 눈썹이 꿈틀거렸으며, 눈알이 빙빙 돌아가고, 입

꼬리가 삐죽거렸으며, 콧구멍이 벌렁거렸다. 희미한 눈빛 속에서도, 그의 희색이 만면한 얼굴을 볼 수 있었다. 그야말로 간절한 표정이었다.

놀란 가슴이 아직 가라앉지 않은 쿠투쿠자얼은 아무 말도 하지 않았다. 마이쑤무는 두 손을 거두더니, 이번에는 마치 심장이라도 꺼내 보여줄 듯 자신의 가슴을 움켜쥐었다. 그는 등을 둥글게 구부리고, 머리를 쳐들고, 목을 뽑았다 줄였다 하면서 말을 계속하였다.

"부디 거절하지 말아주세요. 나는 아침부터 당신을 작고 누추한 우리 집으로 초대하고 싶었어요. 우리는 당신의 광림을 손꼽아 기다리고 있었어요. 잠깐 12분만 내주면 돼요. 12분이면 720초밖에 되지 않아요. 우정이 가득 담긴 잡담은 외롭고 고통스러운 마음의 위로일 뿐만 아니라, 지혜와 학식의 원천이에요. 다만 당신의 지위, 당신의 위엄, 당신의 공사다망함 때문에, 소인은 지금까지 헛된 바람만 품고 있으면서, 감히 당신에게 털어놓지 못했어요. 하지만 내일 혹은 모레로 미루느니, 오늘이 좋을 것 같았고, 두세 시간 후로 미루느니, 또 차라리 지금이 가장 적절한 때인 것 같아서 여쭤보는 겁니다. 지금 바로 이 시각 소인의 체면을 봐서 당신의 고귀한 발걸음을 우리 누추한 식탁보 옆으로 옮기셔서 앉아줄 수 없나요?"

"뭐라고? 나를? 지금 당신 집으로 초대한다고요?"

마이쑤무의 경의를 표하는 일장 연설에, 쿠투쿠자얼은 머리가 어지러웠다. 그러나 마이쑤무의 어조와 자세에 한편으로는 어느 정도 안심을 하게 되었다. 쿠투쿠자얼은 습관과 예의에 따라 사절하며 말했다.

"고마워요. 마음만 받을게요!"

"고맙다는 건 무엇이고, 마음만 받겠다는 건 또 무언가요? 그러세요, 그럼."

마이쑤무는 연거푸 대답하였다.

"알아요. 당신이 눈코 뜰 새 없이 바쁘다는 걸 잘 알아요. 당신의 마음속은 전부 대대 일로 가득 차 있지요. 마무티 촌장과 이부라신 백극도 이렇게 많은 사람과 저렇게 많은 토지를 관리한 적이 없지요. 당신은 우리의 아버지예요. 그렇다면 우리의 집단사업을 위해 자신의 몸을 아낌없이 불사르고, 우리 때문에 매일 애간장을 태우는 좋은 사람에게 잠깐 부담을 내려놓고 쉴 수 있는 자리를 마련하는 건 잘못된 일이 아니잖아요? 우리의 성실하고 점잖으며, 예절바른 접대로, 당신에게 잠깐이나마, 편안함과 즐거움을 드릴 수도 없단 말인가요? 12분의 짧은 모임은 당신은 근무에 아무런 방해도 되지 않을 거예요. 12분이면 충분해요. 1분도 더 필요하지 않아요. 그런데 우리 스스로 자신을 좁은 울타리에 가두어두고, 자신을 재촉하고 다그치며, 하고 싶은 행동과 말을 모두 억제하며 살아갈 필요가 없잖아요? 그러니까 부디 허락해주세요. 제발 '맞다'고 말해줘요. 응, 나의 형님아!"

마이쑤무는 거의 울 것 같은 표정이었다.

'이 사람이 도대체 왜 이러는 걸까?' 하고 쿠투쿠자얼은 속으로 생각했다. 대대장은 이미 마음의 안정을 되찾았다. 그러나 마음속에는 여전히 의심이 가득하였고, 무슨 꿍꿍이 속인지 판단하기가 어려웠다. 그는 얼버무리며 말했다.

"좋아요. 그럼 조금 있다가 따라 갈게요."

"사실은 말이죠."

마이쑤무는 손을 내리고 머리를 숙였다. 마치 잘못을 저지른 아이 같이 비굴하고 끈끈한 말투로 말했다.

"우리 우즈베크인들은 자신의 결혼기념일을 기억하고 챙기는 습관이 있어요. 오늘은 나와 구하이리바눙의 결혼기념일이에요. 오늘은 나와 구하이리바눙의 결혼 10주년 되는 날이에요. 귀빈이 없는 음식은 아무리 풍성하고 훌륭해도 건초처럼 무미건조하죠. 그러나 더 많은 손님을 초대할 필요성은 느끼지 못했어요. 위구르인들에게는 결혼기념일을 챙기는 습관이 없으니까요. 하지만 당신은 달라요. 당신은 고귀하고, 문명하며, 견식이 넓은 분이지요. 당신은 공식적으로 CCCP(러시아어 '소련'을 줄인 말 - 역자 주)를 방문한 적도 있고, 또 베이징에 가서 위대한 마오쩌둥과 저우언라이(周恩來, 중국 건국 후, 국무원 총리를 지냈으며, 저명한 혁명가·군사가·정치가·외교가 - 역자 주)를 만난 적이 있는 분이지요. 당신은 머리가 명석하고 생각이 있는 사람이에요. 만약 당신이 가시지 않는다면, 그 불쌍한 여자는 구석에서 밤새도록 혼자서 울 거예요. 슬픔은 그녀로 하여금 자신을 잃게 만들겠죠. ……"

'뭐, 뭐라고? 이건 또 무슨 뜻인가?'하고 생각하며 자신도 모르게,

"나?"

하고 되물었다. 마치 자신을 두고 한 말이지만, 그 속에 무슨 음흉한 뜻이 담겨 있는지를 간파할 수가 없어 자신도 모르게 흠칫했던 것이다.

"그래요. 이 대대에서, 아니, 전 공사·현·주를 통틀어 우리 아내가 존경하는 사람은 당신밖에 없어요. 물론 만약 당신이 몇몇 손님들을 더 초대하기를 바란다면……"

"아니요, 필요 없어요."

쿠투쿠자얼은 이미 결정을 내렸다. '참으로 가소롭다. 그가 어찌 그까짓 식탁보 앞에 마주앉는 일 때문에, 결단을 내리지 못하고 망설일 수 있단 말인가! 이런 모습을 보여주는 자체가 마이쑤무에게는 그를 얕잡아볼 수 있는 여지를 주게 될 것이다'라고 생각한 그는 소매, 단추 등 옷매무새를 정리하고 나서 잠긴 목을 최대한 풀며 말했다.

"갑시다!"

마이쑤무 네 집으로 가는 길에서 쿠투쿠자얼은 이미 속으로 이해타산을

다 계산해 두었다. 마이쑤무가 실의에 빠져 이곳에 왔을 때부터 그들은 굳이 말하지 않았지만, 서로의 마음을 헤아리고 있었고 쿠투쿠자얼은 마이쑤무에 대해 적잖은 은혜와 도움을 베풀어 왔음을 서로는 알고 있었던 것이다. 그렇기 때문에 지금 와서 마이쑤무가 갑자기 그와 맞설 이유가 없다는 것을 헤아릴 수 있었던 것이다.

오후에 있었던 한 차례의 대치는 사실 그가 긁어 부스럼을 만든 것이었지만, 이 마귀가 그의 일부 비밀을 알고 있을 거라고는 생각조차 못했던 것이다. 하지만 쿠투쿠자얼의 손에도 아직 까지 않은 한 장의 패가 있었다. 바로 작년 싸이리무가 이곳에 있을 때 마이쑤무가 보낸 악독한 익명의 편지이다. 물론 그는 이미 편지를 불태워 버렸다.

이는 항상 주도면밀한 그가 저지른 가장 큰 바보짓이었다. 그러나 편지를 태웠는지 아닌지는 마이쑤무가 모르고 있는 사실이었다. 그렇기 때문에 편지는 여전히 존재하는 것이고, 편지가 있다면 외국으로 도망치려다가 실패한 미수자 마이쑤무가 이곳에 온 후에도 본분을 지키며 성실하게 산 것이 아니라, 도처에 검은 손을 벌리면서 음흉한 속셈을 품고 있다는 사실을 충분히 설명할 수 있는 것이었다. 만약 마이쑤무가 감히 또 한 번 그를 위협한다면, 그 땐 그도 편지를 공사에 바칠 거라고 큰소리를 칠 작정이었다. 만약 마이쑤무가 앞으로 고분고분 말을 듣는다면 그건 별도로 다루어야 할 일이었다. 그러나 그는 "반드시 경계심을 높이고 더욱 신중해야 하며, 하나하나의 모공을 눈으로 둔갑시키고, 매 한 가닥의 머리를 촉각처럼 곤두세움으로써, 조용하게 마이쑤무가 어떤 행동을 하는지, 어떤 말들을 하는지를 지켜보아야 한다. 그러다 보면 언젠가 마이쑤무의 빈틈과 약점을 잡게 될 것이고, 수동에서 능동으로 자세가 전환될 것이다"라고 생각하였다.

마이쑤무는 쿠투쿠자얼의 뒤를 바짝 따라 걸었다. 마이쑤무는 머리를 숙이고, 어깨를 웅크리고, 등을 굽힌 채, 직장 상사 앞의 부하처럼 아주 조심스럽고 신중한 모습이었다. 집에 도착하자 그는 재빨리 앞으로 달려 나와 쿠투쿠자얼을 향해 덮쳐오는 검둥개에게 으름장을 놓았다. 그리고 손을 내밀고 손님을 안으로 안내하는 자세를 취하며 말했다.

"들어가십시오!"

스스로 움츠리는 마이쑤무의 모습으로 인해 한 순간에 납작해졌던 쿠투쿠자얼은 다시 차츰 간덩이가 부풀어 오르기 시작하였다. 쿠투쿠자얼은 계단 위로 성큼성큼 올라갔다. 그의 발걸음은 점점 더 크고 당당해져 갔다. 그들은 밥을 짓고 잠을 자는 용도로 쓰이는 여러 가지 냄새가 혼합되어 있는 바깥방을 지나, 넓고 숨이 탁 트이는 손님을 접대하기 위한 시원한 손님방으로 들어왔다. 손님방 문어귀에서 쿠투쿠자얼은 잠시 걸음을 멈추더니, 손바닥을 펴 물건을 받쳐 든 자세를 취하고는, 주문을 외우듯 작은 소리로 경문을 낭독하였다. 동시에 눈가로 방안의 진열품과 전체적인 장식을 둘러보았다. 우선 바닥에는 한 치의 땅도 보이지 않게, 짙은 갈색 바탕 위에 화려하고 울긋불긋한 도안이 찍힌 큰 융단 세 장을 깔아 놓았다. 그리고 안방 바닥의 정중앙에는 낮은 원탁 하나가 놓여 있었는데, 그 원탁 위에는 무늬가 도드라지게 짜여진 식탁보가 펴져 있었다.

식탁보 위에는 굽 높은 등황색 유리 쟁반이 있었는데, 쟁반 안에는 각설탕과 간식거리·말린 살구·사막보리수나무열매 등 단 음식들이 들어 있었다. 원탁의 좌측 바닥에는, 비단 겉감을 댄 두터운 하늘색 요 하나가 깔려 있었는데, 전체적 분위기로 보아하니 성대하고 장중하게 손님을 접대할 모양이었다. 그리하여 쿠투쿠자얼은 속으로 무척 흡족해 하였다. 누군가가 자신을 접대하고 시중 들기 위해, 특별히 꾸며놓은 방 안에 들어섰을 때, 귀인나 무뢰한이나 누구를 막론하고 내심 즐거워하지 않을 사람이 어디 있겠는가?

마이쭈무는 예의를 갖춰 손님에게 자리를 권하였다. 쿠투쿠자얼도 사양하지 않고, 푹신한 비단 요 위에 앉았다.

"편하게 앉으세요. 다리를 펴고 쉬도록 하세요."

마이쭈무는 이렇게 말하며, 또 흰색의 큰 오리털 베개 몇 개를 가져와, 쿠투쿠자얼의 등 뒤에 쌓아놓았다. 그리고 본인은 옷깃을 여미고, 손님의 대각선 쪽 자리에 무릎을 꿇고 앉았다.

구하이리바눙이 오른손에 백동 주전자를 들고 들어왔다. 이런 주전자는 몸통이 가늘고 길며 선이 굴곡적이어서, 마치 꽃병 같기도 하다. 그리고 주둥이도 가늘고 길며 선이 굴곡적이라 주로 손을 씻거나, 몸을 깨끗하게 씻는 데 쓰인다. 구하이리바눙의 왼손에는 양은 대야 하나가 들려 있었는데, 양은 대야 안에는 체 구멍이 가득 난 주석 단지가 엎어져 있었다. 이것은 손 씻는 물과 세수 물을 받을 때 사용하는 도구였다. 거꾸로 엎어놓은 주석 단지는 떨어져 들어간 손 씻은 더러운 물을 가려주는 작용을 하는 것이었다. 이것은 보기 좋지 않은 것을 덮어 감추는 일종의 은폐의 미학이라고 할 수 있었다.

겨울철인데다 화로가 바깥방에 있어서 손님방이 약간 썰렁함에도 불구하고, 구하이리바눙은 계절과 실내 온도에 전혀 적합하지 않은 옷차림이었다. 그녀는 명주실로 짠 투명할 정도로 얇은 분홍색 원피스를 입고 있었고, 윗도리로 가슴 앞에 두 송이 노란 국화꽃 무늬를 놓아 짠 자색의 털옷을 입고 있었다. 원피스 밑으로 허벅지에서 발등까지 오는 스타킹이 보였고, 발에는 검붉은 색의 지퍼 달린 반장화를 신고 있었다. 얼굴에 분과 연지를 찍어 바른 그녀는, 오늘 검은 '미인'에서 흰 얼굴 검은 목 '미인'이 되었다. 그녀는 잔걸음을 치며 쿠투쿠자얼 곁으로 다가와 손을 씻을 수 있게 시중을 들어주었는데, 순간 쿠투쿠자얼은 코를 찌르는 향기를 맡았다.

구하이리바눙은 곁눈질로 손님을 힐끔거리며 마치 부끄러움을 타는 소녀처럼 잇새로 모기 소리만한 목소리로 "야커시"하고 친근한 손님의 안부에 답례하였다. 그리고 그녀는 바깥방으로 들어가더니 도안이 그려진 검은색의 옻나무 네모 쟁반을 들고 돌아왔다. 쟁반 위에는 정교한 작은 사발 두 개가 있었고, 사발 안에는 적은 양의 차가 들어 있었다. 구하이리바눙이 두 손으로 차 쟁반을 높게 들고 있은 것을 보고, 쿠투쿠자얼은 손을 뻗어 재빨리 받으려고 하였다. 그러자 그녀는 쿠투쿠자얼의 손을 살짝 피하며 차 쟁반을 남편에게 건네주었다. 차든, 기타 음식이든, 모두 먼저 남편에게 건네주었고, 남편이 다시 손님에게 드리는 식이었다. 성대함과 정중함을 표현하기 위한 것인지, 아니면 남녀칠세부동석이라는 생각 때문인지, 아무튼 이와 같은 불필요한 절차가 바로 전통 예절이었다.

마이쑤무는 먼저 손님에게 차를 드리고 나서 자신도 한 잔을 받았다. 그 다음 세 손가락으로 유리 쟁반 안에서 4개의 각설탕을 집어 쿠투쿠자얼의 찻잔에 몽땅 넣어주었다. 그리고 구리 찻숟가락을 건네주면서, "차 좀 드세요!"라고 말했다.

구하이리바눙은 손님방에서 물러갔다. 바깥방에서 솥, 숟가락 등의 소리들이 들렸고, 생 채유(菜籽油)의 매콤한 개자(芥子) 냄새가 풍겨왔다.

쿠투쿠자얼은 겸손하게 사양하는 법이 없었다. 찻잔을 들어 한 모금 마시고 나서 그는 자연스럽게 사방을 돌아보느라 바빴다. 가장 먼저 벽 옆에 놓여있는 긴 탁자 위에 시선이 닿았다. 긴 탁자 위에는 애들의 블록 장난감 같은 알록달록한 여러 가지 물건들이 빼곡하게 쌓여있었고, 중간에는 채색 리본으로 묶은 두꺼운 양장본 몇 권이 놓여있었다. 그 책들도 다른 물건들과 같이 장식용이었다. 책 위에는 큰 자기 접시 하나가 벽에 기대어 세워져 있었고, 접시 아래에는 한 송이 큰 목란이 손님 시선의 정면에 놓여 있었다. 자기 접시 양쪽에는 각각 이미 다 사용하여 약이 다 된 바이샹(白象)표 건전지가 세워져 있었다. 책 앞에는 빨간색 쌍희자가 그려진 유리컵 네 개가 탁자 위에 반듯하게 눕혀져 있었는데, 컵 입구가 가지런히 밖을 향해 있어서 마치 손님을 겨누고 있는 네 개의 대포 주둥이 같았다. 책의 양측 다시 말하면 긴 탁자의 양단에는 각양각색의 빈병·빈 깡통·빈 상자로 쌓은 금자탑 같은 장식용 '건축'이 세워져 있었다.

그 속에는 얼굴에 바르는 싱런미(杏仁蜜, 행인 오일과 꿀 등으로 만든 크림)의 허리가 잘록한 납작한 병, 쌍메이(雙妹)표 배니싱 크림(雪花膏)의 단단한 종이 상자, 흑갈색의 맥아엑스(麥精)·간유(魚肝油) 병, 러커우푸(樂口福) 맥아엑스 철제 캔, 진장(金獎) 세숫비누의 포장지, 마터우(馬頭)표 조합 페인트 주석 캔, 음식점의 후춧가루 자기단지, 탁구공과 꼭 닮은 영교해독환(羚翹解毒丸)의 밀랍 껍질 등이 있었다. 금자탑 꼭대기는 각각 화로수(花露水)가 들었던 작고 가느다란 유리병이 있었다. 여러 가지 병과 캔 위의 상표는 완전하고 새것처럼 보존되어 있었다. 그것들은 각자의 금박 글씨와 문양, 각양각색의 도안으로 이 집 주인의 부와 문명 수준을 뽐내고 있었다.

긴 탁자와 멀지 않은 곳에 재래식 쇠 침대 하나가 놓여 있었고, 벽에는 벽걸이 융단을 걸어야 하는 자리에 대신 노란색 바탕에 검은색 동전 도안이 그려진 화포가 걸려 있었다. 침대 위에는 녹색 융단 한 장이 펴져 있었고, 침대 머리의 양단에는 큰 베개가 각각 모로 세워져 있었는데, 베개의 아래 두 귀퉁이는 안으로 집어넣은 형태로, 위의 두 귀퉁이는 뾰족하게 빳빳이 세워져 있는 형태로 되어 있었다. 얼핏 보면 두 개의 베개가 아니라 장식품 같았고, 또 앞다리를 세우고 앉은 두 마리의 야수 같기도 하였다.

침대의 난간에는 울렌 서지(毛嗶嘰) 바지 한 벌이 걸려 있었다. 벽 모퉁이에 부채꼴 나무 탁자 하나가 있었고, 탁자 위에 자동(紅銅)으로 만들어진 큰 석유등 하나가 놓여 있었다. 그 모퉁이 양측 벽에, 압핀으로 고정시킨 숱한 사진들이 화판(花瓣) 모양으로 배열되어 있었는데, 마침 석유등 불빛이 밝게 비추고 있었다.

……쿠투쿠자얼은 자리에서 일어나, 금자탑을 이룬 병과 캔들, 그리고 장식된 숱한 사진들을 가까이 다가가 자세히 보고 싶었다. 그러나 조용하게 점잖게 앉아 있는 손님이 더욱 존경을 받는다는 것을 잘 알고 있었다. 언행이 적을수록 더 높은 지위를 나타낸다. 그리하여 그는 호기심을 참으며 단정하게 비단 요 위에 앉아 있었다. 그는 너무 달아서 아무 맛도 느껴지지 않는 차를 들고, 주위를 두리번거리며 생각에 빠졌다. 과장직을 맡았던 사람인지라 뭔가 달라 보였다.

1962년 소련으로 넘어가기 전, 그들은 모든 가산을 팔았다고 들었는데, 지금 새로 사들인 가구들이 벌써 꽤 규모를 갖추고 있는 것을 보니, 역시 지식 있고 견문이 넓은 일가라는 생각을 새삼 하게 되었다. 쿠투쿠자얼이 아무리 돈을 많이 벌어도, 집을 이와 같이 품위 있고, 아름답게 장식하거나 배치할 자신이 없었다. 병도 없으면서 하루 종일 앓는 소리를 내는 뚱뚱한 아내 파샤한은 또 어떤가? 그녀에게 아무리 많은 돈을 벌어다 주고, 아무리 좋은 가구를 장만해 줘도, 절대 교양 있는 집처럼 꾸미지 못할 것이다. 집으로 돌아가면, 쿠투쿠자얼은 집 안의 먹다 남은 음식, 마구 쌓아놓고 마구 버려둔 옷가지들 속에 파묻힐 것만 같은 느낌을 종종 받곤 한다. 자기 집과 비교해 보면 진심으로 탄복할 수밖에 없었다. 희미한 불빛 아래, 긴 탁자 위의 두 금자탑을 바라보며, 그는 형언할 수 없는 도취감과 부러움, 그리고 질투를 느꼈다.

마이쑤무는 마치 그의 생각을 꿰뚫어보기라도 한 것처럼, 손을 내밀어 오른쪽 공중에서 휙 내저으며 말했다.

"이 집은 너무 누추해서, 집이라고도 할 수 없죠? 단지 몸을 의탁할 수 있는 공간일 뿐이에요. 만약 몇 년 전에 우리 서로 알았더라면…… 휴!"

그는 깊은 유감을 느끼며 한숨을 쉬었다. 그리고 상대방이 알아듣든 말든 한어로,

"우리 일찍 만나지 못한 것이 한탄스럽네요!"

라고 말했다.

"얼마 남지 않았어요……"

마이쑤무는 머릿속에 뭔가 떠오른 듯, 벽에 화려한 빨간 꽃 도안이 그려져 있는 자신의 찻잔을 들고 말했다.

"이것 봐요!"

그는 찻잔 밑을 두드렸다. 무엇을 가리키는 건지 쿠투쿠자얼 눈에는 잘 보이지 않았다. 마이쑤무는 석유등을 가지고 왔다. 찻잔 밑에는 어렴풋이 보이는, 일부가 이미 지워져 얼마 남지 않은 러시아문자가 있었다.

"이 찻잔을 보세요. 이것은 타슈켄트에서 생산한 제품이에요. 진정한 타슈켄트 물건이에요."

마이쑤무는 찻잔을 내려놓고 다시 일어나더니, 긴 탁자 옆으로 걸어가 웅크리고 앉았다. 그리고 한 나무 상자를 열고 비단 한 필을 꺼냈다.

"이 비단을 보세요. 이 색깔과 무늬, 이 질긴 것 좀 봐요. 소 네 마리가 끌어당겨도 찢어지지 않아요…… 이것은 백 프로 알마티(阿拉木圖)에서 생산한 제품이에요. 이건 무라퉈푸가 선물한 거예요……"

중국의 자기와 비단의 발원지에서 나고 자란 이 마이쑤무 선생은 타슈켄트와 알마티를 말하면서 침을 흘릴 지경이었다……

무라퉈푸라는 이름이 나오자 쿠투쿠자얼은 갑자기 벼락을 맞은 것처럼, 안색이 파랗게 질렸고 표정이 굳어버렸다.

그러나 마이쑤무는 전혀 다른 뜻이 없는 듯한 표정이었다. 이때 구하이리

바능은 또 네모난 옻나무 쟁반을 들고 들어왔다. 네모 쟁반에는 자기 접시 하나가 있었고 그 안에는 젤리 같은 것이 들어 있었다.

"이것은 '하얼와(哈爾瓦)'예요. 우리 우즈베크인들이 가장 즐겨 먹는 단맛 나는 음식이죠. 만들기도 참 쉬워요. 밀가루, 설탕, 양 지방만 있으면 만들 수 있지요. 그런데 집에 양 지방이 없어서 채유를 넣었어요. 한 번 맛보세요. …… 사실 굳이 구구절절 설명할 필요가 없을 거예요. 당신이 먹어보지 못한 음식이 어디 있겠어요? 헤헤……"

말을 마치고, 마이쭈무는 또 자리에서 일어났다. 그는 침대 아래를 한참 더 듬더니 축음기 한 대를 꺼내들고 돌아서서 물었다.

"노래 한 곡 들을래요?"

노래 소리가 천천히 울려나왔다. 쿠투쿠자얼에게도 아주 익숙한 우즈베키스탄의 레코드였다. 레코드판도 낡고, 바늘도 교체한 지 오래 되었으며, 축음기의 끝에 달린 운모편(雲母片)은 거칠게 진동하면서 사박사박 소음을 냈다. 심하게 변질된 날카로운 여자 목소리가 구성지게 노래를 부르고 있었다. 축음기에서 흘러나오는 노래 소리를 듣고 있노라니, 쿠투쿠자얼은 해방 전 행상하던 시절이 떠올랐고, 쑤탕과 얼음물을 팔기 위해 감미로운 어조로 수도 없이 소리쳤던 "싸구려!"하는 소리가 떠올랐다. 그는 차츰 가냘픈 감상에 젖기 시작하였다.

그런 분위기에서 갑자기 들려온 큰 소리에, 이 모든 분위기가 산산이 조각났고 모든 것이 압도되고 말았다. 영문 모를 공포감에 쿠투쿠자얼은 온몸을 부르르 떨었다. 무슨 일이 벌어진 걸까? …… 몇 초 후 비로소 진상을 알게 되었다. 유선방송의 확성기가 울렸던 것이다. 공사의 라디오방송국(廣播站)에서 방송을 시작하였다. 마이쭈무는 깜짝 놀라 자리에서 벌떡 일어났다. 그는 확성기 아래에 서서 당황하고 불안해하였다. 마치 발이 덴 한 마리의 병아리 같았다. 그는 두꺼운 솜옷으로 확성기를 덮음으로써, 소리를 막아보려고 하였지만, 방송 확성기의 소리는 여전히 우렁찼다. 그는 또 확성기 전기선을 뽑으려다가 그만 확성기와 스피커를 보호하기 위해 덮어놓았던 목갑까지 동시에 떨어트리고 말았다. 전기선은 여전히 그대로 연결되어 있었다.

확성기 안에서 자오 서기는 사회주의 계급투쟁에 대해 연설하고 있었다. 마이쑤무는 열이 받쳐서 작은 칼을 꺼내 전기선을 아예 끊어버렸다. 확성기가 드디어 소리를 멈추었다. 축음기의 레코드도 다 돌아갔다. 혼자 공전하고 있는 축음기에서 줄칼로 철광석을 써는 듯한 사람으로 하여금 경련을 일으키게 하는 소리가 났다. 마이쑤무는 황공해 하며 쿠투쿠자얼을 보고 웃었다. 그리고 레코드를 다시 틀었다. 그런데 축음기 태엽이 빠지는 바람에 한마디도 채 부르지 못하고, 바람 빠진 타이어마냥 그 자리에 멈춰버렸다. 날카로운 여자의 목소리는 점점 으르렁거리는 범의 울부짖음과 같은 저음으로 변해갔다……

어찌된 걸까? 여전히 공사 자오 서기의 연설 소리가 집안으로 들려왔다. 마이쑤무는 화가 나서 소리의 근원을 찾아 이리저리 헤맸다. 드디어 소리의 근원지를 발견하였다. 신생활대대의 고음용 확성기(高音喇叭)에서 흘러나오는 소리였다. 그것은 솜옷으로 덮을 수도 칼로 끊을 수도 없는 것이었다. ……

구하이리바눙은 빨간 고추와 파란 고추, 그리고 양파를 넣고 볶은 양고기 한 접시를 들고 나왔다.

"우리 그래도 다소간……"

마이쑤무는 오른손의 엄지와 식지로 고리 모양을 만들어 입가에 대고 머리를 뒤로 젖히는 동작을 하였다(술 한 잔 하자는 동작).

"아니요."

쿠투쿠자얼의 대답은 냉담하였다. 조금의 여지도 없었다.

"그럼 나 혼자라도 한 잔 마시면 안 될까요?"

마이쑤무는 우물쭈물 말했다.

"그건 당신이 알아서 해요."

술을 마시자는 말에 쿠투쿠자얼은 다시 경계심과 반감이 생겼다.

마이쑤무는 듣지도 못한 이리다취 한 병과 술잔 하나를 가지고 왔다. 그는 이빨로 술병 뚜껑을 따더니 한 잔 가득 따랐다. 그리고 약간 익살스러운 표정으로 쿠투쿠자얼을 힐끗 쳐다보더니 술잔을 높이 들어올렸다.

"건강을 위하여!"

그는 이렇게 소리를 치며 한 잔을 들이켰다.

"구하이리바눙, 여기로 와 봐요. 어서 여기로 와요!"

그는 부드럽고 다정한 목소리로 아내를 불렀다.

구하이리바눙은 나른한 표정으로 눈살을 찌푸리며 걸어 들어왔다.

"당신 어떻게 된 거예요? 벙어리가 되었어요? 이것 봐요. 우리의 어르신 대대장 형이 우리의 집에 광림하였어요. 우리의 결혼 10주년을 축하하기 위해 공사다망한 대대장 형이 특별히 시간을 내서 누추한 이곳에 왔단 말이에요. 오늘 저녁 원래는 중요한 회의를 주재하기로 되었었단 말이에요. 우리에게 있어 이건 얼마나 큰 영광이에요! 옛날엔 백호장 한 명도 세상은 감당할 수 없었어요. 사실 백호장이라고 해야 관리하는 가구가 불과 백 여 호밖에 되지 않았어요. 그런데 오늘날 대대장은 몇 가구를 관리하고 있어요? 잘 생각해 봐요. 이런 귀빈의 광림을 꿈에라도 생각해 본 적이 있어요? 아이고, 이 여자야! 대대장을 집으로 초대하라고 밤낮으로 잔소리하던 사람이 당신 아닌가요? 지금 그 대대장이 오셨어요. 그런데 왜 아무 말도 하지 않아요?"

"식사 준비를 하고 있었어요."

구하이리바눙은 고개를 숙이고 낮은 소리로 대답하였다.

"식사요? 만약 알라가 우리를 사랑한다면, 세상에 널린 게 음식이에요. 쌀밥은 있어요! 삶은 고기도 있어요! 향기로운 튀김 냄새도 있어요! 많고도 많을 거예요…… 설마 모르고 있었어요? 열정적이고 우아한 말이 없다면, 아무리 맛있는 음식이라도, 꼭 밀랍을 씹는 듯해요!"

"이야기는 당신들이 오붓하게 나눠요."

"우리요? 우리는 우리고, 당신은 또 당신이죠. 설마 여주인의 얼굴이, 손님의 정서를 결정한다는 걸 모르는 건 아니죠? 어서 당신의 대대장 오라버니에게 술 한 잔 따라요!"

구하이리바눙은 마지못해 발걸음을 옮겼다. 그녀는 옆에 무릎을 꿇고 앉아 술 한 잔을 따라 마이쑤무에게 밀어 주었다. 그러나 남편이 이번엔 거부하며 술잔을 받아주지 않았다. 마이쑤무는 아내에게 명령하였다.

"당신이 직접 대대장 형에게 드려요!"

그리하여 술잔은 쿠투쿠자얼 앞에 놓이게 되었다. 마이쑤무는 술을 권하고 자리를 뜨려는 구하이리바눙을 또 잡으며 말했다.

"얼른 가서, 당신의 두타얼을 연주하면서, 우리를 위해, 노래 한 자락 불러 봐요."

"당신 미쳤어요?"

구하이리바눙은 낮은 소리로 불평하였다. 그녀는 알토(女低音)의 가장 높고 가는 음으로 말했다.

"만약 나에게 미쳤다고 한다면, 그럼 미친 거 맞아요! 나는 우리의 존귀한 손님, 우리의 마음을 사로잡은, 우리가 유일하게 믿고 의지할 수 있는 참된 벗의 도래로 인해 너무 기뻐서 미쳤어요. 아! 이건 얼마나 즐거운 실성(失性)이고, 얼마나 흡족한 격정인가! 물어보고 싶어요! 한 평생을 살면서, 이런 실성을 몇 번이나 경험할 수 있을까요? 이런 실성을 경험할 수만 있다면, 인생에 더 이상 유감이 없지 않을까요? 이런 즐거움을 누릴 수 있다면, 더 바랄 게 있겠어요? 연주해요. 노래도 불러요. 내 말을 거스르면, 눈동자를 뽑아버릴 거예요!"

구하이리바눙은 겁에 질려 마이쑤무를 올려다보았다. 마치 공포에 떠는 순한 양 같았다. 그녀는 꾸물거리며 천천히 침대 앞으로 다가갔다. 그리고 두타얼을 벗겨 느긋하게 현을 조율하기 시작하였다. 쿠투쿠자얼은 깜짝 놀라 눈이 휘둥그레졌다. 40년 넘게 살면서 남편이 아내에게 손님 앞에서 악기를 연주하고 노래를 부르라고 하는 건 한 번도 본 적이 없었기 때문이었다. 쿠투쿠자얼은 놀라서 심장이 벌렁벌렁 뛰었다.

구하이리바눙은 눈을 지그시 감았다. 그리고 왼손은 아래위로 부드럽게 움직이면서, 현을 눌렀고, 오른손은 힘 있게, 다섯 손가락을 모두 사용하여, 현을 뜯고 튕겼다. 기나긴 전주에 이어 구하이리바눙은 노래를 부르기 시작하였다.

나의 마음이 타들어가고 있어요,
꼬챙이에 꿴 고기처럼 타고 있어요……

남자도 아니고 여자도 아닌 낮디 낮은 그녀의 목소리는, 쿠투쿠자얼로 하여금 봄철의 늦은 밤 집안에 갇힌 암고양이의 울음소리를 연상케 하였다. 완전히 무장해제가 된 쿠투쿠자얼은 저도 모르는 사이에 술 한 잔을 꿀꺽 목구멍으로 넘겨 버렸다.

당신과 헤어진 뒤로,
나는 점점 수척해져 가요……

술잔은 또 한 번 돌아 쿠투쿠자얼의 손에 들어왔다. 두타얼 소리와 구하이리바눙의 노래 소리에 맞춰 쿠투쿠자얼은 서슴없이 술을 입안에 부어넣었다. 이때 마이쑤무가 한 마디 하였다.

"라이티푸가 돌아왔어요……"

쿠투쿠자얼은 갑자기 피가 머리로 확 쏠리는 느낌이었다.

　　나는 밤새 잠을 이룰 수 없고,
　　밥 한 모금도 넘길 수 없어요……

"무라튀푸의 당부를 절대 잊지 말아요."

쿠투쿠자얼은 머리가 몽둥이에 맞은 것처럼, 또 한 번 윙 소리가 났다.

　　당신의 눈은 어린 낙타 같아요,
　　하, 희고 매끈한 당신의 손은……

"하늘에 계시는 마무티의 영혼을 위하여……"

　　그런데 당신은 왜 대답이 없나요,
　　당신의 마음은 돌과 같나요?

"앞으로 일이 있으면 나와 스스럼없이 의논하도록 해요. 우리의 운명은 어차피 연결되어 있어요."

나의 마음이 타들어가고 있어요,

꼬챙이에 꿴 고기처럼 타고 있어요……

우정을 위해 잔을 비우고, 단 음식을 먹고, 까맣게 탄 마음을 노래하고 있
는 가운데 건강을 위하여 또 다시 잔을 비웠다. 두 사람은 국제와 국내의 형
세는 곧 큰 변화를 맞이하게 될 거라는 말에 미친 듯이 웃었다. 그리고는 또
토마토 쇠고기 요리 한 접시를 먹어치웠다. 고양이 울음소리가 들렸다. 고양
이가 어린 낙타와 같은 눈을 가졌다고 했다. 앞으로 마이쑤무의 지시에 따
를 것이다.

"정말 더는 못 마시겠어요." "마지막 한 잔이에요. 정말 마지막 한 잔이에
요." "구하이리바눙, 여기로 와 봐요!"

또 다시 고양이 울음소리가 들리고, 심장과 간은 아직도 새까맣게 타고
있었다. 새로운 요리가 다 됐다. 기름에 지져낸 황금색의 양고기 셴빙(餡餠)
이다. 그리고 또 반찬, 각설탕, 건무화과가 올라왔다. 건배도 계속된다. 남자
도 아니고, 여자도 아닌 노래 소리와 금자탑이 공중에서 어우러져 빙빙 돌
고 있다……

양다리를 걸치고 도랑에 든 소의 처지를 바라던 놀라움·기쁨·두려움·달
콤함, 희망과 절망이 공존하던, 쿠투쿠자얼의 생활은 오늘부로 완전히 끝
났다. 그는 이미 전복을 기도하고 침략하는 세력의 전차(戰車)에 꽁꽁 묶여
꼼짝달싹할 수 없게 되었다. 그는 천국으로 올라가게 될까? 아니면, 지옥으
로 떨어지게 될까? 비틀거리며 집으로 돌아가는 길에서, 쿠투쿠자얼은 거
듭 자신에게 질문하였다. "이 모든 것이 진실인 걸까? 아니면, 기괴하고 현
란한 꿈일까?"

집을 미장하는 즐거움이 무궁무진하다
열성분자의 즐거움이 무궁무진하다
공작대 간부에 대한 믿음과 기대,
그 즐거움이 무궁무진하다

　해방 후 이리 지역의 모든 주민과 똑같이 아부두러허만에게 있어서 집의
벽면을 미장하는 일은 가장 행복하고 즐거운 가사노동이 되었다. 사람들은
1년에 두 번, 혹은 적어도 한 번은 회칠을 하는데, 이건 하나의 풍속이고, 제
도이며, 즐거움이고, 문명이며, 휴식이었다. 왜냐하면 그들은 사회주의 신생
활을 사랑하기 때문이었다. 새로 칠한 새하얀 혹은 대부분의 하늘색 벽면은,
더욱 밝고, 청결하며, 아름다운 생활을 나타내었다. 그리고 정이 많고 손님
을 좋아하는 그들에게 있어, 칙칙한 집, 더러운 환경, 지저분한 뜰은, 주인의
수치이고 실례이기도 하였다. 그리하여 러허만이 네 가지 정돈 공작대 동지
들이 곧 오게 된다는(러허만은 공작대 동지들이 그의 집에 투숙하게 될 거라고 믿
어 의심치 않았다) 희소식을 아내 이타한에게 알린 후, 이 키가 작고 아름다운
흰 수염을 추켜올린 노인과 온 얼굴에 주름이 가득하지만 몸매는 여전히 소
녀처럼 균형이 잡혀 있고 곧은 늙은 아내는, '사회주의 교육 공작대 영접에
관한 몇 가지 결정' 중의 첫 번째 조항을 실행하기로 하였다. 그들은 이튿날

아침 일찍 벽을 칠하기로 하였다.

아부두러허만은 아침 일찍 일어났다. 창문을 통해 희뿌옇게 밝아오는 하늘이 어렴풋이 보이기 시작할 때였다. 그는 만면에 희색을 띠고 성급하게 고래고래 소리를 지르며, 아직 잠에서 깨지 않은 이타한과 13살 난 손자 타시(塔西)를 깨우며 재촉하였다. 이타한이 아침 햇살을 받으며 소젖을 짜고, 다식을 준비하고, 다시가 물을 긷고 마당을 쓸고 있을 때, 러허만은 혼자서 두 정방(正房)과 하나의 이방(耳房) 안의 거의 모든 물건을 밖으로 들어냈다. 차가 준비되었다. 이타한은 아침 식사를 하라고 러허만을 불렀다. 이때 러허만 노인은 눈이 덮인 마당에 서서, 신나게 융단 위의 먼지를 털어내고 있었다.

위구르족들은 실내 바닥에 융단을 까는 생활방식을 가지고 있는데, 부뚜막과 부뚜막 앞의 불을 지피는 조금의 공간을 제외하고, 나머지 부분에는 모두 돗자리를 깔고 돗자리 위에 융단(부유한 집에서는 카펫을 깐다)을 편다. 그들은 밥을 먹거나, 잠을 자거나, 이야기를 나누거나 하는 모든 활동을, 융단 위에서 한다. 다시 말해 융단은 탁자와 의자, 침대와 깔개 등의 작용을 하게 되는 것이다. 일반적으로 집집마다 긴 탁자와 한두 개의 1인용 침대가 있기는 하지만, 이것들은 주로 물건을 올려놓는 용도로 쓰인다. 온돌 탁자가 있으면, 온돌 탁자에 음식을 차려놓고 식사를 할 수 있지만, 융단 위에 직접 식탁보를 펴고, 그 위에 음식과 식기들을 올려놓고 식사할 수도 있다. 뿐만 아니라, 밥도 융단 위에서 짓게 된다. 재래식 커다란 포(大布)로 만든 쑤푸얼(蘇普爾, 밀가루 반죽을 할 때 사용하는 천)을 융단 위에 펴놓고, 그 위에서 반죽을 만들고, 낭과 찐빵을 빚는데, 이때 이 커다란 포는 안반(面案)의 작용을 하게 된다. 그리고 반죽을 밀어 반대기(밀가루 반죽이나 삶은 푸성귀 따위를 얇고 둥글넓적하게 만든 조각 – 역자 주)를 만드는 것도 쑤푸얼 위에서 진행되는데, 이때 필요한 것은 도마로 사용할 좁은 널빤지와, 밀방망이로 반대기를 밀 수 있는 약간의 공간이고, 반대기가 만들어지는 족족, 이 쑤푸얼 위에 널어놓는다. 그리고 모든 절차가 끝나면, 남은 밀가루, 반죽까지 몽땅 쑤푸얼에 싸서 통째로 한꺼번에 정리한다. 이와 같이 위구르족들은 융단 위에서 수많은 일들을 행하게 된다. 그러나 잠을 잘 때만 제외하고는 융단 위에서 무엇을 하든 절대로 신발을 벗지 않는다.

손님 접대를 위해 융단 위에 특별히 깔아놓은 비단 겉감으로 된 요에서도 마찬가지이다. 손님들이 비단 요 위에 앉거나 서 있을 때, 신발을 벗지 않는 것이 원칙이다. 이런 습관을 모르는 일부 한족 동지들은 주인집의 융단이나 요를 더럽힐까봐 위구르족들의 집에 들어서자마자 재빨리 신발부터 벗는데, 결국 재주를 피우려다 도리어 일을 망치는 격이 된다. 사실 위구르족들은 신발 바닥에 묻은 흙이나 먼지보다 신발을 벗었을 때 나는 모종의 냄새를 더욱 싫어한다.

저자는 늘 전개되어 가고 있는 줄거리를 잠시 내려놓고, 민속학의 주석을 끼워 넣는다. 예술적 득실은 스스로 협의 검토할 수 있으나, 결코 자연주의의 자질구레함이 아니다. 위구르는 하나의 민족으로서, 위구르족만의 독특한 생활방식이 있다. 이러한 독특함은 주로 모종의 기이한 문장, 혹은 연편누독(連篇累牘, 쓸데없이 문장이 길고 복잡함 – 역자 주)의 속담을 통해 표현되는 것이 아니라, 민족의 전체, 매일 시시각각의 생활 속에 관통되어 있는 것으로서, 이 민족의 역사, 지리 조건, 생산 수준의 표현이며, 동시에 이 민족의 심리와 문화에 영향을 미치고 있다. 융단을 예로 들었을 때, 이는 그 때 그 고장 그 조건에 알맞은 소박하고 쾌적하며, 가장 합리적인 생활방식의 반영이고, 자리가 깔려 있는 땅바닥에 앉고, '칼로 자리를 잘라' 따로 앉음으로써, 친구와의 절교("割席"絶交)를 나타내는 고대 한족의 생활 중의 일부 특징을 보존하고 있는 것이다. 뿐만 아니라 현대 일본의 '다다미(榻榻米)'와 아주 흡사하다. 손님을 좋아하는 위구르족들의 특성 또한 융단의 작용에서 표현된다.

손님은 융단 위에 앉아야 하고, 융단이 있기 때문에 손님들이 그 위에서 식사를 하고, 잠을 자는 것이 훨씬 편리하다. 다시 말해 손님으로서 주인들과 나란히 앉아 식사를 하지 않고, 주인집에 하룻밤 머물지 않는다는 것은, 상상조차 할 수 없는 일이다. 손님과 주인, 남녀노소를 불문하고 모두 한 장의 융단에 누워 잠을 자기 때문에, 침대가 모자라는 문제라든가, 이러이러한 아이라이바이라이의 연상과 계시 등을 피할 수 있다.

다시 아부두러허만과 그의 융단으로 돌아와 얘기하도록 하자.

평소에 융단은 주인과 손님의 신발 바닥에 묻은 먼지를 가득 흡수하게 된다. 때문에 가끔씩 그 위의 먼지를 털어주어야 하는데, 물론 여간 힘든 일이 아니다. 융단 한 장의 규격이 아주 큰데, 길이는 일반적으로 4미터 남짓하고, 넓이는 3미터나 된다. 물론 무게도 만만치 않다. 러허만은 격투자세를 취하였는데, 두 다리를 쩍 벌리고, 윗몸을 약간 앞으로 기울이고, 두 팔을 활짝 벌린 채, 융단의 양 귀퉁이를 잡고, 아래위로 있는 힘을 다해 털었다.

파도처럼 출렁이는 양털 융단은, 순식간에 생명이 깃든 것처럼, 자신의 세찬 진동으로 온몸을 흔들며, 노인의 몸과 팔을 잡고 함께 흔들어대는 것 같았다. 융단은 노인으로 하여금, 더욱 큰 힘을 발휘하도록, 승부욕을 북돋우고 건드렸다. 그리고 노인이 힘을 더함에 따라, 융단은 러허만의 마음속에서 이미 전설의 요룡(妖龍)이 되어, 더더욱 격노하며 기승을 부리는 것 같았다. 그것은 마구 치솟고, 잡아당기며, 사람을 향해 도전하고, 사람을 넘어뜨리려함과 동시에, 땅과 하늘을 뒤덮는 코를 찌르는 먼지를 토해냈다. 노인도 점점 더 신바람이 나서 얼굴까지 벌겋게 달아올랐다. 그는 물불을 가리지 않고 더욱 용맹하게 융단과의 격투를 벌여갔다. 접전 속에서 드디어 요룡의 성격을 파악하게 된 노인은, 두 팔의 오르내림을 점차 융단의 주파수와 박자에 맞춰가기 시작하였다. 요룡은 패배를 인정하고, 길들여진 듯, 사람의 의지에 따라 기복을 이루며 춤을 추기 시작하였고, 먼지도 갈수록 적어졌으며, 공중에서 흩어지고 사라졌다. 마침내 융단은 깨끗하게 털어졌다. 길들여진 요룡은 의기소침하여 눈밭 위에 축 늘어졌고, 둘둘 말리고 접힌 채 러허만의 발아래에 얌전하게 누워 있었다. 러허만 노인은 격투에서 승리를 거둔 당당한 자태와 공로를 축하하는 기분으로, 자신의 몸과 얼굴, 눈썹과 수염, 모자 위에 덮인 먼지를 털었다. 그제야 아마 열한 번째 되는 이타한의 부름 소리가 귀에 들어왔다.

"차 마셔요!"

융단을 들어낸 바람에, 작은 네모 식탁은 삿자리 위에 놓여 있었는데, 삿자리 아래로 소똥과 흙을 섞어 반들반들하게 바른 바닥이 드러났다. 러허만은 식탁의 좌측에 앉았고, 타시는 그 맞은편에 앉았으며, 이타한은 부뚜막에 기대어 한 쪽에 앉았다. 이미 몹시 낡고 닳은 식탁의 네 귀퉁이는 철판으로 포장되어 있었고, 네 다리도 들쭉날쭉하였다. 식탁의 안정성을 위해 한쪽 다리 밑에 목편을 받쳐 고정시켰다.

이 식탁은 토지개혁 당시, 분배받은 성과물인데, 러허만은 지금까지도 아까워서 버리지 못하고 있던 것이다. 식탁 위에는 손북보다 큰 밀가루로 빚은 낭 몇 개가 차려져 있었고, 밀가루 낭 위에는 손으로 쪼갠, 달콤한 등황색의 호박 채를 섞어 빚은, 옥수수가루 낭 조각이 있었다. 부뚜막 위에 있는 담황색의 새 법랑 단지 안에, 그리고 식탁 위에, 기름방울과 구름송이 같은 유피가 둥둥 떠 있는 우유차가 있었는데, 향긋한 냄새가 뜨거운 김과 함께 모락모락 피어오르고 있었다. 이타한은 소금 한 줌을 집어, 조롱박 바가지 안에 넣고, 바가지로 차가 담긴 그릇 안에서 원을 그리며 빙빙 휘저었다. 그리고 똑같이 남초(藍草)와 앵두그림이 그려진, 크고 두껍고 무거운, 세 개의 고급 도자기 사발을 들고 나이순에 따라 러허만과 타시에게 차를 따라주었다. 가 장인 러허만의 차는 셋 중에서 가장 많았고 유피도 가장 두꺼웠다.

러허만 다음으로는 손자였다. 비록 이타한이 제일 많이 마실 수 있지만, 이 타한은 겸손하게 자신의 차를 마지막에 따랐다. 이것은 음차, 아침 식사 시 간이고, 또 이 가정의 관행인 질문과 의논, 학습과 수업을 하는 시각이었다. 아부두러허만은 이미 60세가 넘었지만, 그의 호시심은 여전히 왕성하고, 새 로운 사물에 대한 흥취와 추구, 그러한 사물을 끝까지 파고들어 자기 지식 으로 만들려는 마음이 절박하였으며, 이런 면에서 많은 젊은이들을 훨씬 초 월한 것도 사실이었다. 낡은 사회에서는 그에게 배움의 길이 주어질 수 없 었다. 그래서 마음속에 오랫동안 많은 의문과 문제를 저장하고 묵혀 두었 던 것이다.

현재 나날이 발전하고 변화하는 새로운 이 사회는 그의 시야를 더할 나위 없이 활짝 열어주었고, 동시에 수많은 새로운 과제를 던져주고 있다. 때문 에 매일 차를 마실 때마다, 그는 끊임없이 질문하고, 질문에 대해 설명해 주 기를 바랐으며, 스스로 답을 찾기 위해 노력하였다. 그리고 식탁 옆에 자신 보다 학식이 많은 사람이 없을 때에는, 어린 손자 타시가 그의 상임 교사였 다. 러허만은 베트남(越南)전쟁으로부터 파나마운하(巴拿馬運河)와 미국 흑 인들의 인권운동까지, 가을에 나뭇잎이 왜 단풍이 드는지부터, 플라스틱 제 품의 원료가 무엇인지까지, 비행기가 왜 하늘을 날 수 있는지부터, 세계 각 주(洲), 각국과 각 민족의 개황, 즉 시사(時事)·정치·천문·지리·철학·경제까 지의 의문도 질문도 참 많았다.

1958년 주의 공산당 간부학교의 한 정치·경제학 전임강사가 사회 연구를 목적으로 이곳에 왔을 때, 러허만네 집에서 식사를 한 적이 있었다. 그때 러허만은 화폐·유통·공급과 수요관계에 관한, 수많은 문제를 물어보았다. 처음에 강사는 그의 질문에 건성건성 대강 때우려는 태도로 설명을 하였다. 그런데 노인은 그런 설명을 듣고 나서 더 깊이 있고 난의한 질문을 계속 하였다. 다시 말해 노인은 강사의 설명을 완벽하게 이해하였을 뿐만 아니라, 문제를 깊이 파고드는 사고 능력을 갖췄다는 것을 설명할 수 있었다. 곧바로 문제의 핵심을 짚어내는 노인의 모습에 강사는 경탄하였고, 이런 노인이 사실은 문맹이었다는 것에 또 한 번 놀라고 더욱 탄복하였다.

공산당 간부학교로 돌아간 강사는 아부두러허만을 지명하여 이론교원양성소(理論教員訓練班)로 전근시킬 것을 당 위원회에 건의하였다. 하지만 러허만이 연세가 너무 많은 것이 걸림돌이 되어 결국 성사되지 못했다.

또 어느 날 타시가 식탁 앞에서 "오늘부터 선생님께서 우리들에게 문법을 가르치기 시작했어요."라고 말하자, 러허만은 곧바로 "문법이 뭔데?"라고 물었다. "즉 한 문장을 주어, 술어와 보어로 나눌 수 있다는 거예요." 타시가 대답하였다. 그리하여 러허만의 명령에 따라, 타시는 식탁을 앞에 두고, 45분 동안의 문법 수업을 하였다. "한 마디 말 속에도 학문이 있구려. 참 흥미롭구나."

노인은 수업을 흥미진진하게 듣고 나서 감탄하였다. 이타한이 차가 식는다고 잔소리를 하면서 풀 베는 시간이 늦어진다고 원망하자, 노인은 손을 휙 저으며, "잔소리 그만해요! 계속 그렇게 잔소리를 늘어놓으면, 당신을 보어로 삼고, '때리다'를 술어로 할 수도 있어요."라고 말했다.

물론 이것은 단지 문법에 따른 문장 짓기일 뿐이었다. 사실상 성격이 급하고, 주먹 휘두르기 좋아하는 러허만이지만, 40년 동안 함께 살아오면서 이타한을 손가락으로 찌르는 적조차 없었다.

교과목에 따라 아부두러허만은 이날 아침 수업을 "한어"라고 결정하였다.

아부두러허만은 낭을 쪼개 차에 담그면서 말했다.

"사회주의 교육공작대 동지들이 곧 와요. 몇몇 동지들이 우리 집에 투숙하게 될 거요. 그중에 한족 동지들도 있을 테고요. 때문에 우리가 할 수 있는 몇 마디 '좋아요, 식사해요, 앉으세요, 오세요, 고마워요'로는 한참 부족해요. 알아들었어요, 할멈? 지금부터 타시가 우리에게 몇 마디 더 가르쳐 줄 거요. 타시! 우리 집에 처음 온 한족 동지들이 어색해하거나 쑥스러워하고, 음식을 앞에 두고 미안해서 선뜻 먹지 못하고 있을 때, 우리는 무슨 말을 어떻게 하면 좋겠느냐?"

"그럴 때에는, '부(不) - 야오(要) - 커(客) - 치(氣)('不要客氣'는 '사양하지 마세요'라는 뜻이다)'라고 하면 돼요."

"뭐라고? 바오(包)-커(克)-카(卡)?"

"'부-야오-커치'라고요."

타시는 천천히 되풀이하며 설명하였다.

"즉 어색해하지 말고, 자기 집처럼 편하게 생각하라는 뜻이에요."

"좋아! 당연히 그래야지!"

노인은 무척 흡족해 하며 타시를 칭찬하였다.

그래서 아침 식사는 '부-야오-커치'의 반복적인 낭독 속에서 끝났다. 젓가락을 들면서도 '부-야오-커치', 사발을 들면서도 '부-야오-커치', 심지어 낭을 씹으면서도 입모양은 '부-야오-커치'를 말하고 있었다. 러허만 노인은 자기 자신뿐만 아니라, 이타한의 반복적인 연습도 독촉하였다.

노인은 이내 배워 기억하였지만, 행동이 날렵한 반면, 머리가 약간 느린 이타한은 쉽게 습득하지 못하였다. 이타한에게는 한 가지 기호가 있었는데, 바로 우유차를 다 마시고 나서, 단지 밑바닥에 남은 찻잎과 줄기를 입에 넣고,

끝이 없이 질근질근 씹는 습관이었다. 이타한은 평소에 한 시간 혹은 그보다 더 오래 씹으면서, 우유차의 뒷맛을 음미하고, 치아를 깨끗하게 청소하였다. 얼굴과 구강운동 삼아 씹다 보면, 뭉친 근육이 풀어지고, 혈액 순환이 촉진될 수 있었다. 하지만 오늘 한어의 발음을 제대로 하지 못한 이타한은 러허만의 분노 어린 눈빛의 협박 아래 '부-야오-커치'를 제대로 연습하기 위해 모진 마음을 먹었다. 그녀는 설거지를 할 때, 항상 자신에게 즐거움과 도움을 주던 사랑스러운 찻잎과 줄기를 음식물 쓰레기로 처리하였다.

아침밥을 배부르게 먹고 나서 타시는 책가방을 들고 학교로 갔다. 이타한은 입속으로 끊임없이 중얼거리며 설거지를 하였다. 러허만은 생석회 덩이 한 바구니를 들고 와서, 단철로 만든 대야 안에 쏟아 넣고 그 위에 물 한 통을 콸콸 부었다. 물을 만난 석회 덩이들은 "핑핑" 소리를 내며 터지기 시작하였고, 위에 흰 꽃이 송이송이 피어올랐다. 그리고 매 한 송이 꽃의 매 하나의 꽃잎은 다시 작은 꽃으로 피어났다. 얼마 후 백화가 만발하고, 큰 꽃 작은 꽃들이 움직이며 점점 확대되고 분해되며 결합되어 갔다. 수화된 석회는 부글부글 끓기 시작하고, 수많은 기포가 "퐁퐁" 터져 나오기 시작하면서, 시끌벅적 소리를 내며 사면팔방으로 석회 반죽들이 튀었다. 러허만은 석회를 녹여 벽을 바르는 일은 수도 없이 해온 일이지만, 여전히 호기심 많은 아이처럼 신기한 표정으로 일초라도 놓칠세라 대야 안의 열기 넘치는 왕성한 변화과정을 감상하고 있었다. 얼음 같이 차가운 석회 덩이 속에 이처럼 뜨거운 힘이 잠재되어 있었다니 노인은 여전히 신기하고 볼 때마다 찬탄을 금할 수 없었다.

석회수는 드디어 잠잠해졌고, 석회 덩이들은 물에 녹아 걸쭉한 흰색 반죽이 되었다. 러허만은 부집게로 대야 안에서 채 녹지 않은 석회 덩이를 골라낸 다음, 청람색의 무양(牧羊)표 염료 한 봉지와 왕소금 한 줌을 석회 반죽에 넣고, 나무막대기로 골고루 휘저어 섞었다. 석회 반죽은 짙은 남색으로 변하였다.

그 사이 이타한은 회칠할 준비를 마쳤다. 소매를 위로 높게 걷어붙이고, 머리를 흰 면포로 단단히 감쌌으며, 앞치마를 두르고 고무장화로 갈아 신었다. 이타한은 석회 반죽이 담긴 대야를 집안으로 들고 들어와, 말갈기로 만든 솔에 석회 반죽을 묻힌 다음, 불필요한 물기를 털어버리고, 숙련된 솜씨로 문 옆을 기점으로 회칠을 시작하였다. 그녀는 솔과 벽의 각도를 적절하게 유지하면서, 균일한 힘과 일정한 속도로 위에서 아래로, 끊이지 않고 한 번에 벽 아래까지 쭉 칠하였다. 그렇게 석회를 한 번 묻히고, 두 번 칠하기 식으로, 막힘없이 해 나갔다.

아내의 흠잡을 데 없이 완벽한 솜씨를 보며 러허만도 감탄하였다. 땅 짚고 헤엄 치기 식으로 여유만만하게 전심전력으로 몰두하여 회칠하고 있는 이타한은 남편의 존재를 전혀 신경 쓰지 않았다.

'우리 이 마누라의 벽 바르는 솜씨는 회칠을 잘하기로 이름난 이닝시의 그 러시아족 여인들보다 훨씬 뛰어나지. 우리 마누라의 솜씨를 따라가기란 결코 쉬운 일이 아니지. 믿을 수 없다면 직접 한 번 해 보라지. 미숙한 사람들이 칠한 벽에는 가로 세로 솔 자국이 선명하게 남아, 보고 있으면 머리가 아플 지경이지.'라고 생각하면서 러허만은 매우 흡족해하면서 그에 비해 형편 없는 자신의 솜씨를 창피하게 생각하며 슬그머니 나가버렸다.

마당으로 나온 러허만은 살림살이에 쓰는 온갖 기구들을 털고, 닦고, 씻기 시작하였다. 금칠한 나무오리로 테를 둘러 장식한 나무 상자, 파란색 페인트를 칠한 침대, 검은색 장방형의 긴 탁자와 등황색 의자 두 개, 사시사철 붉은 수국 화분(繡球盆花), 식량을 담는 마대, 물통과 기름통, 차 단지와 소금 단지, 보온병과 물주전자, 특대·대·중·소 네 가지 사이즈로 나뉘고, 매 사이

즈마다 12개씩이며, 똑같은 무늬와 색깔로 된 그들이 가장 아끼는 사기그릇 등 모든 물건들은 전부 해방된 후, 특히 공사화가 시작된 후에 새로 장만한 것들이었다.

자기는 농민들이 가장 좋아하고 아끼는 물건으로 여러 가지 실용가치가 있을 뿐만 아니라, 감상과 손님을 접대하는 예의상의 용기였다. 이 48개의 사기그릇은 부지런한 주인의 행복한 생활의 상징이었다. 그리하여 매번 이러한 가재도구를 다룰 때면, 러허만은 가슴이 벅차고 기뻤다. 그의 입에서는 흥에 겨운 노래 가락이 흘러나오고 있었다.

이때 삐걱 소리와 함께 대문이 열리며 이리하무가 들어왔다. 끈으로 허리를 묶어 솜저고리를 꽁꽁 동여맨 이리하무의 손에는 삽과 긴 나무 몽둥이가 들려 있었다. 이리하무는 안부를 묻고 나서 말했다.

"일찍 일어나셨네요. 이 힘든 공사를 벌써 시작했네요."

"공작대를 맞이하기 위해, 준비를 해야지."

러허만은 득의양양해 하며 고개를 쳐들고 말했다.

"당신은요? 당신도 방금 일어난 건 아닐 텐데?"

"공사 보건소에 다녀오는 길이에요. 리시티 서기가 어젯밤에 또 두 번이나 각혈을 하였어요. 나랑 다우티가 의논할 일이 있어서 서기를 찾았다가 상태가 심상치 않아서, 서둘러 보건소로 모셔갔어요. 서기의 병세가 가볍지 않나 봐요. 이닝시로 옮겨야 한다고 하네요!"

이리하무가 말했다.

"집단을 위해 애쓰고 노고를 아끼지 않다 보니, 자신의 건강을 돌볼 겨를이 없었던 거죠…… 이따가 보러 가야겠어."

러허만은 한숨을 쉬며 말했다.

"대패를 좀 빌려 쓰려 하는데요."

이리하무는 나무 몽둥이를 들어 올리며 말했다.

"삽자루를 만들려고요."

러허만은 이리하무 손에 들고 있는 삽을 가져다 훑어보고 나서 말했다.

"지금 이 자루도 좋구만 그러네."

"내가 쓸 자루가 아니에요. 타이와이쿠에게 만들어 주려고요. 타이와이쿠가 흙을 파다가, 그만 삽자루를 부러뜨려 버렸어요."

"그랬군. 이리 주게나. 내가 만들어 줌세."

그리하여 러허만은 대패를 찾아오고, 이리하무는 한쪽 끝에 재료가 걸리도록 나무토막을 박은 목수 전용의 큰 나무걸상을 들어왔다. 러허만은 나무 몽둥이를 들고 손으로 무게를 달아보았다.

"묵직하군 그래!"

"갈참나무(青岡)예요. 지난봄에 공급수매합작사에서 한꺼번에 5대를 구입하였지요. 필요하면 하나 드릴까요?"

"대장! 돌아온 지 2년이 되었는데, 가죽부츠 한 켤레 새로 장만하는 걸 본 적이 없는데, 공구들을 구입할 때 보면 전혀 돈을 아끼지 않는 거 같아. 반대로 일부 사람들은 집에 쓸 만한 칸투만 한 자루도 없으면서, 새 부츠에 새 모자까지, 그리고 공급수매합작사에서 술을 파는 날이면, 기를 쓰고 앞으로 비집고 나가 줄을 서서 사려고 하면서도 일을 할 때면 옆 사람에게서 모든 공구를 빌리곤 하지. 이런 사람들도 과연 농민이라고 할 수 있을까? 이런 사람도 낭 먹을 자격이 있단 말인가?"

"누굴 지적해서 말하시는 건가요?"

러허만은 대답하지 않았다. 그는 씩씩거리며 나무 몽둥이를 가로로 들더니, 눈을 게슴츠레 뜨고 자세하게 훑어보았다. 그리고 나무 몽둥이를 나무 걸상 위에 올려놓고, 솨, 솨, 솨, 솨, 대패를 잡아당기기(미는 것이 아니라, 잡아당겼다) 시작하였다. 높고 가늘며, 오르락내리락 기복이 반복되는 구성진 대패 소리와 함께 돌돌 말린 대팻밥이 흩날리기 시작하였다. 대패를 두어 번 당기고 나서 러허만은 작은 망치로 대팻날을 두들기며 날의 깊이를 조절하였다. 그리고 대답하였다.

"그런 사람이 또 있어? 니야쯔 파오커밖에 더 있겠어? 니야쯔 네 칸투만을 대장은 본 적이 없어? 그건 사람들이 볼 수 있도록 전시해야 할 물건이지. 어디서 그런 볼품없는 쇳조각을 주워왔는지, 정말 대단한 사람이지. 우리 타시랑 이타한이 쓰는 칸투만도 그것보다는 훨씬 큰데 …… 또 이건 잘 모를 거야. 그에게는 큰 칸투만이 따로 있는데, 그 큰 칸투만은 자기 밭일할 때만 사용한다는 사실을."

"맞아요, 맞아. 그런 거 같아요. 정말 창피한 걸 모르는 사람이에요."

이리하무는 씩 웃으면서 러허만에게 물었다.

"마침 여쭤볼 게 있는데요. 어젯밤 니야쯔가 밀 그루터기를 싣고 이닝시로 가는 것을 보셨다고 했지요? 도대체 어떻게 된 일이에요? 무슨 일이 있었나요?"

하던 일마저 멈추고 러허만이 전날 대대 본부에서 있었던 일을 설명하였다.

"에이 나쁜 놈!"

러허만은 화가 나서 얼굴이 벌겋게 달아올랐고, 목소리도 한층 높아졌다.

"이걸 원망하고 저걸 원망할 게 없어. 결국은 다 내 탓이지. 내가 저지른 잘못이야!"

"왜 당신 탓을 해요? 무슨 뜻이죠?"

이리하무가 어리둥절해서 다시 물었다.

"아직 모르겠어? 14년 전 농민들의 소작료와 이자를 삭감하고, 악질 토호에 맞서는 운동이 전개되고 있을 당시, 공작대는 우리와 같은 가난한 사람들을 거느리고, 마무티 배불뚝이의 창고를 열어젖혔지. 그 때 나는 밀과 벼, 유채 씨를 분배 받게 되었어…… 어느 날 밭일을 하고 집으로 돌아오니 이타한이 좌판을 만들어 놓은 거야.

이타한과 가정을 이루고 나서 집에서 그렇게 많은 양의 좌판을 본 건 처음이었어. 나는 좌판을 보는 순간 화가 났어. '왜 좌판을 만들었어요?'하고 물으니 '압박과 고난에서 해방된 것을 축하하는 의미로 만들었어요. 기쁘지 않아요?'라고 말했지. 이타한은 참 말재주도 좋아. '좌판은 당연히 맛있죠. 그럼 미리 귀띔해 주지 그랬어요. 손님 몇몇 초대했더라면, 더 좋았잖아요.

아무리 맛있는 음식이라도, 우리 식구만 먹으면, 그다지 맛이 없지 않아요?' '그럼 지금이라도 손님들을 초대해요. 아직 늦지 않았어요!' '늦지 않긴요?' 나는 원망 섞인 말투로 잔소리를 하며 집을 나섰지. 대문을 나서면서 생각했지. '이 시각 우리 집 대문 앞을 지나가는 사람을 우리 집 손님으로 초대해서 좌판을 나눠 먹게 해야지' 라고. 이런 초대 방식을 지금 젊은이들은 이해할 수 있을지 모르겠어. 그렇게 생각하자마자 도로 저편에서 남녀 두 사람이 걸어오는 거야.

남자는 눈이 빨갛게 부어 있었고, 나병을 앓고 있었으며, 밑창이 떨어져 나간 낡은 융단 부츠를 신고 있었는데, 발이 꽁꽁 얼어서 절뚝거리며 길을 걷고 있었어. 그 옆의 여자는 성한 건 한 쪽 팔뿐인 솜옷을 입고 있었는데, 곳곳에 솜이 삐져나와 있었지. 그리고 얼굴의 먼지와 때에 가려져 코가 보이지 않을 정도였어. 하지만 나는 그들을 불쾌하게 생각하지 않았어. 우리는 똑같이 가난한 사람들이고, 무슬림이니까! 민간 이야기에서 늘 말하듯이, 이런 사람일수록 더 특별한 내력을 가진 사람이고, 더 존경해야 한다고 생각했어.

알라가 보내주신 귀한 손님을 나는 즉시 집으로 초대하였어. 들어오는 손님을 보고 이타한은 깜짝 놀란 표정이었어. 물론 나의 이 두 손님은 훌륭한 접대를 받았고, 좌판으로 굶주린 배를 채우게 되었어. 식사 후 물어 보니 난 장에서 한 친척을 찾아 몸을 의탁하러 왔다는 거야. 그런데 그 친척이 이사를 가고 행방불명이 되는 바람에, 지금은 걸식을 다니며 연명하고 있다고 했어. 그래서 말했지. 우리는 이미 해방을 맞았고, 가난한 사람들도 압박을 받던 비참한 신세에서 벗어났으니, 더 이상 사처를 떠돌며 걸식하지 말고, 한 곳에 정착하여 살아가면서, 생산에 몰두하라고. 그러자 그들은 고개를 끄덕였어. 그리하여 나는 그들을 이곳에 머물게 하였던 거야. 그 두 사람이 바로 니야쯔와 쿠와한이지.”

이 이야기는 이리하무도 알고 있었다. 그 후 아부두러허만은 좌판을 대접했던 이 안면부지의 손님들을 도와주기 위해 모든 힘을 다했다는 것도 알고 있었다. 당시 토지가 없었던 니야쯔는 낮에 바자에서 삯팔이를 하고, 밤에는 러허만네 집에 묵으면서 지냈다. 그는 매일 아침 일찍 일하러 나갔다가 밤늦게 돌아왔는데, 매번 러허만에게 작은 선물을 가져다주곤 하였다. 작은 칼, 담배쌈지, 손수건 등 대부분 낡은 물건들이었다. 처음에 러허만은 별로 신경을 쓰지 않았지만, 후에 알고 보니, 이 손님은 '양추커치(揚楚克契) – 소매치기'였던 것이다.

이 사실을 알고 러허만은 니야쯔에게 신중하게 이야기를 했고, 니야쯔는 그날부터 깨끗이 손을 씻겠다고 약속하였다. 러허만은 또 그에게 토지를 조정해주었고, 집 한 채를 마련해 주었다. 니야쯔와 쿠와한은 그 집에서 살림을 차린 지 일 년 만에 첫아이를 출산하였다. 하지만 이런 '은인'에게 니야쯔는 눈을 부릅뜨고 적대시하며, 은혜를 원수로 갚았다. 뿐만 아니라, 러허만 집에 얹혀살 때 러허만 노인에게 10위안을 '빌려주었다'는데, 지금까지도 받지 못했다는 헛소문까지 퍼뜨렸다. 이 소문을 들은 러허만은 화가 머리끝까지 치밀어, 니야쯔를 찾아가 대중 앞에서 추궁하였다. 그러자 니야쯔는 뻔뻔하게 하하 웃으며, 농담을 잘하는 위구르족으로서 농담인지 진담인지도 구별하지 못하는 게 말이 되냐며, 오히려 러허만을 '치다마쓰'라고 나무랐다.

위구르인으로서 농담을 할 줄 모르거나, 혹은 다른 사람의 농담을 받아주지 못한다는 것은, 얼마나 딱딱하고 혐오스러우며, 그런 성격으로 이곳에서 어떻게 살아갈 수 있겠냐고 하였다…… 집단화 이래, 한 사람은 집단의 이익을 지키기 위해 헌신하고 있고, 한 사람은 집단의 이익을 해치고 자기 잇속만 차리기 위해, 온갖 궁리를 다하고 있었다. 이후 이 두 사람은 절대 양립할 수 없는 앙숙이 되었다.

진심으로 자기의 과오에 대해 괴로워하고 자책하는 러허만의 모습을 보고, 이리하무가 말했다.

"그렇게 말하시면 안 되세요. 그 당시 니야쯔를 도와주신 건 아주 훌륭한 일이었어요. 서로 도우며 살아가는 것은 당연한 일이잖아요!"

"하지만 누굴 도와준 게 됐나? 소매치기, 무뢰한, 기생충이지 않는가?"

"그나저나 그의 상황에 대해 조사해 보았지만 도무지 이해할 수가 없네요. 해방 전 갖은 압박과 고난을 겪었던 사람, 공사화가 실현된 덕분에 안정적이고 굶주림이 없는 생활을 누릴 수 있게 된 사람이, 사회주의와 인민공사에 대해 어찌 그런 태도를 취할 수 있는지 도무지 모르겠어요!"

이리하무는 고개를 갸웃거리며 이해할 수 없다는 표정을 지었다. 리시티가 대대의 지부서기 직무를 다시 맡은 후, 그들의 건의에 따라 공사에서는 서한을 발송하여 니야쯔의 과거 사실 기록에 대해 외부 조사를 진행한 적이 있지만, 끝내 회답을 받지 못했다. 그러나 이러한 상황을 러허만 노인에게 털어놓는 건 그다지 적합하지 않은 일이라고 생각했다. 이리하무가 말했다.

"사회주의 교육공작대가 곧 오잖아요? 이번 운동을 통해 우리는 농촌의 계급 파일을 만들고, 계급 대오를 다시 조직하며, 정치·경제·사상·조직을 깨끗하게 정돈하도록 해야 할 거예요. 니야쯔를 포함한 많은 사람과 사건들의 내막은 이번 운동 속에서 명확히 밝혀질 거예요. 그러니까 걱정하지 마세요. 그나저나 밀 그루터기는 도대체 어떻게 된 거죠?"

머리를 숙이고 대패질을 시작하던 러허만이 다시 고개를 들어 이리하무를 쳐다보았다. 그는 자기 때문에 이야기가 본제에서 벗어난 것에 대해 미안해하며 씩 웃었다. 그리고 다시 대패질을 하면서 말했다.

"아마도 너 닷새 전의 일이었을 거네. 아, 그래 그날이 일요일이었지. 아이미라커쯔가 아버지 때문에 골이 나서 토라졌던 날이거든……"

"아이미라커쯔 일도 알고 계셨네요?"

"아, 그걸 왜 모르겠나? 그날 밤 훌쩍거리며 우리 집 앞을 지나가는 아이미라커쯔를 붙잡고, 어찌된 영문인지 물어보았는데. 그의 말을 듣고 우리 집에서 하룻밤 재우려고 하였는데, 아이미라커쯔가 기어이 사양하더군요. 그렇잖아도 시간을 내서 아시무를 찾아가 잘 설득해 볼 참이었네……"

"정말 잘 생각하셨어요."

"좋네. 그럼 이 일은 다음에 말하고, 일단 그 일에 대해 말하지. 그날 아침 평소와 같이 일찍 일어났지. 날이 채 밝기도 전이었네. 물에 담가두었던 삼대를 건져서 껍질을 벗기고 밧줄을 엮을 생각으로 수로로 나갔지. 그런데 마침 니야쯔 파오커가 당나귀 수레를 끌고 걸어오더군, 그래서 물었지."

"아니, 어디서 난 수레야?"

"마이쑤무 네 수레예요."

"마이쑤무 네 수레라고? 확실한가?"

"확실하고말고요! 올해 여름 대대 가공공장의 목수가 직접 만들어준 수레인데요. 대대장의 명의로 버드나무를 켜서 만든 거예요. 그 버드나무는 원래 기본 건설에 쓰일 재료였는데, 결국은 마이쑤무의 수레를 만들게 된 거지요. 이 일 때문에 사원들이 의견이 분분했었잖아요? 당나귀는 니야쯔 네 빼빼 마른 당나귀였고, 수레는 마이쑤무 네 새 수레였으니까요."

"변두리의 높이를 높이기 위해, 양 옆에 나뭇가지를 촘촘히 꽂은 수레 안에는, 밀 그루터기가 산더미처럼 가득 쌓여 있었다네. 당나귀가 애처로워 보일정도였지. 니야쯔가 나를 싫어하는 걸 알지만, 오지랖이 넓은 성격이라 나도 어쩔 수 없이 물어봤지. '니자홍! 아침 일찍 밀 그루터기를 싣고, 어디로 가는 건가?' 그는 어물어물거리면서 '이닝시의 한 친척에게 실어간다'고 하더라고. 그 대답을 듣는 순간 이상하다고 생각했지.

이닝시에 없던 친척이 갑자기 생길 수가 없잖는가 말일세. 니야쯔 네 집에는 당나귀도 있고, 소도 있는데 그는 게으르기 짝이 없단 말이네. 가을에 풀을 베는 걸 본 적이 없는데, 과연 남에게 나눠줄 남은 사료가 있겠는가 말이네. 봄까지 가축에게 무엇을 먹일 생각이지? 지금 다시 생각해 보나 더욱 수상하군 그래. 소가 병에 걸릴 거라고 미리 예측하고 있었던 것처럼 말이네⋯⋯."

"그렇다면 소는 병에 걸린 게 아닐 수도 있겠네요?"

이리하무는 마음이 편치 않은 듯 울적해서 말했다.

"소는 병에 걸리지 않았던 거야. 병이 아니었어⋯⋯"

아부두러허만은 혼잣말로 반복하여 중얼거렸다. 그리고 문득 뭔가를 깨달은 듯 하던 일을 멈추고 씩씩거리며 소리쳤다.

"이런 나쁜 놈! 일이 그렇게 된 거였군 그래! 다른 사람들이 모를 거라고 생각했나 보군! 그까짓 얄팍한 이해타산과 속임수로 모두를 기만할 생각이었다니! 그리고 오히려 대대에 그 책임을 전가하여 소란을 피우다니! 자기 칸투만을 들어 자기 발등을 찍을 놈 같으니라고⋯⋯"

러허만은 자신의 생각을 이리하무에게 들려주었다. 이리하무도 그의 생각에 동의하였다. 그러면서,

"지금 문제의 관건은 그의 소가 도대체 어떻게 된 건지를 밝혀내는 거예요. 누가 소를 잡았나요?"

러허만이 말했다.

"타이와이쿠가 잡았다네. 그렇군. 타이와이쿠를 찾아가 그 내막을 물어보고, 니야쯔의 속임수를 까발려야겠군 그래."

"아녜요! 성급하게 움직이면 안 돼요. 니야쯔의 배후를 밝히는 게 더 중요하니까요. 러허만 형, 또 한 가지 일이 있어요. 아까 아시무 형에 대해 말했잖아요. 제 생각도 같아요. 형이 찾아가서 설득해 보았으면 좋겠어요. ……"

이시하무는 이밍쟝의 일에 관해서도 말했다.

"연세가 많으신 형님이 설득하면 어쩌면 납득하고 따를지도 모른다는 생각이 드네요."

러허만이 머리를 절레절레 흔들며 말했다.

"믿고 따를지, 아닐지는 잘 모르겠네만……"

"이 친구는 늘 입을 꾹 다물고, 아무 말을 하지 않으면서 고집불통인 면이 있어요. 그에게 어떤 일을 납득시키기란, 정말 만만치 않은 일이죠. 헌데 그가 좋아하는 이론이 있어요. 즉 밥을 넘겨 뱃속에 채워 넣어도, 결코 밥을 먹었다고 하지 않는다는 거지요."

"무슨 뜻인가?"

"아시무에게서 이런 말을 들은 적이 없으세요? 세 사람이 함께 훤툰을 먹고 있었대요. 첫 번째 사람은 알라의 허락을 받아, 훤툰을 먹을 수 있게 해 달라고 기도를 하였고, 두 번째 사람은 젓가락으로 훤툰을 집더니, 알라가 허락을 내리지 않아도 나는 훤툰을 먹을 거라면서 입에 넣었는데, 결국 뜨거

운 휜퇸에 입안을 데어 바닥에 뱉고 말았대요. 세 번째 사람은 묵묵히 휜퇸을 씹어 뱃속으로 삼키고 나서 큰소리를 쳤대요. 알라도 더 이상 내 휜퇸을 어쩌지 못할 거라고 말이죠. 그런데 결국 횟배를 앓다가 먹은 휜퇸을 토해 내고 말았대요…… 무슨 일이나 끝날 때까지 끝난 게 아니고, 끝까지 안심할 수 없다는 말이죠. 그렇다면 아시무는 누굴 믿고 누구의 말을 따랐겠어요?"

"누구의 말을 믿었겠냐고? 그는 좋은 말은 믿지 않지만, 나쁜 말은 잘 믿지. 한 회계가 목을 매달았다는 소식을 듣고 완전히 믿었지. 믿었을 뿐만 아니라 겁이 나서 어쩔 줄 몰라 허둥대기까지 했었지!"

"맞아요! 그는 두려움을 모르는 사람은 반드시 알라의 벌을 받게 되고, 알라는 충직하고 양순한 자만 사랑하며…… 이런 말은 잘 믿지요. 이제 이런 말은 그만해야겠어요."

"우리처럼 나이 많은 사람들은, 소싯적부터 얼마나 많은 아이라이바이라이, 그럴듯한 가르침, 이야기, 격언, 규정 등을 듣고 자랐는지 자네는 모를 거네. 만약 그것들을 곧이곧대로 믿고 조금도 어기지 않는다면, 정말 좋은 사람이 될 수 있지만, 동시에 입을 벌리면 감히 다물지 못하는 사람이 되고 말지. 그러면 그 어떤 새로운 것도 받아들일 수 없게 되고, 겁에 질려 벌벌 떨며, 무지몽매하게 살아가게 되지…… 자! 삽자루가 완성됐네! 타이와이쿠에게 주면서, 사금파리로 긁어 반들반들하게 만들어서 쓰라고 하게. …… 이제 아시무아훙에게 가봐야겠군……"

해가 높게 떠올랐다. 동틀 무렵 세차게 분 바람 덕분에, 하늘은 유난히 맑고 시원해 보였다. 겨울철의 좋은 날씨는 어쩐지 여름철 비 내린 뒤의 날씨보다 더 따뜻하게 느껴졌다. 이리하무는 러허만과 더 많은 대화를 나누고, 더 많은 문제를 의논하고 싶은 마음이 굴뚝같았다. 러허만 노인의 새로운 사상에 대한 섭취와 낡은 사물에 대한 인식은 상당했고, 사회주의 사업에 대한 열정과 모든 진부하고 추악한 것에 대한 증오도 강렬했기 때문이었다. 이런 사람과 나누는 대화는 언제나 유익하고, 흥미로우며, 지치지 않았다.

농촌의 생산대 대장과 한 나라의 외교부장(外交部長)은 공사다망한 정도에서 그다지 차이가 나지 않는다는 것이 저자인 나의 생각이다. 러허만 네 집으로 올 때 이리하무는 종종걸음으로 왔고, 작별 인사를 나누고 떠나갈 때도 그는 길 위의 살얼음을 밟으며 종종걸음으로 갔다. 얼음 깨지는 소리마저 다급하게 들렸다.

이리하무가 돌아간 뒤 러허만 노인은 문득 뭔가 떠올라 집안으로 뛰어 들어갔다. 아내는 나머지 모서리며, 문구멍(門洞)과 창구멍(窗洞)을 칠하며, 마무리를 하고 있었다. 먼저 칠한 벽면의 석회 반죽은 순서대로 잇따라 말라가고 있었다. 처음에 바른 하늘색 칠도 엷어지고 밝아져, 순백색보다 부드럽고 하늘색보다 참신한, 더욱 가볍고 균일하며 상쾌한 연한 파란 흰색을 띠고 있었다. 집안에는 청결과 상쾌함을 상징하는 석회수의 향기가 자욱하였다. 러허만이 소리를 질렀다.

"이봐, 할멈, 기억하고 있나? 그 말이 뭐였드랬지?"

한창 위 모서리 회칠에 몰두하고 있어 여념이 없던 이타한은 갑작스러운 큰 소리에 화들짝 놀라 몸을 부르르 떨었다.

"뭐라는 거예요? 깜짝 놀랐잖아요!"

"아침에 배운 말을 아직 기억하고 있느냐고?"

"아침에 배운 무슨 말이요? 성가시게 하지 말아요. 회칠하고 있는 게 안 보여요?"

"뭐라고? 벽을 바르면서 동시에 한어를 배울 수 없단 말인가? 벽을 바를 때 배울 수 없고, 풀을 벨 때 배울 수 없고, 밥을 짓고, 낭을 빚고, 소젖 짜고,

빨래할 때에도 배울 수 없으면 언제 배운단 말이오? 공사 관리위원회에서 당신을 우루무치 한어 단기 연수반(專修班)에 추천하여, 진학시켜 주기를 바라는 거요?"

"쓰다(斯大, 유감과 경탄을 나타내는 구절의 줄임말)! 당신 왜 그래요?" 이타한은 그의 끈질긴 잔소리를 견딜 수 없었다. 그러나 한편으로는 미안한 마음도 들었다. 왜냐하면 아침에 열심히 가르쳐준 한 마디를 저 멀리 이리하에 던져 버린 지 오래 되었던 것이다. 궁하면 통한다고, 아내는 약간의 꼼수를 부려, 어물거리며 말했다.

"누가 모른대요? 이거잖아요. 그 '바오라치커'든가?"

"뭐라고? '바오러치라부'라고 했나, 지금?"

엄격하고 진지하며, 조금도 소홀히 하지 않는 이 한어 선생님은 꼼수를 부리는 나쁜 학생을 보면 절대 호락호락 넘어가지 않았다. 러허만은 화가 나서 수염마저 떨렸다.

"다시 한 번 말해 봐요. 당장!"

러허만은 이타한에게 다가가 석회 반죽을 묻히고 있는 솔을 잡았다.

"잊어…… 버렸어요."

아내는 미안함에 어쩔 줄 모르며, 인정하였다.

"다시 가르쳐줄게. '부-야오-커-치' 해보게. 다시 한 번 잊어버리면 그땐 순순히 넘어가지 않을 거네!"

러허만은 주먹을 들어 올렸다.

"알았어요, 알았어요!"

아내는 연신 고개를 끄덕였다. 그리고 어디에서 떠오른 영감인지, 그녀는 자신감이 만만하여, 자연스럽고 유창하게 달통의 경지에 이른 듯, 교묘하게 응용하며, 필연의 왕국(必然王國)에서 자유의 왕국(自由王國)으로 들어온 것처럼 교활하고 자부하며 자신만만함을 뛰어넘어 득의양양하여 말했다.

"영감, 내 말 좀 들어 봐요!" 그녀는 러허만을 힐끗 쳐다보고 나서 큰 소리로 말했다. "공작대 동지들이 오면, 나는 한어로 이렇게 말할 거예요. '나는요, 당신들 어머니. 저 사람은요, 당신들 아버지. 동지들은요, 우리의 바랑(巴郎, 즉 자식이라는 뜻). 당신들, 커치 없어요(客氣沒有)!'"

이 할망구가 어디서 한어를 이렇게 많이 배웠을까? 이것저것 주워들은 말들을 조합해서 문장까지 만들다니! 아니, 나 러허만보다 실력이 뛰어나지 않는가? 러허만은 깜짝 놀라 눈이 휘둥그레졌다. 노인은 부럽고 탄복하고 질투가 섞인 눈빛으로 아내를 쳐다보았다. 그리고 속으로 생각하였다. '50년 전 알라께서 나에게 지혜롭고 훈육에 복종하는 좋은 아내를 하사한 게 틀림없어!'

타이와이쿠가 용맹하게 악질분자를 벌하다
- 가벼운 바람이 부는 으스름한 달빛 아래서(風輕月淡)
아이미라 미모 속에 고결함이 돋보이다
- 고상한 마음, 두터운 정(意雅情深)

타이와이쿠는 쉐린구리와 이혼한 후, 자기 집을 초등반(小學班)에서 사용할 수 있도록 빌려주고, 자신은 줄곧 대대의 이전 이발소에 묵었다. 이 이발소는 공로와 한창 선로 변경(改線) 공사 중인 대 수로의 교차점, 즉 다리의 한 모퉁이에 위치하여 있었다. 정원도 없고, 밭도 없으며, 여름에는 세차게 흐르지만, 겨울에는 쥐 죽은 듯이 고요한 간선 수로와 항상 자동차·마차·자전거가 끊이지 않고, 먼지가 흩날리는 공로를 마주한 채, 덩그러니 서있는 외딴 집 한 채가 바로 이 이발소였다. 이 집의 문에는 늘 자물쇠가 잠겨 있어, 다른 대대의 행인들은 아직까지 그 안에 사람이 묵고 있다는 것을 모르고 있었다.

꽤 오랜 시간 이리하무는 타이와이쿠에 대해 신경을 쓰지 못했다. 어제 수로 공사 현장에서 일하고 있던 타이와이쿠는 정서가 불안해 보였다. 타이와이쿠는 누구보다 이리하무의 관심과 도움이 필요한 사람이었다! 타이와이쿠 네 집과 가까워지자 무겁기만 하던 이리하무의 마음은 한층 평온해졌고 위안이 되었다. 문에는 자물쇠가 걸려 있지 않았다. 지붕의 굴뚝에서 검은 연기가 피어오르고 있었다. 여러 가지 기미를 보아, 타이와이쿠는 집에 있는 것이 확실했다. 집에만 있다면 말 몇 마디로도 자신의 진심을 전하고, 마음속에 있는 말을 털어놓을 수 있다고 이리하무는 자신하였다. 그는 쿵 하고 문을 열었다.

순간 이리하무는 깜짝 놀랐다. 연기가 자욱한 집안에는 타이와이쿠 외에 또 한 사람의 여성이 있었다.

문을 열고 들어서자마자, 이리하무는 아궁이 앞에 웅크리고 앉아 땔감을 뒤적이고 있는 한 여자애의 뒷모습을 발견하였다. 베이지색 융털 목도리로 머리, 어깨와 등까지 가린 그녀는, 진회색 바탕에 연한 녹색의 선이 가느다란 체크무늬가 그려진 면 나사 외투를 입고 있었고, 외투 아래 자색의 코르덴 원피스는 바닥까지 드리워져 있었으며…… 침대 위에 멍하니 앉아 있는 타이와이쿠는 무척 심란해 보였다. 타이와이쿠는 이리하무와 기계적으로 악수를 나누고 인사를 주고받았다.

훅 소리와 함께 땔감에 드디어 불이 붙었다. 처자는 그제야 몸을 일으켜 소리 나는 쪽을 돌아보았다. 아주 입체적이고 윤곽이 뚜렷하며 탱탱하고 탄력이 있는 피부에, 광대뼈가 약간 높으며 피부색이 거무스름한 얼굴과, 그 깊은 눈매, 깎아놓은 듯 반듯하고, 힘 있게 오똑 솟은 코가 이리하무의 눈에 들어왔다. 이것은 무용가 혹은 체조선수(體操運動員)의 얼굴이고, 또 단아하고 자부심이 강한 여성의 얼굴이었다. 이 처자는 바로 아이미라커쯔였다.

"아이미라커쯔 처자('커쯔'는 원래 '처자 혹은 처녀'라는 뜻. 그러나 아이미라커쯔에서 '커쯔'는 이미 그녀의 이름의 한 부분으로 굳혀져 불리고 있었다), 당신 맞아요? 당신이 왔어요? 정말 오랜만이에요!"

"이리하무 오라버니, 안녕하세요. 제가 아니면 누구겠어요? 우리 대대의 스트렙토마이신(鏈黴素)이 다 떨어졌지 뭐예요. 공사 보건소의 재고가 아직 많다고 해서 전화를 했더니, 소장이 우리에게 일부를 줄 수 있다는 거예요. 그래서 오늘 약 가지러 왔다가 타이와이쿠가 빌려주었던 손전등을 돌려줄 겸 오게 되었어요."

아이미라커쯔는 이리하무에게 간략하지만 불필요한 설명까지 하였다.

"집에 들르지 않았어요?"

"오늘은 아마도 시간이 없을 거 같아요."

처량하게 눈을 깜빡하는 아이미라커쯔의 눈가에 가느다란 주름이 잡혔다. 그러나 얼굴에는 곧바로 그녀 특유의 상냥하면서도 냉담한 표정이 돌아왔다. 그는 타이와이쿠를 바라보며 말했다.

"땔감을 한꺼번에 이렇게 많이 넣으면 안 돼요. 연도가 막혔는데, 불이 어찌 붙을 수 있겠어요? 지금은 불이 딱 좋아요. 땔감도 잘 타고 있어요. 그럼 이만 가볼게요. 안녕히 계세요, 타이와이쿠 오라버니. 손전등을 빌려줘서 고마웠어요. 안녕히 계세요, 이리하무 오라버니. 시간이 나시면(이 책의 곳곳에 위구르어를 직역하여 그대로 옮긴 구절이나 문장들이 많이 있는데, 독자들이 위구르족의 언어 논리와 감정, 심리를 더 많이 이해하는 데, 도움을 주기 위한 것으로 이 부분도 마찬가지임) 우리 병원도 방문해 주세요."

말을 마친 아이미라커쯔는 두건을 살짝 정리하고 나서 돌아섰다. 손이 없는 왼팔을 외투 주머니에 넣고 서서 말하는 그녀의 표정은 더욱 도도함이 돋보였다. 그녀는 돌아갔다. 하지만 그녀의 가볍고 민첩한 발걸음소리는 한참 동안 지속되었다.

"손님이 가는데 왜 한 마디 인사도 하지 않고, 배웅하지도 않아요!"

이리하무는 타이와이쿠를 꾸짖듯 말했다.

타이와이쿠는 이리하무를 힐끔 보더니, 동문서답 식으로 말했다.

"이 집안에 연기가 너무 많고, 또 너무 어지러워요……"

이리하무는 주위를 둘러보았다. 독신남이 사는 집 치고, 그럭저럭 봐줄만 하게 정리되어 있었다. 물통 위에 덮개가 있고, 밀가루 주머니는 꽁꽁 묶여 있으며, 채유와 식초병은 벽에 걸려 있고, 차 단지와 소금 단지는 벽장 안에 있었다. 각자가 자기의 위치를 잘 지키고 있었다. 그리고 방금 청소를 하다 가 말았는지, 빗자루는 먼지와 청결함의 분계선에 넘어져 있었다.

이리하무는 삽자루를 타이와이쿠에게 건네주며 말했다.

"이걸 받아요. 이제 사금파리로 긁어서 반들반들하게 만들면 쓰기 훨씬 편리할 거요."

"고마워요. 어제 오전에 목수에게 가서 영수증까지 끊었는데, 끝내는 구입 하지 못했어요." 타이와이쿠는 삽자루를 받아 한쪽에 세워 놓고는, 여전히 꼼짝하지 않고 앉아 있었다.

"아직 아침 차를 마시기 전이죠?"

이리하무가 물었다.

"허, 곧, 먹으려고 했어요."

이리하무는 웃으면서, 들보 위에 걸어두고 물건을 올려놓는 데 사용하는 널빤지 위에서 능숙하게 법랑 항아리를 꺼내었다. 그리고 벽장 안의 차 단 지 속에서, 차 한 줌을 집어 법랑 항아리 안에 넣었다. 타이와이쿠는 그제야 자리에서 일어나 다가오더니 이리하무 손에서 법랑 항아리를 받아들었다. 이리하무는 부뚜막 위에 올려놓은 솥의 뚜껑을 열어 보았다. 얼마 되지 않 는 물이 끓고 있었다.

타이와이쿠는 조롱박 바가지로 솥 안의 물을 한 바가지 퍼서, 항아리 안 에 붓기 시작하였다. 여전히 정신을 딴 데 팔려 있는 타이와이쿠는 물이 넘 치는 줄도 모르고 계속 부었다. 아직 채 가라앉지 않은 찻잎들이 물을 따라 밖으로 흘러나왔고 바닥에 떨어졌다. 이리하무가 소리를 질러서야 그는 물을 붓는 동작을 멈췄다. 그리고 바가지 안에 남은 물을 별 생각 없이 문 옆에 휙 뿌렸다.

타이와이쿠는 항아리를 아궁이 앞에 놓고 아이미라커쯔 덕분에 활활 타오르고 있는 불을 지그시 쳐다보았다.

"손전등은 언제 빌려줬어요?"

이리하무가 물었다.

"누구요? 그 사람이요? 지난 일요일이요. 늦은 밤이었는데, 두 건달이 길에서 그녀에게 시비를 걸고 있었어요."

"아이미라커쯔의 기분이 좋아진 거 같아요."

"기분이요? 무슨 기분인지 내가 어떻게 알아요?"

"정말 훌륭한 처자예요."

"……"

"어젯밤, 니야쯔 네 소를 잡아 주었어요?"

"아니요, 뭐라고요? 맞아요. 쿠와한이 불러서 갔어요."

"가서 보니까 어땠어요? 병에 걸린 것 같았어요?"

"소가 병에 걸렸다고요? 내가 봐서 어떻게 알겠어요? 나랑 무슨 상관이에요…… 아, 여기 삶은 쇠고기도 있어요. 이리하무 형, 드실래요?"

"고마워요. 당신이나 먹어요. 좀 전에 이미 아침 차를 마셨어요. 이따가 일하러 나갈 거죠?"

"일이요? 당연하죠. 일을 안 하면 안 되죠."

타이와이쿠는 얼빠진 사람처럼 버벅거리며 대답하였다. 그의 눈은 한 번 깜빡거리지도 않고, 여전히 아궁이 속의 활활 타오르는 불을 바라보고 있었다.

"아마 지금은 대화를 나눌 때가 아닌가 보다. 아이미라커쯔의 방문이 이 키 큰 사내를 당황하게 하고, 그의 마음을 어지럽게 만든 걸까? 혹은 흥취도 생각도 자주 쉽게 바뀌는 이 고아가 또 새로운 사업에 정신이 팔린 걸까? 그래 넋이 나간 채로, 혼자 생각하게 내버려두는 것도 그다지 나쁜 일은 아니지……"라고 생각한 이리하무는,

"시간이 늦었네요. 얼른 차를 마시고 공사장에 나가 봐요. 이만 가볼게요."

"같이 마시고……"

타이와이쿠는 미안한 웃음을 지으며 말했다.

"고마워요. 얼른 마셔요."

이리하무가 돌아갔다. 타이와이쿠는 멍하니 부뚜막 옆에 앉아 주먹을 쥐고, 고개를 숙이고 있었다. 항아리 안의 찻물은 부드럽고 차분하게 흥얼거리며 끓기 시작하였다.

아침에 이불을 개서 치운 다음, 그는 아궁이에 땔감 한 아름을 집어넣고 성냥을 그어 땔감에 던져놓고는 바닥을 쓸었다. 바닥을 절반 쯤 쓸었을 때, 아이미라커쯔가 문을 열고 들어왔다. 너무나 뜻밖이었다. …… 어릴 적부터 잘 알고 지냈지만, 지금은 그의 마음속에 까마득히 높은 어려운 여의사로 자리 잡고 있는 아이미라커쯔가 길옆에 덩그러니 있는 볼품없고 어두컴컴하며, 비좁고 허름할 뿐만 아니라, 마당도 없고 더욱이 꽃밭도 없는, 그의 집(이전 이발소) 안에 갑자기 나타났던 것이다.

이발소 안에는 지금까지도 품질이 나쁘고 변질이 의심되는 비누 냄새와 더러운 머리 냄새가 남아 있었다. 아이마리커쯔의 방문으로 인해 타이와이쿠는 한 번도 느껴본 적이 없는 흥분과 희열을 느끼게 되었다. 그러나 더 많이 드는 감정은 창피함이고, 자신의 행색이 초라한 것에 대한 부끄러움이며, 일련의 후회였다. 아이미라커쯔가 손전등을 돌려주러 올 거라는 생각을

왜 못했을까? 부지런하고 일솜씨 좋으며, 체력과 정신력이 무궁무진한 그에게 어울리게 집안을 더 깨끗하게 정리했어야 했는데, 왜 그렇게 하지 못했을까? 왜 하필 오늘 잠에서 깬 후 평소처럼 벌떡 일어나지 않고, 이불 속에 누워 이런저런 생각들을 했던 걸까? 만약 게으름을 피우지 않고 5분만더 일찍 일어났더라도, 바닥은 깨끗하게 쓸었을 것이고, 집도 조금은 다르게 보였을 텐데…… 그의 솜옷은 단추 두 개가 떨어져 있고, 얼굴은 고슴도치(그는 자신의 까끌까끌한 구레나룻을 만져보았다) 같으며, 무엇보다 모자를 쓰고 있지 않았다.

그는 아이미라커쯔에게 '앉으세요', '차 마셔요'와 같은 일반적인 인사조차 한 마디도 건네지 못했다. 그는 얼마나 둔하고 바보 같으며, 교양이 없고, 예의가 없으며, 거칠고 우악스러우며, 어지럽고, 게으르게 보였을까! 게다가불마저 지필 줄 몰라, 집안에 연기를 자욱하게 만들었으니…… 나의 생활이원래는 이런 게 아닌데…… 후회스런 눈물 한 방울이 조용하게 눈가에서 흘러나왔다. 눈물은 그의 볼을 타고 관절마디에서 소리 날 정도로 꽉 움켜쥔주먹 위에 떨어졌다.

타이와이쿠는 일하러 가는 것마저 잊어버렸고, 이렇게 멍하니 얼마나 앉아있었는지도 기억이 나지 않았으며, 다 끓은 차도 마시지 않았다. 문득 우렁차고 시끄럽게 떠드는 자동차 소리와 사람들의 환호성이 이발소 안으로파도처럼 밀려왔다. 지붕과 바닥까지 진동하고 흔들렸다……

9시 5분 사회주의 교육공작대의 간부들이 탄 대형 트럭 네 대가 약진공사에 도착하였던 것이다.

이날 공사 전체는 심상치 않은 부산스럽고 즐거운 분위기 속에 들떠 있었다. 트럭 네 대가 들어올 때 행인들은 발걸음을 멈췄고, 마차를 몰고 가던 사람들은 고삐를 잡아당겨 말을 멈추게 하였다. 부녀와 노인들도 걸음마를 떼지 못한 어린애를 품에 안고, 좀 큰 아이의 손을 잡은 채, 대문 앞으로 나와 차고 센 바람을 맞받아 두 볼이 빨갛게 된, 사회주의 교육 간부들을 향해, 손을 흔들고, 환호를 보내며, 눈 깜짝할 사이에 지나가 버리는 자동차 안에서, 안면이 있거나 혹은 안면이 없는 얼굴을 하나라도 더 보려고 애를 썼다.

농가의 낮은 지붕 위에 외발로 서 있는 수탉, 수로 안의 얼음물 위에 둥둥 떠 있는 오리, 전례 없이 깨끗하게 쓴 길에 서서, 풀뿌리 하나 찾을 수 없어 무척 따분해 하는 송아지마저도 기쁨과 반가움을 표현하듯, 각자의 울음소리를 뽐냈다. 그러나 마이쑤무가 가두어 기르는 검둥개는 자동차 대오의 뒤를 따라 악을 쓰며 한참을 달렸고, 자동차가 아득하게 멀어졌음에도 불구하고, 여전히 멈춘 자리에 서서 이빨을 드러내고 꼬리를 쳐든 채 흉악하게 끊임없이 짖어댔다.

공사 기관(機關) 마당 안에는 수많은 붉은 기와 채색 깃발들이 바람에 휘날리고 있었다. "네 가지 정돈 공작대의 진주(進駐)를 열렬히 환영합니다."라는 표어가 눈부시게 빛났다. 여기저기 울리는 자동차 경적 소리, 환호성, 박수 소리, 웃음소리, 방송용 확성기에서 흘러나오는 「망망대해를 지도자에 의지하며 항해하자(大海航行靠舵手)」는 연주곡 속에서 트럭들도 배기관으로 연기를 뿜어내며 멈췄다. 사람들은 민첩하게 자동차 안에서 뛰어 내려오거나, 뒤의 트럭에서 뛰어내리는 공작대 대원들을 향해 달려가 바닥에 던져진 그들의 짐과 가방들을 들고 웃고 떠들며, 그들을 화로가 빨갛게 타고 있는 따뜻한 집안으로 초대하였다. "많이 춥죠?" "하나도 안 추워요." "무슨 성씨예요?" "장 씨예요." "당신은요?" "마이마이티예요." "장 동지 수고 많았어요." "고마워요, 마이마이티 동지." "세숫물을 떠다 줄게요." "제가 할게요." "아이고! 수건을 어디에 뒀더라?" "여기 있어요…… 먼저 이걸 쓰세요……"

사람들은 진심으로 환영하는 마음과 열정적인 기대, 강렬한 호기심과 큰 흥미를 가지고, 너도나도 처음 보는 얼굴을 한 번이라도 더 보기 위해, 공사로 몰려왔다. 문어귀에 서서 머리만 살짝 들이밀고는 쑥스러워하며 짓궂게 씩 웃는 사람도 있었고, 사무실을 개조하여 만든 임시 기숙사 안에 들어와 유창하게 또는 말을 더듬으며, 한어와 위구르어, 카자흐어가 섞인 말로 공작대 동지들에게 인사를 건네는 사람도 있었다. 갑자기 문 앞에 가득 모여 있던 사람들이 옆으로 피하며 길을 냈다. 연세가 많아서 동작이 굼뜨고 등이 굽은 할머니 한 분이 휘청거리며 들어왔다.

　노인은 한쪽 손으로 손녀의 작은 손을 잡고 같이 들어왔는데, 어린 손녀는 등에 주머니 하나를 메고 있었다. 노인은 공작대 대원들의 손을 하나하나 잡아보고 어루만지면서 그들의 얼굴을 가까이 다가가 자세하게 보았다. 그리고 두 손으로 자신의 얼굴을 문지르면서 기쁨의 눈물을 흘렸다. 어린 손녀는 주머니를 열고 푸른 껍질에 줄무늬가 빼곡한 양끝이 뾰족하고 중간이 둥근 하미과를 꺼냈다. 공사 간부들은 할머니는 공사 전체에서 연세가 가장 많은 연장자로서 아흔이 넘었고, 차르의 점령과 학살의 시대를 겪은 분이라고 소개하였다.

　노인은 오늘 사회주의 교육간부들의 왕림을 환영하기 위해 소달구지를 타고 6킬로미터를 달려서 하미과를 가져온 것이었다. 말을 또렷하게 할 수 없는 노인은 하미과를 먹는 모습을 직접 보고 떠났으면 좋겠다는 말만 거듭 되풀이하였다. 공사 간부들은 숙련된 솜씨로 하미과를 균일하게 수많은 조각으로 나누었다. 전체 공작대 간부들은 경건한 마음으로 그 모습을 바라보며 눈물을 머금었다. 그들은 저마다 한 조각씩 들고 위구르족 가난한 하층 중농들의 정과 이리하곡 토양의 향기, 톈산 설수(雪水)의 맑고 시원함이 듬뿍 담긴 이 달콤한 즙을 가슴으로 깊이 삼켰다……

관례에 따라 급박한 투쟁이 벌어지기 전에는 일반적으로 가볍고 유쾌한 짬이 있게 마련이었다. 공작대 대장 윤중신과 부대장 지리리(基利利), 그리고 공사의 지도간부들이 머리를 맞대고 앉아, 의논하고 있을 때, 기타 사회주의 교육 간부들은 삼삼오오 길에 나와 둘러보았다. "이 공사는 참 부유하네요. 저것 봐요. 사원들은 보편적으로 우리보다 옷차림이 깔끔하고 단정해요." "봄에 이곳에 왔더라면 풍경이 더욱 아름다웠을 거예요. 저것 봐요. 어디나 나무들이 가득해요." "아쉬워하지 말아요. 봄이 올 때까지 우리는 여기에 있을 거니까요." "공사 서기가 자오 씨였던가요? 서기의 옷차림으로 보나, 능숙하게 구사하는 위구르어로 보나, 소수민족 동지라고 오해할 정도였어요." "아이쿠! 오자마자 방향을 잃었네요. 우리 조금 전 어느 길을 따라 걸어왔죠? 왜 톈산이 이쪽에 있는 거죠?" 이것은 사회주의 교육 간부들의 담론이었다. "동지, 몇 시예요?"

대부분 간부들이 손목시계를 차고 있기 때문에, 농민, 특히 아이들은 그들을 만날 때마다, 습관처럼 시간을 물어보았다. "얼마 남지 않았어요. 당장이에요. 저 모퉁이만 돌면, 바로 공급수매합작사 소매부(門市部)가 나와요." "집으로 들어오세요. 집안에 들어와 앉았다 가요!" 이것은 마을사람들과 사회주의 교육 간부들의 대화였다. 한 무리 조무래기들이 달려와, 사회주의 교육 간부들을 둘러쌌다. "우리 사진 찍어 주세요!" "사진? 아, 알았다. 그런데 어쩌지? 우리는 기자가 아니란다. 농촌에 파견되어 오는 모든 간부들이 다 사진기를 가져오는 건 아니란다." "그럼 노래 한 곡 불러 주세요." "너희들은 합창하고, 우리는 한 사람이 한 곡씩 부르는 건 어떨까?"

사회주의 교육 간부들이 상점에 나타났다. 판매원과 고객들은 모두 친근한 눈빛으로 그들을 바라보았다. "건전지 말인가요? 있어요." "치약이요? 무슨 상품으로 드릴까요?" "총 1원 85전이에요." 돈을 받고 나서도, 호기심을 참지 못하고, 말 몇 마디를 걸곤 하였다. "지금 어디에 묵어요?" "당신들 대장은 누구예요?" "저녁에 영화를 볼 수 있어요."

사회주의 교육 간부들이 이번엔 우체국에 나타났다. "오늘 오전 우리는 약진공사에 도착하였습니다. 모든 상황이 예상했던 것보다 더 좋습니다. ……" 라고 쓴 편지를 우체통 넣었다. "여기에서 우루무치로 편지를 보내면, 며칠 안에 도착할 수 있어요?" "『홍치(紅旗)05』정기구독 신청하려고요?"…… 그다음, 만족스러운 대답을 듣게 되었다.

점심에 사람마다 큰 그릇에 담은, 뜨겁고, 맵고, 향긋한 훤튄으로 배를 든든하게 채우고 나서, 업무를 시작하였다. 당·공청단 지부위원회, 조장 이상의 간부들은 마지막 남은 낭 한 조각을 채 넘기지도 못했는데, 벌써 한 곳에 소집되었다. 지리리 부대장은 이미 수차례에 걸쳐 명령하고 훈계하였던, 이번 합동훈련 기간의 근무기강과, 대중노선에서 지켜야 하는 행동규칙(群眾紀律)에 대해 다시 한 번 강조하였다. 그리고 각 대대와 공사 직속의 각 단위로 흩어져 근무하게 될, 공작조 조장과 성원들의 명단을 정정하였으며, 첫 며칠 동안의 근무 일정과 업무보고 제도를 배치하였다. 그다음 공작대 전체 간부회의를 소집하였는데, 공사의 지도간부들과 공작대 간부들은 정식으로 얼굴을 보고 인사를 나누었고 상황을 설명하였다.

일 처리가 주도면밀한 자오지헝 서기는 회의가 시작되자 공사의 지도와 함께 사전에 준비한 「약진공사의 기본상황」이라는 자료를 프린트하여 모두들에게 나누어주었는데, 그 안에는 공사의 인구·민족·토지·역대 생산량(曆年産量)·대대와 생산대의 건제(建制) 등의 내용이 정리되어 있었다. 교육공작대 대장 윤중신(尹中信)의 강화는 아주 간략하였다. "마을 사람들은 우

---

05) 『홍치(紅旗)』 중국공산당 중아에서 발행하는 잡지.

리를 반갑고 기쁜 마음으로 맞아주었습니다. 왜냐하면, 우리는 가난한 하층 중농들의 일꾼이기 때문입니다. 우리는 마오 주석의 혁명노선과 정책을 관철시키고, 계급투쟁을 실행하며, 세 가지 혁명운동을 실천하고, 사회주의를 건설하기 위해 이곳에 왔습니다. 우리는 반드시 가난한 하층 중농, 인민 대중과 혁명간부들에게 의지하여 운동을 깊게, 투철하게, 철저하게 진행함으로써, 당과 인민들의 믿음과 기대를 저버리지 말아야 합니다."

그 뒤로 또 일련의 회의와 활동이 진행되었는데, 그러다 보니 어디가 기숙사이고, 어디가 회의실이며, 어디가 사무실인지를 구분할 수 없게 되었다. 침대에 앉아 회의에 참여하는 사람도 있고, 침대에 엎드려 자료를 작성하는 사람도 있으며, 짐을 잠시 사무실 책상에 올려놓은 사람도 있었다. 각조의 부녀업무를 책임진 여성간부들은 한 곳에 모여, 공사의 부녀연합회 주임이 설명하는 관련 상황에 대해 듣고 있었다. 전문 회계감사원(査賬人員)들은 머리를 맞대고 앉아, 방금 내려온 '급(急), 밀(密)' 글자가 표시된 탐오분자(貪汙分子)의 전형적 사례와 철저한 조사경험에 관한 자료 몇 부를 학습하고 있었다. 비서진(秘書人員)은 간보(簡報) 발행 방법에 대해 함께 의논하고 결정을 내렸다.

각 조의 번역 담당 인원들은 한 곳에 모여 소수민족의 인명, 지명의 번역에 관한 문제를 두고 서로 의견과 견해를 교환하였다. 만약 변역상의 통일이 이루어지지 않는다면, 특히 전문 안건(專案)자료와 관련된 문제에서 아주 많은 착오와 번거로움이 발생하게 된다. 장양(章洋, 우루무치에서 오는 그 자동차 편에 있던 사회주의 교육간부로, 이리에 도착하자마자 그 자동차의 나머지 간부들과 헤어지게 되었다. 그리고 본지의 주, 현 간부들과 같은 조로 다시 편성되어, 이 공사로 오게 되었다. 윤중신을 제외하고 그 자동차에서 중도에 내린 사람은 오직 장양뿐이었다)은 또 많은 젊은이들, 다재다능한 공작대 대원들(갓 대학을 졸업한

학생들과 공산당 간부학교의 번역반(翻譯班), 재정무역학교(財貿學校)의 회계반(會計班)의 수강생들이 대부분이었다)을 불러갔다. 저녁에 있을 친목회를 위해 벼락치기로 무대 연습을 하려는 것이었다.

공작대 동지들을 보러 많은 사람들이 찾아왔다. 근처에 주둔하고 있는 오토바이 중대(摩托連)의 지도원(指導員), 병단 목축장(畜牧場)의 관리자(場長)와 정치위원(政委), 현재 공로와 다리 정비공사 중인, 도로 건설현장 지휘부(指揮部)의 총책임자(總指揮) 등 많은 사람들이 방문하였다.

대외무역 물자 수매소(外貿物資收購站)의 소장은, 공작조가 각 생산대로 내려가서, 당지 민중들을 동원하여 말·소·당나귀·노새·낙타의 몸에 난 털(體毛)과 꼬리털(尾毛)을 판매하는 부차적인 업무도 진행하기를 바랐다. 그리고 민정간부는 모 생산대로 내려가게 될 간부에게 모 혼인사건의 상황에 대해 알아보라고 당부하였다.

병원과 교통관리소(交通管理站)에서는 각각 「백일해(百日咳)를 어떻게 예방할 것인가」와 「교통안전을 수호하고, 교통규칙을 지키자」는 포스터와 홍보요강을 보내주었다. 네 가지 정돈 공작대의 신망은 수많은 방문자들의 발길을 끌었고, 많은 관심과 이목, 요구와 희망을 이끌어냈다. 윤중신과 지리리는 바빠서 눈코 뜰 새가 없었다. 상부의 천 갈래 끈을, 하나의 곧고 뾰족한 바늘에 꿰어, 하부에 전달하고 관철시켜야 한다(上面千條線, 基層一根針). 기층에 내려온 지 몇 시간 만에, 공작대 동지들은 우리 위대한 사회주의 조국의 각 계통(系統), 각 부서의 각양각색의 방침·계획·구상·용기와 지모·임무가 어떻게 결합되어, 기층에서 어떠한 천태만상으로 날로 발전해가는 생활을 창조하였는지를 보게 되었다. 동서고금을 막론하고 우리의 하위 단위보다 더 충실하고 더 매력적인 생활이 또 있겠는가?

저녁엔 더 말할 나위도 없었다. 각 생산대, 산, 강변에서 온 많은 사원들이

모여들었다. 밤의 추위에도 아랑곳하지 않고 친목회는 학교의 운동장에서
거행되었다. 교문 앞에는 사륜차와 고무 타이어 마차, 화물칸(鬥子)이 달린
트랙터, 자전거가 즐비하였고, 말과 당나귀들이 가득 묶여 있었다. 목축업
작업조의 민병 중대는 몇 십 킬로미터 밖의 목초지에서는 무리를 이루어 민
첩하고 용맹한 이리 말을 타고 찾아왔다. 사람들은 운동장에 발 디딜 틈 없
이 앉고 나서, 지붕과 나뭇가지 위까지 올라가 앉았다.

배구대에 임시로 설치한 영사막의 바로 앞까지 차지하고 앉는 바람에, 늦
게 온 사람들은 영사막의 뒤쪽에 앉게 되었다. 영사막에 비춰진 영상을 볼
수 없어도 괜찮으니 사회주의 교육간부들의 목소리라도 듣고 싶은 마음이
었다. 그리고 겸사겸사 영사막 뒤쪽에 비치는 좌우가 뒤바뀐 남다른 풍격의
영화를 보려는 것이었다. 연설, 춤과 노래로 꾸며진 무대, 영화는 늦은 밤까
지 친목회는 계속되었다.

영화가 막 시작되었을 때, 눈이 내리기 시작하였다. 눈은 점점 더 많이 내
렸지만 누구도 자리에서 일어나지 않았다. 공사의 한 간부는 필름 돌리는 사
람과 영사기를 위해 우산을 들고 있었다. 한 송이 한 송이 눈꽃은 영사기의
렌즈에서 나오는 광속을 뚫고 영사막에 반사되었다. 마치 흩날리는 꽃잎 같
았고 어수선하게 나는 뭇 새 같았으며, 떠다니는 구름, 흐르는 물 같았다. 그
리하여 매 하나의 장면을 새로운 매력으로 단장해 주었다. 모자와 어깨 위
에 소복이 내려앉은 눈을 터는 소리도 녹음테이프에서 나오는 영화의 음성
과 어우러져 색다른 분위기와 효과를 조성하였다.

우리 약진공사 애국대대 제 7생산대에서, 영화 보러 가지 않은 집이 두 집
이 있는데, 하나는 마이쑤무 네이고, 다른 하나는 타이와이쿠 네였다.

그 시각 마이쑤무는 융단 위에 누워있었다. 몸 아래에는 요 세 층을 깔고,

머리 밑에는 베개 네 개를 베고 있었다. 검푸른 안색의 그는 두 눈을 꼭 감고, 고통스럽게 신음소리를 내고 있었다. 오후부터 그는 머리가 아프니 배가 아프니 하면서 고통을 호소하였다. 저녁이 되자 병세가 더욱 심해졌다. 구하이리바눙은 곁에 비스듬히 기대에 앉아, 마이쑤무의 이마를 꼬집어 주고 있었는데, 마이쑤무의 이마에는 벌써 청자색 피멍 세 개가 들어서 있었다. 동시에 그녀는 왼손의 엄지와 약지로 담배 한 대를 말고 있었다. 그리고 고개를 쳐들고 담배 한 입을 빨더니, 그녀 특유의 저음의 쉰 목소리로 말했다.

"생 무채를 묻혀 줄게요. 그걸 먹고 나면 병이 싹 나을 거예요."

"담배 좀 꺼! 제기랄."

마이쑤무가 갑자기 고함을 질렀다. 구하이리바눙은 경멸하듯 피식 웃었다. 그녀는 담배를 한 입 깊게 빨고 나서 "후!" 하고 연기를 마이쑤무의 얼굴에 뿜었다. 그리고 절반 정도 남은 담배꽁초를 멀리 휙 던져 버리고 말했다.

"왜 그렇게 화를 내요! 오전까지 별일 없었잖아요. 혹시 귀신에 홀렸어요?"

마이쑤무는 화가 나서 입가가 경련을 일으켰다. 그는 손찌검을 하고 싶었지만, 팔을 들어 올릴 힘도 없었고, 욕설을 퍼붓고 싶었지만, 더 이상 소리칠 힘도 나지 않았다. 그렇다! 오늘 오후부터 마이쑤무는 기분이 급격히 나빠졌고, 화가 자꾸 치밀었다. 아침에 그는 전날 밤의 성공적인 접대를 떠올리며, 득의양양한 기분에 취해 있었고, 실실 웃으면서 집을 나섰다. 쿠투쿠자얼은 그의 예상대로 그가 만들어 놓은 비둘기 집안으로 비둘기가 날아 들어왔다. 야리마이마이티의 수는 역시 출중하다! 마이쑤무는 자신의 몸무게가 더 무거워진 것 같았고, 발걸음도 더 거침없어진 것 같았다. "이곳에서 그의 지위는 더욱 공고해졌고, 한 보 더 앞으로 나아갔으며, 그의 사업은 이제부터 제대로 전개될 수 있다……"라고 생각하며 그는 자신의 어둡고 습한 사무실로 걸어 들어와, 문을 안으로 잠가놓았다. 그리고 몸에 항상 지니고 다니는 작은 수첩을 꺼내, 몇 페이지를 넘기고 쿠투쿠자얼의 이름 아래에 적었다.

"12월 24일 밤, 우리 집에서 술을 마시고, 식사를 하였으며……"

그리고 다시 페이지를 넘겨, 수첩의 첫 몇 페이지에 있는 이리하무의 이름 아래에 이렇게 적었다.

"12월 24일 오후, 말을 타고 마을에서 대대로 갔다. 저녁 러이무·다우티·아부두러허만·이밍쟝 등이 이리하무네 집을 방문하였다."

그리고 수첩을 마지막 페이지로 넘기고, 니야쯔의 이름 아래에 또 적었다.

"12월 24일 오후, 니야쯔를 도와 타이와이쿠가 소를 잡았다. 그리고 쇠고기를 kg 당 나라의 정찰가격 24전의 가격보다 비싼 가격으로 팔았다."

다 적고 나서, 그는 만년필 덮개를 틀어 잘 닫고는 가슴 앞주머니에 꽂았다. 그리고 손가락으로 수첩의 종잇장을 사락사락 뒤지며 악독한 웃음을 지었다. 그의 눈앞에 아름다운 '승리'의 화폭이 펼쳐졌다. 만약 그의 앞길을 가로막거나, 그의 비위를 거스른다거나, 그의 사업을 방해한다거나 하면, 그것이 누구든 이 수첩에서 그 사람에 관한 많은 '자료'들을 꺼내, 확대 발전시키고, 분석하고, 살을 덧붙여 과장함으로써, 수비에서 공격으로 태세를 전환시켜, 그 사람을 죽음의 경지로 몰아넣을 수 있다고 생각하였다. 때문에 아주 일상적인 작은 일이라도 차곡차곡 적어두면, 언젠가 꺼내서 써먹을 수 있다고 생각했다.

예를 들면, 몇 년 몇 월 며칠 이리하무가 생산대의 말을 타고 길을 지나갔다는 내용을, 민중과 괴리되어 있는 대장이 텃세를 부리고 거들먹거리는 걸로 볼 수 있게 한다는 것이었다. 이는 거의 낡은 사회의 지주나 악질 토호와 다를 바가 없지 않다고 하면 된다는 것이었다. 또 예를 들면, 사회주의 교육 공작대가 들어오기 전날 밤, 그가 대대장을 집으로 초대하였을 때, 그는 멀리서 수많은 사람들, 게다가 전부 간부 혹은 열성분자의 신분을 가진 사람들이 이리하무네 집으로 들어가는 것을 보았다. 이 상황을 기록해 둠으로써, 이리하무가 자신의 측근들을 소집하여, 사회주의 교육공작대와 맞서기 위한 대책 회의를 하였다고 말할 수 있을 것이라고 생각했다. 또 이리하무가 어느 날 누구네 집에서 차 한 사발을 마시고 낭 한 조각을 먹었다는 것은, 대장의 경제상의 불청결함을 설명할 수 있는 증거이고, 그날 그 사람이 가장 높은 노동 점수를 받게 된 이유로 해석할 수 있는 것이었다. 즉 이리하무가 사리사욕(私利私慾)에 눈이 멀어 나쁜 짓을 한 것으로 설명될 수 있다고 생각했던 것이다. 그리고 몇 월 며칠 오전 10시경 이리하무가 공급수매합작사 판매부에서 물건을 구매한 적이 있다는 기록은 그가 노동에 참가하지 않고 게으름을 피운 증거가 될 수 있다고 생각했다.

마이쑤무는 야이마이마이티가 말한 그 한 가지 도리의 고명함에 새삼 탄복하게 되었다. 적수를 조심해야 할 뿐만 아니라 친구도 조심해야 한다. 왜냐하면 '친구'는 언제나 적수보다 더 위험한 법이기 때문이다. 과장 신분으로 살던 그 때, 그는 '친구'들 때문에 큰 고초를 겪었었다. 그가 저지른 떳떳하지 못한 짓들을 고발한 것도 그 '친구'들이었고, 그가 자신을 지킬 수 있었던 것도 '친구'들에게 손을 썼기 때문이었다. 그 일이 있은 후부터 그는 교훈을 얻게 되었다. 미처 손쓸 새도 없이 일방적으로 당하지 않기 위해, 평소에 미리 준비를 해야 한다는 것이었다.

그가 가장 사랑하는 극비의 수첩이 바로 그의 예비용 수류탄이었다. 그 수류탄이 어느 날 누구의 머리 위에서 터질지는 그에게 달려 있는 것이었다. 이런 생각을 하면서, 그는 수첩을 위로 높게 뿌렸다가 애지중지 두 손으로 받아서 주머니 속에 고이 넣어두었다. 그는 갑자기 손목을 휙 내저었다. 누군가 그를 향해 "나이(耐), 나이, 나이, 나이……"를 외치는 것 같았다. 이것은 여자애들에게 박자 맞추는 법을 가르치고, 춤동작을 가르치는 소리이다. 그 다음 사람들은 이 박자에 맞춰, 다 같이 춤을 추게 된다. ……

한바탕 "부르릉" 거리는 소리에 마이쑤무는 깜짝 놀랐다. 그는 길가에 붙어 있는 작은 창문가로 다가가서, 유리창 위에 두껍게 쌓인 먼지를 손으로 쓱 문지르고, 얼굴을 딱 붙이고 내다보았다. 사회주의 교육 간부들을 가득 실은 자동차들이 줄을 지어 들어오고 있는 것이었다. 사람들은 박수를 치고, 환호를 보내며, 손을 흔들어 인사를 하고 있었다. 문득 이름 모를 공포감과 질투의 감정이 가슴으로 훅 밀려와, 그를 압도하였다. 그는 재빨리 원래 자리로 돌아와 앉았다. "펑, 펑, 펑" 문 두드리는 소리가 연이어 들려왔다. 순간 그는 심문 받으러 오라는 사회주의 교육 간부들의 호출인 줄 착각하고 떨리는 가슴으로 문을 열었다. 문 앞에 서 있는 것은 대장장이 다우티였다. 다우티가 다짜고짜 물었다.

"표어는요?"

"아, 그게……"

"대대장이 당신에게 표어를 준비하라고 했다던데요. 사회주의 교육간부들이 이미 왔어요. 왜 아직도 쓰지 않고 있어요? 왜 그런 거예요!"

듣는 사람의 기분 탓인지, 아니면 사실이 그러한지, 다우티의 말투에는 불신과 불만이 가득 차 있었다.

……마이쑤무가 아침부터 지금까지 유지해온 기분이, 한 순간에 몽땅 무너지고 말았다. 그는 도무지 이해할 수 없었다. 이 멍청한 것들은 도대체 왜 그렇게 간부들이 온 것을 반가워하고, 기대하는 것인지…… 공작대들이 은화를 베풀어 주지도, 바오쯔좌판을 접대하지도 않는데, 멍청한 '카스가얼' 사람들이 박수는 왜 치고, 손은 왜 흔들며, 환호는 왜 지르는 걸까? 그리고 여기저기 다니면서 이번이 좋은 기회라고 선동하고, 사회주의 교육공작대가

내려오면, 이리하무의 죄를 한 번 제대로 까발려 다시는 재기할 수 없게 만들자며 큰소리를 쳤던 자신인데, 호시탐탐 기다리고 있던 공작대들이 도착한 지금, 먼지에 시선이 가려진 유리창 너머로, 자동차 몇 대만 바라보았을 뿐인데, 왜 이토록 가슴이 답답하고, 당황스러우며, 두려워지는 걸까? 사회주의 교육 간부들의 빨갛게 얼어붙은 웃음 어린 얼굴마저, 그의 눈에는 험악하고 속을 짐작할 수 없는 두려움으로 느껴졌다. 게다가 한꺼번에 이렇게 많은 간부들이 오다니, 마이쑤무의 마음은 걷잡을 수 없이 쿵쾅거렸다……

그 다음에 벌어진 한 가지 또 한 가지의 일들은, 모두 그의 심기를 불편하게 하였다. 마이쑤무가 빨간색 먹물을 사러 상점에 갔을 때, 판매원은 마침 한 낯선 사회주의 교육 간부에게 일기장을 팔고 있었다. 마이쑤무가 두 번이나 불러서야, 판매원은 알아듣고 그에게 대답하였다. 그리하여 그는 자신이 큰 모욕을 당한 것 같아 불쾌하였다. 그는 그 판매원에게 묻고 싶었다. "사회주의 교육 간부가 당신 친아버지인가요?" 거리에 나온 그는 또 한 무리 조무래기들이 두 명의 여성 간부들과 웃고 떠들면서 놀고 있는 장면을 목격하였다.

조무래기들은 한어로 "레이펑 정신을 따라 배우자……" 노래를 부르고 있었고, 두 여성간부는 박수를 치며, 칭찬을 아끼지 않고 있었다. 그리고 아이들의 발음을 지적하여 수정해 주기도 하였다. 그들의 웃음소리와 노래 소리는 낭랑하고 날카로웠다. 귓구멍으로부터 찌르고 들어가, 뇌리에 박힌 가시처럼, 뽑을 수도 없고, 벗어날 수도 없었다. 점심 때 집에 돌아온 마이쑤무는 머리가 아프다며 고통을 호소하기 시작하였다. 거기에다가 고기 사건 때문에 구하이리바눙의 원망 섞인 잔소리까지 들어야 했다.

오전에 구하이리바눙은 마이쑤무의 지령에 따라, 니야쯔네 집으로 쇠고기 사러 갔었다. 말로는 고기 사러 간다고 하지만, 돈은 한 푼도 가지고 가지 않았다. 쿠와한은 끊임없이 "고기 사러 온 거 맞아요? 정말 고기 사러 왔어요?"라고 질문만 할 뿐, 고기를 꺼내줄 생각을 하지 않았다. 뜻은 분명하였다. 바로 돈이었다. 구하이리바눙은 어쩔 수 없이 두건을 뒤지고, 양말을 훑다가 결국 길에서 돈을 잃어버린 척 거짓말을 하고, 돈은 바로 가져다 줄 테니 먼저 고기 1㎏만 달라고 하였다. 쿠와한은 귀 먹은 듯 벙어리인 듯 한참을 쇠고기만 쳐다보다가 구하이리바눙을 보며 눈을 흘겼다. 그 눈빛은 그토록 노련하고 강경하여, 제아무리 구하이리바눙이라도 그 순간에는 놀라서 숨이 턱 막혔다. 한참이 지나고서야 쿠와한은 마음을 크게 먹고, 목 부위에서 신선하지 않은 고기 한 덩이를 베어주었다.

남편이 돌아오자 구하이리바눙은 씩씩거리며 말했다. "당신이 말해 봐요. 그게 사람이 할 짓이에요? 양심이란 게 있기나 하나요? 당신이 밤낮으로 그들을 위해 얼마나 속을 태웠는데, 어찌 이럴 수가 있어요? 전에 당신이 두꺼운 유피가 둥둥 뜬 최고급 우유 한 사발을 가져다주었을 때에도 말이에요. 비둘기 모이로 쓰게 메기장을 좀 달라는 당신의 부탁도 거절했잖아요. 그리고 오늘은 또 이런 고기를 베어주다니!"

구하이리바눙은 피가 질벅하고, 부패된 냄새가 나는 혐오스러운 목살 한 덩이를 들고 와서 보여주었다. 뇌리에 '레이펑을 따라 배우자'가 가시처럼 박혀버린 마이쑤무는 목살을 보더니 불 같이 화를 내며 문 밖으로 냅다 던져버렸다. 검둥개가 미친 듯이 뛰어와 고깃덩이를 덮치려고 하자, 구하이리바눙은 소리를 지르며 몽둥이를 들고 검둥개를 쫓았다. 그리하여 검은 여인과 검둥개의 치열한 전투가 벌어졌다.

몽둥이에 뒷다리를 맞은 검둥개는 다리를 쩔뚝거리며 달아났고, 고기는 절반밖에 남지 않았다. 검은 여인은 절반 남은 고기에 마른 토마토, 고추와 파를 넣고, 채소 한 접시를 볶았다. 오후 마이무쑤는 개가 먹다 남긴 썩은 고기를 먹었다는 생각에 자꾸 속이 울렁거렸다. 배속에 내려가지도 않고 올라오지도 않는, 큰 덩이 하나가 막고 있는 것 같아 거북하였다.

물론 위와 같은 상황은 가장 중요한 문제가 아니었다. 저녁 무렵 마이쑤무는 창자가 끊어지는 것처럼 아프기 시작하였다. 그는 가공공장 뒤뜰에 있는 간이 변소로 달려갔는데, 마침 쿠투쿠자얼도 거기에서 볼일을 보고 있었다. 쿠투쿠자얼은 바지허리를 끌어매면서 마이쑤무에게 회심과 관심이 어린 눈빛을 보냈다. 그리고 주위를 둘러보고 사람이 없다는 것을 확인하고 나서 작은 소리로 말했다.

"그들이 왔어요. 생각해 봤는데, 니야쯔 같은 사람만으로는 어떤 일도 해낼 수가 없어요. 우리는 반드시 다른 방법을 생각해야 해요."

말을 마친 쿠투쿠자얼은 설사하고 있는 마이쑤무의 반응을 기다리지도 않고 나가버렸다.

쿠투쿠자얼의 말이 마이쑤무를 깨우쳐주었다. 지금까지, 이리하무 그 사람들 앞에 직접 나서서 드러내놓고 한바탕 소란을 피운 사람은 니야쯔 한 사람뿐이었다. 그래서야 어찌 되겠는가? 더 말할 것도 없이 이 문제에 대해 마이쑤무도 생각해 본 적이 있었다. 그는 언제나 희망을 무지한 평민에게 기탁하고 있었다. 대중은 순한 양들이다. 때문에 머리에 뿔이 달린 산양이 선도자로 나선다면, 그 한 놈을 어수선하게 만드는 건 쉬운 일이라고 생각하였다. 그래서 그는 희망을 니야쯔에게 기탁하였던 것이다. 왜냐하면 니야쯔는 다른 사람들이 할 수 없거나, 하기를 꺼려하는 일을 아무렇지 않게 해낼 수 있기 때문이었다. 그밖에 바오팅구이는 예비용이었다.

비록 그의 운수가 잠시 순조롭지 못하게 되었지만 말이다. 야썬도 예비용으로 준비해 둘 수 있는 사람이었다. 그러나 야썬은 조심스럽게 부추기기만 해야 할 뿐, 경솔하게 대했다가는 오히려 역효과를 가져올 수도 있는 사람이었다. 타이와이쿠는 어떨까? 헛수고에 지나지 않았다…… 니야쯔의 썩은 고기 때문에 소화불량에 배탈까지 만난 이 상황에서 쿠투쿠자얼의 그 말을 들으니 여간 힘이 빠지지 않았다. 그는 당장이라도 바지를 올리고, 오리를 쫓아가고 싶었다. 그러나 다시 생각해 보니, 대대장의 처지도 지금 자신과 다를 바가 없었다. 선뜻 나서기 어려운 처지였다. 아무리 생각해 보아도 전선에 나가서 싸울 사람은 니야쯔 파오커밖에는 없었다. 배설을 마치고 나니 배의 고통이 훨씬 줄어들었다. 그러나 머리는 더욱 무거워졌다. 집으로 돌아온 마이쑤무는 그대로 융단 위에 푹 쓰러졌다.

"아흐, 아흐……"

마이쑤무는 몇 마디 비명을 지르다가 한숨을 내쉬었다.

"걱정이네요, 걱정, 날마다 걱정에 파묻혀 사네요. 지금 당신은 아직 아무 것도 아닌데, 무슨 걱정이 그렇게 많아요? 만약 당신이 임금이라면, 걱정하고 번민 때문에 금방이라도 목숨을 잃지 않겠어요?"

구하이리바눙은 원망인 듯하면서도 위로 같은 말을 하였다.

"임금이 뭐 대단해요? 임금이 되면, 편안하게 놀고먹을 수 있어요…… 만약 모든 것을 하고 싶은 대로만 하면, 나도 임금이 될 수 있어요……"

"하하하…… 당신이 임금이 될 수 있다고요?"

구하이리바눙은 웃느라 숨이 넘어갈 지경이었다.

"그게 지금 무슨 태도야!"

그런 비웃음에 마이쑤무는 정말로 화가 났다. 그는 안색이 자주색으로 변하더니, "다른 사람은 몰라도, 당신도 나를 몰라? 다 알면서, 내 아픈 상처에 기어이 소금을 뿌려야겠는가 말이요? 그래, 만약 내가 임금이 된다면, 가장 먼저 당신을 단두대에 올릴 거야……" 하고 독하게 말했다.

"흥,"

구하이리리바눙은 남편의 이런 농담 아닌 농담에 독살스럽게 콧방귀를 뀌었다.

"그건 누구도 장담할 수 없어요. 당신이 임금이 되기 전에, 내가 먼저 당신을 단두대로 보내줄 수도 있으니까요."

마이쑤무의 얼굴색은 다시 창백해졌다.

삭막해진 분위기를 전환시키기 위해 구하이리리바눙은 손을 살포시 남편 이마에 얹으며 말했다.

"당신, 도대체 무슨 걱정을 그리 많이 해요? 말해 봐요. 내가 도와줄 수 있을지도 모르잖아요."

마이쑤무는 그녀의 손을 밀쳐내며, 길게 한숨을 쉬었다.

"⋯⋯사회주의 교육공작대가 이미 들어왔잖아. 나도 이미 자료들을 준비해 두었지. 상황은 분명해. 우리와 이리하무는 절대 양립할 수 없다는 입장이지. 이리하무를 무너뜨리지 못하면, 언젠가 우리가 단두대에 오르게 될 거야. 이리하무 같은 사람을 무너뜨리지 않으면, 무라퉈푸가 고향으로 돌아오는 길 위에는 온통 마름쇠가 널려 있게 될 거고⋯⋯ 우리의 모든 꿈과 희망은 물거품이 되고 마는 거예요. 이번 운동 중에 우리는 수비에서 공격으로 태세를 바꿔야만, 승리할 수 있어요. 그렇지 않으면, 꼼짝 못하고 잡히고 말 거예요⋯⋯ 하지만 누가 앞장서서 싸울 수 있을까요? 니야쯔 한 사람만으로 어찌 되겠어요?"

"사람은 아직 많잖아요."

구하이리리바눙이 말했다.

"또 누가 있어요?"

두 사람은 머리를 맞대고 계산하기 시작하였다. 그러나 아무리 따져보아도, 그 역할에 어울린 만한 사람은 없었다. 마지막에 타이와이쿠의 이름이 거론되었을 때, 마이쑤무는 욕을 내뱉었다.

"그건 사내도 아니에요! 아내를 잃고, 큰 차를 잃고도, 싫은 소리 한 마디 못하고, 오히려 그 사람을 좋게만 보다니…… 지난번에 쓸데없이 술 한 병만 낭비했어요……"

구하이리바눙은 남편의 불평을 중간에서 끊고, 미간을 찌푸리며 심각하게 물었다.

"말해 봐요. 타이와이쿠가 우리에게 정말 쓸모 있다고 생각해요?"

"당연하죠. 계급을 놓고 보든, 과거, 또 그 본인을 놓고 보든, 가장 사회주의 교육공작대의 마음에 들 만한 사람은 타이와이쿠예요. 그가 우리 편에 서서 이리하무를 반대할 수만 있다면, 절반은 성공했다고 볼 수 있죠!"

"정말인가요? 틀림이 없죠?"

구하이리바눙은 남편의 눈을 바라보며 물었다.

"틀림없어요."

"그렇다면, 나에게 방법이 있어요."

구하리바눙이 자신만만하게 말했다.

"당신에게 무슨 방법이 있는데요? 투타커(笑他克, 즉 하체의 생식기관을 가리킨다)를 주려고요?" 마이쑤무는 믿을 수 없다는 듯 상스럽게 말했다.

"당신은 당나귀예요!"

표정으로는 화가 난 건지, 기뻐하는 건지 알 수가 없었다. 그녀는 목소리를 낮춰 자신의 방법을 말했다.

마이쑤무는 귀를 기울여 들으면서 머리를 굴리고 있었다. 차츰 그의 눈에서 정기가 돌기 시작하고, 몸이 뜨거워지기 시작하였다. 심장이 쿵쾅쿵쾅 요동치기 시작하였고, 벌떡 일어나 앉았다. 다시 듣고, 다시 생각하다 보니, 눈에서 빛이 나기 시작하였고, 온몸의 기의 흐름이 다시 원활해진 것 같았다.

심장은 힘차게 박동하고 있었다. 이 여자도 참! 어찌 그런 방법을 생각해낼 수 있었을까! 그는 기특한 방법을 생각해낸 구하이리바눙을 와락 품에 껴안았다. 그리고 감탄을 금치 못하였다.

"이런 악마! 이런 여우! 당신은 마녀 같이 모르는 게 없고, 못하는 게 없군 그래! 이런 애를 낳지 않는 창부 같으니라고!"

이 독특한 사랑의 시를 읊조리는 목소리를 들으며, 구하이리바눙은 취한 듯 눈을 감았다.

타이와이쿠가 임시 거주하고 있는 이 누추한 집이 오늘따라 완전히 다르게 느껴졌다.

타이와이쿠는 수로 공사장에서 돌아와 대충 끼니를 때웠다. 그리고 두 손을 엇갈려 머리 뒤에 받치고, 윗몸을 비스듬히 기대어 앉아서 꼼짝도 하지 않았다. 날이 점점 저물어갔다. 그는 집안에 불도 밝히지 않고 어둠 속에 그대로 있었다. 눈보라가 시작되었고, 세찬 바람이 윙윙 휘몰아쳤다. 겨울의 한기가 꼭 닫히지 않는 문틈 사이로 끊임없이 불어 들어왔다. 학교 운동장의 성대한 연회의 음악소리와 사람들의 떠드는 소리가, 가끔 바람을 타고 들려왔다. 그러나 타이와이쿠는 이 모든 것을 느끼지 못했다. 그는 꼼짝하지 않고 단지 앉아있을 뿐이고, 어딘가를 바라보고 있을 뿐이었다.

어렴풋이 베이지색 큰 두건을 쓰고, 자색의 코르덴 원피스와 진회색의 면 나사 외투를 입은 아이미라커쯔가 여전히 아궁이 앞에 웅크리고 앉아 있는 것 같았다. 이건 정말일까? 아니면 환상일까? 이른 아침부터 지금까지 그의 집안에는 온통 웅크리고 앉아 있는 아이미라커쯔의 모습뿐이었다. 아이미라커쯔의 늘씬한 몸매와, 한쪽 손을 잃은 가늘고 긴 팔은, 얼마나 건장하고 완강한가! 아이미라커쯔의 존엄하고 듣기 좋은 속삭임 같은 목소리가, 여전히 이 작은 집안에서 울리고 있는 것 같았다.

"땔감을 한꺼번에 이렇게 많이 넣으면 안 돼요…… 안녕히 계세요, 타이와
이쿠 오라버니. 손전등을 빌려줘서 고마웠어요……"

이상하다. 그러나 이것은 정말 벌어진 일이었다. 아침에 아이미라커쯔는
원래 이발소로 사용하였던 이 집, 비누와 세숫비누 냄새, 땀을 많이 흘린 더
러운 머리 냄새가 뒤섞인 집인 볼품없는 그의 거처에 왔었다. 아침에 그는
이불을 개서 치운 다음, 아궁이에 땔감 한 아름을 집어넣었다. 그리고 성냥
을 그어 땔감에 던져놓고는 바닥을 쓸었다. 바닥을 절반 쯤 쓸었을 때, 문 열
리는 소리가 나고 아이미라커쯔가 들어왔다…… 타이와이쿠는 이 날 아이미
라커쯔가 문을 열고 들어오기 전후의 세부 사항에 대해 몇 십 번도 넘게 곱
씹고 또 곱씹어 보았다. 그리하여 모든 세부 상황에 대해 막힘없이 줄줄 외
울 수 있을 정도였다. 그러나 매번 떠올릴 때마다, 처음처럼 신선하고, 생동
적이며, 놀랍고 신기하였다…… 그는 노래 소리와 같은 목소리를 들었다. 그
는 고개를 들었다. 손에 들었던 빗자루를 떨어뜨렸다.

"안녕하세요, 타이와이쿠 오라버니."

"……"

"저 왔어요."

"……" "손전등을 돌려주러 왔어요."

"……"

세상에 이렇게 아름다운 말소리가 있고, 이와 같이 거대한 울림이 있는
속삭임이 있으며, 이토록 단아한 말투가 있고, 이렇게 부드러우면서도 굳건
한 발음이 있으며, 말할 때 이와 같이 존엄한 기색과 자태가 존재할 수가 있
나…… 모든 세상 사람들이 모두 나처럼 걸걸한 목소리로 "우르릉, 우르릉"
울리게 말하거나, 대충 얼버무리며, 거칠고 우악스럽게, 두서없이 추하게 말

하는 건 아니었구나……

조금은 부끄러워서였을까? 아니면 이른 아침이라 추워서 그랬을까? 아이
미라커쯔는 한쪽 손으로 두건의 귀퉁이를 살짝 집더니, 어깨를 약간 떨었다.

"집안에 연기가 왜 이렇게 많아요?"

그녀는 마치 한 번도 이렇게 많은 연기를 본 적 없는 사람처럼, 천진난만
하게 물었다. 농촌의 딸로서 밥 짓는 연기 때문에 놀라고 신기해했던 걸까?
아이미라커쯔는 치맛자락을 뒤로 감아 넘기더니, 긴 스타킹을 신은 두 다리
사이에 치맛자락을 끼웠다. 그리고 아궁이 앞에 웅크리고 앉아 땔감을 뒤적
거렸다. 타이와이쿠는,

"아니에요. 신경 쓰지 말아요. 내가 할게요."라고 말하고 싶었다. 깨끗하고
단정한 옷차림을 한 아이미라커쯔에게, 그는 차마 불을 지피게 할 수 없었
다. 그러나 끝내 말을 하지 못했다…… 여의사가 집에 들어와서 나갈 때까지
타이와이쿠는 한 마디 말도 하지 못했다.

그는 한 대의 각목이고, 한 덩어리 송장 고기 같았다. 그는 정녕 사람일까?

왔다가 갈 때까지, 불과 몇 분밖에 되지 않는 시간이지만, 이 집안에는 영
원히 지울 수 없는 아이미라커쯔의 흔적이 남았고, 이 공간에는 여전히 아
이미라커쯔의 목소리가 가득하며, 공기 속에는 여전히 아이미라커쯔의 숨
결이 가득 차 있었다. 차갑고 경직되어 있던 모든 물건들이, 살아서 숨 쉬고
있고, 말하고 있으며, 따뜻해졌다. 예쁘지도 않고, 귀엽지도 않던, 타이와이
쿠에게 있어 단지 냉담한 임시의 거처일 뿐이던 집이, 갑자기 친근하고 사
랑스럽게 느껴졌고, 그리워지기 시작하였다.

긴 탁자 위에 세워 놓은 손전등은 가슴을 내밀고 당당하게 나서서 증언하
였다. "나는 아이미라커쯔가 직접 사용하고, 직접 돌려준 손전등이에요." 아
궁이 속에서 희미하게 반짝이는 불꽃들이 여유롭게 재잘거렸다. "나의 따뜻

함은 아이미라커쯔 처자가 남겨둔 거예요." 연세가 많은, 약간 기울어진 문은 만면에 희색을 띠고, 머리를 갸우뚱한 채, 아이미라커쯔 의사가 어떻게 자신을 당겨서 열고, 또 어떻게 닫았는지를 서술하고 있었다. 벽에 난 금도 아름다운 아이미라커쯔의 방문 때문에 너무 기뻐서 입이 헤벌레 해진 것 같이 보였다.

"고마워요……"

"땔감을 한꺼번에 이렇게 많이 넣으면 안 돼요……"

이 집안의 곳곳에서, 아이미라커쯔의 말소리가 메아리처럼 울려 퍼졌다. 단아하고, 미소 머금은 표정에서 흘러나오는 침착한 말소리가 떨리면서, 반복하여 울리고, 응집되고 있었다.

"고마워요." 아이미라커쯔가 그에게 고맙다고 하였다. 그런데 뭐가 고맙다는 걸까? 지난 일요일, 타이와이쿠는 이닝시에 가서 새 모자 하나를 구입하였다. 그리고 음식점에서 바오쯔를 먹다 보니, 그는 그만 마지막 차를 놓치고 말았다. 저녁이 다 되어, 그는 혼자 느긋하게 걸어서 집으로 돌아오던 길이었다. 묘지 부근에서 술에 취한 두 젊은이가 한 처자의 길을 가로막고 막말을 하며 크게 웃고 있었다.

저 처자가 누구일까? 타이와이쿠는 곧바로 알아보지 못했고, 또 알고 싶지도 않았다. 하지만 두 젊은이의 행실이 그의 마음을 썩 불쾌하게 만들었다. 그의 습관에 따르면, 그는 술 마시는 것을 반대하지 않을 뿐만 아니라, 술에 취해 고성방가하거나, 소리를 지르거나, 바닥에 드러눕거나, 심지어 주먹을 휘두르는 것에 대해서도 불만이 없었다. 그러나 여성을 희롱하는 건 무슬림으로서 절대 용납할 수 없는 행동이었다.

타이와이쿠는 보다 못해 두 젊은이를 향해 걸어갔다. 그리고 아무 말도 하지 않고 한 손에 각각 한 사람의 뒷덜미를 잡고, 두 사람의 머리를 가볍게 맞부딪게 하였다. 그러자 두 놈은 아프다고 "와와" 소리를 지르더니 머리를 부둥켜안고 꽁무니를 내뺐다. 타이와이쿠도 돌아서서 가려고 할 때, 처자가 그를 부르는 소리가 들렸다.

"타이와이쿠 오라버니, 맞아요?"

"아! 당신이었군요."

그는 머리를 돌려 바라보았다.

"어디로 가던 길이에요?"

"진료소(醫療站)에 가던 길이었어요."

"밤이 늦었는데요…… 가는 데까지 동행해 줄까요?"

"아니요. 괜찮아요."

그리하여 타이와이쿠는 새로 산 손전등을 아이미라커쯔에게 빌려주게 되었던 것이다.

집으로 돌아오는 길에 타이와이쿠는 자신이 아이미라커쯔를 도와주었다는 사실 때문에, 기쁨을 감출 수가 없었다.

아이미라커쯔는 누구보다도 경멸과 연민에 민감하고, 때문에 누구의 도움도 쉽게 받으려 하지 않는다는 것을 그는 잘 알고 있었다. 10년 전 타이와이쿠가 15살이 되던 해, 어느 날 그는 강가에서 풀을 베고 있었다. 마침 아이미라커쯔도 그 일대에서 풀을 베고 있었다. 이미 크게 한 아름을 벤 아이미라커쯔는 단 묶는 일만 남겨두고 있었다. 그것을 본 타이와이쿠가 다가와서 말했다. "단 묶는 걸 도와줄게요." 뜻은 분명하였다.

처자가 한 손으로 단 묶기가 불편할 것 같아, 선뜻 도와주겠다고 한 것이었다. 그러자 초등학교 2학년밖에 되지 않은 아이미라커쯔는 갑자기 얼굴이 빨개지면서, 호되게 꾸짖었다. "당신 할 일이나 해요!" 어린 여자애는 한쪽 무릎으로 풀을 누르고, 손을 잃은 팔로 풀을 끌어 모은 다음, 이빨로 매끼의 한쪽 끝을 물고, 나머지 멀쩡한 손으로 매끼의 다른 한쪽 끝을 잡아서, 당기고 돌리면서, 그토록 민첩하고 영민한 동작으로 풀단을 단단하게 묶는 것이었다. 그 능숙한 솜씨를 곁에서 지켜보던 타이와이쿠는 놀라서 입이 벌어졌다. 그날 이후 타이와이쿠의 마음속에서 아이미라커쯔는 누구보다 존경스러운 사람이 되었다…… 타이와이쿠는 어릴 적부터 남존여비의 영향을 많이 받고 자랐다.

그는 여자는 자신과 동등한 존재가 아니라고 생각하는 정도였다. 그러나 아이미라커쯔가 그에게 남긴 인상은 그의 생각과 전혀 달랐다. 다른 처자들은 비록 누구와 비교하였을 때 아주 건강한 두 손을 가지고 있지만, 타이와이쿠와 같은 장정이나 숙련된 노동자들을 보면, 그들은 자기 손에 들고 있던 물이 가득 담긴 물통을 어떻게 하든 타이와이쿠의 손에 들리려고 했다. 그리고 늘 애교나 과한 웃음, 여러 가지 작은 꼼수로 남자의 도움을 받아 자신의 일을 줄이려고 한다. 그렇기 때문에 타이와이쿠는 그런 처자들을 좋게 볼 리가 없었다. 반면에 아이미라커쯔는 그들과 얼마나 다른가!

그 일요일 밤 타이와이쿠는 이런 것을 생각하며, 아이미라커쯔가 그의 도움을 받아준 것에 대해 무척 즐거워하였다. 그런데 오늘 밤은 어떤가? 즐거움이 사라졌다. 두 놈의 뒷덜미를 잡고, 두 머리를 "쿵" 소리 나게 맞부딪쳐 놓다니, 지나치게 거칠고 사나웠다…… 혹시 아이미라커쯔가 그를 두 취객과 같은 사람으로 생각한 것은 아닐까?

아니다. 타이와이쿠 그는 절대 그런 사람이 아니었다. 그는 한 번도 상스럽고, 허위적이며, 비겁한 짓을 저지른 적이 없다. 만약 어려서 부모를 여의고, 부모의 필요한 단속과 가르침을 받지 못했다고 한다면, 만약 1962년에 절도사건에 휘말릴 뻔한 적이 있다고 한다면, 만약 난폭하고, 제멋대로며, 변덕이 심하고, 가방끈이 짧으며, 열성분자가 아니고, 사랑스럽지 않다고 한다면, 이 모든 게 그의 탓만은 아니다. "땔감을 한꺼번에 이렇게 많이 넣으면 안 돼요……" 여기에서 '안 된다'는 세 글자 때문에, 그는 비 오듯 눈물을 쏟았다…… 그에게 하면 '안 된다'는 일과 습관들이 아직 수두룩하다. 25년 동안 그는 얼마나 많은 어리석고, 황당무계한 일을 저질렀는가! 술에 취해 부린 주정들, 말다툼, 손찌검, 볼품없었던 이미 무너진 혼인, 음흉하고 독살스럽거나, 당나귀처럼 미련한 친구들……

"……(으)면 안 돼요……" 그가 가장 바라고 갈망하던 것이, 바로 그에게 안 된다고 말해주는 것이었다. "나의 잘못을 지적하고, 나를 책망해 줘요, 아이미라커쯔! 만약 내일 이리하의 물결이 여전히 세차게 출렁이며 콸콸 흐른다면, 만약 내일의 태양이 여전히 동쪽 하늘에서 떠오른다면, 만약 내일 그가 여전히 이 세상, 이 집에서 눈을 뜨게 된다면, 내일부터 입에 술 한 방울도 대지 않을 것이고, 거칠고 난폭한 말을 절대 입에 담지 않을 것이며, 다리 위에 앉아, 지나가는 부녀들만 보면 괴상한 소리를 내며 킬킬거리는 젊은이들과 다시는 왕래하지 않을 것이고…… 그는 그동안 잃어버리고 살았던 교양과 학습을 다시 주워 소중하게 여길 것이고, 날마다 신문을 읽음으로써, 시대와 더불어, 누군가와 더불어 진보할 수 있는데……"라고 생각하며 타이와이쿠는 휘청거리며 자리에서 일어났다. 그리고 손전등을 손에 들었다. 손전등은 차갑고 딱딱하였다. 아니다, 손전등은 분명이 다정하고도 부드럽다. 손전등을 손에 잡은 느낌이 어찌 이렇게 좋을 수가 있을까? 그는 아궁이 앞에 웅크리고 앉았다. 아이미라커쯔가 아침에 앉았던 그 자리에 똑같이 앉았다. 그러자 그와 아이미라커쯔는 함께 그곳에 웅크리고 앉아 있는 듯했다. 그렇게 생각하는 순간 그의 몸은 곧 따뜻해졌고, 마음도 따뜻해졌고, 손전등도 따뜻해졌다. 그는 손전등의 버튼을 밀었다. 한 줄기 강한 빛이 뿜어져 나와 어두운 작은 방을 밝게 비춰주었다.

이리하무에 대한 니야쯔의 전면적 적발 및 비판
러허만에게 튄 불똥
이리하무와 공작조 기타 성원들 사이에 이야기꽃이 피어나다
장양이 홧김에 니야쯔네 집으로 옮기다

고대 그리스(希臘)의 철학자이며 지자(智者)이자, 세상 물정을 깊이 통달한
기민한 노예 이솝(伊索)이, 혀와 언어의 이중성에 대해 변론한 적이 있다. 그
는 세상에 혀보다 더 아름다운 것도 없지만, 동시에 혀보다 더 추악한 것도
없다고 하였다. 이는 원시공산사회(原始共産社會)의 해체와 계급사회의 탄생
으로 인해 인류의 주관적 활동, 사람들의 정신·의식·견해 등이 하나에서 둘
로 분화된 상황을 설명하였다. 고대 중국에도 악명이 자자한 지록위마(指鹿
爲馬)[06]의 이야기가 있다.

계급사회가 변화 발전함에 따라 착취계급이 소멸되었거나 혹은 소멸되
고 있음에 따라 그런 착취계급의 이익의 대표자 특히 사기꾼, 불량배, 밀고
자, 투기꾼(投機分子), 혼란한 틈을 타 한몫 보려는 자, 얼러맞추는 자, 이간질

---

06) 지록위마(指鹿爲馬) : 중국 진나라의 조고(趙高)가 이세 황제(二世皇帝)에게 사슴을 말이라
　고 속여 바친 일에서 유래하는 고사로, 윗사람을 농락하여 권세를 마음대로 함을 가리킴.

하는 자, 혁명의 깃발로 사람을 위협하고 기만하는 자, 그들의 혀는 발전하였고, 부패하였다. 조고(趙高, 진(秦)나라의 환관)는 그들과 비하면, 그야말로 새 발의 피고, 지록위마는 큰 문제가 되지 않는다. 사슴과 말은 수많은 공통성을 가지고 있지만, 당대의 헛소문을 퍼뜨리는 자, 비방을 일삼는 자, 이간시키는 자들은, 구더기를 가리켜 말이라고 할 수 있고, 개똥을 가리켜 말이라고도 할 수 있다. 뿐만 아니라 그들은 말을 말이 아니라고 우길 수 있고, 그렇게 하는 것에 가장 능하다!

지금까지 작가는 니야쯔에 관하여 대부분 어리석은 이야기만 들려주었다. 지금부터는 우리 함께 그의 혀에 대해 감상해 보자. 뿐만 아니라 구강과 (口腔科)의 의학 과학연구(科研) 종사자들에게 이 부류의 거짓말쟁이들의 혀를 해부해 보라고 건의하고 싶다. 그리고 그러한 혀만을 위한 전문파일을 작성하였으면 좋겠다. 이 부류의 혀에 대해 백년 후의 후대들도 절대 잊어서는 안 되도록 말이다.

장양은 풀리지 않고 커져만 가는 의혹과 특히 강렬하게 쏠리는 마음을 안고 재차 니야쯔 네 집을 방문하였다. 베슈얼에게서 전달받은 이리하무가 반영한 상황들, 그리고 공작조의 기타 구성원들이 반영한 상황들로 인해, 장양의 머릿속은 원치 않게 여러 가지 의문이 생겨났다. 장양의 이러한 의혹에 대해 니야쯔는 자신의 작고 민첩한 혀를 놀려 상세히 분석하였다. 예를 들어, 쇠고기를 훔쳐 먹은 일에 관해 니야쯔는 이렇게 말했다.

"뭐라고요? 내가 쇠고기를 훔쳤다고요? 위대한 알라신이시여! 어찌 이렇게 순결하고 착하며, 충직하고 양순하며, 순종적인 사람에게 억울한 누명을 씌울 수 있단 말입니까!" 그는 가슴을 뜯으며 말했다. "그래요. 이리하무는 쇠고기를 훔친 적이 없어요. 아부두러허만도 쇠고기를 훔치지 않았어요. 그런데 한 가지 묻고 싶은 것은, 그들이 고기를 훔칠 필요가 있겠어요? 그들은 대놓고 당당하게 가져갈 수 있는 사람들이에요. 말린 고기든, 신선한 고기든, 그리고 살아있는 양이든, 살아있는 소·낙타든, 그들이 손만 벌리면, 저절로 그들의 손안에 들어가게 되는 거예요. 그들은 간부이고, 열성분자잖아요! 그리고 식당은 누가 관리하고 있어요? 바로 그들이 책임자거든요."

니야쯔는 한쪽 손을 내밀고, 손바닥을 위로 향하게 폈다, 접었다, 흔들었다 하면서 연설하였다. 그는 갈수록 격앙되는 마음과 어조로 계속하여 말했다. "우선, 식당에서 일하는 사람들부터 말해보죠. 작년부터, 두 명의 취사원 중, 한 명은 쉐린구리였어요. 이 이름을 들어본 적이 있어요? 쉐린구리는 원래 거구 타이와이쿠의 아내였어요. 그런데 이리하무에게는 나이는 가득 찼지만 장가를 가지 못하고 있는 동생 아이바이두라가 있었어요. 그리하여 이리하무는 대장의 직권을 이용하여 중간에서 이간질시키고 공연히 말썽거리를 만들어, 기어이 타이와이쿠의 가정을 깨뜨리고 서로 사랑하는 부부를 갈라놓았어요. 그리고 이리하무는 직접 나서서 아름다운 부녀 쉐린구리와 그의 동생 아이바이두라의 혼인을 결정하였어요.

이와 같이 남을 궁지에 빠뜨리고 사람을 빼돌리는 일은, 낡은 사회의 마무티 배불뚝이도 한 적 없는 파렴치한 일이에요! 바로 이러한 쉐린구리가 식당의 고기와 채소, 양식을 몽땅 관리하고 있어요. 소 내장탕을 먹을 때, 쉐린구리는 나에게만 주지 않으려고 했어요. …… 식당 취사원 중 다른 한 사람은 바로 우얼한이에요. 우얼한은 어떤 사람일까요? 머리가 두 개 달린 반역 죄인이에요. 외국으로 도망치다가 실패한 범죄자예요.

1962년에 다른 사람이 아닌 이리하무가 그녀를 마을로 데려왔던 거예요. 이리하무가 왜 이 과부를 각별하게 보살피고, 이토록 좋아하는지는 당신 스스로 짐작해 봐요! 이런 여자들이 식당을 통제하고 있고, 식당의 말린 고기와 신선한 고기, 살아있는 양과 낙타를 관리하고 있단 말이에요. 이 모든 고기와 더불어, 그 여자들의 몸뚱어리까지 전부 이리하무 소유가 아니겠어요?"

니야쯔는 음란하게 웃으며 눈짓하였다. 몸 사리며 하는 소심한 거짓말보다 대담한 거짓말이 훨씬 상대방에게 잘 먹히고 받아들여지기 쉽다는 것을 그는 잘 알고 있었다. 니야쯔는 이런 면에서 경험이 풍부한 사람이었다. "그럼 나 같은 사람은 어떻게 해야 해요? 대장에게 고기를 선물한 적이 없는 나는 간부들의 마음에 들지 못했던 거예요. 그래서 나는 그들에게서 온갖 착취와 압박, 따돌림을 받게 되었어요. 나는 공사의 한 구성원이에요. 식당에 나도 똑같이 양식과 돈을 납부하고 있어요. 하지만 식당에서 나는 한 번도 고기반찬을 먹어본 적이 없어요. 두 취사원의 국자에도 사악한 눈이 달려 있어서, 나만 보면 고기를 흘려버리는 거예요. 반대로 그들은 아무 때나 고기를 먹고 싶으면 먹고, 가져가고 싶으면 가져갈 수 있어요. 작년에 이리하무 대장이 한밤중에 식당에서 양다리 하나를 가져 간 적이 있어요."

이리하무의 죄행을 부각시키기 위해, 그는 쿠투쿠자얼의 사건을 살짝 옮겨 이리하무 머리 위에 덮어씌웠다. "맞아요. 그날 밤, 나는 혼자 주방에 들어갔어요." 그는 표정이 엄해지면서 심각한 어투로 말했다. "그렇다고 해서 무조건 고기를 훔치러 갔다고 단정 지을 수 있어요? 아니! 나는 쇠고기를 지키러 간 거예요! 사람들이 잠든 후에, 이리하무를 비롯한 몇몇 사람들이 매일 밤 고기를 가져간다는 것을 알았기 때문이에요.

나는 미리 가서 주방에 숨어 있었어요. 그들이 고기 훔치러 들어오기만 하면 현장에서 한방에 잡기 위해서지요." 니야쯔는 떨리는 손으로 갑자기 장양의 두 손을 꼭 잡았다. "결국, 이리하무의 동생이고 남의 아내를 갈취한 식당 취사원 쉐린구리의 남편인 아이바이두라가 주방에 들어왔던 거예요. 아이바이두라는 들어오자마자 양고기를 훔치려고 하였어요. 바로 그때 내가 뛰쳐나가 그의 손을 꽉 붙잡았어요. 하지만 몸집이 크고 힘이 센 그를 나 혼자서 당해낼 수가 없었어요. 그는 오히려 나를 잡아끌고 나와서, 고기를 훔치려다 잡힌 도둑 취급을 하였던 거예요. 하늘이시여! 정말 억울해서 어떻게 살지 모르겠어요! 알라신이시여! 그들은 이런 사람들이에요. 나를 압박하고, 따돌리고, 공격했을 뿐만 아니라, 나를 능멸했어요!" 니야쯔는 갑자기 엉엉 통곡하기 시작하였다. 장양도 눈물을 훔쳤다. 스스로 아직 많이 보충하고, 배양할 필요가 있다고 생각해오던 계급적 감정이 이와 같이 생생한 현장에서 길러지게 되었던 것이다.

장양은 그와 하루 종일 이야기를 나누었다. 장양은 니야쯔와의 대화를 통해 그야말로 크나큰 깨우침과 지혜를 얻게 되었다고 감탄하였다. 그는 입장 문제의 중요성을 다시 한 번 깊게 느낄 수 있었다. 올바른 입장에 서서 본다면 니야쯔는 계급적 형제이고, 압박과 착취를 당하는 정의와 인민의 화신이며, 청결하지 못하고, 준수하지 못하며, 두서도 맥락도 없고, 논리도 부족한 것은, 모두 네 가지 불분명한 간부들에 대한 피눈물을 머금은 성토에서 비롯된 것이다. 네 가지 불분명한 간부들에게 모든 권익이 철저하게 짓밟힌 그가, 어찌 청결하고 준수하며 교양이 있을 수 있겠는가? 반대로 만약 입장을 바로 하지 않는다면, 곧 볘슈얼·싸칸터·허순·마이나얼과 같이 니야쯔를 '건달'로 취급함으로써, 네 가지 불분명한 간부 이리하무의 함정에 빠지게 될 것이다.

닷새가 지났다.

요 며칠 이리하무는 장양을 몇 번이나 찾아갔지만, 시종일관 보고할 기회를 얻지 못했다. 장양에게 업무를 보고하는 일은 확실히 광주리로 물을 긷는 것보다 더 어려웠다. 한 번은 이런 적이 있었다. 보고하러 찾아온 이리하무를 마주하고 장양은 눈꺼풀을 아래로 드리운 채 무표정하게 앉아 있었다. 보고를 들을 준비가 되었다는 뜻인 줄 알고, 이리하무는 입을 떼었다. 그런데 장양은 별로 듣지도 않고, 이내 이리하무의 말을 끊어버렸다. 그리고 냉담한 표정으로 되물었다.

"낮에도 보고하고, 밤에도 보고한다는 내용이 겨우 이것밖에 없어요? 이런 것만 보고할 생각인가요?"

"천천히 하나하나 말씀드리려고……"

"당신은 이런 보고를 통해 무엇을 설명하려는 거죠? 당신이 항상 정확하고, 당신은 네 가지 불분명의 문제가 없다는 걸 말하려는 건가요?"

"물론, 저에게도 부족한 점이 많아요……"

"……설마 당신에 대한 정보가 우리에게는 하나도 없다고 생각하는 건가요? 꿈도 꾸지 말아요!"

장양은 눈을 부릅떴다. 그는 문득 대추나무에 열매가 있든 없든 일단 막대기로 세 번 치고 보자는 경험이 생각났다. 그는 이리하무의 침착함과 확고부동함이 가장 싫고 반감이 들었다.

"위에 당신을 돌봐주는 사람이 있으면, 쉽게 넘어갈 수 있을 거라고 생각해요?"

"……"

이리하무는 이 말이 무슨 뜻인지 몰라, 어리둥절해졌다.

"이것만 알아둬요. 사회주의 교육은 사회주의 교육이에요. 원래의 현 위원회, 공사의 당 위원회도, 사회주의 교육공작대가 처리하려는 일을 간섭할 수 없어요. 그러니까 사회주의 교육운동을 당신 마음대로, 당신의 장단에 맞추려는 생각은 하지도 말아요! 비겁하게 중요한 책임을 회피하고, 중요하지 않은 일만 맡아서 하려고 하지 말아요! 싸이리무 서기와의 오래된 친분을 이용하여, 대대 공작조의 환심을 사려고도 하지 말아요……"

장양은 아주 거칠고 우악스럽게 말했다. 그는 난폭함이 곧 우월함의 표현이고, 독단적인 것과 권위는 같은 의미라고 생각하였다. 이리하무는 얼굴이 벌겋게 달아올랐고, 이마에 땀방울이 송골송골 맺혔으며, 콧구멍이 벌렁거렸다. 그리고 입술을 몇 번 달싹거리면서 무슨 말을 해야 할지 몰라 망설였다. 장양은 그제야 마음을 가라앉히고, '솔직하게 자백하면 관대하게 처리한다'는 격려의 말을 여러 번 되풀이하였다.

그리고 또 이틀이 지났다. 해질녘 허순은 이리하무를 찾아와 통지를 전했다.

"오늘부로 생산대의 생산과 노동 배치, 분배, 학습 등 모든 업무를 전부 공작조에서 관리하기로 결정을 내렸어요. 이제부터 대장의 업무는 의견을 제출하는 것뿐이에요. 그러나 공작조의 비준이 없이 아무 것도 결정하거나 진행할 순 없어요." 허순은 또 정력을 집중하여 학습하고 운동을 진행하기 위해 수로 공사를 일주일 동안 멈추기로 결정하였다고 말했다.

이리하무는 즉시 의문과 이의를 제기하였다. 그러나 허순은 그의 의견을 듣고 나서, 가타부타 말하지 않고, 돌아서서 나가버렸다. 허순도 그와 이런 문제에 대해 의논하고 싶지 않은 듯싶었다. 심지어 공작조의 이러한 결정과 조치에 대해 허순 본인도 납득할 수 없는 것처럼 이리하무는 느껴졌다.

이리하무는 너무나 고민되었다. 비록 나이가 많은 편은 아니지만, 해방 이래, 각 항목의 정치운동(政治運動)에 그는 거의 빠짐없이 참가하였다. 그는 각종 공작대와 간부들을 영접하였었고, 그들과 함께 일하였으며, 다른 민족, 다른 성별, 다른 연령, 다른 직무의 간부들과도 언제나 잘 지냈었다. 그리고 공작대 간부들을 통해 혁명적 이론을 배우게 되었고, 많은 경험을 쌓았으며, 노련한 방법과 각종 유용한 지식들을 전수받기도 하였다. 수많은 간부들을 만나봤지만, 장양 같은 사람은 처음이었다. 이리하무에 대한 장양의 의심이 문제의 근본이 아니었다. 이리하무가 만약 의심을 받고 있다면, 그는 기꺼이 공작대의 심사를 받을 수 있고, 심지어 여러 방면의 결점과 과오 때문이라면, 공작대의 비판도, 대중들의 비판도, 반성하고 고마운 마음으로 받을 수 있었다. 당의 교육을 통해 이리하무는 천고만난의 계급투쟁 과정 중에서, 당은 미국 중앙정보부(美國中央情報局, CIA), 카게베(蘇聯克格勃, KGB, 소련 국가 보안 위원회), 타이완(台灣) 측의 간첩인지 아닌지를 조사하여 명확히 밝힐 권리가 있고, 잠복하여 있는 기회주의자(兩面派)인지 아닌지, 온갖 계략을 꾸미며, 정권이 바뀌기를 기다리고 있는, 계급적 이분자인지 아닌지를 명확히 밝혀낼 권리가 있다는 것을 알게 되었다. 사람들의 생사존망과 관련된 사업의 승패를 위해, 그는 일백 번 억울함을 당해도, 천 번의 의심을 받아도 괜찮았다…… 당이 말했다. 우리는 온갖 시련을 견뎌내야 한다고! 그렇다, 시련이라고 했다!

하지만 어떤 일에서든 시비가 전도되어서는 안 된다. 극히 평범하고 정상적인 두뇌와 사고로, 그리고 아주 소박한 이성으로 판단할 수 있는, 전혀 특별하거나 심오할 게 없는 시비곡직이 함부로 전도되게 내버려 두어서는 안 된다. 현재 장양은 니야쯔네 집을 번질나게 드나들고 있다. 반면에 대중을 대하는 그의 태도와 방식은 오히려 신비로워졌고 숨기는 것이 많아졌다. 그리고 나머지 간부들과 열성분자들을 얼음처럼 차가운 태도로 원수를 대하듯 하였다. 이건 정상 범위 내의 엄숙한 심사의 한도를 지나치게 넘어선 게 아닌가? 그의 이러한 행동과 태도를 정녕 이해할 수 있단 말인가?

그리고 애국대대 제7 생산대에는 3백 가구가 살고 있고, 4천 무의 땅이 있다. 전체 대대에는 대체적으로 2천 가구가 있고, 3만 무의 땅이 있다. 이 무거운 짐을 그는 일분일초도 잊을 수 없다. 어떤 운동을 진행하든, 어떤 구호를 외치든, 어떤 경험을 보급하고 부정하든, 토지는 한시도 비워두어서는 안되고, 인민은 한시도 그들의 노동과 생산을 멈춰서는 안 된다. 공산당과 생산대 대장으로서 이리하무는 토지와 인민에 대한, 다시 말하자면 당에 대한 막중한 책임을 잠시라도 미뤄둘 수가 없었다. 그런데 현재 그들이 직접 전체 생산대의 생산과 모든 업무 및 학습을 지휘하겠다고 한다. 그렇다면 "그들은 무엇을 해야 하는가?"하는 의문이 들었다.

이리하무는 러이무 부대장을 찾아갔다. 러이무는 저녁 식사를 마치고 나서 녹차를 마시고 있었다. 연세가 많은 사람들은 식사 후 녹차 마시기를 가장 좋아했다. 아무리 풍성한 식사였더라도, 아무리 배부른 식후라도, 늘 식탁보를 펴고, 낭과 더불어 녹차를 마시곤 하는데(식후의 낭은 배를 채우기 위한 것이 아니라, 차에 곁들여 먹기 위한 음식이다), 이것이야말로 진정한 향수이고 휴식이었다. 이리하무가 불이 타들어 오듯 초조한 마음으로 부대장을 찾아왔을 때, 부대장 부부는 차를 마시고 있었다.

두 사람은 손에 각각 낭 한 조각씩 들고, 마치 찻숟가락인양 낭 조각으로 차를 휘휘 저으며, 차줄기를 건져냈다. 그리고 각자 한 모금씩 뜨거운 차를 마시고 나서, 약속이라도 한 것처럼, 거의 동시에 "우아" 하고 시원한 듯 길게 숨을 내쉬었다. 이렇게 숨을 돌리고 나야 비로소 하루의 피로가 풀리는 것 같았다. 그리고 방금 먹은 저녁식사를 음미하며 녹차를 마시다 보면, 더불어 소화도 되고, 흡수도 빨라질 수 있었다.

하지만 안타깝게도 현재 이리하무는 여기에 앉아 차를 음미할 마음의 여유가 없었다. 그는 허순의 통지를 곧이곧대로 러이무에게 전달하였다.

러이무는 잠자코 앉아서 여전히 차 맛을 음미하였다.

"차를 마셔요! 낭도 먹어요!"

혈색이 좋고, 얼굴에 윤기가 돌며, 신체가 건장한 짜이나푸의 기분도 그다지 영향을 받지 않았다. 그녀는 이리하무에게 친근하게 다과를 권하였다.

"차는 당연히 마셔야죠. 하지만 우리도 빨리 대책을 생각해야 해요! 공작조에서 힘을 우리와 뒤틀린 방향으로 쓴다면 절대 좋은 일이 아니에요!"

러이무는 이리하무를 힐끗 쳐다보았다. 언제나 침착하고 평온함을 유지해오던 대장의 지금의 비정상적인 반응을 보며 그는 속으로 이상하다고 생각하였던 것이다.

그렇다. 당황함과 혼란스러움, 초조함의 정서는 이리하무에게서 찾아보기 힘든 감정들이었다. 자연 재해·가난·전복 활동·마무티 촌장과 마리한·니야쯔와 바오팅구이를 대함에 있어서, 이리하무는 한 번도 초조해한 적이 없었다. 하지만 오늘날 그의 앞을 막고 선 사람은 그가 그토록 바라고 기대했던, 더할 나위 없이 존경하고 믿었던, 상부에서 파견해 온, 공작대 간부였다. 그는 지금 어떻게 해야 할 것인지 암담한 상황이었다.

"우리가 할 수 있는 게 뭐가 있겠어요?"

러이무는 천천히 말했다.

"우리는 그들의 지시에 따를 수밖에 없어요. 우리는 그들의 말에 어깃장을 들이댈 수가 없어요. 이건 비바람이 몰아칠 징조예요. 폭풍전야인데 무슨 말을 더 하겠어요? 그들은 상부에서 보낸 사람들이에요. 잘됐어요. 그들은 그들만의 규칙과 방법이 있겠죠. 수로 공사에서 만약 시간을 지체하다가 일을 그르치게 된다면, 걱정 말아요, 그때 가서 그들이 알아서 처리할 거예요. 아마도 시간을 다그치고, 빠르게 진도를 뽑으며, 대약진을 조직할 거예요. 조급해 하지 말아요. 그러다 보면, 그들도 차츰 이곳의 상황을 알아가게 될 거예요……"

이리하무는 그의 대답에 실망을 느꼈다.

러이무 네 집에서 나와 이리하무는 또 리시티를 보러 갔다. 지난번에 그는 작은 낭과 구운 바오쯔, 잘 보관된 당분이 풍부한 큰 포도 두 송이를 들고 찾아갔었다. 그리고 되도록 생산대의 업무에 관해 말하지 않으려고 노력하였다. 그러다 보니 마땅한 화제를 찾지 못해 두 사람 모두 당황해 하였다. 생산대의 일을 제외하고 이리하무는 도무지 다른 할 말을 찾을 수가 없었고, 또 다른 화제로 이야기를 나누다가도 리시티는 항상 생산대 업무와 연관 지어 말하곤 하였다. 지난번의 병문안은 그야말로 어색하고 당황스러웠다. 이게 대체 무슨 일인가! 만약 이것 때문에 그와 리시티마저 서로 시원하게 터놓고 말할 수 없게 된다면 이게 도대체 어떻게 된 일인가 말이다.

……이번에 이리하무는 용기를 내기로 하였다. 그는 병원의 새하얀 침대보 위에 누워있는, 그래서 더욱 마르고 노쇠하게 느껴지는 리시티에게 건강에 관한 문안을 단 두 마디만 묻고 나서 단도직입적으로 본제로 들어갔다.

"우리 이제 어떻게 해야 할까요?"

상황을 듣고 나서 리시티는 갑자기 병상에서 일어나 앉았다. 그리고 말했다.

"하루 이틀만 더 있으면, 퇴원할 수 있어요."

"서기……"

이리하무는 깜짝 놀랐다. 그리고 약간의 후회가 밀려왔다.

"다 나았어요. 지금보다 더 좋을 수 없어요. 네 가지 정돈 운동이 시작되었는데, 나 혼자 여기에 누워있자니, 답답하고 조급해서 견딜 수 없어요. 요 며칠 현에서 또 공사에서 마오 주석의 지시와 중앙의 문건을 학습하던 때를 다시 떠올려 보았어요. 이번의 사회주의 교육 운동은 아주 위대한 혁명운동이에요. 사람들을 다시 교육하고, 계급대오를 다시 조직하는 위대한 혁명투쟁이에요. 이 운동을 통해, 계급적 적들의 반혁명의 기염을 완전히 눌러버려야 해요. 하지만 이와 같은 혁명투쟁을 이끌어가는 여정은 절대 평탄할 수 없어요. 토지개혁·집단화·공사화·대약진 운동을 진행하는 과정에서, 우리가 걸은 길은 어느 하나 곧고 순탄한 것이 없었어요. 특히 이번 이 사회주의 교육운동을 진행함에 있어서 가장 어려운 점은 당신도 나도 적이 어디에 숨어있는지 모른다는 거예요. 장부를 검사하고, 부당하게 이익을 많이 차지한 자를 조사한다고요? 원래는 아주 분명한 문제였는데, 지금은 국내외 계급적 적대세력과 관련이 생겼고, 또 그 적들이 자기의 모습을 드러내지 않다 보니, 한 사람을 적이라고 지목하였을 때, 그 사람도 당신을 적이라고 지목할 수 있는 어렵고 복잡한 상황이 벌어지게 된 거예요. 그래서 어렵다는 거죠. 적을 잡아내는 일이 장님이 막대질하는 격이 된 거예요.

농촌은 우리의 농촌이고, 공작조는 우리의 공작조이며, 사회주의 교육운동은 마오 주석의 결정이에요. 따라서 우리가 할 일을 반드시 해야 하고, 우리가 관리해야 하는 일도 반드시 관리해야 하며, 우리는 반드시 정당한 목소리를 내야 해요. 한 번 말해서 안 되면, 열 번 말하고, 장 조장에게 통하지 않으면, 다른 조장과 구성원들에게 말하면 돼요. 농촌의 네 가지 정돈운동은 기필코 성공적으로 진행될 거예요. 적이든, 시비든 모두 명확히 밝혀내고 말 거예요!"

작별을 앞두고 이리하무가 아무리 말려도 리시티는 고집을 꺾지 않았고, 계속 이 말만 되풀이하였다.

"당신이 해야 할 일을 절대 놓지 말고, 열심히 해요! 하루 이틀만 더 있으면, 퇴원할 수 있어요!"

그리하여 이리하무는 속으로 결심하였다. 그는 자신의 맡은바 임무를 끝까지 착실하게 해나갈 것이고, 투쟁을 견지할 것이며, 더 이상 주저하지 않고, 낙담하지도 않으며, 관망하지도 기다리지도 않을 거라고 묵묵히 다짐하였다.

주위의 모든 것이 이리하무에게 지나치게 높은 기대와 요구를 하고 있는 건 아닐까? 변방 지역에 살고 있고, 지식이 그다지 풍부하지도 않으며, 나이도 그다지 많지 않은 생산대 대장에게 있어, 책임과 짐이 지나치게 무거운 건 아닐까? 이번 운동은 지주와 바이·자연재해·국외의 무자비한 악당·자본주의 세력과의 투쟁보다도 퍽 어려운 것 같았다. 장양이 없어도 맞서 싸우고 해결해야 할 일들이 너무 많아서 힘에 부칠 지경이었다. 이리하무는 필경 농민일 뿐인데, 그의 업무는 사회적 책임과 의무를 다해야 하면서도 비전문적인 성질을 띠고 있었다. 예를 들어, 리시티의 병문안을 다녀온 그 날 밤, 그는 또 밀 한 마대를 메고 방앗간에 가서 밀가루를 빻았다. 하지만 장양에게 있어 이런 일은 생소할 것이다.

장양의 기억 속에 밀가루는 접시에 담긴 밀가루 음식 혹은 적어도 주머니에 담겨 있는 것이다. 또 예를 들어, 내일 아침 일찍 이리하무는 노동하러 나가야 한다. 비록 생산대 대장이지만, 여느 일반 사원 못지않게 일해야 하고, 또 그렇게 해왔다. 하지만 장양은 밤낮으로 니야쯔 혀에 의한 위대한 창조에 따라 '어려운 정신노동'만 진행함으로써, 이리하무를 '타파'하는 계획을 세우면 되었다.

장양은 문건에서 제시한 일부 경험에 근거하여 이리하무에 대한 한 차례 '작은 습격(小突擊)'을 조직하려고 준비하고 있었고, 이 습격을 통해 이리하무의 콧대를 납작하게 만들어놓으려고 하였다. 그러나 이리하무는 노동 사이사이의 짬과 업무 외의 시간을 이용하여 활동을 할 수밖에 없었다. 그리고 한 가지 더 중요한 건, 이리하무는 밤낮을 가리지 않고 대대의 2천 가구와 3만 무의 토지, 제 7생산대의 3백 가구와 4천 무의 토지를 위해 애를 태워야 하고, 인민과 토지의 오늘과 내일을 위해 수리·퇴비·경작 및 생산량·납부 및 판매·분배·사원들의 고통과 일상생활과 안위 등 모든 것을 위해 마음을 써야 한다는 것이었다. 그러나 장양은 결사적 투쟁의 경험을 관철시킴으로써 하나의 전형을 수립하기 위한 사업에 전심전력으로 몰두하고 있었다. 그리고 장양은 여러 가지 자료를 작성할 수 있고, 그 자료들을 공사의 공작대 본부와 현의 공작단(工作團) 본부에 보낼 수 있지만, 이에 비해 이리하무가 이용할 수 있는 시간과 공간은 너무나도 적었다……

그의 두 어깨로 짊어져야 할 짐이 너무 무거운 건 아닐까? 이리하무는 한 번도 이런 생각을 한 적이 없었다. 앞에 산이 있으면 산을 오르고, 강이 있으면 뛰어넘어가거나 걸어서 건너가거나 헤엄쳐 건너면 된다. 그리고 길이 없으면 길을 내고, 길이 있으면 그 길을 따라 단호하게 앞으로 나아가면 된다. 지난 30년 동안 특히 해방 후 15년간의 투쟁·노동·생활 속에서 그는 이렇게 단련되었고, 성장하게 되었다. 그는 회피가 무엇인지 모르고, 뒷걸음질이 무엇인지 모르며, 그는 한 번도 자신의 역량과 의지를 걱정하거나, 아끼거나 의심한 적이 없었다.

그리하여 며칠 뒤의 어느 날 밤, 이리하무는 아주 단호하고 분명하게 다시 한 번 러이무를 찾아가 말했다.

"가시지요! 공작조를 찾아가 우리의 의견을 말합시다. 요즘 그들의 업무 처리 방식에 부적절한 부분이 있어요."

"가? 말아?"

러이무는 혼잣말로 중얼거렸다. 러이무의 혼잣말이 짜이나푸의 오해를 불러일으켰다. 러이무와 짜이나푸는 서로 아끼고 사랑하며 서로 존중하는 부부의 모범으로서 소문난 잉꼬부부였다. 때문에 통상적인 관례에 따르면 러이무의 혼잣말은 사실은 아내에 대한 예의를 갖춘 어떠한 요구사항을 표현하는 방식이었다. 만약 러이무가 "오늘 날씨가 추운가? 너무 추운 편은 아닌데."라고 중얼거린다면, 이건 짜이나푸가 화로를 따뜻하게 덥혀놓지 않은 것에 대한 완곡한 비평이었다. 그렇기 때문에 이 말을 들으면, 짜이나푸는 얼른 화롯불을 더 지폈다. 만약 러이무가 혼잣말로 "오늘은 유타쯔를 먹는 건 어떨까? 먹을까? 먹지 말까?"라고 하면, 짜이나푸는 두말할 나위 없이, 유타쯔를 만들면 되는 것이었다. 러이무의 몸에는 집으로 돌아오면 아내의 시중을 받는 낡은 습관이 여전히 배어있었다. 하지만 그는 아내에게 언제나 예의를 갖춰 행동하였고, 절대 명령이나 지시하는 어투로 말하지 않았다.

이번에도 짜이나푸는 러이무의 혼잣말을 평소처럼 이해하고, 재빨리 일어나 러이무의 양가죽 모자와, 플러시(長毛絨) 옷깃이 달린 검은색 코르덴 외투를 챙겨왔다. 그리고 러이무가 쉽게 팔을 낄 수 있도록 세심하게 배려하여, 외투를 펼쳐 들고 서서 기다리고 있었다. 그래서 러이무는 깜짝 놀랐다.

그리하여 안팎의 '협공' 아래 러이무는 이리하무를 따라, 아부두러허만 네 이방으로 들어가게 되었다.

이리하무와 러이무가 도착하였을 때, 마침 허순과 싸칸터는 널빤지 세 개로 만든 임시용 탁자 위에서 보고서를 작성하고 있었다. 손님들이 불쑥 나타나자 그들은 조금 당황해하는 눈치였다.

"장 조장은요?"

"공사에 회의하러 갔어요."(사실은 회의하러 간 것이 아니었다. 이리하무를 상대로 전개할 작은 습격에 관해, 장양과 베슈얼 두 사람은 의견 차이가 있었고, 그리하여 그들은 지도자를 만나러 공사로 간 것이었다)

"마이나얼 동지는요?"

"그녀는 공청단 지부장(團支部)이랑 같이 문화실 장식하러 갔어요."

허순과 싸칸터는 농촌에 내려온 지 벌써 열흘이 되었다. 그러나 생산대 간부들과 이야기를 나눈 적이 한 번도 없었다. 왜냐하면 장양이 수차례에 걸쳐 명령하고 훈계하였기 때문이었다. 즉 생산대 간부들과 절대 악수하거나 안부를 묻지 말고, 생산대 간부들과 절대 웃고 떠들며 잡담을 나누지 말며, 생산대 간부들에게 그 어떤 상황도 누설해서는 안 되며…… 등등의 원칙이었다. 그리하여 평소에 생산대 간부들을 만나면, 그들은 어쩔 수 없이 모든 통상적인 습관과 예절을 어기고 얼굴을 옆으로 한껏 돌리곤 하였다. 그러나 이 두 사람은 모두 농촌(목축지대)에서 나고 자랐기 때문에 많은 사원들과 쉽게 친해질 수 있었고, 동시에 사원들을 통해 이 생산대 간부들의 상황을 어느 정도 알게 되었다. 그들은 생산대 간부들이 결코 나병 환자처럼 위험한 존재가 아니고, 농촌 간부들이 갑자기 무섭고 신비로운 괴물로 변한 것도 아니라는 것을 알고 있었다. 그들은 지나치게 가혹하고, 이상하다고 해도 과언이 아닌 장양의 그러한 규정들을 도무지 이해할 수가 없었다. 그러나 이번의 이 위대한 혁명운동을 진행함에 있어 그들도 역시 아무런 경험이 없었다. 동시에 장양과 같은 우루무치에서 온 안경을 쓴 간부에 대해, 그들은 이유 모를 경의를 가지고 있었고, 또 거리감을 느끼고 있었다. 때문에 그들 스스로도 어색하고 거북함을 느끼지만, 그에 대해 반대 의견을 제기하지 않았고 대체적으로 여전히 장양의 규율을 지키고 있었다. 그리고 바로 이런 것 때문에 대장과 부대장이 불쑥 나타나자 그들의 얼굴은 빨갛게 달아올랐던 것이다.

"싸칸터 동지, 여기 생활에 잘 적응하고 있어요? 산에서의 생활에 비해 어떤가요?"

이리하무가 물었다.

"저는 중학교, 초등학교를 모두 현성(縣城)에서 다녔는걸요. 농촌의 생활은 더더욱 적응하지 못할 게 없어요."

싸칸터가 말했다.

"그런데 여름이 되면 나조차도 산에 올라가고 싶어져요. 여름 목장에 올라가 카자흐 목자(牧人)들의 파오(氈房) 안에 들어가고 싶어진단 말이죠!"

"그럼요, 당연하죠."

싸칸터가 말했다. 그리고 웃었다.

"허순 형, 당신은 어때요? 차부차얼과 비하면, 우리 이곳이 어때요?"

"비슷해요. 비슷한 거 같아요."

그들의 대화는 이렇게 시작되었고, 어색함과 딱딱함이 점차 사라졌다.

"장부 검사는 어떻게 됐어요? 상황이 어때요?"

이리하무가 싸칸터에게 물었다.

"시작했어요. 네, 시작했어요. 회계의 장부상의 기록이……"

싸칸터는 갑자기 하던 말을 멈췄다. 말하기 곤란한 상황이라고 판단하였던 것이다.

"내가 알고 있는 바로는,"

이리하무가 나서서 설명하였다.

"장부상의 항목에 몇 가지 문제가 있을 거예요. 일부 경제적 수속 절차가 그다지 엄격하게 실행되지 않았고, 제도상에도 빈틈이 꽤 있기 때문이에요. 그리고 일부 면에는 아직도 실제 장부가 아닌, 양심 장부(良心賬)를 실시할 때가 있어요. 예를 들어, 생산과 판매를 통해 수입금을 받으면, 영수증을 떼어주는데, 백지 영수증에는 일련번호가 없어요. 그래서 문제가 생기게 되는 거예요. 만약 누군가 현금을 받고 영수증을 떼어주었지만, 장부에 기입하지 않는다면, 나중에 그 장부를 어디에서 따지겠어요? 작년에 니야쯔의 아내가 집집마다에서 우유를 거두어 이닝시 식품회사에 납품하는 일을 관리한 적이 있었는데, 이와 같은 문제가 생긴 거예요. 쿠와한은 회계에게서 백지 영수증을 잔뜩 떼어갔지만, 정작 영수증 부본은 가져간 수량만큼 반납하지 않았어요. 나중에 식품회사에 가서 조사한 결과, 그녀가 중간에서 돈을 횡령하였다는 사실이 밝혀졌어요. 그래서 우리는 쿠와한을 교체하고, 회계도 비판했지요."

"맞아요. 당신 말이 맞아요. 재부 업무에 관해서도 전문가네요!"

싸칸터는 진지하게 듣고 있었다.

"장부에 관해서는 문외한이에요. 단지 그 중간의 이치를 따져보았을 뿐이에요."

이리하무는 기뻐하며 웃었다.

"그리고 다른 한 가지 문제가 또 있어요. 즉 빚에 관한 상황이에요. 최근 몇 년간 우리의 노동 점수 환산치(工値)는 평균 1위안 50전 좌우예요. 낮은 편이 아니에요. 그 외에 합작의료(合作醫療)와 기타 공익시설(公益設施)도 있기 때문에, 사실 연체인(欠賬戶)이 나타나지 말아야 해요. 그런데 재무제도가 혼란스러웠던 지난 2년간 일부 사원들은 노동을 통해 돈을 받은 것이 아니라, 대장의 비위를 맞춰주고, 대장이 떼어준 허가 쪽지로 돈을 받아 갔어요. 그러다 보니 연체가 네 집이나 된 거예요. 그들의 빚은 모두 400위안을 넘어요. 그 중에 한 집은 확실히 불가피한 어려운 상황이 있었다고 하지만, 그래도 그렇게 많은 빚을 낸 건 타당치 못하다고 생각해요.

그 외의 세 집은 그렇다할 이유도 없어요. 한 사람은 종업원 가족이에요. 남편이 다달이 돈을 부쳐오고, 그녀는 노동에 참가하지도 않으면서, 생산대에서 꼬박꼬박 양식·기름·고기·채소·과일 등을 받아가고, 생산대의 땔감과 석탄·목재를 사용하였던 거예요. 그러다 보니 시간이 갈수록 빚은 점점 더 늘어갔고, 빚이 늘어날수록 갚기가 어려워졌으며, 갚을 생각도 없어진 거예요. 그래서 생산대에서도 받아내기 어려워지게 된 거예요. 또 한 사람은 니야쯔예요.

이 사람에 대해서는 우리 나중에 다시 이야기하도록 해요. 니야쯔가 빚을 진 이유와 과정을 들어보면 그것은 일종의 악행이고 죄행이나 다름없어요.

마지막 한 사람은 대대장의 아내 파샤한이에요. 그녀의 호적은 1962년 말에 우리 생산대로 옮겨오게 되었어요. 지난 2년간 명절 때마다 그녀는 차용증을 들고 가서 돈을 내놓으라고 했어요. 대대의 보조 노동점수는 대대의 가공공장에서 지불한 것이고, 대대장이 각 생산대의 노동에 참가하여 얻은 것은, 또 각 생산대에서 분담한 거예요. 그리하여 대대가 기타 생산대로부터 나누어 받은 현금을, 대대장이 혼자 따 써버렸던 거예요. 뿐만 아니라 우리 생산대에서 양식과 돈을 받아가는 거죠. 이러한 문제를 해결하기 위해 우리도 이미 여러 번 노력하였어요. 하지만 언제나 철저하게 해결할 수가 없었어요. 결국, 한쪽으로는 일부 사람들이 계속 빚을 내고 있고, 다른 한쪽으로는 꼬박꼬박 노동에 참가한 사원들이 노동 점수와 노임까지 결산되었지만, 상응한 보수를 받지 못하는 상황이 벌어지게 되었던 거예요. 정당한 분배를 실현할 수 없게 되자 생산에 참여하는 사원들의 적극성이 떨어지게 되었고요……"

"그런 건가?"

싸칸터는 약간 의심하듯 혼잣말로 중얼거렸다. 이리하무는 싸칸터의 뜻을 알아차리고, 한 발 더 나아가 설명하였다.

"농촌의 일도 결코 간단하지 않아요. 품앗이반(互助組)을 조직한 이래, 두 갈래 길의 투쟁이 한시도 멈춘 적이 없어요. 물론 소수이지만, 일부 사람들은 집단을 위해 최대한 적게 일하고, 집단으로부터 최대한 많은 이익을 얻기 위해 밤낮으로 꿍꿍이를 꾸미고, 갖은 방법과 애를 다 쓰면서 파고들 빈틈만 노리고 있어요. 만약 연체한 사람들이 모두 극빈 가정이고, 극빈 가정이면 반드시 동정해야 한다고 생각한다면, 그건 올바른 생각이 아니에요. 게다가 이건 계급적 입장에서의 분석방법에도 부합되지 않아요."

허순과 싸칸터는 서로 마주보았다. 이리하무의 견해와 장양의 견해는 완전히 상반되는 것이었다. 장양은 대중과 밀접하게 연관을 짓고 분산된 대중을 하나로 이어놓기 위해 연체인즉 극빈 가정부터 찾아야 하고, 극빈가정에 의거하여 계급투쟁의 진상을 밝혀야 한다고 늘 강조하였다.

이리하무는 그의 말이 무엇을 명중하였는지 전혀 인식하지 못했다. 그는 단지 자신이 파악하고 있는 상황과 자신의 견해를 여실하게 사회주의 교육 간부들에게 털어놓았을 뿐이었다. 뿐만 아니라 장부상의 항목으로부터 이야기를 시작한 이유는 단지 싸칸터가 장부 검사의 업무를 담당하고 있기 때문에 더 자연스럽게 이야기를 나눌 수 있다고 생각하였던 것이다. 이리하무의 이야기의 주제는 여전히 전체 대대의 계급투쟁의 형세에 있었다.

그는 계속하여 말했다.

"그리고 또 한 가지 문제가 있는데, 아무리 생각해도 이해할 수가 없어요. 싸칸터, 당신도 장부상의 기록을 보아 알겠지만, 최근 몇 년간 대대에서 생산대로부터 노동력·각종 재료·현금을 조정하여, 임업·가공업 등 기타 부업을 경영하고 있어요. 대대의 묘포(苗圃)를 놓고 볼 때, 토지는 생산대에서 떼어 준 것이고, 묘목은 각 생산대에서 돈을 거두어 산 것이며, 재배 관리는 각 생산대에서 노동력을 내어준 거예요. 하지만 묘목이 자라면 전부 대대의 소득이 돼요. 반대로, 대대에서 각 생산대에 묘목을 팔 때에는 오히려 돈을 받아요. 이런 방법이 과연 합리적이라고 생각하나요? 제 60조에 부합되는 건가요?"

"이 상황에 대해서는 아직 채 파악하지 못했어요."

싸칸터가 대답하였다.

"대대에 대해, 당신들 의견이 있다는 거죠?"

허순이 물었다.

"아니요. 전체 대대에 대해 의견이 있는 건 아니에요. 다만 대대에서 경영하고 있는 일부 임업, 부업과 기업에 대해 몇 가지 의견이 있다는 거예요. 예를 들어, 얼마 전에 대대에서 각 생산대의 재봉사와 재봉틀을 대대에 집중시킬 거라고 하였어요. 이건 도대체 무슨 의미가 있는 건가요? 단지 돈 몇 푼을 더 벌기 위한 것이겠죠. 진정으로 농업생산을 위해 복무하는 농기구의 수리와 조립 등 면에서는 왜 더 힘을 보태고, 노력하지 않는지 모르겠어요."

이리하무는 점점 더 스스럼없이 더 솔직하게 이야기를 했다. 이리하무의 이야기는 대대의 부업으로부터 시작하여, 1962년의 합법적인 정부를 전복시키려는 반동분자들에 대한 투쟁, 제7 생산대의 밀 절도사건, 바오팅구이의 활동, 돼지사건, 1963년 쿠얼반의 가출, 중앙 문건의 전달과 학습을 주재하였던 싸이리무 서기 및 그 당시의 상황 등으로까지 전개되었다. 얼핏 한담을 하는 것처럼 들릴 수 있지만, 사실은 모두 네 가지 정돈·계급투쟁·세 가지 혁명운동의 주제와 관련된 말들이었다.

원래 침울한 표정으로 과묵하게 앉아있던 러이무도 가끔 끼어들어 몇 마디씩 보태기 시작하였다. 이리하무의 이야기들, 그의 진실함과 솔직함, 그리고 그의 열정적인 태도, 논리 정연하고, 조리 분명한 말솜씨, 여러 가지가 뒤엉키어 복잡해 보이지만, 맥락과 두서가 뚜렷한 사건들에 대한 설명에 싸칸터와 허순은 완전히 빠져 버렸다. 사실을 있는 그대로 기술하고, 상황을 곧이곧대로 청취하고 파악하며, 사물의 본래의 모습에 근거하여, 그 사물을 이해하는 것은 아주 보편적인 일이다.

정상적인 사고능력을 갖춘 사람의 두뇌라면, 쉽게 해낼 수 있는 일이다. 하지만 사슴을 말이라고 우기고, 일에 일을 더하면 삼이라고 말하는 사람들 때문에, 모든 간단한 일들이 매우 묘하게 되어 이해하기 어렵게 되고, 머리가 진실이 자욱한 구름과 안개에 가려지게 되는 것이다. 이리하무가 이러한 상황들에 대해 설명하였을 때, 허순과 싸칸터는 곧바로 납득하였다. 인위적으로 만들어낸 수많은 그림자가 사라지자, 그들도 자신의 느낀 바와 견해를 하나둘씩 발표하기 시작하였다. 흥미롭게도 그들은 너도나도 뒤질세라 이런저런 이야기들을 털어놓았고, 그들의 웃음소리와 말소리가 한데 어우러져 화기애애한 분위기가 조성되었다.

그리고 바로 이 때 문 열리는 소리가 들리더니 장양이 들어왔다.

따뜻한 집안으로 문득 한 가닥의 찬바람이 불어 들어온 것 같았다. 허순과 싸칸터는 순간 당황하면서 표정이 어색해졌다. 그들은 입가까지 나온 말을 도로 뱃속으로 삼키며 입을 꾹 다물었다. 심지어 이리하무 일행에게 더 이상 눈빛도 보내지 않았다.

우거지상을 하고 있는 장양의 안색은 아주 어두웠다. 공사에서 불쾌한 일이 있었던 것이다. 한가득 골칫거리를 안고 돌아왔는데, 집에서 또 이리하무와 러이무를 보게 되었으니 마음이 유쾌할 리가 없었다. '내가 없는 틈을 타서 사회주의 교육 간부들을 회유하여 자기편으로 끌어들이러 오다니! 하고 생각했던 것이다.

이리하무는 이 모든 것을 감지하였다. 그러나 이럴수록 자신의 주장과 관점을 터놓고 말할 필요가 있다고 그는 생각하였다.

"……여러분께 몇 가지 견해를 말씀드리려고 해요. 우선 수로의 선로 변경 공사를 더 이상 늦추지 말아야 한다는 거예요. 이 공사는 하루빨리 진행해야 해요. 올해 겨울 지금까지 큰 한파가 아직 오지 않았어요. 현재 언 땅의 두께가 20센티미터밖에 되지 않기 때문에, 공사에 큰 지장이 없어요. 하지만 며칠 뒤 열흘이나 여드레 후, 혹은 사나흘 후에는, 날씨가 크게 변화될 것이고, 기온이 급격히 하락할 거예요. 그렇게 되면, 공사를 진행하기 어려워져요. 때문에 반드시 이 며칠 사이에 서둘러 공사를 진행해야 해요. 그래야만 다음해 초봄에 기초 공사를 완성할 수 있어요.

지금 이 중요한 시기를 놓치면 다음해 봄 내내 공사의 진척이 이도저도 아니게 돼요. 그러다 보면 가을밀이 물오르는 시기, 관개에 심각한 문제가 생기게 돼요. 그래서 수로 공사를 잠시 멈춘다는 여러분들의 결정을 찬성할 수 없어요. 이 결정을 즉시 변경해주길 바랍니다.”

장양은,

“이런 경우가 어디 있어요!”

라고 소리를 지르며 탁자를 힘껏 내리치고 싶었다. 그리고 당장 이리하무를 집에서 쫓아내고 싶었다! 간덩이가 부어도 유분수지, 감히 자신들을 훈계하려고 들다니! 장양은 화가 나서 온몸이 부들부들 떨렸다. 하지만 그는 폭발직전의 자신을 간신히 억제하였다. 왜냐하면, 이리하무의 완강함과 인내심, 이야기의 논리성과 논쟁의 능력이 누구보다도 뛰어나다는 것을 어렴풋이 느꼈던 것이다.

한 가지 분명한 것은 이 대장은 결코 만만한 상대가 아니라는 것이었다. 때문에 허장성세와 협박으로는 절대 이리하무를 굴복시킬 수 없다는 것을 알고 있었다. 그리고 조금 전 공사에서 윤중신과 베슈얼이 이리하무에 대해 ‘작은 습격’을 진행하려 했던 그의 계획에 대해 두 사람 모두 부정하였는데 그것도 이유 중의 하나였다. 그리하여 장양은 심기가 엄청 불편한 상태였다. 그들의 우경 보수사상이 그의 발목을 붙잡는 것이라고 생각하였다. 그는 억울함과 화를 꾹꾹 참으면서 실제적 성과를 이루어내어 그들에게 보여줄 거라고 마음먹었다.

장양은 자신의 견해에 따라 독자적으로 행동하고 싶었지만, 윤 대장과 베슈얼 조장의 반대가 있으니 그도 조금은 신중하게 움직이지 않을 수 없었다. 그는 가슴의 화를 억누르며 우는 것보다 더 보기 싫은 비틀린 표정으로 모든 것을 멸시하는 웃음을 지으며 이리하무를 향해 물었다.

"의견을 제기하러 온 건가요? 그리고 또 다른 의견이 있어요? 말해 봐요."

그리하여 이리하무는 또 사회주의 교육운동의 진행방식, 대중을 동원하고 대중에게 의거하는 문제, 분배에 관한 문제, 문화실 업무를 제대로 수행하되 형식주의를 방지해야 한다는 등 여러 방면에 대한 견해를 제기하였다.

장양은 들을수록 화가 치밀어서 도무지 참을 수가 없었다. 그는 고민을 거듭하다가 끝내 일격을 가하였다. 장양은 미소를 지으며 말했다.

"좋아요. 당신이 말한 문제들에 관해, 앞으로 다시 얘기합시다."

그는 말끝을 길게 끌며, 업무를 총결하는 듯한 어투로 말했다.

"지금부터 나도 한 가지 의견을 말하려고 해요. 딱 한 가지만 말할게요. 우리가 막 이곳에 도착하였을 때 당신에게 분명하게 말한 적이 있어요. 우리는 반드시 가난한 하층 중농 사원들의 집에 묵어야 하지만, 간부들의 집은 안 된다고요. 우리는 간부들의 집에 묵을 생각이 없다고 했던 말을 기억하나요?"

"물론이죠. 그렇지요."

"그렇다고요?"

장양은 갑자기 어조를 높였다. 그리하여 그 자리에 있던 사람과 장양 본인마저 깜짝 놀랐다. 이 연극 대사를 읊는 듯한 어조의 처리 방식은 지난날 연기자 생활을 하였던 그에게 남아있는 약간의 버릇과도 같은 흔적이었다. 그는 아랑곳하지 않고 소리를 질렀다.

"아부두러허만은 생산대 위원회의 생산 위원이 아닌가요?"

"맞아요."

"그럼 당신이 말해 봐요. 생산대 위원회 위원은 간부가 아닌가요? 왜 우리의 요구에 따라 업무를 처리하지 않는 거죠? 왜 우리를 기만한 거죠?"

장양의 목소리는 점점 더 커졌고, 갈수록 불같이 화를 내며 무섭게 몰아붙였다. 싸칸터의 낯빛은 하얗게 질려있었다. 이리하무가 물었다.

"생산대 위원회의 위원도 간부인가요?"

"당연하죠……"

"그렇다면…… 우리 이곳의 가난한 하층 중농 사원들은 거의 대부분 간부예요. 우리의 일반 사원들 중에는 노동점수 기록원, 독보원(讀報員), 위생 조장(衛生組長), 기술자 등이 있어요. 좋아요. 그럼 우리 생산대 안에서 어떠한 직무도 담당하고 있지 않는 하층 중농들의 명단을 다시 작성해 올리죠."

"그런 쓸데없는 소리는 하지 말아요."

장양은 턱을 쳐들고 말했다.

"왜 우리를 기만하고 이 집에 묵게 하였는지부터 말해 봐요. 무슨 속셈인지는 당신이 제일 잘 알겠지만, 우리도 꿰뚫어보고 있어요."

장양은 머리를 돌려 싸칸터와 허순을 힐끗 쳐다보며 말했다.

"내일 아침, 우리 다른 집으로 옮길 거예요."

"어디로 옮길 거죠?"

이리하무가 물었다.

"이 문제에 대해서는, 더 이상 상관하지 말아요."

장양은 희색이 만연하여 말했다. 그리고 다시 고개를 돌려, 싸칸터와 허순을 바라보며 말했다.

"우리 내일, 니야쯔 네 집으로 짐을 옮깁시다."

이리하무는 그야말로 어안이 벙벙해지고 말았다.

타이와이쿠가 아이미라커쯔에게 쓴 편지
니야쯔의 손에 들어간 편지

집으로 돌아오는 이리하무의 발걸음은 무거웠다. 길에서 러이무가 한마디 하였다.

"오늘, 가지 않는 게 좋을 뻔 했어요."

이 말에 이리하무는 아무 말도 하지 않았다. 집에 돌아왔을 때 미치얼완은 집 정돈을 하고 있었다. 이리하무가 들어오자 그녀는 부뚜막 위의 솥뚜껑을 열더니 김이 모락모락 나는 훤퇸 한 그릇을 꺼내주며 말했다.

"쉐린구리가 가져다 준 거예요. 오늘 돌아왔대요."

"그랬군요. 쉐린구리는 시험장(試驗站)에서 어떻게 지내고 있대요?"

"잘 지내고 있대요. 무척 즐거워하더군요. 거기에서 돌아올 때 양고기를 가져왔대요. 그리고 돌아와서 훤퇸을 만들었는데, 우리와 함께 나눠 먹으려고 가져온 모양이에요."

"당신이나 먹어요. 난 아직 배가 고프지 않아요."

"배가 고프지 않다니요? 요 며칠 다들 바빠서 공급수매합작사에 고기조차 없어요. 그리고 당신에게 제대로 된 음식을 만들어주지도 못했어요. 그러니까 배고프지 않다 하지 말고 얼른 먹어요."

"그럼 당신은……"

"난 먹었어요. 벌써 먹었어요."

물론 이리하무는 아내가 거짓말을 하고 있다는 것을 눈치 챘다. 친척이나 친구, 이웃들이 맛있는 음식을 만들어 가져다주면, 미치얼완은 언제나 맛만 한입 보고 이리하무에게 그대로 남겨주곤 하였다. 그녀의 이러한 '완고한' 습관은 말로 바꿀 수 없는 것이었다.

미치얼완은 휜튄을 먹고 있는 이리하무를 보면서 흐뭇한 미소를 지으며 말했다.

"타이와이쿠가 오늘 또 다녀갔어요. 아이미라커쯔에게 편지 한 통을 썼다며, 나에게 전해주라고 하더군요. 내일 친정에 잠깐 다녀올 생각이에요."

이리하무는 그제야 한쪽 모퉁이에 놓여있는 꾸러미를 발견하였다. 친정에 내려갈 때 가져가려고 준비해놓은 물건들이었다. 빨간 보자기 안에는 크고 작은 낭들과 전차 한 조각이 들어있었다. 이리하무가 말했다.

"올해 우리 집 호박 농사가 잘 된 것 같던데, 내일 호박 두어 개도 같이 가져가요. 그리고 해바라기씨도 가져가도록 해요."

"네, 그럴게요. 내일 친정에서 하룻밤 자고, 모레 돌아올게요. 가는 김에 아이미라커쯔를 찾아가 보려고 그래요. 타이와이쿠의 부탁을 받았으니 있는 힘을 다해 도와줘야죠."

"다시 말해서 당신이 사자(使者, 위구르족들은 두 사람의 혼인을 성사시키기 위해, 제3자에게 부탁하여 왕래하고 연락을 주고받는데, 이 제3자를 사자라고 부른다. 한어에서 말하는 '중매인'과는 다른 의미를 가진다)의 신분으로 간다는 뜻이군요?"

이리하무는 아내를 아래위로 훑으며 말했다.

"사자는 무슨요? 아니에요."

미치얼완은 남편의 의심 섞인 말투에 약간 불쾌감을 느꼈다.

"아직은 사자이니 뭐니 말할 단계가 아니에요. 단지 그 두 사람이 잘 되기를 바라는 마음뿐이에요. 두 사람이 이루어진다면 정말 잘 된 일이라고 생각하지 않아요? 가엾은(可憐, 위구르어에서 '가엾다'는 단어는 사용범위가 비교적 광범하다. 이 단어에는 부정적인 의미가 들어있지 않다) 아이미라커쯔! 가엾은 타이와이쿠!"

"타이와이쿠 이 사람은……"

"타이와이쿠는 훈육이 잘 되지 않은 세 살배기 망아지에요."

미치얼완은 장난스럽게 웃으면서가 아니라 어딘가 우울하고 무겁게 말했다.

"하지만 이번에는 올바른 길을 가려고 하고 있어요."

"이번엔 정말 올바른 길을 걸을 수 있을까요? 한 처자를 사랑하게 된 이유로 사람이 달라질 수 있을까요?"

"세상에나!"

미치얼완은 이런 이리하무의 태도에 더 큰 불만을 토하였다.

"당신 오늘 왜 그래요? 당신의 조금 전 그 태도는…… 관료주의적 태도 같았어요!"

미치얼완은 이리하무의 냉정함을 더 이상 참아줄 수가 없었다. 그리하여 조급한 마음에 그녀는 이리하무의 머리에 크지도 작지도 않은 관료주의 모자를 씌웠던 것이다.

"그래요. 당신 말이 맞아요. 가요. 가서 아이미라커쯔에게 타이와이쿠의 편지를 전해줘요. 아이미라커쯔의 마음이 어떤 건지 누가 알겠어요? 가능성이 있을지도 모르잖아요?”

“……그런데 당신 왜 훤뒨 그릇을 깨끗하게 비우지 않았어요? 당신도 참. 너무 적게 먹는 거 아니에요? 무슨 일이 있어요?”

“없어요. 아무 일도 없어요. 그만 잡시다. 저것 봐요. 애가 뒤척이고 있는 것 같은데, 오줌을 누여서 재워야 하는 거 아닌가요?”

미치얼완은 아이를 보살피고 나서 군불을 넣었다. 그리고 이리하무가 먹다 남긴 음식을 치우면서 마음이 놓이지 않는 듯 힐끔거리며 이리하무의 표정을 살폈다. 여느 때와 같이 이리하무의 얼굴에는 차분한 미소가 어리어 있었다. 그러나 오늘 밤 그의 눈빛은 뭔지 모르게 무거워보였고, 표정도 우울해보였다. 아주 미묘한 차이지만 미치얼완의 눈을 속일 수는 없었다. 이리하무의 이러한 눈빛과 표정은 업무 중에 어떤 난제에 부딪치거나, 혹은 불쾌한 일이 있을 때 나타나는 것들이었다. 미치얼완은 남편이 자신과 고민을 털어놓고 함께 이야기를 나누기를 바랐다. 그렇게 함으로써 남편의 우려를 조금이나마 덜어주고 싶었다. 뿐만 아니라 그녀도 사회주의 교육공작대의 상황에 관해 어느 정도 알고 있었다. 이부자리를 다 펴고 나서 미치얼완은 곧바로 잠이 들지 않고 걱정되는 마음에 조곤조곤 물었다.

“무슨 일이 있었어요? 나에게 말해 봐요.”

“아니요. 아무 일도 없어요. 얼른 자요. 난 책 좀 더 보다 잘게요.”

오늘 밤 이리하무는 아무 말도 하고 싶지 않았다. 평소에 해결하기 어렵거나 불쾌한 일에 부딪칠 때면, 이리하무는 미치얼완과 늘 이런저런 얘기를 나누곤 하였다. 그러고 나면 그의 마음은 훨씬 가벼워졌다. 그러나 오늘은 그럴 수가 없었다. 이리하무 본인도 미처 이해하지 못하고, 또 정확하게 파악하지 못한 상황을 어찌 미치얼완에게 이러쿵저러쿵 털어놓을 수가 없었다. 또 덮어놓고 장양에 대한 뒷말을 할 수도 없었다. 또 미치얼완 앞에서마

저도 공작대의 위신을 지켜줘야 하는 자신의 의무를 함부로 위반할 수가 없었다. 이리하무는 아무 말도 하지 않았다.

미치얼완은 잠자리에 누웠다. 부지런한 사람은 잠도 빨리 드는 법이다. 하지만 한참 후에 그녀는 다시 눈을 떴다. 남편은 여전히 턱을 고인 채 멍하니 앉아 있었다.

아이미라커쯔는 신생활대대의 의사(醫士) 직을 담당한 지 벌써 2년이나 되었다. 1962년 여름 아이미라커쯔는 위생학교를 졸업하고 본 공사의 보건소에 배치되었다. 그 뒤 공사 당위원회는 신생활대대에서 합작의료를 시행하기로 결정하였고, 대대 위생소를 세웠다. 그러자 아이미라커쯔는 스스로 신생활대대에 오겠다고 신청하였는데, 가장 중요한 이유는 더 이상 집에서 지낼 수 없다고 느꼈기 때문이었다. 아시무의 상식에 따르면 아이미라커쯔와 같은 나이에 출가하지 않고 아직도 부모 곁에 남아있는 처자는 불필요한 존재일 뿐만 아니라, 집안의 수치이고 골칫거리였다.

아침부터 저녁까지, 월요일부터 일요일까지, 가족들이든 이웃들이든, 좋은 뜻에서의 도움이든, 다른 속셈이 있는 의논이든, 그들에게 있어 그녀의 혼사는 언제나 가장 큰 관심사이고, 의논거리였다. 좋은 마음이든, 나쁜 속셈이든, 그녀에게 있어 모든 사람들의 관심과 의논은 별로 다를 바가 없었고, 똑같이 괴롭고 벗어나고 싶은 상황이었다.

그녀는 얼마 전에도 한 혼담을 거절하였다. 예를 들면, 뚱보에 나이가 많은 남자와의 중매를 거절하였더니, 또 한 친근한 여인이 말라깽이에 젊은 남자와의 혼담을 들고 찾아오는 식이었다. 이렇게 주변 사람들은 그녀를 한시라도 가만히 내버려두지 않았다. 그렇다고 그녀는 한 번이라도 마음이 움직인 적이 없었다. 그럼 누군가 그녀에게 남다른 가르침을 준 적이 있었는가? 혹은 그녀가 어떤 서적의 영향을 받은 것인가? 그런 것들도 아니었다. 그녀는 한평생 혼인하지 않고 혼자 살아갈 것이라고 소싯적부터 마음을 먹었고, 일찍이 속으로 결정을 내렸던 것이다.

아이미라커쯔는 9살 때 느꼈던 그 날의 굴욕을 영원히 잊을 수가 없었다. 9살이 된 여자아이는 수많은 일을 기억하고 이해할 수 있었다. 그 날 아이미라커쯔는 어머니의 심부름으로 파샤한 작은어머니 네 집에 촘촘한 체를 빌리러 갔었다. 파샤한 작은어머니는 성년 여성 몇 명과 함께 차를 마시고 있었다. 그녀들은 화제가 떨어졌던 것일까, 아니면 어떤 심리였을까? 파샤한은 아이미라커쯔를 자기 곁으로 부르더니 그녀의 불구가 된 팔을 들어 올려 손님들에게 보여주었다.

사람들은 그녀의 불구된 팔과 그 상처를 마치 바자(시장)에 새로 나타난 상품을 보듯 신기한 눈빛으로 바라보았다. 이 얼마나 가증스럽고 비열한 습성인가! 당시 파샤한은 이렇게 말했다. "예쁘게 생긴 계집애죠. 그런데 나중에 어떤 집으로 시집갈 수 있을까요? 누가 데려가겠어요? 만약 얘가 이 불구된 팔로 남편 목을 끌어안으면, 남편이 무서워서 도망치지 않을까요?"

차를 많이 마셔 취한 듯, 여자 손님들은 훌쩍거리기 시작하였다. 그리고 아이미라커쯔의 불구된 팔을 쓰다듬는 사람도 있었고, 가까이 다가와 그녀의 끊어진 손목을 뚫어지게 쳐다보는 사람도 있었으며, 한숨을 내쉬고 치맛자락으로 눈물을 훔치는 사람도 있었다. 그녀들은 또 너도나도 한마디씩 하였는데, 아이미라커쯔의 눈이 예쁘게 생겼다고 칭찬하는가 하면, 머리카락이 검고 윤이 난다고 하기도 하였다. 그러나 이 모든 칭찬은 결국 불구가 된 그녀에 대한 비탄에서 비롯된 것이었다. 뿐만 아니라 비탄 속에 또 파샤한의 외설적인 말에서 느껴지는 어떠한 만족감도 들어 있었다.

눈물을 훔치던 여자는 동시에 남몰래 비웃음을 짓고 있었다. 왜냐하면, 그녀는 파샤한의 그 중요한 한마디 폭로에 가까운 말을 듣게 된 것이었다. "아이고, 거기만 불구가 아니고 멀쩡하면 됐어요. 남자들이 우리 여자들에게서 바라는 게 뭐가 더 있겠어요?" 그리고는 배를 끌어안고 집이 떠나갈 정도로 깔깔 웃어댔다.

......9살 된 아이미라커쯔는 새파랗게 질린 얼굴로 체를 들고 집으로 돌아왔다. 그날 아이미라커쯔는 밤새 끙끙 앓았다. 그는 어머니가 빌려온 체에 밀가루를 받아 만든 음식을 먹지 않았다. 그리고 두 눈이 한 곳만 바라보고 있는 아이미라커쯔의 표정에 놀라 아시무는 저녁 기도 시간을 평소보다 세 배로 늘렸다.

그 뒤로도 아이마리커쯔는 자신에 관해 의논하는 부모님의 말을 수없이 많이 들었다. 그녀가 성년이 되기 전부터, 어머니는 걱정되어 입버릇처럼 말했다. "나중에 어쩜 좋아요?" 그러면 아버지가 말했다. "누군가 데려갈 사람이 있을 거예요." 이건 참으로 잔혹한 말이었다. '데려갈 사람이 있다'는 건 무슨 의미인가! 예전에 바자에 나가기 전, 아버지는 늘 어머니와 이런 의논들을 했다. "이 산양을 15위안으로 팔면, 데려갈 사람이 있을까요?" "이 삿자리를 6위안으로 팔면 가져갈 사람이 있을까요?" 그런데 지금, 데려갈 사람이 있을지 없을지에 관한 의논의 대상이 아이미라커쯔가 되었다. 그건 아이미라커쯔도 한 마리의 산양, 한 장의 삿자리와 다를 바가 없다는 뜻이었다.

그녀는 이러한 멸시와 조롱, 모욕을 참을 수 없었다. 심지어 그 어떤 연민과 보살핌도, 동정과 애석해하는 눈빛도 참을 수 없었다. 사물을 구별하고 기억하기 시작하는 그 나이에 그녀는 한쪽 손을 잃게 되었다. 그런데 이 사고와 아픔마저 그녀가 스스로 책임을 져야 한단 말인가? 이건 이번 생에 아무리 노력해도 절대 채울 수 없는 부족함이란 말인가? 그녀는 부지런하고 착하며, 영리하고 아름다우며, 누구보다 자존심이 강했다. 안살림살이는 물론 생산대의 농사일까지, 학업은 물론 직업에 이르기까지, 그녀는 어디에서도 남들보다 뒤처진 적이 없었다. 그런데 파샤한과 같은 사람들은 왜 그녀의 노력과 장점은 거들떠보지도 않고, 그녀의 불구가 된 팔만 보는 걸까? 그녀는 단지 불구가 된 팔을 가지고 있는 남들보다 저급한 육체에 지나지 않는다는 말인가? 지난 24년 동안 그녀는 열심히 일하고 학교를 다녔으며, 여러 가지 이치를 익히고, 기술을 배웠으며, 항상 타인을 존중하고, 남을 도우며 살아왔다. 손을 잃게 된 것이 그녀의 탓이란 말인가? 엄연히 피해자인 그녀가 그 어떤 노력으로도 이 부족함을 보충할 수 없단 말인가?

마오 주석께 감사해야 한다! 천 번 만 번 칭송해도 모자란다! 꽁꽁 얼어붙어 있던 아이미라커쯔의 가슴은 마오 주석께서 일궈주신 따사롭고 자애로운 이 신중국의 품속에서 비로소 녹여낼 수 있었다. 신생활의 따뜻하고 눈부신 빛은 아이미라커쯔를 위해 밝고 넓은 길을 비춰주었다.

그 거대한 손만이 아이미라커쯔의 눈가에 맺혀있던 눈물을 깨끗하게 닦아 줄 수 있었다. 우리 위구르족 농민의 딸, 낡은 사회의 흉악한 개에게 물려 한쪽 손을 잃게 된 우리의 아이, 수많은 봉건적이고 낙후하며 어리석은 낡은 의식과 낡은 풍습에 꽁꽁 묶인 채, 그것으로 인해 괴롭힘을 당하고 상처를 입으며 살아오던 티 없이 맑고 순결한 아이미라커쯔가, 마침내 스스로 자기 인생의 새로운 장을 열 수 있게 된 것도 신중국의 드넓은 품이 있었기 때문에 가능했던 것이었다. 그녀는 여러 가지 장애물을 하나하나 헤치고 나와, 가장 우수한 성적으로 이리카자흐자치주의 위생학교에 입학하였고, 나라에서 발급하는 의사 면허증을 취득하였으며, 끝내 나라의 의료 종사자가 되었다. 그녀는 농민의 벗이고 공복이며, 과학과 문화, 그리고 신생활의 선전자로 거듭났다.

그녀는 원래 살던 마을을 떠나 장미를 가득 심은 외지고 조용한 정원으로 옮겨왔다. 그녀는 신생활대대로 왔고, 그녀는 흰 의사 가운을 입었으며, 눈부시게 흰 의사 모자를 썼다. 그리고 그녀의 의사 가운 주머니 속에는 항상 청진기와 체온계가 들어 있었고, 사무실 책상 위에는 혈압계와 압설자(壓舌板, 혀의 상태를 보기 위한 기구), 그리고 손전등이 놓여 있었다. 그녀는 전혀 다른 사람이 되었다. 그녀는 더 이상 불구와 불완전함의 화신이 아니었다. 그녀는 현재 병통과 우환을 치료하는 사람이고 위로자였다.

아이미라커쯔는 맥박과 인후를 검사하고 일반 혈액을 검사하며, 처방을 내리고 주사를 놓으며, 정확한 약 복용방법에 대해 재삼 당부하고 위생지식을 널리 보급하고 있다. 신생활대대에서 사람들은 그녀를 '의사처녀' 혹은 '처녀의사'라고 불렀고, 거의 대부분 그녀의 도움을 받기 위해 찾아오곤 하였다. 그녀도 하루 종일 어떻게 사람들의 고통을 덜어줄 수 있을까 하는 고민뿐이었다. 이러한 일상 속에서 그녀는 생활의 의의와 자신의 가치를 느낄 수 있었다.

아이미라커쯔 역시 이 고장 농민의 딸인 것이 틀림없었다. 그녀는 이 대대의 사원들과 아주 빨리 친해졌다. 환자들에게 필요한 것은 정제·주사약·가루약일 뿐만 아니라, 친근한 말과 조언, 진심 어린 위로, 건강한 생활방식, 위생 습관에 관한 지도도 필요하다는 것을, 그녀는 누구보다 잘 알고 있었다. 그리하여 그녀가 치료한 환자들은 그녀를 모두 가족처럼 대해 주었다. 바로 공급수매합작사 판매부 옆에 있는 대대 위생소는 방 한 칸짜리 집 한 채뿐이었다. 이곳은 진료실이자 약방이고, 동시에 그녀의 기숙사이기도 하였다.

그녀는 알코올과 살리실산(水楊酸) 냄새가 진동하는 이 집안의 한쪽 모퉁이에서 숙박하고 있었다. 야간에 응급진료를 받으러 오는 환자들 때문에 편히 잠을 잘 수 없는 날들이 많지만, 신생활대대 이곳에서의 그녀의 생활은 어느 때보다도 즐거웠다.

이 날 밤 아이미라커쯔는 본인이 속해있는 생산대의 사회주의 교육공작 조에서 조직한 마오 주석 저작 학습에 참가하였다. 오늘 배운 문장은 「자유 주의를 반대하다(反對自由主義)」였는데, 농민들의 학습 태도는 아주 진지하 고 열정적이며, 진실하였다.

사람들은 너도나도 적극적으로 발언하였고, 마오 주석의 가르침을 거울 삼아 자신을 비춰보면서 자기비판을 하고, 자신에게 어떤 자유주의 경향이 있는지에 대해 반성을 진행하였다. 그리고 앞으로 반드시 수정할 것이라고 결심을 발표하였다. 농민들의 이와 같은 성실하고 실제적인 학습태도에 아 이미라커쯔는 큰 감동을 받았다. 그녀도 회의에서 발언하였다. 아이미라커 쯔는 합작의료를 실행한 후, 의학 상식이 없고 이기주의 사상을 가진 일부 사람들이 진찰을 받거나 약을 받을 때, 약값이 낮으면 불평과 불만을 토로 하고, 약값이 높을수록 만족하고 기뻐하며, 심지어 스스로 값 비싼 약을 처 방해 달라고 요구하는 현상이 나타나고 있다고 말했다.

나흘 전 대대의 회계가 진료 받으러 찾아왔었는데, 회계는 기어이 귀중한 약을 처방해 달라고 고집하는 것이었다. 아이미라커쯔는 체면 때문에 끝까 지 원칙을 지키지 않고, 회계의 요구에 따라 값 비싼 귀중한 약을 처방해 주 었다. 결국 약품을 낭비하였을 뿐만 아니라 치료에 이롭지도 않은 상황이 벌 어지게 되었다. 상황을 설명하고 나서 그는 자신의 이러한 자유주의의 행동 에 대해 깊이 반성하고 있고, 앞으로 반드시 수정할 것이며, 동시에 회계도 자신의 부당함에 대해 인식하기를 바란다고 말했다.

그녀의 발언은 농민들의 웃음과 박수를 자아냈다. 사회주의 교육공작조 의 동지들은 이날 밤 학습을 간단하게 요약하면서, 아이미라커쯔의 발언에 대해 특별히 칭찬하였다. 그리하여 아이미라커쯔도 기분이 날아갈 것만 같았다.

아이미라커쯔는 즐거운 마음으로 위생소로 돌아왔다. 그녀는 책상 앞에 마주앉아 탁상용 전등(이닝시와 가까운 거리에 위치한 신생활대대는 송전선을 끌어들였다)을 켰다. 탁상용 전등 아래에서 그녀는 한어로 출판된 한약재에 관한 소책자를 펼쳐 보고 있었다. 소책자 안의 수많은 글자는 사전을 찾아야만 읽을 수 있었기 때문에, 읽어 내려가는 속도가 아주 느렸다. 새로 찾은 한어 글자 위에 위구르 문자로 발음을 표시하고 있을 때, 문득 밖에서 문 두드리는 소리가 들렸다.

이 늦은 밤에 누가 찾아온 걸까? 그리고 어딘가에서 많이 들어본 것 같은 익숙한 목소리라는 생각과 더불어 문 두드리는 소리에 불안함이 묻어있지 않는 것을 보아, 응급진료 환자나 가기 가족들은 아니라는 판단을 하였다. 아이미라커쯔는 문을 열어주었다. 그리고 뜻밖에 찾아온 반가운 손님을 보고 그녀는 기뻐서 껑충껑충 뛰며 소리쳤다.

"당신 맞아요? 미치얼완 언니! 언니가 찾아올 줄은 꿈에도 상상하지 못했어요. 우리 좋은 언니!"

아이미라커쯔는 차를 끓이고 해바라기 씨를 볶고, 이리 뒤지고 저리 뒤져 과자와 행인, 과일사탕을 찾아서 내왔다. 미치얼완이 아무리 말려도 그녀는 여전히 분주하게 뭔가를 내왔다. 마침내 차도 다 끓고, 해바라기 씨도 다 볶아졌으며, 과자와 행인도 탁자 위에 차려졌다. 아이미라커쯔는 미치얼완 손에 찻잔을 건네주고 나서 두 사람은 서로 안부를 묻고 일련의 "좋아요, 그렇군요. 다 잘 지내요……" 등의 대답들을 주고받았다. 그 다음에야 두 사람은 마주 보고 앉아 잡담 아닌 잡담을 나누기 시작하였다.

"우리 이곳의 네 가지 정돈 공작대 말인가요? 그들이 온 후, 여러 가지 면에서 새로운 양상이 나타났어요. 예를 들면, 오늘 저녁에 마오 주석 저작학습을 조직하였어요. 이 회의에서 우리는 「자유주의를 반대하다」에 관해 배우게 되었는데……"

아이미라커쯔는 말을 하려다가 그만두었다. 왜냐하면, 이상할 만치 불안해하며 안절부절못하는 미치얼완의 표정을 발견하였기 때문이었다. 아이미라커쯔는 의문스러운 눈빛으로 그를 바라보았다.

아이미라커쯔 본인을 만나기 전까지 미치얼완은 '사자'로서의 열정과 자신감으로 가득 차 있었다. 하지만 정작 일이 눈앞에 닥쳐오자 그는 갑자기 위축되었다. 여자의 마음이란 특히 아이미라커쯔와 같이 주견이 뚜렷하고 나이도 있는 처자의 마음이란 무엇보다 오묘하고 종잡을 수 없는 것이었다. 혹시 문화소양도 없고, 올바른 교육도 받은 적이 없는 타이와이쿠를 속으로 경시하고 있지는 않을까? 혹시 타이와이쿠가 비뚤비뚤한 글씨체로 쓴 이 경솔한 편지 때문에 화내거나 심지어 나 미치얼완을 원망하고 미워하지는 않을까? 미치얼완은 조금의 확신도 없었다. 하지만 확신이 없다고 하여 말을 꺼내지 않을 수도 없는 일이었다. 밤이 깊어지기를 기다렸다가 찾아온 이유는 바로 조용한 시간에 둘만 있는 자리에서 마음을 터놓고 이야기할 수 있는 기회를 가지기 위한 것이었다. 미치얼완은 눈을 딱 감고 어렵게 입을 열었다.

"아이미라커쯔 동생, 이미 시간이 많이 늦었네요. 내일 일찍부터 또 일해야 되죠? 나도 내일 아침 날이 밝으면 집으로 돌아가야 해요. 저…… 내가 오늘 당신에게 편지 한 통을 가져왔어요. 이, 이 편지는 어떤 사람이 당신에게 쓴 편지예요. 화를 내지 말고 들어요……"

이렇게 말하는 미치얼완 본인이 먼저 얼굴이 빨갛게 달아올랐다. 그는 목소리를 낮춰 말을 이었다.

"그 사람은 당신을 너무너무 좋아해요…… 그 사람의 이름은……"

마지막에 드디어 타이와이쿠라는 이 몇 글자를 말하였는데, 그건 단지 입 모양일 뿐 소리가 들리지 않았다.

　　아이미라커쯔가 스스로 먼저 타이와이쿠의 이름을 떠올린 것인지, 아니면 미치얼완의 소리 없는 입모양이 그 사람이라는 신호를 보낸 것인지 단정할 수 없었다. 아이미라커쯔에게 설마 이만큼의 예민성도 없는 걸까? 아니, 그녀는 이미 느끼고 있었다. 오늘이 아니라, 미치얼완이 편지를 꺼낸 다음이 아니라, 타이와이쿠에게 손전등을 돌려주러 갔던 그 날…… 일찍이 느꼈던 것이다. 타이와이쿠의 전체적인 모습, 타이와이쿠의 초라한 생활 상황, 타이와이쿠의 행동거지와 표정 등이 그녀에게 약간의 인상도 남기지 않았던 걸까?

　　그 날 타이와이쿠는 꼭 마치 다 큰 온순한 아이 같았다. 무척 놀라고 순종적이며, 겸손하고 경모하는 눈빛으로 바라보던 타이와이쿠 때문에 아이미라커쯔도 쑥스럽고 어색함에 몸 둘 바를 몰라 하였다. 그토록 건장하고 정력이 왕성하지만, 생활 속에서 자신을 전혀 보살필 줄을 모르는 타이와이쿠의 모습이, 아이미라커쯔는 안타깝고 마음이 아팠다. 물론 그러한 감정을 느끼는 일도 그 날 잠시뿐이었다. 그 뒤 그녀는 타이와이쿠와 그에게 느꼈던 감정을 모두 잊고 있었다. 잊었다고 표현하지만, 사실 그녀는 그 날의 일과 그 사람을 자신의 기억 속 작은 모퉁이에 그대로 동결시키고 봉쇄하여 놓았던 것이다.

　　사실 이 사람과 이 일은 이미 그녀의 마음속 한편에 작은 위치를 차지하고 있었다. 작은 위치를 차지하고 있다고 말하는 것은, 그녀가 자기 마음속의 한쪽 모퉁이 동결시키고 봉쇄해 버린 그 모퉁이를 한 번도 생각해 본 적이나, 또 감히 직시한 적이 없었기 때문이었다. ……그녀는 일찍부터 자신에게 그러한 모퉁이이가 존재할 여지란 없을 거라고 굳게 믿고 있었다.

그러나 미치얼완이 비뚤비뚤한 글씨가 적혀있는 편지봉투를 꺼내는 순간, 그녀의 마음속 한쪽 모퉁이가 갑자기 크게 부풀어나기 시작하였다. 귓가에서 윙 소리가 들리더니, 그 모퉁이는 한없이 거대한 세상으로 변하였다. 바람이 울부짖고, 파도가 출렁거리고, 불이 활활 타오르고, 땅이 빙빙 돌기 시작하였다. ⋯⋯아이미라커쯔는 얼빠진 사람처럼 멍해졌다.

"그가 보낸 편지를 한 번 읽어봐요. 꼭 읽어 봐요."

재촉하고 간절하게 부탁하는 미치얼완의 목소리는 마치 먼 곳에서 들리는 것 같았다.

미치얼완은 떨리는 손으로 어두운 무늬가 찍힌 연두색의 편지지를 뽑아냈다. 왜 하필이면 이런 색깔의 편지지를 선택하였는지, 타이와이쿠는 그야말로 웃음 유발자였다. 타이와이쿠의 건장한 체구, 구불구불한 머리, 힘으로 가득 찬 팔과 무한한 정력을 뿜어내는 눈빛이, 그 편지지에서 걸어 나와 그녀의 집안에 서 있었고, 그녀의 곁에 서 있었으며, 또 그녀의 앞에 다가와 허리를 굽혀 인사를 하였다. 왜? 손전등을 돌려주러 갔던 그 날 타이와이쿠가 왜 잘못을 저지른 아이처럼 온순하고 가엾게 느껴졌던 걸까?

그 가엾은 키다리가, 이처럼 학자연한 편지지에 이와 같이 어수룩하고 서툰 편지를 썼다고 한다. 위구르족 청년 남자들의 습관에 따라 그는 편지의 첫머리에 사랑을 찬미하는 민요 가사 네 마디를 적었다. 그리고 곧바로 "저는 나쁜 사람이 아니에요."라고 적었는데, 공안국에 보내는 서류도 아니고, 이게 도대체 뭔 말인가? 그리고 또 다른 말 한마디가 아이미라커쯔의 눈에 들어왔다. 가장 큰 글씨체로 "저는 당신과 결혼하고 싶어요!"라고 적혀 있었다. 한 미혼 여성에게 쓰는 첫 편지에, 다짜고짜 이런 말을 적어도 괜찮은 건가?

결혼! 그녀의 젊은 생명 속에서 결혼은 굴욕을 의미하고, 저급한 상품에 대한 처리이며, 낡은 세력에 대한 항복이고, 결혼은 곧 그녀를 유린하고 살해하는 것과 같은 것이었다! 때문에 그녀는 절대 결혼하지 않을 것이라고 일찍이 다짐하였다. 그녀에게 있어 '결혼'이란 단어는 곧 악마와 같은 적이었다.

그런데 오늘 타이와이쿠는 편지에 바로 이 단어를 적었다. 돌마저 부술 것 같은 크고 투박한 손으로, 덮개가 떨어져 깨진 만년필을 잡고, 어두운 무늬가 깔려 있는 연두색 편지지 위에, 타이와이쿠가 적은 몇 개의 비뚤비뚤한 위구르 문자는, 아이미라커쯔에게 뜻밖의 충격으로 다가왔다. 결혼—'당신을 가지고 싶다'라는 위구르어식 언어는, 얼마나 질박하고, 얼마나 뜨겁고, 최소한의 우아함과 다정함, 그리고 과정이 또 얼마나 부족한 표현인가! 아이미라커쯔는 두 손을 모아 얼굴을 가리고 흐느끼기 시작하였다.

그녀는 어깨를 들썩거리며 울었다. 20여 년의 인생 여정에서 그는 지금처럼 뜨겁게 또 아프게 운 적은 한 번도 없었다. 그녀의 불행을 위해, 그녀의 청춘을 위해, 그리고 그녀의 운명을 위해, 아무리 가슴 저리게 울어도 지나치지 않았다. 낯설고 멀게 느껴지는, 거칠고 역동적인 행복의 부름은, 그녀의 가슴속에 잠들어있던 뿌리 깊은 고통을 마구 흔들어 깨웠고, 또 송두리째 제거해 버렸다. 타이와이쿠의 단순하고 용감하며, 약간은 멍청한 구애 방식에, 오랫동안 가혹한 속박을 당하고 억눌림을 받고 있던 그녀의 환상과 슬픔의 제방은 무너지고 말았다. 그리하여 눈물은 마치 댐을 무너뜨리고 쏟아져 내리는 봄 홍수와 같이 세차게 흐르고 또 흘렀다.

아이미라커쯔의 갑작스러운 통곡으로 인해 미치얼완은 당황하여 어쩔 바를 몰랐다. 미치얼완은 무슨 말을 해야 할지 몰라서 안절부절 하다가, 드디어 입을 열었다.

"나를 용서해 줘. 동생, 내가 잘못했어. 다 내 잘못이야…… 동생을 슬프게 하려던 의도는 전혀 없었어. 다만 당신이 행복해지기를 바라는 마음에서……
제발 화내지 말아요. 상심해하지도 말아요. 이 일을 누구에게도 말하지 않을
게…… 알라가 증명해 줄 거야…… 앞으로도 절대로 비밀을 지킬게. 그러니까
그만 그쳐요. 제발 울지 말아요……"

　미치얼완도 덩달아 코끝이 찡해 났다. 그는 아이미라커쯔에게 다가가 그
녀의 짙고 풍성하며 부드러운 머리를 쓰다듬어 주었다. 그녀의 머리카락은
그렇듯 깨끗하였다. 전체 공사를 통틀어 아이미라커쯔의 얼굴과 머리카락
이 가장 깨끗하다고 해도 과언이 아니었다. 미치얼완은 손수건을 꺼내 아이
미라커쯔의 눈물을 닦아 주었고, 또 그녀의 눈물에 젖은 그 손수건으로 자
신의 눈물도 훔쳤다. 두 사람의 눈물은 하나의 손수건을 적셨다. 미치얼완은
여전히 어찌할 바를 몰라 안절부절 하며 위로하였다.

　"만약 자네가 원하지 않는다면, 거절하면 그만이야. 어렵게 생각할 필요
가 없잖아. 처음부터 없었던 일로 하면 돼…… 그러니까 부담 없이 말해봐. 동
생 생각은 어때? 이 사람은 극히 평범한 사원이고, 마차부라는 걸 나도 알
아……"

　미치얼완이 지금 무슨 말을 하고 있는 거지? 설령 미치얼완이라 해도, 그
녀의 마음을 모르는 건 마찬가지였다. 설령 친자매보다 더 친한 미치얼완,
누구보다 그녀를 잘 알고, 누구보다 그녀를 걱정하고 사랑해주는 자애롭고
상냥한 미치얼완이라고 해도, 이 시각 아이미라커쯔의 생각과 마음을 완전
히 이해할 수가 없었다. ……지금 이 시각 아이미라커쯔의 고통을 어찌 말로
표현할 수 있단 말인가! 그리고 이 고통을 누구에게 털어놓을 수 있단 말인
가! 아이미라커쯔는 더욱 슬프게 울었다.

　"똑 똑 똑!"

　문 두드리는 소리가 들렸다.

"아이미라커쯔 의사, 자요?"

민병 소대장의 목소리 같았다.

"의사처녀, 우리예요. 부상당한 사람이 있어서 왔어요!"

이번엔 민병 소대장 아내의 목소리였다.

아이미라커쯔는 곧바로 눈물을 닦고 머리카락을 살짝 정리하고 나서, 미치얼완에게 문을 열어주라고 부탁하였다. 그리고 본능적으로 진료용 침대를 깨끗하게 정리하고 뒤로 끈을 묶는 흰색 가운을 입었다.

민병 소대장이 한 사람을 업고 들어왔다. 소대장의 아내는 잠이 덜 깬 부스스한 얼굴로 뒤따라 들어왔다. 민병 소대장은 깊은 밤에 혼자 찾아와 여의사의 문을 두드리는 것이 실례가 될 것 같아 이미 잠이 든 아내를 깨워 함께 온 모양이었다. 소대장은 '부상자'를 진료용 침대 위에 눕혔다. 부상자의 얼굴은 피로 얼룩져 있었고, 한쪽 눈은 호두만큼 부어올라 있었으며 입가에서는 피가 흐리고 있었다. 그리고 솜옷 옷깃은 갈기갈기 찢어져 있었고, 단추도 모두 뜯겨 나가고 없었으며, 바지는 온통 흙과 눈으로 범벅이 되어있었다.

아이미라커쯔는 또 다른 하나의 탁상용 전동을 켰다. 그녀는 '부상자'를 자세하게 살피더니 깜짝 놀라 소리쳤다.

"니야쯔 오라버니!"

"니자홍이 맞아요."

민병 소대장이 설명을 덧붙였다.

"공로 옆 묘지 일대에서 발견하였어요. 아마도 누구에게 한바탕 두들겨 맞은 것 같아요. 이런 상태로 눈밭에 쓰러져 있었어요. 만약 누구에게도 발견되지 않았더라면, 이대로 얼어 죽었을 거예요!"

아이미라커쯔는 자세한 설명을 들을 겨를이 없었다. 그녀는 재빨리 부상자의 맥박을 짚어보고, 혈압과 동공 상태를 체크하였으며, 그의 호흡을 들어

보았다. 그리고 한숨을 돌리며 말했다.

"약간의 뇌진탕이에요. 큰 위험은 없어요. 우선 얼굴에 묻은 피부터 닦아내야겠어요."

아이미라커쯔는 미치얼완에게 보온병 안에 있는 따뜻한 물을 법랑 대야에 부어달라고 부탁하고 나서, 약솜을 적셔 니야쯔 얼굴에 묻은 피를 살살 닦아냈다. 동시에 검사를 진행하였다.

"어지간히 맞은 게 아니네요. 코뼈가 부러졌어요. 앞니도 하나 빠져 나갔어요. 그리고 이쪽 눈 상태도 심각한 거 같아요……"

아이미라커쯔가 말했다. 그녀는 니야쯔의 얼굴을 깨끗하게 닦고 나서, 상처를 입은 한쪽 눈을 싸매고, 얼굴에 난 다른 상처에 꼼꼼하게 감염을 방지하는 약을 바른 다음, 반창고를 찢어 그 위에 붕대를 붙여주었다. 부상자에 대한 일반적인 처치를 마치고 나서, 그녀는 손을 씻으며 말했다.

"괜찮아요. 얼마 지나지 않아, 곧 의식을 회복할 거예요."

"그럼 어떻게 할까요?"

민병 소대장이 의논을 해왔다.

"아무래도 내가 여기에 남아 환자를 돌보는 게 좋겠어요. 의사처녀, 오늘 밤 당신이 우리 집에 가서 자도록 해요. 만약 환자에게 다른 상황이 나타나면 당신을 부를게요."

"우리 집으로 가자, 동생."

미치얼완이 말했다. 어쩔 수 없는 상황이었다. 만약 위생소에 계속 남아 있는다면, 긴긴 밤을 어떻게 지새울 것인가? ……아이미라커쯔는 몇 마디 당부와 함께, 진통제와 항균제를 꺼내주었다. 그리고 미치얼완과 함께 떠나기 전 두 사람은 약속이나 한 듯 동시에 책상 위를 힐끗 쳐다보았다. 조금 전까지 책상 위에 타이와이쿠의 편지가 놓여 있었는데, 지금은 보이지 않았다.

미치얼완이 생각하였다.

"아이미라커쯔가 편지를 숨겨 놓은 건가? 그녀가 편지의 주인이니, 당연히 잘 보관하였을 거야. 그 편지를 다시 한 번 잘 보려는 걸까?"

미치얼완은 물어보지 않았다. 동시에 아이미라커쯔는,

'미치얼완이 편지를 다시 가져간 건가? 아이고, 내가 하도 심하게 울어서, 미치얼완 언니가 놀랐나 보다……'라고 생각하며 무안하여 더더욱 확인할 수 없었다. 그들은 그대로 떠났다. 여자들이 모두 떠나고, 민병 소대장은 책상 위에 엎드려 깜빡 잠이 들었다. 두세 시간이 지나 니야쯔는 의식을 회복하고 신음하기 시작하였다. 민병 소대장이 다가가 물었다.

"어떻게 된 일이에요, 니자훙? 누가 당신을 이렇게 만든 거예요?"

"물 한 잔 주세요. 물……"

니야쯔는 안간힘을 쓰며 일어나 앉으려고 하였다.

"일단 누워서 쉬어요. 내가 물 떠다 줄게요."

소대장은 차 항아리를 꺼내고, 또 보온병을 찾았다. 그러나 보온병 안의 뜨거운 물은, 조금 전 상처를 닦을 때 다 쓰고 없었다.

"누워 있어요. 집에 가서 뜨거운 물을 가져 올게요."

소대장은 이렇게 말하고 나서 밖으로 나갔다.

민병 소대장이 나간 뒤, 니야쯔는 심한 고통을 참으며, 몸을 일으켜 간신히 앉았다. 그는 부상을 당하지 않은 한쪽 눈으로 주위를 두리번거리며 관찰하였다. 그제야 자신이 처한 상황과 현재 앉아있는 이곳이 어딘지를 대체적으로 깨닫게 되었다. 그는 머리를 굴리며 대책을 생각하기 시작하였다. 문득 진료용 침대 아래에 떨어져 있는 한 장의 편지지를 발견하였다. 언제 어디에서나 남들의 사적인 비밀을 탐문하는 습관이 몸에 배어있는 그는 심한 고통을 참아가며, 허리를 굽혀 바닥에 떨어져 있는 편지지를 집었다. 그리고 멀쩡한 한쪽 눈으로 훑어보더니, 진귀한 보물을 얻기라도 한 것처럼, 재빨리 품속으로 숨겼다.

소대장이 뜨거운 물 한 사발을 들고 돌아왔다. 그리고 아이미라커쯔가 떠나기 전에 꺼내놓은 진통제를 니야쯔에게 먹였다. 소대장은 재차 물었다.

"도대체 누가 당신을 때린 거예요?"

니야쯔는 머뭇거리며 말을 얼버무렸다.

"아니요. 나는 맞은 적 없어요. 때린 사람도 없어요. 내가 스스로 넘어지는 바람에……"

니야쯔의 말은 도무지 믿기 힘든 변명이었다. 하지만 피해자 본인이 자신을 가해한 사람이 없다고 잡아떼고 있고, 니야쯔는 본 생산대의 사원이 아닐뿐더러 현재 명확하게 말하기조차 힘들 정도로 심한 부상을 당한 상황이며, 또 큰 위험이 없다는 진단을 받은 상황이니, 민병 소대장도 더 이상 깊게 캐묻고 싶지 않았다. 날이 어렴풋이 밝았을 때, 공로 위를 달리는 각양각색 차량들의 경적소리가 들려오자, 니야쯔는 침대에서 내려와, 단추가 하나도 남아있지 않는 솜옷의 옷섶을 단단히 여미고 나서, 소대장에게 제7생산대 방향으로 가는 차를 얻어 타고 돌아갈 거라고 말했다. 민병소대장은 머리를 끄덕였다. 니야쯔는 이렇게 위생소를 떠났다.

장양이 숙소를 옮긴 것은 흐르는 물에 돌멩이를 던진 것이다
무싸와 마이쑤무가 소식을 탐문하다
상심이 큰 이타한, 안하무인의 파오커 부부
초를 치는 말썽꾼이 빠지면 연극에서 빠져나올 수가 없다

장양이 니야쯔 네 집으로 옮긴다는 소식이 제7생산대의 상공으로 검은 연기처럼 피어올라 커다란 먹구름이 되었고, 먹구름은 전체 대대로 확산되었다.

이 소식은 가장 먼저 니야쯔 본인의 입을 통해 나왔다. 장양이 이리하무에게 곧 거처를 옮길 것이라는 결정을 내린 이튿날 아침 일찍, 즉 친정으로 내려온 미치얼완이 아직 아이미라커쯔를 만나기 전, 곧 부상을 당하게 될 니야쯔가 아직 부상당하지 않은 이 날 아침, 당나귀 수레에 밀을 싣고 마을에 도착한 니야쯔는 먼저 이밍쟝을 찾아갔다. 그리고 이밍쟝에게 명령하듯 말했다.

"얼른 채유 1kg을 발급해 줘요. 장 조장과 사회주의 교육 간부들이 곧 우리 집으로 이사 오게 될 텐데, 그들에게 맛있는 음식을 대접하려면, 우선 식용유부터 타가야 되지 않겠어요? 부대장도 이미 허락한 일이에요."

이 갑작스러운 소식을 이밍쟝은 처음에는 믿을 수가 없었다. 그는 의아한

눈빛으로 니야쯔를 힐끔 쳐다보았다. 니야쯔는 새 검은색 스웨이드 양가죽 모자를 쓰고 있었고, 빨았는지 전에 없이 깨끗하다고 할 수 있는 옷을 입고 있었다. 비록 터지고 색이 바랬지만, 깨끗하게 닦은 가죽부츠는 오늘따라 반짝반짝 광이 났다. 니야쯔는 득의양양하여 러이무의 지시가 적힌 쪽지를 꺼내 이밍쟝에게 보여주며 재촉하였다.

"얼른 채유부터 줘요……"

그리고 니야쯔는 또 물레방앗간으로 갔다. 그는 자신에게 죽은 까마귀를 선물했던 랴오니카를 거들떠볼 가치도 없다는 태도로 대하였다. 그는 랴오니카와 눈도 마주치지 않고 다른 곳을 바라보며 말했다.

"이봐요, 물레방앗간 지킴이! 나부터 밀가루를 빻아줘요! 지금 나에게 시간이 별로 없어요! 나는 바쁜 사람이란 말이에요! 장 조장과 사회주의 교육 간부들이 오늘부터 우리 집으로 이사 올 거예요. 이걸 봐요. 이건 조금 전 창고 관리인이 발급해준 채유예요. 그러니까 당신도 얼른 서둘러요! 오후엔 당면(粉條)이랑 량피(涼皮) 사러 이닝시로 나가야 해요. 사회주의 교육 간부들을 위해 밥을 짓는 것은 엄연한 공무예요! 밥을 배불리 먹어야 우리 간부들을 제대로 가르치지 않겠어요? 하하하……"

랴오니카는 자신의 귀를 의심하였다. 하지만 오늘 니야쯔의 겉모습과 표정은 평소와 확실히 달랐다. 그렇다면 그가 잘못 들은 것이 아니라 이 모든 게 진실이란 말인가?

니야쯔가 자꾸 재촉하는 바람에 줄을 선 순서를 무시하고, 먼저 그에게 밀가루를 빻아주었다. 니야쯔는 밀가루와 채유를 당나귀 수레에 싣고, 큰소리로 노래를 부르며 떠났다.

나도 떠날래요, 나도 떠날래요,

세상으로 나가, 한가롭게 노닐래요,

만약 무사하다면, 다시 고향으로 돌아올게요,

얼마나 폼이 나고, 얼마나 자유로울까요……

　이 소식을 알게 된 랴오니카는 가만히 앉아있을 수가 없었다. 그는 이 사실을 도저히 믿을 수가 없었다. 눈썹을 곤두세운 랴오니카의 목 힘줄은 잔뜩 부풀어 올랐다. 그의 붉은색 머리카락은 마치 타오르는 불같았다. 그는 밤중에 교대로 당직을 맡기로 한, 한창 자고 있는 다른 한 관리인을 흔들어 깨우고는, 자전거를 타고 생산대 본부를 향해 냅다 달렸다. 수로 공사장을 지날 때, 그는 이리하무의 종적을 살폈지만, 거기에서는 이리하무를 찾을 수 없었다. 니야쯔 대신 의무 홍보를 하는 격이 되는 것 같아, 그는 옆 사람들에게 이리하무의 행방을 묻고 싶지 않았다. 그가 대대에 도착하였을 때, 대대 간부들은 모두 자리에 없었다. 그리하여 랴오니카는 또 대대의 가공 공장에 가서 이 소문의 허실에 대해 탐문하였다.

　가공공장의 뜰 안에는 많은 사람들이 모여 앉아있었다. 이밍쟝도 그곳에 있었는데, 랴오니카는 한눈에 그를 알아보았다. 모여 있는 사람들 중 대부분은 가공공장의 공인들이었다. 그 무리와 조금 떨어져 있는 양지바른 곳에 한 사람이 홀로 앉아있었는데, 바로 전임 대장 무싸였다!

　정말 오랜만이에요, 사내대장부 무싸. 그동안 무싸가 어떻게 지냈는지, 독자 여러분은 생각해 본 적이 있나요? 대장의 자리에서 쫓겨났다는 이유 때문에, 한숨을 쉬고 한탄을 늘어놓으며, 하염없이 불평을 하고, 우울한 나날을 보냈을까요? 아니면 이를 부득부득 갈며, 앙심을 품고 가슴에 원한을 새기면서, 호시탐탐 반격의 시기와 기회를 노리고 있었던 걸까요? 아니면 그의 능력과 말재주, 용기를 발휘하여, 자신의 야망을 실현할 수 있는 새로운 길을 찾았을까요? 예를 들어, 암시장을 드나들며 투기거래를 하고 있었던 건 아닐까요?

만약 이렇게 생각했다면 모두 헛된 짐작이었다. 무싸는 결코 이러한 상태로, 또 이러한 일들을 하며 지내지 않았다. 그를 다시 만났을 때, 그는 사람들 무리와 약간 떨어진 곳에 있는 나무토막 위에 홀로 앉아 있었는데, 그의 자세는 아주 여유롭고 편안해 보였다. 조금은 쇠로해진 것 같은 그의 모습에는 여전히 익살스러운 데가 있었지만, 예전과 같은 기고만장한 기세와 거만함은 사라지고, 온화하고 상냥한 분위기가 묻어났다. 그리고 어찌된 영문인지 얼굴의 마맛자국도 적어지고 옅어진 것 같았다.

그의 검은 수염은 여전히 끝이 뾰족하게 정리되어 있었지만, 예전처럼 높게 치켜들려 있지는 않았다. 무싸는 1962년 때보다 훨씬 누추한 옷차림을 하고 있었는데, 거의 대부분 2년 전의 옷가지들인 것 같았고, 중간에 한 번 빨았는지, 색이 바랬고, 무척 낡았다. 비록 오른쪽 어깨 부분을 헝겊 조각을 대고 기운 솜옷을 입고 있었지만, 전반적으로는 단정한 차림이라고 할 수 있다. 무엇보다 어찌 해 볼 도리가 없는 편안함과 착실함이 가장 많이 느껴졌다. 어쨌든 대장 직에서 내려온 뒤 1년 동안 그는 남들의 걱정과는 달리 아주 평범하고 편안한 일상을 보냈고, 모든 면에서 아주 정상적이었다.

그가 큰 타격 없이 정상적인 생활을 유지할 수 있었던 것은, 모두 그의 아내 마위친의 덕분이었다. 위구르어 속담에, 나쁜 아내는 인간 세상에서 가장 큰 재앙이라는 말이 있다. 그렇다면 거꾸로, 좋은 아내는 복덩이라고 설명될 수도 있다. 좋은 아내는 구명정이고, 정심환(定心丸)이며, 보석 상자이고, 삼복에 부는 시원한 바람이며, 엄동설한 속의 뜨거운 화로이다. 1963년 여름 아부두러허만과 이밍장 등을 비롯한 장부 검사조는 그동안 무싸가 권력을 이용하여 부당하게 이익을 챙긴 사실과, 지나친 가불 및 횡령을 저지른 증거를 대량으로 찾아낸 후(사실, 장부 검사조는 별로 큰 힘을 들이지 않고도 이러한 사실과 증거를 찾아낼 수 있었다. 왜냐하면, 무싸는 무절제한 향락 생활을 남몰래 좀도둑처럼 한 것이 아니라, 드러내놓고 거들먹거리며 즐겼던 것이다), 그해 가을에 무싸는 선거에서 떨어지고 말았다. 그러고 나서 처음 며칠 그는 풀이 죽어 지냈다. 특히 모든 공금을 배상하겠다는 태도와 자세를 보여주기 위해, 그는 찢어지게 아픈 마음을 달래며 항상 손목에 차고 다니면서, 툭하면 팔꿈치 가까이까지 추켜올리던 손목시계를 팔았다. 그리고 이런 일을 겪고 나서야 처음으로 가정의 포근함과 아내의 현숙함을 느끼게 되었다.

권력이나 재력을 따지고, 잇속에 따라 행동하는 정도가 남보다도 더 심한 여성들을 무싸도 적지 않게 봐왔다. 남편이 잘나갈 때에는 한껏 뽐내고 으스대다가도, 남편이 별 볼일이 없어지면, 기세등등하여 남편에게 불같이 화를 내거나, 심지어 그러한 상황에서 아예 남편을 버리고 뒤도 돌아보지 않은 채 떠나버리는 여자도 있었다. 하지만 마위친은 그런 사람이 아니었다. 그녀는 평소와 똑같이 자연스럽게 말하고 행동하였으며, 언제나 온화하고 정겨운 태도로 대장 직에서 내려온 무싸를 받아주었다.

무싸가 낙선된 이튿날, 그녀는 몰래 자신의 동 팔찌 하나를 팔아 술과 고기를 사왔다. 그리고 평소에 무싸가 가장 즐겨 먹는 수이젠바오를 만들었다. 그리고 수이젠바오를 찍어 먹을 식초도 저울에 달아 파는 것이 아닌, 병에 담긴 고급 식초를 샀다. 위친의 이러한 태도는 무싸에게 크나큰 위로가 되었다. 솔직하게 말해서 마위친는 싸이리무와 리시티, 이리하무 등 사람들이 진심으로 고마웠다. 무싸가 개선이라는 정당한 방법을 통해 보기 좋게 대장의 자리에서 내려올 수 있었던 것은, 모두 그들 덕분이라고 그녀는 생각하였다.

그녀는 보기 좋다는 이 표현을 무싸에게도 들려주었다. 그리하여 무싸도 무척 만족스러워하였다. 사실 남편 무싸가 대장 직을 맡게 된다면, 제7생산대의 불행일 뿐만 아니라, 그들의 가정과 그들 부부의 불행이라는 것을 그녀는 일찌감치 감지하고 있었다. 남편이 대장이 된다면, 분명 어깨에 힘이 잔뜩 들어가 의기양양할 것이고, 의기양양해지면 사람들을 들볶고, 문제를 일으키며, 화를 자주 내게 될 거라는 걸 그녀는 미리 짐작하고 있었다. 오늘 퉤이를 베풀고 나면, 내일은 나이쯔얼을 지내자고 할 것이고, 또 규모는 크게, 위풍은 넘치게 하다 보면, 집집마다 편안한 날이 없을 게 뻔하였다. 그리고 무싸의 행동은 아내의 예견을 빗나가지 않았다.

대장이 된 날부터 무싸는 집에서 가족들과 식사하는 날이 드물었고, 집에서 식사를 한다고 해도, 집의 음식과 장식, 마위친과 마위펑의 행동거지로부터 시작하여, 실내 온도와 습도의 조절에 이르기까지, 항상 불평과 불만을 토하였다. 무싸는 이 대단한 대장인 자신을 혹여나 소홀히 대할까봐 늘 신경을 곤두세우고 있었다. 그럴 때마다 마위친은 속으로 원숭이 한 마리를 붙잡아다가, 모자를 씌우고, 옷을 입히고, 부츠를 신긴 다음, 억지로 양반다리를 틀어 상석에 앉혀놓는다고 해도, 대장이 된 후의 무싸 만큼은 초조하고 불안해하지 않을 것이라고 생각하였다. 때문에 마위친은 무싸가 낙선하여 대장직에서 내려오기를 가장 갈망하던 사람이라고 할 수 있었다.

무싸는 오르내리기를 여러 번 경험한 사람으로서, 낙선되었으면 그만, 크게 낙심하거나 충격을 받지는 않았다. 어쨌든 나 무싸는 대장을 했던 몸이다. 나 무싸는 그 호강을 누려본 몸이다. 네 놈은 해봤느냐? 네 놈은 그 호강을 누려봤느냐? 네 놈에게도 큰소리를 치며 우쭐거릴 수 있는 이야깃거리가 있느냐? 이것이 바로 무싸의 사고의 맥락이었다.

'대견'스럽게도 무싸는 1년 동안 착실한 사원의 신분으로 잘 살아왔다. 그는 대부분 시간에 적극적으로 노동을 하였다. 그리고 회의할 때에는 적극적으로 발언도 하였다. 그러나 횡령과 권력을 이용하여 부당하게 챙긴 재물의 배상에 있어서만, 그의 태도는 소극적이었고, 시간을 끌 수 있을 만큼 끌고, 회피할 수 있으면 회피하였다.

그렇다. 무싸는 필경 무싸였다. 어떤 장소에서는 그는 여전히 희색이 만면하여, 허황된 말로 너스레를 떨었다. 어느 날 몇몇 청년들과 함께 일을 하고 있었는데, 풀숲에서 갑자기 푸른 화사(靑花蛇) 한 마리가 기어 나온 것이었다. 무싸는 칸투만으로 잽싸게 뱀의 머리를 내리 찍었다.

그 날 이후 무싸는 가는 곳마다 과장하여 만들어낸 자신의 무용담을 이야기하였다. 즉 젊었을 때 이무기 한 마리와 결투를 벌인 적이 있었는데, 이무기가 그의 칸투만을 삼켜버리는 바람에, 맨손으로 이무기의 목을 움켜쥘 수밖에 없었으며, 이무기가 그의 몸을 칭칭 휘감았지만, 결국 맨손으로 이무기의 목을 졸라 죽였고, 이무기의 기름만 두 통을 짜냈다며 허풍을 떨었다. 남녀노소, 특히 여성들은 흥미진진한 그의 이야기에 웃으며 동시에 의심의 눈초리로 바라보았다. 그리고 다같이 "파오! 파오! 파오(즉 허풍이라는 뜻이다)!"를 외쳤다.

이야기가 끝나면 사람들은 그를 허풍쟁이라고 불렀지만, 그는 씩 웃어넘겨 버리곤 하였다. 무싸에게 있어서 큰소리를 치고 허풍을 떠는 것은 하나의 쾌락이었고, 큰소리를 칠 때의 쾌감은 여자와 잠자리를 같이하고 난 다음의 쾌감과 같았다. 그것은 파종의 생존율과 기타 득실 및 결과를 고려할 필요가 없는 것이었다. 그에게는 아직도 수많은 재미나고 기괴한 이야기들이 있다. 그 중에는 꽤 저급한 이야기들도 있었지만, 다행히 한 번도 분위기를 깬 적은 없었다.

하지만 이번에 네 가지 정돈 공작대가 온 뒤로 무싸는 긴장하기 시작하였다. 쿠투쿠자얼은 무싸를 두 번이나 찾아와 대화를 나눴는데, 이 기회를 이용하여 다시 활동을 개시하라고 선동하면서, 이리하무를 무너뜨릴 방법을 강구하라고 암시하였다. 무싸는 콧방귀를 뀌며 속으로 '당신을 위해 칸투만을 휘두를 일은 절대 없을 거야!'라고 생각하였다. 특히 1963년 밀 수확계절의 그 날 밤, 우얼한 네 집에서 맥주를 마시고, 양 꼬치를 먹으며 나누었던 대화를 통해, 무싸는 쿠투쿠자얼의 위험성을 충분히 깨닫게 되었다.

그 날 이후부터 무싸는 쿠투쿠자얼과 거리를 두기로 결심하였다. 항상 조심성 없이 덜렁대기만 하고, 전혀 진지함이 없어 보이는 무싸에게도, 사실은 자신만의 선과 분수가 있었다. 무슨 일이든 건성건성 하고, 늘 야단법석을 떠는 무싸에게도, 사실은 방범 의식과 경계심이 있었다. 어떤 일은 큰소리로 떠들기만 할 뿐, 절대로 행동에 옮기지는 않고, 또 어떤 일에 대해서는 한마디도 입에 올리지 않을뿐더러, 들어도 맞장구조차 치지 않으며, 어떤 일은 아무에게도 내색하지 않고, 슬그머니 남몰래 하기도 하였다. '쿠투쿠자얼처럼 감옥에 잡혀 들어갈 일은 절대 하지 않을 거야!' 무싸는 정신을 똑바로 차리며 속으로 다짐하였다.

그러나 장양이 니야쯔네 집으로 들어간다는 소식을 듣고, 무싸도 마음이 조금 흔들렸다. 그래서 떠도는 소문의 진실여부를 알아보러 대대로 온 것이었다. 그는 사람들의 의논을 들어보고 상황을 살피러 왔다. 그렇다. 단지 듣고 살피러 온 것뿐이었다.

가공공장 뜰 안에 모인 사람들의 중심에 마이쑤무가 앉아 있었다. 그는 주위사람들을 향해 격정적으로 자신의 의견을 펼치고 있었다. 마이쑤무는 표정 속에 교활한 웃음을 숨긴 채 말하고 있었다.

"그거 알아요? 이런 게 바로 정책이라는 거예요! 정책은 말하자면, 상급에서……"

그는 신비로운 표정을 지으며 검지로 하늘을 가리켰다.

"제정한 거예요. 그건 책에 적혀있는 거예요. 공산당과 국민당, 기독교와

이슬람교는 모두 자신의 책이 있어요……"

"그럼 장 조장이 니야쯔네 집으로 이사 가는 것도, 책에 적힌 정책에 따른 결정이겠네요?"

이밍쟝이 물었다. 그러자 몇몇 사람들이 웃음을 터뜨렸다. 마이쭈무는 이 밍쟝이 말로 비꼬고 있다는 것을 알아챘지만, 아직 어린 아이이기 때문에, 굳이 맞서서 상대할 가치가 없다고 생각하였다. 그리하여 그는 정색하면서 말을 이었다.

"물론이죠. 농민들의 소작료와 이자를 삭감하고 악질 토호에 맞서는 운동 이 벌어졌을 당시에도 마찬가지였잖아요? 그 당시 공작조 간부들도 촌장과 백호장이 특별히 준비해놓은 넓은 마당이 있는 큰 집을 칼같이 거절하고, 기 어이 가난한 농민들의 토담집에 묵었잖아요! 비 오면 천장이 새고, 벽 틈새 로 바람이 새어드는 토담집 말이에요."

"어찌 그 때 그 상황이랑 비교할 수 있어요?"

이밍쟝은 인정할 수 없다는 듯 말했다.

"그 당시 가난한 농민들은 압박과 착취를 받는 피착취자이고, 부자들은 가 난한 사람들을 착취하는 착취자였어요. 그렇기 때문에 공작조 간부들이 가 난한 농민들의 집에 묵는 건, 당연한 일이었어요. 그러나 지금은 그때랑 상 황이 달라요. 니야쯔가 피착취자인가요? 천만에요. 최소한 그는 일하기 싫 어하는 건달이에요. 그런데 장 조장이 그런 니야쯔네 집으로 들어간다고 하 니 도무지 납득할 수 없어요!"

"납득할 수 없다고요? 자네가 납득하든 못하든 무슨 상관이에요?"

마이쭈무는 계속하여 망언을 토하였다.

"당신이 뭐든 다 깨닫고 납득하면 큰일 나겠어요."

마이쭈무는 한바탕 크게 웃고 나서 주머니 속에서 작은 수첩을 꺼냈다. 그리고 척 펼치더니 수첩에 적힌 글을 가리키며 말했다.

"정책을 제정하는 건 상급기관의 권한이라고, 마르크스가 말한 적이 있어요. 대중에게는 그 정책을 집행해야 하는 책임이 있어요. 알아요?"

하지만 이밍쟝은 쉽게 넘어가지 않았다. 그는 머리를 쑥 내밀며 말했다.

"그래요? 어디 한번 보여주세요. 그 수첩에 뭐라고 적었다고요? 마르크스가 언제 그런 말을 하였죠?"

랴오니카도 참지 못하고 끼어들어 말했다.

"나도 그 말을 믿을 수 없어요. 해방 이래 우리 당은 정책 제정을 하는데 언제나 대중들의 의견을 구하고 참고하였으며, 대중들에게 그 권력을 돌렸어요. 우리 대중은 이 나라와 사회의 주인이에요. 그렇기 때문에 당신이 인용한 마르크스의 말씀은 그다지 신빙성이 없다고 생각합니다."

"혹시 마이쑤무 님이 스스로 꾸며낸 말이 아닌가요?"

이밍쟝이 말했다. 청중들이 떠들썩하게 웃어댔다. 그 중에 가장 신나서 웃는 사람은 무싸였다. 마이쑤무와 같이 과장까지 맡았던 문화적 수준이 높은 사람이 농촌의 한 젊은이에게 당장에서 까발려지는 모습을 보니 도무지 웃음을 참을 수 없었다. 무싸는 속으로 '어이구, 마이쑤무, 당신 생각이 틀렸다네. 당신의 그 '마르크스의 말씀'이 간부들이나 학생들에게 먹힐지는 몰라도, 농민들에게는 전혀 소용없는 수법이란 거 아시는가?'라고 생각하였다. 농민들에게는 저마다 자신의 이익과 경험이 있고, 시비를 판단하는 자신만의 기준이 있다. 때문에 '아무아무의 말씀'을 인용하여 농민들에게 겁을 주려고 한다면, 그것은 아주 잘못된 선택이다. 이런 면에서는 무싸가 오히려 더 경험이 많았다. 무싸는 항상 농민들의 언어로 큰소리를 치고 허풍을 떨곤 하였기 때문이었다.

사람들의 웃음소리에 마이쑤무는 의기소침해졌다. 궁지에 빠지자 그는 즉시 다른 가면을 바꿔 썼다. 그는 섬뜩하게 소리 내어 웃고 나서는 몸을 약간 기울이며, 오른쪽 중지와 검지로 이밍쟝을 가리켰다.

"훌륭한 내 동생, 자네가 지금 이곳, 내 앞에서는 어떤 말을 해도 위험하지 않아요. 그런데 조금 전 당신이 뭐라고 했어요? 지금의 상황과 농민들의 소작료를 삭감하고 악질 토호에 맞서는 운동이 벌어진 당시의 상황이랑은 완전히 다르다고 했지요? 그 당시의 가난한 사람들은 피착취자이고, 지금의 가난한 사람들은 모두 건달이라고 할 수 있나요!(이밍쟝의 본래 말은 전혀 이런 뜻이 아니었다)"

마이쑤무는 냉소를 짓더니 눈썹을 곤두세우며 말했다.

"그건 틀림없는 반동적 언론이고, 파괴적인 말이에요! 그건 네 가지 불분명한 간부들과 결탁하여, 공작조를 반대하고, 사회주의 교육운동을 파괴하는 행위라고요!"

마이쑤무는 손가락을 굽혀 중간관절로 또 자신의 수첩을 툭툭 치며 말을 이었다.

"현재 그러한 네 가지 불분명한 간부들이 우리 농촌을 통치하고 있어요. 그들은 지난날의 지주보다 더 나쁘고, 촌장과 백극보다 더 악질이에요! 알겠어요? 동생! 긴말이 필요 없어요. 만약 조금 전 했던 말을 그대로 다른 장소에서 했더라면, 당신은 분명 현행 반혁명 분자라는 똥감태기를 쓰게 됐을 거예요!"

사람들은 놀라서 얼빠진 사람처럼 멍해졌다. 무싸도 반쯤 몸을 일으킨 엉거주춤 자세를 고쳐, 허리를 곧게 피고 앉았다. 마이쑤무의 사나운 목소리와 표정 때문에 분위기는 순간(아주 짧은 순간이더라도) 싸늘해졌고, 사람들은 다시 긴장하기 시작하였다. 누군가에게 커다란 똥감태기를 덮어씌우는 공격 방식의 위력이란 바로 이런 것이었다. 마이쑤무는 일찍이 쿠투쿠자얼에게 설명한 적이 있었다. "덮어씌운 감태기가 작으면, 보류와 의논, 협의의 여지가 있기 마련이고, 여차하면 죄를 덮어쓴 사람이 다시 죄를 벗을 가능성이 있지만, 현행 반혁명 분자와 같은 특대 감태기는 조금도 빈틈없이 모든 것을 덮어버릴 수 있고, 땜질한 것처럼 단단히 붙어서 한 치도 움직일 수 없다." 이밍쟝은 화를 버럭 내며 일어나더니 그 자리를 떠나버렸다. 랴오니카도 이밍쟝의 뒤를 따라 나갔다. 그들의 등 뒤에서 마이쑤무의 호탕한 웃음소리가 들려왔다.

같은 시각 제7생산대의 마구간에서도 사람들은 이 일에 대해 논의하고 있었다. 아부두러허만을 비롯한 수염이 허연 노인 네 명이, 마구간에서 가축들에게 쓰이는 도구나 장비들을 수리하고 있었다. 그들은 러허만에게서 이 믿기 어려운 소식을 듣게 된 것이다. 노기등등한 러허만의 얼굴은 일상적인 대화와 안부에 대꾸할 때에도 여전히 풀어지지 않았다.

그들 중 가장 나이가 많은 80세가 넘은 노인 쓰라무(그는 원래 삼림 감시원인데, 겨울 농한기 때마다 일손을 도와 자질구레한 일을 하고 있다)가 위로하며 말했다.

"그만 화 풀게나. 러허만나훙, 살다 보면 어떤 일이든 생길 수 있지. 하늘에 있는 별의 수만큼, 지구에 살고 있는 사람들의 유형도 다양하니까. 낮이 있으면 밤도 있고, 꽃이 있으면 쐐기풀도 있으며, 종달새가 있으면 까마귀도 있고, 준마가 있으면 벌거숭이 당나귀도 있기 마련이라네. 니야쯔가 장 조장의 마음에 들었다면, 그러려니 내버려 두게나……"

이번에는 얼굴이 벌겋고, 몸집이 큰 두 번째 노인이 상냥하게 말했다.

"괜찮네, 러허만 동생! 니야쯔를 개똥이라고 말하는 우리가 있듯이, 그를 장미라고 생각하는 사람도 있는 거라네. 별수 있겠나? 정 그 장미가 마음에 들면, 귀에 꽂고 다니라고 해야지. 그러다가 머리도 목덜미도 더럽혀져야 똥인지 된장인지 구분하게 될 거 아닌가? 어린애들도 마찬가지라네. 불장난을 하지 말라고 귀에 딱지 앉게 타일러도, 말을 듣지 않잖는가! 결국 불에 손이 데고, 한바탕 울고 나서야, 어떤 장난은 치지 말아야 하고, 어떤 장난은 재미가 없는지를 깨닫는 것 아닌가?"

둥그렇고 아름다운 흰 수염을 기른 세 번째 노인은, 쇠망치로 안장을 두들기며 말했다.

"사람들에게 있어, 최악의 감정은 어떤 것일까요? 분노가 바로 가장 나쁜 감정이에요. 분노 속에서는 한 그루의 유익한 풀조차 자랄 수가 없어요. 예를 들자면, 당신이 젖소 한 마리를 기르는데, 하루에 15kg에 달하는 젖을 짜낼 수가 있어요. 그런데 어느 날 갑자기 악마의 눈(惡眼, 위구르족들은 가축들이 병에 걸려 재난을 입으면, 그것은 '악마의 눈'과 마주친 탓이라고 여긴다)과 마주쳐 젖소는 시름시름 앓다가 죽어버렸어요. 따라서 젖도 짤 수 없게 되었어요. 이건 정말 비극이고, 손실이 큰 건 당연한 일이에요. 하지만 이 때문에 만약 분노가 치밀어 식욕을 전패하고, 잠도 이룰 수 없으며, 아내를 탓하고, 아이에게 화풀이를 한다면…… 손실이 배가 되는 거예요. 분노보다 더 괴롭고 사람의 심신을 상하게 하는 건 또 없어요. 때문에 분노 대신, 차분하게 앉아 해결책을 생각하는 게 훨씬 낫지 않을까요?"

"맞아요."

쓰라무도 보충하여 말했다.

"인내할 줄 알아야 해요. 쉽게 분노하면 안 돼요. 인내의 끝에는 황금이 있지만, 분노의 끝에는 재난이 있어요."

"전부 황당무계한 논리예요! 전부 다 그릇된 거예요!"

줄곧 입을 다물고 있던 아부두러허만이 갑자기 소리를 질렀다. 감정이 격해져 눈에 눈물까지 고인 그는 팔을 휘저으며 말했다.

"여러분의 이야기는 낡은 사회가 근로자들의 머리를 마비시키기 위해 사용하였던 그 상투적인 수법과 다를 바 없어요! 난 정말 이해할 수 없어요. 해방된 지도 벌써 몇 년이 되었는데, 여러분은 왜 마오 주석의 저작과 마오쩌둥 사상을 학습하지 않는 거지요? 내가 지금 젖소 한 마리를 잃은 것 때문에 울고 있나요? 나 개인의 이익 때문에 속을 썩이고 있는 건가요? 세상이 원래 그렇다는 건 무엇이고, 언젠가 잘 될 거라는 건 또 무슨 말이에요? 그럼 낮과 밤, 꽃과 쐐기풀, 종달새와 까마귀, 준마와 벌거숭이 당나귀가, 도대체 구별이 있다는 건가요, 없다는 건가요? 까마귀를 종달새로, 벌거숭이 당나귀를 준마로 여겨도 되는 거예요? 쐐기풀들이 가득 자라, 꽃을 몽땅 덮어버리도록 내버려두면 될까요? 아이고, 사랑하는 형님들이요, 지금 어떤 설교를 하고 계시는지 알고 있는 거요?"

나머지 늙은이들은 서로 마주보며 아무 말도 하지 못했다. 러허만이 갑자기 감정이 폭발할 줄 몰랐던 것이다. 물론 러허만이 진지하게 파고들자, 그들도 자신의 무사안일의 태도와 용부(庸夫, 변변치 못하고 졸렬한 남자 – 역자 주) 같은 논리를 부끄럽게 생각하였다. 둥근 수염의 노인이 중얼 거리듯 말했다.

"성깔이 대단 하군 자네!"

"장 조장이 어떤 사람이죠?"

러허만은 목소리를 조금 낮췄지만, 여전히 씩씩거리며 물었다.

"사회주의 교육 간부죠?"

"우리는 어떤 사람인가요?"

"우리가 어떤 사람이냐고?"

나머지 노인들은 러허만의 질문을 잘 이해하지 못한 듯 되뇌었다.

"우리는 공사의 구성원이지 뭐에요. 어떤 구성원이에요? 출신이 뭔가요?"

"당연히 빈농이지!"

"빈농은 어떤 사람들인가요?"

얼굴이 벌건 노인이 한참 생각하더니 대답하였다.

"혁명의 선구자지!"

"맞아요! 바로 그거예요! 얼마나 정확한 표현이에요!"

러허만은 환호를 보내며 말을 이었다.

"거봐요, 형님도 이미 「후난 농민운동에 대한 고찰 보고(湖南農民運動考察報告)」를 학습하였잖아요! 장 동지는 간부이고, 우리의 지도자이며, 우리는 혁명의 선구자이고, 혁명운동 중에서 앞장을 서야하는 사람이에요. 그렇다면 장 조장이 불구덩이 속으로 걸어 들어가고 있다는 것을 알면서 어찌 뒤에서 보고만 있을 수 있단 말인가요? 어찌 분노하지 않고, 맞서 싸우지 않으며, 될 대로 되라고 내버려 둘 수 있단 말인가요?"

"휴, 동생!"

쓰라무 노인은 긴 한숨을 내쉬며, 나머지 두 명의 노인을 대신하여 대답하였다.

"우리는 다만 화가 난 당신을 위로하고 달래주려고 했던 거라네. 그런데 말하다 보니, 그다지 옳지 않은 논리들을 펼쳤던 건 사실이네! 자네 말이 맞네, 맞아! 정당하지 못한 일을 보면, 투쟁해야 하는 게 맞지. 하지만 반드시 노기등등하여 소리를 버럭버럭 질러야만 투쟁할 수 있는 건 아니지 않는가? 80세 넘은 이 늙은이에게 조금 낮은 소리로 말할 수는 없는 건가?"

"아이고, 맞는 말씀입니다!"

러허만도 웃으며 말했다.

"반성할게요. 반성할게요. 제 태도가 나빴습니다."

다들 같이 한바탕 호탕하게 웃었다.

"아무리 나이가 들어도 학습은 놓지 말아야 해요! 생산대에서 마오 주석 저작 학습을 조직할 때마다, 왜 우리 이 몇몇 늙은이들은 부르지 않는 거지?"

둥근 수염 노인이 서운하다는 듯이 말했다.

"내 생각엔 우리 몇몇 늙은이들끼리 모여 학습조(學習組) 하나를 만드는 게 좋을 거 같아요. 그리고 조장은 우리들 중에서 가장 젊은 러허만 동생이 맡으면 되고요!"

쓰라무가 제의하였다. 그들은 또 다 같이 웃음을 터뜨렸다. 비평과 자아성찰을 통해 그들은 단결과 우애를 새롭게 다졌다. 그리고 네 늙은이는 의논 끝에 점심 휴식시간에 공사로 찾아가서, 장양이 니야쯔네 집으로 들어가는 일에 관해 의견을 반영시키기로 결정하였다. 점심때가 되었다. '그중 젊은' 아부두러허만을 비롯한 수염이 허연 네 명의 노인들이 각각 당나귀를 타고 호호탕탕하게 공사로 찾아갔다.

사람들마다 이 일에 대해 의논이 분분하였다. 아침에 생산대의 문화실에 서 투얼쉰베이웨이와 몇몇 여자애들은 일을 시작하기 전, 잠깐의 틈을 내 무대 연습을 하고 있었다. 그들은 대대에서 조직한, 혁명노래(紅色歌曲) 부르기 경연대회에 참가하기 위해 준비 중이었다. 네 가지 정돈 공작대원인 마이나얼이 문화실에 들어서자마자 투얼쉰베이웨이가 재빨리 달려가 물었다.

"장 조장이 니야쯔 네 집으로 이사 간다고 하던데, 사실인가요?"

"아마도 사실인 거 같아요."

마이나얼은 마치 미안한 일을 저지르고 나서, 투얼쉰베이웨이에게 딱 걸린 사람처럼 머뭇거리며 애매모호하게 대답하였다.

"왜요? 니야쯔 네 집으로 들어가면 어떤 좋은 점이 있는데요?"

"누군들 알겠어요?"

마이나얼은 머리를 갸우뚱하였다.

"모르면 어떻게 해요? 마이나얼! 어디로 가면 안 돼서 하필 니야쯔네 집으로 들어간다는 거예요? 내가 다 낯 뜨거워요. 당신네 조장은 도대체 뭘 하려는 거지요? 눈이 어디에 붙은 거죠? 귀는 뒀다가 어디에 쓴대요? 종일 괴이쩍게 굴면서, 남몰래 무슨 일을 꾸미는 건지 모르겠어요. 병아리를 잡아먹으려는 피스카커(匹什卡克, 살쾡이를 말한다)처럼 말이에요. 그리고 어딜 가나 항상 주위를 두리번거리는데, 마치 돌멩이에 얻어맞은 강아지 같기도 해요……"

"투얼쉰베이웨이! 함부로 말하지 말아! 사회주의 교육 간부에게 그런 표현을 사용해서는 안 돼! 얼른 와서 노래 연습이나 하자!"

같은 또래의 한 여자애가 투얼쉰베이웨이를 말리며 말했다.

"하나도 두렵지 않아요."

투얼쉰베이웨이는 웃음을 터뜨렸다.

"비록 말은 듣기 거북하지만, 내 성의는 진실하다고요. 사회주의 교육 간부들이 우리 대중들과 멀어지거나 이탈되지 말기를 바라는 마음이에요. 마이나얼, 내 의견과 내가 했던 말을 하나도 빠짐없이 그대로 장 조장에게 전달해줘요. 아니면 내가 직접 찾아가서 말하는 수밖에 없어요!"

공급수매합작사 판매부에서 구하이리바눙은 무늬비단을 끊으면서 계산대 앞에 서있는 몇몇 부녀자들에게 말했다.

"이번 일 때문에, 러허만 영감은 화가 나 죽을 지경이라고 하지요? 이리하무 대장도 너무 놀라서 어쩔 줄 모른다고 하고요……"

"정말이에요?"

그 중 한 여자가 물었다. 구하이리바눙은 남자와 같은 특유의 저음으로 정식 발표하듯 말했다.

"믿기지 않아요? 그럼 직접 가서 확인해 봐요. 아부두러허만 노인 네 집 문어귀에서 공작조 간부들이 소달구지에 짐을 싣고 있는 것을 내 눈으로 정확히 보았다니까요!"

아부두러허만네 집 문어귀에서 이타한은 눈물을 글썽거리며 소달구지에 짐을 싣고 있는 사회주의 교육 간부들을 바라보고 있었다. 이타한은 싸칸터를 한쪽으로 부르더니 더듬거리며 말했다.

"나에게 말해 주세요. 동지! 당신들 화가 나서 나가는 건가요? 왜 다들 표정이 그리 어두워요? 내가 만든 음식들이 입에 맞지 않아요? 탕몐 안의 순무덩이가 너무 많았죠? 장양 조장은 무슨 음식을 좋아해요? 내가 몇 번씩이나 물었는데, 당신들은 왜 아무 대답도 하지 않아요? 혹시 당신들이 묵는 방이 편하지 않아서 그래요? 그래서 내가 원래는 그 방의 모든 물건들을 우리 방으로 옮기자고 했는데, 우리 집 영감이 수수이삭(高梁須) 몇 묶음과 단철한 장쯤은 큰 문제가 아니라며, 기어이 우기는 바람에 관뒀어요. 아니면 우리랑 방을 바꿀까요? 당신들이 우리가 지금 쓰고 있는 좀 더 넓은 방을 쓰도록 해요. 괜찮아요. 아니면 우리가 무심결에 말실수를 해서 당신들 기분을 상하게 했어요? 우리 농민들은 지식이 없어서 그래요. 우리 집 영감은 또 워낙 성미가 급한 사람이라서……"

"어머님, 그런 게 아니에요. 아니에요. 우리는 그 동안 한 번도 불편하다고 생각하거나 기분이 상했던 적이 없어요……"

"그런데 왜 가려는 거예요? 혹시 저쪽에 있는 당나귀의 듣기 싫은 울음소리가 당신들의 수면을 방해한 건 아닌가요? 혹시 낭을 구울 때, 당신들 방과 가까이에 있는 흙화덕에서 나는 연기 때문에 숨이 막히던가요? 동지! 내가 한 말을 장양 조장에게 번역해줘요. 나는 당신들이 갑자기 떠난다고 하니, 마음이 너무 아파요! 당신들은 우리들을 위해 가족의 품을 떠나, 도시를 떠나, 우리 이 가난한 농촌에 일하러 왔어요. 고생하는 당신들을 위해 우리는 당신들의 생활을 조금이나마 더 편안하게 따뜻하게 보살펴주고 싶어요. 이건 마땅히 우리가 해야 할 일이에요. 만약 나의 보살핌이 모자랐다면, 비판해도 좋아요. 더 잘할 수 있도록 노력할게요. ……"

쿠와한은 이리 뛰고 저리 뛰고 왔다 갔다 하면서 분주하게 돌아다녔다. 두건이 어깨까지 흘러내리고, 양말이 발등까지 벗겨진 것도 모른 채 뛰어다녔다. 그리고 여기에서 재잘재잘, 저기에서 재잘재잘, 귀청이 찢어지는 듯한 날카로운 목소리로 다급하게 두서없이 떠들어댔다. 그녀는 생산대의 출납원을 찾아가서 말했다. "10위안을 먼저 지불해줘요. 장양 조장이 오늘부터 우리 집에서 묵는다고 하는데, 맛있는 음식을 만들어 대접해야 하지 않겠어요?"

그녀는 또 러이무 부대장을 찾아가 "옥수수 속대 한 차를 실어다 줘요. 공작조 간부들에게 음식을 만들어 접대해야 해서요!"라고 하였다. 그녀는 큰 사발 하나를 들고 가서 이웃집 대문을 두드렸다. 그리고 "유피 한 사발만 줘요. 원수 같은 대장이 우리 집 젖소를 빼앗아간 바람에, 장양 조장을 대접할 우유차가 없네요!"라고 말했다. 쿠와한은 또 공급수매합작사의 소·양 고기를 파는 판매부에 찾아와서, 줄 선 사람들을 무시한 채 맨 앞까지 비집고 나와 양 도살자에게 당당하게 말했다. "오라버니, 품질이 좋은 고기를 줘야 해요. 가장 살찐 쪽으로 주세요. 뼈다귀는 주지 말고요. 이건 공작조의 간부들이 드실 고기니까, 특별히 신경 써줘요!"

그는 숨을 헐떡거리면서도, 만나는 사람마다 붙잡고 말했다. "공작조 간부들의 눈과 마음은 정말 밝은 거 같아요. 우리와 같이 가난하고 가엾은 사람들을 한눈에 알아보고, 특별히 아껴주니까요. 장 조장은 니자훙과 벌써 여러 차례 담화를 나누었어요. 단정 지을 수는 없지만, 장 조장이 우리 집 니자훙을 선택할 수도 있을 거 같아요. ……"

싸칸터가 허순에게 말했다.

"이타한 아주머니가 무척 속상해 해요. 러이무 어르신도 화가 났어요. 이게 과연 잘된 선택일까요? 우리가 너무 매정한 건 아닐까요? 최소한의 예의는 지켜야 했는데. 노인네가 우리들의 생활을 보살펴주느라, 그동안 정말 신경을 많이 썼어야지요. 그런데 어떻게 '고맙다'는 인사 한마디도 하지 않고, 짐부터 실을 수 있어요?"

그러자 허순이 말했다.

"다른 사원들도 우리의 결정에 대해 어떻게 생각할지 모르겠네요! 적어도 내가 접촉했던 사람들 중에서 니야쯔를 좋다고 한 사람은 한 사람도 없었는데……"

싸칸터가 말했다.

"바로 그 점이 이상하다는 거예요. 상급기관의 규정에 따라 생산대 관리위원회(管委會) 위원도 간부에 속하고, 그들도 역시 심사 대상이라고 한다면, 니야쯔보다 품성이 더 좋은 다른 사원네 집으로 갈 수도 있잖아요. 왜 하필 니야쯔 파오커네 집으로 가는 건지 도무지 납득할 수 없네요!"

허순이 말했다.

"당신의 의견이 맞아요. 우리 조장이 약간 괴팍스러운 데가 있어요. 무슨 생각을 하고 있는 건지 도대체 모르겠어요. 얼굴이 항상 굳어있는데, 얼굴이 굳어 있어야만 계급투쟁을 철저히 실천하는 게 되는 건가요? 아니지요. 그건 계급투쟁이 아니라 모든 사람이 그에게 빚을 진 것 같은 표정이에요……
조장은 여기에 빚 받으러 온 사람인가요? 이렇게 하다가는 언젠가 큰 문제
가 생길 거 같네요…… 마이나얼과 의논해서 함께 조장을 찾아가 진지하게
한 번 이야기를 나누는 게 좋겠어요."

이리하무는 밤새 뒤척이느라 잠을 설쳤다. 그는 미치얼완을 친정으로 보
낸 뒤, 다시 한 번 곰곰이 생각해 보았다. 그리고 마음을 굳게 먹었다. 그제야
마음이 한결 편안해졌다. 그는 사회주의 교육 간부들이 이사를 하느라 한창
바삐 돌아가고 있는 틈을 타 장양의 '잠시 중지'라는 명령에 관계없이 동원
할 수 있는 모든 노동력을 동원하여 수로 공사장으로 향했다. 사람들이 의아
해하며 어찌된 일이냐고 물을 때면, 그는 순박하게 웃으면서 "어떻게 된 건
지, 나도 잘 모르겠어요!"라고 대답하였다. 이것은 사원들의 각양각색의 질
문에 대한 이리하무의 유일하고도 가장 진실한 답변이었다.

이제 장양이 니야쯔 네 집을 선택하게 된 자초지종에 대해 한 번 의논해
보려고 한다.
사람들은 진리의 힘에 대해 누구나 잘 알고 있다. 그러나 오류도 그만의
힘과 독특한 매력이 있다는 것을 미처 생각하지 못했을 것이다. 진리가 진
리인 이유는 객관적인 세계를 여실하게 반영하고, 사물의 본모습을 밝혀주
기 때문이다. 반면에 오류는 객관적 실체의 속박에서 벗어난 것이다. 그것
은 마치 지면 위에서 단단히 붙잡고 있는 줄의 구속에서 벗어난 연과 같아
한동안 이 연은 줄과 연결되어 있는 연보다 더 높고 더 멀리 날 수 있다. 신
기루의 기이한 풍경은 지상의 그 어떤 도시보다 더 아름답고, 열매가 열리
지 않는 꽃은 언제나 씨받이 꽃보다 더 화려하다. 1에 1을 더하면 2라고 인

정하는 사람은 평범하고 속된 인간이 되기 쉽지만, 1에 1을 더하면 3이라고 애써 논증하려는 사람은 오히려 뛰어난 재주를 지닌 거장처럼 보인다. 특히 아는 게 별로 없고, 경박하고 거리낌이 없으며, 겉만 번지르르하고 실속이 없고, 요령꾼 기질을 타고난 사람들에게 있어, 화려하지 않고 질박한 진리는 너무나 평범하고, 단조로우며 딱딱한 것이다. 반면에 오류는 그들에게 있어 여러 가지 새로운 수작을 부릴 수 있게 하고, 사람들을 소스라치게 놀라게 할 수 있으며, 자기 뜻에 따라 발견·제정·발휘·변화가 가능하고, 들으면 귀청이 떨어질 것 같고, 보면 현기증이 날 것 같은 더할 나위 없이 오묘한 매력을 지닌 것이다. 더욱이 이런 황당무계한 논리가 '좌경'적 색채에 물들고, '혁명'의 테를 두르고 나면, 그것의 인식상의 허황된 매력에, 정치상의 실용적이고 효과적인 매력까지 더해지게 된다. 더욱이 계급투쟁과 프롤레타리아 독재정치의 위력을 함께 지녔을 때에는, 그것은 더욱 유혹적이고 위협적인 것으로 변한다.

그렇기 때문에 상급기관에서 인쇄 배포한 '경험' 중에 나타난 일부 '좌'보다 더 '좌'적인 논조를 보았을 때, 장양과 같은 사람은 분명히 감정이 격앙되고 온몸으로 짜릿함을 느끼면서, 홀린 듯이 완전히 빠져들게 되었을 것이다. 장양 본인의 편견에 의해 그는 농촌과 농민을 근본적으로 얕보는 경향이 있었고, 농촌의 말단 간부들과 근본적으로 어울리고 싶어하지 않았다. 하지만 장양도 수차례 농촌에 내려와 농민들과 함께 노동을 하고 업무를 보았으며, 가난한 하층 중농들의 훌륭한 품성에 대해, 구두로는 여러 번 크게 떠벌린 적도 있었다. 뿐만 아니라 농촌과 농민을 얕보고, 농민들과 어울리기를 꺼려하는 자신의 심리에 대해, 건성으로 반성하기도 하였다. 그리고 반성하는 그 순간의 마음은 완전히 허위적인 것만도 아니었다. 그러나 일부 '경험'들이 그의 이러한 심리에 그럴듯한 명목을 세워주었다. 이 두 가지는 단번에 들어맞았고 그의 머릿속에는 음산하고 암담한 우리나라 농촌의 모습이 한 폭의 그림처럼 펼쳐졌다.

그는 속으로 공산당이 영도하는 프롤레타리아 독재를 실행하는 사회주의의 농촌의 상황을, 국민당·지주계급이 통치하던 낡은 사회의 농촌의 상황과 비슷하게, 심지어 그 당시보다 더 나쁘게 생각한 것이다. 즉 사회주의 교육운동을 할 때, 농촌의 상황을 파악하고 대중들의 적극성을 동원하는 임무를 수행함에 있어, 토지개혁운동 때보다 더 어렵고 심각한 태도를 취하라는 뜻이 아니고 무엇인가? 농촌간부를 본바닥의 건달, 대머리 독수리(座山雕)로 취급하면서, '권세를 이용하여 손바닥으로 하늘을 가리라'는 뜻이 아니고 무엇인가?

농촌의 사회주의 교육을 해야 하는 이유는 수많은 사람들이 반대와 파괴 활동을 하고 있고, 낡은 반혁명 세력들은 소멸되지도 개조되지도 않았을 뿐더러, 엎친 데 덮친 격으로 '신생 반혁명 세력'들이 대량으로 증가하였기 때문이라고 말하고 있는 게 아닌가? 장양은 이러한 사상을 완전히 받아드렸다. 뿐만 아니라 자만과 자신감으로 가득 차 있었다. 장양은 자신을 제외한 모든 사람들은 우파인사이고, 확고부동하게 혁명적 좌파에 따라 발을 맞출 수 있는 사람은 자신뿐이라고 생각하였다.

장양은 바로 이러한 분위기 속에서, 이러한 사상 상태로, 이리의 본 공사의 애국대대와 제 7생산대에 내려오게 된 것이다. 당시 전국은 새로운 혁명의 절정에 다다라 있었다. 도시에서는 한창 '오반'운동을 진행하고 있었고, 문예계(文藝界)와 위생분야(衛生界)에서는 정풍운동을 벌이고 있었다. 일부 영향이 나쁜 영화는 비판을 받고 있었다. 혁명이 절정에 다다른 분위기 속에서, 옥과 돌이 뒤섞이고, 흙과 모래가 같이 떠내려 오는 현상은 면하기 어려웠다. 절정에 다다른 혁명의 열기는 장양의 정치적 열정을 불러일으켰고,

물결치는 대로 흘러가려는 심리를 유발하였다. 선입견을 가지고 내려온 그는 도착한 첫날부터 각 방면이 수상쩍게 느껴졌다.

이리하무가 그의 뒤를 쫓아다니며 상황을 보고하려고 하는 행위는, 네 가지 불분명한 간부가 그의 눈과 귀를 좌지우지하기 위해 부리는 수작이라고 생각하였고, 그들에 대한 이리하무의 친근한 태도와 정성스러운 보살핌도, 역시 네 가지 불분명한 간부의 달콤한 속임수라고 그는 생각하였다. 그리고 이리하무가 생산대의 업무를 단단히 장악하고 있으면서, 어느 한 방면도 소홀히 하지 않고, 이러한 상황에서 여전히 책임을 도피하지 않는 것을 보며, 그는 권력을 장악하고 놓지 않으려는 네 가지 불분명한 간부의 악착같은 모습이라고 생각하였다.

사원들이 이리하무에 대해 칭찬을 아끼지 않을 때마다 그는 또 네 가지 불분명한 간부가 사람들의 언론을 치밀하게 통제하고 있다는 징조라고 짐작하였다. 행동거지가 언제나 침착하고 낙관적인 이리하무를 보며, 그는 자신에게 끝까지 머리를 숙이려 하지 않는 네 가지 불분명한 간부의 도발이라고 여겼다. 윤중신과 기리리, 베슈얼이 이리하무의 방법을 반대한다는 것은 곧 그들이 우경사상에 도취해 있다는 것을 설명해주는 것이고, 다시 말하자면 장양 그의 출중한 정확성을 증명하는 것이라고 생각하였다. 그리하여 그는 다른 사람의 말에 흔들리지 않고, 계속 독단적으로 행동하기로 결심하였다. 그는 자신의 기량을 충분히 발휘하여, 큰 성과를 거둠으로써 우경인사들에게 그의 대단함을 보여줄 것이라고 다짐하였다.

장양에게 있어 니야쯔가 남달리 소중한 이유는, 니야쯔는 이리하무에 대해 고발한 유일한 사원일 뿐만 아니라, 그가 애타게 찾고 있는, 그에게 꼭 필요한, 농촌 간부들에게 모욕을 당하고 박해를 받은, 가난한 농민의 전형적인 형상이기 때문이었다. 더 중요한 것은 이리하무를 지켜주려는 사람이 많을수록, 이리하무가 생기가 넘치면 넘칠수록, 여전히 책임을 회피하지 않고, 두려워서 몸을 벌벌 떨지 않으면 않을수록, 그는 이리하무의 추종자들인 러허만 등 사람들에게 더더욱 치명적인 타격을 가하고 싶었다. 니야쯔 네 집으로 이사 가든, 피야쯔 네 집으로 이사 가든 그다지 중요한 문제가 아니었다. 이리하무와 그의 추종자들에게 타격을 가하는 것이야말로 가장 중요한 것이었다. 자신의 결정을 발표하였을 때, 이리하무와 러허만, 허순과 싸칸터 등이 깜짝 놀라며 당황하던 모습, 짐을 실을 때, 분노하던 아부두러허만과 속상해하던 이타한의 모습을 보며 그는 형언할 수 없는 만족감을 느꼈다.

그는 더없이 즐거웠다. 니야쯔 네 집으로 이사 가던 그날 밤, 장양은 상례를 깨고 회동을 소집하지 않았고, 사원들과의 개별적인 면담도 하지 않았으며, 담배를 줄줄이 태우며 사색에 빠지지도 않았다. 그는 갑자기 '한가함을 탐내 게으름을 피우는 소년(偸閑學少年)'이 된 듯, 공사의 구락부에 가서 밤새 탁구를 쳤다. 그는 누차 뛰어오르며 탁구채를 높게 들어 올려 스매시를 날렸고, 흥분되어 소리를 고래고래 질렀다. 그리고 탁구공이 네트를 넘어가든 말든, 밖으로 나가든 말든, 그는 신이 나서 힘껏 쳤다. 그는 탁구에 정신이 팔려 밤이 깊어서야 집으로 돌아왔다. 니야쯔네 집에 들어서자마자 쿠와한은 몹시 당황해하며, 오후에 부식품 사러 시내로 나간 니야쯔가 지금까지 돌아오지 않고 있다고 말했다. 장양은 이 말을 듣는 순간 문득 걱정과 불안감이 밀려왔고, 어쩔 줄을 몰라 허둥거리기 시작하였다.

'사고가 난 것 같다!'

장양은 속으로 생각하였다.

윤중신 대장이 '사호(四皓)[07]'를 접대하다
거짓말과 무고(誣告)는 어떻게 날조된 것인가?

수염이 흰 노인을 접대한 사람은 윤중신이었다. 그들이 반영한 의견은 네 가지 정돈 공작대 대장의 고도의 중시를 불러일으켰다.

윤중신은 이 공사에 온 지 벌써 반달이 넘었다. 공작대 본부의 보고·약보·통계·회담 등에 관한 제도를 모두 배치한 후, 그는 공사에서 가장 멀리 떨어져 있는 목축업 작업조인 칭수이(淸水) 대대의 업무를 담당하고 있었다. 그런데 이 대대에는 상당히 심각한 문제가 있었다. 공급수매합작사는 그곳에 위탁 판매소(代銷點) 하나를 세우고, 판매원 한 사람을 파견하였다. 그런데 이 판매원의 내력이 의심스럽고, 행위가 단정하지 않을뿐더러, 법률이나 규율 따위를 안중에 두지 않고 온갖 나쁜 짓을 다 저지르는 사람이었다. 판매원은 물건을 팔 때, 상대가 만약 일반 사원이면 기만과 편취의 기회를 놓치

---

07) 사호 중국 진시황 때에 난리를 피하여 산시성(陝西省) 상산(商山)에 들어가서 숨은 네 사람을 가리킨다. 호(皓)란 본래 '희다'는 뜻으로, 이들이 모두 눈썹과 수염이 흰 노인이었다는 데서 유래한다.

지 않고 한두 근씩 떼어먹거나, 또 물 타기를 하고 불량품을 섞거나, 마음대로 가격을 올리는 등 부당한 행위를 일삼았던 것이다. 그리고 사원들로부터 물건을 수매할 때에는 천방백계로 꼬투리를 잡아 값을 떨어뜨리고, 가격을 낮추고 우수리를 떼어냈으며, 본 대대가 외진 모퉁이에 위치해 있고, 대부분 사원들이 현금이 아쉬운 상황을 이용하여, 횡령하고 중간에서 사복(私腹, 개인의 사사로운 이익이나 욕심 – 역자 주)을 채웠던 것이다. 다른 한편으로는 짧은 기간에 그는 또 수많은 간부들을 구렁텅이로 끌어들였는데, 간부들을 꼬드겨 공적인 인기상품을 사사로이 나누어가지고, 헐값에 수매해 온 농산물과 부업 생산물을 전매였으며, 심지어 일부 간부를 부추겨 집단 재물과 재산을 훔치게 한 다음, 그것으로 다른 상품으로 교환하기도 하였다. 그가 경영하고 있는 위탁 판매소는 네 가지 불분명한 간부들의 활동 거점이 되었고, 위에서 서술한 불법 활동 외에도, 그는 또 판매소에서 늘 진탕 먹고 마시면서, 집단 도박을 하고, 마약까지 했다. 그야말로 몸서리치게 놀라운 상황이었다.

그곳의 공작조는 도착하자마자 드높은 기세로 대대적인 선전 및 동원 공작을 전개하였다. 공작조는 당의 기본노선과 네 가지 정돈 운동의 의의·방침·정책 및 방법에 대해, 인민 대중들에게 명확히 설명해주었다. 그리고 그들은 수많은 시가·쾌판(快板, 설창 문예의 일종 – 역자 주)·토막극(活報劇, 시사 문제 따위를 드라마 형식으로 취급하여 대중에게 쉽게 이해시키고자 하는 일종의 계몽 선전극 – 역자 주)을 창작하고 공연하였으며, 벽보(牆報)·칠판 신문(黑板報)·화보(畫刊) 등을 열심히 편집하였다. 그들의 노력으로 인해 현재 그곳의 대중들은 이미 적극적으로 운동에 참여하고 있고, 대량의 열성분자들도 배출되었다. 공작조는 선전공작이든, 장부검사든, 상황 조사든(생산을 조직하고, 분배를 실행하는 업무에서는 더 말할 것도 없었다), 모두 가난한 하층 중농들 중의 열성분자들을 흡수하여, 그들과 함께 진행하였다. 이곳의 혁명적 분위기는 아주 강렬하였다.

윤중신은 또 기타 몇 개 대대에도 갔었다. 그 몇 개 대대의 지도부는 비교적 훌륭하여 별다른 문제가 없었다. 특히 신생활대대는 이름난 선진집단(先進單位)이었다. 대대 지부에서는, 지주와 자산계급의 부패를 방지하기 위해, 항상 경각성을 늦추지 않았고, 간부들의 횡령과 낭비, 권력을 이용하여 부당하게 이익을 챙기는 등의 현상에 대해, 엄중하게 처리하고 바로잡았다.

1963년에 중앙으로부터 농촌의 네 가지 정돈 운동에 관한 일련의 문건이 내려온 뒤로부터, 그들은 문건의 주지에 따라 이미 적지 않은 공작을 진행해왔다. 신생활대대의 공작조는 대중에 대한 선전 및 동원을 광범위하게 진행하고, 간부들 속에서 나타나는 문제를 조사하는 한편, 대대 지부의 각 방면의 공작이 더 순조롭고 정확하게 진척되도록 도와주고 있었다. 특히 간부들이 노동에 참가하는 문제, 재정제도를 엄격히 하는 문제, 적정관념을 강화하고, 적대 세력에 대한 투쟁을 전개하는 문제, 무산계급의 사상으로 농촌의 여가문화생활의 진지를 점령하는 문제에 관하여, 한창 열띤 토론을 벌이고, 더욱 효과적인 조치를 제정하고 있었다. 동시에 공작조는 대대의 기술 간부와 함께 농토의 기본 건설과 경작제도의 개선, 새로운 농업기술의 보급과 발전을 위한, 장기계획을 의논 및 제정하고 있었다.

윤중신은 자신을 비롯한 네 가지 정돈 공작대는, 한 대의 양수기(揚水機)처럼 톱니바퀴와 부품들이 모두 정상적으로 운행되고 있다고 생각하였다. 그들은 일상적인 농촌생활의 강물을 프롤레타리아 독재정치 아래에서, 자발적으로 계속하여 혁명하는 고도까지 추진시키고 빨아올리고 있다고 생각하였다.

생활의 강물은 영원히 세차게 흘렀다. 반달 남짓한 시간이 흘렀다. 그 동안 윤중신의 마음을 가장 감동하게 하고, 충실하게 채워주며, 생각할 때마다 늘 명절과 같은 격앙된 정서를 부활케 하고, 윤중신으로 하여금 30년대 갓 혁명대오에 참가했을 당시의 기분을 떠올리게 하는 건 무엇이었을까? 바로 자신도 이 생활의 강물 속에 뛰어들었기 때문이다! 전쟁 시기를 제외하고 자신이 토지 및 인민들과 이토록 가깝다고 느껴본 적이 한 번도 없었다. 토지와 인민은 모든 위대하고 휘황찬란한 혁명사업과 혁명적 이상의 출발점이고 귀착점이다.

더욱이 이러한 토지와 인민, 익숙하고도 신선한 인민은, 그가 간직하고 있던 수많은 가장 소중한 추억들을 환기시켜주었고, 완전히 새로운 경험과 지식으로 그의 머리와 마음을 풍부하게 해주었다.

윤중신이 진심으로 바라고, 고집스럽게 추구하는 것은, 위구르족 인민들에 대해 더욱 많이 이해하고, 또 그들의 믿음과 우정을 얻는 것이었다. 그는 역사를 배운 적이 있다. 그는 한나라(漢朝) 및 당나라(唐朝) 때부터 서역과 내륙은 이미 아주 긴밀한 관계를 갖고 있었다는 것을 알고 있었다. 칭수이대대의 공작조에 훈장과 같은 인물이 있는데, 대학교에서 한족 학생들에게 위구르어를 가르치는 전임 강사였다. 이 강사는 윤중신에게 여러 가지 지식을 설명해주었다. 그는 언어상으로만 보아도 위구르족과 한족 사이에는 서로 갈라놓을 수 없는 연결점이 있다는 것을 알 수 있었다.

이러한 역사를 많이 알면 알수록, 윤중신은 한 공산당원으로서, 또 마오 주석의 지시를 받고 온 노전사로서, 위구르족 인민들을 위해 반드시 더욱 많은 일을 해야 한다는 생각이 들었다. 위구르족 인민들과의 간격을 없애고, 그들에 대해 더욱 많이 이해해야 하고, 민족단결과 조국의 통일을 위해 힘을 보태야 하며, 우리 선조들보다 훨씬 많은 노력을 해야 한다고 생각하였다. 이것은 역사가 현재 신장에서 일하고 있는 모든 한족 간들에게 부여한 하나의 신성한 책임이었다.

그러나 가장 어려운 문제는 언어가 통하지 않는다는 점이었다. 윤중신은 위구르어를 모른다는 것 때문에 자신을 믿고 존경하는 위구르족 인민들 앞에 늘 면목이 없다고 생각하였다. 그리하여 그 나이와 지위에도 불구하고 그는 보기 드물 정도의 열정으로 누구보다도 열심히 위구르어를 배우고 있었다. 뿐만 아니라 비록 시간이 필요하겠지만, 노력만 한다면, 위구르어는 천천히 배워 익힐 수 있다는 자신감을 가지게 되었다. 그리고 일단 위구르어만 잘 하게 된다면 이곳에서는 이 한 가지를 통해 백 가지를 알 수 있고, 가는 곳마다 순조로울 것이라는 것도 깨달았다. 동시에 언어가 통하지 않음에도 불구하고, 통역의 도움을 받거나, 심지어 통역을 할 수 없다면 표정과 손짓을 통해서라도, 윤중신은 여전히 위구르족 인민들과 사상과 감정을 열심히 교류하고 있었다. 비록 언어가 다르지만 그들의 마음은 여전히 같은 곳에서 공명을 자아낼 수 있었다. 윤중신의 마음은 스펀지와 같았다. 그는 시시각각 위구르족 인민들의 의견과 소망, 생활과 언어를 빨아들이고 있었다. 그는 이곳을 사랑하게 되었고, 더욱이 이곳에서 살아가고 있는 인민들을 사랑하게 되었다.

위구르족 사람들과 함께 생활하다 보면, 처음엔 생활 습관상에 한족들과 현저한 차이가 있다는 것을 느끼게 된다. 예를 들어, 위구르족들은 바느질을 할 때, 한족과 다른 방식으로 바늘을 잡는데, 엄지를 가장 아래에 두고, 중지와 검지를 가지런히 그 위에 두는 것이다. 그리고 바늘귀는 바깥쪽으로 향하고, 바늘 끝은 안쪽으로 향하는데, 바늘이 직물을 통과하였을 때, 만약 오른손잡이이라면, 가슴 안쪽으로, 왼쪽 뒤 방향으로 실을 잡아당기고, 만약 왼손잡이라면, 왼손으로 바늘을 잡는다면, 오른쪽 뒤 방향으로 실을 잡아당기며, 동시에 엄지를 바늘 윗부분으로 옮겨 잡는다.

위구르족들은 대패질을 할 때에도 마찬가지로, 밖으로부터 가슴 안쪽으로 대패를 잡아당기며 사용한다. 들은 바에 의하면 러시아 목수들도 이와 같은 방법으로 대패를 사용한다고 한다. 위구르족들은 글자를 오른쪽에서 왼쪽으로 가로로 쓴다(신 문자를 사용하면서부터, 왼쪽에서 오른쪽으로 가로로 쓰는 것으로 바뀌었다. 그런데 근 30년 동안 신 문자의 보급 사업이 중지되었다). 위구르족들은 빨래를 할 때, 옷을 물에 담근 채 빠는 것이 아니라, 물을 퍼 옷에 끊임없이 붓는 방식으로 한다. 물 한 번 붓고, 한참을 주무른 다음, 물을 짜고, 다시 물을 붓는 식이다. 위구르족들은 발효시킨 밀가루 반죽으로 음식을 만들 때, 절대 소다를 사용하지 않는다. 그들은 주로 반죽의 발효 정도를 정확하게 장악하는 방법으로, 만들어낸 음식의 신맛을 조절하는데, 이런 방법은 동시에 누룩의 향기와 영양가의 유실을 방지할 수 있다.

위구르족들은 주식과 반찬의 간을 똑같게 만든다. 그들의 주식인 낭·찐빵·쌀밥·꽃빵(花卷) 등은 모두 간이 되어 있어, 처음 먹어본 사람들에게는 조금 짜게 느껴진다. 그리고 그들은 부식인 삶은 고기·볶음 요리·국 등은 오히려 비교적 싱겁게 간을 한다. 이와 같이 위구르족들의 생활습관과 한족의 생활습관에는 헤아릴 수 없이 많은 차이점이 존재한다.

그러나 위구르족들에 대해 좀 더 알고 나면, 생활 습관상의 차이가 결코 중요한 것이 아니라는 것을 깨닫게 된다. 이보다 더 중요한 것은 그들의 사랑스럽기 그지없는 자유분방하고, 낙관적이며, 유머러스한 성격과, 아름다움에 대한 추구이다. 비록 그들은 대대손손 봉건적 압박과 착취를 받아왔고, 노인들마다 저만의 피눈물 나는 역사를 가지고 있지만, 그들은 시종일관 평안한 생활의 정취를 잃지 않고 있다.

그들은 또 아름다움을 실용적인 가치와 똑같이 중시한다. 그들은 외모를 상당히 중시하는데, 남자들은 누구나 보기 좋고 깔끔한 수염을 기르고, 부츠나 모자 등 차림에 있어서도 한족보다 훨씬 신경을 쓰는 편이다. 농민들도 최대한 정교하고, 또는 가격만이라도 비싼 모자를 쓰려고 노력한다. 따라서 모자는 이들에게 있어 추위를 막기 위한 용도만은 분명히 아니다. 여성들은 대부분 몸매가 좋은 편이고, 누구에게나 아름다운 두건과 꽃무늬 치마가 있다. 나이든 부녀자들이라고 하더라도, 절대 어둡고 단조로운 색깔의 옷을 입지 않는다. 그들의 꽃밭과 정원·집안의 장식품들은 더 말할 것도 없다. 그리고 그들은 춤과 노래에 아주 능하고, 미묘한 정취가 넘치는 슬기로움과 유머러스함을 지니고 있다.

한 독특한 민족으로서 이러한 남다른 풍채를 띤 특징을 가지고 있다는 것은 매력적이지 않을 수 없다. 그러나 이러한 독특한 특징과 마찬가지로 윤중신을 감동케 한 것은, 이 민족과 한족 사이에 존재하는 수많은 공통점들이 있다는 것이었다. 차이점보다 훨씬 중요한 공통점들이었다. 그들이 사용하는 단어들 중에는, 예로부터 수많은 한어 차용어가 들어있다. 탁자·의자·배추·고추로부터 시작하여, 목수·도리(檁)·서까래·광산·석탄(大煤)·분탄까지, 쌀다·(거스름돈을) 거스르다·돕다·후벼(摳) 파다(挖)에서부터, 도리·농담·진짜·가짜·역대 등에 이르기까지 모두 한어 단어를 차용하고 있다. 오늘날의 새로운 단어는 더욱 그러하였다.

풍속 습관상으로 볼 때, '지지(地支)'로 연대를 기록하고, 각 지지에 열두 동물의 상을 대응시켜(띠) 놓은 것, 식사를 할 때, 젓가락을 사용하는 습관, 장부를 계산할 때 주판을 사용하는 점에서 한족과 같다. 그리고 근대 한족에게서 거의 찾아볼 수 없지만, 고대 한족에게는 여전히 남아 있던 습관, 예를 들어, 땅바닥에 자리를 깔고 앉는다거나, 관혼상제의 일부 절차 등 면에서도 한족과 같은 점이 많다. 무엇보다 중요한 것은 오늘날 그들은 한족 인민들과 똑같은 발걸음으로, 사회를 개조하고, 자연을 개조하며, 사람을 개조하는, 위대한 투쟁의 길을 함께 걷고 있고, 같은 문제에 관심을 두고 있다는 것이다. 뿐만 아니라, 같은 목소리로 「망망대해를 지도자에 의지하며 항해하자」와 「훌륭한 본보기 – 레이펑을 따라 배우자」라는 노래를 크게 부르고 있다. 이러한 공통점, 이와 같이 중요한 것들은, 사람의 마음을 따뜻하게 하고, 사람으로 하여금 아득한 옛날의 역사를 다지 돌이켜보도록 하며, 더불어 걸었던 길을 떠올리게 하고, 아름다운 내일을 마음껏 그려보게 한다. 그리고 이러한 공통점들을 통해, 우리의 형제인 위구르족 인민들과 한족 인민들이, 예로부터 운명을 어떻게 결합시키고 함께 하였는지를 볼 수 있고, 또 깨달을 수 있는 것이다.

기계는 쉼 없이 운행하고 있고, 강물은 언제나 세차게 흐르고 있다. 공작대 대원들은 매일매일 바삐 돌아가고, 열심히 배우면서, 그 속에서 무한한 만족과 위안을 느끼고 있다.

그런데 그 중 한 부품이 지속적으로 이상한 귀에 거슬리는 잡음을 내고 있다. 이 부품의 운행 속도와 각도는 짐작하기도 조절하기도 어렵고 이상하다. 이 부품은 바로 애국대대 공작조의 부조장 장양이었다.

첫날 밤 장양과 볘슈얼이 찾아와 제7생산대에서 진행할 작은 습격에 대해 의논하였는데, 윤중신은 볘슈얼의 의견에 찬성함으로써 작은 습격을 반대하였다. 어찌 한 공산당원에 대하여, 한 간부에 대하여, 시비여하를 따지지 않고, 우선 적이라고 치고, 경솔하게 '습격'부터 가할 수 있단 말인가? 설사 이런 식의 떠보는 방법으로, 일부 문제들을 밝혀낸다고 해도, 엄청난 대가를 치르게 될 것이다. 이것은 좋은 사람의 마음을 다치게 하고, 실사구시를 추구하고, 간부를 소중하게 여기는, 우리 공산당의 전통에 어긋나는 방법이다. 윤중신은 많은 말들로 설명하고 설득하였지만, 장양은 여전히 승복할 수 없다는 얼굴이었다.

둘째 날 점심, 수염이 흰 노인 네 분이 그를 찾아왔다. 노인들은 예의를 갖춰 말하고 행동하였지만, 분노와 서운함을 숨기지 못했다. 윤중신은 상황을 반영하기 위해 공사까지 찾아와준 네 노인들에게 고마움을 전하고, 수첩에 그들의 이름을 남겨놓았다. 다른 대대와 일 때문에 계속 시간 나지 않았던 윤중신은 한 번도 애국대대로 온 적이 없었고, 따라서 그에게는 직접 조사해서 얻은 기초 자료가 없었다. 그리하여 그는 어떤 구체적인 의견도 내지 않았다. 그리고 근거가 부족한 상황에서 그는 어떤 분석도 사고도, 어떤 추측도 하지 않으려고 노력하였다. 시비를 판단할 때, 인상에 의해 생기는 선입견보다 더 해로운 것은 없다고 그는 생각하였다.

셋째 날 아침, 윤중신은 번역 담당자와 함께 애국대대를 방문하였다. 대대의 사무실에서, 장양은 베슈얼과 함께 대화를 나누고 있었다. 사무실에 갑자기 윤중신이 나타나자, 장양은 진지하고도 심각하며 몹시 긴장된 표정을 지으며 다가오더니 낮은 소리로 말했다.

"일이 생겼어요!"

"무슨 일이에요?"

장양의 심각한 표정 때문에, 윤중신은 깜짝 놀랐다.

"니야쯔가 실종되었어요! 우리는 어제 저녁에 그의 집으로 짐을 옮겼고, 그는 오후에 이닝시로 나갔는데, 그 뒤로 니야쯔가 돌아오지를 않았어요."

"혹시 다른 볼일이 있어, 이닝시에 하룻밤 묵은 게 아닐까요? 시내에 친척이나 같은 고향 사람이 살고 있는지……"

"아니요."

장양은 미간을 찌푸리며, 턱을 왼쪽 어깨 견갑 위에 대더니 말했다.

"니야쯔 아내 말에 의하면, 떠나기 전에 그날 밤으로 일찍 돌아올 거라고 말했다고 해요. 내 생각에는 니야쯔 동지가 아마도……"

장양의 표정은 더욱 엄숙해졌고, 비분과 고통도 더해졌다. 그는 마디에서 소리가 날 정도로 주먹을 힘껏 움켜쥐더니, 말을 이었다.

"살해당한 거 같아요."

"그럴 리가 없어요."

베슈얼은 웃으며, 고개를 흔들었다. 베슈얼의 웃음이 장양을 분노케 하였다. 장양은 벌떡 일어서더니, 팔을 휘저으며 강력하게 손짓을 하며 말했다.

"어떻게 그렇게 단정 지어 말할 수 있어요? 계급투쟁은 어디에나 있고, 시시각각 벌어지고 있어요. 사회주의 교육 공작조의 간부들이 누구네 집에 묵는가 하는 문제는, 그들에게 있어 처음부터 심각한 겨룸이었고, 최선을 다해 진행해야 하는 큰 격투였으며, 결사적이고 조정이 불가한 투쟁이었어요. 니야쯔가 그들의 시기와 질투를 한 몸에 받고 있는 이 상황에서, 어떤 일이든 일어날 수 있어요……"

"당신의 생각은 어때요?"

베슈얼은 장양의 청산유수 같은 말의 허리를 뚝 잘랐다.

"사람을 보내, 니야쯔의 행방을 찾아볼까요? 내 생각은, 오늘 오후 날이 저물 때까지 우선 기다려 보는 게 좋을 것 같은데요. 만약 오늘 저녁까지도 돌아오지 않는다면, 그때부터 찾아보아도 된다고 생각해요. 그리고 다른 이야기들은 니야쯔의 얼굴을 보고 나서 다시 하지요. 아무 근거도 없는 상황에서 이러저러한 짐작부터 하라고 하면, 머리가 피곤해서 견딜 수 없어요!"

베슈얼은 손가락으로 자신의 관자놀이를 가리켰다. 그는 한어로 침착하고 느릿느릿하게 말했다. 그 중 일부 발음은 그다지 정확하지 않았는데, 예를 들어, '레이더황(累得慌, 피곤해서 견딜 수 없다)'을 그는 '리더항(力得夯)'이라고 발음하였다. 이러한 요소 때문에, 그의 말은 한층 더 유머러스하게 느껴졌다. 윤중신은 참지 못하고 소리 내어 웃었다.

성격이 느려 빠지고, 얌전한 것 같은 볘슈얼에게 이와 같은 말재주가 있을 줄은 꿈에도 생각 못했다! 장양은 한숨을 돌리더니 다시 자리에 앉았다. 그리고 여전히 입을 삐죽 내밀고 있었다.

윤중신이 막 입을 떼려고 할 때, 갑자기 밖에서 울며불며 왁자지껄 떠들어대는 소리와, 서로 맞붙어 싸우는 소리, 혼잡한 발자국소리가 들리더니, "삐걱, 쾅!" 하는 소리와 함께 문이 벌컥 여렸다. 가장 먼저 한 부녀가 다른 한 부녀를 끌고 뛰어 들어왔다. 첫 번째 부녀는 장양을 보더니, 큰소리로 "조장!" 하고 부르면서 그 자리에서 무릎을 쿵 꿇었다. 그리고 기다시피 하여 장양의 발아래로 다가오더니, 엎드려 목 놓아 울기 시작하였다. 이 부녀는 쿠와한이었다. 쿠와한이 잡아끌고 당기고 밀치고 패대기치며 데려온 다른 한 부녀는 쉐린구리였다. 쉐린구리는 안색이 창백하였고, 온몸은 사시나무 떨 듯 부들부들 떨고 있었다. 그 외에 어찌된 일인지 궁금하여 따라온 부녀들과 노인들도 있고, 또 일부 호기심이 많은 아이들도 있었다.

"내가 못 살아요. 날 말리지 말아요! 나더러 어떻게 살란 말이에요! 아, 나의 알라여!"

쿠와한은 울며불며 난리였다. 그녀는 추위 혹은 우박을 막듯이 두 손으로 머리를 부둥켜안고 말했다.

"우리 애들이 아직 너무 어린데, 이걸 어떻게 하면 좋아요!"

쿠와한은 눈물 콧물로 범벅이 되어 울부짖었다.

"이러지 말아요."

볘슈얼이 다가와 진정시켰다.

"무슨 일이든, 차근차근하게 말해 봐요. 윤 대장도 여기에 있잖아요!"

윤 대장이란 세 글자가 들리자 쿠와한은 약간 제정신이 돌아오는 듯하였다. 장양은 그녀에게 의자 하나를 가져다주었다. 쿠와한은 의자 다리를 잡고 간신히 몸을 일으키더니 의자 위에 앉았다. 윤중신은 쉐린구리에게도 앉으라고 눈짓을 하였다. 쉐린구리는 앉지 않고, 벽에 기대어 서 있었다. 쉐린구리는 아직도 몸을 떨고 있었다. 쿠와한은 울면서 말했다.

"이리하무가 니자훙을 때려 죽였어요!"

볘슈얼과 장양, 윤중신 세 사람은 깜짝 놀라 눈이 휘둥그레졌다. 특히 장양은 쿠와한의 말이 떨어지자마자 펄쩍 뛰며 다급하게 물었다.

"어떻게 된 일이에요? 니자훙이 죽었어요? 살인범은 잡았어요?"

장양의 가슴은 격렬하게 뛰기 시작하였고, 안색도 변하였다. 그는 격분하여 제정신이 아닌 와중에 드디어 예측한대로 되었고, 따라서 완승한 것에 대한 희열을 느꼈고, 그러한 그의 모습에 쿠와한마저 소름 끼치게 놀랐다.

"거의 죽다 살았어요. 죽은 목숨이나 다름없어요!"

쿠와한은 울면서 하소연하였다.

장양은 번역 담당자에게 버럭 소리를 질렀다.

"도대체 어떻게 된 거예요? 그래서 죽었어요, 안 죽었어요? 살인범 이리하무가 지금 어디 있대요?"

"이리하무가 아니에요. 하지만 이리하무가 맞아요! 저 여자의 남편이,"

쿠와한은 벽에 기대어 서있는 쉐린구리를 가리켰다.

"저 여자의 남편이 우리 남편을 초주검을 만들어놓았어요!"

이런 말을 통역한다 한들, 누가 알아 들을 수 있겠는가! 장양은 번역 담당자에게 버럭 화를 냈다. 그러자 번역 담당자도 화가 났다. 그는,

"이 여자의 말을 나는 통역할 수가 없어요."

라고 하며, 아예 '파역(罷譯)'을 선언하였다. 통역할 수 없다는 것은 사실이었다. 울고불고 억지를 부리는 한 여성의 말을, 즉석에서 정확하게 통역할 수 있는 인재는 중앙민족학원(中央民族學院)·서북민족학원(西北民族學院)과

신장대학(新疆大學)을 통틀어 아직 없는 것도 사실이었다.

……아무튼, 세상에는 불가능이란 없다. 볘슈얼은 직접 나서서, 차근차근 상황을 물어 보고 나서 통역까지 하였다. 어찌된 상황인지 구경하러 온 부녀들이 저마다 한마디씩 설명을 해주었다. 그리하여 끝내 사건의 자초지종을 알게 되었다. 맞아서 만신창이 되어 집으로 돌아온 니야쯔가 쉐린구리의 남편인 아이바이두라가 저지른 짓이라고 하였던 것이다. 쿠와한이 울고불고 하며 대대에 고발하러 오던 길에 마침 쉐린구리와 마주치게 되었고, 쉐린구리에게 달려들어 싸우다가 끝내 쉐린구리를 잡아끌고 대대로 왔던 것이다.

"그런데 이 일이 이리하무랑은 무슨 연관이 있다는 거죠?"

윤중신이 물었다.

"아이바이두라가 바로 이리하무의 동생이에요."

장양이 대신 대답하였다.

"아이바이두라는 무엇을 하든 언제나 그의 대장 형의 말에만 따라요. 이건 누구나 알고 있는 사실이에요. 저 년은……"

쿠와한은 쉐린구리를 가리키며 말했다.

"이리하무가 직접 타이와이쿠에게서 빼앗아서, 아이바이두라에게 시집 보낸 년이에요. 이리하무가 누구예요? 대장의 지시인데, 감히 누가 뭐라고 할 수 있겠어요!"

쿠와한은 장양의 말에 이어 보충하여 설명하였다.

"그렇다면, 때린 사람은 누구예요? 도대체 누가 니야쯔에게 손찌검을 한 거예요?"

볘슈얼이 물었다.

"손찌검한 사람은 아이바이두라예요. 하지만 이리하무의 뜻이에요. 이리하무가 아이바이두라에게 지시를 내린 거예요."

쿠와한이 말했다. 이미 울음을 그친 쿠와한은 눈동자를 빠르게 굴리며 앞으로 쏟아져 나올 여러 가지 심문에 답변할 준비를 하고 있었다.

"당신도 앉아요."

윤중신은 여전히 부들부들 떨고 있는 쉐린구리를 보며 말했다.

"도대체 어떻게 된 일인지, 당신이 말해 봐요. 쿠와한의 말이 모두 사실인가요?"

쉐린구리는 화가 나서 하얗게 질린 얼굴로 한마디 말도 하지 못했다.

하지만 장양은 더 이상 참을 수 없었다. 일이 이 지경까지 되었는데, 이러쿵저러쿵 따질 게 뭐가 있는가? 지금은 사람의 목숨이 달린 중요한 시각이다! 그는 주먹을 불끈 쥐더니, 눈물을 글썽이며 쿠와한 곁으로 다가왔다. 그리고 비음 섞인, 떨리는 목소리로, 감정을 듬뿍 담아 말했다.

"울지 말아요, 누님! 우리가 있잖아요! 지도자와 조직이 있잖아요! 감히 열성분자를 살해하려 하고 폭행한 사람은, 바로 현행 반혁명 분자예요! 흉악범은 반드시 엄중한 처벌을 받게 될 거예요! 니야쯔 동지의 생명 안전과 재산 안전은 반드시 보장을 받을 거예요! 갑시다. 지금 당장 당신 집으로 갑시다. 니야쯔 동지의 부상 상태가 어떤지 위문하러 갑시다!"

장양은 자리에서 일어나더니, 윤중신과 베슈얼을 향해 다짜고짜,

"자, 갑시다."

라고 하였다. 장양은 바로 이런 사람이었다. 이런 부류의 사람들은 극히 주관적이고 자신감이 넘치며, 다른 사람으로 하여금 자신의 의지에 복종하도록 하는 것에 익숙하다. 특히 감정이 격앙되거나 자신감이 극도에 달했을 때, 그들은 자신의 의지를 강압적으로 다른 사람에게 주입시키는 것은, 아주 자연스럽고 두말할 나위가 없이 당연한 일이라고 믿는다. 그들은 종래 주위 사람들과 의논하거나 주위 사람들의 습관을 존중하거나 배려하지 않는다.

현재 감정이 격앙된 상태에서 장양은 윤중신과 베슈얼 두 사람이 모두 자신의 상급자라는 사실을 전혀 고려하지 않은 채, 이런 말을 내뱉었고, 따라서 자기가 나서서 어떤 행동을 할 것인지를 결정하는 것도 얼마나 타당치 못한 행위인지를 전혀 깨닫지 못한 것이었다.

윤중신은 또 이와 같은 지도자였다. 어떤 일이 자신의 허락을 받지 않았는지, 자신의 권력이 충분한 존중을 받고 있는지, 누가 누구에게 지시를 내릴 권리가 있고, 누가 누구의 지시를 따라야 하는지 등의 문제에만 집착하고 시간을 허비하는 일부 사람들과 달리, 그들은 사물 그 자체에만 신경 쓰고 사물을 있는 그대로 보기 위해 노력한다. 윤중신은 본분을 뛰어넘은 장양의 말을 놓고 따질 생각도 없고 따지지도 않았다. 윤중신은 폭행을 당한 니야쯔의 상태를 직접 눈으로 확인하고, 구체적 상황에 대해 물어보는 것은 꼭 필요한 절차라고 생각하였을 뿐이다. 그리하여 그도 따라서 자리에서 일어났다. 베슈얼도 윤중신의 뒤를 따라 일어섰다. 그리고 윤중신은 잊지 않고 가여운 모습으로 서있는 쉐린구리에게 한마디 하였다.

"당신도 가 봐요. 우리가 우선 상황을 파악하고 나서, 다시 봅시다. 만약 의견이나 보고할 상황이 있다면 언제든지 우리를 찾아와요."

쿠와한과 장양은 가장 앞에서 걸었다. 윤중신과 베슈얼, 번역 담당자는 그들과 조금 뒤에 떨어져 함께 걸었다.

"저것 봐요. 한 대장과 두 조장이 같이 니자훙 네 집으로 가고 있어요. 체면이 그야말로 제대로 서네요! 기세가 만만치 않아요!"

구경하러 온 사람들의 뒤에 숨어 쭉 지켜보고 있던 구하이리바눙이 논평하였다. 그리고 그녀는 또 한마디를 덧붙였다.

"이번엔 이리하무도 제대로 궁지에 몰린 거 같네요."

……니야쯔네 집에서 나와, 윤중신은 또 장양, 베슈얼과 긴 시간 동안 이야

기를 나누었다. 윤중신은 니야쯔가 폭행당한 일에 대해 반드시 확실하게 조사하고 나서 처리해야 한다고 강조하였다. 그는 또 기타 대대의 공작조에서 전개한 공작들의 여러 가지 경험들을 설명하면서 장양을 비롯한 공작조도 대중을 동원하고, 대중에게 의거하는 것을 잊지 말고, 대중의 목소리에 귀를 기울이기를 바란다고 하였다. 각항의 사업은 반드시 대중의 지지 아래 대중들과 힘을 합쳐 함께 해 나가야 하고…… 윤중신은 진심을 담아 수많은 말들을 하였지만, 장양에게는 아무런 효과도 없었다.

지금부터 니야쯔가 아이바이두라에게 폭행당했다는 소문의 유래에 대해 따져 보려고 한다.

이 날 이른 아침 일찍 잠에서 깬 마이쑤무는 콧노래를 흥얼거리면서 옷을 입기 시작하였다. 옷을 다 차려입고 나서 그는 화로 안의 불을 살피고 있는 구하이리바눙에게 지시를 내렸다.

"그 양다리를 삶아 봐요. 고기를 먹어야겠어요."

"지금이요?"

구하이리바눙이 의아한 표정으로 물었다.

그러자 마이쑤무는 고개를 끄덕이며, 시를 읊듯이 흥얼거리기 시작하였다.

만약 아직 술이 남았다면, 술잔을 내려놓지 말아요,
만약 아직 고기가 남았다면, 얼른 불을 지펴 밥을 지어요,
만약 당신에게 다리가 있다면, 빨리 애인을 찾아 떠나요,
늙어서 후회하지 말고, 현재를 즐겨야 해요!

"오늘 기분이 좋아 보이네요!"

구하이리바눙은 코를 찡긋하며, 눈을 살짝 흘기더니 냉소를 지으며 말했다.

"모든 일이 우리의 예상과 희망대로 흘러가고 있어! 이렇게 순조롭고, 이렇게 쉽고, 이렇게 빨리 진척되고 있다고! 혹시 나 이 과장 동지의 대통할 운이 돌아온 게 아닌가 싶네 그려. 입만 벌리면, 잘 익은 살구가 저절로 입 속으로 떨어져 들어오는 거 같아!"

"아직 기뻐하기는 일러요!"

구하이리바눙이 일깨워주었다.

"어제, 의견을 반영시켜야겠다며, 곳곳에서 들고 일어나 떠들어 댔단 말이에요!"

"반영시키겠으면 하라고 하지! 이런 걸 두고, 그들 자신의 기름으로, 그들의 고기를 튀긴다고 하는 거야! 하⋯⋯하⋯⋯ 장 씨는 정말 훌륭한 사람이야! 그는 정말 대단한 간부이고, 슬기로운 사람이며, 철학가이고, 정의와 지혜의 화신이며⋯⋯ 젠장, 바보 멍청이인 게 틀림없지!"

구하이리바눙은 남편의 말 때문에 웃음을 터뜨렸다.

"이봐요, 그 일은 어떻게 됐어요?"

마이쑤무가 아내에게 물었다.

"무슨 일?"

"타이와이쿠 말이에요. 당신 말 대로 하기로 했잖아요!"

"잘 익은 살구가 저절로 입속으로 떨어져 들어온다고 하지 않았나? 그렇게 되면 타이와이쿠까지 필요 없게 되지, 안 그런가? 이래서 머리카락이 길면 견식이 짧다는 말이 있는 거야. 과장이 되는 게 그리 쉬운 줄 아나? 과장이 되려면, 과장의 두뇌가 있어야 하고, 과장의 모략이 있어야 하며, 과장의 계획이 있어야 하는 거지. 젓가락도 한 쌍이 있어야 국수를 집어 올릴 수 있잖아. 그래서 두 가지 일을 동시에 진행해야만⋯⋯"

"그런 거예요? 당신이 나의 가치를 알고 있는지 알아보기 위해 떠본 거예요. 걱정 말아요! 어제 공급수매합작사 문 앞에서 과장 부인인 이 사모님이 파샤한에게 말했어요."

"파샤한 반응이 어땠어?"

"웃느라 정신이 없었어요. 너무나 재밌고 즐겁게 듣던데요. 그 자리에 주저앉을 뻔 했어요……"

"당신들도 참. 이봐, 파샤한 한 사람에게만 얘기했어?"

"한 사람이면 충분해요."

마이쑤무는 한참 생각하더니 인정하듯 고개를 끄덕였다.

"잘했네. 과장과 오랜 세월 같이 살더니 지혜가 많이 생겼군 그래. 물론 자네의 천부적인 자질 때문이기도 하지만 말이야. 이제부터는 파샤한이 알아서 할 테니까, 당신 구하이리바눙과는 아무런 상관이 없는 거야, 알겠어?"

식탁보 앞에서 마이쑤무는 또 '장 씨'에 대해, 칭찬을 금치 못하였다. 그는 스스로 술 한 잔을 따르더니, "그대의 건강을 위하여!"라고 하면서 술잔을 쭉 비웠다. 그는 고기 한 점을 뜯어 고양이에게 먹이고 나서, 또 고기를 깨끗하게 뜯지 않은 뼈다귀 두 개를 들고 회랑으로 나갔다.

"카라투스(卡拉圖什, 강아지의 이름이다. 일반적으로 흰색 얼룩이 있는 검둥개를 부를 때 많이 사용한다)!" 그는 검둥개를 불렀다.

그러자 검둥개는 꼬리를 흔들며, 혓바닥을 내민 채, 흔들거리며 걸어왔다. 마이쑤무가 뼈다귀를 위로 높게 던지자, 검둥개는 뒷다리로 일어섰다. 그리고 앞다리로 정확하게 뼈다귀를 낚아채는 것이었다.

"좋았어!"

마이쑤무는 만족스러워하며 웃었다.

마이쑤무가 한창 고양이와 강아지와 즐겁게 놀고 있는데, 갑자기 "삐걱"

소리와 함께 대문이 열리더니 한 사람이 종종걸음으로 다급하게 들어오는 것이었다. 순간 뼈다귀를 뜯고 있던 검둥개는 흉악하게 손님을 향해 갔다. 그 때 찾아온 사람이 다름 아닌 쿠투쿠자얼이라는 것을 알아챈 마이쑤무는 얼른 개를 제지시켰다.

쿠투쿠자얼은 옷차림이 흐트러져 있었고, 시선이 밑으로 깔려 있었다. 그는 마음이 초조하고 정신이 산만해 보였다. 조금 전 마이쑤무의 기분과 대비를 이루었다. 쿠투쿠자얼은 악수를 청하지도 안부를 묻지도 않았을 뿐만 아니라, 한마디 말도 없이 바로 집안으로 들어갔고, 곧장 안방으로 향하였다. 안방에 들어서더니 그는 숨을 몰아쉬며 말했다.

"구하이리바눙 동생, 잠깐 자리 좀 피해줄래요? 그리고 밖으로부터 대문을 잠가줘요. 누구도 열어주지 말고요……"

마이쑤무는 이 말을 듣자마자 순식간에 안색이 변하였다. 그는 그 아주 짧은 순간에 심지어 라이티푸와 '어르신'을 떠올렸고, 공안국과 감옥, 사형장까지 생각하였다. 그는 어지럼증이 나면서 숨이 가빠지기 시작하였다.

"왜 그래요?"

그는 쿠투쿠자얼을 향해 떨리는 목소리로 물었다.

"사람이 어찌 그럴 수가 있어요! 그 바보 멍청이! 당나귀보다 못한 놈! 아무짝에도 쓸모가 없는 놈! 이런 낭 주머니(裝饢的口袋, 즉 식충이와 비슷한 뜻) 같은 놈! 이런 머저리! 파렴치한 자식! 요사스러운 물건!" 쿠투쿠자얼은 다짜고짜 욕설을 퍼붓기 시작하였다. 그는 위구르어 중의 온갖 비속어들을 총동원하여 욕하였다.

쿠투쿠자얼의 욕설들 덕분에 마이쑤무는 간신히 놀란 가슴을 진정시킬 수 있었다. 마이쑤무는 만약 정말 불이 발등에 떨어지는 위험하고 긴급한 상황이라면, 쿠투쿠자얼처럼 고래고래 욕지거리를 퍼부을 겨를이 없다는 것을 깨달았다. 마이쑤무는 정신을 가다듬었다. 피는 다시 심장에서 온몸으로, 온몸에서 심장으로, 정상적으로 순환되기 시작하였다. 그는 미간을 찌푸리며 말했다.

"나리! 욕은 그만하시고, 얼른 무슨 일인지나 말해 봐요!"

그의 목소리에는 비웃음이 섞여있었다.

그러나 쿠투쿠자얼은 그것 때문에 승강이를 벌이지 않았다. 그는 거친 숨을 몰아쉬며 마이쑤무에게 털어놓았다.

"니야쯔 이 개똥같은 인간! 오전에 장 조장이 이사를 갔는데, 오후에 그는 시내로 나갔대요. 시내로 가는 건 별 문제가 아닌데, 하필이면 다른 사람에게 폭행을 당해서, 머리통이 깨지고 난리가 난 거예요!"

"뭐요? 뭐라고요?"

"오늘 아침, 다행히 내가 일찍 일어났으니 망정이지, 자칫하면 큰일이 날 뻔했어요! 날이 어렴풋이 밝자, 나는 물 길으러 마을 어귀로 나갔던 거예요. 그런데 멀리서 니야쯔 파오커가 절뚝거리며 걸어오는 거예요. 그 모습을 당신도 봐야 했어요. 세상에! 꼭 마치 칼을 맞아 숨이 끊어지기 전의 돼지 같았어요. 그 모습을 보고 나는 단번에 알아차렸죠. 그래서 얼른 그를 데리고 우리 집으로 들어갔어요. 알라신이 보우해주신 덕분에 우리의 모습을 본 사람은 아무도 없었어요. 니야쯔는 이빨도 부러지고, 한쪽 눈도 퉁퉁 부어있었어요. 그런 몰골로 어찌 감히 마을로 돌아올 생각을 하였는지 모르겠어요! 그는 당신네 집 앞을 지나면서도, 당신을 찾아오지 않았어요?"

"그래요. 나는 전혀 모르고 있었어요. 그럼, 누구에게 맞았는지 알아요?"

"누구긴 누구겠어요? 소매치기나 노름꾼들 중의 어중이떠중이 친구들이겠죠! 장 조장이 오전에 이사 갔는데, 어이없게 그 날 밤에 도박을 하다가 사람에게 반 죽을 정도로 폭행이나 당하고 말이에요. 매는 니야쯔 몸에 떨어

졌지만, 사실상 얼굴 뜨거운 건 장 조장이 아니겠어요? 만약 이 일을 이리하
무가 알기라도 하면……"

"이리하무 일당들이 알아요?"

마이쑤무는 숨을 한 번 들이켰다.

"아니요. 아직 누구도 몰라요. 이런 죽일 놈의 니야쯔!"

"욕은 일단 접어두고, 도대체 무슨 일 때문에 폭행을 당하게 되었는지부
터 말해 봐요."

"어제, 그는 이닝시로 나갔어요. 시내에서 이것저것 물건을 산 다음, 음식
점에 들어가 밥을 먹고, 길거리를 한가롭게 거닐며 구경을 한 거예요. 한인
거리의 물레방앗간 앞에서 마침 노름판에서 사귄 친구를 만난 거지요. 노
름판에서 사귄 친구인지, 아니면 예전에 남의 주머니를 들추던(즉 소매치기
를 말한다) 무리 안의 한 사람인지 알 게 뭐예요.

그들은 그 친구네 집에 모여 도박을 하였는데, 돈을 잃게 되자 니야쯔 파
오커는 생떼를 썼던 거죠. 그는 화장실에 가는 척하며 담장을 넘어 도망친
거예요. 그러다가 그 친구에게 발각되었고, 친구는 시내 큰길로 쫓아나가기
뭐하니까, 길을 에돌아 신생활대대 그쪽의 묘지 안에 매복해 있었던 거죠.
니야쯔가 집으로 돌아가려면 반드시 그 길을 거쳐 가야 한다는 것쯤은 당연
히 알고 있었겠죠. 그땐 날이 이미 저물었어요. 파오커는 흔들거리며 득의
양양하여 돌아오던 길이었어요. …… 그 사람이 니야쯔를 그야말로 초주검
을 만들어 놓았어요!"

"싸움을 말리는 사람이 없었대요?"

"주위에 한 사람도 없었대요. 니야쯔는 무릎을 꿇고 아버지라고 부르며 손
이 발이 되게 빌었지만, 그 사람은 여전히 주먹으로 때리고, 발로 차며, 무참
하게 폭행을 한 거예요. 니야쯔는 그대로 넋을 잃고 쓰러졌대요."

"이런 망할 놈!"

마이쑤무도 참지 못하고 욕을 하였다.

"일에 도움이 되지 못할망정, 일을 그르치기나 하고! 그래서 니야쯔는 믿을만한 사람이 못 된다고 했던 거예요. 요즘 볘슈얼이 나도 단단히 지켜보고 있는 거 같아요. 그는 나를 찾아 두 번이나 대화를 나누었어요. 볘슈얼에게 나를 고발한 사람이 분명 있을 거예요. 그래서 나도 잠시 니야쯔에게 기대를 걸고 있었어요. 알라신이 보우하셔서 니야쯔가 장 조장을 단단히 잡아주기만 한다면, 우리 힘을 합쳐 뒤죽박죽으로 혼전을 벌일 작정이었어요. 몇달 동안 혼전을 벌이다 보면 운동도 끝날 것이고…… 그런데 하루도 지나지 않아, 니야쯔가 본색을 드러낼 줄은 꿈에도 생각 못했어요, 아이고! 과장, 왜 그자는 그렇지요?"

무릎을 꿇은 자세로 꼿꼿하게 앉아, 미간을 잔뜩 찌푸린 채, 한 곳만 지그시 바라보는 마이쑤무는 미동조차 없었다.

"그래서 당신과 의논하여, 대책을 세워보려고 찾아 온 거예요. 세상에 넘지 못할 산이 없으니, 머리를 맞대고 생각하다 보면, 반드시 방법이 생길 거예요. 내 생각엔 우선 니야쯔의 부상에 대해, 합리적인 설명부터 해야 할 것 같아요. 그는 아직도 우리 집에 누워있어요. 조금 전 나올 때, 밖으로부터 대문도 잠가 놓았어요. 당신 뜻은 어때요? 당신도 말 좀 해 봐요! 과장, 아, 왜 그 자식은 맨날 그 모양이지요?"

무릎을 꿇은 자세로 꼿꼿하게 앉아 미간을 잔뜩 찌푸린 채, 한 곳만 지그시 바라보는 마이쑤무는 여전히 미동조차 없었다. 쿠투쿠자얼은 마이쑤무에게서 이런 표정을 한 번도 본 적이 없었다. 마이쑤무라고 하면, 그의 온몸의 각 부위, 각 부품들, 목·허리·눈동자까지, 어느 하나 영민하지 않고 기민하지 않는 것이 없고, 반응도 신속하며, 끊임없이 흔들리면서, 회전하고, 운행하는데…… 오늘 이 시각에는 갑자기 이 모든 게 움직임을 멈추었다. 설마 간질 발작을 일으키려는 건 아니겠지? 쿠투쿠자얼은 온몸에 식은땀이 흘렀고, 털이 쭈뼛쭈뼛 서는 것 같았다.

"좋아요!"

마이쑤무는 갑자기 오른손 세 손가락으로 딱 소리를 내더니, 눈동자가 움직이기 시작하였다.

"니야쯔가 폭행을 당했어요. 너무 잘 됐어요! 정말 잘 된 일이에요! 이보다 더 좋을 수가 없어요!"

"지금 뭐라고 했어요?"

마이쑤무의 말을 들어보면 간질보다 정신병이 발작한 것 같았다. 쿠투쿠자얼은 무서워서 작은 소리로 물었다. 그러자 마이쑤무는 득의양양하게 씩 웃었다. 그리고 말했다.

"방법만 생각해 낸다면, 버드나무가지로 엮은 광주리로도 물을 길을 수 있어요. 사실, 방법도 이미 주어졌어요."

마이쑤무는 단호하게 손을 휙 젓더니,

"니야쯔는 이리하무에게 맞았어요!"

라고 말했다.

"뭐라고요?"

"이리하무가 아이바이두라를 시켜, 니야쯔를 폭행한 거예요!"

"뭐라고요? 그 말을 누가 믿어요?"

"이건 한 차례의 정치적 보복이에요. 장 씨는 완전히 이해할 수 있을 거예요. 그는 완전하게 믿을 거예요. 사람이란 자신의 원하는 바에 부합되는 사실을 믿기 마련이에요."

"이것이 장 조장의 바라는 것이라는 것을 당신이 어떻게 알아요?"

"파오커를 그토록 아끼면서 반대로 이리하무를 그토록 증오하는 것을 보고도 모르겠어요?"

"아이바이두라가 인정하지 않을 것 아니에요?"

"인정하면 그가 저지른 것이고, 인정하지 않아도, 어차피 그의 몫이에요."

마이쑤무는 입을 삐죽거리며, 웃음 섞인 목소리로 말했다.

"어제, 아이바이두라가 이닝시에서 밀을 싣고 돌아오는 걸 봤어요. 늦은 밤이었어요. 거의 10시쯤 되었던 거 같아요. 마침 그와 마주치게 되었는데, 그는 온몸이 젖어 있었고, 흙투성이가 되어 있었어요. 내가 '아이바이두라, 상태가 왜 그래요?'라고 물었더니, 신생활대대를 지날 때, 말이 자동차의 경적소리에 놀라는 바람에, 마차의 한쪽 바퀴가 그만 수로에 빠지고 말았다는 거예요. 주위에 아무도 없어서, 안간힘을 써 혼자 겨우 마차를 들어 올렸다고 했어요. 무슨 뜻인지 알겠어요? 날이 저문 밤, 주위에 한 사람도 없다, 신생활대대, 니야쯔를 폭행하기 딱 좋은 조건 아닌가요?"

쿠투쿠자얼은 아무 말도 하지 않았다. 임기응변, 거짓과 진실 사이를 오가며, 치고 빠지고, 끌어당겼다가 타격을 가하는 수법은, 다년간 쿠투쿠자얼의 처세 책략이었다. 이 책략의 주요한 특징은 쉽게 내막이 드러나지 않고, 변화가 무쌍하며, 수시로 누군가의 허점을 파고들 수 있게 준비가 되어 있고, 동시에 수시로 진지를 이동하고 회피하거나 숨을 수 있다는 것이다. 쿠투쿠자얼은 마치 속임수를 잘 두는 탁구 선수 같았다. 상대방의 공이 넘어오기를 기다리고 있을 때, 그는 온몸의 세포가 영민하게 움직이는 것을 느끼곤 하였다.

그는 수시로 스텝·노선·강약·회전을 바꿀 수 있고, 성동격서의 타법을 사용할 수 있으며, 롱 스매시와 페인트, 포핸드와 백핸드, 펜홀더그립과 셰이크핸드그립을 자유자재로 구사할 수 있고, 공격과 수비의 기술을 겸비한 선수이지만, 마이쑤무와 같은 잔인하고, 딱딱하며, 빠져나갈 구멍까지 차단하는 전도술(顚倒術)을 사용한 적은 없었다.

과장직을 맡았던 사람이라 쿠투쿠자얼보다 훨씬 패기가 넘치고, 담력이 남다른 것 같았다. 쿠투쿠자얼이 탁구 선수라고 하면, 과장은 권투 선수 같았다. 그것도 헤비급의 선수였다. 과장의 풍부한 상상력이 돋보이는 따라서 모험심이 다분한 이 계획에 대해 쿠투쿠자얼은 어쩔 줄을 몰라 잠시 망설였다.

"이렇게 하기로 합시다. 최악의 경우라고 해도 니야쯔와 아이바이두라가 제각기 자기 의견을 고집하며, 팽팽하게 맞서는 결과가 나타날 뿐이에요. 결국 수수께끼로 남겠죠. 그러니까 망설일 필요가 없어요."

마이쑤무는 엄연히 상급기관이 종합적인 결론을 짓는 투로 말했다.

"좋아요."

결국 쿠투쿠자얼은 그의 방법을 받아들였다.

"문제는 니야쯔가 잘 둘러댈 수 있는가 하는 거예요."

"그 문제라면, 걱정하지 말아요. 니야쯔가 비록 파렴치하지만, 혓바닥으로 장미꽃을 피울 수 있는 능력을 가진 자예요. 그리고 니야쯔는 내 말이면, 죽는 시늉이라도 하는 사람이에요. 시키는 대로 잘 할 거예요."

"그럼 됐어요. 우리의 광주리는 물을 길을 수 있을 뿐만 아니라, 술도 우유도 담아 올릴 수 있어요! 장 씨와 같은 훌륭한 간부만 있다면 일은 어려울 게 없어요. 내 생각엔 당신도 장 씨를 찾아가 대화를 나누는 게 좋겠어요. 대대 공작조의 이목을 리시티와 이리하무에게 돌려놓게 되면, 우리는 자연스럽게 이 위험에서 벗어날 수 있어요. 그리고 당신의 아내에게도 전해요. 지금은 인색할 때가 아니라고요. 권력을 이용해 부당하게 이익을 챙기는 등의 경제적 문제가 있다면, 어느 정도 인정하는 것도 좋은 방법이에요. 융단을 팔든가, 소를 팔든가, 필요하다면 집까지 팔아서라도, 조사가 끝나기 전에 주도적으로 배상하는 게 좋아요. 입지를 굳히고, 사람도 무사하다면, 이 모든 건 언젠가 다시 얻을 수 있어요. 능력껏 가질 수 있는 물건이라면, 버릴 수도 있어야 해요. 두려울 게 없어요!" 마이쑤무는 진심을 담아 친근하게 말했다.

"당신 말이 맞아요. 참 좋은 말이에요. 당신도 몸조심해야 해요. 요즘은 노동에 적극적으로 참가하면서 말을 줄이도록 해요. 어제 대대의 가공공장에서 당신이 약간 도가 지나쳤던 것 같아요. 나중에 나도 들었어요. 이밍쟝과 같은 이마에 피도 마르지 않은 어린애랑 입씨름할 필요가 없어요!"

쿠투쿠자얼도 우호적으로 말했다.

"맞아요. 당신은 나의 진정한 벗이자 스승이에요!"

마이쑤무는 감동하여 말했다. 그들은 우정의 따뜻한 분위기 속에 흠뻑 빠져 있었다. 쿠투쿠자얼은 떠나려고 일어섰다가 문득 다른 한 가지 일이 떠올랐다. 그는 검은색 요대에서 편지 한 통을 꺼내며 말했다.

"동생, 이 걸 좀 봐요. 유용하게 써먹을 수 있지 않을까요? 니야쯔가 주워 온 거예요."

"이게 뭔데요?"

마이쑤무는 힐끔 쳐보고 나서 난데없는 편지에 어리둥절해졌다.

"타이와이쿠가 아이미라커쯔에게 쓴 구애 편지예요. 웃기죠? 멍청한 꺽다리가 불구자 의사를 사랑하다니."

"이 편지가 어떻게 당신에게 있는 거예요?"

"니야쯔가 주웠대요."

"음, 이걸 봐요. 니야쯔가 나름 쓸 만한 구석이 있다니깐요. 편지는 나에게 주어요."

쿠투쿠자얼은 눈살을 살짝 찌푸리며, 교활하게 웃었다.

쉐린구리의 환상곡

아투스 및 카스가얼 연가

짜이나푸가 쿠와한을 호되게 꾸짖다

쉐린구리는 작고 안락한 집으로 다시 돌아왔다. 그녀는 오늘 원래 농업시험장으로 돌아가려고 하였다. 아이바이두라는 아침 일찍 일어나 나갔다. 집안은 쥐 죽은 듯 조용하였고, 집에 사람이 없으니, 화로 불도 꺼져 있었다. 하지만 따뜻한 온기는 채 사라지지 않았다. 그녀는 화로 옆에 웅크리고 앉아 넋을 잃은 사람처럼 한참을 멍하게 한 곳만 쳐다보았다. 그리고 저도 모르게 눈물이 흘러나왔다……

쉐린구리, 당신은 라일락을 닮은 여자애이고, 당신은 착하고, 온순하며, 총명하고, 아름다운 위구르족 여성이다. 작가가 변방의 이 드넓은 땅에서, 가장 먼저 만나고, 가장 먼저 알게 된 사람이, 바로 그대가 아닌가? 사시사철 눈이 뒤덮여 있는 톈산의 산자락에서, 푸르디푸른 공작새호(孔雀湖) 호숫가에서 그대를 처음으로 만나게 되었다. 호수에는 새하얀 톈산과 검푸른 빛깔의 가문비나무(雲杉), 푸른 하늘, 흰 구름이 비쳐져 있었다. 호숫가에는 검은 빛깔을 띤 큰 버드나무 몇 그루가 서 있었고, 빼곡하게 자란 짙은 녹색과 연한 녹색의 가지들이 바람에 가볍게 흔들리고 있었다. 몇 마리의 흰 고니는 줄을 지어, 사파이어 빛 호수 위에서 여유롭게 둥둥 떠다니고 있었고, 작은 메뚜기들도 수면 위에 모여서, 윙윙 소리를 내며 움직이고 있었다. 바로 그 때, 당신이 나타났다. 남루한 치마와 셔츠를 입은 당신은, 가느다란 종아리를 들어낸 채, 신발을 신지 않은 발로 사뿐사뿐 걸어왔다. 당신의 동그랗고 작은 얼굴에는, 즐거움과 온순함이 가득하였다. 무수히 많은 가닥으로 나누어 땋은, 까맣고 빛나는 머리 위에, 당신의 옷차림 중에서 가장 신경을 쓴 것 같은 모자가 씌어져 있었다.

그 모자를 보면서 나는 호화롭다는 생각마저 들었다. 그 모자는 천 가닥의 금실과 백 가닥의 은실, 열 개의 가짜 보석과 스무 개의 스팽글(閃光片)로 장식된, 더할 나위 없이 정교한 작은 모자였다. 당신은 호숫가로 다가오더니 조심스럽게 한쪽 다리를 꿇고 앉았다. 그 당시, 아직 키가 작았던 당신은, 무릎을 꿇은 자신의 앉은키와 높이가 비슷한 조롱박을 들더니, 조롱박 목에 동여맨 밧줄을 잡고, 호수 위에 떠있는 먼지와 나뭇잎사귀들을 조롱박으로 훌훌 밀어냈다. 그리고 조롱박을 휙 털더니 물속으로 집어넣고 조롱박 안에 물을 담기 시작하였다. 조롱박은 꿀꺽꿀꺽 물을 마시면서, 끊임없이 기포를 내 뿜었다. 호수의 잔잔한 수면 위에, 작은 파문들이 퍼져나갔고, 작은 동심원들이 그려졌다. 흰 고니들은 조롱박이 만들어낸 작은 소용돌이를 따라 빠르게 이쪽으로 헤엄쳐 왔다.

당시 작가는 신장의 농촌에 처음 오게 된 것이었다. 당시 둘둘 만 이불보따리 하나를 메고 방금 장거리 버스에서 내렸을 때, 나의 곁에는 아무도 없었다. 며칠 연달아 끝없이 펼쳐진 사막을 걷고 또 걷다가 눈앞에 갑자기 이와 같이 아름다운 풍경이 펼쳐지자, 나는 그만 어리둥절해지고 말았다. 비록 마음속에는 조국 변경과 형제 민족에 대한 동경과 열정을 항상 품고 있었지만, 처음 이 낯선 땅을 밟은 나는 사고무친의 세상에 온 것 같아 걱정되고 두려웠던 것도 사실이었다. 그리하여 작가는 온갖 지혜를 동원하여, 손짓과 표정, 버드나무가지로 모래땅 위에 그림을 그리는 방식으로, 끝내 당신에게 의사를 전달하였고, 뜻을 알아들은 당신은 나에게 "따라와요."라는 손짓을 하였다. ……

그리하여 당신은 물을 가득 마셔 무거운 조롱박을 들고, 푸르디푸른 맑은 호수를 뒤로 한 채, 아름다운 자태로 앞으로 걸어갔다. ……

그리고 여러 해가 흘렀다. 이리의 과수원에서 작가는 또다시 우연히 당신과 만나게 되었다. 그것은 면적이 아주 큰 과수원이었는데, 사과·돌능금(海棠)·앵두·살구·복숭아, 그리고 뽕나무와 호두나무 몇 그루도 있었다. 각양각색의 과수들은 하늘과 땅을 가릴 정도로 무성하게 가꿔져 있었고, 과수에는 동그랗고 납작하고, 파랗고 노란 과일들이 주렁주렁 열려 있었다. 땅에는 비바람과 개미에 의해, 일찍 떨어진 작은 열매들이 층층이 깔려있었다. 꿀벌들이 날갯짓을 하고 있었고, 새들이 울고 있었으며, 나뭇잎들이 서로 스치며 시원한 소리를 내고 있었고, 바람이 선들선들 불고 있었다.

당신은 새하얀 어린 양 한 마리를 끌고, 과수원의 한 모퉁이에 서 있었는데, 그때의 당신은 이미 참한 요조숙녀가 되어 있었다. 양은 풀을 뜯고 있었고, 당신은 울고 있었다. 당신의 손등을 타고 떨어진 눈물은 파란 풀 위에서 짠맛 나는 이슬이 되어 반짝이고 있었다. 조금은 짧아 보이는 소매 밑으로, 당신의 가느다란 팔은 미세하게 떨리고 있었다. 가느다란 팔은 그렇듯 질박하고, 순결하며, 동시에 약하고 작아 보였다. 나는 드디어 당신을 알아보았다. "우리 카스가얼에서 만난 적이 있잖아요!" 내가 말했다. 그때의 작가는 위구르어와 문자를 이미 습득한 뒤였다. 내가 당신에게 말을 걸었고, 내가 당신에게 질문하였지만, 당신은 한마디도 대답하지 않았다. 당신은 깊이 더 깊이 머리를 숙일 뿐이었다. ……작가는 과수원을 나갔고, 과수원의 높은 담 밖에서, 당신의 노래 소리를 듣게 되었는데, 슬픔이 묻어있는 그 노랫소리의 주인이 바로 당신이라는 것을 나는 알 수 있었다. 당신이 서 있는 곳은 비록 이리이지만, 당신이 부른 노래는 난쟝 아투스의 가락이었다. ……

그 뒤 작가는 이곳에서 당신들과 오랜 세월을 함께 생활하였다. 노동과 전투의 나날, 위대한 그리고 시련의 세월, 노도와 광풍 속에서 작가의 작은 몸은 바로 당신들을 통해 거대한 신념과 힘을 얻게 되었던 것이다. 연해의 대도시와 멀리 떨어진 지역에 살고 있는 사상이 그다지 개화되지 않은 듯한 인민들이여! 당신들은 나의 스승이고 나의 우인이다. 당신들의 품속에서 어떤 상황 닥치더라도, 나는 세계의 앞날은 밝고, 중국의 앞날도 밝으며, 우리 매 개인의 앞날도 밝을 것이라는 신념을 저버리지 않을 수 있었다.

세계를 개조하고, 중국을 개조하고, 자신을 개조하는 사업의 길은, 멀고도 험한 것이지만, 끝까지 견지하다 보면, 반드시 승리할 수 있을 거라고 나는 굳게 믿고 있었다. ……하지만, 결국 나는 잠시 당신들의 곁을 떠나, 내가 원래 소속되어 있던 그 집단으로, 그 울타리 속으로 돌아가게 되었다. 그러다 보니 그 수년간의 상황에 대해 알 길이 없게 되었고, 또 자꾸 개인의 이익 때문에 우려하다 보니, 작가의 마음은 평탄치 않았다.

당신네 부부는 나를 위해 송별연을 베풀어 주었다. 쉐린구리 당신은 나를 위해 여러 가지 맛있는 요리를 그리도 풍성하게 차려주었다. 당신은 허리에 복숭아꽃이 그려진 흰색 앞치마를 묶고 있었고, 머리에는 나일론실로 성기게 짠 두건을 쓰고 있었다. 모자가 아니라 두건을 쓰고 있었다. 당신은 이미 아투스 사람에서 이리 사람으로 변했던 것이다. 이때의 당신은 이미 본업에 종사하면서 동시에 또 다른 일을 맡고 있는 공사의 기술 간부였고, 개구쟁이 아들과 예쁜 딸을 둔 어머니였다. 당신의 생활과 성격은 완전히 달라졌지만,

당신의 몸매는 여전히 날씬하고 아름다웠다. 그날 당신의 남편은 나에게 수없이 많은 석별의 말과 격려의 말을 하였고, 끊임없이 술을 권하였다. 하지만 나는 기분 탓으로 당신이 정성들여 만든 요리를 조금씩 밖에 먹지 못했다…… 그리하여 그날을 떠올리면 지금까지도 후회가 밀려온다. 내가 떠나기 전 당신은 나에게 이런 말을 남겨주었다.

"만약 그들이 당신을 필요로 하지 않는다면, 꼭 다시 돌아오세요. 우리 이 곳에는 당신이 해야 할 일이 있어요. ……"

함께 해온 긴 세월을 통해, 내가 당신들을 알 듯이 당신들도 나라는 사람에 대해 잘 알고 있었다. 당신의 이 한마디, 당신의 그 순수하고 부드러운 목소리로 말한 이 한마디 말은, 세찬 천둥 같이 나의 가슴을 울렸다! 그야말로 악기에서 흘러나오는 아름답고, 장엄하며, 조화로운 가락 같았다. 이것은 얼마나 큰 칭찬이고 격려인가! 약간의 양심과, 간절한 마음, 들끓는 피가, 온몸에서 다시 꿈틀대기 시작하였다. 나는 객관 세계를 개조하고, 주관적 세계를 개조하며, 풍파를 겪고, 세상물정을 알아가며, 노동자·농민·군인과 결합되어가는 길은 얼마나 드넓은지를 새삼 깨닫게 되었다. 이번 생에 바랄 것이 또 있겠는가! 고마워요 당신, 내 동생. 고마워요, 쉐린구리……

그러나 우리들의 이야기는 1960년대에 벌어진 것이고, 이때의 쉐린구리는 아무런 경계심도 없었으며, 위협으로부터 자신을 지켜낼 능력이 전혀 없었다. 이틀 동안의 휴가를 가진 후, 쉐린구리는 아침 일찍 시험장으로 돌아가려던 계획이었다. 쉐린구리가 큰길까지 왔을 때, 쿠와한은 미친 암캐마냥 다짜고짜 달려들었던 것이다. 갑작스럽고 터무니없이 일방적으로 모욕을 받았음에도 불구하고 그녀는 되받아칠 힘이 전혀 없었다. 심지어 윤중신이 거듭 물으며 여러 번 해명할 기회를 주었지만, 그녀는 오히려 한마디도 말하지 못하였다.

쉐린구리여! 라일락 같은 여성이여! 당신은 정녕 수줍음이 많고 말이 없는 라일락이란 말인가? 당신이 도대체 무슨 죄를 졌기에, 행복이 당신 앞에서 늘 얼굴을 돌리는 걸까요?

어린 시절 소녀는 한 알 한 알의 무화과 열매를 손바닥에 대고 톡 쳐서, 소녀의 손의 향기가 묻은 열매를 존귀한 손님들에게 건네주었다. 여기에서 말하고 있는 것은 무화과의 고향 아투스였다. 쉐린구리 당신은 신장 전체를 통틀어, 위구르어 학교를 가장 먼저 설립한 아투스시에 대해 얼마나 기억하고 있는가? 장엄하고 엄숙한 쑤리탕마자(蘇裏堂麻紮, 왕릉을 가리킴)에 대해 기억하는가? 양측이 청회색의 절벽과 같은 아투스 대협곡을 기억하고 있는가? 그리고 당신의 온 가족은 아투스로부터 걸어서 카스가얼까지 왔다. 카스가얼의 웅대한 아이티가얼 대청진사, 둥글고 반짝거리는 돔(穹頂)…… 건조한 여름, 뜨거운 연기와 먼지, 불같은 모래, 새와 송골매(蒼鷹)마저 날개 펴기를 거리끼는 여름, 도처에 들리는 위구르족의 가슴 절절한 「아나얼구리(阿娜爾姑麗, 석류꽃이라는 뜻이고, 여자애의 이름이며, 카스 일대에서 가장 유행하던 민요이기도 하다. 영화 「아나얼한」의 주제가도 바로 이 「아나얼구리」를 소재로 만들어진 것이다)」, 동경과 갈망…… 나무그늘, 복숭아만큼 큰 달달한 살구와 표피가 반들반들한 리광타오(李光桃)라고 불리는 복숭아…… 사람들, 검은색의 단추가 없는 가운 같은 두루마기를 입은 긴 수염이 휘날리는 장엄한 남자들, 면사포로 얼굴을 꼼꼼하게 가린 여자들, 온 도시에 울려 퍼지는 『코란경』 기도문의 음송 소리, 서장(西藏)에서 들여온 관대가 길고 저음이 나는 태평소(嗩吶) 연주 소리…… 그리고 아버지. 당신의 아버지를 기억하는가? 아버지에 대한 기억 중에서, 온전히 당신이 기억하는 것은 어떤 것이고, 어머니의 이야기를 통해 남은 기억은 어떤 것인가? 그렇다. 당신은 자신이 아버지의 모습을 정확히 기억한다고 시종일관 믿고 있다. 큰 키에 웅장한 몸집, 장엄한 표정, 크고 깊은 눈, 크고 우뚝한 코, 크고 둥글둥글한 귀, 많고 긴 수염, 이것이 당신이 기억하고 있는 아버지의 모습이다.

화덕을 만드는 장인인 아버지는 하루 종일 그을린 진흙(焦泥), 소금물과 양털을 만졌고, 여자처럼 밀가루 반죽을 이겼다. 아버지는 또 엄숙하고 경건한 무슬림으로서, 매일 다섯 번씩 기도를 하였다. 아버지가 집 한쪽 모퉁이에서 무릎을 꿇고, 성지 메카를 향해 끊임없이 기도할 때면, 어린 쉬린구리 당신은 아주 어른스럽게, 다른 한쪽에 아무 소리도 내지 않고, 조용하게 서 있었다. 당신은 자신의 발소리가 아버지의 기도를 방해할까봐 뒤꿈치를 들고 걷곤 하였다……

이런 이유 때문에 아버지는 당신을 무척 아꼈고, 늘 당신을 자신의 어깨 위에 태우거나 무릎 위에 앉혔다. 그리고 집으로 돌아올 때면 늘 당신에게 과육이 두껍고 달달한 싱바오런과 껍질이 얇은 호두를 사다주었고, 자신의 수염으로 당신의 얼굴을 간질이며, 당신과 부둥켜안고 뒹굴며 장난을 쳤다…… 그런데 갑자기, 아버지가 돌아갔다. 병에 걸렸던 걸까? 그때 당신은 3살밖에 안 된 어린 나이였다. 어머니는 목이 메도록 통곡하였고, 이웃들은 죽과 밥을 큰 그릇에 담아 가져왔다(위구르족들의 풍습에 따르면, 경사나 상사를 치를 때 친인척과 이웃들은 저마다 음식을 들고 옴으로써, 축하와 위문의 뜻을 표한다). 그리하여 한동안 집에는 죽과 밥이 남아돌았지만, 곧바로 굶주림과 추위, 암흑이 찾아왔다.

아버지가 돌아간 뒤로부터 집에는 유등을 밝힐 등유가 없었다. 모자에 수놓아 생계를 유지하는 어머니의 눈과 손을 볼 때마다 어린 쉬린구리는 마음이 아파서 견딜 수가 없었다…… 큰길 골목에 짧은 콧수염을 기른 한 고기 행상인이 왔다. 사람들은 그를 '콧수염 오빠(형)'이라고 불렀다. 그는 당신들에게 이리에 대해 이야기해 주었고, 이리의 광활하고 비옥한 토양, 풍부한 수원, 온화한 기후에 대해 설명해 주었으며, 그곳에서는 거지마저 말을 타고 다닌다고 자랑하였다. 어머니는 그 '콧수염 오빠(형)'와 혼인을 하였고, 생계유지가 어려운 몇몇 동향인들과 함께 이리로 가는 길에 올랐다…… 길에서 보낸 수많은 밤과 낮들, 신위안(新源)현을 지날 때 봤던 설산 어귀에 있는 다반(높고 험한 길 – 역자 주), 야간에 지핀 모닥불, 늑대의 울부짖음과 개 짖는 소리……

그렇게 꼬박 두 달을 걸어 당신들은 끝내 이리, 이 친근하고도 낯선 곳에 도착하였다. 이리의 남자들은 챙이 딱딱한 모자를 쓰고 있었고, 여자들은 두건을 쓰고 있었다. 남자든 여자든 모두 모자를 쓰는 난장과는 많이 달랐다. 이곳의 여자들은 머리를 여러 갈래로 땋지 않았다. 그리고 부부가 함께 말을 탈 때, 아내가 앞에 앉고, 남편이 뒤에 앉는 것이 이리 사람들의 습관이지만, 난장에서는 이와 반대였다.

난장에서는 칼싹두기를 즐겨 먹지만, 이곳 사람들은 라몐탸오를 즐겨 먹었다. 토마토를 난장에서는 작은 조롱박(小葫蘆)이라고 부르지만, 이리에서는 파미두얼(帕米都爾, 러시아어를 차용한 단어)이라고 불렀다. 광활한 토지 때문인지, 이곳의 노랫소리는 더욱 자연스럽고, 건드러지게 느껴졌다…… 그러나 이곳도 역시 가난한 사람들의 천국은 아니었다. 이리가 아무리 마음에 들고, 장점이 아무리 많아도, 이 잔혹한 현실은 덮어지지 않았다. 콧수염 계부의 직업은 가축을 도살하는 도살자였다.

사람들은 비쩍 마른 양고기도 기름지고 맛있는 고기로 바꾼다(위구르족들은 양고기의 맛이 도살자의 솜씨와 도살자의 천부적 기질과 긴밀하게 연관되어 있다고 생각한다)며, 그의 솜씨를 칭찬하였다. 그리고 계부는 집으로 돌아올 때, 늘 가축의 간이나 폐 등 내장들을 가져왔는데, 난장에서보다 화식이 개선된 건 사실이었다. 하지만 생계는 여전히 어려웠다. 가족들은 여전히 여름에 솜옷을 벗지 못하고, 겨울에 홑옷을 입어야 하는 생활을 했다.

쉐린구리가 6살 되던 해, 해방군이 들어왔다. 삼구혁명 정부의 민족군은 해방군과 성공적으로 합류하면서, 해방군 제5군(第五軍)으로 편입되었다. 이리는 정말 해방을 맞게 되었다. 따스한 햇살이 이리의 산과 물, 곳곳을 어루만져 주었다…… 그 후, 당신도 학교에 다니게 되었다. 당신네 집도 토지를 분배 받았지만, 콧수염 계부의 마음은 농사일에 있지 않았다. 그는 한 상인의 부추김에 넘어가 다시 여기저기를 돌아다니며 고기를 팔기 시작하였고, 결국 사기를 당해 벌금을 내게 되었다.

2년 후, 나이에 비해 일찍 쇠약해진 어머니는 난산으로 세상을 떴고, 계부는 성격이 괴팍하고 용모가 흉악한 상인의 딸과 재혼하였다. 그날부터 당신은 아버지도 있고 어머니도 있지만, 동시에 아버지도 없고 어머니도 없는 아이가 되었다…… 16살 나던 해에 계모는 당신을 데리고 가서 타이와이쿠와 혼인신고를 하였다. 계모가 당신의 나이를 18살이라고 거짓말을 하였던 것이다. "올해 18살 맞아요?" "타이와이쿠와 부부의 연을 맺을 건가요?" 향정부의 민정 간부가 물었다. 당시 당신은 한마디도 대답하지 않았다. 그 모든 질문을 계모가 대신 대답하였다. 아, 가엾은 쉐린구리, 당신은 꼭 마치 계모의 발아래에 누워있는 어린 양 같았다…… 그 후 당신의 계부와 계모는 모두 다른 곳으로 이사를 갔다.

한 젊은 위구르족 여성, 당신에게 이토록 무거운 정신적 부담을 짊어지게 한 사람은 도대체 누구인가? 당신에게도 입이 있는데, 왜 과감하게 말하지 못하는 건가? 자신의 소망과 요구, 의견을 말하고, 자신의 애증, 즐거움과 고민을 표현하며, 자신의 운명을 스스로 결정하고, 악한 세력과 맞서 싸우는 용기를 왜 내지 못하는 건가? 당신은 언제나 두려움에 떨고 있다. 은연중에 당신이 두려워하는 건 도대체 무엇인가? 만약 향정부의 간부가 물을 때, 아니라거나 싫다고 대답했다면, 만약 쿠와한이 악을 쓰며 덮쳐들 때 맑고 고운 소리가 나게 뺨을 한 대 갈겨 줬다면……, 얼마나 좋았을까!

당신에게 두려움을 가르쳐준 사람은 누구인가? 엄숙하고 경건한 당신의 아버지의 영향인가? 하루 종일 일만 하던 과묵한 어머니 때문인가? 아니면 카스가얼의 그 휘황찬란한 아치형 건물, 종교와 성지, 천사와 하늘을 상징하는 아이티가얼 사당과 유명한 아파얼(阿帕爾) 호자의 묘지(카스의 유명한 묘지. 이 묘지에는 성도 아파얼 호자의 묘와 향비[香妃]의 묘가 있는데, 한족들은 일반적으로 이곳을 향비묘라고 부른다 - 역자 주) 때문인가? 이슬람교의 계율과 무슬림의 계율, 낡은 생활의 규칙, 옛날에 대한 영구한 기억이, 무겁고 또 따뜻하게, 당신을, 당신의 순결한 라일락 꽃가지를 연마하고 있다!

이런 이치와 이런 일들에 대해 당신도 이미 천천히 터득하였다. 당신은 이미 많은 것을 알고 있다. 1962년 늦은 봄 마을로부터 투얼쉰베이웨이네 집으로 도망쳐 나오던 그 날부터, 당신은 이미 많이 성장하였고, 많이 강경해졌다. 왜냐하면 당신은 필경 신 중국에 살고 있고, 나이가 아직 젊기 때문이다. 고통스러운 지난날의 기억들이 당신의 눈가와 귀밑머리, 입가에 아무런 흔적도 남기지 않았다. 왜냐하면 이 세상에, 당신의 곁에, 이리하무 오라버니가 있고, 미치얼완 언니가 있으며, 짜이나푸 어머니가 있고, 투얼쉰베이웨이가 있기 때문이다. 뿐만 아니라 세상에는 또 양후이 언니도 있다.

당신에게 있어서, 이 이름 석 자는 뜨거운 불과 같다. 짧은 머리를 한 갈래로 땋고, 안경을 썼으며, 남성용 자전거를 타고 다니면서 쓰촨 어투가 섞인 위구르어로 종알종알 말하는 이 한족 여자애에게는 하나의 명확한 목표가 있었다. 즉 자신의 청춘과 과학기술을 변경의 토지와 인민들에게 바치는 것이었다. 이 목표를 향해 나아가는 그녀를, 그 어떤 힘도 막을 수 없고, 방해할 수 없다. 그녀는 한 번도 지친 적이 없었다. 그녀가 위구르족 인민들을 사랑하고, 당신을 사랑한다는 것을 당신도 잘 알고 있다. 당신의 부단한 발전을 위해, 그녀는 온갖 노력을 다하고 있다. 그녀가 당신을 이끌어주고, 밀어주고, 잡아주고, 부축하고, 들어 올려주고, 가르치고, 격려하고, 꾸짖고, 훈계하는 것은, 모두 당신을 위한 것이다.

……왜, 더 할 말이 없는가? 수줍음이 많은 쉐린구리여! 홀로 앉아 이런저런 생각을 하다 보니, 스스로도 부끄럽게 느껴지는가? 새로운 생활의 광명, 새로운 생활의 행복, 새로운 사상의 아름다움을 상징하고, 당신의 그 짧았던 고난의 여정의 끝과, 스스로 운명을 결정하고 장악하기 시작하였음을 상징하는 것은, 바로 당신의 남편, 당신의 동지(同志, 위구르어에서 웨얼다시[約爾達西]란 단어는 한어의 '동지'와 '동반자' 이 두 가지 단어의 뜻을 모두 가지고 있다. 위구르족들이 부부 사이에도 동지라고 부르는 것은, 바로 이런 이유 때문이다. 따라서 1949년 이래의 주류 이데올로기와는 무관하다) 아이바이두라가 아니겠는가? 당신은 아직 이러한 행복이 익숙하지 않다. 왜냐하면, 이전까지 당신은 불행과 행복을 빼앗기고, 무시를 당하던 생활, 왜곡된 진실에 길들여져 있었기 때문이다. 하지만 당신은 이미 훌륭한 한 남자의 아내가 되었다.

그는 사자처럼 건장하면서도, 인내심이 많고, 충직하며, 규율을 어기지 않고, 이치를 따지며, 사람을 살뜰하게 보살필 줄 알고, 상처를 받아, 차갑고 둔해진 당신의 마음까지 따뜻하게 보듬어 주는 사람이다. 새로운 가정을 꾸리고, 시험장에 들어선 그 날부터, 당신은 이미 옛날의 그 쉐린구리가 아니다.

설마 정말 어떤 악마가 당신을 시기 질투하여 괴롭히고 있는 걸까? 생활도 일도 모두 만족스럽고, 몸도 마음도 모두 상쾌하며, 자신의 가치와 행복한 결혼생활 때문에 무한한 긍지를 느끼고 있을 때…… 쿠와한이 당신의 마음을 아프게 움켜주었다. 쿠와한은 입에 담지 못할 말들을 막힘없이 쏟아냈다. 이 여자는 어떻게 이런 천부적 재능을 타고 난 걸까? 함부로 지껄인 그녀의 말 한마디 한마디는, 아무런 죄도 없는 사람의 가슴에 비수가 되어 날아와 꽂혔다. 남에게 상처를 주는 것이, 바로 그녀의 본능이고, 특기이며, 그녀의 모든 활동의 핵심이다.

쿠와한은 이리하무가 자기 동생을 위해 일부러 타이와이쿠의 가정을 파괴하였고 당신을 아이바이두라에게 주었다고 하였다. 이런 말을 듣고, 어찌 소름이 끼치지 않을 수 있겠는가? 그야말로 악담과 망발의 천재이고, 전갈 꼬리에 있는 독액과 같은 사람이다. 가엾은 쉐린구리여! 이런 말을 들었을 때, 당신은 충격으로 그 자리에서 쓰러질 뻔하였다. 착한 사람은 언제나 자신을 단속하지만, 악인은 하나도 거리낄 것이 없다. 이것이 바로 악인의 가장 큰 '우세'이다!

당신은 이렇게 옛날과 현재의, 즐거운 일과 힘든 일들을 생각하며, 당신의 빽빽하게 자란 머리카락을 정리하듯, 자신의 기억과 생각을 차근차근 정리하고 있다. 사실 이 모든 일과 이치에 대해 당신은 오래전에 이미 깨달았고, 시비와 선악, 애증과 거취(去取)도 모호할 것이 없이 분명해졌다. 단지 당신에게 아직 익숙하지 않을 뿐이다. 거짓과 악담에 당당하게 맞서 싸우는 법을 아직 터득하지 못했을 뿐이다. 그러나 이런 투쟁은 반드시 필요한 것이다. 정확한 인식만큼, 기민하고 예리한 혀로, '악'의 기세를 압도하는 일도 중요하다. 그러려면 아직도 많이 단련하고, 실천해야 한다. 비록 오늘 한마디도 하지 않았지만, 당신은 더 이상 누구나 함부로 좌지우지할 수 있는 약자가 아니다.

생각이 여기까지 미친 당신은 드디어 미소를 지었다. 비록 얼굴에 아직 눈물자국이 남아있지만 말이다. "쿵쿵쿵" 누군가 손북을 두드리는 것 같았고, 세찬 바람이 부는 것 같았다. 그러더니 우렁찬 목소리와 맑은 목소리, 말꼬리를 길게 끄는 목소리와 다급하게 부르는 소리가 들렸다.

"쉐린구……리" '구'자의 주파수와 데시벨을 높게 끌어올리고 나서, 또 18굽이를 돌린 부름 소리였다.

"쉐린구리!"

대문을 열고 다급한 발걸음으로 그녀를 향해 다가오고 있었다. 이 두 사람은 짜이나푸한과 투얼쉰베이웨이 모녀였다. 원래 혈색이 좋은 짜이나푸한의 얼굴은 더욱 빨갛게 상기되어 있었고, 그녀의 이마에는 땀방울이 송골송골 맺혀 있었다. 소매를 걷어 올린 그녀는 화가 나 씩씩거렸고, 들숨날숨을 따라 콧구멍이 벌름거렸다. 투얼쉰베이웨이의 새하얀 얼굴에는 번민의 거미줄이 어지럽게 드리워져 있었다. 미간을 잔뜩 찌푸린 그녀는 심기가 불편해 보였다.

"아, 우리 가엾은 쉐린구리! 하얀(白白的, 즉 아름답다는 뜻) 내 딸!"

짜이나푸는 건실한 두 팔을 벌리더니 마치 어린애를 달래듯 당신을 껴안아 주었다. 그녀가 하도 꼭 껴안는 바람에, 당신은 숨이 막힐 지경이었다. 짜이나푸가 말했다.

"쉐린구리 당신의 일에 대해 들었어요. 그래서 지금 당신 대신 복수하고 돌아오는 길이에요. 딸 같은 우리 쉐린구리! 걱정하지 말아요. 쿠와한 네 집 앞까지 찾아가 코가 납작해질 정도로 혼이 쏙 빠지게 욕해주고 왔어요. 오늘 하루 쉬면서 낭을 만들려고 했는데, 아침에 그 몰상식한 여자가 당신을 능욕했다는 말을 듣게 되었어요. 그런데 당신은 한마디 말대꾸도 반격도 하지 않았다고 하면서, 부녀들이 너도나도 찾아와 말 하는 거예요. 그리고 활개를 치며, 착한 사람을 함부로 능욕하는 쿠와한을 이대로 내버려둬서는 안 된다며 부추기는 거예요. 물론 나도 정말 화가 났어요. 그래서 쿠와한 네 집 앞까지 찾아가 나오라고 소리를 쳤어요. 그리고 당신과의 모순에 대해 설명해 보라고 했어요. 그러자 쿠와한은 머뭇거리며 말을 얼버무리는 거예요. 입안에 삶은 계란이 있는 사람처럼 말이에요. 그 비겁한 몰골을 보자 더욱 화가 치밀어 오르는 거예요. 그래서 욕설을 퍼부었죠. '쿠와한! 이 비겁한 거짓말쟁이! 남을 함부로 모함하는 저급한 것! 어찌 감히 쉐린구리를 능멸할 수 있어! 어찌 가장 착하고 정직한 사람을 능멸할 수 있냐 말이야! 자네 혓바닥은 전갈의 꼬리이고, 자네의 이빨은 악마의 톱날이군 그래. 나, 짜이나푸가 오늘 자네를 찾아온 이유는 바로 자네의 그 독액을 남발하는 혀와, 함부로 남을 씹어대는 그 33개(하나는 이미 스스로 빠졌다)의 이빨을 뽑아버리기 위해서야! 아이바이두라가 자네 남자를 때렸다고? 흥, 이런 파렴치한 년! 자네 그 니야쯔 파오커가 그럴만한 가치라도 있어? 아이바이두라에게 폭행당할 자격이 있냐 말이야! 니야쯔를 때렸다고? 아이바이두라가 자기 손을 더럽힐 일이 있어? 남을 괴롭히고, 해치고, 속이고, 남의 것을 훔치기까지 하는 너네 부부의 파렴치함을 모르는 사람이 어디 있다고 그런 말도 안 되는 소리를 지껄여! 바른 일을 한 가지라도 한 적이 있어?

저것 봐, 지붕 위에 올린 굴뚝마저 비뚤어져 있지 않냐? 이 추악한 년아! 네 남편 파오커가 어디에서 누구에게 얻어맞았는지 모르겠지만, 생사람 잡지 말란 말이야! 쥐가 길을 건너면 사람마다 때려잡으라고 소리친다는 말이 있어. 만약 다시 한 번 아이바이두라를 모함하면 그땐 정말 뜨끔한 맛을 보게 될 거야. 여기서 이러지 말고 대대에 가든지 공사에 가는 게 좋겠어. 정 안되면, 우리끼리 무대를 설치하고, 그 위에 올라가 사람들이 보는 앞에서, 한번 제대로 시시비비를 가려보자고!"

"허허, ……그리고 또 뭐라고 욕했더라? 아무튼, 아주 맛깔스럽고 강한 말들을 많이 했어요. 청산유수 같이 퍼부어줬더니, 한마디도 대꾸 못하는 거예요. 나의 매 한마디 말은 그 암캐 몸에 떨어진 채찍 같았어요. 쿠와한은 내가

303

한마디를 할 때마다, 몸을 부르르 떠는 거예요. 하하하……"

짜이나푸한은 그 당시의 감정과 말투를 그대로 따라하면서, 쿠와한에게 욕설을 퍼 붓던 모습을 생생하게 보여주었다. 마치 전쟁에서 승리를 거둔 장군처럼 신나서 보고하였다. 짜이나푸의 말은 수직으로 떨어지는 폭포처럼 빠르고 세찼으며, 목소리는 종달새가 노래 부르는 것처럼 맑고 낭랑하였으며, 또 기관총으로 갈기듯 물샐 틈이 없었고, 아무리 단단한 것이라도 다 파괴할 기세였다. 그녀의 말을 듣고 나니, 속이 훨씬 후련해졌고, 얼어붙었던 오장육부가 따뜻해지는 것 같았다.

"어머니, 너무 흥분하지 말아요. 어머니는 부녀 대장이에요. 그런데 어찌 욕설을 퍼붓는 방법으로 모순을 해결하려고 할 수 있어요? 게다가 자칫하면, 아버지에게 나쁜 영향을 미칠 수도 있어요!"

투얼쉰베이웨이는 못마땅해 하며 말했다.

"흥흥,"

짜이나푸는 냉소를 지으며, 말했다.

"욕하지 말았어야 한다고? 더럽고 악독한 말로 너를 능멸하였는데, 참으라고?"

"정당한 방식으로……"

"정당한 방식? 어떤 정당한 방식으로 쿠와한을 대처할 수 있을까? 그를 불러 개별적으로 대화를 나눌까? 그에게 중앙 문건을 읽어줄까? 헛소문을 날조하거나, 남을 모함하지 말고, 다른 사람을 비방 중상할 경우 20위안의 벌금을 안긴다는 포고문을 붙일까? 아니면 지식 있는 사람을 모셔다가, 그에게 이론 지도라도 할까? 아니, 다 안 통한단 말이다. 가장 좋은 방법은 그의 면전에 대고 따끔하게 훈계하는 거야. 소싯적에 어머니 품에 안겨 빨아먹었던 젖까지 그녀의 콧구멍으로부터 깨끗하게 짜내야 돼! 욕설을 퍼붓는 방법이 좋지 않다는 건 나도 알아. 내 입이 더러워진다는 것도 알고, 문명, 예의, 공손함, 온화함에 대해 나도 안단 말이야. 하지만 이 세상은 이치를 따지고, 사실대로 말하고, 예의를 지키는 사람들로만 구성된 게 아니야.

악인을 대할 때, 나쁜 방법조차 사용하지 않으면 안 되는 거야. 오늘과 같은 상황도 지도자와 조직이 나서서 해결해야겠니? 쿠와한과 같은 사람이 너를 능멸하며 날뛰는 꼴을 나는 보고 넘길 수 없단다. 재작년 밀을 수확할 때 있었던 일을 나는 정확히 기억하고 있어! 나는 함부로 남을 욕하는 사람이 아니다. 하지만 만약 그 악인이 착한 사람을 물로 보고, 머리 위에서 똥을 싸려고 든다면, 악귀도 두려워 물러갈 말솜씨로 욕할 것이다……"

이런 말을 듣고, 어찌 기뻐하지 않을 수 있겠는가? 쉬린구리도 웃음을 터뜨렸다.

"이제야 웃는군요. 그래요, 그렇게 웃으란 말이에요."

짜이나푸는 다시 한 번 꼭 안아주었다. 그녀의 뜨거운 입김이 이마에 닿았다.

"당신을 보러 온 거예요. 당신의 웃는 모습을 보려고 온 거예요. 당신이 웃는 모습을 보니, 이제야 마음이 놓이는군요. ……양심이 눈곱만치도 없는 나쁜 놈들의 괴상한 웃음소리는 끊이지 않는데, 왜 착한 사람들만 눈물을 흘리는지 모르겠어요…… 영화에서도 늘 이런 식이에요……"

뜨거운 물방울이 당신의 이마에 똑 떨어졌다. 당신은 깜짝 놀라 머리를 들었다. 짜이나푸 아주머니의 눈에는 뜨거운 눈물이 가득 차 있었다.

"내 생각엔 이 일이 그리 간단하지 않은 거 같아요."

투얼쉰베이웨이가 당신의 손을 잡으며 말했다.

"쿠와한이 왜 뜬금없이 이런 소란을 피웠을까요? 때마침 이 시기에, 그것도 사회주의 교육 간부 앞에서 말이에요. 당신도 참, 쉬린구리, 적어도 윤 대장과 장 조장 앞에서 아이바이두라가 니야쯔를 폭행한 적이 없다고 명확하게 말했어야죠. 왜 한마디도 하지 않은 거예요? 무슨 일이 일어날까봐, 조급해 미치겠어요. ……"

"그게…… 그 당시 너무 화가 나서 손발이 얼음장이 되었고, 똑바로 서 있을 수조차 없었어요. 사람을 잡아먹을 것 같은 쿠와한의 표정을 못 봐서 그래요. 당장이라도 내 머리카락을 몽땅 뽑아버릴 것 같았어요……"

"감히 누구에게 손을 대!"

짜이나푸 아주머니가 버럭 소리를 질렀다.

"아이고, 쉐린구리, 착한 내 딸, 그런 사람들을 절대 두려워하지 말아. 좋은 사람이 나쁜 사람을 두려워할까, 아니면, 나쁜 사람이 좋은 사람을 두려워할까? 대부분 사람들은 틀리게 짐작하고 있어. 사람들은 좋은 사람이 나쁜 사람을 더 두려워한다고 생각해. 왜냐하면, 나쁜 사람들이 아무 거리낌 없이 함부로 날뛰기 때문이야. 그들은 파렴치하고, 이치를 따지지 않으며, 악랄한 수단으로 사람을 해치지. 하지만 이것은 큰 오해야! 사실 나쁜 사람들이 좋은 사람을 더 두려워해. 왜냐하면 오늘날 세상의 주인은 그들이 아니고, 좋은 사람이 나쁜 놈보다 훨씬 많기 때문이지. 나쁜 놈들의 거짓말과 여러 가지 비겁한 수단은 떳떳하지 못한 거야.

나쁜 짓을 저지를 때 그들은 들킬까봐 늘 똥줄이 당기는 거야. 그들은 언젠가 들켜서 처벌을 받게 될까봐 마음을 졸이며 살아. 좋은 사람은 고양이고, 나쁜 놈은 쥐야. 좋은 사람은 인민 경찰(民警)이고, 나쁜 놈은 도둑이지. 그런데 왜 우리가 나쁜 사람을 두려워해야 하지? 그런 놈들이 발톱을 세우고 독살스럽게 달려들 때면, 당신은 그것의 다섯 배 되는 힘으로 맞받아치는 거야. 결국 그놈들도 그다지 대단하지도 않다는 걸 알게 돼. 나는 몇 번이나 해봤어. 이건 단번에 먹히는, 언제나 효과적인 방법이야!"

짜이나푸 아주머니는 시원하게 웃었다. 투얼쉰베이웨이도 미소를 지었다. 당신도 크게 웃었다. 울던 데서 웃기까지는 큰 비약이었다.

쉐린구리는 라일락이라는 뜻이다. 솔직하게 말하면 신장에서 라일락이란 흔하게 볼 수 있는 꽃이 아니었다. 석류꽃 - 아나얼구리, 백합화 - 라이이라구리, 화단의 여러 가지 꽃 - 치만구리(契曼姑麗)…… 위구르족들은 여러 가지 꽃의 이름으로, 소녀의 아름다움에 대한 감상을 표현한다. 그 중에서 작가에게 가장 깊은 인상을 남긴 것은 바로 라일락 - 쉐린구리였다.

마다가스카르(馬達加斯加)·잔지바르(桑給巴爾)·인도네시아(印尼)·인도·파키스탄·스리랑카(斯裏蘭卡) 등은 모두 라일락의 고향이다. 다른 나라의 라일락과 중국의 라일락 사이에 어떤 차이점이 있을지 궁금하다. 중국에서는 라일락을 도금양과(桃金娘科) 포도속(蒲桃屬)의 관목 혹은 작은 교목이라고 한다. 이러한 표현 자체가 아주 이상한 것이라고 생각된다. 도대체 관목이라는 건지 아니면, 교목이라는 건지 알 수가 없다. 관목이라면 그것은 떨기나무라고도 하는데, 뿌리나 밑동에서부터 여러 개의 가지가 갈라져 자라고, 또 구부러지면서 서로 의지하는 형태를 취한다.

교목은 선명하고 굵은 줄기가 있음에도 불구하고, 여전히 꽈배기처럼 꼬여서, 기이한 형태와 라인 양상을 띤다. 그것의 전착(顚倒), 그것의 어수선함, 그것의 부득이함, 그것의 기괴함은, 사람으로 하여금 할 말을 잃게 하는 바르셀로나(巴塞羅那)의 천재 건축가, 안토니 가우디(安東尼奧·高迪)의 명작도 능가한다.

나는 라일락의 한 떨기 한 떨기의 작은 흰색 꽃과 자주색 꽃을 좋아한다. 한 뭉치 한 뭉치, 한 움큼 한 움큼의 꽃들은 서로 긴밀하게 연결되어 있다. 옛 사람들은 이것을 근심과 고뇌의 시각적 형상으로 보았다. 이상은(李商隱)

은 시에서, "파초부전정향결(芭蕉不展丁香結), 동향춘풍각자수(同向春風各自愁)."라고 하였다. 즉 거대한 파초도 결국 작은 라일락을 도와, 엉킨 가지와 마음을 풀어줄 수 없다는 뜻이다. 아무리 위인일지라도 한 작은 여인의 시름을 덜어주고 그 여인에게 즐거움을 안겨줄 수 없는 것과 같은 의미이다.

선조가 페르시아인인 오대(五代) 사인(詞人) 이순(李珣)은 "근심이 어찌 라일락 꽃망울과 다를까(愁腸豈異丁香結)? 이별로 인해(因離別) 고국 소식이 끊겼구나(故國音書絶)."라고 말했다. 이순은 라일락을 이별과 근심에 결부시켰는데 참 흥미롭다. 이순이 말하는 고국(故國)은 아마도 고향이라는 뜻일 것이다.

중국어 수준으로 미루어 볼 때, 그는 신이민(新移民)은 아닌 것 같고, 따라서 페르시아에 대한 그리움은 아니라고 짐작되며, 그렇다면 서역에 대한 그리움일 가능성이 있다고 보인다. 그러나 본 소설에서 인명으로 사용된 '쉐린구리'라는 단어는 위구르어 중의 러시아어 차용어―라일락―쉐린―SIRINA에, 위구르어 단어 꽃(구리)이 결합된 것이다. 그리고 페르시아어·그리스어(希臘語)·프랑스어(法語)의 꽃 이름 중에도, 한족에게 있어 상당히 유사하게 들리는 발음 – 'SELINA'가 있다. 'SELINA'란 아마도 물속에서 자라는 속명 '달(月亮)'이라고 불리는 꽃일 것이고, 라일락과 같이 꽃잎이 네 개인 작고 흰 꽃이 열리고, 초본 다년생 꽃일 것이다. 그 외 자주색 옥살리스(三角紫葉酢漿草) – 자줏빛 나비(紫蝴蝶)일 것이라고 말하는 사람도 있다.

옥살리스는 또 행운의 보석(幸運寶石)이라고도 불린다. 사진으로 자주색 옥살리스를 보았을 때, 나는 꿈속에서 피는 꽃이라는 느낌이 들었다. 비록 쉐린구리라는 이 인물을 부각할 때 작가는 중국의 고전 시사(詩詞)에서 라일락을 근심과 고뇌의 상징적 형상으로 간주하였다는 점을 미처 알지는 못했지만, 우리의 쉐린구리의 성격은 이름과 같이 라일락임에는 틀림없었다.

우리는 발음을 통해 일부 꽃들의 연결과 이동을 실현하였다고 가정할 수 있다.

그 다음, 세 번째 이(李) 씨 성을 가진 남당(南唐)의 중주(中主)이자 사인인 이경(李璟)은, "청조부전운외신(靑鳥不傳雲外信), 정향공결우중수(丁香空結雨中愁)."라는 명구를 남겼다. 중국 근대 학자 왕국유(王國維)는 이를 높게 평가하였고, 왕국유 자신도 라일락을 소재로 글을 쓴 적이 있다.

네 번째 이 씨 성을 가진 사인 이청조(李淸照)는 라일락에 대해 아주 수수하고 진실하게 묘사하였는데, "꽃술 빽빽한 매화는 속되기 짝이 없고(梅蕊重重何俗甚), 수천 봉오리 맺힌 정향은 거칠게 핀다(丁香千結苦粗生). 수인을 꿈에서 깨운 짙은 꽃향기가(熏透愁人千裏夢), 이처럼 무정할 줄이야(卻無情)."라고 하였다. 그는 라일락의 단순함과 빼곡하게 둘러싸인 모습을 묘사하였고, 그는 매화의 중첩과 속됨을 경멸하였으며, 또 라일락의 짙은 향기와 대중화, 일반화의 처지를 묘사하였다. 그러나 생각할수록 가장 의미심장하게 느껴지는 것은, '각무정(卻無情)'이라는 마지막 세 글자이다.

라일락을 보면 근신과 고뇌가 떠오른다 했는가? 나는 그렇게 생각해 본 적이 없다. 나는 라일락의 청아하고 부드러운 색깔과, 간단하고 분분하게 핀 꽃의 형태, 진하면서도 자연스러운 향기가 좋다. 그리고 여러 가지 언어로 불리는 이름들의 발음이 하나같이 아름답고, 입모양이 예쁘다는 점도, 아주 신기하고 마음에 든다. 최근 몇 년간 나는 라일락의 뒤엉켜 자란 줄기와 가지의 단호함, 유연함과 강인함, 구애됨이 없이 자유롭게 자라는 자연스러운 아름다움이 좋아 그것에 흠뻑 매료되었고, 찬미를 금치 못하고 있다.

나는 꽃이 무성하게 피어난 라일락 나무줄기가, 구부러지기도 하고, 꺾이기도 하며, 비틀리기도 하고, 아래로 뻗어나기도 하는 것에 감동하였다. 연약해 보이는 관목과 작은 교목, 보잘 것 없어 보이는 줄기와 가지 위에서, 여전히 대량의 큰면적의, 눈 같고, 파도 같고, 폭포 같고, 안개 같고, 물들인 것 같은, 감동을 주는, 마음속에 깊이 스며드는 신선한 향기를 풍기는 꽃 때문에, 또 한 번 감동하였다. 이러한 꽃을 피우기 위해 라일락나무 줄기와 가지는 모든 것을 감당하고 이겨냈으며, 묵묵하게 자신의 모든 것을 바쳤다. 그렇기 때문에 이런 줄기와 가지에서 피어난 꽃은 어떤 것과도 비할 수 없는 독보적인 것이다. 그리고 라일락이 피어나는 계절은 이르지도 늦지도 않은 꽃이 만발하는 계절인 봄이다. 다시 말해 라일락이 피지 않았다면, 봄이 아직 오지 않은 것이다. 라일락이 피었다 지면 상춘(傷春)이든, 미련이든, 봄도 간 것이다.

어찌하여 이 세상에 왔냐고 물으면(問君何事到人間) 뭇 꽃들은 봄을 찾는다고 답하겠노라(繁花尋覓是春天). 쉽게 잊히지 않을 쉐린구리(雪林姑麗應難忘), 나무에 하늘에 가득 피어난 라일락 꽃향기(丁香滿樹香連天). 아! 사랑하는 쉐린구리여! 아! 눈 같이 하얀 라일락, 옥 같은 보라색 라일락, 그리고 페르시아의 옥살리스여!

장양이 이리하무에 대한 '작은 습격'을 조직하다
그 시절 농촌의 비판·투쟁 집회 및 필수 불가결의 공론

장양이 짐을 꾸려, 아부두러허만 네 집에서 나와 니야쯔 네 집으로 들어
갈 때 이리하무는 끝내 마음을 단단히 먹었다. 장양 그들의 의도와 방법이
어떠하든, 그것에 구애받지 말고 자기 할 일을 해야겠다고 다짐하였다. 그
리하여 이리하무는 아무 일도 없는 듯, 사람들을 조직하여 수로 공사를 다
시 시작하였다.

이러한 상황에서 장양에 대해 반감을 품게 되고 이미 격노한 상태에서 장
양 말에 따르지 않고 협력하지 않을 것이라고 마음먹기란 그리 어려운 일이
아니었다. 그러나 이성이 돌아오고 냉정하게 생각하면 할수록 마음이 편치
않았고 거북하였다.

해방된 지 어언 10여 년이 되었다. 이 10여 년 동안, 이리하무는 상급기관
에서 파견해 온 모든 지도자들과 한 명의 공작 간부들을 존경하고, 추대하
는 것에 익숙해져 있었다. 왜냐하면 그들은 모두 당의 화신이고, 혁명과 진
리, 정의와 지혜의 대표자라고 생각하였기 때문이다. 그는 한 소년이 자신의

스승을 대하듯, 또 부모님을 대하듯, 그들을 언제나 깊은 관심을 가지고 겸허하게 바라보았다. 이리하무는 흑백이 분명한 자신의 큰 눈으로, 공작 간부들의 행동 하나하나를 바라보면서, 고속 카메라 안의 예민한 필름처럼, 명암과 윤곽의 가장 세밀한 변화까지 포착하여 담았다가, 다시 자신의 몸을 통해 반영되기를 바랐다. 그는 또 그들의 모든 연설을 귀담아 들으려고 했다.

그들의 매 한마디 말이 하나의 사상의 문을 열어주는 키가 되어, 더욱 많은 정신적 재부를 선사해주기를 원했기 때문이었다. 그는 이들이 알고 있는 모든 것이 행동의 근거로 삼을 수 있고, 멀리, 높게, 넓게, 전 방위를 아우를 수 있는 사상, 위세 당당한 용기와 지모, 정확하고 적절한 정책에 대해 진심으로 탄복했다. 그들과 함께 있으면, 이리하무는 한달음에 산꼭대기에 오른 것 같았고, 날개 달린 말을 탄 것 같았으며, 봄바람과 햇살, 파도를 온몸으로 만끽하는 것 같고, 주위를 밝히고, 여정을 밝힐 수 있는 위엄이 있고 따뜻한 횃불을 들고 있는 것 같았다.

자신의 사상과 감정, 행위가, 상급 동지들과 일치하지 않다는 것을 발견하였을 때, 그는 즉시 반성하고 경종을 울리며, 경각성을 높이곤 하였다. 그는 절대 잘난 척을 하지 않고, 절대 자기 생각만 고집하지 않으며, 절대 상급의 트집을 잡거나, 상급을 원망하지 않았다. 반대로 수시로 자신의 잘못을 수정해야 하는 것은 그의 몸에 밴 습관이었다. 자신의 잘못을 발견하였을 때, 마음이 무겁지만, 그 잘못을 수정하고 나면 마음은 훨씬 가벼워지고 밝아졌다. 잘못을 발견하는 것은 잘못을 수정하기 위한 첫걸음이고, 부끄러움과 자책 뒤에 잇따라 찾아오는 것은 물론 자신감과 안도감이었다.

이번에도 그는 여느 때와 마찬가지로, 자신에게서 잘못을 찾고 수정하려고 애를 썼다. 그 결과 그가 발견하고, 그가 단언할 수 있는 것은, 에누리 없는 장양의 과실이었다. 이 결과 때문에 이리하무는 놀라서 소름이 끼쳤고,

당황스럽고 혼란스러웠으며, 고통스러웠다. 자신의 잘못을 발견하였을 때에는, 다른 사람의 도움을 받아, 진창 속에서 넓고 평탄한 대로로 나오게 된 것 같았지만, 장양의 잘못을 발견하였을 때에는, 오히려 누군가에게 밀쳐져, 암흑의 진창 속에 빠져 버린 것 같았다. 그는 진심으로 자신의 잘못을 인식할 수 있기를 빌었다.

그는 하루에도 수백 번씩 자신에게 물었다. 따지고 보면, 결국 내가 잘못한 것이겠지? 하지만 결론은 똑같이 실망스러웠다. 따지고 물으면 물을수록, 장양이 틀린 길을 따라 점점 더 멀리 가고 있다는 것밖엔 단언할 수 있는 것이 없었다. 이리하무는 자신의 체면과 위신, 지위(만약 그의 잘못이 엄중할 경우)를 다 잃더라도 장양에 대한 존경하는 마음과 친근감을 잃고 싶지 않았다. 존경하는 마음과 친근감을 잃는다는 것은, 그의 몸에서 고기 한 덩이를 도려내는 것과 같았고, 눈에 겨자를 발라놓는 것과 같았다.

하지만 진리와 오류는 서로 타협이 이루어질 수 없는 것이다. 둘은 물과 불처럼 절대 공존할 수 없었던 것이다. 그는 자신의 뜻을 저버리고 남에게 영합할 줄 모르는 사람이고, 겉과 속이 다르게 행동할 수 있는 사람도 아니다. 그렇기 때문에 그의 앞에는 단 한 갈래의 길만 놓여 있었다. 즉 인민의 이익을 수호하고, 시와 비를 분명하게 가리는 것이었다. 그렇다면, 그는 장양과 끝까지 맞서 겨룰 수밖에 없었던 것이었다.

바로 이런 상황에서 니야쯔가 폭행당했다고 쿠와한이 고발한 것이다.

많은 사람들이 쉐린구리를 위로해주러 찾아갔다. 그 후 쉐린구리는 시험장으로 돌아갔고, 사람들은 집에 돌아와서야 뒤늦게 모든 것을 알게 된 아이바이두라를 찾아와 위로하였다. 그리고 이 사람들(나중에는 아이바이두라 본인도 포함되었다)은 또 잇따라 이리하무와 미치얼완을 위로하러 찾아왔다. 사람들은 이 사건의 화살은 결국 이리하무를 가리키고 있다는 것을 알고 있었다. 사람들은 분노하였고, 욕설을 퍼부었으며, 니야쯔를 비웃기도 하였다. 그들은 이리하무에게 마음을 단단히 먹어야 한다며 일깨워주었고, 동시에 장양에 대한 불만을 날카롭게 나타냈다. "장양은 성격이 괴팍한 거 같아요. 이런 사람은 처음 봐요."라고 말하는 사람이 있는가 하면, "장 조장은 대마초 중독자 같아요.

그는 머릿속으로 그리고 생각하고 있던 그대로, 보고, 듣는 것 같아요. 실제로 존재하는 것들은, 그의 눈에만 보이지 않는 것 같아요."라고 말하는 사람도 있고, 또 거리낌 없이 아예, "내가 보기엔 장 조장은 사오랴오쯔(莦料子) – 정신병자예요."라고 말하는 사람도 있었다. 그리고 한 청년은 "장 조장은 원래 어디에서 근무하던 사람인가요? 우리 연명으로 편지 한 통을 씁시다. 여기서 함부로 휘젓지 말고 집으로 돌아가 아내를 끌어안고 잠이나 자게 다시 데려가라고 말이에요!"라고 말했다.

이리하무는 너무 지나친 말들은 삼가라고 충고하였다. 하지만 장양에 대해 얘기할 때, 사원들은 자신보다 훨씬 용감하다는 것을 인식하게 되었다. 이리하무는 쓴웃음을 지을 수밖에 없었다. 백성들의 불만과 욕설이 난무한데, 장양은 여전히 기세등등하여 거만하고 독단적으로 밀어붙이고 있었다. 참 구제불능의 '위인'이었다!

사람들이 하나둘씩 떠나고, 밤도 이미 깊었다. 무싸가 찾아왔다. 뿐만 아니라, 그는 처제 마위펑까지 데리고 찾아왔다. 그는 두 손으로 솜옷의 앞자락을 단단히 부여잡고 등을 약간 구부린 채 걸었다. 그리고 발걸음을 옮길 때마다 고개를 앞으로 기웃거렸는데, 마치 타조 같았다. 문을 열고 들어서자마자, 그는 일단 손을 비비며 따뜻한 입김으로 손을 덥혔다. 추위를 많이 타는 모양이었다. 이 작은 동작들에는 동시에 조심스러움과 심지어 미안함의 뜻이 담겨 있었다. 그러나 그의 얼굴에는 일종의 미소가 어리어 있었다.

그의 눈에서는, 패자의 무위함과, 패배를 인정한 후의 단념, 득의와 아부, 흥분과 충동, 의기양양함이 뒤섞인 특수한 빛이 흘러나왔다. 그의 특징은 분위기가 어수선할수록 즐거워하는 것인데, 그는 아마도 한 차례 소동의 징조를 감지한 것 같았다.

"건강하죠? 기분은 어때요? 일도 순조롭고요?"

무싸는 통상적인 문안 인사를 주고받고 나서, 재차 이 세 가지 문제를 물음으로써, 각별한 관심을 표현하였다.

"다 좋아요."

이리하무가 대답하였다.

"어떻게 지내고 있는지, 문안 인사도 할 겸 왔어요! 알죠? 무싸는 밴댕이 소갈머리가 아니에요. 무싸는 권세나 재물에 빌붙는 소인배가 아닐 뿐만 아니라, 엎친 사람 위에 덮치거나, 불난 집에 부채질하는 사람은 더더욱 아니에요. '장양 조장이 이리하무를 싫어한다', '이리하무는 곧 대장 자리에서 내려오게 될 거다' 라는 말들이 많지만, 다 썩 꺼지라고 해요. 그런데 만약 이게 사실이라면, 당신의 형인 무싸가 당연히 와보지 않을 수 없죠. 만약 당신이 승승장구하고 득세하고 있다면, 오히려 찾아오지도 않았을 거예요. 그런 비겁한 사람이 아니란 말이죠. 그렇죠?"

이리하무는 가타부타 말하지 않고, 온화하게 미소를 지었다.

"이 무싸 형은 똑똑한 사람이에요. 견문은 더 말할 필요가 있겠어요? 어떤 일이든 내 눈을 속일 수는 없어요."

무싸는 이리하무 앞으로 바짝 다가오더니, 뜨거운 입김을 이리하무의 얼굴에 뿜으며, 진심을 담아 말했다.

"당신의 무싸 형은 언제나 이 입 때문에 손해를 봐요. 첫째, 말이 많아요. 말하고 싶은 말은 뱉어야 직성이 풀려요. 둘째, 식탐이 있어요. 향락을 누리고 먹기를 좋아하죠…… 그리고 또 미인들과 입 맞추기를 좋아해요! 이것도 소홀히 할 수 없죠! 하지만 이리하무 당신의 이 형은 속으로 알 건 다 알아요. 어떤 상황인지 명백히 알고 있다고요! 당신은 훌륭한 사람이에요.”

무싸는 손으로 이리하무를 가리켰다.

“힘든 일은 항상 도맡아 하고, 좋은 일에서는 항상 한 발 물러나죠. 진심으로 사원들의 손과 발이 되려는 사람이에요. 당신은 비록 젊지만, 당신만의 원칙과 방법이 분명하게 있어요. 어떤 상황이든지 당황하지 않고, 침착하게 대처하면서, 논리에 맞게 차근차근 해결하는 모습이 참 멋져요. 동생, 이 무싸 형이 진심으로 탄복하고 있어요!”

무싸는 엄지를 치켜세웠다. 그 엄지는 곧 이리하무의 코에 닿을 것 같았다.

“하지만, 당신에게도 문제가 있어요. 화내지 말고 내 말을 끝까지 잘 들어 봐요. 당신은 매사에 지나치게 진지해요. 무슨 일이든 끝까지 파고들어, 빈틈없이 해결하려다 보니 융통성이 떨어져요. 이런 일들은 너무 깊게 엮일 필요가 없어요, 몇 달만 그럭저럭 대응하면 끝나요. 이곳에 뿌리를 내리고, 영원히 살 사람들도 아니잖아요? 그리고 당신도 자기 밑에 몇 명의 유능한 용장을 둬야 해요. 많이는 필요 없어요. 다섯 정도면 충분해요.”

무싸는 다섯 손가락을 활짝 펼치고, 손바닥과 손등을 이리저리 뒤집으며 말을 이었다.

“옛날, 유비(劉備) 황제도, 바로 도원결의와 조운(趙雲)·마초(馬超)·황충(黃忠) 등 오호대장군(五虎上將) 덕분에 해낼 수 있었던 거예요. 때문에 아부두러허만과 같은 노인, 러이무와 같은 정직한 사람만으로는 부족하단 말이에요. 솔직하게 말해 한 생산대에 다섯 명의 대장군만 있으면 든든하죠. 한 사람이 지시를 내리고, 다섯 사람이 호응하면 기타 사원들도 자연스럽게 따라가게 될 거예요. 그러면 중간에서 누구도 감히 어깃장을 놓지 못할 것이고,

그런 사람이 있다 하더라도 진압하기 쉽겠죠! 아무튼 이런 말은 그만 할게요. 이런 공론을 늘어놓으려고 찾아온 건 아니에요. 집을 나서기 전에 우리 집 여편네가 신신당부를 하다군요. 쓸데없는 말을 하지 말고요! 그런데 하고 싶은 말을 참고 속에 담아두면, 똥 마려운 걸 참고 뱃속에 묵혀두는 것보다 더 죽을 맛이에요. 됐어요. 위펑, 당신도 말해 봐요."

마위펑은 얼굴이 빨갛게 달아올랐다. 이 또래 여자애들은 한창 부끄러움을 많이 탈 나이였다. 그녀는 이리하무를 힐끔 쳐다보더니, 한 손가락으로 융단 위에 끊임없이 동그라미를 그리면서, 위구르어를 구사할 때 회족 여성에게 나타나는 특유의 부드러운 어투로 더듬거리며 말했다.

"오늘 아침에 소를 맡기러 갔어요. 그런데 너무 일찍 나간 탓에, 젖소의 대리 방목(代牧)을 맡은 그 목동이 출근 전이었어요. 목동을 기다리고 있던 중에 한 백양나무에 마른 가지 몇 개가 달려있는 것을 발견하였어요. 꺾어서 땔감을 하면 좋겠다는 생각에 나무 위로 올라갔어요. 꽤 높이 올라갔어요. 그리고 마른 가지를 꺾고 뒤를 돌아보았는데, 길 저쪽에 쿠투쿠자얼 오라버니가 나와 서있는 거예요. 그는 목을 빼들고 이리저리 두리번거리고 있었어요. 그는 나를 보지 못했고, 그때 길에는 아무도 없었어요. 한참 뒤 쿠투쿠자얼 오라버니네 집에서 니야쯔 오라버니가 걸어 나왔어요. 니야쯔 오라버니도 똑같이 주위를 두리번거리는 거예요. 니야쯔 오라버니도 나를 보지 못했어요. 그리고 니야쯔는 다리를 절뚝거리며 갔어요. 내가 본 상황은 바로 이거예요."

마위펑은 말을 마치고 나서 한숨을 길게 내 쉬었다. 그리고 동그라미를 그리던 손도 동작을 멈췄다.

더듬거리며 진술한 마위펑의 말을 듣고 이리하무는 깜짝 놀랐다. 그는 하마터면 "역시나 쿠투쿠자얼이었군!"라고 소리를 지를 뻔하였다. 순간 분노와 경멸의 감정이 한꺼번에 밀려왔다. 이런 상황에서도 이리하무는 서두르지 않고, 재확인부터 하였다.

"정확히 본 게 맞아요? 위펑 동생?"

"틀림없어요."

마위펑은 고개를 번쩍 들고 단호하게 대답하였다. 어린애 같은 눈빛에서 이리하무에 대한 선의가 흘러나왔다.

"사실 이 일을 말하지 않으려고 하였어요. 나랑 무슨 상관이에요! 어쨌든 쿠투쿠자얼도 내 친구잖아요!"

무싸는 어쩔 수 없다는 듯, 머리를 흔들었다.

"그런데 우리 집 여자들이 입을 모아, 꼭 당신에게 말해줘야 한다고 아우성인 거예요! 사람이 가난하면 비굴해지고, 말이 야위면 털이 길어 보인다는 말이 있잖아요. 방법이 있어요? 못난 남편이니 여편네의 말을 고분고분 들어야죠. 현재 우리 집의 결정권은 아내에게 있어요! 나는 잘해봤자, 사령밖에 될 수 없어요. 우리 집은 정치위원회나 다름없어요! 그래서 왔어요. 마위펑이 직접 당신에게 알려주는 게 좋을 것 같아, 같이 왔어요. 쿠투쿠자얼도 인물이에요! 본보기, 솔선수범, 공평무사를 따지면, 당연히 당신을 따라갈 수도 없어요. 생산 지휘를 따지면 그보다는 내가 또 한 수 위예요! 낫질, 밭갈이, 탈곡장 정리, 관개와 수로파기, 파종과 땅 고르기(選地) 등 면에서 나에게 상대도 안 돼요. 그의 능력은 여기에 있어요."

무싸는 손가락으로 자신의 관자놀이를 가리키더니, 손가락을 송곳처럼 빙빙 돌렸다.

"그는 꿍꿍이가 참 많아요! 솔직하게 말해, 그런 쪽으로는 당신도 그의 상대가 안 될 거예요. 기분 나빠하지 말아요. 그러나 그는 약간…… 약간 너무 '음흉'해요. 비록 나도 아주 올바른 사람은 아니지만, 쿠투쿠자얼처럼 지나치게 사악한 짓은 하지 않아요. 아니요. 괜찮아요. 차를 내올 필요 없어요. 곧바로 일어날 거예요…… 마지막으로 이 말은 꼭 하고 넘어가야겠어요. 오늘 마위펑과 함께 당신을 찾아왔어요. 내 마음과 우리 온 가족의 마음을 당신만 알고 있으면 돼요. 이 일은 당신이 알아서 잘 처리할 거라고 믿어요. 니야쯔가 쿠투쿠자얼네 집에서 나온 일을 고발한 사람이 우리라고는 말하지 말아줘요. 우리는 위펑도 포함하여 사람들 앞에 나서서 증언하기를 원치 않아요. 이건 우리 집 여편네도 동의하는 부분이에요. 이 무싸 형이 바라는 게 뭐가 있겠어요? 무싸 형은 당신을 존경하고, 당신과 친구가 되고 싶은 것뿐이에요…… 하지만 애석하게도, 지금은 선물할 양의 지방이 없어요. 말이 나와서 하는 건데, 동생, 그때 당신이 너무했어요. 내 뺨을 때리는 한이 있더라도, 양 지방을 그대로 돌려주지는 말았어야죠. 동생, 당신도 한참 더 배워야 해요. 아직 노련함이 부족해요!"

무싸는 웃으며 이리하무와 작별 인사를 나누었다. 그리고 떠나기 전에 낮은 소리로 또 중얼거렸다. "동생, 당신 정말 너무했어요!" 그는 그제야 숨을 크게 돌렸다. 이번에 이리하무는 단지 고맙다는 인사밖에 하지 않았다.

"무싸가 찾아올 줄은 꿈에도 몰랐어요. 게다가 이렇게 중요한 정보를 가지고 오다니……" 무싸를 대문 앞까지 배웅하고 들어온 이리하무는 미치얼완에게 말했다.

"챠오파한 외할머니가 예전에 뭐랬어요? 무싸는 원숭이라고 했잖아요. 사람 흉내를 내며, 양반다리를 하고 앉아 땅콩을 까서 먹고, 담배까지 피우다가도, 또 네 다리로 이리저리 기어 다니며, 꼬리를 치켜세운 채 마구 소리를 질러 댄다고……"

"너무 각박하게 말하지 말아요. 미치얼완, 그래도 무싸는 좋은 사람이라고 볼 수 있어요. 그 누구에게도 약점이 잡히지 않는 좋은 사람이요!"

"그래요, 나쁘다가고 좋고, 좋다가도 나쁘고……"

미치얼완은 무싸에 대한 이리하무의 평가를 인정할 수 없다는 듯이 말했다.

이튿날 밤 장양은 갑자기 이리하무에게 곧 소집하게 될 사원 대회에서 이리하무 본인의 '네 가지 정돈' 운동을 파괴한 죄행'에 대해 명확하게 진술하라고 통고하였다. 전날 밤에 중요한 정보를 알게 된 이리하무는, 어느 정도 마음의 준비가 되어 있었기 때문에, '네 가지 정돈'을 파괴한 사람은 다른 사람이 아니라, 바로 니야쯔와 그 배후라고 말하며, 장양에게 날카롭게 맞섰다. ……

회의장은 문화실로 정하였다. 남포등을 켠 문화실은 대낮처럼 환하였다. 이리하무는 '파괴', '죄행' 등 단어로 인해, 문득문득 북받쳐 오르는 비이성적인 감정들을 애써 누르며, 열심히 침착하게 사고하고, 준비하고 있었다. 이 회의는 공작조가 들어온 이래 처음으로 소집되는 전체회의(全體大會)였다. 그는 전체 사원 대중들 앞에서 대장의 직무를 연임하게 된 이래 1년 동안의 업무 중에 나타난 단점과 실수에 대해 자기비판을 할 의무가 있다고 생각하였다. 뿐만 아니라 이번 기회에, 네 가지 정돈 운동에 관한, 자신의 견해도 털어놓을 생각이었다.

하지만 회의가 시작된 지 한참 되었지만, 그에게는 말할 기회가 주어지지 않았다. 왜냐하면, 회가 시작되자마자, 장양이 기세 사납게 연설을 하기 시작하였기 때문이다.

"……네 가지 불분명한 간부가, 감히 계급적 보복을 실행하였습니다. 가난한 하층 중농의 열성분자를 폭행한 겁니다. 네 가지 불분명한 간부의 가족이, 감히 가난한 하층 중농을 욕하고, 모욕을 주었어요. 그야말로 포악하기 짝이 없습니다. 네 가지 불분명한 간부는 주모자가 되어 일부 사람들과 결탁하여 이번 운동에 대항하였으니, 이것은 현행 반혁명의 파괴활동라고 할수 있습니다. 네 가지 불분명과 네 가지 정돈의 투쟁은, 한 차례의 결사적인 싸움이 될 겁니다, 그러니 우리가 어찌 용납할 수 있겠습니까? 미쳐 날뛰는 그들의 기세를 우리가 어찌 꺾어버리지 않을 수 있겠습니까? 우리는 8백만 국민당 군대도 궤멸시켜 버렸어요. 때문에 한두 명의 네 가지 불분명한 간부 따위는 두려울 것도 없습니다."

"우리는 8백만 국민당 군대도 소멸해 버렸어요. ……"라니. 국민당을 소멸 시킨 사람이 장양 그란 말인가? 설마 뻔뻔스럽게 숟가락을 얹을 생각인가? 이리하무는 웃음이 터질 뻔 하였다.

연설을 할 때 장양의 두 눈은 줄곧 이리하무를 주시하고 있었다. 하지만 실명을 거론하지는 않았다. 그는 극적인 효과를 도모하는 것 같았다. 마지막에 그는 갑자기 큰소리로 선포하였다.

"우리가 말하는 그 네 가지 불분명한 간부가 누구겠습니까? 이 간부는 바로 이리하무입니다. 이리하무, 자리에서 일어나세요!"

긴 시간의 연설과 갑작스러운 고함으로 인해, 그는 목이 쉬었다. 목이 쉬도록 외친 덕분에 젖 먹겠다고 칭얼거리던 네 명의 개구쟁이 아이들이 잠시 조용해졌다. 그리고 몇몇 사원들은 서로 의문의 눈빛을 주고받았다. 사원들은 아직 무슨 일이 벌어졌는지 모르고 있었다.

"이리하무, 일어나세요!"

장양은 목소리를 곤두세워 재차 윽박질렀다.

피가 "쏴" 하고 얼굴로 쏠렸다. 이리하무는 문득 20년 전의 그 날 밤이 떠올랐다. 이부라신의 집에서 마무티 촌장이 그에게 거실 중간에 서라고 한 다음 그의 정신과 육체에 도박을 걸어 그의 고통과 수치를 즐기던 그 정경이 떠올랐다…… 낡은 사회에서도 갖은 압박과 착취, 경멸을 당하면서도, 그는 그의 인격에 대한 모욕을 참지 못하였다…… 자신에 대해 엄격한 사람만이, 자존심이 가장 강한 사람이다. 그는 언제나 양심에 물어 부끄러움이 없기 때문에, 남 앞에서 당당하고 떳떳하지 못할 이유도 머리를 숙일 이유도 없었다…… 해방된 지 15년이 되었고, 그가 입당한 지도 벌써 13년이 되었다. 그는 무산계급 선봉대의 한 전사이고, 마르크스·레닌주의와 마오쩌둥 사상의 위대한 이론에 근거하여, 자주적으로 사회를 개조하고, 자연을 개조하고 있는 혁명가이며, 당의 주인이고, 나라의 주인이며, 인민공사의 주인이고, 또 1964년도 선진 생산대의 대장이었다. 해방 이래 특히 입당한 이래, 공작 간부, 지도자 동지, 가난한 하층 중농을 통틀어 그에게 이런 태도로 이런 말을 한 사람은 한 번도 없었다. ……

그는 언제나 자신에 대해 엄격하였기 때문에 사람들도 그를 존경하고 아껴주었다. 그는 당의 임무를 완수함에 있어서 조금의 거짓도 보태지 않았고, 약간의 에누리도 용납하지 않았다. 그는 오늘에 할 일을 절대 내일로 미루지 않았고, 당의 사업에 불리한 말 한 마디, 인민에게 해를 끼치는 일 한 가지도 한 적이 없었다. 그는 늘 대중들로부터, 상급으로부터 널리 의견을 구하고, 항상 먼저 자신의 잘못을 반성하고 수정하였다. 마찬가지로 오늘 바로잡을 수 있는 잘못을 절대 내일로 미루지 않았다. 때문에 그는 그 어떤 모욕도 참을 수 없었다. ……

그가 마주하고 있는 것은 그의 당이고, 그의 사원들이며, 동네 어르신과 마을 사람들이었다. 그는 그들을 차마 모리배와 같은 태도로 얼렁뚱땅 넘기는 태도로 대하지도 대할 수도 없었다.

그런데 그에게 왜 노발대발하며 '일어나라'고 명령하는 건가? 물론 앞서 선포한 네 가지 정돈 운동을 파괴했다는 그의 죄행 때문일 것이다. 그런데 그가 정말 파괴한 적이 있었는가? 없었다. 그가 네 가지 정돈운동에 불리한 일을 한 가지라도 저지른 적이 있었는가? 없었다. 그가 네 가지 정돈 운동에 대해 불만을 가진 적이 있었는가? 없었다. 이와 같이 백 개의 문제를 제기해도, 대답은 오직 하나 '없다'뿐이다. 이런 면에서 그는 완전무결하고, 조금도 지적받을 데가 없었다. 그에게는 오로지 당을 사랑하는 마음뿐이고, 오직 네 가지 정돈 운동을 옹호하는 마음뿐이었다. 이건 강물이 마르고, 하늘이 두 쪽 나도 변하지 않은 것이었다. 그런데 이 홀쭉하게 야윈 일부 사원들이 대마초에 중독된 약골 같다고 말하는 장양은 가축을 소리 지르며 몰 듯 그에게 소리를 지르고 있었다. 이런 극단적이고 터무니없으며 뜬금없는 신경발작에 굳이 굴복할 필요가 있겠는가?

"이리하무, 도대체 일어 설 겁니까? 말 겁니까?"

장양은 세 번째로 버럭 소리를 질렀다. 장양은 눈에 핏발이 섰고, 목소리가 변했다. 만약 마이나얼이 통역을 잘했다면 사원들은 그 말 속의 절망감과 처량함을 깨달을 수 있었을 것이다. 물론 아직 젊은 마이나얼이 이런 미세한 감정까지 전달한다는 것은 불가능하였다. 그러나 곧 울 것만 같은 장양의 목소리는 회의장 안의 모든 사람을 놀라게 하였다. 회의장은 삽시에 물 뿌린 듯 조용해졌다. 젖 빨던, 낭을 먹던, 말린 사과를 먹던, 그리고 아무것도 먹지 않던, 크고 작은 아이들도 모두 조용해졌다. 뿐만 아니라 모든 노한과 노파, 남자와 여자, 청년과 처녀들도 경악하였다. 그들은 장양을 쳐다보고 나서 전부 이리하무에게로 눈길을 돌렸다.

장양의 성대를 통해 나온 진성과 가성이 섞인 목소리 때문에, 이리하무는 어처구니가 없어 울지도 웃지도 못하였다. 당당한 간부가 도대체 왜 이러는 걸까? 쓴웃음이 이리하무의 얼굴을 살짝 스쳐지나갔다. 그는 고개를 들었다. 그는 자신에게 쏠린 사원들의 시선을 보았다. 엄숙과 친근, 두려움과 동정, 분노와 슬픔의 눈빛들이 탐조등마냥 그의 마음속에서 교차되었다. 그리고 이리하무에게 집중하고 있는 싸칸터의 눈빛에는 기대가 담겨 있었고, 마이나얼의 어린아이 같은 눈빛에는 두려움과 혼란스러움으로 가득하였다(이상하게도 허순이 보이지를 않았다). 이리하무는 이 두 가지 눈빛을 통해 싸칸터와 마이나얼의 동정도 그에게 쏠려있다는 것을 단정할 수 있었다. 그리하여 그는 장양의 공허하면서도 난폭하고 신경질적인 눈을 정면으로 똑바로 쳐다보았다. 장양의 눈빛에는 윽박지름보다 절망이 더 우세를 차지하고 있었다. 이리하무는 또 가볍게 웃고 나서 머리를 돌렸다. 회의장의 뒤쪽 문 옆에 남포등이 비출 수 없는 어두운 사각지대에 세 사람이 나란히 앉아 있었는데, 그 세 사람은 바로 리시티·베슈얼과 윤중신이었다. ……

그들을 보는 순간 이리하무는 너무나 반갑고 기뻐서 펄쩍펄쩍 뛰며 환호하고 싶을 정도였다! 리시티가 퇴원하였다! 베슈얼 조장과 윤 대장도 자리에 참석하였다. 어두운 사각지대에 앉아 있음에도 불구하고 이리하무는 그들의 차분하고 여유로운 모습을 본 것 같았다. 물론 그들은 회의가 시작된 후 좀 늦게 도착하였던 것이다. 이리하무는 회의장에 들어설 때 주위를 휙 둘러보았지만 그들을 발견하지 못했었다.

이 세 사람은 이리하무의 머릿속에서 빠르게 거대한 한 폭의 그림인 당 조직 – 공작대로 연결되었다. 그의 마음도 훨씬 든든해졌다. 그는 지금 당과 함께 있다. 이리하무는 공사의 공작대, 각 전선으로부터 천신만고의 과정을 통해 농촌으로 내려온 동지들, 공작대 전체, 그 조직을 떠올렸다. 그는 자신을 주시하고 있는 윤 대장과 그들의 관심어린 눈빛을 느꼈고, 장양의 방법이 공작대 전체를 대표할 수 없고, 네 가지 정돈 운동을 대표할 수 없다는 것을 굳게 믿었다.

그러나 장양은 엄연히 공작대의 간부이다. 애국대대 제7생산대 공작조의 조장이다. 이리하무는 이 조장을 아껴주기 위해, 이 공작조의 위신을 지켜주기 위해, 장양과 맞서 싸울 수밖에 없었다. 장양이 격분하여 그에게 일어서라고 윽박질렀지만 그는 끝내 일어서지 않았다.

일이 교착상태에 빠졌다. 이리하무와 장양이 공존할 수 없을 정도로 교착되었다. 만약 장양이 옳다면 그는 운동에 항거하는 것이므로, 반드시 뽑아버려야 하는 걸림돌이었다. 만약 그가 옳다면 장양은 허튼짓을 하고 있는 것이므로 위신이 땅에 떨어지게 되고, 다시는 이 생산대에서 일을 할 수 없게되는 상황이었다. 그렇다면 도대체 누가 옳고, 누가 그르다는 걸까? 이 문제에 대해 이리하무는 벌써 몇 번이나 생각하고 헤아려 보았다. 다시 말해 장양의 붕괴는 이미 정해진 결과였다. 풀이 죽어 제7생산대를 떠나는 것 외에는 다른 길이 없었다.

하지만 이런 결과는 장양에게 있어서, 지나치게 가혹한 것은 아닐까? 누구에게나 잘못을 바로잡을 기회는 줘야 한다. 더군다나 이런 잘못은 전적으로 장양 한 개인에게만 뒤집어씌워서도 안 되는 것이었다.

만약 장양의 잘못이 과장되고 과격한 점, 큰 죄를 덮어씌워 사람을 억압하고, 사람을 사지로 내모는 몰인정함이라고 한다면, 그는 장양과 같은 잘못을 저지를 것이 아니라, 더더욱 도를 지키고, 적당한 선에서 멈추며, 남에게 선을 행해야 한다고 생각했다.

이리하무는 한참 동안 침묵을 지키고 앉아 있다가 갑자기 벌떡 일어났다. 그는 가슴을 내밀고 허리를 펴고 곧게 섰다. 회의장 안의 사람들은 그제야 한숨을 돌리는 것 같았다. 그러나 동시에, "아이쓰다이부라(哎斯大依葡拉, 위구르족, 특히 부녀들이 한숨을 쉴 때 자주 사용하는, 아쉬움을 나타내는 말이다. 때론 '쓰다(斯大)'라고도 한다)" 하는 수많은 여성 사원들의 한숨소리도 들렸다. 그 중에 한 노파의 울음 섞인 신음과 같은 목소리가 들렸는데, 심한 위장병이 도진 환자의 신음 같았다. 이 고통스러운 목소리의 출처는 어디일까?

장양은 손수건을 꺼내서 손바닥과 이마의 땀을 닦았다. 그는 자신의 강경한 투지에 감동을 받았고, 자신의 위풍과 잔인함에 만족하였다. 누군가에게 정치적 죄명을 덮어씌웠을 때, 이렇게 큰 쾌감을 느낄 수 있다는 것을, 왜 진작 알지 못했을까? 장양이 선포하였다.

"지금부터 니야쯔 동지의 발언을 들어봅시다."

이것이 바로 장양이 오래전부터 계획한 '작은 습격'이었다. 좀 더 생동적인 표현으로 바꿔 말하면, '밑져야 본전(有棗三竿子, 沒棗三竿子)'이라고도 할 수 있다. 운동 초기에는 이런 방법을 사용해야만, 네 가지 불분명한 간부들의 기염을 꺾어놓을 수 있다고 했다(만약 상대방이 네 가지 불분명한 간부가 아닐 경우에는 어떻게 할 것인가). 뿐만 아니라, 이런 방법으로 대중들을 동원할 수 있다고도 했다!

대중들이 따르는 것은 진리가 아니라, 기세이고, 목청이며, 뒤집어씌운 감태기(帽子)라는, 일부 사람들의 인식을 알 것만 같았다.

무릇 간부라고 하면 무조건 뒤가 구리다는 악성 루머와 사람마다 죄가 있다는 이러한 이론에 근거하여 진행하는 시비곡직을 불문하고 갑자기 습격하는 것에 대하여 윤중신은 이미 동의할 수 없다는 뜻을 밝혔다. 물론 이런 방법에 대해, 그도 철저하게 부정할 수는 없었다. 왜냐하면, 이런 본전(竿子)과 방법은 장양 개인에게서 나온 것이 아니기 때문이었다.

니야쯔가 폭행을 당한 사건이 일어난 뒤 윤중신은 장양에게 이렇게 당부하였다.

"한쪽으로 치우쳐, 일방적인 주장만 믿지 말고, 조사를 철저하게 해야 해요. 만약 이번 폭행 사건이 확실히 정치적 보복의 성질을 띤다면 당연히 엄중하게 처리해야 하지만 말이에요."

장양은 그 중에서 "당연히 엄중하게 처리해야 한다"는 마지막 말만 마음에 새기고, 윤중신이 말한 전제를 몽땅 흘려버렸다. 그리하여 그는 이번의 이 '작은 습격' 회의를 소집하였던 것이다. 장양에게는 회의가 늦어져 지도자들의 제지를 받는다면, 그가 높이 사는 '밑져야 본전'의 활동도 그의 지배하에 마음대로 진행할 수 없으며, 그렇게 되면 몹시 유감스러울 것이라는 걱정도 있었다. 장양은 우리의 지도자의 힘이 아주 강력하다는 것을 알고 있었다.

동시에 힘이 강력한 지도자일수록 다망하기 때문에 모든 것을 대행할 수는 없다는 것도 잘 알고 있었다. 그러므로 만약 끝까지 고집하고, 투쟁의 기세가 드높으며, 외치는 목소리가 아주 우렁차면, 지도자도 따라올 수밖에 없거나, 혹은 이 모든 것을 묵인할 수밖에 없다고 생각하였다. 결국 이번 회의를 조직한 사람이 실권자가 될 것이고, 핵심 인물이 될 것이라고 믿었다. 누구나 레닌, 스탈린, 조개(晁蓋)와 송강(宋江)[08]이 될 수는 없지만, 적어도 야코프 스베르들로프(斯維爾德洛夫), 안드레이 즈다노프(日丹諾夫), 임충(林沖)과 무송(武松)[09]을 본보기로 삼아야 하지 않겠는가?

왕륜(王倫)에 대한 임충의 습격도, 임충이 스스로 결정한 책략이었다. 무송이 원앙루(鴛鴦樓)를 피로 물들인 사건도 역시 무송이 벌인 한 차례의 큰 습격이었다. 그리하여 장양은 바로 회의를 소집하였고, 지도자에게 알리지도 않았다. 장양과 같이 과격하고 고집스러운 사람의 특징은 아래로 대중을 조직하고, 위로는 지도자를 움직이게 하고 추진시키는 것인데, 알아듣기 쉽게 말하면, 지도자를 협박 납치하는 것이었다. 지도자가 일개 이리하무에 대해 뭐라고 할 수 있겠는가? 결국 장양 그의 말에 따르게 되지 않겠는가? 지도

---

08) 『수호지(水滸傳)』에 등장하는 인물
09) 『수호지(水滸傳)』에 등장하는 인물

자가 의견을 발표하겠다고 한다. 좋다, 그럼 내가 대신 연설문을 작성할 테니, 그대로 따라 읽으면 되지 않겠는가?

그런데 그의 예상을 벗어나는 일이 벌어졌다. 회의의 시작을 알리고 나서, 윤 대장과 베슈얼 조장이 회의장에 들어왔던 것이다. 그들은 회의장 뒤쪽의 어두운 사각지대에 앉았다. 장양은 저도 모르게 미간을 약간 찌푸렸다. 장양은 자신의 두 팔이 끈에 묶여 있는 것 같았고, 끈의 다른 한 쪽 끝이 회의장 뒤쪽에 앉아있는 두 사람 손에 쥐어 있는 것 같아 자유롭게 움직일 수가 없었다. 한편 밑져야 본전인 활동을 더욱 멋지게 힘차게 진행해야 한다고 자신에게 경종을 울리기도 했다.

애석하게도, 니야쯔는 발언하는 내내 말을 심하게 더듬었고, 말이 두서가 없었으며, 같은 말을 여러 번씩 반복하였다. 그래서 듣는 사람으로 하여금 싫증이 나게 하였다. 장양 앞에서 니야쯔는 언제나 청산유수 같고, 재치 있는 입담을 과시해왔다. 혓바닥으로 성루마저도 점령할 것 같은 사내가 오늘은 어찌된 일인가? 왜 이렇게 못난이가 된 걸까? 사실 이상할 것도 없었다. 상품은 값어치를 잘 아는 사람에게 팔리는 법이다. 알아주는 사람 앞에서 영감은 샘물처럼 솟아나지만, 의심과 가늠의 눈빛 아래서는 모든 재능이 말살된다. 이것은 개인과 사회의 상호작용의 정리이다. 그리고 이 법칙은 니야쯔에게 있어 유난히 효과적이었다.

"말도 안 되는 허튼소리예요!"

니야쯔가 말을 마치자, 맨 뒷줄에 앉아 있던 한 사람이 자리에서 벌떡 일어나더니 큰소리로 말했다. 그 사람은 바로 아이바이두라였다.

"당신을 폭행한 사람이 나라고 하는데, 그럼 물을 게요. 언제, 어디에서, 무엇으로 때린 거죠? 어떻게 때린 거죠? 증인이 있어요? 내가 때렸는데, 당신의 목숨을 구해준 신생활대대 민병 소대장에게는 왜 스스로 넘어져서 다친 거라고 했던 거죠? 그리고 사원 동지들께도 물어 보고 싶어요. 니야쯔 당신도 말해 봐요. 지금껏 살면서 내가 누구에게 손찌검을 한 적이 있어요? 거짓말을 꾸며내더라도 얼추 비슷하게 사람들이 믿을 수 있게 해야 하지 않겠어요!"

장양은 흠칫 놀랐다. 장양의 배치에 따르면 지금은 허순이 아이바이두라를 조용하게 불러 다른 곳에서 개별대화를 하고 있어야 하는 시점이었다. 그런데 이 죽일 놈의 허순이, 왜 아이바이두라를 다시 회의장으로 돌려보낸 거지?

니야쯔는 다시 정신을 가다듬었다. 이러한 질문에 대하여, 니야쯔는 사전에 이미 여러 차례 준비를 하였다. 니야쯔가 대답하였다.

"당신이 때린 게 확실해요. 그저께 밤, 날이 어두워진 후 9시쯤이었던 거 같아요. 혹은 좀 더 이르거나 더 늦은 시간일 수도 있어요. 당신은 먼저 채찍으로 나를 때려눕힌 다음, 차에서 뛰어내려 오더니, 내 코를 향해 주먹을 내리꽂았어요. 나는 즉시 코피가 터졌고, 앞니도 흔들렸어요. 극심한 고통을 호소하며 나는 정신을 잃었고, 정신을 잃은 다음, 당신이 또 어떻게 때렸는지는 몰라요. 장소는 신생활대대를 조금 지나 묘지 옆이었어요. 당시 주위에 아무도 없었어요. 만약 보는 눈이 있었다면, 당신이 감히 폭력을 휘둘렀겠어요? 신생활대대 민병 소대장은 당신의 친구라는 걸 내가 뻔히 아는데, 어찌 당신이 범인이라고 말할 수 있었겠어요? 여러분 만약 내 말을 믿을 수 없다면 마구간 사육사에게 물어보세요. 그날 당신은 밤이 깊어서야 돌아온 거 아닌가요? 왜 늦게 돌아왔겠어요? 나를 때렸기 때문이죠!"

'좋아!' 장양은 그제야 만족하며 속으로 인정해주었다. '그래, 이 정도는 돼야지. 또 다시 전처럼 우물쭈물 못나게 굴었더라면, 화딱지가 나서 죽을 것 같았을 거야!'

윤중신은 몸을 살짝 움직였다. 그는 수첩에서 종이 한 장을 찢었다. 그리고 종잇장을 들고 한참을 망설이다가, 다시 수첩 속에 꽂아 넣었다.

"그럼 또 물을게요."

아이바이두라가 질문하였다.

"그 날 내가 몰고 갔던 차가 어느 것이었지요? 차에는 무엇을 실었죠? 말은 몇 마리였지요?"

"비료를 실었잖아요. 고무 타이어 마차였고요. 말은 두세 마리였던 거 같아요."

니야쯔가 아주 유창하게 대답하였다.

"틀렸어요! 그 날 나는 비료 실으러 간 게 아니었어요. 호마찌꺼기(胡麻渣)를 대대에 실어다주기 위해 간 거였어요. 고무 타이어 마차가 아니라, 사륜차였고요!"

"그 날, 날이 어두워서 정확히 보지 못했어요!"

"나대지 말고 얌전하게 있어요."

장양은 아이바이두라에게 손가락질 하며 윽박질렀다.

"지금 심문 받고 있는 사람이 누군데 그래요!"

"심문은 문제가 있는 사람이 받아야 하죠!"

이리하무는 도저히 참을 수가 없어서 한마디 하였다.

"여러분! 장 조장, 니야쯔는 처음부터 끝까지 거짓말을 하고 있어요!"

감정이 격해진 아이바이두라는 목소리를 높였다.

"그 날, 내가 돌아온 시간은 9시 좌우가 아니에요. 일반적으로 나는 일찍 차를 몰고 나가기 때문에, 오후 4시 전에는 돌아와요. 그런데 그 날은 사고가 있어서 시간이 좀 지체되었어요. 하지만 날이 갓 저물었을 때 돌아왔고, 시간은 기껏해야 6시가 넘었을 거예요. 9시 좌우라는 건 말도 안 되는 소리예요!"

"시계도 없는데, 내가 어떻게 정확한 시간을 알 수 있겠어요! 6시쯤이었던 거 같기도 해요."

"말도 안 되는 소리예요."

미치얼완도 참지 못하고 나섰다.

"신생활대대 민병 소대장이 당신을 진료소로 업고 왔을 때, 나도 그 자리에 있었어요. 그 땐 이미 밤 10시가 넘었고, 당시 당신의 얼굴에 묻은 피는 완전히 굳지 않았어요. 그리고 당신 말대로라면, 정신을 잃은 채, 눈밭에 네댓 시간 누워 있었다면, 과연 지금처럼 멀쩡할 수 있을까요?"

"그…… 그게……"

니야쯔는 말을 얼버무렸다.

"그리고 또 한 가지,"

아이바이두라가 말했다.

"나도 알아 본 바가 있어요. 당신은 어제 이른 아침 날이 어렴풋이 밝자 바로 신생활대대의 진료소를 떠났고, 6시가 채 되지 않았을 때 길에서 차부차얼 젖소목장으로 가는 차를 얻어 탔어요. 다시 말해 당신은 6시 반 좌우에 이미 마을에 도착하였어요. 그런데 당신은 9시가 되어서야 집으로 돌아왔어요. 그리고 그 뒤에 내가 당신을 폭행했다는 헛소문이 돌기 시작했고요. 도대체 어떻게 된 거죠?"

"바른대로 말해요. 도대체 누구 집에 갔던 거죠? 누구 머리에서 나온 생각이죠? 아이바이두라에게 죄를 뒤집어씌우라고 당신에게 지시한 사람이 누구죠? 당신들이 꾸며낸 일을 아무도 모를 거라고 생각했어요?"

이리하무가 물었다.

"그게, 그러니까 이게……"

니야쯔는 더 이상 버티기 힘든 것 같았다. 아무리 고명한 혀라고 해도, 진실의 타격을 당할 수는 없는 것이었다. 회의장은 들끓기 시작하였다. 사원들은 서로 머리를 맞대고 수군거리며 의논을 펼쳤다. 갑자기 한 부녀가 큰소리로 아이를 꾸짖는 소리가 들렸다.

"똑바로 앉아서, 떠들지 말라고 했지! 귀담아 들어봐! 니야쯔 파오커가 또 추태를 부렸단 말이야. 정말 재미있다니까, 왜 그래!"

우렁찬 그녀의 목소리는 수군거리는 회의장 안에서 돋보일 수밖에 없었다. 그리고 발음까지 지나치게 똑똑하여 회의장 안은 순간 웃음바다가 되었다. 이리하무, 아이바이두라도 웃었다.

다행히 장양은 위구르어를 알아들을 수 없었다. 만약 알아들었더라면, 그도 버틸 수 없었을 것이다. 언어가 통하지 않기 때문에 장양은 평소에 더 자기 멋대로 행동하고, 고집을 부리며 강경하게 대들 수 있었던 것 같았다.

"상처가 아직 완전히 낫지 않았어요. 머리가 어지러워요……"

니야쯔는 장양을 향해 용서를 빌며 사정하였다. 장양은 어두운 표정으로 자리에서 일어났다. 그는 손짓으로 사람들의 웃음을 제지하였다. 그다음, 아주 냉혹한 톤으로 이리하무를 향해 말했다. 그는 조금 전 이리하무에게 일어나라고 윽박질렀다가, 자칫 망신을 당할 뻔했던 경험에 비추어, 이번에는 소리를 지르지 않았다. 그는 차가운 어투로 자신의 말에 무게감을 실으려고 하였다.

"당신 정말 눈에 뵈는 게 없군요! 당신의 신분부터 명확히 알아요! 지금 형세가 어떤지 자세히 봐요! 끝까지 집요하게 저항할 건가요? 적어도 당신의 가족, 아내와 딸은 생각해야죠! 우리 몇 백만 명의 인민해방군들은 뭘 하는 사람들이죠? 우리의 공안국, 법원, 노동 개조대(勞改隊)가 뭐 하는 곳이죠? 그렇게 머리가 돌아가지 않아요? 지금부터 당신은 발언할 권리가 없어요.

아이바이두라, 당신도 질문하거나 반격할 수 없어요! 당신들 어찌 감히 오늘과 같은 회의에서도 니야쯔 동지를 무자비하게 공격하고 박해할 수 있어요! 당신들은 이것으로 끝장이에요!"

장양은 끝내 자신의 감정을 억제하지 못하고 다시 고래고래 소리를 질렀다.

"지금부터는 나머지 사원들이 자유롭게 의견을 발표하면서, 이리하무를 비판할 수 있어요!"

장양은 격동되어 목소리가 떨리기 시작하였다. 그는 이리하무에게 자신의 신분을 알고 나대지 말라고 경고하였다. 이건 장양이 이미 비장의 무기를 꺼낸 것이라고 볼 수 있었다. 그에게는 이리하무를 무너뜨릴 충분한 이유가 있었다. "무너뜨려라, 무너뜨려라, 무너뜨려라……" 장양은 신나고 조급하였다. 그는 거의 주문을 외우듯 중얼거렸다.

발언하는 사람은 아무도 없었다.

기층으로 깊이 파고들어 대중을 집결하는(紮根串聯) 방법에 따라 니야쯔이 '기층'의 추천에 근거하여 이 날 밤의 작은 습격을 준비하기 위해, 장양 본인은 물론 허순과 싸칸터도 그의 지시에 따라, 각각 한두 명의 열성분자거나 열성분자로 키울만한 대상을 찾아 면담을 나누었다. 열성분자들을 동원하여, 이리하무를 비판하려는 속셈이었고, 그들도 장양의 의견을 받아들였다. 그런데 막상 일이 눈앞에 닥치자, 한 사람도 입을 열지 않았다.

시간이 아주 긴박하였기 때문에, 또 공개적 공격이 시작되고, 이리하무에게 자리에서 일어나라고 윽박질렀을 때, 일반적 법칙에 따르면, 적어도 몇 사람은 한꺼번에 몰려들어, '비판'을 이리하무의 머리 위에 쏟아 부을 것이라고 생각하였기 때문에, 장양은 회의 전에, 열성분자들을 동원하는 일환에 각별히 공을 들였다. 하지만 끝내 누구도 나서지 않았다.

장양은 당황하지 않고, 잠시 멈췄다가 본인이 다시 입을 열었다.

"이 이리하무의 태도가⋯⋯"

그는 말을 쏟아내기 시작하였다. 그는 농촌에서 발언하는 사람이 없는 이런 회의를 주재한 경험이 있었다. 이런 상황에 부딪칠 때면, 그는 끊임없이 "의견들을 발표해 보세요. 자유롭게 말해 보세요."라고 외치면서, 한편 시간 간격을 두고 끊임없이 본인의 의견을 몇 마디씩 발표하곤 하였다. 그것이 중복되는 말이든, 앞뒤가 모순되는 말이든, 앞뒤가 전혀 무관한 말이든 중요하지 않았다. 그리고 회의 끝에, 그는 여전히 그럴듯하게, "오늘의 회의는 성공적이었습니다. 시간 관계상으로 발언의 기회가⋯⋯"라고 하면서, 원만히 매듭을 지을 수 있었다. 이번에도 마찬가지로, 그는 이와 같은 방법으로 회의의 후반부를 얼렁뚱땅 넘기려고 하였다. 그런데 이때 윤중신이 자리에서 일어났다. 그는 최대한 조용하게, 사람들의 눈에 띠지 않게, 남포등이 있는 쪽으로 걸어갔다. 그리고 장양에게로 다가가더니, 종이 한 장을 건네주었다. 그다음 윤중신은 재빨리 제자리로 돌아갔다.

장양은 불쾌한 표정을 지으며, 귀찮은 듯 접힌 종이를 맥없이 펼쳤다. 장양은 종잇장을 펼쳐, 몇 글자를 읽어보더니 갑자기 안색이 변했다. 그 종잇장에는 이렇게 적혀 있었다.

장양 동지, 오늘 밤 신생활대대의 공작조가 이미 보고를 올렸어요. 그들은 제7생산대의 폭행사건에 대해 이미 자세한 상황을 파악하였어요. 대장이 동생을 시켜 니야쯔를 때렸다는 소문은 날조된 헛된 소문이에요. 구체적 상황은 회의가 끝난 뒤에 이야기 합시다.

윤중신

이 쪽지를 보았을 때 장양의 첫 번째 반응은 격노와 불신이었다. 그는 "신생활대대가 뭔데 우리 일에 끼어드는 거야! 니야쯔가 폭행당한 사건에 대해 어떻게 그 자세한 내막을 알게 되었다는 거지? 애국대대 제7생산대의 계급투쟁의 대세를 떠나 어찌 니야쯔의 이 사건을 명확히 조사할 수 있단 말인가? 그야말로 터무니없는 소리다. 나의 믿음을 얻게 된 니야쯔를 질투하고 미워하던 이리하무가, 아이바이두라를 시켜 니야쯔를 폭행하였고, 사실이 증명해주다시피, 아이바이두라는 그 날 날이 저물어서야 돌아왔다. 이것은 논리에 딱 들어맞는 상황이다. 네 가지 정돈과 네 가지 정돈을 반대하는 세력 사이의 투쟁이고, 가장 전형적인 사례라고 할 수 있다. 때문에 더 이상 이러쿵저러쿵 의논할 여지가 없다. 니야쯔가 폭행을 당한 이 사건에 대해, 설마 다른 해석이 있단 말인가? 다른 해석이 있을 수 있단 말인가? 윤중신은 왜 이리도 경솔한 행동을 한 것일까? 왜 한쪽 말만 곧이 듣는 것일까? 몇 마디 말만 듣고, 진실로 받아들여, 이런 쪽지까지 쓰다니, 정말 어이가 없고 화나게 하는거야!"라고 생각했다.

이때부터 그의 머리는 복잡해지기 시작하였다. 그러면서 '만약 니야쯔가 거짓말을 한 것이고, 윤중신의 쪽지가 사실이라면 어쩌지? 이리하무와 아이바이두라 그들의 태도가 왜 이리도 강경한 걸까? 니야쯔는 왜 갑자기 막힘없이 술술 대답하다가도, 또 갑자기 떠듬거리면서, 이처럼 불안정한 모습인 걸까? 니야쯔에게 일련의 질문을 던져, 니야쯔를 궁지에 몰아넣은 쪽이, 왜 오히려 그들인 걸까? 세상에 만약 이게 사실이라면, 나는 어떤 곤궁에 처하게 되는 건가?'라고 생각이 들자 장양은 귓가에서 승리를 거둔 이리하무의 웃음소리가 들리는 것 같았고, 윤중신과 베슈얼의 책망의 목소리, 허순과 싸칸터 그들의 질책의 목소리가 들리는 것 같았다. 앞으로 대대 혹은 공사에 사회주의 교육 간부회의에 참석하러 갈 면목도 없을 것 같았다.

장양이 머리가 지끈거리고, 눈앞이 빙빙 돌며, 가슴이 답답하고, 숨이 가빠지기 시작할 바로 이 때, 회의장의 한쪽 모퉁이에서 한 사람이 천천히 일어났다. 이 사람은 옷차림이 단정하고, 기품이 점잖고 온화하며, 풍채 넘치는 검은 수염을 기르고 있었다. 그의 얼굴에는 두렵고 당혹스러우며, 또 온순한 표정이 어리어 있었고, 어딘가 어수룩한 미소도 띠고 있었다. 그는 팔을 절반만 들어 올리더니, 규정에 따라 아주 예의 있게 물었다.

"할 말이 있는데, 몇 마디 해도 될까요?"

장양은 기계적으로 고개를 끄덕였다. 장양은 회의장 안의 모든 사람들의 이목을 이미 한 몸에 집중시킨 이 사람이 낯설지가 않았다. 그는 마이나얼에게,

"저 사람은 누구예요?"

라고 물었다.

"쿠투쿠자얼 대대장이에요!"

마이나얼이 대답하였다.

"저 사람도 우리가 회의에 초대하였나요?"

마이나얼은 어깨를 으쓱해 보였다.

"스스로 온 거 같아요."

싸칸터가 말했다.

"저 사람은 호적이 이 생산대에 있어요. 그러니까 이 생산대 사원이라고 볼 수 있어요."

장양이 머리를 끄덕였다. 그는 통역을 통해 쿠투쿠자얼의 말을 듣고 있었다.

"사실, 나는 이 회의에서 발언할 자격이 없는 사람이에요. 이리하무 동생도 마찬가지겠지만, 우리는 이 운동에서 심사를 받고, 비판을 받아야 하는

대상이에요. 하지만 회의에서 장 조장의 연설을 듣고 나니 감정이 북받쳐서 어쩔 수가 없었어요. 그리고 장 조장의 연설을 통해 많은 깨달음을 얻었어요. 짙은 안개 속에서 한 줄기 빛을 보고, 엄동설한 속에서 화로 불을 발견한 기분이에요. 그래서 가슴이 뜨겁고, 마음이 따뜻해졌어요. 우리들은 네 가지 불분명의 착오를 범했어요. 그렇다면 어떻게 해야 하겠어요? 잘못을 고집하고 깨닫지 못하면, 되겠어요? 끝까지 저항하면, 되겠어요? 의기소침하여 비관하거나, 망설이며 관망해서는, 되겠어요? 다 안 돼요. 다 옳지 않아요. 겸손하게 자신의 잘못을 반성하고, 머리를 숙여 잘못을 인정하는 것만이 우리의 유일한 살길이에요.

이리하무는 참 괜찮은 동지예요. 그가 대장 직을 맡고 나서 일정한 성과도 있어요. 하지만, 성과로 착오를 덮어 가릴 수는 없는 것이고, 장점으로 단점을 덮어 가릴 수도 없는 거지요. 사람들이 늘 입에 올리는 말이 있잖아요. 성과는 말하지 않아도 사라지지 않지만, 문제는 말하지 않으면 큰일 난다고요. 당신 스스로 네 가지 불분명한 간부라고 인정할 수 없고, 또 인정하고 싶지 않아한다는 걸, 나는 잘 알아요. 그러나 인정하지 않으며 안 돼요.

마오 주석께서 네 가지 정돈을 제기하기 전까지는, 설마 결백했나요? 정말 그렇게 고상해요? 당신은 정녕 티 한 점 없이 깨끗하고, 그렇게 대단해요? 설마 마오 주석께서 잘못 제기한 건가요? 가장 보편적인 예를 들어 볼게요. 당신은 설마 사원들 집에서 식사를 한 번도 한 적이 없어요? 그게 바로 권력을 이용하여 잇속을 차리는 행위예요. 물론 당신이 직접 말하지는 않았어요. '나는 대장이에요. 만약 대접이 소홀하면 당신들을 어쩌고저쩌고……'라는 말을 하지는 않았죠. 그런데 어느 멍청한 놈이 대놓고 이렇게 말하겠어요? 그렇다면, 사원들은 왜 당신을 대접하였을까요? 당신을 존경하고, 당신의 호감을 사기 위한 게 아니겠어요? 왜냐하면, 당신은 대장이니까요. 설마 이집 저집에서 우유차를 마시고, 라멘탸오를 먹을 때마다, 꼬박꼬박 식량배급표나 전표를 냈다고요? 아니요. 당신은 내지 않았어요.

이런 게 바로 권력을 이용하여 잇속을 차리는 행위이고, 경제상의 불분명인 거예요. 구태여 내 입으로 시시콜콜 말할 필요가 뭐가 있겠어요? 당신이 저지른 일은 당신이 더 잘 알 텐데요. 정치·사상·조직상의 문제도 마찬가지예요…… 우리는 반드시 자신을 엄하게 대해야 하고, 겸손하게 자신을 잘못을 반성해야 하며, 조금도 자신에게 관대하여서는 안 되고, 체면을 잃을까 봐 두려워하지도 말아야 해요. 자기비판과 남들의 비평이 없다면, 발전도 있을 수 없고, 수정주의 길로 나아갈 수 있어요. 때문에 남들에게서 비평을 받는다는 것은 기쁜 일이에요. 5%의 정확성밖에 없는 비평일지라도 달갑게 받아들여야 해요. 이것이야말로 우리가 가져야 할 태도이고, 또 장 조장께서 우리에게 가르쳐주신 거예요. 그런데 당신, 이리하무 동지, 이리하무 대장, 이리하무 동생, 당신은 왜 기어이 트집을 잡아 싸우려고 드는 거죠? 당신은 왜 자신을 특별한 지위에 올려놓고, 심사와 비평을 거부하는 거죠? 이러면 안 돼요. 이건 옳지 않은 태도예요. 이건 정말 잘못된 태도이고, 최악의 태도라고요.

당신의 이런 태도가 바로 이 사건의 핵심이고, 문제점이 되는 거라고요. 누가 누굴 때렸다거나, 니자훙이 어찌어찌되었다거나 하는 건, 부차적인 문제예요. 우리가 오늘 이 회의를 소집한 목적은, 니자훙 한 사람을 도와주기 위한 것이 아니고, 한 폭행사건 때문도 아니에요. 폭력을 휘두르는 건 잘못된 일이에요. 폭행을 당한 사람에게 큰 고통을 안기는 일이에요. 앞으로 우리는 단결을 강화하고, 힘을 합쳐, 네 가지 정돈운동을 잘 진행하기 위해 노력합시다. 그리고 장 조장과 여러 간부 동지들의 지도 아래, 학습과 업무를 확실히 하고, 승리를 향해 힘차게 달려갑시다. ……"

그야말로 단비 같은 발언이었다! 큰 강이 앞길을 가로막고 있을 때, 갑자기 놓인 다리이고, 굶주림에 허덕이고 있을 때, 하늘에서 떨어진 좌판이며, 가난에 시달리고 있을 때, 길에서 주운 한 주머니 금이고, 피고름이 줄줄 흐르고 있을 때 붙인 노포 가전비방의 개가죽에 발라 만든 고약(狗皮膏藥)이었다. 쿠투쿠자얼의 온화한 표정과 상냥한 말투 때문에, 회의의 교착된 국면이 풀렸고, 쿠투쿠자얼의 거창하고 장황한 얘기 덕분에, 폭행사건으로 인한 진퇴양난의 분위기가 완화되었으며, 쿠투쿠자얼의 스스로 낮춰 말하는 겸손함으로 인해, 장양의 존엄과 체면이 돋보이게 되었다. 뿐만 아니라, 쿠투쿠자얼이 잔뜩 늘어놓은 알맹이 없는 말과 그 수다스러움은, 때마침 장양에게 있어서도 꼭 필요한 것이었다. 장양에게는 마음을 차분하게 가라앉히고, 대책을 세울 수 있는 시간이 필요했던 것이다. 그리하여 사리에 아주 밝은 대대장에 대한 고마운 마음이 저절로 생겨났다.

쿠투쿠자얼의 발언이 드디어 끝났다. 막바지에 가까워질수록, 그의 이야기는 점점 더 홀가분하고 유쾌해졌다. 마지막에 그는 모두가 만족스러워할 만한 논조로 그의 발언을 마무리하였다.

이리하무가 발언의 기회를 달라고 요구하였지만, 장양은 끝내 받아들이지 않았다. "나중에 후회하지 않게, 좋을 때 그만둬야 하지 않겠는가? 지금이 바로 가장 좋은 때가 아니겠는가?"라고 하면서 장양은 서둘러 회의를 마무리하였다.

"오늘 회의는 참 훌륭했어요. 정말 성공적이었어요. ……이번 회의의 성과와 경험을 세 가지 면으로 개괄할 수 있어요. 첫째, 사원들의 참여도가 높고, 열정이 높았어요. 모두 열린 마음으로 자유롭게 각자의 의견을 발표하였고, 긍정적인 논쟁을 펼쳤어요. ……둘째, 핵심이 명확했어요. 이번 운동을 대하는 단정한 태도 문제를 둘러싸고, 이리하무 대장에 대해, 꼭 필요한 조언을 해주었고 도움을 주었어요. ……셋째, 초보적인 적발을 진행했어요. ……하지만 이건 시작일 뿐이에요. 앞으로 이런 회의를 스무 번, 서른 번도 더 소집할 거예요. ……"

장양은 회의를 종합하면서, '저 동지'(쿠투쿠자얼)의 발언을 세 번이나 언급하였다. 쿠투쿠자얼의 모범적인 태도에 대해 인정하고 표창하는 한편, 쿠투쿠자얼의 '이론성(務虛性)'이 강한 발언을 이용하여 니야쯔가 폭행당한 사건으로부터 사람들의 관심을 분산시키려는 의도였다.

신장 위구르 농촌의 여성 '상류사회'
헛소문이 사람을 잡는 이야기
호사다마, 호인다난(好人多難)

세상에는 밝고 아름다운 것도 많지만, 불행하게도 끔찍한 것도 적지 않다. 후자에는 회오리바람, 지진, 상어, 암세포 등이 있다. 그리고 이와 같은 흑색 대열 속에는 또 한 가지 먼지처럼 어디에나 존재하고, 어디에나 파고들며 먼지처럼 흔하고 특별할 게 없고, 눈에 띄지 않으며, 수많은 선량한 사람들이 폐 속으로 흡입했다가 다시 뱉어 내는 것이 있는데, 위해성을 따졌을 때 그것은 나병 바이러스 못지않게 사람들의 아름다움과 건강, 행복을 훼손시키고, 또 쉽게 전염되고 널리 퍼진다. 그렇다면 이것은 무엇일까? 어디에 있는 걸까? 그것은 늘 무해한 모습으로 위장한 채, 거실, 심지어 사무실에 앉아 있고, 늘 한창 유행하고 있는 새 옷을 차려입고, 음식점이나 찻집, 주점을 드나들며, 사람들은 늘 그것과 친해지기를 원하고, 서둘러 가족이나 애인, 동료들에게도 그것을 소개하며, 그리고 가끔 그것이 싫지만, 어쩔 수 없이 그것을 주위 사람들에게 소개해줄 때도 있다. 그것은 술맛을 돋우는 안주가 될 수 있고, 흥을 돋우어 지친 여정의 무료함을 잊게 할 수 있으며, 일부 사람들의 공허한 마음을 채워줄 수 있고, 일부 사람들의 호기심과 허풍을 만족시킬 수 있으며, 또 일부 사람들의 비열한 심리와도 투합할 수 있다. 존경하는 독자 여러분, 이것이 무엇인지, 눈치를 채셨나요? 이 불청객에 대해 축객령(逐客令)을 내리실 건가요?

다시 돌아와 쿠와한에 대해서 이야기하고자 한다. 그 날 아침 쿠와한은 지시에 따라 쉐린구리를 끌고 대대로 가서 억울함을 호소하였다. 그리고 세 급의 사회주의 교육공작의 책임자와 간부들을 배웅하고 나서 그녀는 머리를 빗고 세수를 한 다음, 잠깐 휴식을 취하면서 생각을 정리하고, 전투력을 정비하는 시간을 가지기로 하였다. 동시에 그녀는 방문을 단단히 닫아걸고, 다른 일련의 언어들로 니야쯔를 호되게 꾸짖기 시작하였다. 그런데 때마침 짜이나푸가 찾아왔던 것이다. 짜이나푸는 쿠와한을 대문 앞에 세워놓고, 정신이 아찔해질 정도로 욕설을 퍼부었다. 공작 간부들이 모두 다른 곳으로 떠난 뒤라 쿠와한은 의지할 곳이 없었고, 또 짜이나푸에게 대들 용기도 없었다.

짜이나푸와 투얼쉰베이웨이가 드디어 돌아갔다. 쿠와한에게 남은 건 분노뿐이지만 어디에 풀 데가 없었다.

화가 나 씩씩거리고 있는데 마침 뜻밖의 일이 찾아왔다. 과장 네 집으로 와서, 함께 차를 마시자는 구하이리바눙의 초대를 전하러 한 여자애가 찾아왔던 것이다.

비교해 보면, 위구르족의 농촌 부녀자들은 관내의 한족 농촌 부녀자들보다 일상이 훨씬 여유로운 편이었다. 위구르족 농촌 부녀자들은 신창을 꿰매지 않고, 연자매(물레방아)를 돌리지 않으며, 돼지에게 먹이를 주지 않아도 되고(소에게 먹이를 준다는 건, 풀만 있으면 되기 때문에 당연히 돼지를 사육하는 것보다 훨씬 수월하다), 야채 절임을 하지 않는다. 그리고 시부모를 모시거나, 시누이, 시동생의 시중을 드는 일도 없다. 이외에 다른 조건이 있을지는 모르지만, 어쨌든 그녀들에게는 각종 관혼상제, 경조사 등 모임에 참가할 충분한 여가 시간이 있었다. 그녀들은 평소에 다과회(茶會)를 열어 서로를 접대하기를 좋아하는데, 이런 다과회는 아무 이유도 없고, 달력에 근거할 필요도 없다. 비록 차려놓은 음식이 어느 집에나 있는 가장 보편적인 두 가지 – 낭과 우유차밖에 없지만, 이런 모임은 여전히 흥미롭고 즐거웠다. 다과회는 교류의 중심이고, 다과회 교류의 내용에는 감정·정보·일용잡화·여러 가지 사회평론·기문이나 가십거리 등이었다.

아침부터 파라만장하고 다사다난했다. 쿠와한은 서둘러 놀란 가슴을 쓸어내리고, 최대한 꾸몄다. 쉬린구리에게 달려들어 싸우던 흉악한 모습과, 이빨 빠진 호랑이처럼 꼼짝 못하고 서서 짜이나푸에게 욕을 먹던 모습은 온데간데없고, 눈 깜짝할 사이에 기쁨과 득의가 흐르는 인자한 표정으로 바뀌었다. 쿠와한은 입이 귀에 걸려, 신이 나서 구하이라바눙 네 집으로 향하였다. 그도 그럴 것이 구하이리바눙 네 집은 이번이 첫 방문이었다.

그녀가 도착하였을 때, 집안에는 이미 사람들로 가득 차 있었다. 집안의 정중앙, 가장 윗자리에 앉아 있는 사람은 파샤한이었다. 창백하고 부어 있는 얼굴, 거슴츠레 뜨고 있는 눈, 가냘프고 무력해 보이는 자태, 가늘고 낮은 신음은, 파샤한의 1인자의 지위를 나타내고 있었다. 나머지 10여 명의 부녀자들도 모두 마을의 걸출한 인물들이었다.

그녀들은 남편의 직무, 혹은 재산, 혹은 젊은 시절의 스캔들, 혹은 괴팍한 성격 때문에 조금씩 유명하였다. 쿠와한은 빠르게 모든 사람들을 훑어보고 분위기를 파악하였다. 그리고 이것은 대체적으로 구하이리바눙을 중심으로 구성된 하나의 부녀자(여성) 단체라는 것을 알게 되었다. 이들 중에서 쿠와한은 나이가 가장 젊고, 재산이 가장 적으며, 아이가 가장 많은 사람이었다. 쿠와한은 이 농촌의 상류층 사교단체에 오늘 처음으로 들어오게 되었는데,

아마도 집에 장 조장이 묵고 있기 때문일 거라고 영광스럽게 생각하였다.

그리고 또 한 가지 예사롭지 않은 일이 있었다. 오늘의 모임에 한족 부녀자 한 명도 참가하였는데, 그녀는 바로 몹시 여윈 하오위란이었다. 하오위란은 구하이리바눙의 초대를 받고, 그녀의 병을 봐주러 왔다가 우연히 모임과 겹치게 된 거라고 말했다. 쿠와한이 도착하였을 때, 부녀자들은 너도나도 소매를 걷어붙인 채 굵고 가는, 깨끗하고 더러운 손목들을 하오위란 앞으로 내밀고, 그녀가 진맥해 주기를 기다리고 있었다.

하오위란은 잘 알고 있었다. 이런 장소에서 누군가의 맥을 짚어보고 틀림없이 병이 있다고 진단을 내리면, 그 누군가는 그녀에게 무척 고마워할 것이고, 큰 병에 걸렸지만, 아직 초기단계(위험이 없을 때)라고 말한다면, 그녀를 한없이 찬양할 것이며, 아무 병도 없으므로 아무런 혜택도 받을 필요가 없다고 한다거나, 병세가 아주 심각하여, 희망이 보이지 않는다고 한다면, 그녀는 바로 분노와 눈총을 받게 되고, 그녀는 이를 갈며 증오하게 된다는 것을 알고 있었다. 뿐만 아니라 여기에 있는 여자들은 과로·심부전·요근손상(腰筋損傷)·소화불량(즉 잡곡을 피해야 한다)·신경증(즉 화를 내서는 안 된다) 등으로 진단 내려주기를 원하고 있었고, 결핵·궤양(潰瘍)·부인병(婦科病) 등과 같이 비교적 확정적인 질병으로 진단되기를 바라지 않았다. 하지만 또 만약 그들의 비위에 맞추기 위해 개개인의 기대에 부응하여, 간단한 임상 진단을 해준다면, 병명과 증상이 모두 유사해지기 때문에 다른 방향으로부터 공격을 당하게 된다. 따라서 하오위란은 미움을 사도 무관한 즉 이 중에서 가장 만만한 상대를 찾아 그 사람에게 귀에 거슬리는 진단을 내려야 하는데, 이 가운데는 스스로 선양하는 뜻도 내포되어 있다. 즉 기탄없는 진단을 통해 성실한 형상을 수립하고, 거리낌 없는 의학용어들을 통해, 일벌백계의 홍보 효과를 얻을 수 있는 것이다.

그리하여 하오위란은 쿠와한을 그 만만한 상대로 선정하였고, 이에 쿠와한은 더없는 모욕감을 느끼게 되었다. 그는 쿠와한의 맥을 짚어 본 다음, 또 그녀의 설태(舌苔) 상태를 살펴보았다. 그리고 마지막에 쿠와한은 암 낙타처럼 든든하기 때문에, 노동을 줄일 필요도, 음식을 가릴 필요도 없다는 결론을 내렸다. 하오위란은 쿠와한에게 제시간에 맞춰 생산대의 노동에 참가해도 전혀 문제가 없다고 하였다. 이에 쿠와한은 얼굴이 귀밑까지 빨개져 해명하고 억울한 사정을 호소하였지만, 하오위란은 귀족마님의 태도를 취하면서 들은 체 만 체하였다.

'진찰'이 끝나자 우유차를 내왔다. 동시에 동일한 색깔의 10여 개나 되는 큰 사발들이 사람들 앞에 진열되었는데 정말 보기 좋았다. 다들 한 모금씩 마시고 나서 차의 맛을 음미하였다. 그중에 한 사람은 최근 몇 년간 후난 복전차의 품질이 불안정하다고 지적하였다.

"내가 젊었을 때에는 요 만큼만(왼손 엄지로 새끼손가락을 집어, 새끼손가락 첫 마디 만큼이라는 뜻을 표시함) 넣으면 한 솥 가득 끓일 수 있었어요. 그런데 지금은 이 만큼(이번엔 엄지로 손바닥 한가운데를 가리키며 다른 네 손가락을 곧게 폈다. 네 손가락에 손바닥을 절반 더한 만큼이라는 뜻을 표시함)을 넣어도 맛이 연해요."

크기와 길이를 표현하는 방식에 있어서 위구르족과 한족 사이에는 차이점이 존재한다. 가장 큰 차이점은, 한족은 크기와 길이를 표현할 때, 추상적인 것을 이용하여 묘사한다는 것인데, 예를 들면 엄지와 검지 사이의 거리, 혹은 좌우 두 손 사이의 거리 등으로 크기와 길이를 표시한다. 그러나 위구르족은 구체적인 것을 이용하여 표현하는데, 예를 들어, 왼손 손바닥을 세워 오른쪽 팔오금 부분을 자르는 동작으로 아래팔만큼 크다는 것을 표시한다. 그리고 엄지로 새끼손가락을 집어 새끼손가락 지두만큼 작다는 것을 표시한다.

또 "나는 한 모금만 마셔도 어떤 품질의 우유인지를 알 수 있어요. 뭐니 뭐니 해도 첫배를 낳은 젖소에게서 첫 송아지를 낳은 뒤에 짜낸 처음 두 번의 우유가 최상이에요. 이 때의 소젖은 등적색이고 농축된 것으로서 전부 지방이라고 할 수 있어요. 이런 우유를 찻물에 탔을 때, 그 맛은 형언할 수 없을 정도로 훌륭해요…… 최악의 우유는 네덜란드의 젖소, 덴마크의 젖소에게서 "쾈쾈쾈" 짜내는 젖이에요. 짰다 하면 한 통도 넘는 물 같은 젖 말이에요……"

라고 말하는 사람도 있었다. 다른 한 부녀자는 재미있는 소식을 들려주었다.

"당신들 파랑터한(帕郞特汗, 영리하고 능력이 있으며, 살림과 손님 대접에 모두 일가견이 있어, 최고의 부녀자라고 모두가 인정하는 여성)을 알아요? 어느 날, 그녀가 몇몇 손님을 집으로 초대하였는데 큰 법랑 단지 안에 우유차 한 가득을 담아 내온 거예요. 단지 뚜껑을 열고 바가지로 우유차 안에 소금을 풀고 있는데, 마침 그녀의 코끝으로부터 한 줄기 콧물이 흘러내린 거예요. 얼었던 코가 열기를 받으면 그럴 때가 있잖아요. 아무튼 미처 피하지 못해 한 줄기 콧물이 몽땅 우유차 안에 떨어져 들어간 거예요. 다른 사람들은 보지 못했지만 나는 봤단 말이에요. 그녀는 아무 일도 없다는 듯이 손님들에게 우유차를 건넸고, 나를 제외한 손님들은 그 우유차를 다 마셨어요. 나는 위병을 핑계 대고 그녀에게 따로 녹차를 끓여달라고 부탁했어요. ……"

잡담은 이렇게 자연스럽게 시작되었다. 화제는 대부분 가장 아름답고, 가장 강한 인물의 가장 추하고, 가장 약한 부분이었다. 차로부터 시작하여 낭에 이르렀을 때, 또 수다가 시작되었다. 한 사람이 놀랄 정도로 외모가 출중한 여자와 결혼하였는데, 새댁이 만든 낭이 화덕 벽에 딱 달라붙어서 도무지 뗄 수 없자, 남편이 삽을 들어 뜯어내려다가 결국 화덕까지 망가뜨렸다는 것이다. 그래서 낭도 화덕도 모두 망가졌다며 깔깔거렸다. 아무리 예쁘게 생기면 뭐 하겠는가, 멍청한데…… 남자가 하루 종일 그녀 몸 위에 엎드려 있을 수는 없지 않는가? 남자도 밥을 먹어야 되지 않겠는가? 밥을 제대로 얻어먹지 못하면 아무리 예쁜 얼굴이라도 바라볼 힘도 없고, 엎드릴 힘도 없지 않겠는가? 그런 일이 벌어졌음에도 불구하고 왜 그 남자는 그 여자와 이혼을 하지 않은 건가? 지금의 남자들은 왜 이리도 무능하고 나약한 걸까! "젊은 시절, 만약 내가 만든 낭이 화덕에 붙어 떨어지지 않거나, 혹은 떨어져 재가 묻었다면, 우리 남편은 당장에 내 머리채를 잡고 한바탕 뺨을 갈겼을 거예요. ……"

한 노파가 자랑하듯 말했다.

그녀들은 한바탕 웃음이 터졌다.

"그럼, 쉐린구리가 왜 타이와이쿠와 이혼했는지 알아요?"

파샤한이 이러한 질문을 던졌다. 기력이 없던 그녀의 얼굴에서 갑자기 흥분과 희열, 희롱이 섞인 신비로운 빛이 흘렀다. 아니나 다를까, 이 문제에 관해 그녀는 독특한 해답을 가지고 있었다. 그녀의 의기양양한 모습으로부터, 이 문제에 대한 그녀의 해답이 바로 오늘 다과회에서 꺼낸 한 장의 비장의 카드라는 것을 알 수 있었다.

어느 누구도 감히 경솔하게 '안다'고 대답하지 못했다. 항상 모든 가장 따끈한 사적인 비밀을 장악하고 있는 파샤한의 권위적 지위를 누구도 감히 무시하지 못했다. 파샤한이 입을 열자 부녀자들은 귓속말을 주고받거나 부산스럽게 두리번거리거나, 심지어 낭을 먹거나 차를 마시지도 않았다. 그녀들은 숨을 죽인 채 눈을 동그랗게 뜨고, 귀를 세우고, 파샤한 한 사람에게만 집중하였다.

"키꺽다리 타이와이쿠는 알고 보면……"

파샤한은 갑자기 요염하고 간사하게 웃더니, 오른손 검지를 꺼내들고, 첫 두 마디를 구부려 한족 상인들처럼 숫자 '9'를 표시하는 손시늉을 하였다.

"사실은 이런 거래요."

파샤한은 이렇게 말하며 깔깔거리며 웃음을 참지 못하였다. 그녀의 깔깔거리는 웃음소리는 또 "키득키득", "희희희", "호호호", "허허허", "낄낄낄" 각양각색의 웃음소리를 자아냈다.

그리고 따라 웃으면서 그녀의 말을 믿을 수 없다는 듯,

"말도 안 되는 소리 하지 말아요. ……그렇게 건장한 젊은이가 어떻게……"
라고 말하는 사람도 있었다.

"건장하면 뭐 해요? 당신이 직접 그의 그 물건을 확인했어요?"

파샤한은 여전히 요염하게 웃으면서, 눈을 찡긋하였다.

"그럼 당신은 어떻게 알아요? 어디에서 알아낸 정보예요?"

반박에 대한 반박이 이어질수록 여편네들은 배를 끌어안고 점점 더 크게 웃었다.

"미치얼완에게서 들었어요. 쉐린구리가 미치얼완에게 이 비밀을 털어놓았고, 미치얼완이 소문을 낸 거예요. 아이고, 바보들, 당신들이 뭘 알겠어요? 그런 문제가 어디 겉으로 보아 알 수 있는 건가요? 키도 크고 몸집도 건장하지만, 쓸모가 없는 사람도 있고, 작고 말랐지만 한 마리의 종마 못지않은 사람도 있는 거예요……"

드디어 이야기는 가장 중요한 부분에 돌입하였다.

"더 흥미로운 이야기가 아직 남았어요."

흔치 않은 즐거움과 흥분의 분위기 속에서도 끝까지 냉정함을 잃지 않고 있던 주인 구하이리바눙이 말했다.

"최근에 타이와이쿠는 한 처자에게 마음을 빼앗겼어요. 자신의 떳떳하지

못함을 감추기 위해, 그 처자와 혼인하려고 해요. 그래야 체면이 서니까요."

"그 처자가 누구예요?"

부녀자들은 이구동성으로 물었다. 파샤한도 놀라서 멍해졌다. 파샤한은 알고 있는 정보를 곧이곧대로 말해주지 않은 구하이리바눙을 속으로 원망하였다.

"아이미라커쯔예요!"

"뭐라고요?"

다른 부녀자들은 물론, 파샤한마저 눈이 휘둥그레졌다.

"그럴 리가 없어요!"

파샤한이 말했다. 구하이리바눙은 웃기만 할 뿐, 사실 여부에 대해 변론하지 않았다. 구하이리바눙은 긴 탁자 곁으로 다가가더니 그 위에 놓여있던 몇 권의 책을 들고, 그 아래에서 편지 한 통을 꺼냈다.

"이게 바로 타이와이쿠가 아이미라커쯔에게 쓴 사랑의 편지예요."

파샤한을 제외한 대부분 부녀자들은 가방끈이 짧기 때문에, 구하이리바눙이 직접 편지를 읽어주었다.

"어찌 이럴 수가 있어요! 이런 거세한 마소 같은 인간이, 감히 우리 조카에게 흑심을 품다니!"

파샤한이 욕을 퍼부었다. 파샤한은 마치 자신이 큰 모욕을 당한 것처럼 분노하였다.

"그런데 편지가 어떻게 당신 손에 들어오게 된 거죠?"

한 손님이 물었다.

"이것도 역시 미치얼완이 가져다 준 거예요!"

"미치얼완이 왜 이런 일을……"

대부분 손님들이 의문을 던졌다.

"그걸 우리가 어찌 알 수 있겠어요?"

구하이리바눙은 말을 아주 삼가는 듯한 태도를 보였다.

"모를 것도 없죠!"

이런 기회에 자신의 높은 지력을 뽐낼 수 있고, 또 이집 저집 다니며, 차를 마시는 이 단체에 절대 창피를 주지 않을 거라는 마음을 표현할 수 있어, 쿠와한은 아주 기뻤다. 쿠와한은 상황을 추정하여 말했다.

"이리하무는 쉐린구리를 타이와이쿠에게서 빼앗아다가 자기 동생에게 주었어요. 이건 장 조장도 다 아는 사실이에요! 그런데 미치얼완이 어찌 남편을 두둔하지 않으려고 하겠어요? 진짜든 가짜든 미치얼완은 그 가엾은 타이와이쿠의 신체적 결함을 사람들에게 알리려는 거겠죠! 이렇게 되면 쉐린구리의 이혼에 타당한 이유가 생기게 되고 이리하무도 책임을 벗을 수 있으니까요!"

대다수 부녀자들은 쿠와한의 정확한 인식과 투철한 견해에 대해 탄복하고 인정하며 연거푸 고개를 끄덕였다. 그리하여 다과회가 끝난 후, 불과 몇 시간 사이에 미치얼완이 타이와이쿠의 신체적 결함을 이야기하였다는 공보(公報)와 같은 소문이 전체 대대로 퍼져나갔다. 뿐만 아니라 이 소문은 공사, 신생활대대와 목축업대대(牧業大隊)로 퍼지기 시작하였고, 더 멀리 사방팔방으로 퍼지기 시작하였다.

여기에서 반드시 공정하게 짚고 넘어가야 할 것은, 이 소문을 퍼지게 한 다수, 심지어 대다수의 여자와 남자(남자도 있었다!)들은 미치얼완이나 타이와이쿠에 대해 결코 악의를 품고 있었던 사람들이 아니었다. 그들이 이 소문을 서둘러 다른 사람에게 퍼지게 한 목적은, 누군가에게 해를 입히기 위한 것은 아니었다. 그들이 소문을 퍼지게 한 이유는 대체로 초공리주의(超功利主義)의 예술을 위한 예술의, 지식성(知識性)과 정보성(信息性), 오락성(娛樂

性)과 재미를 추구하는 활동이었다. 금붕어를 기르기 좋아하는 사람이 있고, 우표 수집을 즐기는 사람이 있는 것과 마찬가지로 불행하게도 소문을 퍼뜨리고 의식적이건 무의식적이건, 사람들과 일을 꾸미는 것이 취미인 사람이 훨씬 더 많다는 것이다. 게다가 이상한 것은 사람들은 소문을 퍼뜨릴 때, 전혀 거리낌이 없다는 점이다. 예를 들어, 기생이었던 사람이 다른 사람들과 똑같이 정조를 잃은 한 여자애에 대해 이야기하며 소문을 퍼뜨린다는 것이다. 그리고 불과 10분 전에 한 사람에게서 아주 정중하게 물건을 빌렸음에도 불구하고, 10분 뒤에는 안면몰수하고 그 사람의 추문에 살을 덧붙이고 부풀려 퍼뜨리기도 한다. ……

타이와이쿠는 사회주의 교육공작대가 들어오던 날 밤, 아이미라크쯔가 돌려준 손전등의 밝은 불빛을 빌어 아이미라커쯔에 관한 아주 사소한 부분까지 꼼꼼히 되새겨 보았고, 아이미라커쯔에 대한 자신의 애모의 마음을 알게 되었다. 그는 잠을 이루지 못했고, 이리하무 부부에게 자신의 이러한 마음을 털어놓았다. 그는 사랑스럽고, 존경스러우며, 가엾은 아이미라커쯔를 생각하며, 마음을 담아 편지 한 통을 썼다.

그는 돌도 부술 수 있을 것 같은 크고 거친 손으로, 덮개가 떨어져 깨진 만년필을 잡고, 단순하고, 뜨거우며, 멍청하고, 하늘과 땅을 감동시키는 구애 편지를 썼다. 그는 이 편지를 미치얼완에게 부탁하였다. 초조와 기대, 소망과 환상, 고뇌와 기쁨이 파도처럼 밀려와, 키가 180이 되는 큰 아이를 때리고 울렁이게 하였다. 한순간 파도는 그를 하늘 높이 들어 올렸고, 한순간 파도는 그를 또 아래로 감아 내렸다. 한순간 그는 구름과 눈이 뒤덮인 산봉우리·송골매·눈부신 태양·밝은 달과 반짝이는 뭇별들이 번갈아 솟아오르는 기이한 광경을 구경하였고, 또 한순간 일망무제하고 온통 희끄무레한 짜고

쓴 흙탕물 속으로 빠져버렸다.

타이와이쿠는 올해 26살이 되었다. 그는 이 인간세상에서 26번의 여름과 겨울을 경험하였다. 그런데 이상하다. 왜 갓 태어난 고양이처럼, 한 번도 눈을 떠 이 세상을 본 적이 없는 것 같을까? 겨울철 이리의 논과 들이 이리도 조용하다는 걸 왜 여태 몰랐을까? 잎이 떨어진 나뭇가지는 여전히 요염하고, 삽과 칸투만이 서로 부딪쳤을 때 나는 소리는 이토록 맑고 낭랑하다. 공로 위를 달리는 차량들은 왕래가 이처럼 빈번하고 북적거린다. 낭을 굽는 화덕에서 솟아난 연기 속에는 향기가 들어 있다. 늙은이들은 모두 자애롭다. 젊은이들은 모두 건강하다. 아이들은 모두 활기차다. 처녀들은 모두 한송이 꽃이다. 아이미라…… 아니, 지금부터 그는 그녀의 이름을 함부로 부르고 싶지 않았다.

그녀는 어떤 꽃보다도 아름답다. 그리고 타이와이쿠는 본인에 대해서도 처음으로 많은 것을 인식하게 되었다. 즉 키가 크고, 건장하며, 곱슬머리이고, 근육이 발달된 굵고 힘센 팔이 있으며, 마음이 정직하고 단순하다는 것을 알게 되었다. 그는 한 번도 사랑한 적이 없었다. 그 3년의 혼인은 오래 전에 이미 흩어진 옅은 안개 같았다. 오늘에서야 그는 깨닫게 되었다. 이처럼 강하고, 진실하며, 이처럼 뜨겁고, 모든 것을 변하게 할 수 있는 사랑이 있다는 것을 알게 되었다. 그는 사랑한다 – 아이마리커쯔를 사랑한다. 눈물을 머금고 다시 한 번만 그대의 이름을 부를 수 있도록 허락해 다오!

그는 그녀를 영원히 사랑할 것이다. 그가 백발이 창창한 할아버지가 되고, 그녀가 꼬부랑 할머니가 될 때까지, 늙어서 더 이상 걸을 수 없고, 말을 할 수 없으며, 조용하게 마지막 목욕(沐浴, 즉 사망을 뜻한다. 무슬림은 죽으면 바로 목욕을 하고, 흰 천을 감아 안장한다)을 기다려야 할 때까지……

때문에 타이와이쿠는 아이미라커쯔도 그와 똑같은 마음으로 열렬하게 대답할 것이라고 믿고 있었다. 그는 아이미라커쯔와 아이미라커쯔는 그와 평생 헤어지지 않고 함께 살 수 있다는 것에 대해, 이미 한 치의 의심도 하지 않고 있었다. 그녀의 존엄한 인격에 대해 타이와이쿠는 존경하고 충성해야 한다. 그녀의 단단하고 강건한 몸은, 타이와이쿠의 따뜻한 보살핌과 손길이 필요하다. 그녀의 학식, 완강함, 세심함은, 더더욱 타이와이쿠의 순박함과 뜨거움, 호방함의 보완과 도움이 필요하다.

이 세상에 타이와이쿠만큼 아이미라커쯔를 이해하고, 존경하며, 조심스럽지만 간절하고 용감하게, 자신의 모든 것을 아이미라커쯔에게 내어줄 남자가 또 있을까? 그녀를 오롯이 한 인간으로 보지 않고, 한쪽 손이 부족한 불구자로만 보는 일부 개 같이 멍청한 놈들, 경박한 나쁜 놈들, 방자한 머저리들을 생각할 때마다, 타이와이쿠는 이가 부득부득 갈리고, 주먹이 불끈 쥐어졌다. 나를 가져요, 아이미라커쯔! 나는 당신의 호위무사, 당신의 노복, 당신의 주인이고 싶어요.

물맛도 더 좋아진 것 같고, 눈도 더 하얗고 더 많아진 것 같았다. 눈썹과 수염에마저 얼음이 얼어붙게 만드는 겨울의 서북풍도 상쾌하게 느껴지고, 닭의 울음소리도 다정하게 들렸으며, 면양도 철이 든 것 같고, 비둘기도 구구구 행복을 속삭이는 것 같았다. 낮과 밤, 일할 때, 식사할 때, 잠이 든 후에도, 타이와이쿠의 귓가에는 항상 노랫소리가 맴돌았다. 하늘의 비행기와 송골매, 땅 위의 차·준마·사불상(麋鹿, 고라니와 사슴)·강물·전나무(樅樹林)숲·어린 낙타의 눈(駱駝羔的眼睛, 쌍관어로, 카자흐족들은 어린 낙타의 눈으로 가장 아름다운 처녀의 눈을 묘사한다 – 역자 주), 톈산 꼭대기에 자란 설련화(雪蓮)와 풀숲에서 자란 빨간 꽃(紅丹花)은 다 함께 노래를 부르며 공명하고 있었다.

세상의 만물, 생명, 사람들이여, 모두 안녕하신가? 당신들이 나를 축하해주고, 나를 위해 기뻐하며, 나에게 선물을 줄 그 날이 올 거예요! 바로 올해

(1965년) 가을, 옥수수와 메기장, 잠두와 완두를 수확하고 나서, 우리는 곧바로 결혼식을 올릴 거예요. 봄이 되면, 마을의 초등학교 새 교사(校舍)도 완성될 것이고, 그러면 나는 다시 나의 뜰로 돌아가, 새로 집 한 칸을 더 지을 거예요.

나는 매일 두 사람 혹은 세 사람 몫의 일을 할 것이고, 더 많은 노동일(勞動日)을 벌 거예요. 나는 아이미라커쯔에게 털실로 짠 윗옷과 바지를 사줄 것이고, 나의 장인과 장모께, 그리고 동생 이밍쟝에게도 검은색 코르덴 혹은 파란색 게버딘으로 된 옷을 한 벌씩 선물할 거예요(비록 아이미라커쯔에게도 돈이 있겠지만, 우리의 혼사에서 그녀의 돈은 한 푼도 쓰지 않을 것이고, 그녀가 모아놓은 돈은 그녀의 가엾은 부모님께 드릴 수 있도록 할 것이다). …… 나는 수많은 하객들을 초대할 것이고, 많은 술을 준비할 것(물론, 나는 술 한 방울도 입에 대지 않을 것이다)이며, 주위 100㎞이내의 기혼 및 미혼의 여자들이 모두 부러워 눈물을 흘리게 할 거예요.

미치얼완이 친정인 신생활대대에서 돌아온 후, 쉐린구리가 쿠와한에게 호되게 당하고 있을 바로 그때 타이와이쿠는 신이 나서 미치얼완에게로 달려갔다.

"답신은요?"

그는 손을 내밀었다.

"아니요, 없어요."

미치얼완은 타이와이쿠에게 죄를 지은 사람처럼, 그의 얼굴을 똑바로 쳐다보지 못하고, 말을 얼버무렸다.

"그게……"

미치얼완 어떻게 말하면 좋을지 몰라 망설였다.

"아이미라커쯔가 울었어요……"

뜬금없는 말이 툭 튀어나왔다.

"울었다고요? 왜요? 왜 울었어요?"

순간 타이와이쿠의 눈에도 눈물이 가득 차올랐다.

"당신이 쓴 편지를 줬어요. 편지를 보고 나서, 아이미라커쯔는 아무 말도
하지 않았어요. 울기만 했어요. 너무 슬프게 울더군요."

"미치얼완 누님, 그녀가 왜 울었냐고요!"

타이와이쿠의 말투에서 이미 초조함이 드러나 있었다.

"그건…… 나도 잘 모르겠어요."

미치얼완은 더욱 미안해하며 고개를 숙이고 대답하였다. 그녀의 이마에
는 주름이 잡혔고, 두 볼의 영원히 사라질 것 같지 않던 보조개도 보이지 않
았다.

"나도 물어 보았어요. 그런데 정말 한 마디도 대답하지 않았어요."

"불쾌해 하던가요?"

타이와이쿠는 떨리는 목소리로 물었다.

"그러니까…… 약간 불쾌한 것 같았어요. 그게 언짢은 건지, 싫은 건지, 사
실은 나도 모르겠어요."

미치얼완의 모습은 용서를 비는 사람 같았다. 타이와이쿠의 모습은 판결
을 받은 사람 같았다. 이것은 전혀 뜻밖이고, 사리에 어긋나는 잔인하고 무
정한 판결이었다! 타이와이쿠는 피를 많이 흘린 사람처럼, 얼굴이 잿빛이 되
었고, 콧구멍은 커졌지만, 숨은 쉬지 않고 있었다.

"조급해 하지 말아요. 빨리 답을 달라고 다그치지 말아요. 아이미라커쯔
에게 시간을 좀 줘요. 그렇게 쉽게 한 마디로 대답할 수 있는 일이 아니에요.
네, 타이와이쿠 동생! 특히 여자들은 남자들과 달라요. 게다가 지식인이잖아

요. ……여자의 마음을 당신은 잘 몰라요. ……"

"……"

"……며칠만 더 기다려 봐요. 여자의 속을 누가 알겠어요? 아이미라커쯔 본인도 자신의 마음을 잘 모를 수 있어요. 조금 기다렸다가, 조금 더 기다렸다가, 직접 찾아가서 이야기를 나눠 봐요."

"……"

"그런데, 물론, 좀 더 기다린다고 하여 꼭 된다고는 장담할 수 없어요. 되면 되고, 말면 말 수밖에 없죠. 모든 일이 생각처럼 순조롭게 이루어지는 건 아니에요. 아직 젊고, 일도 잘하는데, 반드시 당신에게 어울리는 좋은 처자를 만날 수 있을 거예요. 그러니까 너무 속상해하지 말아요!"

"아이미라커쯔가 아니면, 나는 평생 혼자 살 거예요!"

타이와이쿠는 소리를 지르고 싶었다. 하지만 목소리가 나오지 않았다. 미치얼완의 마지막 한 마디는 비수처럼 날아와 그의 가슴에 꽂혔다! 그 말은 타이와이쿠 그에게도 아이미라커쯔에게도 모욕적인 말이었다. 타이와이쿠는 경악하며 그를 부르는 미치얼완을 무시한 채 휙 돌아서서 나왔다. 미치얼완 앞에서 엉엉 소리 내며 울 수는 없기 때문이었다.

타이와이쿠는 머리를 푹 숙인 채, 집을 향해 냅다 달리기 시작하였다. 올해 갓 심은 작은 나무에 부딪치고, 느긋하게 거닐고 있는 늙은 소에 부딪치며, 달리고 또 달렸다. 윙윙 울부짖는 바람은 칼 같았고, 음침한 하늘은 납 같았으며, 바람에 흩날리는 눈은 모래 같았다. 그는 이발소로 쓰이던 그 집으로 돌아왔다. 그는 융단 위에 엎드려 엉엉 울었다. 자신이 원망스럽고, 어리석게 느껴졌으며, 자신도 아이미라커쯔도 가엾다는 생각이 들었다. 단지 말 한 마디면, 크나큰 행복이 하늘에서 뚝 떨어질 텐데, 왜 이리도 어려운 걸까! 한 걸음만 내디디면, 낙원으로 들어갈 수 있는데, 그 낙원의 문을 열기가 왜 이리도 힘든 걸까! 이 뜨거운 선홍색의 심장을 왜 굳이 얼음덩이로 만들려고 하는 걸까? 그와 그녀의 눈앞에 닥친 따뜻하고 뜨거운, 안락한 행복을 왜 수포로 만들어야 하는 걸까? 이래서는 안 된다. 이럴 수는 없다. 처음부터 편지를 쓰지 말았어야 했고, 미치얼완에게 그런 부탁도 하지 말았어야 했다. 이 아름다운 소망과 행복한 꿈을 영원히 마음속 깊이 간직한 채, 살아가는 편이 나았다.

타이와이쿠는 연거푸 이삼 일을 얼빠진 사람처럼 흐리멍덩하게 지냈다. 온통 먹구름으로 뒤덮인 하늘은 햇빛이 비출 작은 틈도 없었다. 찬바람에 꽁꽁 얼어붙은 강은 한 줄기의 물도 흐르지 않았다. 타이와이쿠는 가슴을 억누르고 있는 이 답답함과 고뇌, 고통을 누구에게도 털어놓을 수 없었다. 만약 미치얼완마저 그의 마음을 이해할 수 없다면, 또 누가 그를 이해할 수 있을까?

더군다나 생산대의 모든 사람들은 한창 바삐 돌아치고 있고, 분위기도 어수선하다. 다들 뭘 하고 있는 걸까? 니야쯔는 이리하무에게 죄를 뒤집어씌우려고 애를 쓰는 것 같다. 무료한 사람, '작은 습격', 음모, 더 큰 음모, 거짓말과 거짓말에 대한 폭로…… 그는 마치 한 방울의 기름 같고, 주위의 환경은 한 웅덩이의 물 같았다. 그는 주위의 상황을 돌보거나, 신경 쓸 겨를도 심적 여유도 없었다. 그는 길을 걸을 때, 고개를 숙이고 걸었고, 누구와도 눈을 마주치고 싶지 않았으며, 누구도 보지 않았다.

그런데 이틀 뒤 하필 장양이 그를 찾아왔다. 이리하무에 대해 조사하고, 그의 실패한 혼인에 대해 조사하러 왔던 것이다. 밑도 끝도 없이, 그의 상처에 소금을 뿌리러 온 것 같아 타이와이쿠는 몹시 불쾌하였다. 그리하여 그는 장양을 이발소에 남겨 둔 채, 뒤도 돌아보지 않고 나가버렸다.

그는 집에서 나와 마을 안에서 아무 목적도 생각도 없이 걸었다. 비뚤어진 하나 또 하나의 나무문을 지나고, 토담으로 둘러싸인 하나 또 하나의 과수원을 지나고, 연기 냄새가 자욱한 하나 또 하나의 화덕과 말을 타는 사람들을 위해, 말에 올라타기 편리하라고 대문 앞에 만들어놓은 이리 사람들의 습관이 묻어있는 작은 흙더미들을 지났다. 그러나 그는 여전히 아무것도 눈에 들어오지 않았다. 얼굴 위쪽에 위치한 앞을 향해 있는 좌우대칭의 두 눈 외에, 사람의 몸에서 사물을 볼 수 있는 기관은 더는 없는 걸까? 망막과 대뇌를 연결해주는 시신경 외에, 뒤통수 혹은 등과 연결되어 있는 시신경은 정말 없는 걸까? 이것은 한 번 탐구해 볼만한 문제인 것 같다. 왜냐하면 머리를 숙인 채, 아무것도 보지 않는 타이와이쿠가 어떤 것들을 '보게' 된 것이다.

무엇을 보았을까? 어딜 가나, 사람들이 그의 등 뒤에서 손가락질하며 헐뜯고, 귓속말을 주고받으며 수군거리고, 익살스러운 표정을 짓거나 괴상한 소리를 내는 것이 느껴졌다. 그런 소리, 표정, 동작들에는 사악함이 들어 있었다. 특히 바람에 실려 온 "아이미라커쯔가……"라는 말소리를 들었을 때, 그의 몸은 순간 화끈거렸다가 또 순간 얼음장처럼 차가워졌다. 돌이켜보면, 사람들의 이런 반응들이 나타난 지 이미 며칠이 된 것 같았다. 가는 곳마다, 그가 나타나면 사람들은 눈을 찡긋거리고, 입을 삐죽거리며, 혀를 내밀고, 익살스러운 표정을 지으며, 뒤에서 수군거리며 얘기하는 것이었다. 그는 흐리멍덩한 정신으로 이러한 대화를 듣게 되었다. "정말이요?" "아무렴, 그렇다니까요." "키가 저리도 큰데요?" "키가 커도 소용없어요!" "얼굴을 보면 거의 털보인데요?" "수염은 수염일 뿐이죠!" ……

타이와이쿠는 며칠 전에 이미 이런 말들을 들은 적이 있지만, 그 주인공이 자신일 거라고는 상상도 못했다. 이러한 말들은 단지 뜬금없는 소리이고, 잠시 그의 청각을 자극하였을 뿐, 그와는 아무런 상관도 없는 무의미한 소리라고 생각하였다. 나중에 이런 목소리들이 여러 번 반복되다 보니, 냉담과 무시로 구성된 보호벽을 뚫고, 드디어 언어적 신호가 되어, 그의 대뇌를 건드렸고, 그의 중추신경을 건드렸다. 그리하여 그는 혐오를 느꼈고, 마음이 초조해졌다. 그러나 그는 이런 소문들의 뜻에 대해 여전히 깊이 생각하지 않았다.

타이와이쿠는 아무 목적도 생각도 없이 걸어서, 공급수매합작사의 판매부 앞까지 왔을 때, 연세가 많고, 얼굴에 주름이 거미줄처럼 얽히고설켜 있으며, 치아가 마지막 한두 개밖에 남지 않은 한 노파가 그를 불렀다.

"가던 길을 멈추고, 이쪽으로 와 보게, 자네!"

무슬림은 경로사상이 가장 투철하다. 타이와이쿠는 정신을 가다듬고 재빨리 노인 곁으로 다가갔다.

노파는 타이와이쿠를 머리에서 발끝까지, 발끝에서 머리까지 여러 번 훑어보고 나서 물었다.

"자네, 사원을 찾아가 이맘에게 봐달라고 부탁한 적이 없는가?"

"이맘이요?"

타이와이쿠는 어리둥절하여 되물었다.

"아, 그렇지. 지금은 이맘을 찾는 경우가 많지 않지. 그럼 시내의 큰 병원에 다녀온 적은 있는가? 상하이에서 온 고명한 의사를 찾아가 보면 좋을 텐데……"

"저 아픈데 없어요, 어머님."

"나까지 속일 필요는 없네. 가엾은 사람아. 아니면, 내 말을 들어 보게. 이닝시 한인거리에 공동진료소(聯合診療所)가 있는데 그 문 앞에 당나귀를 타고 다니는 의사 한 분이 있네. 그 분은 허톈 민펑현(民豊縣) 니야허(尼雅河)유역에서 온 사람인데, 수염이 턱에서부터 가슴까지 났다네. 그 사람은 아주 고명하다고 이미 소문이 자자한 의사라네. 소문에 의하면 그 의사에게 참새

콩팥으로 만든 약이 있다고 하는데, 그걸 먹으며 자네도 좋아질 수 있을 거네. ……여러 가지 노력을 해 봐야지 않겠는가? 아직 앞날이 창창한데, 이대로 어떻게 살아가려고 그러는 건가?"

극히 정상적이고 그런 쪽으로 아무 신체적 문제가 없는 한 위구르족 사내에게 있어, 이보다 더 터무니없고 악의적인 말이 또 있을까? 만약 한 사람이 다른 사람에게서 이런 식의 헛소리를 듣고, 이런 수모까지 당하게 된다면, 주먹부터 날아가지 않았을까? 어찌 아무 근거도 없이 그에게 신체적 결함이 있다고 말하고, 그의 남성의 존엄을 함부로 짓밟을 수 있단 말인가? 만약 지금 이 말을 한 사람이 연세가 지극한 노파가 아니었다면, 만약 이 노파의 얼굴에 거미줄처럼 자글자글한 주름이 없었다면, 만약 치아가 몇 개라도 더 남아 있었다면, 그는 당장에 목덜미를 휘어잡고 10미터 밖으로 내던졌을 것이다. 타이와이쿠는 분노가 이글거리는 눈빛으로 노파의 자글자글한 얼굴과 쩝쩝거리는 입을 쳐다보았다. 그는 머리가 아찔하고 눈앞이 캄캄해지는 분노를 끝내 참아냈다. 그는 바닥에 침을 "퉤"하고 뱉었다……

그는 계속하여 앞으로 걸었다. 참새의 콩팥을 생각할 때마다 그는 온몸이 부르르 떨렸다. 대대의 가공공장을 지날 때, 또 누군가 불렀다.

"타이와이쿠라훙, 타이와이쿠 동생!"

마이쑤무였다. 마이쑤무는 그를 자기 사무실로 불러 들였다.

"타이와이쿠 동생, 어디가 좀 병이 들었다고 들었는데, 사실인가요?"

"내가 무슨 병이 있다고 그러시나요?"

타이와이쿠가 되물었다. 원래 검푸른 얼굴색이 지금은 더욱 어둡고 차가워졌다. 그는 원래 큰 눈을 더 크게 부릅뜨고 마이쑤무를 사납게 노려보았다. 마이쑤무는 약간 겁을 먹었다.

"그러니까…… 그게…… 쉽게 입에 올릴 수 없는 그런 병 말이에요."

마이쭈무는 곁눈질로 슬쩍슬쩍 타이와이쿠의 눈치를 살피며 말했다.

"누가 그딴 소리를 해요? 누가 당신에게 말했지요?"

타이와이쿠는 마이쭈무의 옷깃을 덥석 잡고 자기 쪽으로 휙 잡아당겼다. 마이쭈무는 지면에 거의 닿지 않는 발을 버둥거리며 숨이 막혀서 헐떡거렸다.

"이걸 놔요! 화내지 말아요! 아이고, 이러다 목 졸라 죽이겠어요! 진정하고 내 말을 들어 봐요……"

"말해 봐요 어디!"

마이쭈무는 목을 좌우로 돌려보고, 옷깃을 정리하고 나서 말했다.

"솔직히 말하면, 나는 이러한 소문을 전혀 믿지 않네만…… 이건 너무 비겁하고, 악독하며, 파렴치한 루머라고 생각해요. 그런데 요즘, 우리 생산대, 아니, 우리 대대, 아니 전 공사에서, 모두 당신에 대해 말하고 있어요. 당신이…… 화내지 말아요. 나는 믿은 적이 없어요. 내가 들은 소문 중에 가장 터무니없는 거짓말이라고 생각해요! 그러니까 당신에게 어떤 병이 있는데, 그 결함 때문에 쉐린구리가 당신을 떠났다는 거예요. 몇몇 사람들과 물어봤어요. 이런 악독하고 파렴치한 루머를 퍼뜨린 사람이 누구인지, 나도 알고 싶었거든요. 물어봤더니, 다들 미치얼완이 퍼뜨린 소문이라고 했어요!"

"헛소리 하지 마세요!"

"흥흥, 하하, 만약 내 말을 헛소리로 듣는다면, 나도 어쩔 수 없어요."

마이쭈무는 주판을 집어 들었다.

"이…… 이게 도대체 어떻게 된 일이에요?"

"그러니까요. 나도 믿을 수가 없어요. 나는 지금까지 미치얼완을 좋은 여자, 어질고 부덕이 있는 여성이라고 생각했어요. 그리고 이리하무 동지는 훌륭한 대장이고, 당원과 간부의 모범이라고 생각했고요. 그런데 쉐린구리를 빼면, 누가 또 당신의 어떤 상황을 속속들이 알 수 있을까요? 없어요. 그렇다면 쉐린구리는 함부로 비밀을 밖으로 낼 사람인가요? 그 여자가 어떤 사람인지는, 당신도 잘 알잖아요. 쉐린구리는 당신 곁에서 늘 부끄러움이 많은 아직 피지 않은 꽃 같았어요. 그런 쉐린구리가 이런 말을 누구에게 할 수 있었겠어요? 미치얼완에게 털어놓을 수밖에 없었겠죠. 또 쉐린구리의 이름을 걸고, 이런 유언비어를 날조할 수 있는 사람이 누구겠어요? 미치얼완밖에 없어요. 만약 미치얼완이 아닌 전혀 연관성이 없는 사람이 퍼뜨린 소문이라면, 다른 사람들이 과연 그 말을 믿었을까요? 사람들이 '그걸 당신이 어떻게 알아요?'라고 따져 묻지 않았겠어요? 이게 바로 사람들이 내게 한 말이에요."

"이게……"

타이와이쿠는 갑자기 머리가 어지러웠다.

"그리고 또 있어요. 당신이 한 처자에게 편지를 쓴 적이 있어요?"

"그게 뭐요?"

타이와이쿠는 경계하기 시작하였다.

"아이마리커쯔에게 쓴 거죠?"

하늘이 빙빙 돌고, 땅도 빙빙 돌기 시작하였다.

"당신이 그걸 어떻게 알아요?"

타이와이쿠는 다급하게 물었다.

"여기에서 할 말은 아닌 거 같아요. 따라 와요."

마이쑤무는 서랍을 잠그고 나서 아무도 모르게 씩 웃었다. 마이쑤무는 앞에서 걸었고, 타이와이쿠는 몽유병 환자처럼, 최면을 당한 사람처럼, 마이쑤무의 뒤를 따라 터벅터벅 걸었다. 그의 눈에는 아무것도 보이지 않았고, 아무 생각도 들지 않았다. ……마이쑤무와 타이와이쿠는 또 한 번 마이쑤무네 집 안방의 작은 식탁 앞에 마주앉게 되었다. 타이와이쿠는 마이쑤무를 뚫어지게 쳐다보았다. 마이쑤무는 융단의 한쪽 귀퉁이를 들고, 밑에서 뭔가를 찾더니, 종이 한 장을 꺼냈다.

그 종이를 보는 순간, 타이와이쿠는 자신의 눈을 의심하였다. 타이와이쿠는 가슴이 칼에 찔린 것 같았다. 그것은 타이와이쿠가 아이미라커쯔에게 쓴 편지였다. 이것은 그 날 밤, 그가 석유등 불빛 아래에서, 웃고 울고 생각하며, 한 글자 한 글자 써내려간, 비록 볼품이 없지만, 가장 경건하고, 가장 순결한 편지이고, 그의 소년의 단순함과 농민의 순박함, 고아의 완강함과 첫사랑의 설렘을 담은 가장 소중한 편지이다. 그는 조심스러운 마음과 무한한 믿음으로 이 편지를 미치얼완에게 부탁하였다. 그것은 자신의 목숨을 맡긴 것과 같은 것이었다…… 그런데 지금 이 편지가 어떻게 마이쑤무의 손에 들어가게 되었는가!

"미치얼완은 이 편지를 들고 돌아다니며, 가는 곳마다 당신들을 비웃었대요. 타이와이쿠 당신을 비웃고, 또 아이미라커쯔를 비웃었대요. 이 편지는 우리 마을의 부녀자들 손에서 이리저리 전해졌고, 보는 사람마다 배꼽 빠지게 웃고, 눈물을 훔치며 웃었대요. …… 그 날 이 편지가 우리 아내 손에 전해진 걸 보고, 당장에 빼앗아서 숨겨놓았어요. 지금 당신에게 돌려줄 테니까, 잘 간수해요. …… 에그! 동생, 당신도 참, 편지를 썼으면 직접 가져가지 그랬어요. 아니면 돈 몇 푼 팔아서 우표를 붙여, 우체국에 가져가도 되고요. 어떻게 함부로 신뢰할 수 없는 사람에게 맡길 수 있어요? 당신은 아직 너무 젊고, 마음이 너무 착해요. 우리 착한 동생!"

"어떻게 이럴 수 있지? 어떻게 이럴 수 있지?"

타이와이쿠는 혼잣말로 중얼거렸다. 그는 한 곳만 멍하게 쳐다보며 똑같은 말만 반복하였다.

"후, 동생!"

마이쑤무는 난국을 탄식하고 고통 받는 백성을 불쌍하게 여기듯 한숨을 쉬며 말했다.

"음, 어떻게 말하면 될까요? 당신의 머릿속에는 계급투쟁에 관한 인식이 부족해요! 사람을 함부로 믿으면 안 돼요. 세상에서 가장 교활하고, 가장 무정하며, 가장 악독한 존재가 바로 사람이에요. 사람과 사람은, 두 마리의 개보다도 화목하게 지내기 어려워요. 옛말에 착한 사람의 뿔은 배안에 자란다고 하잖아요. 정말 맞는 말이에요! 겉으로 호인인 척하는 사람이 속은 제일 악랄해요! 솔직하게 말하면, 사내대장부가 먹고, 마시고, 오입질하고, 노름하는 건 당연한 일이에요. 먹고, 마시고, 오입질하고, 노름하는 사내대장부의 속이, 사실은 가장 정직하고, 영혼이 가장 맑아요.

우리가 경계해야 하는 사람은, 오히려 '공평무사'하고, '열성적이고 사심 없는' 성인군자예요! 여자라면 모름지기 자신을 꾸밀 줄 알고, 풍치가 있어야 하며, 욕심이 많고, 게으르며, 질투가 많아야 해요. 또 꾸미기를 좋아하고, 풍치가 있고, 욕심이 많고, 게으르고, 질투가 많은 여자가 오히려 더 성실하고, 더 남자의 마음을 빼앗을 수 있어요. 이런 여자들은 수면 위의 하얀 물고기 같아서, 사람을 물지 않아요. 반대로 어진 덕행의 화신과 같은 여자들이, 알고 보면 수염풀숲 속의 뱀이에요…… 이게 반평생 넘게 살아온 나의 경험이에요, 동생!"

"그들은, 그들은 나에게 왜 그러는 거죠? 내가 그들에게 뭘 잘못했는데요?"

마이쑤무가 술을 꺼내왔지만, 타이와이쿠는 사양하였다. 타이와이쿠의 머리는 이미 술 한 병을 마신 것처럼 무겁고 어지러웠다. 마이쑤무는 혼자서 술 한 잔을 따라 마시고는 또 말했다.

"이해하기 어려울 것도 없어요! 당신은 그들을 완전히 믿고 있지만, 그들은 당신을 경계하고 있어요! 그들이 이러는 건, 당신보다 먼저 손을 쓰려는 거예요! 아직도 모르겠어요? 네 가지 정돈 공작조의 장양 조장이 이번에 우리 생산대의 업무에 대해 조사하였는데, 이리하무에게서 수많은 문제가 발견되었어요. …… 쉬린구리의 혼사에 대해서도 사람들의 의견이 분분해요…… 그러니까 이리하무가 먼저 손을 쓴 거예요. 미치얼완을 시켜 당신에 관한 루머를 날조하여 퍼뜨린 거예요. 이런 소문이 나면 이리하무가 자기 동생을 도와 당신에게서 사람을 빼냈다고 말하는 사람들의 입을 막을 수 있지 않겠어요?"

타이와이쿠는 여전히 술을 거부하였다. 마이쑤무도 더 이상 권하지 않고, 혼자 두 번째 잔을 비웠다. 타이와이쿠는 혼란 속에서 애써 마지막 판단을 하였다. 여전히 살아남은 그의 이성은 다행히 한 줄기의 빛을 발하였다. 그는 정신을 가다듬고 생각하고 또 생각하였다. 그리고 물었다.

"좋아요. 이 일을 미치얼완이 했다고 치고……"

"했다고 치긴 뭘 쳐요?"

마이쑤무는 그의 말허리를 뚝 자르고 끼어들었다.

"미치얼완이 아니면, 그럼 다른 사람이 한 짓이란 말인가요? 내가 했겠어요? 당신이 처음부터 나에게 편지를 줬어요? 당신의 편지를 공개한 건, 그럼 누구네 젖소예요? 당나귀예요? 아니면 면양이에요?"

"……아니요, 그럴 수 없어요."

"아직도 모르겠어요?"

"그래요, 맞아요. 미치얼완일 수밖에 없어요. 보라고 해요. 좋아요. 그런데 이 일이 이리하무 형과 연관이 있다고, 어떻게 단정 지을 수 있지요?"

"이리하무 형이라는 말은 입에 올리지도 말아요! 이렇게 물을게요. 당신은 그 집에 대해 잘 알잖아요. 무슨 일이든, 이리하무와 의논하지 않고, 미치얼완이 독단적으로 하는 걸 본 적이 있어요? 이리하무의 동의 없이, 여자가 무슨 일을 할 수 있겠어요?"

또 한 번 칼을 맞았다. 장막은 이미 드리워졌다. 빈틈없이 드리워졌다. 칠흑같이 어두워, 한 치 앞도 보이지 않는 밤이었다.

"그들을 찾아가야겠어요!"

타이와이쿠는 벌떡 자리에서 일어나더니, 문을 열고 나가버렸다.

"잠깐만요!"

마이쑤무가 뒤따라 나가 붙잡으려 했지만, 타이와이쿠는 이미 멀어져 따라갈 수가 없었다.

낭 만드는 건 위구르족 가정생활의 성전(盛典)이다
미치얼완과 쉐린구리가 협력하여 낭을 만들다
죄를 물으러 온 타이와이쿠, 망가져버린 숱한 낭들

몹시 춥고 쾌청한 이곳의 겨울은 저만의 독특한 매력이 있다. 흐린 날씨가 며칠 동안 지속되고, 눈보라가 매섭게 휘몰아치더니, 언제 그랬냐는 듯 갑자기 맑게 개였다. 푸르디푸른 하늘에 오늘따라 유난히 친근한 태양이 얼굴을 내밀었고, 바람도 멎고, 눈보라도 흩날리지 않았다. 어느덧 대지는 안일함을 되찾고, 하늘에서는 남빛을 띤 보라색의 햇빛이 반사되고 있었다. 땅에 내려앉은 참새는 짹짹거리며 모이를 찾고 있었고, 까마귀는 뜨거운 김이 나는 가축의 변을 찾아 날아다니고 있었으며, 수탉마저 환한 태양을 보고 활기를 되찾은 듯, 푸드덕 홰를 치며 낮은 담장 꼭대기로 날아올랐다. 담장 위에 쌓인 눈은 수탉의 발길질에 한가득 떨어졌고, 수탉은 날개를 활짝 펴고, 깃털을 푸드덕 털고 나서, 상쾌한 기분을 만끽하고 가다듬었다가 진지하고 신중하게 목을 길게 빼더니 목청을 돋우어 노래 불렀다. 이 엄동설한의 맑은 날씨를 위한 환호는 점점 멀어지고 있지만, 결국 다시 돌아오는 따뜻하고, 활기차며, 옹골진 태양을 상징하고 예시하는 것 같았다.

영하 20도, 30도, 40도의 겨울이 없고, 뼛속까지 파고드는 얼얼한 추위가 없으며, 어떤 것도 대체할 수 없는 맑고 상쾌한 공기가 없다면, 어찌 신장이라고 말할 수 있겠는가! 이런 엄한 환경 속에서만이 더욱 빛을 발하는 자기 자신의 보온성 장비가 없다면, 또 본인의 강대한 열량에 대한 자각과 자신이 없다면, 또 어찌 신장 사람이라고 할 수 있겠는가!

이리 사람들은 고향을 아주 사랑한다. 그들은 여름철 정오의 태양까지도 사랑한다. 여름은 생기가 발랄하고, 만물이 빠르게 움직이고 성장하는 계절이다. 이곳 백성들은 여름에 부지런히 노동하고, 많은 땀을 흘리는 것이 양생과 보건, 질병 예방의 비법이라고 생각한다. 그들은 겨울에 내리는 큰 눈도 사랑한다. 그들은 날씨가 추우면 추울수록 역병 퇴치에 더욱 효과적이고, 몸도 더욱 건강해진다고 생각한다. 북방의 이런 엄한은 사람의 원기를 왕성하게 하고, 가슴을 후련하게 하며, 식욕을 돋구어주는 효과가 확실히 있다. 혹한과 빙설은 일종의 세척하는 작용이 있다. 머리부터 간, 허파까지, 피부부터 내장까지, 심한 추위를 견디고 나면, 더욱 깨끗하고 순결해지는 듯한 느낌이 든다. 차가운 공기는 또 격려의 작용도 있다. 겁보를 용감하게 하고, 게으름뱅이를 분발하게 하며, 숙인 고개도 다시 들게 하는 힘이 있다.

이런 날씨에는 집집마다 창문에 하얗게 성에꽃이 피게 마련이다. 이런 날 이른 아침에 쉬린구리가 미치얼완을 찾아왔다. 쉬린구리의 두 볼과 두 손은 새빨갛게 얼어 있었다. 그녀는 솜옷을 입지 않고, 원피스 위에 솜 조끼 하나를 걸쳤으며, 융단 버선(氈筒)도 신지 않고, 긴 면양말 밖에 직접 가죽부츠만 신고 왔다. 뿐만 아니라 장갑·마스크도 하지 않은 채, 어깨에 밀가루 반 주머니를 메고, 신이 나서 싱글벙글 미치얼완 네 집으로 달려 왔다. 쉬린구리는 추워서 떨리는 목소리로 "미치얼완 언니, 제가 왔어요!"라고 소리치며, 아주 들뜬 기분으로 들어섰다.

"왜 이렇게 일찍 돌아왔어요?"

미치얼완이 어리둥절하여 물었다. 이번에 쉐린구리는 시험장에 간 지 사나흘 만에 돌아왔던 것이다.

"현의 농업기술보급소 소장이 내일 우리 공사로 온대요. 그 동안 양후이 언니의 업무 경험에 대해 종합하러 온다고 해요. 그래서 저도 좌담회에 참석하러 온 거예요. 우리가 전에도 몇 번 말한 적이 있잖아요. 이번에 양후이 언니가 드디어 동의했어요. 손님을 접대할 수 있게, 우리에게 낭을 준비해 달라고 부탁하던데요."

"정말 잘 됐네요. 나도 막 낭을 만들려던 참이에요!"

미치얼완은 기뻐서 손뼉을 치며 껑충껑충 뛰었다. 그들은 오래 전부터 양후이를 위해 뭔가를 해주고 싶었다. 그 기회가 드디어 생긴 것이다. 그리하여 그녀들은 서둘러 움직이기 시작하였다. 미치얼완은 결근 신청을 하러 생산대에 갔고, 쉐린구리는 우유 가지러 갔다.

볼일을 마치고 돌아온 미치얼완은 불을 피우고, 물을 끓였으며, 나무대야를 깨끗이 씻고, 효모를 물에 풀었다. 쉐린구리는 미치얼완이 한쪽에 버려두고 입지 않는 낡은 솜옷을 껴입고, 흙화덕 위로 기어 올라가, 화덕 안의 재를 정리하고, 화덕 안벽을 청소하였으며, 땔감을 준비하였다. 한참 후, 깨끗한 나무대야도 준비되었고, 우유도 뜨거워졌다. 미치얼완이 밀가루를 이기려고 하는데, 마침 어린 딸이 잠에서 깼다. 그래서 쉐린구리가 밀가루 반죽을 하게 되었다.

그녀는 손을 씻고 소매를 팔꿈치까지 걷어붙인 다음, 거의 한 주머니나 되는 밀가루를 남김없이 나무대야에 부어넣었다. 그리고 뜨거운 우유 안에 소금 한 줌을 넣고, 거기에 찬물을 약간 섞은 후, 풀어진 효모를 미지근해진 우유 안에 부었다. 쉐린구리는 네 손가락으로 효모까지 첨가한 미지근한 우유를 몇 바퀴 휘젓고 나서, 한 손가락을 입으로 가져가더니, 혀끝으로 손가락에 묻은 우유를 살짝 맛보았다. 그러더니 소금을 조금 더 추가하고, 다시 휘저었다. 그는 밀가루를 타원형 나무대야의 한쪽으로 모으고, 우유를 목대의 다른 한쪽에 천천히 부었다. 그다음 우유와 밀가루를 중간부터 조금씩 천천히 이기기 시작하였다. 액체가 더 이상 흐르지 않는 상태가 되자, 그녀는 무릎을 꿇고 앉아, 윗몸을 세우더니, 두 주먹을 한데 모아, 반죽을 다지며 짓이기기 시작하였다. 윗몸의 무게를 주먹에 실어 힘껏 이기다 보니, 머리카락이 자꾸 흘러내려와 시선을 가렸다. 그래서 한참 하고는 머리를 젖혀 머리카락을 뒤고 넘기곤 하였는데, 그 모습이 참 아름다웠다. 쉐린구리는 있는 힘을 다해 반죽을 짓이기다 보니, 열이 나서 얼굴이 불그스름하게 달아올랐고, 이마에 땀방울이 송골송골 맺혔다. 잘 이겨지고 있는 반죽은 차츰 윤기가 나기 시작하였고, 이길 때 나는 소리도 한층 낭랑해졌다.

미치얼완은 아이에게 젖을 먹이고 나서, 아이를 안고 옆집 이타한 네 집으로 갔다. 낭을 만드는 동안, 딸아이를 잠시 이타한에게 맡기러 간 것이다. 미치얼완이 집으로 돌아왔을 때, 쉐린구리는 이미 한 대야의 밀가루 반죽을 다 이기고 나서 밥을 지을 때 사용하는 큰 면포로 반죽을 덮고 있었다. 그리고 반죽의 온도를 유지하기 위해 큰 면포를 덮은 대야 위에 또 낡은 솜옷과 가죽 외투를 덮었고, 나무대야를 부뚜막 옆에 놓아두었다.

40여 분이 지났을 때, 그녀들은 큰 면포를 열고 반죽의 발효 상황을 체크하였다. 위구르족들은 밀가루 반죽을 발효시켜 음식을 만들 때, 소다를 넣지 않고, 반죽의 발효 정도, 즉 반죽이 부풀어났지만 신맛이 나지 않는 시기를 정확히 파악한다. 밀가루 반죽의 발효가 거의 완성된 것을 확인하고, 그녀들은 흙화덕 안에 불을 지폈다. 먼저 화덕의 가장 밑에 마른 나뭇잎들을 깔고, 밀짚에 불을 붙여, 불꽃이 타오르고 있는 밀짚을 위로부터 화덕 안에 던져 넣었다. 나뭇잎에 불이 붙자 또 위로부터 땔나무를 넣었다. 그러자 불길은 순식간에 훅 커지면서 화덕 안에서 활활 타오르기 시작하였고, 연기가 뭉게뭉게 피어올랐다. 화덕 안의 불빛에 쉐린구리의 얼굴도 붉게 물들었다. 불의 세기가 일정해지자 미치얼완은 집안으로 들어가 나무대야 위에 덮었던 면포를 벗기더니 융단 위에 그 면포를 펼쳐 놓고, 반죽을 일정한 크기로 떼어 작은 덩어리로 만들었다.

화덕에서 피어나는 불과 연기를 보고 가까운 이웃의 부녀자들이 하나둘씩 모여와 대문 밖에서 인사를 건넸다!

"오늘 낭을 만들어요? 미치얼완!"

"네."

쉐린구리가 대신 대답하였다.

"당신네 화덕을 빌려, 우리 집 낭도 구워내면 안 될까요?"

이것은 땔감을 절약하기 위해, 늘 낭을 구워낸 후 다른 집의 화덕을 빌려 쓰는 사람이 묻는 말이다. 한 번 달궈진 화덕 안에는, 땔감을 조금만 넣으면, 낭을 한 가득 구워낼 수 있었기 때문이었다.

"오늘 낭을 구워요?"

또 누군가가 말을 건넸다.

"일손을 좀 도와드릴까요?"

이것은 마음이 따뜻한 지원병이 묻는 말이었다. 들락날락, 분주하게 뛰어다니면서, 신나고 기쁨에 찬 미치얼완과 쉐린구리, 끊임없이 찾아와 말을 거는 이웃 부녀자들, 이곳은 점차 즐겁고 북적북적한 명절의 분위기로 변해가고 있었다. 동시에 긴장되고 긴박한 전투적인 분위기도 무르익어 가고 있었다.

어떤 민족이든, 어떤 가정이든 밥을 먹어야 하고, 각자 배를 채우는 가장 주요하고 가장 보편적인 음식이 있다. 이런 음식으로 말하자면, 한족들이 모여 사는 중국 북방지역은 찐빵, 유럽은 빵이고, 신장의 위구르족들에게 있어서는 낭이다. 그렇다면 이런 음식을 만드는 일은 어느 가정에나 있을 수 있는 가장 일반적이고 흔한 일이기 때문에, 신기할 것도 다른 사람들의 주목을 끌 일도 아니다. 그럼 미치얼완과 쉐린구리가 낭을 만들 때, 왜 일반적이지 않은 아주 그럴듯한 분위기가 조성되었던 것일까? 이 문제의 답을 찾기 위해, 우선 위구르족들의 낭과, 그 낭을 만드는 방법 및 특징에 대해, 어느 정도 이해가 있어야 할 것이다.

낭은 위구르족들에게 있어 가장 주요한 음식이다. 그 '주요'한 정도를 따져본다면, 북방 한족들에게 있어서의 찐빵의 중요성보다 더 중시한다. 일반적으로 위구르족들은 하루세끼 중, 적어도 두 끼는 낭을 먹고 차를 마신다. 그 외에 '밥(飯)'이란 전적으로 몐탸오·바오쯔·훤튄·좌판 등 몇 가지 조리과정이 비교적 복잡한 음식을 가리키는데, 이와 같은 '밥'은 매일 하지 않는다. 그리고 한다고 해도, 하루에 많아야 한 끼면 족하다.

그리고 또 한 가지는, 중국 대륙에서 쌀과 밀은 각각 절반씩 차지한다고 말할 수 있는데, 주식 중에 차지하는 쌀의 위치가 밀보다는 결코 낮지는 않지만 쌀 생산량이 상당히 적기 때문에, 낭의 중요성과 주요성은 쌀에 견줄 바가 못 되는 것이다.

낭은 밀가루 혹은 옥수수가루, 수수가루로 반죽을 만들어, 발효시킨 다음, 구워낸 음식이다. 그중 밀가루로 만든 낭의 종류는 아주 많은데, 낭의 크기와 형태에 따라 미니 낭(微饢), 작은 낭(小饢), 큰 낭(大饢), 상품 낭(商品饢), 워워낭(窩窩饢), 타원형 낭(橢圓饢) 등이 있다. 미니 낭은 크기가 잉크병(墨水瓶) 뚜껑에서 잉크병 밑 부분만큼 크고, 주로 명절에 손님을 대접하기 위해 만든다. 작은 낭은 크기가 찻종지 혹은 작은 밥공기의 주둥이만큼 크고, 일정한 두께가 있으며, 손님 접대용이거나 친척 혹은 친구를 방문할 때 선물로 쓰인다. 큰 낭은 크기가 쟁반에서 솥뚜껑만큼 크고, 두께가 상당히 얇으며, 겉면과 속이 모두 노르스름하게 구워져, 식감이 바삭하고 보관성이 뛰어나다.

　일반적으로 우유차를 마실 때, 손으로 찢어 따뜻한 우유차에 불려서 먹는다. 상품 낭은 반죽이 조금 묽고 또 아주 고르며, 중간은 얇고 둥근 과자 모양처럼 되어 있고, 주변 가장자리는 두껍고 고리 모양이다. 크기는 차반(茶盤)만 하고, 익으면 바삭하면서도 부드럽다. 워워낭은 도넛(面包圈)처럼 생겼는데, 아주 두껍고, 중간이 움푹 파였지만, 중간이 뚫린 완전한 고리 모양은 아니다. 워워낭에서 아주 독특한 밀가루향이 나는데, 그 향기는 사람들로 하여금 산동(山東)의 잉몐보보(硬面餑餑)를 연상케 한다. 타원형 낭은 소의 혀 모양으로 만드는데, 일반적으로 특별한 낭에 속한다. 예를 들어, 쑤유낭(酥油饢, 반죽을 할 때, 쑤유를 섞어 만든다), 고기 낭(肉饢, 반죽을 할 때, 잘게 썬 고기를 섞어 만든다) 등이다.

　낭은 흙화덕을 사용하여 굽는다. 흙화덕은 진흙에 소금과 양털을 섞어 만든 것이다. 흙화덕은 배가 불룩하고 아가리가 작은 항아리처럼 생겼다. 이런 화덕은 크기가 일정하지 않은데, 농촌에서는 일반적으로 품질이 나쁜 땔감을 사용하기에 편리하고, 두 성인이 들어가 앉아도 넉넉한, 비교적 큰 흙화덕을 사용한다. 화덕 안에 불을 지피고, 한참동안 타오른 불로 인해, 화덕의 벽이 많은 열을 흡수하였을 때, 낭 모양으로 빚은 반죽 덩이들을 흙화덕 안벽에 하나씩 붙이고, 뚜껑을 단단히 덮어둔다. 화덕 벽의 열과, 땔감이 타다 남은 숯불의 열기가 안팎으로 나와 낭은 얼마 지나지 않아 익게 된다. 흙화덕 벽에 붙여 은은하게 구워낸 낭은 쪄낸 찐빵이나 꽃빵, 기름에 부쳐낸 떡보다 훨씬 향이 좋고 맛이 있다.

　낭을 만드는 일은 대사에 속하는데, 무엇보다 한 번에 만드는 양이 많고,

집중적으로 만들기 때문이다. 일반적으로 한 가정에서 겨울에 낭을 한 번 만들면, 열흘 내지 반달 내내 먹을 수가 있다.

여름철이라고 해도 일주일은 보관해두고 먹을 수 있을 만큼의 양을 만든다. 왜냐하면, 낭은 비교적 건조하여 보관하기 쉽고, 외출하거나 손님이 불쑥 찾아왔을 때, 적어도 배를 곯거나, 끼니를 걱정하는 일이 생기지 않기 때문이다. 이것은 끼니마다 밥을 지어야 하는 여성들의 부담을 덜어줄 수 있는 음식이고 방법이다. 식사 시간이 되면, 우유차(혹은 녹차, 혹은 끓인 물)를 끓이기만 하면 되는 것이다. 하지만 한꺼번에 20kg 내지 30kg도 넘는 밀가루를 반죽하여 낭을 빚고, 구워낸다는 것은 그만큼 힘든 작업이고, 그 수량은 그야말로 굉장한 것이다.

다음은 낭을 만드는 과정에 약간의 위험 요소가 있다. 불의 세기와 시간을 제대로 조절하지 못하면, 낭은 가끔 타거나, 채 익지 않거나, 또는 화덕 벽에 붙어있지 못하고 잿더미 위로 떨어지는 경우가 있다. 그리고 화덕 벽에 딱 달라붙어 떨어지지 않을 때도 있는데, 간신히 뜯어낸다고 해도, 낭에 붙은 벽의 흙까지 같이 떨어져, 화덕이 망가질 뿐만 아니라, 낭도 먹을 수 없게 된다. 한 번에 20kg 내지 30kg도 넘는 밀가루를 들여 만드는 낭인만큼, 잘못되면 큰일이 나는 것이기 때문에 각별히 조심하고 끝까지 긴장을 풀지 못할 수밖에 없다.

그리고 낭을 만드는 일이 이렇게 많은 사람들의 주목을 끄는 것은, 위구르족들의 실생활에서 우러나온 산 철학의 일부 특징과도 연관이 있다고 볼 수 있다. 그 특징 중 첫 번째는 중농주의(重農主義)이다. 그들은 낭을 아주 숭고한 위치에 놓고 우러러 본다. 심지어 집에서 낭의 지위가 무엇보다 높다고 말하는 사람도 있다. 두 번째는 유미주의(唯美主義)이다. 그들은 모든 실용가치를 추구하듯이, 각종 사물의 심미적 가치를 추구한다. 음식을 만드는 것도 한 가지 예술이다. 특히 전문적인 식료품공업(食品工業)은 식품의 형태와 색깔, 포장까지 모두 신경을 쓴다. 그러나 위구르족처럼 아주 보편적인 주식이자 건량에까지 무늬를 찍어 만드는 민족은 극히 드물다. 위구르족들은 꽃을 재배함에 있어, 채소를 재배하는 것만큼 적극적이고, 다양한 장식 무늬는 그들의 집안 곳곳에 있으며, 네 개의 널빤지로 만들어진 간단한 나무상자일지라도, 그 겉면을 진녹색의 페인트로 칠한 다음, 나무상자 제작의 몇 배나 되는 공과 재료, 인내심을 들여, 금색 도료를 분사하여 도색했거나 노란색 페인트를 칠한 가느다란 나무오리들로, 그 위에 정교한 무늬를 상감한다. 그들은 심지어 하루에 몇 번씩이나 먹는 낭 위에마저 무늬를 조각한다! 뿐만 아니라, 낭 위에 각종 그림과 문양을 찍는 데 쓰이는 전문적인 도구도 갖추고 있다.

그리고 신장의 여름철은 다른 지역보다 상대적으로 건조한 편이고, 겨울철은 상대적으로 추위가 심한 편이다. 이러한 기후는 보관성이 좋은 식품들을 만드는 데 적합한데, 이런 조건에 의해 낭이 자연스럽게 탄생하게 된 것이다.

때문에 낭을 만드는 건 한 차례 성대한 행사이고, 명절이며, 전투이다. 한 집에서 낭을 만들면, 이웃 모두가 주목하고, 한 집의 낭이 익으면, 이웃들이 함께 맛본다. 그리고 새로 구워낸 낭을 함께 먹고, 함께 이야기하며, 경험을 나누고, 성공의 희열과 칭찬 일색의 기쁨을 만끽한다.

흙화덕이 충분히 달궈졌다. 뜰에는 낙엽과 나뭇가지, 광대싸리(荊)의 탄 냄새가 자욱하다. 반죽도 완성되었고, 미치얼완과 쉐린구리는 큰 면포 앞에 무릎을 꿇고 앉아 낭 빚을 작은 덩이를 만들고 있었다. 낭을 빚을 때, 위구르족들은 절대 밀방망이를 사용하지 않는다. 그녀들은 오로지 두 손으로 낭을 빚고 있었는데, 우선 반죽 덩이를 둥그렇고 납작하게 만들고, 잡아당겨 평평하게 편 다음 열 손가락의 끝으로 빠르게 찌르듯 누르면서, 얇아야 하는 부분은 얇게 눌러 펴고, 두꺼워야 하는 부분은 두꺼운 채로 남겨두었다. 낭 모양이 거의 만들어지자 살짝 당기고 눌러서, 둥근 형태를 유지하도록 수정하였다. 그리고 살짝 돌리며 휙 던지자, 낭은 큰 면포 위에 정연하게 줄을 지어 배열되었다. 마지막에 그녀들은 닭의 깃털로 만든 '낭 무늬 도장(纜花印章)'을 잡더니, 머릿속으로 미리 구상해 놓은 듯 거침없이 낭 위를 한참 폭폭 찔러댔는데, 빠른 손놀림은 그야말로 눈이 어지러울 지경이었다. 어느새 낭 위에는 각양각색의 문양과 그림이 그려져 있었다. 꼬불꼬불 고리 모양도 있고, 갓 핀 매화꽃도 있으며, 활짝 핀 설련화도 있고…… 새로 빚은 낭 위에는 위구르족 여성들의 부지런하고, 민첩하며, 따뜻하고, 매력적인 손놀림이 가득 묻어 있었다.

낭은 이미 다 빚었다. 화덕 안벽의 면적에 따라, 큰 낭 몇 개, 작은 낭 몇 개, 크면 얼마나 크고, 작으면 얼마나 작게 만들어야 하는지를, 미리 계산하고 있었던 것이다. 미치얼완은 눈으로 슥 훑어보더니,

"작은 낭 하나가 남을 것 같아요."

라고 말했다.

"일단 붙이면서 방법을 생각해보죠."

쉬린구리가 대답하였다. 쉬린구리는 나무대야를 들고 오더니, 갓 빚은 낭을 나무대야 안에 한 층 한 층 쌓았다. 그리고 쉬린구리는 낭이 담긴 나무대야를 들고, 미치얼완은 두 손에 소금을 푼 물 한 사발과, 우유 반 사발을 각각 들고, 또 낭을 구울 때 쓰는 큰 전용 면장갑을 겨드랑이에 끼고 나란히 밖으로 나왔다.

그녀들은 흙화덕으로 다가와 화덕 옆에 만들어놓은 넓고 큰 작업대 위에,

나무대야와 소금물, 우유와 장갑을 내려놓았다. 화덕 안의 연기는 사라지고 숯불만 반짝거리고 있었고, 등황색에 가깝던 흙화덕의 안벽은 이미 불에 하얗게 달궈져 있었다.

미치얼완은 작업대 위로 올라가, 화덕 입구 옆에 무릎을 꿇고 앉았다. 그는 왼손에 소금물이 담긴 사발을 들고, 오른손으로 소금물을 찍어, 하얗게 된 화덕 안벽을 향해 뿌렸다. 물방울들은 뜨거운 화덕 벽에 닿는 순간, "쉬익!" 소리를 내며 수증기가 되었다. 이렇게 하는 이유는 낭이 익은 후 화덕 벽에 찰싹 달라붙어, 떨어지지 않는 상황이 나타나는 것을 방지하기 위한 것이고, 동시에 물방울이 순식간에 수증기로 변하는 현상과 소리를 통해, 화덕 벽의 온도를 체크하기 위한 것이다. 만약 물방울이 닿는 순간 기화되며, 짧고 앙칼진 소리가 나면, 화덕 벽이 지나치게 뜨겁고, 낭이 그을게 된다는 것을 설명한다.

만약 "쉬 – 익" 소리가 낮고 길고, 물방울이 천천히 기화되면, 화덕 벽의 열이 부족하다는 것을 설명한다. 화덕 벽의 온도에 따라 낭을 굽는 시간의 길이를 잘 계산해야 한다. 낭을 굽기 전에 물방울을 뿌리고 나서, 보고, 듣는 것은, 낭을 만드는 전체 과정을 통틀어 가장 고급적이고 미묘한 기술이다. 만약 여러 번의 실천 경험이 없고, 밀가루 한두 자루를 희생시킨 경험이 없다면 절대 익힐 수 없는 기술이다. 작업대 위로 올라가는 순간 이 겸손하고 온화하며 착한 젊은 부녀자 미치얼완은, 태도가 장중하고 엄숙하며, 아주 결단력이 있는 엄연한 장인으로 변하였다.

세상의 어떤 장인이든 자신의 업무를 대함에 있어서, 다른 사람은 이해하기 어려운 엄격함과 장중함이 있는 것이다. 심지어 바보같이 작은 것에 끝까지 매달리는 고집스러운 면도 있을 것이다. 하지만 만약 이런 엄숙한 태도와 장인의 마음이 없다면, 장인의 예술이 없을 것이고, 세상에는 불량품만 가득할 것이다. 낭을 만드는 일도 마찬가지이다. 미치얼완이 미간을 살짝 찌푸리자, 쉐린구리는 곧바로 또 한 사발 물을 떠왔다. 그리고 "쉬익, 쉬익" 반 사발 물을 더 뿌리고 나서야, 드디어 온도가 적당하게 되었음을 감지했다. 미치얼완은 오른손에 큰 장갑을 끼더니, 보지도 않고 쉐린구리 쪽으로 손을 내밀었다. 그의 눈은 여전히 화덕만 보고 있었다.

쉐린구리는 재빨리 큰 낭 하나를 들어 뒷면이 위쪽을 향하게 장갑을 낀 미치얼완의 손바닥 위에 올려놓았다. 그러자 미치얼완은 왼손에 물을 살짝 묻혀 낭의 뒷면에 대강 발랐다(낭의 접착력을 더하기 위한 것이다). 그리고 낭을 받쳐 든 오른쪽 팔을 쭉 뻗으며, 머리와 어깨까지 포함한 거의 절반의 몸을, 숯불이 빨갛게 타고 있는 고온의 화덕 속으로 기울이더니, 정확한 위치를 향해 낭을 탁 붙이고는 팔을 휙 돌리며 손을 뗐다. 그래서 큰 낭 하나가 화덕 안벽의 밑 부분에 정확하게 붙었다.

미치얼완은 허리를 펴고, 머리를 들어 올리더니 손을 내밀어 다시 낭 하나를 받았다. 그리고 똑같이 물을 바르고 몸을 기울이더니, "탁" 하는 소리와 함께 또 하나를 붙였다. 지금은 낭을 만드는 과정에서 가장 긴장되고, 가장 힘든 시각이다. 이 전투는 마치 치열한 육박전에 돌입한 것 같았다. 비록 영하 20도에 달하는 겨울의 실외지만, 첫 몇 개의 낭을 화덕의 가장 밑 부분에 붙이기 위해 고온의 뜨거움을 무릅쓰고 몇 번씩이나 화덕 속으로 몸을 깊이 기울이다 보니, 얼마 지나지 않아 미치얼완의 얼굴은 익은 듯 새빨갛게 달아올랐고 땀이 비처럼 줄줄 흘렀다.

그녀는 낭의 뒷면에 물을 바르는 한편, 가끔씩 자신의 얼굴에도 차가운 물을 뿌리며 얼굴의 열기를 식히고 있었다. 겨울에도 이렇게 힘든데, 여름이면 어떨지 상상하는 것만으로도 고통스럽다.

화덕의 밑 부분에 두 바퀴를 붙이고 나자, 드디어 머리까지 화덕 속으로 집어넣을 필요가 없게 되었다. 따라서 작업이 처음보다 훨씬 쉬워졌다. 큰 낭을 다 붙이고 나서 작은 낭을 붙이기 시작하였다. 작은 낭은 큰 낭과 큰 낭 사이사이의 남은 공간에 붙이는데, 화덕 벽의 제한된 면적을 보다 충분하게 이용할 수 있는 좋은 방법이었다. 마지막 공간까지 이용하여 다 붙이고 나자 미치얼완의 말대로 과연 작은 낭 하나가 남았다. '일단 붙이면서 방법을 생각하자'던 쉐린구리에게는 좋은 방법이 있었다.

쉐린구리는 남은 작은 낭을 다섯 조각으로 뜯더니, 빠르게 다섯 개의 미니 낭을 빚었다. 그리고 새로 탄생한 다섯 개의 미니 낭을, 작은 낭과 낭 사이에 남은 더욱 작은 틈에 교묘하게 붙였다. 드디어 모든 낭을 다 붙였다. 미치얼완은 그제야 반 사발 양의 우유를 들고 손가락에 우유를 묻히더니 벽에 붙인 낭의 표면에 골고루 흩뿌렸다. 이것은 온도를 낮추기 위한 절차가 아니었다. 이렇게 하면 낭이 익었을 때, 표면이 더 반들반들하고 윤기가 나 더 먹음직스럽게 되기 때문이다. 이 절차까지 마치고 나서 미치얼완은 화덕 안을 슥 훑어보았다. 그리고 별다른 이상이 없는 것을 확인하고 뚜껑으로 화덕 입구를 단단히 덮어놓았다. 이제 낭이 익기만을 기다리면 된다.

드디어 한숨을 돌리고 잠시 휴식을 취할 수 있는 시간이 되었다. 마지막 남은 절차는 바로 수확이다. 한 차례 긴 전투를 거쳐 적군의 주력 부대는 이미 격파되었고, 투항서도 이미 보내왔으며, 전사들은 휴식 중에 정비하고 명령을 기다리고 있으며, 지시가 떨어지면 모든 것이 끝나는 상황이었다. 만약 변고가 없다면, 사실 남은 임무는 오직 포로를 수용하고 군수 물자를 처리하는 일뿐이다. 하지만 전투는 아직 완전히 끝나지 않았고, 마지막까지 경각성을 늦추어서는 안 된다.

지금의 미치얼완과 쉐린구리가 바로 이런 상태였다. 그녀들은 차를 마실 때처럼, 화덕 옆의 작업대 위에 아무렇게나 무릎을 꿇고 앉아있었다. 쉐린구리는 쉬면서 자질구레한 도구들을 천천히 정리하고 있었고, 미치얼완은 지쳐서 말할 힘도 없었다. 미치얼완은 화덕 안에서 나는 소리에 귀를 기울이고, 화덕 입구와 뚜껑 틈새로 피어나오는 수증기의 냄새를 맡으며 여전히 경각심을 늦추지 않고 있었다. 수증기는 점점 더 많이 뿜어져 나왔고, 화덕 속으로부터 맥아당(麥芽糖)·우유·효모·약간의 술 냄새가 섞인 밀가루 음식을 구울 때 나는 특유의 향기가 사람의 침샘을 자극하며 피어나왔다. 이런 향기는 사람의 식욕을 돋우고, 서간활혈(舒肝活血)[10]의 효과가 있었다. 미치얼완과 쉐린구리는 약속이나 한 듯이, 서로 마주보며, 격려의 눈빛을 주고받았다. 그녀들은 "성공이에요, 틀림없어요!"라고 말하는 것 같았다.

두 사람의 마음과 신경은 온통 흙화덕 속에 있었다. 그리하여 타이와이쿠가 들어왔을 때, 두 사람은 누구도 눈치 채지 못했다.

타이와이쿠를 먼저 발견한 사람은 쉐리구리였다. 인기척이 느껴져 머리를 들자 타이와이쿠는 언제 들어왔는지, 이미 그들의 앞에 서있었다. 타이와이쿠의 눈빛은 전설 속의 투커만(土克曼) 강도가 부활한 것 같았다. 쉐린구리는 타이와이쿠와의 갑작스러운 만남과 그의 무서운 눈빛 때문에 눈앞이 아물거렸고, 보고도 자신의 눈을 믿을 수가 없었다. 결혼하여 3년을 같이 살았지만, 쉐린구리는 타이와이쿠의 이런 모습을 한 번도 본 적이 없었다. 타이와이쿠는 상처를 입은 야수 같았고, 실성한 것 같은 그의 표정과 눈빛에는 고통과 원망이 가득하였다. 그는 왼쪽 눈을 게슴츠레 뜨고, 오른쪽 눈으로 노려보고 있었으며, 모자를 비스듬하게 쓰고 있었는데, 이마 한가운데 아주 흉악해 보이는 깊은 주름이 세로로 잡혀 있었다. 쉐린구리는 놀라서 "아!" 하는 소리를 냈다. 그리고 화덕 옆의 작업대에서 내려와, 집안으로

---

10) 서간활혈(舒肝活血): 간기(肝氣)가 정체된 것을 고르게 하고, 혈(血)의 운행을 활발히 하게 하는 것.

피해 들어갔다.

"왔어요? 타이와이쿠 동생. 마침 잘 왔어요. 낭을 새로 구웠는데 익으면 먹어 봐요. 왜 아무 말도 없어요?"

미치얼완이 말했다. 낭을 만드느라 모든 힘과 정력을 소진한 미치얼완은 타이와이쿠의 모습을 자세히 살피지 못했다. 그리고 요즘 타이와이쿠의 기분이 썩 좋지 않다는 것을 이미 알고 있었기 때문에 미치얼완은 그의 표정과 눈빛에 대해 깊게 따지지 않았고, 이상한 낌새도 전혀 눈치 채지 못했다.

"미치얼완 한"

타이와이쿠는 거친 숨을 몰아쉬며 입을 열었다. 그는 습관적으로 사용하는 더욱 친밀하고 다정한 호칭 '누나'라고 부르지 않고, 갑자기 일반적인 친근과 공손함을 나타내는 호칭 '한(汗)'을 덧붙여 불렀다. 미치얼완은 갑자기 멀게 느껴지는 호칭에 깜짝 놀랐다.

"내 편지는 어디에 있어요?"

타이와이쿠가 물었다.

"무슨 편지요?"

"당신이 더 잘 알 거 아니에요!"

타이와이쿠의 말투에는 적의가 가득하였다. 미치얼완은 타이와이쿠의 이러한 태도를 여전히 크게 신경 쓰지 않았다. 왜냐하면 타이와이쿠는 원래 제멋대로이고, 길들여지지 않는 야생마와 같은 사람이라는 걸 잘 알고 있기 때문이었다. 그리고 워낙 기복이 심하여 태도가 때론 차가웠다가 또 때론 더웠다 하고, 기분이 갑자기 좋았다가 또 갑자기 나빴다가 하는 사람이라는 것도 너무나 잘 알고 있었다.

"아, 그 편지를 말하는 거예요? 전에 이미 말했잖아요. 아이미라커쯔에게 전해 줬다고 말한 거 같은데요."

미치얼완이 대답하였다. 타이와이쿠는 마치 학질을 앓는 환자처럼, 온몸을 부들부들 떨기 시작하였다. 그는 떨리는 손으로 허리춤에서 종이 한 장을 꺼내며 말했다.

"그럼 이건 뭔데요?"

미치얼완은 편지를 받아 보았다. 그리고 소스라치게 놀라면서, 눈을 깜빡깜빡하며,

"아이미라커쯔가 당신에게 돌려줬어요?"

라고 물었다.

"쳇!"

타이와이쿠는 끝내 폭발하였다. 그는 침 뱉는 시늉을 하며 분노를 표시하였다.

"당신은 나에게 입만 벌리면 거짓말이군요! 나는 당신을 나의 친누나처럼 생각했고, 이리하무를 나의 친형처럼 생각하고 따랐어요. 나는 당신들을 나의 유일한 가족, 나의 가장이라고 생각했어요. …… 소싯적에 양친을 잃고 일찍 고아가 되었으니까요! 그런데 당신은 왜 나를 속이고, 나를 비웃고, 세상에서 가장 더러운 말들로 나를 모욕하고, 나의 자존심을 짓밟아요? ……"

"지금 무슨 말을 하는 거예요?"

미치얼완은 얼굴이 백지장처럼 창백해졌다.

"당신 자신에게 물어 봐요! 가슴에 손을 얹고 생각해 봐요! 당신이 말해 봐요! 나 타이와이쿠가 당신들에게 잘못한 게 있어요? 당신들의 삶을 방해한 적이 있어요? 뭐가 그리도 눈에 거슬리던가요? 왜 말도 안 되는 루머를 날조하여 나에게 상처를 주는 거예요? 왜 나의 편지를 웃음거리로 만들고 잡담거리로 만든 거예요? 왜 나의 행복을 파괴하려고 하는 거예요? 왜 앞에서는 웃는 얼굴로 대해주면서, 뒤에서는 내 뒤통수를 사정없이 갈기는 거예요?"

"타이와이쿠 동생, 왜 그래요? 혹시 취했어요?"

미치얼완은 영문을 몰라 마음이 급하고 일방적으로 밀어붙이는 타이와이쿠에게도 점점 화가 났다. 그녀는 작업대에서 땅으로 뛰어내렸다.

"타이와이쿠 오라버니,"

집안에서 듣고 있던 쉐린구리는 경악하며 달려 나왔다. 그는 짜이나푸한이 가르쳐준 도리를 떠올리며, 큰 용기를 내어 나왔던 것이다. 쉐린구리는 자신과 타이와이쿠의 어색한 관계를 잠시 잊고, 타이와이쿠를 크게 부르며 달려왔다.

"할 말이 있으면 천천히 좋은 말로 해요. 이렇게 다짜고짜 듣기 거북한 말만 하는 건 옳지 않아요!"

"나는 언제나 틀리고, 당신들은 항상 맞아요? 당신들은 나의 가슴에 비수를 깊숙이 꽂았어요! 20여 년을 살면서 나도 여러 종류의 사람들을 겪어 보았어요. 나를 기만하는 사람, 나를 욕하는 사람, 나를 얕보는 사람, 나에게 잘해주면서 나를 이용하려는 사람, 나를 해치려는 사람, 나에게서 돈을 빌려가고 갚지 않는 사람, 나의 차를 빌려다가 나쁜 짓을 저지르는 사람…… 이 모든 것을 생각하면, 나는 화가 나고 마음이 아파요. 하지만 나는 견딜 수 있었어요. 왜냐하면 그 사람들은 그 사람들이고, 나는 나이기 때문이에요. 그런 사람들의 진면목을 알고 나서 더 이상 그들과 엮이지 않으면 그만이니까요. 하지만 당신, 미치얼완, 나는 당신이 이 이름처럼 자애로운 사람이라고 믿었어요. 내가 이 세상에서 가장 믿는 사람이 바로 당신과 이리하무 대장이에요! 그래서 나는 나의 모든 것을 당신들 앞에 털어놓았어요! 그런데 당신들이 나에게 이런 짓을 할 줄은 상상도 못했어요! 당신들이 이렇게 더럽고 부도덕한 짓을 저지를 줄은 정말 몰랐어요! 이 세상에서 도대체 누굴 믿을 수 있겠어요? 아버지, 어머니, 아, 난 정말 가엾은 놈이에요! 당신들이 세상을 떴으니,

진심으로 나를 사랑하고, 아껴주고, 가엾게 여기는 사람이 아무도 없는 건가요? …… 뿐만 아니라, 당신들의 이런 행위 때문에, 그 처자의 명예까지 훼손되었어요! 설마 그 처자도 당신들에게 거슬리는 사람인가요?"

타이와이쿠는 흙화덕 옆의 작업대에 엎드려 엉엉 소리 내어 울기 시작하였다. 사람들은 약자의 눈물을 보면 동정하게 된다고 말한다. 키 180센티미터에, 몸무게가 80㎏이 넘는 타이와이쿠는 겉모습만 보았을 때, 틀림없이 강한 사나이이다. 그러나 정신적으로 그는 완전한 약자였다. 이러한 강한 겉모습에 약한 내면을 가진 사람이 갑자기 무너져 대성통곡하자 보는 이들은 더욱 놀라고 가슴이 찢어질 수밖에 없었다.

미치얼완은 억울하고 화도 났지만, 마음이 너무 아팠다. 그는 그 자리에 얼어버렸다. 쉐린구리도 난처하기는 마찬가지였다. 쉐린구리는 당황스러워 할 말을 잃었고, 타이와이쿠가 도대체 왜 이러는지, 뭘 하고 있는지를 알 수 없어 속이 답답하였다. 타이와이쿠의 울부짖음은 몇몇 행인들의 발걸음을 멈추게 하였고, 이웃들의 이목을 끌었다. 사람들은 한쪽에 모여 조심스럽게 상황만 살피고 있을 뿐, 누구도 선뜻 다가가 물어 보거나 위로해주지 못했다. 하지만 그런 타이와이쿠를 지켜보며 사람들은 하나같이 무거운 마음으로 그를 걱정하였다. 그러나 그 중에 한 사람은 얼굴이 흥분과 기쁨으로 상기되어 있었고, 동시에 타이와이쿠에게 무슨 일이 생겼는지도 모른 채, 그의 불행을 동정하며, 덩달아 뜨거운 눈물을 흘리고 있었다. 이 사람은 바로 장양이었다.

장양은 작은 집에 홀로 남겨진 뒤, 타이와이쿠를 찾아 이리저리 돌아다녔지만, 어디에서도 타이와이쿠를 찾을 수 없었다. 그런데 이게 웬 일인가! 그토록 찾아 헤매도 보이지도 않던 타이와이쿠가 바로 눈앞에 떡하니 있다니…… 타이와이쿠를 찾지 못해 낙담하던 중, 울음소리를 듣고 따라 와 보았더니, 그 울음소리의 주인공이 바로 타이와이쿠였던 것이다. 타이와이쿠는 한참을 울었다. 장양은 마이나얼 통역과 함께 다가가 타이르고 위로하였지만, 전혀 소용이 없었다. 한참 후, 타이와이쿠는 실컷 울고 나서 드디어 울음을 멈추고, 벌떡 일어나더니 말했다.

"신의를 저버린 자는 반드시 벌을 받게 될 거예요!"

그리고 그는 뒤도 돌아보지 않고 나가 버렸다. 장양은 그의 뒤를 따라 허겁지겁 쫓아 나갔다. 이타한도 미치얼완의 딸아이를 안고 한쪽에 서 있었다. 마음 약한 노파는 이런 상황이 놀랍고 가슴이 아팠으며, 슬펐다. 이타한은 문득 한 가지 일이 떠올랐다. 그는 순간 안색이 변하더니 재빨리 미치얼완에게 딸을 돌려주고 나서 젊은이처럼 민첩하게 흙화덕 옆의 작업대로 뛰어 올라 갔다. 화덕 뚜껑이 열리는 소리와 더불어, 동시에 비명소리가 들렸다. 화덕 안의 숱한 낭들이, 전부 까만 재가 되어 있었던 것이다. 오늘의 낭은 완전히 실패했던 것이다.

장양의 사무실에서 담화를 나눈 후 타이와이쿠는 다시 마이쑤무네 집으로 찾아왔다. 그는 술잔도 없이, 반병 쯤 남은 술을 그대로 들고 꿀꺽꿀꺽 들이 부었다. 술병이 비자, 마이쑤무는 만년필과 잉크, 종이 몇 장을 가져왔고, 또 그가 가장 아끼는 수첩까지 꺼냈다. 타이와이쿠는 마이쑤무의 지도 아래 비뚤비뚤한 글씨로, 이리하무를 고발하는 글을 적어 내려갔다. 다. 쓰고 나서 타이와이쿠 본인도 자신이 무슨 내용의 글을 적었는지 알 수가 없었다. 단지 신의를 저버린 사기꾼에게 복수를 했고, 벌을 주었다는 어렴풋한 의식 뿐이었다. 그 뒤 어떤 일이 있었는지, 그는 전혀 기억이 나지 않았다. 그는 거의 의식을 잃은 상태에서 그 고발장에 지장을 찍었다.

그 후 이 고발장은 대대 공작조의 고발함 안에 들어가게 되었다.

타이와이쿠에 대한 쉐린구리와 아이미라커쯔의 호된 질책
타이와이쿠의 정신적 부담
추운 겨울밤의 질주, 우연한 만남, 유구무언

쉐린구리는 연약한 사람인가? 예전에는 그랬다. 그는 온순하고, 과묵하며, 눈물이 많고, 자신을 지킬 줄 모르는 사람이었다. 그래서 아이바이두라도 쉐린구리를 몇 번이나 타이른 적이 있었다.

"당신, 기억해요? 우리가 갓 초등학교에 입학하였을 때, 집에서 오냐오냐하며 자란 한 불량배 같은 어린놈이, 날마다 나를 괴롭히던 일이요. 그 놈은 내 가방 안에 흙모래를 집어넣고, 나를 진창에 빠뜨리고, 나를 '계집애'라고 놀려주기도 했어요. 그놈이 아무리 괴롭혀도, 처음에 나는 아무 대꾸도 하지 않았어요. 나는 누구와도 싸우고 싶지 않았거든요. 그래서 참아줬더니, 그놈이 나를 반격할 줄 모르는 바보로 취급하는 거예요.

어느 날 숙제를 하고 있는데, 그 놈이 반 병 남은 잉크를 내 숙제 노트에 확 부어버리는 거예요. 더 이상 참을 수 없었던 나는 펄쩍 뛰며 그 놈의 뺨을 호되게 갈겨줬어요. 그놈은 땅바닥에 맥없이 퍽 쓰러졌어요. 한참 후 겨우 일어서더니 몽둥이를 집어 들고 다시 덤비는 거예요. 그래서 나는 그 놈의 손에서 몽둥이를 빼앗고, 왼손으로 또 다른 한쪽 뺨을 철썩 때려주었어요. 그러자 그는 빨갛게 부어오른 양쪽 뺨을 부여잡고, 나중에 칼로 찔러 죽여 버릴 거라고 위협하는 거예요. 이 일이 있은 후 동학들도 선생님들도, 우리 부모님도 모두 놀라며 믿지 못했어요. 왜냐하면 그들은 내가 누군가와 싸우거나, 누구에게 손찌검을 할 거라고는 꿈에도 몰랐으니까요.

선생님은 그 불량배 같은 놈이 보복할 수도 있으니, 나에게 조심하라고 했어요. ……그런데 사실은 아무 일도 일어나지 않았어요. 그 날 이후 그 놈은 나에게 꼼짝을 못했고, 나만 보면 온순한 한 마리 양이 되었던 거예요. 나중에 그 놈은 나 때문에 학습 성적도 오르게 되었어요. 오랜 세월이 흐른 뒤, 그 놈은 '후! 아이바이두라, 나는 네가 그런 면이 있는 줄 몰랐어! 손이 그렇게 매울 줄 몰랐어. 그 날부터 지금까지, 감기만 걸리면, 이 귀에서 윙윙 소리가 난다니까!'라고 하더군요.”

“……이 일은 잘 기억이 나지 않지만, 다른 한 가지 일을 기억하고 있어요. 우리 반 남학생들과 여학생들 사이에 싸움이 벌어졌는데, 당신이 그 때 의자 하나를 집어 들고 던지려고 했어요. ……그때 당신이 참 무서웠어요. 당장 의자로 사람을 쳐서 죽일 것 같았거든요.”

“맞아요. 그런 일도 있었어요. 사실 나도 남학생들에게 겁주기 위해 그런 행동을 했던 거예요. 당연히 의자를 사람에게 뿌리지는 않죠! 그 당시 별 다른 방법이 있었겠어요? 아무튼 꼭 그런 사람들이 있어요. 착한 사람들을 만만하게 보고, 함부로 대해도 된다고 생각하는 사람들이 있다고요. 한 번, 두 번, 열 번은 참을 수 있어요. 하지만 열한 번째에는 당하고만 있지 않아요. 나는 반드시 당한 만큼 돌려줘요. 영원히 귓가에서 윙윙 소리가 나게 되갚아줘요……”

시험장에서 양후이도 늘 일깨워주곤 하였다.

"역경을 두려워하지 말고, 나쁜 사람들도 두려워하지 말아요. 낡은 사상과 습관, 유언비어들을 두려워하지 말아요. 그것들에게 두려워하지 않는 모습을 보여주면 그것들이 오히려 당신을 두려워하게 돼요. …… 일하러 갓 이리로 왔을 때 나에게도 힘든 상황들이 많았어요. 머리를 들어 보면, 내 앞에는 전부 낯선 위구르족들이었어요. 수염을 기른 남자들, 원피스를 입은 여자들, 적어도 나보다 머리 하나는 더 큰 사람들이, 입만 벌리면 쌀라 쌀라, 전혀 알아들을 수 없는 말만 하는 거예요. 그리고 기술적인 건의를 내놓아도, 내 말을 들어주는 사람이 없었고, 뒤에서 나를 비웃고 흉보는 사람들도 많았죠. ……

이런 문제 때문에, 처음에 나도 얼마나 울었는지 몰라요. 그 때 자오지형 서기께서 말해 주더군요. 첫째, 다리품을 팔 줄 알아야 하고, 둘째, 말할 줄 알아야 하며, 셋째, 밥 먹고 잠자는 것을 배워야 하고, 넷째, 싸울 줄 알아야 한다고 가르쳐 주었어요. 즉 어떤 환경, 어떤 상황에서도 끼니를 챙겨먹고 잠을 자야하며, 생산과 집단의 이익을 위해서라면, 어떤 사람과도 맞설 수 있어야 한다는 거예요! 스스로 옳다고 생각될 때에는 어떤 경우에도 머리를 숙이지 말고, 주눅 들지 말아요. ……"

그밖에 짜이나푸, 이리하무와 미치얼완도 쉐린구리의 좋은 스승이자 친구들이었다. 아름답고 지혜로운 말은 사람에게 줄 수 있는 가장 고귀한 선물이다. 쉐린구리에게 있어, 그들의 말은 황금보다 더 소중한 보물이었다. 그리고 무엇보다 강한 힘을 가지고 있고, 무엇보다 설득력이 있으며, 한 사람을 바꿀 수 있는 가장 큰 영향력을 가지고 있는, 또 다른 스승과 언어가 있는데, 그것이 바로 '생활'이었다.

쉐린구리는 체면을 중요하게 생각하는 사람이었다. 하지만 생활은 한 번또 한 번 그의 얼굴에 무정하게 먹칠을 하고, 그를 스포트라이트 아래에 세우고, 그의 더러워진 얼굴을 수많은 사람들의 구경거리로 만들었다. 쉐린구리는 참하고 조용하며, 내성적인 사람이다. 하지만 생활의 거친 파도는 한 번 또 한 번, 그를 높게 들어 올렸다가 바닥으로 떨어뜨렸다. 생활 속에는 온통 우레와 번개, 비바람, 밝은 것과 어두운 것이 뒤섞여 소용돌이치는 급류, 서로 뒤엉켜서 분명치도 풀리지도 않는 응어리들이었다. 쉐린구리는 단아하고 섬세한 사람이다. 그러나 생활은 그로 하여금 난폭한 것뿐만 아니라, 야만과 마주하게 하였고, 흉악무도한 사람과 마주하게 하였으며, 동시에 손만 뻗으면 닿을 수 있는 가까운 곳에 창과 몽둥이를 마련해 주었다.

화덕 안의 모든 낭을 망치고 나서 쉐린구리는 하도 억울하여 양후이에게 사건의 자초지종을 털어놓았다. 그러자 양후이는 탁자를 탁 치며 말했다.

"갑시다. 같이 키꺽다리를 찾아갑시다!"

그런데 어찌 이런 일로 양후이의 마음을 분산시킬 수 있겠는가? 곧 현의 농업기술보급소 소장과 신문기자들이 양후이를 찾아올 것이고, 그들은 양후이의 업무와 경험에 대해 종합하고, 양후이를 인터뷰하고 사진을 찍어 신문에 싣게 될 텐데, 쉐린구리는 이런 일로 양후이를 걱정시키고 싶지 않았다.

"당신은 신경 쓰지 말아요. 이번 일은 내가 어떤 수를 써서라도 반드시 진상을 밝혀낼 거예요."

쉐린구리가 말했다.

"그럼 요 며칠 시험장에 오지 않아도 좋아요. 제7생산대의 상황에 대해, 나도 들은 바가 있어요. 농촌의 기술 사업은 사상정치 사업을 떠나 절대 이루어질 수가 없어요. 당신네 생산대의 몇몇 인물들은 나도 몇 번 접한 적이 있어요. 그들은 도대체 무슨 짓을 꾸미려는 걸까요? 아무튼 당신은 이번에 절대 회피하면 안 돼요. 또 회피할 수도 없는 거예요. 그들은 당신을 문제 삼아

일을 벌이려는 거니까요."

그리하여 쉬린구리는 생산대에 남게 되었다. 쉬린구리는 이리하무에 대한 비판·투쟁 집회에 참석하였다. 집회가 시작되고 쉬린구리는 처음에 감히 고개도 들지 못했다. 그는 한가운데 꼼짝도 하지 않고 똑바로 서 있는 이리하무 오라버니 때문에 마음이 찢어지는 것 같았고, 가슴이 답답해서 숨이 막힐 지경이었다.

그는 자기주장도 없이 남의 의견을 맹목적으로 받아들이며 되는대로 이리하무를 공격하는 사람들 때문에 수치스러웠다. 그는 그런 사람들의 비열한 입놀림을 감히 쳐다볼 수가 없었고, 또 쳐다보고 싶지도 않았다. 그것은 한 외과 환자가 곪아 터진 상처를 똑바로 쳐다보기 싫은 심정과 똑같았다. 그는 헛소문을 퍼뜨려 남을 중상 모략하는 자들이 너무나 혐오스러웠다. 그들이 아무리 듣기 좋은 말을 늘어놓아도, 그녀는 그들의 추악한 몰골을 쳐다보고 싶지 않았다. 그것은 빨갛거나 파란 털이 온몸을 덮고 있는 모충(毛蟲, 털이 있는 벌레 - 역자 주)이나 무늬가 화려한 독사가 소름끼치게 징그러워 도무지 볼 수 없는 것과 같은 기분이었다.

쉬린구리는 고개를 푹 숙인 채, 집회에 참석하러 왔다. 그러나 그의 귀는 열려 있었다. 그는 모든 발언과 발언 사이에 흐르는 침묵과 흘러나오는 탄식에 귀를 기울였다. 침묵과 탄식은 그에게 수많은 힘과 용기를 주었다. 그리하여 그는 드디어 머리를 들었다.

쉬린구리의 눈빛은 수많은 사원들의 눈빛과 마주쳤다. 그녀들은 눈빛으로 자신의 우려와 동정의 마음을 서로 주고받았다. 그리고 우려와 눈물을 머금은 그 모든 눈빛은 또 이리하무에게로 향하였다. '만약 나에게,' 쉬린구리는 속으로 생각하였다. '만약 나에게, 대중이 모인 공개적인 장소에서, 한 번 또 한 번, 한 시간 두 시간도 넘게, 공손한 자세로 서서, 나를 중상 모략하는 실제에 맞지 않는 허튼소리들을 들으라고 한다면, 나는 절대 견디지 못했을 것이다. 나는 지금까지 살아있지도 못했을 것이다.'

그런데 이리하무는 여전히 묵묵히 그곳에 서 있었다. 그는 가끔 몸을 움직이기도 하였는데, 손을 들어 얼굴을 긁적인다거나, 온몸의 무게 중심을 한쪽 다리에서 다른 한쪽 다리로 옮겨 왔다가, 다시 저쪽 다리로 옮겨 가곤 하였다. 그럴 때 그는 얼굴에 피로한 기색이 역력하였고, 약간은 초조해 보였다. 하지만 어쩔 수 없어서든 뭐든, 어쨌든 그는 이내 다시 몸의 긴장을 풀고, 그다지 불편하지 않은 듯 서 있었다.

이리하무는 때론 머리를 갸우뚱하고, 목을 앞으로 살짝 뺀 채, 입을 약간 벌리고, 발언에 완전히 빠진 표정을 짓고 있었는데, 그럴 때에는 정말 귀담아 듣는 것 같기도 하였다. 그러다가도 또 가끔은 다른 생각을 하고 있는 듯, 멍하니 서 있기도 하였다. 초점이 없는 눈동자는 다른 화면을 보고 있는 것 같았고, 다른 소리를 듣고 있는 것 같았으며, 정신도 딴 데 팔린 것 같았다. 그의 표정을 통해, 가끔 울분과 고통, 야유와 연민 등 감정들을 읽을 수 있었지만, 대부분은 차분하게 사색하고 있는 모습이었고, 겸손하고 온화하며 착한 마음이 더욱 느껴졌다.

쉐린구리는 눈 한 번 깜빡하지 않고 이리하무만 쳐다보았다. 이리하무의 자세와 표정을 통해, 그는 많은 것을 깨닫게 되었다. 이리하무가 지금 부당하게 문책을 당하고 있는 것은, 자기 자신을 위해서가 아니라, 쉐린구리와 아이바이두라, 랴오니카와 디리나얼, 우얼한과 보라티쟝을 위해서고, 특히 타이와이쿠를 위해서며, 나아가 난폭한 언어들로 그에게 상처를 주고 있는 일부 사람들을 포함한 전체 사원들을 위해서라는 것을 알 수 있었다. 이런 생각이 들자 쉐린구리는 목이 메었다. 마치 목구멍에 불을 지핀 것처럼, 맵고 쓴 연기가 피어올라 숨을 제대로 쉴 수 없었다. 바로 이때 고개를 살짝 돌린 이리하무는 쉐린구리를 발견하였고, 두 사람은 눈이 마주쳤다. 이리하무는 절제된 미소를 지으며, 그녀에게 용기를 북돋아주었다. 어수룩하게 윗니를 드러내고 웃음 짓는 그의 모습은, 마치 몰래 좋은 일을 하고 나서, 들키지 않기를 원했는데, 결국 칭찬을 받고 있는 착한 아이 같았다. 그의 웃음은 한 줄기의 시원한 샘물이 되어, 쉐린구리의 목구멍에서 타고 있는 불덩이를 꺼주었고, 연기도 깨끗이 씻어주었다. 쉐린구리는 약간 비뚤어진 두건을 정리하면서, 자세를 더 바르게 고쳐 앉았다.

첫날 생산을 멈추고 하루 종일 집회를 소집하고 나서, 둘째 날부터는 오전에 생산을 하고, 오후에 회의를 소집하기로 한다고 선포하였다. 이튿날 오후 사원들은 시간에 맞춰 회의에 참석하러 왔다. 그런데 어찌된 일인지 회의장에는 연기가 자욱하였고, 냄새가 코를 찌르는 것이었다. 독가스의 고약한 냄새 때문에, 사람들은 문화실로 들어갈 수 없었다. 그래서 창문과 출입문을 열었더니, 실내 온도가 영하로 급격히 내려갔다. 그리고 낡은 기름통을 개조하여 만든 화로를 뒤적여 놓았더니, 실내의 연기는 더욱 많아졌다. 안으로 들어갔던 몇몇 사람들은, 연기의 악취를 견디지 못하고 다시 밖으로 나와 문어귀에 서서 쿨럭쿨럭 기침을 해댔다.

이리하무는 상황을 파악하고 나서, 아무 말도 하지 않고 나가버렸다. 그리고 한참 후, 그는 사다리 하나를 메고 돌아왔다. 그는 사다리를 타고 지붕으로 올라가 굴뚝을 살펴보았다. 오랫동안 수리를 하지 않은 탓에 굴뚝이 막히게 된 것이다. 그는 솜옷의 한쪽 팔을 벗더니, 굴뚝 안으로 팔을 집어넣고, 막힌 부분을 뚫는 작업을 시작하였다. 그는 굴뚝 속에서 흙과 나뭇잎, 연탄재 한 덩이를 끄집어냈다. 이리하무의 팔은 채 타지 않은 검댕이 가루로 범벅이 되었고, 그는 마치 탄광에서 일하는 노동자 같았다. 굴뚝을 막고 있던 내용물을 들고, 그는 사다리를 타고 지붕에서 내려왔다. 그리고 땅에서 눈 몇 움큼을 잡아서, 얼굴과 손을 대충 문질러 씻었다. 문화실의 실내는 드디어 따뜻해졌다. 이리하무는 고개를 숙이고 또 '비판 투쟁'을 받으러 들어갔다. 눈으로 얼굴을 씻고 일어서서 기지개를 활짝 펴는 이리하무는 기분이 아주 좋아보였다. 쉐린구리는 이리하무가 흥얼거리는 노랫소리를 들었다. 그 노래는 위구르족들이 가장 즐겨 부르는 파하타이커리(帕哈太克裏)의 민요였다.

하늘아래 모든 나무를 붓으로 만들고,
모든 강과 해양의 물을 먹으로 만들고,
푸른 하늘과 대지를 종잇장으로 만들어도,
지도자 마오 주석의 은혜는 다 적을 수 없구나.

이리하무의 표정은 아주 밝았다. 밝은 얼굴에는 근심과 고뇌도 있었다. 쉐린구리의 마음은 희망으로 가득 찼다. 위대한 알라신을 신앙하는 한 사람으로서, 어찌 그와 마찬가지로 알라신을 굳게 믿고 받드는 고향 사람들을 믿지 않을 수 있겠는가?

하지만 쉐린구리의 맑은 기분은 얼마 가지 못하고 사라졌다. 왜냐하면, 타이와이쿠, 그의 전남편을 발견하였기 때문이다. 키가 크고 건장하며, 거칠고 사납지만, 더할 나위 없이 정직한 이 남자가, 오늘 왠지 다른 사람 같았다. 풀이 죽어 있는 그의 초라한 모습과 고뇌에 찬 어두운 표정은 마치 거위약(驅蛔藥片)을 과다 복용한 사람 같았다. 만약 전에 그는 한 마리의 야생말이었다고 한다면, 지금은 중증으로 앓고 있는 멍청한 곰 같았다. 쉐린구리는 타이와이쿠를 보는 순간 온몸의 피가 얼어붙는 것 같았다. …… 이리하무와의 일체 왕래를 금지한다는 장양의 금령이 떨어졌음에도 불구하고, 지난 밤 쉐린구리는 음식을 들고 이리하무를 찾아갔다. 미치얼완이 말했다.

"주변의 많은 사람들을 찾아다니며 탐문해 보았는데, 이런 허튼소리를 지껄이고, 헛소문을 퍼뜨린 사람들은 바로 그 몇몇 여편네들이었어요. 그들은 타이와이쿠를 헐뜯고 있을 뿐만 아니라, 타이와이쿠에 관한 모든 소문은 우리 두 사람이 날조한 거라며 말하고 다닌대요. ……이 소문의 출처가 어딘지, 이유가 무엇인지 아무리 따져 물어도 알아낼 수 가 없었어요. 다만, 며칠 전에 여편네들이 구하이리바눙 네 집에 모여 차를 마셨는데, 그 날 파샤한의 입에서 나온 말인 것 같다는 게 사람들의 의견이었어요. ……"

"이런 저질스러운 년들!"

쉐린구리는 난생 처음으로 욕을 하고 나서, 얼굴이 빨갛게 달아올랐다.

"이건 음모예요."

이리하무가 말했다. 심지어 웃으며 말했다.

"나는 타이와이쿠가 걱정이에요. 그는 왜 이리도 쉽게 속임수에 넘어가는지……"

"나는 타이와이쿠가 걱정이에요……"

라는 말에, 쉐린구리는 울컥하여, 뜨거운 눈물을 펑펑 쏟았다!

"타이와이쿠를 찾아가 사실을 말해줘야 하는데…… 쉽지 않아요. 장 조장이 그의 집에 묵고 있거든요. 장 조장은 나와 타이와이쿠의 접촉을 절대 허락하지 않을 거예요……"

"그럼 내가 찾아가 말할게요."

처리하기 힘든 일을 맡겠다고 자처해 나선 것은, 쉐린구리에게 있어 처음 있는 일이었다.

……드디어 회의가 끝났다. 이날 쉐린구리는 회의가 끝나기만을 기다렸던 것이다. 회의는 끝났지만 장양은 또 타이와이쿠와 니야쯔, 바오팅구이와 쿠투쿠자얼 등 몇몇 '열성분자'들을 따로 남겨 놓고 대화를 나누었다. 문밖

에서 기다리는 동안 쉬린구리는 몇 번씩이나 문을 살짝 열고 문틈으로 안의 상황을 살폈다. 그때마다 타이와이쿠는 정신이 딴 데 팔려 건성으로 듣고 있었고, 귀찮은 표정을 짓고 있었다. 기다림 끝에 끝내 타이와이쿠가 먼저 문을 열고 나왔다.

문화실 문 앞 해마다 봇줄을 만드는 데 쓰이는 삼대를 물에 담가두기 위해 파놓은 웅덩이 옆에서 쉬린구리는 타이와이쿠의 길을 막았다.

"잠깐 기다려요!"

쉬린구리는 행인이 지나가든 말든 아랑곳하지 않고 명령식으로 말했다.

"당신?"

키꺽다리 타이와이쿠는 불쑥 나타난 작고 약한 쉬린구리 때문에 깜짝 놀랐다.

"안녕하세요!"

쉬린구리는 그의 인사를 받아주지 않았다. 그는 눈썹을 곤두세우고, 매서운 눈빛으로 바라보며 말했다.

"지금부터 내가 하는 말을 잘 들어요. 나는 당신에 대해, 그 어떤 나쁜 말도 한 적이 없고, 한 번도 흉을 본 적이 없어요. 미치얼완 언니는 더더욱 그런 적이 없고요. 그런 당나귀들의 언어는 당나귀들의 귀에나 들리고, 당나귀들이나 퍼서 나르고, 당나귀들이나 믿어요. 만약 당신은 인간이라면 가서 명확하게 따지고 물어 봐요. 그리고 당신 머리로 잘 생각해 봐요. 그거 알아요? 이리하무 오라버니는 지금까지도 당신을 가장 많이 걱정하고 있어요. ……쳇! 당신 때문에 내 얼굴이 다 뜨거워요!"

쉬린구리는 할 말을 다 하고, 뒤도 돌아보지 않고 가버렸다. 그녀는 찬바람을 맞으며 성큼성큼 거침없이 앞으로 걸어갔다. 그는 원래 좀 더 분명한 방식으로 말하고 싶었지만, 갑자기 분노가 치미는 바람에, 누군가의 앞에서 난생 처음 침을 뱉는 시늉까지 하게 되었다. 그는 위풍당당하게 말하고, 침을 뱉고, 욕을 하고 가버렸다. 그 자리에는 멍청한 곰 한 마리만 홀로 남겨졌다.

타이와이쿠는 고개를 깊게 숙였다. 그 날 이후, 그의 이성과 기억은 깡그리 사라진 것 같았다. 그는 혼란스러웠고, 어리둥절하였다. 술에서 깼을 때, 그는 자신이 술김에 어떤 일들을 경솔하게 저질렀다는 것을 어렴풋이 느꼈다. "당해도 싸지! 어찌 됐든 그들은 내 편지를 웃음거리로 삼았고, 소문을 퍼뜨렸어. 나는 죽을 때까지 그들을 용서하지 않을 거야……" 타이와이쿠는 이렇게 자신을 위로하면서, 그들에 대한 증오를 굳혔고, 그런 증오심으로 불안하고 공허한 자신의 마음을 채웠다.

그는 자신이 격노와 절망, 비이성적인 광란 속에서 마이쑤무의 지도 아래 이리하무를 고발하는 글을 쓴 사실을 기억하고 있었다. 얼마 후, 장양은 그를 찾아와 대화를 나누었고, 그가 직접 쓰고, 서명하고, 지장까지 찍은 고발장을 꺼내 보여주었다. 그 고발장을 보는 순간 타이와이쿠는 아연실색하였다. 돼지사건의 배후 조종자는 이리하무이고, 중간에서 모순을 부추긴 사람이 이리하무라는 내용을 보았을 때, 타이와이쿠는 이건 양심을 속이고 지껄인 허튼소리라고 말하고, 당장에서 수정하고 해명하고 싶었다. 심지어 항의하고 싶었지만 끝내 입이 떨어지지 않았다.

사실 이 고발장은 술에 취해 엉터리로 쓴 것이고, 다른 사람의 영향 하에 쓰게 된 것이라고 차마 고백할 수가 없었다. 만약 사실대로 말한다면 타이와이쿠 그는 망언을 일삼고, 자기가 뱉은 말을 손바닥 뒤집듯 바꾸는 수다쟁이가 되지 않겠는가? 그리하여 그는 모든 것을 묵인하였고, 그는 시비와 진위를 판단하는 능력을 잃게 되었다. 그는 마치 암흑의 소용돌이 속에 빠진 것 같았다. 그는 장양을 피하고 싶었다. 그는 한 번도 열성분자였던 적이 없고, 이리하무를 비판하는 열성분자는 더더욱 되고 싶지 않았다. 하지만 장양은 끊임없이 그를 잡고 늘어졌고, 또 성심성의를 다해 그에게 관심을 두었고, 그와 가까워지려고 노력하였다. 장양은 가끔 그를 위해 차를 끓이고, 그를 도와 바닥을 쓸었다. 그럴 때마다 타이와이쿠는 송구한 마음이 들었다. 장양은 타이와이쿠에게 본인이 직접 쓴 '고발장'을 회의에서 읽으라고 하였다. 모든 것을 묵인한 터라 타이와이쿠는 그의 요구를 거절할 수가 없었다. 아무튼 일은 이미 이 지경이 되었고, 그는 어려서부터 고아였고, 앞으로도 여전히 고아일 것이며, 그는 드넓은 사막 안의 한 알의 모래이고, 알칼리성 저지대에 자란 한 그루의 외로운 수염풀이다.

그는 고발장의 첫 몇 구절을 읽다가, 도무지 읽어 내려 갈 수 없어 포기하려고 하였다. 그러나 장양은 그를 포기하게 할 마음이 없었다. 타이와이쿠를 열성분자로 키우려는 장양의 열정은 여전히 식지 않았다. 장양은 타이와이쿠에게 투쟁의 의의에 대해 설명하였고, 이리하무는 곧 지금의 마무티 촌장이며, 가장 위험한 적이라고 설명하였다. 이러한 사상과 인식의 주입으로 인해, 타이와이쿠의 머리는 쓰레기로 가득 찬, 딱딱하고, 빈틈없는 대바구니 같은 얼간이가 되었다. 그의 마음은 딱딱하고 차가운 돌이 되어 가는 것 같았고, 그의 피는 더 이상 흐르지 않는 것 같았다. ……이렇게 며칠이 흘렀다. 여러 차례 열린 이리하무의 비판 투쟁집회에 타이와이쿠는 항상 목석처럼 묵묵히 참석하였고, 이런 상황에서 전혀 예상하지 못한 쉐린구리의 격분에 찬 말들을 듣게 된 것이었다.

쉐린구리가 무슨 말을 한 거지? 타이와이쿠에게 있어 쉐린구리의 말은 북채로 나무 그루터기를 내리친 것과 다름이 없었다. 북채로 나무 그루터기를 내려쳤으니, 맑고 또렷한 메아리는 당연히 있을 수 없었다.

쉐린구리가 떠나고, 장양이 다가와서 물었다.

"누구예요? 당신에게 무슨 말을 했어요?"

"아무도 아니에요."

타이와이쿠는 발걸음을 재촉하였다. 집으로 돌아온 그는 장양과 함께 차를 마시면서, 한참 휴식을 취하였다. 쉐린구리가 던지고 간 말들이, 여전히 타이와이쿠의 귓가에서 맴돌고 있었다.

"나는 당신에 대해, 그 어떤 나쁜 말도 한 적이 없고, 한 번도 흉을 본 적이 없어요. 미치얼완 언니는 더더욱 그런 적이 없고요." 이건 무슨 뜻일까? "이리하무 오라버니는 지금까지도 당신을 가장 많이 걱정하고 있어요." 걱정이라고? 걱정이란 무엇을 말하는 걸까? 그는 자신에게 물었다. 그는 벽 너머, 이웃의 말소리를 들은 것 같았다. 명확히 들리지도 않고, 더욱이 보이지도 않지만, 그 목소리는 마치 그에게 말해주고 있는 것 같았다. 옆집에 밝은 불빛이 켜져 있고, 사람이 있으며, 생활이 있다고 속삭이는 것 같았다. 물론, 그 모든 것이 그에겐 그림의 떡이었다.

"당나귀!" 쉐린구리가 '당나귀'라고 욕을 한 건가? 이 단어는 긴 가시가 되어, 무언가를 깊숙이 찌른 것 같았다. 에라, 모르겠다, 그는 손을 휙 저으며, 자꾸 바람이 새 들어오는 작은 구멍을 막아 버렸다.

장양은 공작조회의를 주재하러 갔다. 혼자 남은 타이와이쿠는 융단 위에 누워 꼼짝도 하지 않았다. 기름등의 심지가 바람에 움직이고 있었고, 등유가 다 타고 얼마 남지 않았다. 하지만 타이와이쿠는 일어나 기름을 붓기가 귀찮았다. 그는 아예 눈을 감아버렸다. 자꾸 움직이는 심지와 아른거리는 불빛 때문에 정신이 사나웠다. 요 며칠 그는 한없이 무기력해져 가고 있었다. 벌써 닷새째 밥을 짓지 않았다. 하루 세 끼를 우유차와 낭으로 때웠다. 이런 음식 습관에 당연히 적응할 수 없는 장양은 눈에 띄게 여위였다.

문득 문 열리는 소리가 들렸다. 그는 장양이 돌아왔을 거라고 생각하고 여전히 눈을 감고 있었다. 찬바람이 훅 불어 들어오더니 그의 온몸을 덮쳤다.

이상하다. 왜 문을 닫지 않고 있는 걸까? 이렇게 추운 겨울밤에, 문을 열고 들어왔으면 당연히 문부터 닫는 게 상식이 아닌가? 이상한 낌새를 눈치 챈 그는 그제야 눈을 떴다. 그의 눈앞에는 검은 그림자 하나가 나타났다.

그것은 키가 훤칠한 한 여성의 그림자였다. 그녀의 그림자는 거의 문틀 전체를 가리고 있었다. 그녀는 짧은 모피 외투를 입고 있었고, 긴 털 옷깃은 밖으로 젖혀져 있었으며, 숄(披肩)로 머리와 얼굴을 꽁꽁 싸고 있었다. 그리고 긴 치맛자락 아래로, 끝이 약간 뾰족한 가죽부츠가 보였다. ……타이와이쿠는 숨을 죽였다. 불안정한 불빛을 빌어 그는 확대된 아이미라커쯔의 모습을 보았다.

"계세요?"

검은 그림자가 물었다. 그렇다. 그녀는 아이미라커쯔였다. 타이와이쿠가 누워서 위로 쳐다보았기 때문에, 아이미라커쯔의 그림자가 엄청 크게 보였던 것이다.

"당신인가요? 아이……"

타이와이쿠는 벌떡 일어나 앉았다.

아이미라커쯔는 여전히 문을 닫지 않았다. 영하 30도 되는 밤바람이 이 누추한 집안으로 마음껏 불어들게 내버려두었다. 그녀는 타이와이쿠가 그녀의 이름을 채 부르기도 전에 먼저 말했다.

"당신이 한 모든 일에 대해, 나는 오늘에야 듣게 되었어요. 당신, 당신, 당신에게 할 말이 있어요……"

"일단 앉아요. 앉아서 말해요……"

"아니요. 나는 손님으로 온 게 아니에요. 당신을 보러 온 것도 아니에요. 나는 오늘 증인으로서 증언하러 왔어요. 그러니까, 제발 문을 닫지 말아요. 몇 마디만 하고 곧바로 갈 거예요. 미치얼완 언니는 나에게 직접 당신의 편지를 전달해 주었어요. 이건 명확한 사실이에요. 그 후 편지가 어떻게 밖으로 돌게 되었는지는 나도 모르겠어요. 하지만 그 책임은 전적으로 나에게 있어요. 미치얼완 언니랑 아무 상관이 없어요. 그 날 당신의 편지를 읽고 있는데, 갑자기 환자가 찾아왔어요. 니야쯔예요. 그는 현재 당신의 가장 친밀한 전우이고, 스승이며, 아버지 같은 존재인 거죠? 당시 나는 그의 상처를 처리하느라 바빴고 그 와중에 무슨 일이 있었던 걸까요? 나는 누구의 편을 들려는 게 아니에요. 하지만 내가 책임지겠어요. 미치얼완 언니는 아무 잘못도 없어요. 나는 당신이 미치얼완 언니와 쉐린구리를 찾아가 모독하고 욕설을 퍼부을 거라고는 상상도 못했어요. 그리고 지금은 또 이리하무 오라버니를 중상 모략하는 용맹한 투사가 되었다지요. …… 당신 참 비겁해요. 정말 불결해요. ……"

아이미라커쯔는 이를 부득부득 갈았다. 그녀는 더 이상 말을 잇지 못했다.

"아이미라커쯔, 내 말을 들어봐요……"

"내 이름을 부르지 말아요."

아이미라커쯔는 불에 덴 사람처럼 별안간 소리를 질렀다.

"앞으로, 당신과 난 모르는 사이에요."

그녀는 흐느끼기 시작하였다.

"내가 슬픈 건, 단지 후회 때문이에요…… 당신의 편지를 읽으면서, 나는 한없이 눈물을 흘렸어요. 나는 내가 드디어 순결하고 뜨거운 마음을 가진, 진정한 사나이를 만난 거라고 생각했단 말이에요…… 그런데 아니었어요. 당신은 구제불능의 멍청이고, 비열한 사람이었어요. 특히 그런 독사 같은 사람들에게 좌지우지되어, 아니 그런 사람들과 손을 맞잡고, 당신이 마땅히 존경해야 하고, 소중하게 생각해야 할 것들을 파멸시키고 있다는 점이, 가장 혐오스러워요…… 당신은 나에게 영원히 씻을 수 없는 수치를 안겨 주었어요. 비열하고, 망신을 당한 사람은 당신이 아니라 나란 말이에요!"

찬 밤바람이 작은 집안을 가득 채웠다. 물통 안의 물은 점점 얼어가고 있었다. 등잔불 심지의 불꽃은 마지막까지 애를 쓰다가 끝내 꺼졌다. 아이미라커쯔의 커다란 그림자 뒤로 나무 그림자들 사이로 겨울밤의 별들이 반짝이고 있었다. ……아이미라커쯔는 돌아서 홀연히 떠나갔다.

타이와이쿠는 마음을 가라앉히고 이성을 되찾으려고 노력하였다. 그는 살을 에는 듯한 차가운 바람이 자신의 얼굴을 마음껏 후려치게 내버려두었다. 솜옷도 입지 않아 온몸이 꽁꽁 얼어들고 있는 반면, 마음속에서는 따스한 기류가 흐르고 있었다.

꽤 오랜 시간이 지났다. 집안의 모든 것은 그 자리에 얼어붙었고, 지구도 자전을 멈췄으며, 시간도 더 이상 흐르지 않는 것 같았다. 갑자기 타이와이쿠는 자리에서 벌떡 일어나더니, 신발을 신고, 모자를 쓰고, 솜옷도 걸치지 않은 채, 그냥 두꺼운 모직 셔츠 바람으로 뛰쳐나갔다. 그는 아이미라커쯔가 떠난 신생활대대 방향으로 쫓아갔다. 그는 장애물들을 건너뛰고, 깊은 눈밭에 발이 빠지면서, 냅다 달렸다.

바람은 점점 더 매섭게 불었고, 지붕과 나뭇가지 위에 쌓여있던 눈은 바람에 날려 그의 얼굴에 와 부딪쳤다. 하지만 그의 얼굴은 오히려 조금 뜨거워졌다. 그는 긴 다리를 쭉쭉 뻗으며, 한 마리의 잘 달리는 말처럼, 껑충껑충 나는 듯이 달렸다. 그는 쏜살같이 달려 어느새 묘지 근처에 도착하였다. 바로 그 날 아이미라커쯔를 곤경으로부터 구원해 준 다음 손전등까지 빌려주었던 그곳이다. 타이와이쿠는 걸음을 멈추고 앞쪽을 눈여겨 자세히 살폈다. 어느새 밤하늘에 걸린 하현달은, 왼쪽의 황량한 모래밭과 묘지, 오른쪽의 드넓은 농경지를 비추고 있었고, 앞쪽의 저 멀리까지 뻗어 나간 큰길을 비춰주고 있었다. 그리고 황량한 모래밭과 농경지, 큰길은 현재 모두 하얀 눈에 뒤덮여 있었다. 희다 못해 푸르게 빛나는 망망한 설광 속에서, 타이와이쿠는 빠르게 움직이는 작은 그림자를 발견하였다. ……그녀의 그림자였다.

타이와이쿠는 발걸음을 재촉하였다. 그는 빠른 속도로 그림자와의 거리를 좁혀갔다. 그와 여의사의 거리는 이미 이삼십 미터밖에 남지 않았다. 희미한 달빛 아래 아이미라커쯔의 숄이 선명하게 눈에 들어왔고, 길을 걷느라 끊임없이 흔들리는 그녀의 어깨가 보였으며, 힘 있는 다리로 높은 언덕을 오르고, 또 내려가는 그녀의 뒷모습이 보였고, 하현달이 만들어낸 백양나무의 하나 또 하나의 그림자가 그녀의 등을 스쳐 흘러가는 것이 보였다.

타이와이쿠는 당장 쫓아가고 싶었다. 그녀에게 다가가 그녀의 손을 붙잡고, 그녀와 자세한 이야기를 나누고 싶었다. 그녀가 손전등을 돌려주고 떠난 그 날부터 이리하무네 집 흙화덕 앞에서 미친 듯이 악을 쓰기 전까지, 그는 다음번의 만남을 기다리면서 그녀에게 하고 싶은 말을 수도 없이 되뇌고 또 되뇌었다. 그는 아이미라커쯔에게 자신의 과거와 미래에 대해 이야기하고, 자신의 과오와 타고난 착한 마음을 고백하고, 자신의 외로움과 즐거움을 털어놓고, 자신의 좋은 친구와 나쁜 친구에 대해 말하고, 자아비판과 앞으로의 계획과 소망을 들려주고 싶었다. …… 그는 마음과 영혼을 터놓고, 허심탄회하게, 아이미라커쯔의 검증과 평론, 관찰과 분석에 귀를 기울이고 싶었다. 아이미라커쯔가 그의 짝이 되어주지 않더라도 그녀와 한 평생 더불어 살아가는 가장 좋은 벗이 되고 싶었다. ……

그리고 오늘 그는 그녀를 다시 만나게 되었다. 아이미라커쯔는 또 한 번 그의 볼품없는 집을 찾아왔고, 보잘것없는 그의 생활 속으로 들어왔다. …… 하지만 모든 것이 무너졌다. ……지금 와서 그녀에게 무슨 말을 할 수 있겠는가? 그녀가 흐느끼고 분노하였다. 이 모든 것은 다 그의 잘못이었다.

그는 아이미라커쯔와 더욱 가까워졌다. 몇 걸음만 더 걸으면 그녀의 도도

하고 윤곽이 선명한 얼굴을 볼 수 있고, 한두 마디뿐이라도 자신을 위해 해명할 수 있으며, 혹은 그녀의 용서를 빌고, 그녀의 마음을 달래줄 수 있었다. ……하지만 그는 끝내 다가가지 못했다. 그는 발걸음을 멈추었다.

"……당신과 난 모르는 사이에요!"

귓가에서 듣기 좋지만 사형을 선고하는 목소리가 다시 울려 퍼졌다. ……그는 뼛속까지 사무치는 차가움을 느꼈다.

그녀를 따라 걷다 보니 어느새 신생활대대의 진료소까지 오게 되었다. 그는 멀리에서 진료소의 문을 열고 들어가는 아이미라커쯔의 모습을 지켜보았다. 그녀는 호주머니 속에서 열쇠를 찾아 자물쇠를 열었고, 문을 열고 들어가더니, 문을 탕 하고 단단히 닫아 걸었다. 이어 전등이 켜졌고, 커튼이 닫혔다. 커튼에 아이미라커쯔의 실루엣이 비쳤다. 참으로 사랑스럽고, 정숙하며, 또 외로운 그림자였다. ……그녀는 책상에 마주앉아 책을 읽는 것 같았다. 얼마 지나지 않아, 책상에 머리를 대고 엎드린 그녀의 어깨는 미세하게 떨리기 시작하였다. 그녀는 또 울고 있었다.

"나는 인간이 아니야! 나는 인간이 아니야! 나는 인간이 아니야!"

타이와이쿠는 신음하였다. 그는 고통스러워 죽을 것만 같았다. 그는 길가의 작은 나무를 끌어안고, 쓰러질 것 같은 몸을 간신히 지탱하고 있었다.

저 멀리 또 하나의 그림자가 나타났다. 안정적이고 차분한 걸음걸이로 성큼성큼 이쪽을 향해 걸어오고 있었다. 타이와이쿠는 얼른 몸을 돌렸다. 그는 추워서 부들부들 떨고 있는 지금의 모습을 누구에게도 보여주고 싶지 않았다.

그러나 그 사람은 이미 그의 곁으로 다가왔고 뒤돌아서 있는 그의 모습을 유심히 관찰하는 듯싶었다.

"타이와이쿠!"

와들와들 떨고 있는 와중에 타이와이쿠는 소름이 끼치는 것을 느꼈다. 그것은 이리하무의 목소리였다. 그는 뒤를 돌아 이리하무를 쳐다보았다. 이리하무는 산양 가죽 깃이 달린 코르덴 겉감의 검은색 솜 외투를 입고 있었고, 눈썹과 수염, 모자챙 아래는 온통 얼음과 서리가 껴 있었다. 그는 백발노인 같은 모습이었다. 그러나 그의 눈에서는 반가움과 기쁨의 빛이 반짝이고 있었고, 타이와이쿠도 그것을 감지하였다.

"현에서 돌아오는 길이에요."

이리하무가 먼저 설명하였다.

"그런데 당신은 왜 솜옷도 입지 않고 여기에 이러고 있어요?"

그는 타이와이쿠의 꽁꽁 언 손을 잡아주었다.

"알라신이여! 이 추운 밤에 병이 나면 어쩌려고요……"

이리하무는 자신의 짧은 솜 외투를 벗어 타이와이쿠의 몸에 걸쳐주었다.

타이와이쿠는 또 한 번 소름이 끼쳤다. 그는 솜 외투를 벗어서 다시 이리하무에게 돌려주었다. 그리고 돌아서서 모직 셔츠 바람으로 냅다 달렸다. 이리하무가 쫓아가기라도 할까봐 두려운 건지 그는 나는 듯이 달렸다.

이리하무는 미간을 살짝 찌푸렸다. 그리고 얼굴의 얼음과 서리를 닦아내며 무심코 진료소 쪽을 바라보았다. 타이와이쿠가 이곳에 나타난 이유를 그제야 깨달았다. 그는 고개를 저으며 한숨을 후 내쉬었다. "괜찮아질 거야." 그는 혼잣말로 중얼거렸다. "다 괜찮아질 거야." 또 중얼거렸다. 그는 검열받는 전사마냥 타이와이쿠의 그림자가 움직이고 있는 방향을 향해, 다시 성큼성큼 걸음을 내디뎠다.

타이와이쿠의 마부생활
연애편지 사건의 전말을 알아내기 위한 백방의 노력
노력 끝에 진상을 알게 되다

잊을 수 없는 그 날 밤을 경험하고 나서 타이와이쿠는 목석처럼 과묵해졌다. 그는 책임질 수 없는 말들을 이미 너무나 많이 했다. 이슬람교 법전에 따르면 거짓말에 대한 징벌은 거짓말을 지어낸 자의 혀와 귀를 자르는 것이다.

그는 마차를 다시 돌려받았다. 인분을 실어 나르는 작업은 이미 일단락을 지었고, 동시에 민병 중대의 일이 다급해졌다. 아이바이두라는 공작조와 대장을 거쳐 마차를 타이와이쿠에게 돌려주었고, 현재 타이와이쿠의 임무는 사원들을 위해 난방용 석탄을 실어 나르는 것이었다.

매일 아침 그는 날도 채 밝기 전에 일어나 말에 수레를 메우고 일 나갈 준비를 하였다. 끌채를 멘 흰색 말은 삐걱거리는 수레를 끌고 매일 깊이 잠들어 있는 마을을 지나갔다. 마이쑤무네 살구나무 과수원을 지날 때마다 타이와이쿠는 심장이 오그라들었다. 납작하고 평평한 황백색 얼굴의 여우와 그의 우즈베크족 아내가 또 어떤 새로운 음모를 꾸미고 있는 걸까? 이들이 어떤 사람인지를 뻔히 알고 있었으면서 왜 미리 조심하지 않았을까? 어찌 바보같이 그들의 농간에 놀아나, 그들이 흔들어대는 대로 흔들리고 행동하였던 걸까? 마차는 계속하여 앞으로 굴러갔다. 도랑 하나를 건너고, 작은 다리 하나를 건너고, 또 큰 다리 하나를 건너 언덕을 지나 공로로 접어들었다. 하늘은 여전히 어둡고, 겨울의 별들은 여름보다 더욱 촘촘하게 떠 있었다. 저들도 추워서 한데 모여 있는 걸까? 만약 저 별 하나를 따 끌채에 달아놓는다면, 길은 훨씬 밝아질 것이다! 후, 너무 춥다. 그는 차에서 뛰어 내려와 말이 끄는 마차를 따라 한참을 달렸다. 그러자 몸이 조금 따뜻해진 것 같았다.

그는 다시 마차 위로 훌쩍 뛰어 올라가 앉았다. 그리고 고삐를 살짝 잡아당겨 말을 멈추게 하였다. 마차는 신생활대대 진료소와 멀지 않은 곳에 멈췄다. 크고 파란 샛별이 진료소 위의 자줏빛 하늘에서 반짝이고 있었다. 가끔 커다란 창문짝과 커튼 뒤로 희미한 불빛이 흘러나왔다. 이른 아침 아이미라커쯔가 벌써 일어나 책을 읽고 있는 건가? 그녀의 화로 속에 있는 석탄은 잘 타고 있는 걸까? 만약 타이와이쿠 그가 그녀를 위해 품질이 가장 좋은 차부차얼 무연탄을 실어다 줄 수 있으면 얼마나 좋을까…… 또 가끔 창문 안은 칠흑같이 어두웠다. 아이미라커쯔가 아직 달콤한 잠에 빠져있는 건가? 이 터무니없고, 제구실 못하고, 당신에게 수치심을 안겨준, 당신의 숭배자가 지금 여기에서 당신을 바라고 있다…… 당신은 알고 있는가? 당신은 용서할 수 있는가?

당신은 영원히 용서하지 않을 것이다. 당신은 영원히 받아주지 않을 것이다. 어느새 눈물이 타이와이쿠의 앞을 가렸다. 그는 고삐를 살짝 흔들었다. 그러자 마차는 다시 앞으로 굴러갔다. 두 줄기 눈물은 얼어서 짧은 수염이 덥수룩한 볼 위에서 얼음이 되었다.

동쪽의 지평선이 드디어 희뿌옇게 밝아오면서, 갈색과 자주색, 선홍색과 등황색의 한 가닥 빛이 하늘을 물이들이기 시작하였다. 마차가 이닝시를 지나고 있을 때, 희미하게 밝은 도시는 아직 회갈색 빛을 띠고 있었다. 길가의 가게들마다 등불을 밝게 비추고 있었고, 흙화덕에서 연기가 모락모락 피어오르고 있었다. 오늘의 첫 번째 낭들이 곧 화덕 안에서 구워지게 된다. 문 앞에 쌓인 눈을 쓸고 있던 몇몇 부지런한 부녀자들은, 마차의 방울소리에 고개를 들어 타이와이쿠의 마차 쪽을 잠깐 쳐다보았다. 거리에는 책가방을 메고 학교로 가는 학생들도 있었다. 그리고 아침 일찍 일어난 진부하고 엄숙한 노인들도 있었다. 마침 첫 번째 아침 기도를 올리는 시간이라 알라와 마호메트 성인을 찬송하는 노인들의 겸손하고 성실한 기원의 소리가 들렸다.

겨울의 태양은 어색하고 민망한 듯 얼굴을 내밀었다. 비록 아주 겸허한 모습이지만 여전히 대지를 두루 밝게 비춰주었다. 흰 눈이 반짝이고 하늘이 파랗게 밝았다. 몇 마리의 까마귀들이 뜨거운 김이 모락모락 피어나는 신선한 말똥 주위를 맴돌고 있었는데, 그들의 검은색 깃털은 이에 대조되어 더욱 까맣게 보였다. 마차는 공로를 지나 탄광으로 향하는 울퉁불퉁한 흙길에 들어섰다. 그 길에는 언덕과 움푹한 웅덩이들이 많은데, 그런 지대를 지날 때면 말도, 마차도, 사람도 모두 진저리를 쳤다.

드디어 탄광에 도착하였다. 타이와이쿠는 석탄불을 둘러싸고 서서 불을 쬐고 있는 열정이 넘치고 호방한 마부들과 멀리 떨어진 곳에 마차를 세우고 말에게 개자리 한 단을 던져주었다. 그리고 요대 속에서 살얼음이 낀 낭 하나를 꺼내더니, 한 조각을 쪼개서 입에 넣었다.

일반적으로 점심쯤이면 석탄 싣는 작업을 마치고, 마차는 집으로 돌아오는 길에 오르게 된다. 초겨울과 달리, 대부분 집들은 이미 쌓아둔 석탄이 있기 때문에, 석탄을 싣는 일이 그다지 긴박하지 않았다. 석탄을 다 싣고, 말도 배불리 먹이고, 자신도 얼음이 서걱서걱 씹히는 낭 두 개에, 뜨거운 물 한 통을 먹고 나서, 타이와이쿠는 석탄 위에 낡은 마대 하나를 깔았다. 그리고 그 위에 앉아 서두르지 않고 천천히 집으로 향해 마차를 몰았다. 타이와이쿠는 채찍도 거의 들지 않았고, 말을 향해 소리도 지르지 않았다. 비록 가축을 몰며 지르는 소리가 요즘 그에게 남은 유일한 언어임에도 불구하고 오늘은 그마저도 하지 않았다. 서두를 필요가 뭐가 있겠는가?

지금의 그는 경솔하고 조급하지 않았다. 뿐만 아니라, 두 달 남짓 아이바이두라에게 길들여진 말의 성질도, 조금 차분해진 것 같았다. 말들은 예전처럼 빨리 달렸다 느리게 걸었다 멋대로 행동하지 않았고, 서로 밀치거나 부딪치지도 않았다. 가끔 끌채를 멘 흰색 말이 게으름을 피워 배변할 때 걸음을 멈추기도 하였는데, 이런 행동은 말의 노역과 생존 규칙에 어긋나는 것으로서 허락할 수 없는 것이었다. 말은 소변 볼 때를 제외하고, 대변을 볼 때에도 절대 걸음을 멈춰서는 안 되기 때문이다. 뿐만 아니라 타이와이쿠는 배변할 때 걸음을 멈추는 말의 행동은 마차를 부리는 사람에 대한 실례이고 경멸이라고 생각해왔다. 그러나 오늘 타이와이쿠는 그런 행동을 너그러이 받아들였다.

동지가 지나자 비록 기온은 더디게 올라가고 있지만, 날은 하루가 다르게 길어지고 있었다. 그러나 사람의 얼굴과 몸을 내리쬐는 정오 태양의 직사광선은, 그 따뜻함이 벌써 선명하게 느껴졌다. 심지어 눈과 얼음이 덮여있는 길 표면은 태양의 직사광선에 의해 축축하게 젖었고, 기름을 발라놓은 것처럼 반짝거렸다. 뿐만 아니라, 따뜻한 점심때가 되자 저 멀리 나무꼭대기와 지붕 위의 푸른 하늘에서는 집비둘기들이 날고 있었고, 때 이른 작은 연이 펄럭이며 자태를 자랑하고 있었다.

이것은 겨울의 맑은 날씨이다. 엄동설한은 봄에 태어날 생명을 품고 있다. 초봄과 잇닿아있는 겨울은 봄에 피어날 꽃들을 위해 지면을 깨끗하게 청소해 주었고, 온갖 불필요한 잡초와 단풍들을 제거해 주었으며, 내년의 대지를 위해 풍성한 유즙 같은 눈 녹은 물을 준비해 주었다. 이러한 겨울도 똑같이 사람들의 사랑과 고마움을 받아야 마땅하지 않은가?

타이와이쿠는 정연하고 평평하게 쌓은 석탄덩이 위에 두툼하고 큼직한 융단 방한화를 신은 두 다리를 웅크리고 앉아 단추가 없는 그레인 가죽 외투의 앞섶을 꽁꽁 여미고 옷깃을 세웠다. 점심이 되자 날씨는 제법 따뜻하였다. 그리하여 그는 왔던 길을 따라 다시 돌아갔다. 울퉁불퉁한 흙길, 공로, 번성하면서도 그윽하고 품위가 있는 작은 도시, 공장, 주둔군(駐軍), 오토바이 중대, 자동차 대열, 유고(油庫), 크고 작은 물레방아, 뜨거운 김이 피어오르는 것 같은 겨울의 물, 신생활대대, 진료소, 다리, 오르막과 내리막, 오가는 차량······ 어둑어둑한 새벽 속에서든, 정오의 햇볕 속에서든 이 모든 것들은 다 사랑스럽고 소중하게 여겨야 하는 것들이 아니겠는가? 하지만 이 모든 것들은 그와 점점 멀어지는 것 같았고, 그로부터 등을 돌리는 것 같았다.

그의 마차는 나는 듯이 내달리고 있지만, 정작 타이와이쿠 본인은 자신이 어디를 향해 가고 있는지 알 수가 없었다. 그의 마차는 가장 아름다운 도시와 농촌 마을을 지나왔지만 그 모든 것은 이미 그의 뒤로 흘러가 버렸고, 그에게 남은 건 아무것도 없었다. 왜냐하면 지금 일어나고 있는 일이, 마치 수레를 끈 놀란 말과 같기 때문이다. 미친 듯이 날뛰며 말을 듣지 않는 어리석은 말, 이런 말이 바로 그 자신이고, 그런 말이 끄는 마차가 바로 그의 생활 양상이 아니던가!

그는 진정한 고아가 되었다. 그를 진정한 고아로 만든 사람은 타이와이쿠 본인이었다. 하지만 여전히 그를 놓지 않고, 따스함으로 감싸주고 이끌어주는 손이 있었다. 그 손은 2월 정오의 하늘에 떠있는 태양과 연, 그 하늘을 날고 있는 비둘기와 같이 그에게 봄을 알려주고 있었다. 이것은 바로 이리하무의 손이었다. 이리하무가 머릿속에 떠오르자, 그는 몸이 떨렸고, 고개가 저도 모르게 숙여졌다. 하지만 그는 다시 고개를 들어 마음속에 저장해 두었던 아침노을과 막 솟아오른 밝은 태양, 도로와 들, 탄광의 석탄과 집안의 화롯불을 직시하였다. 그의 눈앞에는 아이미라커쯔의 크고 아름다운, 그리고 강직한 두 눈이 떠올랐다. 어쩌면 앞으로 아이미라커쯔의 두 눈은 두 번 다시 그를 똑바로 봐주지 않을지도 모른다. 어쩌면 아이미라커쯔의 마음속에서 그는 이미 일락천장의 신세가 되었거나, 심지어 이미 '인간으로서의 자격(人籍)'을 박탈했을지도 모른다. 어쩌면 아이미라커쯔는 곧 그가 모르는 누군가와 혼인하여 아들딸을 낳고 살림을 꾸려나갈 수도 있다. 그러면 그는 아이미라커쯔와 결혼한 그 운 좋은 사람을 질투하며 살아가게 될 것이다. 그러나 바로 이 때 극심한 후회와 슬픔으로 허덕이고 있는 이 시점이 되어서야 그는 비로소 아이미라커쯔를 조금 이해하게 되었고, 아이미라커쯔에게 좀 더 다가간 것 같았다. 자신의 약점과 부족함을 가슴 아프게 깨달았을 때 그는 비로소 아이미라커쯔와 더욱 가까워진 것 같았다.

오후 석탄을 부리고, 가축의 목에서 멍에를 벗기고 나서도 그는 한 시도 쉬지 않았다. 그는 집으로 돌아가지 않고, 마구간에 남아 수레와 기타 도구들을 정리하고, 사육사를 도와 풀을 썰었으며, 고장 난 먹이통과 바람막이 램프를 수리하였다. 저녁에 그는 「23가지 사항(二十三條)」[11] 문건의 학습과, 제7생산대 계급투쟁의 내막을 밝히기 위해 소집된 회의에 참가하였다. 그는 아무런 발언도 하지 않았지만 귀 기울여 열심히 들었고 몰두하여 사고하였다. 그는 밤이면 밤마다 생각하고 또 생각하였다. 머리를 쓰지 않아, 생각이 짧아 저지른 지난날의 실수를 바로잡기 위해 그는 매일 애써 생각하고 또 생각하였다. ······

11) 「23가지 사항(二十三條)」: 1965년에 제정된, 「농촌 사회주의 교육 운동 중, 현시점에 제기된 일부 문제(農村社會主義教育運動中目前提出的一些問題)」의 문건을 가리킴.

타이와이쿠는 마이쑤무를 찾아가 물었다.

"어떻게 하지요?"

"뭘 어떻게 해요?"

마이쑤무는 시치미를 뗐다.

"이리하무에 대한 고발과 비판투쟁을, 우리 앞으로 어떻게 해 나가야죠?"

"에그, 에그, 그 문제라면 집어치워요. 더 이상 신경 쓰고 싶지 않아요. 인생에서 가장 중요한 건 뭐라고 생각해요? 우리 위구르족 남자들의 말로 하자면, 인생은 곧 타마샤얼 - 놀이이고, 장난이에요! 태어난 그 날부터, 이 타마샤얼은 이미 시작되었어요. 당신이 이 세상을 하직하는 날이, 바로 당신의 타마샤얼이 끝나는 날이에요. 한 사람의 인생을 돌이켜보았을 때, 그 사람의 타마샤얼은 꽤 아름답다고 말할 수 있어요.

이 세상에 태어나 우리는 먹어보지 못한 게 없고, 겪어 보지 못한 게 없으며, 인생의 각양각색의 정보를 얻었어요. 지금 나는 또 농촌에 돌아왔어요. 나는 농민이 되었어요. 나는 농촌에 와서 새집을 지었고, 살구나무와 사과나무를 심었으며, 젖소와 암탉을 기르고 있고, 검둥개와 흰 고양이를 기르고 있어요. 나에게는 또 우즈베크족 아내가 있어요. 그리고 꿈속에서 나는 수많은 여자들을 만나요. 우유 같이 희고, 애교 넘치는 그녀들은 하나같이 더없이 사랑스럽죠. 나는 대대 가공공장의 출납원이고, 어딜 가든 사람들의 존경을 받아요. 그렇다면 내가 더 이상 바랄 게 뭐가 있겠어요? 다 필요 없어요. 운동이니 뭐니, 나는 두 번 다시 관여하고 싶지 않아요."

마이쑤무의 말은 타이와이쿠가 전혀 예상하지 못한 것이었다. 놀라며 의아해하고 어리둥절해하는 타이와이쿠의 모습을 보며, 마이쑤무는 무척이나 만족스러웠다. 마이쑤무는 보충하여 말했다.

"하지만 누군가 우리의 이익과 권리를 침범한다면, 우리도 절대 순순히 당해서는 안 돼요. 우리는 위구르족 사내예요. 만약 누군가 내 아내를 빼앗아간다면, 나는 끝까지 목숨을 걸고 싸울 거예요. 만약 누군가 나를 남녀추니[12]라고 욕한다면, 나는 두말할 것도 없이 그 사람의 혀를 끊어버리고 말 거예요."

이런 말을 듣자 타이와이쿠는 다시 피가 거꾸로 솟는 것 같았다. 그러나 이번엔 마이쑤무의 뺨을 한 대 갈기고 싶어 피가 끓었던 것이다. 하지만 그는 북받쳐 오르는 감정을 겨우 억누르고 물었다.

"그럼 우리가 쓴 고발장은요? 그 동안 우리가 고발한 모든 것들이 왜 아무런 효과도 없는 거죠? 죄로 인정되는 사항은 한 가지도 없고, 대중들의 따가운 눈초리는 오히려 우리에게 쏠리고 있잖아요."

"지금 당신이 쓴 고발장을 말하는 건가요? 대중들이 당신에게 문제가 많다고 여기는 거죠!"

타이와이쿠가 말끝마다 "우리"라고 표현하자, 마이쑤무는 대중들의 욕을 먹고 있는 것은 '당신' 한 사람뿐이라는 것을 콕 집어 강조하였다.

"그런 건 신경 쓸 필요가 없어요. 고발은 고발뿐이에요. 이것은 당신이 열성적으로 이 운동에 참여하고 있다는 표현이고, 진취적인 표현이며, 공작조에 대한 가장 큰 지지예요. 고발장 내용들이 받아들여지지 않더라도, 잘못된 고발이라고 하더라도, 당신은 여전히 훌륭한 사원이에요. 당신은 질책을 받지 않아요. 질책은 오히려 네 가지 불분명한 간부들을 감싸고 도는 사람들이 받아야 마땅해요. 그런 사람들이야말로 죄인이에요."

……타이와이쿠는 마이쑤무와의 대화를 더 이상 이어가지 않았다. 마이쑤

---

12) 남녀추니 : 선천적으로 여성과 남성의 성기를 모두 가지고 있는 사람을 말하는데, 순수한 우리말로는 '어지자지', '불씹장이'라고 한다

무는 그야말로 약삭빠른 사람이었다. 그는 벌써 이상한 낌새를 눈치 채고 내밀었던 목을 다시 등딱지 안으로 감추기 위해 애를 쓰고 있었다.

타이와이쿠는 또 쿠투쿠자얼을 찾아갔다. 타이와이쿠가 말했다.

"아직도 모르겠어요? 지금 이리하무는 사람들을 부추겨 나를 걸고넘어질 작정이에요. 당신도 이미 그에게 원한을 샀으니 그는 당신을 절대 가만두지 않을 거예요. 때문에 이번 기회에 끝까지 물고 늘어져 이리하무를 무너뜨리고 우리가 승리를 하거나, 우리가 무너지고 이리하무가 승리를 거두거나 결과는 둘 중 하나예요. 앞으로 이리하무가 제7생산대의 대장을 맡고 있는 한 당신은 마음 편히 지낼 생각은 하지도 말아요. 누군가와 결혼하여 행복한 가정을 꾸려보겠다는 꿈도 꾸지 않는 게 좋아요…… 당신과 이리하무는 절대 양립할 수 없어요. 이게 현실이에요."

"나와 이리하무는 왜 양립할 수 없다는 거죠? 사실 그는 지금까지 나에게 아무런 반격도 공격도 하지 않았어요."

타이와이쿠는 거칠고 낮게 깔린 목소리로 말했다.

"에그, 동생, 어찌 그런 말을 입에 올릴 수 있어요! 당신은 진정한 위구르족 사내예요. 하지만 이리하무는 이미 위구르족 자손이 아니란 말이죠! 사람들이 뒤에서 이리하무를 뭐라고 부르는지 알아요? 그를 왕(王)이리하무, 자오(趙)이리하무라고 불러요! 바오팅구이의 돼지 사건이 일어났을 당시, 공사 당위원회에 찾아가서 당신 험담을 얼마나 많이 했는지 몰라서 그래요? 만약 내가 가운데서 말리지 않았다면, 당신은 그 때 이미 박해를 당했을 거예요."

"……하지만 당시 바오팅구이를 감싸고 돈 사람은 다들 당신이라고 하던데요?"

"에그, 에그, 당신은 그 내막을 몰라요. 내가 그랬던 건 표면상으로 보여주기 위한 것에 지나지 않아요. 상급기관에 대응하고, 당신을 지켜주기 위해 쇼를 했던 거였어요. 반면에 정말 나쁜 속셈을 품고 있었던 사람은 이리하무예요!"

"그럼 우리 이제 어떻게 하지요?"

"당신 이미 고발했잖아요? 그리고 발언도 했잖아요? 그럼 딱 잡아떼고, 끝까지 밀어붙여요. 그래도 안 되면 격전을 벌이다가 공멸하겠죠. 아무튼 우리는 밑져야 본전이에요. 바오쯔 값을 치른 바에는 바오쯔 익을 때까지 버텨야 하지 않겠어요(위구르족 속담으로서, '칼을 뽑았으면 썩은 무라도 잘라야 한다[一不做, 二不休]'는 뜻임)? 이리하무와는 이미 반목하여 서로 체면을 살필 필요도 없는 지경이 되었으니, 중도에 병사를 철수할 수는 없지 않느냐 이 말이에요?"

타이와이쿠는 고개를 끄덕였다. 마이쑤무도 쿠투쿠자얼도 모두 그를 위구르족 사내라고 찬양하는 것으로 보아 이건 분명히 위험한 칭호라고 생각되었다.

타이와이쿠는 이번에 니야쯔를 찾아갔다. 니야쯔가 말했다.

"그만 돌아가요. 이따위 쓰잘머리 없는 일 때문에 더 이상 내 시간을 허비하고 싶지 않아요. 아무튼 나를 능욕하면 가만두지는 않을 거예요! 날 건드렸던 사람들이 이번 기회에 나의 역량과 무서운 면을 명확히 경험했을 거예요! 이 형 니야쯔는 결코 만만한 상대가 아니라고요! 이리하무 그도 이번에 매운맛을 톡톡히 보았을 거예요. 마이쑤무와 쿠투쿠자얼 두 사람을 말하자면, 이 개 같은 두 겁쟁이의 말을 이젠 일일이 들을 필요가 없게 되었어요.

사람은 결국 자기 자신을 위해 살지 않겠어요? 그러니 그들이 나를 걱정해줄 이유가 있겠어요? 내가 그들의 아비라도 되나요? 아니요. 나는 그들의 아비가 아니에요. 내가 그들의 바랑(아들자식)이라도 되나요? 아니요. 나는 그들의 아들도 아니에요. 만약 다른 사람이 대장이 된다면, 이 니야쯔를 좋아해줄 거 같아요? 아니요. 그럴 리가 없어요. 누가 대장이 되든지, 마찬가지에요. 더 단단히 잡는 사람이 있고, 좀 더 느슨하게 풀어놓는 사람이 있을 뿐이에요. 느슨하게 풀어놓는 사람이 오히려 더 나빠요. 그런 사람들은 속으로 벼르면서, 적절한 시기를 기다리고 있어요. 때가 되면, 칼을 빼 나의 살코기를 도려내서, 니야쯔볶음을 해 버리겠죠. 벼슬을 가진 사람들은 절대 나 같은 사람을 좋아할 리가 없어요. 양식을 적게 축내면서, 더 많은 힘을 쓰기를 바라는 게, 모든 벼슬을 가진 사람들의 마음이에요. 하지만 나는요, 나는 더 많은 양식을 먹고, 더 많은 고기를 먹고, 더 많은 돈을 쓰기를 원하면서, 힘은 적게 쓰고 싶은 사람이에요. 중국도, 소련도, 미국도 매한가지예요. 지금도 마무티 촌장 때도, 백 년 뒤에도 여전히 마찬가지일 테고요……"

"장양 조장도 사실 다를 바가 없어요. 물론 장양 조장은 좋은 사람이고, 나의 좋은 친구예요. 그가 내 처지를 동정할 수 있는 이유는 딱 한 가지, 바로 그는 이곳의 대장이 아니기 때문이에요. 길어야 반년만 있으면 그는 이곳을 떠나게 될 것이고, 두 번 다시 이곳으로 돌아오지 않을 거예요. 그는 우리의 노동 점수, 장부, 현물세 납부와 여유 식량 판매, 비료 조달과 구제금 발부 등 문제에 대해 신경을 쓰지 않아도 되거든요. 때문에 지금 그는 불의에 용감히 맞서서 나를 동정하고 좋아할 수 있어요. 하지만 일단 이런 문제에 관여하게 되고, 만약 우리의 대장이 된다면, 그도 똑같은 간부가 될 거예요.

어느 날 발광하면 내 목숨을 앗아가려고 들지도 몰라요. 동생, 당신은 아직 너무 미숙해요. 당신은 아직 더 배우고, 더 성장해야 해요. 각양각색의 구멍으로 파고들어가 여러 가지 경험을 할 용기(이 말에는 음란한 뜻이 포함되어 있다)가 있어야 해요. 그러니까 내 곁에서 많이 보고 배워요, 내 소중한 아우님! 니야쯔를 좋아하는 사람은 이 세상에 나 니야쯔 한 사람밖에 없어요. 마찬가지로 타이와이쿠를 좋아하는 사람도, 결국 당신 멍청한 타이와이쿠뿐이에요. 지금 나의 관심거리는 다른 거예요…… 동생, 내일 마차를 몰고 이닝시에 가나요?"

"그곳을 지나가기는 해요."

"그럼 나도 태워줘요. 저 옥수숫대 몇 단도 실어야 해요. 나와 옥수숫대를 이닝시 가축시장에 실어다준 다음 옥수숫대가 팔리면 그것을 구매자 집에까지 실어다 주고요. 그럼 당신의 임무는 끝이에요. 내 일을 도와주고 나서 검은 석탄을 실으러 가든, 흰 비료를 실으러 가든 마음대로 해요. 안 된다고 하지 말아요. 알았죠!"

"하지만 그럼 시간이 너무 지체되는 데요……"

"시간이라, 시간이 뭐 그리 중요한가요? 많아야 한 시간일 텐데요. 두 시간이면 또 어때요? 하늘이 우리에게 내려준 시간이 어디 고작 몇 시간뿐인가요? 대범한 사람, 우정을 중히 여기는 사람만이 알라의 보호를 받을 수 있지요…… 밀짚까지 다 팔고 나면 바오피바오쯔로 한 턱 낼게요. 당신은 그거 모르죠? 지금 마침 보릿고개가 코앞이라 옥수숫대 한 단의 값이 옥수수 한 바구니 값보다 더 비싸다니까요. ……돈을 다 모으고, 공작 간부들도 돌아가고 나면, 젖소 한 마리를 살 예정이에요. 그때 가서 당신이 마실 우유차의 우유는 내가 공급해 줄게요. 물론 돈은 필요 없어요. 공짜로 줄게요."

"그런데 왜 굳이 공작 간부들이 떠난 후에 젖소를 구입하려는 거죠?"

"그…… 그게…… 나중에 시간이 지나면 알게 될 거예요. 별다른 방법이 없잖아요? 어리석은 사람도 있지만, 어리석지 않은 사람도 있어요. 어때요? 약속된 거죠? 내일 아침, 마차가 준비되면, 먼저 우리 집으로 와요……"

타이와이쿠는 묵묵히 고개를 끄덕였다. 이튿날 아침 그는 약속대로 마차를 몰고 니야쯔네 집으로 왔지만, 정작 니야쯔는 떠날 채비가 되지 않은 상황이었다. 니야쯔는 타이와이쿠에게 부탁을 하였고, 타이와이쿠도 승낙하였지만, 그는 타이와이쿠가 정말 자신을 도와줄 거라고 믿지 않았다. 그래서 미리 준비를 하지 않았던 것이다. 그가 구두로 한 번 부탁하고, 타이와이쿠도 구두로 한 번 승낙하였을 따름인데, 어찌 정말로 실행에 옮길 수 있단 말인가? 누구나 구두로 한 약속은 전혀 염두에 두지 않고, 한 귀로 듣고 한 귀로 흘려버리지 않는가? 타이와이쿠가 와서 부를 때, 니야쯔는 아직 잠에서 깨지 않은 상태였다. 하지만 도와주겠다고 스스로 문 앞까지 찾아온 큰 수레를 그대로 포기할 니야쯔가 아니었다. 멍청한 키꺽다리와 미련하게 큰 수레, 그나마 영리해 보이는 말을 놓칠 수는 없었다.

니야쯔는 그제야 일어나서 부랴부랴 옥수숫대를 묶었다. 한편 속으로 타이와이쿠는 그야말로 이용하기 쉬운 바보라고 생각하였다. 바오피바오쯔 한 마디에 마차를 선뜻 빌려주다니, 좌판이나 서우좌러우 정도면 어떤 것까지 내어줄까? 일 년 동안 나대신 일을 하고도 남지 않을까? 만약 조금이라도 영리한 마부였다면, 이번 기회에 적어도 바오피바오쯔 한두 끼를 먼저 뜯어먹고 나서야 도와주었을 텐데 말이다. 어쨌든 이미 도와주겠다고 왔으니 약속한 바오피바오쯔는 이미 사준 걸로 쳐도 되겠구나.

옥수숫대까지 실은 마차는 드디어 출발하였다. 이때 문득 좋은 생각이 떠오른 니야쯔는 달리고 있는 말을 소리쳐 멈춰 세우더니 마차에서 훌쩍 뛰어 내려, 다시 뜰로 달려 들어갔다. 그리고 집 뒤에서 통나무 하나를 메고 돌아와서는 말했다.

"이건 내가 이리하 안에서 주워 온 거예요."

이리하의 물이 범람하는 계절이 되면, 가끔 상류의 채벌장(林場)에서 목재가 떠내려 오는 경우가 있는데, 일부 재물을 탐내는 담 큰 사람들이 그것을 주워 와서는 '횡재(橫財)'했다고 생각하곤 하였다. 하지만 니야쯔는 절대 주울 수 없었다. 교활하고 게으를 뿐만 아니라 수영도 할 줄 모르는 사람이, 이렇게 큰 통나무는 고사하고, 물가에 떠있는 땔나무라고 해도 감히 건져 올리지 못했을 것이다. 이리하에 들어가는 순간, 그는 세찬 물살에 휘말려 온데간데없이 사라지고 말 수 있기 때문이다. 보아하니 훔쳐 왔다는 게 더 설득력이 있었다. 예를 들어, 인근 병단의 한 자제학교(子弟學校)에서 대규모로 토목공사를 진행하고 있다고 하는데, 니야쯔와 같이 탐욕스러운 자라면, 이 절호의 기회를 그냥 지나칠 리 없을 것이었다.

타이와이쿠는 의심스러운 눈빛으로 통나무를 훑어보았다.

"주워 온 게 맞아요. 주운 거라니까요."

니야쯔는 거듭 설명하면서, 굽실거렸다. 그는 꼬리를 흔들며 타이와이쿠의 동정을 구하는 비열한 모습이었다.

타이와이쿠는 미소를 살짝 지으면서, 니야쯔에게 마차에 타라고 눈짓을 하였다. 날은 하얗게 밝아오기 시작하였다. 평소보다 벌써 한 시간이나 지체된 상황이었다. 니야쯔는 이런 타이와이쿠가 더욱 멍청하게 느껴졌다. 이런 바보를 충분하게 이용하지 않는다는 것은 맛있는 밥을 다 먹지 않고 한두 입 남기는 것과 같고, 기름을 짜다가 마는 것과 같으며, 그야말로 알라께서 베푼 은혜를 저버리는 것이라고 생각하였다. 이것은 죄악이나 다름없는 것이었다. 그리하여 가축시장에서 니야쯔는 타이와이쿠를 붙잡아 두고 옥수숫대를 팔았을 뿐만 아니라, 고객들과 거듭 값까지 흥정하며 여유를 부렸다. 그러다 보니 예정보다 훨씬 많은 시간이 지체되었다. 니야쯔는 팔지 않고 계속 버텨봤자 한 푼도 더 많이 받을 수 없을뿐더러, 오히려 더 낮은 가격에 팔아야 할지도 모른다는 확신이 서고 나서야 끝내 거래를 성사시켰다. 타이와이쿠는 팔린 옥수숫대를 구매자 네 집까지 실어다 주었다. 옥수숫대를 다 부리고 나서 니야쯔는 또 눈동자를 빠르게 굴리며 타이와이쿠와 의논하였다.

"이 통나무는 어디에서 팔면 좋을 거 같아요?"

"그러니까요. 적당한 곳을 골라 팔아야 할 텐데요."

타이와이쿠는 대답하였다.

"그런데 농산물 시장에서는 목재 판매를 허락하지 않아요."

니야쯔는 걱정되어 말했다.

"마차를 몰고 거리에서 천천히 다녀 봅시다. 그럼 이 통나무를 보고 사려는 사람이 있을 거예요. 꼭 좋은 값에 팔 수 있을 거예요. 걱정하지 말아요."

타이와이쿠가 계책을 내놓았다. 그는 마부로서의 자신의 본분을 깡그리 잊은 것 같았다. 차는 이미 니야쯔 전용 마차가 되었고, 타이와이쿠는 이미 니야쯔의 전용 마부가 되었다.

니야쯔는 타이와이쿠의 제안이 만족스러운 듯 웃었다. 그리고 속으로 이 키꺽다리에게서 빨아먹을 국물이 생각보다 더 쏠쏠하겠다고 생각하였다. 그들은 마차를 거리로 끌고 나와 천천히 걸었다. 걷다 보니 니야쯔는 배가 약간 고팠다. 그때 그들은 마침 바오쯔 가게(包子鋪) 앞을 지나게 되었고, 가게도 이미 영업을 시작하였다(벌써 반나절이 흘러갔다). 니야쯔가 제의하였다.

"우리 배부터 채우고 봅시다!"

타이와이쿠도 동의하였다. 그들은 마차를 멈추고, 말고삐를 묶은 다음, 가게 안에서도 통나무가 보일 수 있게 수레 안에 있는 통나무를 가게 문 쪽을 향하게 놓아두었다. 그리고 두 사람은 바오쯔 가게 안으로 들어갔다. 음식점 안에 식사하러 온 손님이 몇 명밖에 되지 않는 것을 보면서도, 니야쯔가 말했다.

"허, 일단 좋은 자리부터 찾아 앉아야겠어요!"

그는 또 눈동자를 뒤룩뒤룩 굴리기 시작하였다. 그리고 목을 움츠린 채 키

득거리고 싶은 것을 애써 참으며 슬그머니 웃었다. 스스로 머리가 비범하다고 자처하는 이 지략가는 이토록 경박하고 어리석었다. 그는 적나라하고 후안무치하게 속이 훤히 보이는 옅은 수를 부렸다. 먼저 식량 배급표를 구입하고 다음 자리를 찾아 앉는 게 이 시대 음식점의 규칙이었다. 때문에 니야쯔가 먼저 자리부터 찾아 앉겠다고 한 말은 자기 돈으로 배급표를 구입하지 않겠다는 것과 같은 뜻이었다. 그는 출구의 바로 옆에 배치되어 있는 계산대를 피해 안으로 들어갔다. 그렇다면 누가 돈을 내고 배급표를 구입해야 하는지 굳이 말로 할 필요가 있겠는가? 사실 솔직하게 "타이와이쿠, 오늘 당신이 사준 바오피바오쯔를 먹어보고 싶네요!"라고 말하였더라면, 타이와이쿠는 오히려 그의 이 '공갈'을 기꺼이 받아주었을지도 모른다.

누군가에게 바오쯔 몇 개를 사주는 일이, 뭐가 그리 어렵겠는가? 하지만 어리석고도 교활하고, 추악하기 짝이 없는 니야쯔의 이런 모습에 타이와이쿠는 화가 나고 구역질이 났다. 그는 한 마리 빈대를 잡듯이 니야쯔의 뒷덜미를 잡아, 음식점 문어귀의 높다란 계단 위에서 밖으로 던져버리고 싶었다. 그러나 타이와이쿠는 참았다. 그는 미소를 지으며 매표창구로 가서 돈을 지불하고 식량 배급표를 구입하였다. 그리고 양파와 양고기를 다져 만든 소가 든 양고기 기름이 흐르는 바오피바오쯔 두 접시를 들고 니야쯔 곁으로 걸어왔다. 비단 같이 얇은 바오피바오쯔의 피는 반투명하였고, 피 속으로 크고 작은 양고기 덩이와 자주색과 흰색이 섞인 양파 입자들이 들여다보였다. 뿐만 아니라 꽉 찬 소의 불규칙적인 형체가 얇은 피를 통해 울퉁불퉁하게 드러나 있었다.

뻔뻔하고 당당하게 앉아 타이와이쿠를 기다리는 니야쯔의 모습은 완연히 시중과 공양을 받는 나리였다. 그들이 마주 앉아서 바오쯔 몇 개를 먹었을 때, 니야쯔의 눈동자는 또 다시 돌아가기 시작하였다. 그러더니 전혀 신경 쓰지 않는 듯 툭 던졌다.

"이런 날씨에, 이런 바오쯔에, 쩌머우쩌머우(嘖呣嘖呣, 맛깔스럽다는 뜻이다) 한 물 – 카바의 성수(天方的聖泉, 원래는 이슬람교 성지인 메카의 잠잠 샘[澤母泉, Zamzam]을 가리키는 말인데, 후안무치의 니야쯔는 여기에서 술을 이런 식으로 표현하였다)까지 곁들여 마시면, 얼마나 좋을까!"

타이와이쿠는 못 들은 척 시치미를 뗐다.

"내가 얼른 가서 한 병 사 올까요? 마실래요, 타이와이쿠 동생?"

니야쯔는 슬쩍 떠보았다. 이쯤 되면, '위구르족 사내'로서 분명 먼저 달려가서 술을 사올 거라고 믿었기 때문이다.

"좋아요. 갔다 와요."

타이와이쿠는 전혀 뜻밖의 대답을 하였다.

"그…… 그게……"

니야쯔는 무척 당황하며 난처해하였다. 코끝과 관자놀이에 땀이 송골송골 맺혔다.

"아니면, 당신이 가서 사오도록 해요!"

니야쯔는 염치불구하고 말했다. 타이와이쿠는 자꾸 흘러나오는 냉소를 애써 참으며, 자리에서 일어나, 술 한 병을 사왔다.

한 잔을 비우고 나서 니야쯔는 더욱 득의양양해졌다. 타이와이쿠는 영락없는 천치이고, 마구 휘두를 수 있는 바보이며, 마음껏 뽑아먹어도 되는 만만한 상대라고 생각하였다. 그리고 지금 타이와이쿠 곁에 있는 사람이 자신이기에 망정이지 만약 다른 사람이었다면 주머니 안의 돈을 전부 털어가고도 남았을 것이라고 생각하였다. 아, 요즘 세상에 간사하고, 교활하며, 악랄하고, 나쁜 사람이 얼마나 많은가! 니야쯔가 말했다.

"에그, 아우, 자네는 모으네! 요즘 세상에 나쁜 사람이 너무나 많지 않나!

이리하무, 이 사람은 몰인정한 악마예요. 그에게 조금만 봐달라고 부탁하는 일은 맷돌에 구멍을 뚫는 것보다 더 어렵지. …… 러이무, 이 사람은 공처가이고, 나약하고 무능한 인간이고.…… 아부두러허만은 또 공갈 열성분자이지. 인민공사를 목숨처럼 사랑한다는 말은 다 거짓말이고 말일세. 그리고……"

니야쯔는 한 사람씩 돌아가며 지적하였는데, 그의 '친구'인 쿠투쿠자얼과 마이쑤무도 예외가 아니었고, 그와 아무런 관계도 없는 젊은이도 있었다. 심지어 타이와이쿠가 장양의 이름을 거론하였을 때에도 니야쯔는 똑같이 욕하였다.

"세상에 어찌 그런 거만하기 짝이 없는 수탉이 있는지. 마구 울부짖는 미친 수나귀 같지 않은가!"

"잠깐만요."

타이와이쿠가 그의 말을 끊었다.

"어제 밤에 정말 좋은 사람은 장양 조장 한 사람뿐이라고 당신이 그러지 않았나요? 우리의 노동점수, 장부, 현물세 납부 등을 관리하지 않기 때문에 당신을 진심으로 동정하는 사람은 장양 조장뿐이라고 했잖아요. ……"

"말도 안 되는 소리 하지 말아요."

니야쯔는 타이와이쿠를 슬쩍 밀치며 말했다.

"장양 조장을 좋은 사람이라고 한 적이 절대 없어요. 장 씨는 이교도(異⬚徒)인데, 내가 어찌 그 사람을 찬양할 수 있겠어요? 이것도 나쁜 사람, 저것도 나쁜 사람, 전부 다 나쁜 사람뿐이에요. ……"

그리하여 타이와이쿠는 깨달았다. 니야쯔는 맑은 정신일 때에는 좋은 사람만 원수로 여기고, 나쁜 사람과 친한 척 하지만, 술을 조금 마시고 나면, 세상 모든 사람을 원수로 여기고, 모든 사람을 헐뜯는다는 것을 알게 되었다. 이런 부류의 사람을 처음 겪어 보는 것은 아니었다. 이런 사람과의 왕래는 한 번이면 족하고, 이런 사람은 두 번 다시 상대하지 말아야 한다는 것이 타이와이쿠의 소신이었다. 왜냐하면 그의 앞에서 술잔을 기울이며 다른 사람들을 함부로 헐뜯는 사람은, 언젠가 다른 사람 앞에서도 술잔을 들고 똑같이 그를 헐뜯을 것이며, 혹은 이미 헐뜯었을 것이라는 것을 잘 알고 있었기 때문이었다.

타이와이쿠는 터무니없이 퍼붓는 욕설을 더 이상 듣고 싶지 않았다. 그래서 화제를 돌렸다.

"젖소를 살 생각이신가요? 그럼 요즘 가격이 쌀 때 빨리 구입해요. 집에 아직 남은 목초도 있고, 한 달 남짓 지나면 곧 풀들이 돋아날 텐데요. 지금 임신한 젖소 한 마리를 사두면, 1년은 걱정 없이 우유를 마실 수 있잖아요. 송아지를 낳은 후에 사면, 가격이 비싸요."

"지금은 안 사요!"

술에 취한 니야쯔는 말끝의 음을 내려 소리를 길게 끌면서 말하였는데, 마치 마지막 한 글자를 뱉을 때마다, 구토하려는 것 같았다.

"이리하무에게 내 젖소를 물어내라고 할 거예요."

"쉽게 물어주지 않을 텐데요!"

"물어내지 않더라도, 호락호락 넘어가지는 못할 거예요! 나에 대해 사사건건 간섭한 대가를 톡톡히 치르게 할 거니까요."

"니야쯔 형,"

타이와이쿠는 가까이 다가가 낮은 소리로 물었다.

"궁금한 게 하나 있는데요. 원래 그 젖소 말이에요. 그 멀쩡한 젖소를 왜 잡은 거예요?"

"당신은 몰라요! 자네는 아직 어린애란 말이죠!"

니야쯔는 방자하게 '자네'라고 부르고 나서, 타이와이쿠의 눈치를 살폈다.

노한 기색이 없자, 얼싸 좋다고 생각하며 계속하여 말했다.

"자네가 뭘 알겠어! 최근 몇 년 동안 목초가 부족한 상황이지 않는가? 그래서 생산대에서 우선 젖소 한 마리 치의 목초를 받아온 다음, 젖소를 잡아 고기를 팔았지. 우유차를 마시고 싶을 때면, 이웃이나 마을사람들에게서 우유를 조금씩 얻어오면 되니까. 그리고 초봄에 보릿고개 때가 되었을 때, 집에 있는 목초까지 팔면, 젊고 팔팔할 뿐만 아니라, 젖이 많은 새 젖소를 구입할 수가 있다네. 어디 그뿐인가? 젖소를 사고도 돈이 남는다니까…… 게다가 이 속에는 정치적인 것까지 포함되어 있지!"

니야쯔는 득의양양하여 손가락으로 타이와이쿠의 늑골을 슬쩍 찔렀다. 그러자 타이와이쿠는 본능적으로 몸을 피했다. 타이와이쿠의 회피로 인해 니야쯔는 자신이 강자가 된 것 같았고, 승자가 된 것 같았다. 그는 머리를 뒤로 젖히고 소리 내어 크게 웃었다.

"당신은 참 대단해요."

"당연하지. 내가 대단한 걸 이제야 알았나? 세상에 나보다 더 대단한 사람이 또 있을 거 같나? 옛말을 하자면, 사실 우리 집 가문에는 대단한 인물들이 많지!"

"어떤 대단한 인물들이죠?"

"에잇, 관두자고. 지나간 일을 말해 뭐 하나."

자신의 배경 출신에 대해서만, 그는 처음으로 비밀을 엄수하는 입의 무게감을 보여주었다.

"……보아하니, 아이바이두라가 당신을 때렸다는 것도 없었던 일이겠네요!"

이 말을 듣자 니야쯔는 포복절도하며 껄껄 웃어댔다. 너무 크게 웃어서 침, 콧물까지 사방으로 튀었을 뿐만 아니라, 식탁 위에 있는 접시를 밀치는 바람에 바오쯔 하나가 바닥에 떨어지고 말았다.

"자네는 몰라! 이건 모두가 정치투쟁이라네. 사실 어떻게 보면 정치를 해야 할 사람은 나지 나야. 지금 정치를 하고 있는 사람들은 따지고 보면 잘난 게 하나도 없지. 다만 내가 스스로 거기에 참여하지 않았을 뿐이지. 회의에서 발언하고 노동 점수를 짜게 기록하는 점에 대해 고발하고 비판하기만 하는데, 이건 정말 불합리하지. 그러니까 나 같은 사람이 옥수숫대나 통나무를 내다 팔 수밖에 없는 거라고."

"그 통나무는 이렇게 -"

타이와이쿠는 눈을 지그시 감고 오른손 검지를 까딱거리며, 굳이 말을 안 해도 서로 다 알고 있다는 듯 말했다.

"훔친 거죠?"

"훔치다니? 누구 손에 있으면 누구 게 아니겠나? 우리 앞에 있는 이 술과 이 바오쯔도 마찬가지 아닌가? 하하……"

술에 취한 니야쯔는 당장 쓰러질 듯이 더 크게 웃었다. 타이와이쿠는 니야쯔가 술에 취해 인사불성이 되는 것을 원치 않았다. 그는 남은 술을 전부 자기 잔에 부어서, 한 모금에 마셔버렸다. 그리고 술을 깰 수 있도록 니야쯔에게 진한 복차를 한 사발 가득 가져다주었다. 타이와이쿠는 전혀 신경 쓰지 않는 듯 무심하게 물었다.

"폭행당한 그 날 밤, 신생활대대의 진료소에서 치료받은 적이 있다고 했죠? 그렇죠?"

"헤헤."

"그 날, 진료소에서 편지 한 장을 보지 못했어요?"

"무슨 편지? 아, 그 연두색의 편지지…… 쿠투쿠자얼이 보고 나서 뭐라고 했더라? 자네가 그 외손 계집애에게 쓴 편지였던가? 아니, 아니, 난 그런 편지를 본 적이 없어. 하하하…… 여기에는 이런 몇 가지 가능성이 있지. 첫째, 편지를 내가 가장 먼저 발견했을 수가 있지. 발견했을 뿐만 아니라, 그 편지를 내가 숨겼지. 그런데 멍청한 자네가 모르는 거지. 자네가 어떻게 알겠어. 하하하, 자네는 영락없는 사오랴오쯔이니까. 둘째, 나는 그 편지를 본 적이 없다네. 만약 내가 본 적이 없다면, 그 편지에 대해 어떻게 알았을까? 그렇다면 가장 큰 가능성은 내가 꿈에서 그 편지를 보았고, 그 편지는 결국 마이쑤무의 손에 들어가게 된 거지. 그럼 마이쑤무는 또 어디에서 편지를 얻게 되었을까? 자네 큰형인 내가 줬겠지! 그리고 자네의 편지에 대해 나는 또 누구와 언제 의논했고, 어떻게 소문을 퍼뜨렸을까? 내가 편지를 숨겼다고 해도, 뭘 할 수 있겠나? 나는 글도 읽지 못하는데. 글도 읽지 못하는 내가 이렇게 대단하고, 머리가 이렇게 비상하다는 게 지금도 이 정도인데, 글까지 익히려고 들면, 과연 알라께서 허락하실까?"

니야쯔는 바오쯔가 담긴 접시를 한쪽으로 밀치더니, 두 팔을 쩍 벌린 채, 식탁 위에 엎드려 자려고 하였다. 타이와이쿠는 그의 턱을 받쳐 들고, 거의 인사불성이 된 얼굴에 대고 말했다.

"난 탄광에 갈 거니까, 알아서 해요!"

"통나무, 통나무……"

니야쯔는 굳은 혀로 말을 더듬으며 웅얼거렸다.

"통나무는 당신이 알아서 메고 가요. 어디에서 난 통나무인지 알게 뭐요? 퉤!"

타이와이쿠는 무서운 표정으로 이를 부드득 갈았다. 그는 모자를 쓰고 가죽 외투를 꽁꽁 여미고 나서, 뒤도 돌아보지 않고 나가버렸다. 그리고 수레 안의 통나무를 굴려서 바닥에 떨어뜨렸다. "쫘당!"하고 통나무는 땅바닥에 내팽개쳐지고 말았다.

타이와이쿠의 표정과 말투와 동작은 완전히 달라졌다. 특히 휘둥그렇게 부릅뜬 눈과 경멸과 증오가 가득 찬 눈빛은, 술에 취해 흐리멍덩한 니야쯔로 하여금 몸서리를 치게 하였다. 그제야 정신이 반쯤 돌아온 니야쯔는 타이와이쿠의 뒷모습을 멍하게 쳐다보았다. "짝" 채찍을 휘두르는 힘찬 소리와 함께, 마차는 울퉁불퉁한 길을 거침없이 달리며 멀어져갔다.

정세의 돌변 – 타이와이쿠가 니야쯔와 쿠투쿠자얼을 질책하다
지주 마리한이 놀라운 소식을 들고 찾아오다

장양은 이리하무에 대한 '비판·투쟁'을 애써 관리하며 고심하여 조직해 가고 있었다. 사실 모래 위에 쌓은 성은 「23가지 사항」의 충격에 흔들리기 시작하였고 패국은 이미 정해져 있었다.

객관적 실제에 부합되지 않고 인심을 얻지 못하는 것들이 모두 그러하듯, 얼마동안은 왁자지껄하고 아주 그럴듯해 보일 수가 있다. 그러나 때가 되면 소용돌이치는 생활의 파도에 치여, 거대해 보이지만 실상 내실이 없는 기세등등하던 것들은, 끝내 산산이 부서지고 거품이 되고 만다. 만조와 간조가 바뀌고 무수한 시련이 지난 뒤, 먹구름이 걷히고 해가 나오면, 만 줄기 금빛이 대지를 비추고, 강물이 굽이쳐 흐르며 거품마저 온데간데없이 사라지게 마련이다.

「23가지 사항」의 학습과 토론이 시작되자 이리하무에 대한 '비판과 투쟁'은 잠시 멈추게 되었고 풀이 꺾였다. 중국 인민들은 하나같이 정치적 경험이 풍부하다. 신장의 소수민족들도 예외가 아니다. 1949년 이래 모든 사람들은

중앙 문건 속에서, '엄할 엄(嚴)'자와 '너그러울 관(寬)'자를 구별할 수 있는 능력을 배우게 되었다. 마침 위구르어에서 '너그러울 관'자는 한어의 '편안 강(康)'자를 직접 차용하여 사용한다. 문건 속에서 '엄'자의 분위기를 감지하였을 때, 사람들은 대부분 입을 굳게 닫고 한 마디를 하지 않는다. 왜냐하면 그런 분위기 속에서는 누가 누굴 비판·투쟁하든 이상할 게 하나 없기 때문이다. 반면에 문건 속에서 '강'자 혹은 '관'자의 분위기를 감지하였을 때, 사람들은 비로소 객관사실에 근거하여 감히 흰 건 희고, 검은 건 검다는 올바른 목소리를 내며, 사리에 근거하여 힘껏 논쟁하고 상식적인 판단을 촉구한다.

이러한 상황을 꿰뚫고 있었던 듯, 혹은 노선 투쟁을 위해 반드시 '도원경험(桃園經驗)'[13]을 비판함으로써, 특정 인물의 현묘한 계책에 타격을 가하려는 의도에서, 마오 주석은 생산대마다 「23가지 사항」을 내붙여 정책을 직접 인민들에게 가르쳐주라는 지시를 하달하였다. 즉, 한동안 '경험'에 대한 보급을 실행하던 각지의 사회주의 교육공작대에게 자연스럽게 타격을 가하는 것이었다. 대중들에게 직접적으로 의지하여 상대에게 타격을 가하는 이 방법은 그야말로 훌륭한 한 수였다. 그래서 「23가지 사항」이 나오자마자 애국대대의 기타 생산대의 사원들을 포함한 대부분 사람들은 장양과 제7생산대 공작조의 공작에 대해 점점 더 많은 이의를 제기하였다. 그리고 수많은 사람들은 이리하무에게는 네 가지 불분명의 문제점이 없고, 그는 계급의 적이 아니라 무산계급의 훌륭한 아들이며, 사회주의의 건설자라고 단도직입적으로 주장하고 나섰다. 동시에 사회주의 기반을 무너뜨리려고 하는 사람은 오히려 장양의 골간인 쿠투쿠자얼이라는 목소리가 높아졌다.

---

13) 도원경험 : 현존 체제를 버리고 군중이 계급 적인(敵人)으로부터 영도권을 빼앗아오는 것을 발동하는 것.

이것은 중국 정치생활 상의 일종의 명명(命名 : 사람, 사물, 사건 따위에 이름을 지어 붙이는 것 - 역자 주)의 법칙이고, 뿌리를 찾아 원래의 성과 본을 돌려주는, 즉 정치원칙의 입장에서 바라보는 법칙이었다. 공교롭게 들어맞는 경우도 있고, 억지로 뒤집어씌우는 경우도 있지만, 이런 법칙이 가끔 적용되는 것은 사실이었다. 명명에서 '명(名)'의 개념(즉 감태기 : 감투를 낮잡아 부르는 말 - 역자 주)의 귀속에 따라 일의 성패가 결정되는데, 감태기가 머리보다 더 뚜렷하고 더 중요한 것이다.

　그 중의 오묘한 이치는 누구도 헤아릴 수 없지만, 어쨌든 현재 「23가지 사항」이 이리하무에게 유리하고 장양에게 불리한 것만은 분명하였다. 동시에 우리의 정치생활에서 어떤 사건과 어떤 문건 상의 우연의 일치도 자주 경험하게 된다. 즉 한 사람의 어떤 언행이 그 시기의 어떤 문건의 요구에 더할 나위 없이 들어맞을 때, 그 사람은 그 이상 더 정확할 수 없는 사람이 되고, 한동안 지도자들의 총애를 한 몸에 듬뿍 받게 된다. 하지만 다음번의 똑같은 사건 유형, 똑같은 반응메커니즘, 똑같은 성격과 논리로 인해, 그 사람의 우연의 일치는 완전히 재수 없는 일이 될 수 있다.

　사람들은 이런 상황을 흔히 총알받이가 되었다고 표현하는데, 즉 전과 흡사한 언행이 이번엔 공교롭게 문건 상의 비판 대상과 일치하고, 지도자가 제창하는 것과 대립되며, 지도자가 가장 분개하는 것의 전형이 된 것이다. 그리하여 그 사람의 운명은 멸망을 자초한 것이 되고 만다.

　그러나 장양은 쉽게 물러서지 않았다. 일은 이미 농가성진(弄假成眞, 장난삼아 한 것이 진정[眞情]으로 한 것같이 됨 - 역자 주)이 되었고, 장양은 빼도 박도 못하는 처지가 되었다. 그는 스스로 계급적 감정으로 부를 증오하고 빈을 사랑하며, 악한 사람은 벌하고 약한 사람은 도와주는 것이라고 생각하였다. 그의 눈의 흰자위는 빨갛고, 검은자위는 불이 이글거리고 있었다. 그는 자신의 판단과 행동이 누가 뭐래도 더할 나위 없이 정확하다고 생각하였다. 장양은 매일 시시각각 나는 맞다, 나는 틀리지 않았다, 나는 처음부터 끝까지 정확하다고 주문을 외웠다. 사회주의 공작 간부회의에서, 그는 아주 추상적으로 대다수 간부와 대중은 좋은 사람이라고 인정하였고, 조사와 연구, 대중에 대한 의지의 필요성을 인정하였지만, 제7생산대에서 자신이 저지른 시비가 뒤바꾼 행동에 대해서는 끝까지 인정하지 않았다. 여기에서 그에게는 또 한 가지 우세한 점이 있었는데, 바로 '선수를 치는 자가 이긴다'는 것이었다. 그는 이미 선수를 제대로 쳤다. 이리하무가 당한 '비판투쟁'과, 쿠투쿠자얼이 얻은 믿음은 모두 이미 기성사실이 되었다. 기성사실은 물리적 '위치에너지(勢能)'와 비슷한 절대 얕잡아 볼 수 없는 힘을 가지고 있었다. 이 기성사실을 전부 뒤집고 지금까지의 그의 모든 업무성과를 부정한다는 건 결코 쉬운 일이 아니었다.

이리하무가 아이바이두라를 부추겨 사람을 폭행한 적이 없다고 주장하고 싶은가? 이리하무가 타이와이쿠의 가정과 사랑을 파괴한 적이 없다고 말하고 싶은가? 이리하무는 언제나 자신에게 엄하고, 한 번도 권력을 이용하여 잇속을 차린 적이 없다고 하고 싶은가? 이리하무가 대대에서 리시티와 결탁하여 파벌을 결성함으로써 대대장을 배척한 적이 없다고 주장하고 싶은가?

1962년의 풍파 속에서 이리하무는 처음부터 끝까지 의지가 확고하였고, 훌륭하였으며, 우얼한·랴오니카 등 사람에게 관심과 도움을 준 것은, 당의 이익을 위해서라고 말하고 싶은가? 그렇다면 이러한 사실을 증명할 증거를 제출해야 할 텐데, 과연 증명할 수 있을까? 모든 것이 불확정적이다. 그렇다면 대중들의 반응은 어떠할까? 이것도 단언하기 어렵다. 그리하여 장양은 오히려 검사가 되었고, 판사가 되었으며, 엄밀한 점검을 책임진 감독이 되었다. 이리하무는 무고한 사람이고, 좋은 사람이라고 설득하기가 쉽지 않았다. 우선 이리하무는 유죄라고 가정하고 나서, 그 '유죄'에 부합되는 전제적 자료들을 수집하고, 그런 자료에 근거하여 이리하무가 '유죄'라는 결론을 내린 다음, 그것을 정론으로 밀어붙이는 것이 장양의 논리였다. 이 결론은 다른 증거가 필요하지 않고, 신중함도 필요하지 않으며, 어떤 '부작용'이나 '불량한 영향'도 신경 쓸 필요가 없었다. 그런데 이제 와서 이리하무가 무죄라고 주장한다는 건 큰일 날 소리이다. 이러한 상황에서 누군가의 무죄를 주장한다는 건, 아주 신기한 새 발명에 대해 감정하고, 위험한 새 규정을 세우는 것과 같다.

지금 이 상황에서 한 걸음 더 나아가고, 한 획만 더 그어도, 이번 운동에(사실은 장양 개인에게) 재난이 될 수가 있었다. 그리하여 그는 사력을 다해 버텨야 하고, 완강하고 모질게 싸워야 했다. 지금의 「23가지 사항」과 실제상황에 근거하여 볼 때, 이리하무는 '비판 투쟁'의 대상이 아니었다. 하지만 이미 비판·투쟁이 시작되었고, 한동안 진행한 만큼 쉽게 그만둘 수 없다는 것이, 또 장양 논리의 두 번째 면이었다.

그러나 쿠투쿠자얼에 대한 장양의 태도는 이와 상반되었다.

사원회의에서는 의견이 점점 더 일치해져 가고, 사회주의 교육공작조회의에서는, 두 가지 의견이 팽팽하게 대치 상태에 빠진 이러한 상황에서, 타이와이쿠 사원이 대회에서 발언하였다. 타이와이쿠는 벌써 며칠 동안 침묵을 지켜왔다. 이번의 발언을 앞두고 그는 특별히 이발을 하였고, 수염을 정리하였으며, 새 모자를 바꿔 썼다. 드디어 그의 발언이 시작되었다.

"저는 이번 사건의 진상에 대해 이야기하려고 합니다. 여러분들의 용서를 바라는 건 절대 아닙니다. 어르신들, 형님·누님들, 이웃 분들과 지도자 여러분, 제 이야기를 들으시고 정확히 판단하고 처벌해주시길 바랍니다! 여러분, 죄송합니다! 소금과 차로 저를 키워준 우리 고향에게도 송구스럽고요!

공작조 여러분에게도 미안합니다! 이리하무 형과 미치얼완 누님에게 죄송하고, 장양 조장에게도 죄송해요!

하지만 얼마나 비열하고, 졸렬하며, 악랄한 짓인지를 들어봐주세요! 이리하무 형에게 타격을 주고, 우리 생산대, 나아가 우리 대대, 네 가지 정돈운동을 엉망으로 만들기 위해, 이들은 없는 사실을 꾸며냈고, 저급한 헛소문을 뻔뻔하게 날조했습니다! 이들은 저라는 이 바보, 이 무능한 놈을 타킷으로 삼고 이용하였습니다. 제가 쓴 그 편지에 손을 댄 사람은 니야쯔입니다. 그럼에도 불구하고 이들은 미치얼완 누님이 모든 일을 꾸몄고, 소문을 퍼뜨린 것이라고 모함하였어요. 이들은 저를 부추겨……

하지만 이 모든 잘못을 이들의 부추김 때문이라고 변명하고 싶지 않습니다. 만약 제 목에 머리가 달려있다면, 만약 제 마음 속에 양심이 아직 남아있다면, 만약 제가 그래도 사람이라면, 진실을 확인하지도 않은 채 그처럼 경솔하고 난폭하게 행동하지는 않았을 겁니다. 그리고 미친놈처럼, 눈이 삐고, 소갈머리 없는 멍청이처럼, 다른 꿍꿍이가 있는 악인들의 손에 순순히 칼자루를 쥐어주고, 칼날이 저의 형수, 저의 친구, 언제나 저에게 도움을 주고, 진심으로 저를 걱정하며, 저를 가엾게 여기고, 저에게 가르침을 주는 이리하무 형과 미치얼완 누님을 향하게 하지 말았어야 했습니다!"

타이와이쿠는 눈물을 흘렸다. 그는 두 볼을 타고 흘러내리는 눈물을 닦을 생각조차 미처 하지 못했다. 이리하무와 미치얼완의 눈시울도 붉어졌다. 그리고 유언비어를 퍼뜨리는 데 열을 올리던 몇몇 여편네들을 포함한 많은 부녀자들도 훌쩍거리며 눈물을 훔쳤다.

"그들은 하나같이 저를 '위구르족 사내'라고 추켜주었어요. 하지만 이 따위 여우같은 입에 발린 말에, 저는 더 이상 넘어가지 않을 겁니다! 그 따위 보잘것없는 가짜 영웅 칭호에 더 이상 속지 않을 겁니다! 퉤! 그리고 저는 이미 사건의 전말을 모두 알게 되었습니다. 이 모든 것은 음모이고, 모략이며, 터무니없이 날조된 소문임을 간파했습니다. 이리하무 형 때문에 니야쯔 파오커의 소가 죽게 되었다는 것도 거짓말입니다. 절대 사실이 아닙니다. 니야쯔네 소는 제가 직접 잡았고, 아무런 병에도 걸리지 않았으며, 주인인 니야쯔 본인보다 더 건장했습니다. 어제 니야쯔는 멀쩡한 소를 잡은 이유에 대해 저에게 스스로 털어놓았습니다. 즉 고가로 사료를 팔고, 쇠고기까지 팔면, 남는 장사일 뿐만 아니라, 이리하무 형에게 죄를 뒤집어씌우고, 모함할 수 있기 때문이라고 했습니다. ……

그리고 이리하무 형이 아이바이두라를 부추겨 니야쯔를 폭행했다는 것도 꾸며낸 겁니다. 니야쯔가 자기 입으로 말했어요. 이건 일종의 정치적 수단이고, 완전한 거짓말이라고요. 이런 음험한 계략은 도대체 누구 머리에서 나온 걸까요? 배후에서 니야쯔를 조종한 사람은 누구일까요? 본인은 속이 훤할 테니 당당하게 나서서 밝히죠!

운동에 적극적으로 참가하여 '네 가지 불분명한 간부'와 투쟁해야 한다는 말도 위선입니다. 어제 쿠투쿠자얼 대대장이 자기 입으로 분명히 말했습니다. 이리하무는 이미 왕 씨 성과 자오 씨 성을 따랐고, 이리하무의 마음은 이미 외인을 향해 있기 때문에, 그에 대한 투쟁을 반드시 끝까지 해야 한다고요. 그리고 위구르족의 이익을 수호하는 사람은 현재 쿠투쿠자얼 본인뿐이라고도 했습니다. ……

장 조장, 우리가 도대체 무슨 짓을 한 겁니까? 누굴 타격하고, 누굴 지켜준 겁니까? 저는 또 이리하무 형에 대한 고발장까지 썼어요. 너무나 수치스럽습니다! 고발장을 쓰던 날, 저는 만취 상태였고, 독사 한 마리가 저에게 접근하여 꼬드겼습니다. 물론 저의 죄를 덜려는 의도는 조금도 없습니다.

저는 무고한 사람의 명예를 훼손한 죄를 지었고, 옳고 그름을 가리지 않고, 은혜와 의리를 저버린 어리석은 자입니다. 저는 대대지부와 공작조, 그리고 동네 어르신과 마을 사람들의 제재를 달갑게 받겠습니다. 혀를 잘라야 한다면, 혀를 자를 것이고, 귀를 잘라야 한다면, 귀를 자를 겁니다! 하지만 이 몇 마리 독사들, 딴 속셈을 품고 있는 몇몇 놈들의 꼬리도 이미 밟혔습니다. 당신들의 꼬리가 이미 밟혔다고요! 긴 꼬리는 이미 숨길 수 없게 되었고, 당신들이 저지른 죄는 발뺌할 수 없게 되었어요. 그러니 그래도 사내라면, 당당하게 자신의 죄를 인정하고, 뒤에 숨어서 비겁하게 헛된 짓을 꾸미지 말고, 스스로 말해 봐요. 도대체 뭘 하려는 건지, 어디 한 번 말 좀 해봐요……"

타이와이쿠의 발언은 수류탄 같이 회의장 안을 폭격하였다. 많은 사람들은 통쾌한 마음으로 그의 발언을 듣고 있었고, 연신 고개를 끄덕이며, "그래! 그럴 줄 알았어!"라며 감탄을 보냈다. 그리고 들을수록 화가 치밀어, 발언 내내 주먹을 불끈 쥐고 있다가 타이와이쿠의 발언이 끝나자마자 "멋진 발언이었어요!"라고 소리를 지르는 사람도 있었다. 그리고 눈 한 번 깜빡하지 않고 타이와이쿠를 응시하면서, 타이와이쿠의 희와 비, 노와 한의 감정 변화에 따라 같이 기뻐하고 슬퍼하고 분노하고 원망한 사람도 있었다. 동시에 처음부터 끝까지 타이와이쿠에게 격려의 눈빛을 보내며, 발언을 끝까지 하라고 북돋아주었다. 이것은 대다수 사람들의 반응이었다.

물론 이와 다른 반응을 보이는 사람들도 있었다. 장양은 너무나 뜻밖의 발언을 듣게 되자 무척 당황해하였다. 그는 윤중신에게 나지막이 말했다. "위구르족, 저들의 속은 정말 모르겠어요. 이랬다저랬다 변덕이 너무 심해요. 나에게 어떻게 하라는 거지요?"

자기 업무상의 실수를 형제 민족의 민족성 및 그 약점에 귀결시키는 장양의 언행에 윤중신은 무척 불쾌하였다. 그래서 그는 장양을 아니꼽게 흘겨보았다. 한어에 정통한 볘슈얼과 마이나얼도 그의 말을 알아듣고는 불만이 가득한 눈빛으로 장양을 흘겼다. 자신에게 동시에 꽂히는 세 사람의 따가운 눈빛을 보고 나서야 장양은 본인이 실언하였다는 것을 깨닫게 되었다. 그는 슬그머니 고개를 숙였다.

마이쑤무의 가슴은 쿵쾅거리며 뛰었다. 그는 눈을 굴리며 이 불리한 상황에 대처할 방법을 찾기 시작하였다. 동시에 아주 심각하거나 치명적인 약점은 아직 잡히지 않은 것 같아 속으로 다행이라고 생각하였다. 쿠투쿠자얼만 입을 다물고 그를 배신하지 않는다면 평소에 이리하무에 대해 약간의 불만을 품고 있었다는 것만 인정하면 넘어갈 수 있을 것 같았다. 당시 집을 짓고 담장을 칠 때 있었던 밭을 점용한 사건, 그 개인적인 앙금 때문에 '단결에 불리한' 말들을 했다고 변명할 생각이었다. '그래, 방어선을 바로 여기에 구축하는 거야.' 개인적 불만으로 인해 단결에 불리한 말들을 한 것이라고 끝까지 우겨야 한다. 더 이상 물러서서는 안 된다.

……'죄 없는' 두 사람은 타이와이쿠의 발언을 듣고 나서, 긴장한 기색이 역력하였다. 그들은 감정이 격해졌고, 심지어 두려움에 떨고 있었다. 그 중 한 사람은 바로 아시무였다. 이전 한동안 그는 병 때문에 회의에 참석하지 못했다. 타이와이쿠가 아이미라커쯔에게 편지를 썼다는 사실과 그로 인해 일어난 소란에 대해 이밍쟝은 그의 앞에서 일부러 언급하지 않았다. 그러나 오다가다 얻어들은 일부분 소문 때문에 그의 마음속에는 이미 응어리가 맺혀 있었다. 그런데 이번 회의에서 타이와이쿠가 마침 공개적으로 이 일을 언급하였던 것이다.

타이와이쿠의 발언 때문에 이 회의장 안에서 가장 체면이 구겨지고 수치를 당한 사람은 바로 자신이라는 생각에 그는 고개를 들 수가 없었다. 그리고 쿠투쿠자얼에 대한 타이와이이쿠의 폭로도 여간 놀라운 것이 아니었다. 동생 쿠투쿠자얼과 그는 오래전부터 이미 물과 기름의 관계였고, 서로 어울릴 수 없는 사이가 되었다. 때문에 단지 동생이라는 이유로 놀란 것은 결코 아니었다.

아시무로 하여금 두려움에 떨고, 소름이 끼치며, 눈앞이 캄캄해지게 한 이유는 따로 있었다. 어떻게든 깊숙이 묻어두고, 영원히 떠올리고 싶지 않은 한 장면, 한 가지 기억 때문이었다. 하지만 그 기억은 빚은 술과 같아 시간이 흐를수록 더욱 강렬해져만 갔다. 회의장에 앉아 있는 아시무의 몸은 낙엽처럼 부들부들 떨리고 있었다……

다른 한 사람은 우얼한이었다. 우얼한은 심장이 목구멍으로 튀어나올 것만 같았다. 그는 자신에게 용기를 북돋아주고 있었다. 지금이 바로 때가 아니겠는가? 당장 강단 위로 뛰어올라가 알고 있는 사실을 폭로하고 고발하자……

며칠째 쿠투쿠자얼의 몸 상태는 개운치 않았다. 그는 종일 미간을 찌푸리고 있었고, 심장이 쿵쾅쿵쾅 빠르게 뛰고, 구역질이 나며, 위산이 역류하는 증상을 겪고 있었다. 그리고 리시티는 연이어 며칠째 공사의 공안 특파원 타례푸에게 불려갔다. 그 날 전화를 받은 사람은 쿠투쿠자얼이었다. 그는 수화기 너머로 공안 특파원의 목소리를 알아챘다. 타례푸는 리시티를 찾았고, 리시티는 마침 자리를 비우고 없었다. 그리하여 쿠투쿠자얼은 먼저 자신의 이름을 밝히고 대화를 이어가려고 하였지만, 타례푸는 전화를 건 의도에 대해 한마디도 언급하지 않았다. 그러자 쿠투쿠자얼은 또 말했다.

"장양 조장도 계세요."

타례푸는 "그렇군요. 그럼 수고해요."라고 말하고는 전화를 끊었다.

무슨 일을 숨기고 있는 걸까? 쿠투쿠자얼은 의심을 품기 시작하였다. 오후에 쿠투쿠자얼은 평계를 대고 공사로 찾아갔다. 당시 타례푸의 방문은 "꽁꽁" 닫혀 있었고 커튼도 쳐져 있었다. 커튼 틈사이로 리시티와 자오지

형, 윤중신의 그림자가 언뜻 보였다. 이튿날 아침 장양은 쿠투쿠자얼에게 갑자기 이싸무동이 밀을 훔친 사건의 경위에 대해 물었고, 당시 이리하무는 현위서기를 찾아가 쿠투쿠자얼에게도 의심쩍은 부분이 있다고 의견을 반영하였다는 사실을 털어놓았다. 특히 우얼한의 말을 인용하여 밀을 절도 당하던 날 밤, 이싸무동을 불러간 사람은 다름 아니라 바로 쿠투쿠자얼이라고 했다는 것이었다.

쿠투쿠자얼은 그제야 우얼한이 이미 자신을 폭로하였다는 사실을 알게 되었다. 그리하여 쿠투쿠자얼은 미리 준비해놓은 반격 방법에 근거하여, 단숨에 여러 가지 상황을 서술하였고, 수많은 증인을 나열하였으며, 우얼한의 절대 용서할 수 없는 심각한 죄와, 이리하무와 우얼한의 떳떳하지 못한 관계에 대해 '고발'하였다. 보아하니 장양은 아직도 그를 믿고 있는 눈치였다.

장양이 그와 이런 상황을 논하는 의도는, 여전히 이리하무를 공격하기 위한 것이라고 볼 수 있었다. 그래서 쿠투쿠자얼의 건의에 따라 그들은 우얼한에 대한 '취조'와 강요 및 유도 신문을 진행하였다. 하지만 평소에 돌처럼 과묵하고, 양처럼 온순하며, 진흙처럼 만만하고 다루기 쉽던 우얼한이 그들의 취조에 맞서 뜻밖에도 놀라운 완고함을 보여주었다.

쿠투쿠자얼과 장양이 죽이 맞아 맞장구를 치면서, 아무리 어르고 협박하고, 갈구고 구슬리고, 회유하고 유도하여도, 우얼한은 시종일관 이리하무에 대해 눈곱만큼의 '고발'도 하지 않았다. 일이 예상한 대로 풀리지 않자, 쿠투쿠자얼은 몹시 불쾌하였고, 심지어 예사롭지 않다는 생각까지 들었다.

……그러던 와중에 「23가지 사항」이 날벼락처럼 하늘에서 떨어졌다. 공산당은 이런 면에서 참으로 일가견이 있었다! 쿠투쿠자얼이 공산당 간부의 신분으로 산지도 벌써 15년이 되었다. 그는 회의를 소집하고, 회의에서 발언하며, 여러 가지 이를 종합하는 것을 전혀 두려워하지 않았고, 어떤 도전과 웅

전도 '좌'의 경향이 강한 어떤 미사여구도 두려워하지 않았다. 유일하게 두려웠던 것은 공산당이 추구하는 '실사구시'였다.

공산당이 추구하고 강조하는 '실사구시'의 원칙 앞에서 어떤 기후에도 적응할 수 있는 그의 카멜레온 같은 위장은 곧 벗겨질 것이고, 진상이 탄로 나고 말 것이기 때문이었다.

최근에 벌어진 일들이 비록 겉으로는 모두 순탄해 보이지만, 쿠투쿠자얼은 여전히 마음이 어지럽고 안절부절 못하였다. 상황의 심각성은 그가 '나쓰'를 먹고 있다는 사실로써 그 정도를 가늠할 수 있었다. 이런 담배 등 마약 성분의 환약은 예전에 그에게 형언할 수 없는 즐거움을 가져다주었지만, 요즘은 쓴맛과 구린 냄새밖에 느껴지지 않았다. 그래서 채 녹기도 전에 그는 뱉어내곤 하였다. 이번에 그는 정말 무너진 것 같았고, 정말 병에 걸린 것 같았다……

마이쑤무는 처음으로 그의 앞에서 본색을 드러냈다. 그리하여 쿠투쿠자얼은 '그쪽'의 공격에 완전히 결박되어 꼼짝달싹할 수 없게 되었다. 이것은 너무나 위험하고 무서운 상황이었다. 그는 애매모호하고 미적지근한 태도, 매끄러운 일처리 능력, 물에 젖지 않는 오리와 같이 흔적을 남기지 않는 우월함마저 잃었다. 그의 노련함과 주도면밀함으로 보았을 때, 쉽게 통제에 복종하는 장양도 좋은 조짐은 아니었다. 왜냐하면 이런 면이 마침 장양은 아직 젖비린내가 나는 유치하고 가련한 어린애라는 것을 증명해주기 때문이었다. 어느 날 누군가 입김을 "호" 불거나, 손가락을 살짝 튕기기만 해도, 그는 뒤집어지고 말 것이라는 것이 쿠투쿠자얼의 생각이었다.

해방된 이래, 쿠투쿠자얼은 갖은 시련과 변화무쌍한 정세를 경험하였다. 하지만 그때마다 그는 무사하게 시련을 넘기고 살아남았다. 그는 자신의 계책이 성공한 것을 아주 다행스럽게 생각하면서도, 한편 자신이 설 자리가 갈수록 좁아지고 있다는 것을 감지하고 있었다. 토지개혁 운동과정에서 마무티 촌장과 이부라신 악질 토호가 진압되었고, 민주개혁 이후 기원과 도박장을 폐쇄하였으며, 사회주의 개조가 고조에 달했을 때, 토지사유제와 상공업의 자본주의적 사유제가 폐지되었다. 오랫동안 그와 같은 업종에 종사하며, 쑤탕과 빨간 계란(紅雞蛋, 결혼, 출산, 돌잔치 등 경사스러운 자리에 쓰이는, 빨간 물을 들인 계란)을 팔던 노점 상인들마저 사회주의 상업의 경로에 포함되었고, 그 후에는 또 이맘을 가장하여 돈을 사취하는 엉터리 이맘과, 개인적으로 설립한 불법 경문학교까지 단속하였으며, 정풍운동 과정에는 농촌의 반사회주의 세력에게 타격을 가하였다. 그리고 숙당(整黨)운동 중에는 사상이 부패하고 변질된 당원들을 정돈하였고, 반수정주의 교육과정에서는 침략과 정권의 전복을 도모하는 불순분자들을 대신하여 활동하는 한 무리의 불순분자들을 잡아냈으며, 도시의 '오반'운동 중에는 능력이 좋은 그의 몇몇 친구들이 처벌을 받게 되었고…… 물론 일부 운동에서는 좋은 사람들이 타격을 받은 경우도 있었지만, 쿠투쿠자얼에게 있어서 이것은 즐거운 일이었다.

매 번의 운동과 투쟁이 끝날 때마다, 그는 요행으로 재난을 모면한 것에 대해 기뻐하는 한편, 확연하게 줄어든 발아래의 땅과 몸에 튄 물보라를 느끼곤 하였다. 그러면서 다음에 밀려올 파도는 아마도 자신을 사정없이 덮칠 것이라고 생각하였다. 이런 불길한 생각은 한 번도 그의 머릿속을 떠난 적이 없었다. 그것은 한 마리의 독사처럼 그의 온몸을 칭칭 휘감고 있었다. 무산계급 독재정치의 거대한 펜치는 이미 그를 향해 입을 벌리고 있었다. 이제 거기에 집히는 순간 그는 뼈도 못 추리게 될 것이었다.

한밤중에 쿠투쿠자얼은 깜짝깜짝 놀라서 깨곤 하였다. 뿐만 아니라, 자신의 비명소리에 본인마저 소름이 끼칠 지경이었다. 그리고 그의 곁에서 개의치 않고 여전히 편안하게 숙면을 취하고 있는 파샤한을 보며 감탄하지 않을 수 없었다.

그는 곧 마지막 날이 올 거라는 조마조마한 기분으로 매일을 보냈고, 그러한 상황에서 '네 가지 정돈'운동의 시작을 맞이했던 것이다. 그러나 그는 끝까지 발버둥을 쳐야 하고, 마지막까지 싸워야 하며, 온갖 지혜를 다 짜내고 온갖 계책을 다 써서 맞서야 했다. 운동이 시작된 후 장양의 일부 가짜 '좌파'와 극'좌파'적인 행동과 방법은, 그에게 있어 혼란한 틈을 타서 우세를 차지하는 절호의 기회가 되었다.

이 과정에서 물론 좌절과 실패도 있었다. 예를 들어, 니야쯔에게 아이바이두라와 이리하무를 모함하라고 지시했던 일이 허점이 드러나게 되었고, 그로 인해 쿠투쿠자얼은 가슴이 덜컹 내려앉았다. 하지만 장양은 여전히 이리하무에 대한 투쟁에만 몰두하면서, 다른 일은 본 척도 들은 척도 하지 않고 있었다. 잇따라 타이와이쿠가 적절한 시기에 나타나 멋지게 휘저어 놓음으로써 승리는 꼬리에 꼬리를 물고 찾아왔다. 그 때문에 그는 다 잡은 물고기를 눈앞에서 허무하게 놓칠 수가 없었다. 그리하여 쿠투쿠자얼도 과감하게 투쟁의 전선으로 뛰어들었는데…… 예상하지 못한 일이 벌어지게 된 것이다. ……사실 그의 경험에 의하여 볼 때, 사물의 발전이 극에 달하면 반드시 반전(反轉)한다는 도리는 이해하기 어려운 이치도 아니었다.

그는 좀 더 신중하게 행동했어야 했다. 하지만 이제 와서 후회해봤자 때는 이미 늦었고, 되돌릴 수도 없으며, 물러설 자리도 없었다. 지금 그가 할 수 있는 건, 힘이 닿는 데까지 필사적으로 싸움으로써, 누구든 물어뜯을 수 있으면 물어뜯고, 무엇이든 얻을 수 있으면 얻는 것뿐이었다. 다행인 것은 1962년 이래 그는 매일 차근차근 준비를 해왔고, 생각을 하였다는 것이다. 즉 그의 죄행이 폭로되고 까발혀질 그 날을 대비하여, 자신을 위해 변명하고 반격할 방법을 생각해 왔던 것이다.

그리하여 타이와이쿠의 발언이 끝난 다음, 그는 잠깐 생각을 정리하고 나서 손을 번쩍 들고 발언 기회를 요청하였다.

장양은 너도나도 발언을 하겠다고 손을 드는 다른 사람들의 요구를 모두 무시한 채, 쿠투쿠자얼에게 다음의 발언권을 주었다. 쿠투쿠자얼의 발언이 시작되었다.

"……타이와이쿠야말로 거짓말을 하고 있어요. 저는 그에게 그런 말을 한 적이 없어요. 타이와이쿠는 지금 거짓말을 꾸며서 모든 사람들을 기만하고 있어요. ……타이와이쿠가 거짓말을 하고 사람들을 속이는 것은, 이리하무가 배후에서 꼭두각시처럼 그를 조종하고 있기 때문이에요……"

수많은 사람들이 자리를 박차고 일어났다. 그 중에서 가장 화난 사람은 누가 뭐래도 타이와이쿠였다. 타이와이쿠는 분노가 치밀어 손을 부들부들 떨었다. 풍채가 당당한 사내, 대대의 지도 간부로서, 어찌 방금 자신이 한 말을 손바닥 뒤집듯 하고, 한사코 부정할 수 있단 말인가? 타이와이쿠는 억울하고 분해서 눈물이 날 지경이었다. 왜냐하면 그는 자신의 말을 증명할 수 있는 방증을 찾을 길이 없기 때문이었다.

이때 이리하무는 그다지 높지 않은 목소리로, 손을 휙 저으며 말했다.

"자리에 앉아요, 뭐라고 하는지 끝까지 들어 보자고요!"

쿠투쿠자얼이 계속하여 말했다.

"타이와이쿠는 절대 좋은 사람이 아니에요. 그는 아주 반동적인 소수민족주의(地方民族主義) 분자예요! 1962년 밀 절도범에게 마차를 빌려준 것도 타이와이쿠예요! 한족 사원을 배척하고, 돼지사건을 일으킨 사람도 타이와이쿠라고요. 그는 정치적으로 아주 위험한 인물이고, 수정주의의 줏대 없는 추종자임이 분명한데, 징벌을 받지 않을 이유가 어디 있겠습니까? 그와 정치적 노선이 일치하고, 공명할 수 있는 이리하무가 있기 때문에, 이리하무가 천방백계로 그를 비호하고, 감싸고 돌기 때문에, 타이와이쿠와 같은 햇병아리가 이리하무와 같은 노계의 큰 날개 밑에 숨을 수 있는 거예요. 하지만 그들 사이에도 모순이 있어요. 왜냐하면 이리하무가 그의 아내를 빼돌렸기 때문이에요! 이리하무의 비호와 보호를 받기 위해, 타이와이쿠는 너무 큰 대가를 치르게 되었어요. ……세상에 무언가를 얻기 위해 자기 아내를 대가로 고분고분 내놓을 사내는 없을 거예요! 따라서 이리하무가 첫 번째 아내를 빼앗아가고 나서, 두 번째 아내까지 빼앗으려고 하자 타이와이쿠는 드디어 참지 못하고 반항하였던 겁니다. 그리고 우리는 그를 동정하였어요. 물론 그는 우리들의 동정과 지지를 받아 마땅해요. ……하지만 지금 그의 입장이 또 달라졌어요. 왜 달라졌을까요? 새 '문건'이 내려왔고, 중앙문건의 지도 아래, 우리는 계급의 적과 필사적인 투쟁을 벌이게 될 겁니다…… 계급의 적은 우리와 결사적으로 대항할 것이고, 타이와이쿠는 다시 이리하무의 날개 밑으로 들어가게 된 겁니다. 타이와이쿠는 바로 이처럼 변덕이 심하고, 줏대가 없으며, 전후가 모순이 되는 소인이고, 주정뱅이이며, 건달이고, 수정주의 분자이며, 소수민족주의 분자예요. 존경하는 동지 여러분 우리는 반드시 그에 대해 경계심을 높여야 합니다!"

회의장은 삽시간에 떠들썩해졌다.

"왜 함부로 남에게 죄를 뒤집어씌우는 거죠?" "증거를 내놓아요. 요란한 감태기를 마구 뒤집어씌워 사람을 겁주지 말고, 하나하나 구체적으로 이야기해 봐요!"

사람들이 너도나도 목소리를 높여 말했다.

……

"이것 봐요, 그야말로 엉망진창이에요!"

회의를 마치고 나서, 장양은 입을 삐죽거리며 투덜거렸다.

"보아하니, 쿠투쿠자얼의 연극도 이제 곧 끝나게 되겠네요."

윤중신이 말했다.

"왜요?"

장양이 이마를 찌푸리며 물었다.

"일단 갑시다."

윤중신이 말했다.

"공사의 자오지헝 동지와 타례푸 동지가 우리를 기다리고 있어요. 이리하무도 불러서 같이 갑시다."

"왜요? 무슨 일인데요?"

장양은 오리무중이 되어 멍하니 서 있었다.

"얼른 이리하무나 불러 와요. 가보면 알아요."

윤중신은 약간 비웃는 표정으로 재촉하였다.

쿠투쿠자얼은 지친 다리를 끌고 집으로 돌아왔다. 자신을 겹겹의 포위 속에 빠트려 놓고, 사방의 공격을 막아내고 또 반격함으로써, 혼전으로 이끌고 가게 된 것은, 그에게는 비애이자, 또한 그의 승리였다. 다음에는 어떻게 발전시켜 나가지? 죽일 놈의 무라퉈푸, 일이년, 삼사년이면 돌아온다는 약속을 했으면서, 왜 지금까지 아무런 소식이 없는 거야? 차라리 현금 1위안을 가질지언정, 1,000위안짜리 약속은 선택하지 말아야 한다는 옛말이 하나도 틀리지 않지……

쿠투쿠자얼은 집에 도착하였다. 파샤한은 아직도 진한 차를 마시고 있었다. 그는 파샤한을 거들떠보지도 않고, 바로 머리를 대고 누웠다. 그러나 잠이 오지 않았다.

"벌써 자려고요? 기다려 봐요. 이부자리를 펴 줄게요."

파샤한이 말했다. 쿠투쿠자얼은 고개를 저으며 다시 일어났다. 그리고 베개에 기대어 앉아서 눈을 지그시 감고는, 바깥의 바람 소리와 화로 속에서 석탄이 타고 있는 소리, 개가 짖는 소리를 듣고 있었다. 그러나 마음은 여전히 불안하였다.

파샤한은 전혀 개의치 않고 혼자서 차를 마시며 신음소리를 냈다. 그녀의 신음소리는 꽤 운치가 있었다. 강약과 높낮이를 적절하게 조절해 가며, 진성과 가성을 섞어서 내는 신음소리는, 노래를 부르는 것도 아니고 기도를 하는 것도 아니며, 또 노래를 부르는 것 같기도 하고, 기도를 하는 것 같기도 하였다. 쿠투쿠자얼은 이 신음소리를 벌써 몇 년 동안이나 들어왔기 때문에 멜로디에 아주 익숙하였다. 하지만 오늘따라 그 신음소리가 갑자기 몹시 귀에 거슬렸다. 그래서 그는 버럭 소리를 질렀다.

"좀 조용하지 못해!"

그는 소리를 지르고 나서 머리를 휙 돌려버렸다. 그는 파샤한의 겁에 질려 휘둥그레진 눈과 살이 떨리는 퉁퉁한 얼굴을 보지 않았다. 그는 문득 '심장병'이 생각났다. 하도 일이 많다 보니, 꽤 오랫동안 약을 챙겨 먹는 것을 잊고 있었다. 그는 눈을 떴다. 조금 전 갑자기 난폭하게 소리를 지른 과실을 사과하기 위해, 그는 애써 부드럽고 상냥한 어투로 말했다.

"하오위란이 나에게 처방해준 약을 좀 가져다줘요!"

"무슨 약이요?"

파샤한은 까맣게 잊고 있었다.

"기억 안 나요? 검은 유리병에 담긴, 심장병을 치료하는 약 말이요."

"어머나, 1년 전에 처방한 약을 이제 와서 찾는 거예요?"

파샤한은 작은 소리를 투덜거리며, 약을 찾기 시작하였다. 집안 곳곳을 발칵 뒤지고, 융단 아래까지 샅샅이 훑었다. 물건을 쓰고 지정된 자리에 놓지 않는 버릇이 있는 파샤한이 1년이나 지난 물건을 어찌 찾을 수 있겠는가! 집안은 이미 먼지가 자욱해져 있었다. 쿠투쿠자얼은 그런 집안에 더 이상 있을 수가 없었다. 파샤한의 열띤 수색을 피해 그는 문을 열고 밖으로 나왔다. 밖으로 나오자마자 뒤뜰에서 "쿵!" 하는 소리가 들려왔다. 감자가 가득 담긴 자루를 공중에서 땅으로 던졌을 때 나는 소리와 흡사하였다.

"누구야!" 쿠투쿠자얼은 화들짝 놀라며 본능적으로 문머리 옆에 비스듬히 세워놓은 멜대를 집어 들었다. 그때 능금나무 뒤에 검은 그림자가 나타났다. 멀리서 보았을 때, 그것은 타원형의 볼 같은 모양이었다.

"누구야?"

쿠투쿠자얼은 낮은 소리로, 잔뜩 긴장해서 물었다.

"당황하지 말아요. 나예요."

한 목 쉰 여자의 목소리였다. 쿠투쿠자얼은 놀라서 그 자리에 굳어버렸다. 자세히 보니, 검은 그림자의 실체는 지주 마리한이었다!

"당신이군요. 어떻게 우리 집에 왔어요?"

"담장을 넘어서 들어왔어요."

"담장을 넘었다고요?"

쿠투쿠자얼은 더욱 놀라 "헉" 소리가 날 지경이었다. 마리한은 허리를 쭉 펴더니 말했다. "사실 나는 등이 굽지 않았어요. 매일 허리를 굽히고 다니는 이유는, 나를 억누르고 있는 공산당과 인민공사의 존재를 잊지 않기 위해서죠."

이렇게 말하면서 마리한은 스스로 문을 열고 집안으로 들어갔다. 그리고 집안 곳곳을 둘러보더니 말했다.

"생활이 꽤 넉넉하네요, 우리 대대장."

마리한의 말투에는 아득한 처량함과, 악랄한 비웃음, 실성에 가까운 원한이 들어 있었다. "당신의 그 새장은 왜 보이지 않아요?"

마리한이 물었다. 쿠투쿠자얼은 마리한과 더 이상 말을 섞고 싶지 않았다. 그는 불쾌한 티를 내며 물었다.

"어찌 감히 우리 집에 올 생각을 했죠? 지금 뭘 하려는 건가요? 도대체 무슨 일인데요?"

마리한은 음침한 표정으로 말했다.

"이싸무동이 돌아왔어요!"

"그럴 리가요!"

쿠투쿠자얼은 태어나 처음 채찍에 맞은 망아지처럼 펄쩍 뛰며 소리를 질렀다.

"내 눈으로 직접 확인했어요."

"이런 마귀가 뽑아갈 눈 같으니라고!"

쿠투쿠자얼은 마리한을 향해 덮쳐갔다. 그 모습은 마치 당장 폭행을 휘두를 싸움꾼 같았다.

"일단 진정해요."

마리한은 악랄한 눈빛으로 눈을 흘기더니 눈을 마주치지 않고 혼자서 경문을 외듯 말하기 시작하였다. 뿐만 아니라 그녀는 습관적으로 허리를 굽히고 있었는데, 그 모습에 쿠투쿠자얼은 또 한 번 소름이 끼쳤다.

"우리 집 서북쪽 담장 모퉁이에, 망가진 흙벽돌과 땔감들이 높게 쌓여 있어요. 담장보다도 훨씬 높게 쌓여있죠. 나는 그 땔감 더미 윗부분에 구멍 하나를 냈어요. 그 구멍을 통해 바깥의 아주 먼 곳까지 내다 볼 수 있지만, 밖에서는 나를 보지 못해요. 그 땔감 더미가 바로 나의 감시 초소인 셈이죠. 나는 짬만 나면 그 구멍으로 마을의 동정을 살피곤 해요. 그리고 세상이 어떻게 변해가고 있는지, 이리하 강변에 혹시 기마병이 나타나지 않았는지도 살피죠. ……"

"쓸데없는 소리는 그만해요!"

쿠투쿠자얼은 시끄럽다는 듯이 손을 휘저었다.

"쓸데없는 소리가 아니에요. 무라튀푸가 떠나기 전에 직접 나에게 한 말이 있어요. 바로 그의 그 말 때문에 지금까지 포기하지 않고 살아가고 있고요. 오늘 밤 약 한 시간 반 전에, 긴 솜두루마기를 입고, 어깨에 말 전대를 멘 한 남자가, 흙길을 따라 걸어오는 것을 발견하였어요. 날이 너무 어두워서 얼굴은 자세하게 보지 못했지만, 그 남자의 걸음걸이는 아주 눈에 익었어요. 그 남자는 걷다가는 멈춰서 주위를 둘러보곤 하였는데, 아주 조심스러워 보였어요. 그리고 우얼한 네 대문 앞에 도착하였을 때, 남자는 다시 발걸음을 멈췄는데 회의에 참석한 우얼한이 아직 집에 돌아오기 전이었어요.

우얼한 네 집을 찾아온 남자가 도대체 누구일지, 정말 궁금하더군요. 그 남자는 대문 앞에서 자신의 몸을 한참 더듬거리더니 열쇠를 꺼내서 문을 열고 들어가더군요. 그래서 더 이상하다는 거예요. 우얼한 네 집 자물쇠는 해방 전에 대장장이가 만든 그런 긴 동자물쇠(銅鎖)란 말이죠. 이런 자물쇠는 지금 거의 사라진 상태란 말이에요. 그런데 그런 자물쇠를 열 수 있는 열쇠를 가진 사람이라면 누구일까요? 주인이 외출한 상황에서, 자연스럽게 문을 열고 들어갈 수 있는 사람은 누구일까요? 생각 끝에 깨달았죠. 바로 그 남자도 집주인이라는 거예요. 그렇다면 그 남자는 이싸무동이라는 거겠죠!"

"단정 지을 수는 없어요."

말은 이렇게 하였지만, 쿠투쿠자얼의 안색은 이미 창백해졌다.

"아니요. 무조건이에요! 의심할 여지가 없어요! 그 남자의 키와 몸매, 걸음걸이, 얼굴 윤곽을 꼼꼼히 다시 돌이켜 보니 분명하더군요. 그 뒤에 나도 우얼한 네 마당으로 살며시 따라 들어가 보았어요. 혹시 창문을 통해 얼굴을 확인할 수 있을지, 혹은 기침하는 소리라도 들을 수 있을지…… 그런데 애석하게도 아무것도 보지 못했고, 아무 소리도 듣지 못했어요. 더 가까이 다가가 살펴보려고 했지만, 발자국이라도 남겨서는 위험해질까봐 그만두었어요. 하지만 이싸무동이라고 감히 단정 지을 수 있어요. 그는 '저쪽'에서 건너오는 거잖아요! 그러니 큰길로 당당하게 집으로 돌아올 수는 없었을 거고요. 그럼 어디에서 갑자기 나타난 걸까요? 알라신이시어! 어떻게 된 건지 알 수 없지만, 아무튼 이 상황을 반드시 당신에게 알려야겠다고 생각했어요. 그것도 한시라도 빨리요. 그의 모습은 기적을 가지고 날아온 신조(神鳥)라기보다 재난을 예고하는 불길한 까마귀 같았어요. 그래서 나는 천신만고 끝에 당신을 찾아오게 된 것이에요. …… 왜 그래요? 괜찮아요?"

쿠투쿠자얼은 어안이 벙벙하였다. 온몸의 피는 마치 혈관 속에서 굳어버린 것 같았다. 하늘에서 뚝 떨어진 맷돌에 짓눌려 그는 꼼짝달싹 할 수가 없었고, 허리케인에 휘말려 그는 일어설 수도, 정신을 차릴 수도 없었으며, 얼음구덩이에 빠져 온몸이 꽁꽁 얼어붙은 것 같았다. 그는 산송장이나 다름없었다.

"얼른 무슨 대책을 세워요!"

마리한이 경고하듯 말했다.

"산후 조리를 하는 산모처럼 그러고 있지 말고, 정신 차려요. 당신 이미 가슴을 내민 채로 오랫동안 버텼어요. 그러면 안 돼요. 나처럼 허리를 굽히고 살아야 해요. 사실 허리를 굽혀도 생활하는 데는 별문제가 없어요. …… 때가 되면, 언젠가 다시 허리를 펴고 가슴을 내밀 수 있어요. 우리가 있고, 앞으로 어떤 일이 벌어질지 누구도 예측할 수 없어요. 그럼 나는 먼저 돌아갈게요."

마리한은 처음 들어와 본 이 집안의 장식들을 다시 한 번 훑어보았다. 비록 어수선하지만, 그녀의 집보다 훨씬 부유하고 넉넉한 집이었다. 그녀의 눈에서는 부러움, 시기와 질투, 슬픔과 남의 재앙을 고소하게 생각하는 흉악

449

한 빛이 번쩍거렸다. 그녀의 눈빛은 이미 얼빠진 쿠투쿠자얼로 하여금, 다시 한 번 깜짝 놀라게 하였다.

"거기서요!"

마리한의 눈빛이 쿠투쿠자얼을 분노케 하였다. 그는 마리한의 앙상하게 마른 팔을 꽉 잡았다. 마리한은 아파서 소리를 질렀다.

"나는 당신과 당신의 죽은 남편을 저주할 거예요. 당신들 때문에 내 인생은 시궁창으로 빠졌어요! 갑시다. 우리 같이 공안 특파원을 찾아 갑시다."

쿠투쿠자얼은 이를 부득부득 갈며 말했다. 파샤한은 눈앞이 캄캄하였다. 그녀는 사건의 대체적인 경과와 남편이 지금 아주 위험한 상황이라는 것은 짐작하고 있지만, 자세한 내막은 모르고 있었다. 남편의 히스테리같은 발작을 본 그녀는 두렵기 그지없었다. 그녀는 흐느끼면서 쿠투쿠자얼을 와락 끌어안았다.

"당신 왜 그래요? 제발 이러지 말아요."

쿠투쿠자얼은 갑자기 맥 빠진 사람처럼, 마리한의 팔을 꽉 잡고 있던 손을 툭 떨어뜨렸다.

"미친 거예요?"

마리한은 아픈 팔을 어루만지면서, 숨을 헐떡거리며 말했다.

"어떤 재난이 일어나도, 해결할 방법은 많아요. 정 안 되면, 같이 공안 특파원에게 가줄게요. 그건 문제없어요. 지금 당장 갈까요?"

쿠투쿠자얼은 한쪽 손으로 절반의 얼굴을 가리고, 아무 말도 하지 않았다.

……마리한은 도둑고양이처럼 살며시 쿠투쿠자얼의 집을 빠져나왔다. 그녀는 곧장 집으로 돌아가지 않고, 쿠투쿠자얼 네 집에서 될수록 멀어지기 위해 일부러 한 바퀴 빙 돌았다. 그다음 제 2생산대의 과수원을 지나 마을로 통하는 논둑길을 걸을 생각이었다. 마리한이 과수원에 막 도착하였을 때 과수

원 담장 모퉁이로부터 검은 그림자 하나가 그녀의 앞에 불쑥 나타났다. 마리한은 화들짝 놀라며 뒤를 돌아보았는데, 뒤에도 총을 든 사람이 두 명이나 버티고 서 있는 것이었다.

"갑시다. 우리는 당신의 뒤를 이미 오랫동안 밟았어요."

민병 중대장 아이바이두라가 말했다. 마리한은 허리를 더 낮게 굽히고 등을 더욱 둥글게 구부렸다.

39장

외로운 우얼한 네 집 등잔불을 밝힌 사람은 누구인가?
우얼한이 누구의 품속에 쓰러졌는가?

회의장 안의 격렬한 광경으로 인해 우얼한의 감정도 더없이 격해졌다. 타이와이쿠를 향해 무자비하게 반격을 가하고 있는 쿠투쿠자얼, 타이와이쿠를 집어 삼킬 것 같은 그의 흉악한 모습을 보며 우얼한은 정의를 위해 선뜻나서서, 쿠투쿠자얼의 가면을 찢어버리고 싶은 마음이 굴뚝같았다. 그녀의 조우는 비록 타이와이쿠의 경우와 전혀 다르지만, 타이와이쿠의 회한과 고통이 그대로 전해지고, 또 그런 감정에 격하게 공감하다 보니, 그녀의 마음은 더할 나위 없이 쓰라렸다.

그녀도 한때는 쿠투쿠자얼에 대해 경외스런 마음을 품고 있었고, 심지어 고맙게 생각하였다. 하지만 생활이라는 가혹하고도 열정적인 교사는 그녀에게 큰 깨달음을 주었고, 그녀로 하여금 점점 더 쿠투쿠자얼의 진면목을 알게 하였다. 우얼한은 살면서 수없이 많은 호인과 여러 종류의 악인을 겪었다. 호랑이와 늑대, 독사와 전갈, 여우같은 악인들은 하나같이 혐오스럽지만, 적어도 선명한 형상을 갖추고는 있었다. 하지만 쿠투쿠자얼은 이런 악인들과 차원이 달랐다. 그는 조금 전까지 친척관계를 들먹이며, 손윗사람과 보호자라고 자칭하면서 다가와 놓고는 눈 깜짝할 사이에 안면을 몰수하고 남의 상처를 들춰내서, 거기에 소금을 뿌리고, 실제로 존재하거나 조작된 죄명을 뒤집어씌워, 사람을 사경으로 몰아넣었다.

그는 가끔 조국 통일과 민족 단결, 특히 한족들과의 우정을 가장 중요하게 생각하는 열성적인 수호자인양 행동하다가도, 또 때론 가장 비루한 소수민족주의 정서의 대변인의 모습을 하고 있다. …… 그는 이처럼 변덕스럽고, 이처럼 불명확하며, 좌와 우 사이에서 왔다 갔다 하고, 이랬다저랬다 하는 변덕이 죽 끓는 듯한 사람이었다. 그는 미인의 탈을 쓴 마귀이고, 알록달록한 모충이며, 그의 악랄함은 가증스러울 지경이고, 더할 나위 없는 위선과 허위는 구역질을 유발할 정도이다.

지금도 그는 회의장을 아수라장으로 만들고, 남의 이목을 현혹시켜 진위를 분간할 수 없게 하고 있지 않는가! 후안무치, 눈 한번 깜빡하지 않고 거짓말하기, 협박과 공갈, '나는 언제나 이유가 있고, 언제나 이치에 맞다'는 변론, 감언이설, 두서없이 말하다가 대충 "하하"하고 웃어넘기기, 이 모든 것은 전부 그의 뛰어난 특기였다.

우얼한은 피가 부글부글 끓었고 심장이 쿵쾅쿵쾅 힘차게 뛰었다. 비록 각성 수준이 그다지 높지 않고, 학습에 참가한 적도 많지 않아 열성분자와는 거리가 멀지만, 그래도 인민공사의 한 구성원으로서, 성실한 노동자로서, 또 정직한 공민으로서, 자물쇠를 따고 불법침입하려는 강도를 보았을 때, 성냥을 그어 탈곡장을 불태우려고 하는 악당을 보았을 때, 어찌 못 본 척 넘어갈 수 있겠는가! 자신의 안위를 돌보지 못하는 한이 있더라도, 마땅히 용감하게 돌진하여, 범죄행위를 저지르고 있는 범인을 붙잡고 제지해야 하며, 그래도 역부족이라면 입으로라도 물고 놓아주지 말아야 할 것이다. 한 발 물러선다

해도 사람들을 불러오거나, 소리를 질러, 범죄를 즉시 알려야만 인간이라고 할 수 있을 것 같았다. 만약 보고도 눈을 감아버린다면, 그것은 범인을 돕는 공범이나 다를 바가 없는 것이었다.

우얼한은 양심의 부르짖음에 다섯 번, 열 번, 열다섯 번도 넘게 귀를 기울였고, 끝내는 양심의 독촉을 받아들였다. 그녀는 손을 번쩍 들고 발언권을 청하였다. ……하지만 그녀에게 돌아온 것은, 미간을 찌푸리고, 극도로 의심하고 멸시하는 장양의 못마땅한 흘김이었다.

장양은 눈을 똑바로 뜨지도 않은 채, 눈동자만 위로 살짝 빠르게 굴렸다. 그리고 그의 입가에는 더 말할 것도 없는 경멸이 장착되어 있었다. 우얼한은 뼛속까지 스며드는 서늘한 기운을 느꼈고, 저도 모르게 쿠투쿠자얼이 연거푸 강조하던 그녀 본인의 '신분', 보라티장의 아버지, 1962년의 그 악몽을 떠올리게 되었다. 그녀는 들었던 손을 천천히 내렸다. 그녀는 이미 만장의 깊은 심연 속으로 떨어졌고, 체념에 빠져 버렸다.

드디어 회의가 끝났다. 우얼한은 혼자서 마을로 돌아오는 길에 올랐다. 사실 랴오니카와 이밍쟝, 아시무도 같은 길이지만, 우얼한은 일부러 사람들을 피해 혼자 돌아왔다. 쿠투쿠자얼에 대한 우얼한의 증오는 가슴에 사무칠 지경이었다. 하지만 쿠투쿠자얼의 어르고 때리고, 기만하고 억압하는 수법에 그녀의 의지와 양심이 부서진 것도 부정할 수 없는 사실이었다.

우얼한은 생활 중의 부패하고 퇴폐적인 것들, 사람을 타락시키고, 갉아먹고, 해치는 것들을 모두 증오하였다. 즉 담배, 뇌물, 허영, 아부, 대마초, 그리고 식탁 앞에서 끝도 한도 없이 늘어놓는 여자들의 한담까지 모두 싫었다. 그녀는 독사의 혀와 같은 악독한 사람들의 혓바닥도 싫어하였다. 그 중에서도 가장 원망스러운 사람은 이싸무동이었다. 나라를 배신하고, 고향을 배신하고, 인민을 배신하고, 아내를 배신한 사람이라는 낙인이 찍힌 이싸무동이 원망스러웠다. 옛날 저녁 하늘이 오색찬연해지면, 국수 삶을 물을 미리 끓이고, 대문 앞에 서서 남편이 돌아오기를 목이 빠지게 기다리던 정경을 떠올릴 때마다 분해서 이가 갈렸다. 만약 그녀에게 칼이 있다면, 한 여자의 남편, 한 아이의 아버지의 호칭에 제대로 먹칠한 파렴치한 마음을 직접 열어보고 싶었다! 언젠가 조국이 그를 용서하고, 인민이 그를 용서하고, 당과 정부, 공안국과 법원이 그를 용서한다고 해도, 그의 아내, 눈물이 마르고 극심한 정신적 고통으로 멍청해진, 나이 서른에 귀밑머리가 희어진 이 우얼한, 활달하고 아름다웠던, 낙천적인 아마추어 무용가 우얼한은 절대 그를 용서하지 않을 것이라고 생각했다.

그의 아들, 그의 유일한 혈육, 버려지고 잃어버리다시피 했던 아들, 아버지로 인한 수치스러운 기억의 무거운 짐을 안고, 평생 숨을 죽이고 살아가야 하는 아들, 영리하고 일찍 철이 들어 어른처럼 말하고 행동하는 아이도 그를 절대 용서하지 않을 것이다. 절대 영원히 용서하지 않을 것이다!

겨울밤의 살을 파고드는 한기 속에서, 쓰라린 증오 속에서, 장기적으로 쌓이기만 하고 해소할 수 없었던 원한이 끌어낸 끝없는 슬픔과 부끄러워 얼굴을 들 수 없는 우울함 속에서, 그녀는 힘겹게 눈밭을 걸어갔다. 그리고 다음번 회의에서는 반드시 첫 번째로 발언해야겠다고 다짐하고 또 다짐하였다. 다음번 회의에서는 기필코 사건의 진상을 까밝히고 쿠투쿠자얼의 진면모글 폭로해야겠다고 결심하였다.

집이 점점 가까워져갔다. 그런데 그녀는 갑자기 걸음을 멈추고 그 자리에 굳어버렸다.

작은 창문, 커튼 틈 사이를 뚫고 한 줄기 밝은 불빛이 반짝이고 있었던 것이다. 우얼한은 눈을 비비고 다시 유심히 관찰하였다. 아이는 디리나얼에게 맡겼고 회의가 끝나면 데리러 가기로 약속하였다. 그리고 분명 문을 꽁꽁 잠그고 나왔다…… 그녀는 걸음을 재촉하였다. 가슴이 콩닥콩닥 뛰기 시작하였다.

문은 안으로 걸려 있었고, 바깥의 긴 자물쇠는 보이지 않았다. 우얼한 외에 그 동자물쇠의 열쇠를 가지고 있는 사람은 누구이고, 또 누가 감히 그 자물쇠를 열었을까? 구식의 긴 자물쇠, 녹이 슬었고, 기름칠을 한 적이 있는 동자물쇠는 어디로 간 걸까? 그녀는 대문을 밀며 소리쳤다.

"누구에요"

문이 열렸다. 문을 연 사람은 키가 큰 남자였다. 그 남자는 두꺼운 융단 방한화를 신고 있었고, 큰 가죽 모자를 쓰고 있었는데 불빛을 등지고 있어 우얼한 눈앞에 나타난 건 검은 그림자뿐이었다.

얼굴을 확인할 수 없었다. 얼굴을 보지 못했음에도 불구하고 우얼한은 한눈에 알아보았다. 순간 모든 머리카락과 온몸의 솜털이 쭈뼛 서는 것 같았다. 그녀는 알라신을 신봉하고, 마호메트가 이슬람교의 창시자라는 사실을 믿어 의심치 않으며 창세설과 조물주의 존재를 굳게 믿는다. 하지만 죽은 사람이 부활할 수 있다거나 무덤 속에서 산 사람이 걸어 나올 수 있다는 말은 한 번도 믿은 적이 없었다. 그렇다면 이 남자는 '저쪽'에서 온 것이다.

"당신!"

우얼한은 단마디 비명을 질렀다.

"여보,"

비록 10년은 늙어보였지만 여전히 귀에 익은 이싸무동의 목소리였다.

"날 알아보지 못하겠소?"

이싸무동은 뜨거운 눈물을 흘렸다. 우얼한은 온몸에 전율이 흐르는 것 같았고, 순간 다리가 풀려 그 자리에 주저앉을 것만 같았다. 그녀는 재빨리 문틀을 짚으며 몸을 지탱하였다.

"어디서 오는 길이에요? 왜 돌아왔어요?"

그녀는 준엄하게 물었다.

"화 내지 말고 진정하고 내 말을 들어봐요. 걱정하지 말고. 사실 나는 그쪽으로 건너간 적이 없어요. 한 번도 우리 조국을 떠난 적이 없어요. 나는 영원히 이곳을 떠나지 않을 거예요. 사형을 선고받는다고 하더라도, 총살을 집행한다고 하더라도, 나의 영혼은 여전히 우리 이곳을 그리워 할 거예요!"

이싸무동은 더 이상 말을 잇지 못하였다. 우얼한은 "헉" 소리와 함께 그의 품속에서 정신을 잃고 쓰러지고 말았다.

죽은 사람이 부활했다고 해도 이처럼 놀랍지는 않을 것이다. 이싸무동이 돌아왔다. 친족과 이웃들, 호인과 악인들의 기억 속에서 잊혔던 중농의 아들, 전 창고 관리인, 이 밀 절도범이 무사히 집으로 돌아온 것이다. 가장 먼저 이 소식을 전한 사람은 디리나얼이었다. 그녀는 마을 사람들에게, 그리고 그녀의 친정에, 이웃 생산대인 제4생산대의 후양나무 아랫목에 있는 사람들에게 이 소식을 전하였다.

처음 이 소식을 들었을 때, 사람들은 하나같이 놀라고 의아해하였으며, 심지어 다소 두려운 표정으로 서로 얼굴만 쳐다보았다. …… 하지만 그것도 잠깐, 착하고 정 많은 농민들은 그동안 폴싹 늙어버린 진실한 참회의 표정이 어리어 있는 오래된 거주자 타란치 이싸무동의 얼굴을 보고 나서 처음에는 의아해 하고 피하려고만 했던 자신의 행동을 오히려 부끄럽게 생각하였다. 사람들은 차츰 이싸무동에게 다가가려고 하였고, 이싸무동 네 집으로 찾아가 먼저 인사를 하기도 하였다.

그를 대할 때 사람들은 최대한 1962년의 사건을 언급하지 않으려고 조심 또 조심하였고, 이싸무동 본인도 그 일에 관해서 길게 말을 하지 않았다. 그러나 누굴 만나든, 인사를 나누고 악수할 때 맞잡은 손을 놓기도 전에 이싸무동은 항상 먼저 한 마디 하였다. "나는 '그쪽'으로 간 적이 없다는 사실을, 지도자들도 이미 알고 있어요. ……"

그렇다. 그는 그렇게까지 멀리 가지 않았다. 마지막 순간 더욱 정확하게 말하면, 마지막 찰나에 그는 돌이킬 수 없는 걸음을 멈췄던 것이다. 그는 발걸음을 멈추고 뒤로 돌아섰다. 그는 등을 돌려 조국을 향해 마주섰고, 끝내는 건너가지 않기로 결심하였다. 하지만 그는 실명과 내력을 밝힐 용기가 없었다. 그리하여 그는 본명과 신분을 숨긴 채, 안니와얼쓰라무(安尼瓦爾斯拉木)라는 가명으로 자신을 소개하였고, 체모현(且末縣) 사람이라고 거짓말을 하였다.

체모현 사람이라고 말한 이유는 몇 가지가 있었다. 젊은 시절 그는 우연히 체모현의 한 행상인을 접하게 되었는데, 그 사람을 통해 체모라는 지명을 알게 되었고, 그곳에 관한 일부 상황을 알게 되었던 것이다. 뿐만 아니라 체모는 신장에서 가장 외진 곳이고, 가장 변두리에 위치하였다. 체모와 그 자매현인 뤄챵(若羌)은 타클라마칸사막의 동쪽 변두리에 위치하였고, 주위 수백 km 이내는 인적 하나 없으며 서쪽으로 쿠얼러시로 통하고, 남쪽으로 민펑(民豐)현으로 통하는 공로는 늘 유사(흐르는 모래 – 역자 주) 때문에 막히곤 했다.

여러 가지 정황으로 미루어 보았을 때 이보다 더 외진 곳은 없었고, 방언마저도 난쟝 및 베이쟝의 대다수 지방과 달랐다. 그리하여 그는 체모현을 선택하였다. 변경의 해당 부문의 도움으로 그는 체모현으로 송환되었고, 체모에 도착한 그는 현지 정부를 찾아가 본인은 이리 사람인데, 온 가족은 이미 외국으로 도망쳤고, 마지막 순간에 본인만 조국에 남기로 결정하였으며, 지금 이리에는 일가친척이 아무도 없다고 성명하였다. 그리고 정부의 도움으로, 먼 친척을 찾아 체모현으로 오게 되었는데 친척과 연락이 닿지 못했다고 말했다. 그는 체모현에 남아 농사를 지을 수 있게 허락해 달라고 신청하였다. 그리고 인구가 적고 가을밀이 풍부한 이 작은 체모현의 한 공사에서 순조롭게('기꺼이'라고 표현하는 것이 더 적절하다) 그를 받아주었다. 그리하여 그는 그곳에 정착하게 되었고, 유명한 뤄부호(羅布泊) 옆에서 생활하게 되었다.

체모와 뤄창은 모두 이 뤄부호 때문에 세상에 알려지게 되었다. 뤄부마(羅布麻, 개정향풀), 뤄부 방언 등의 명칭도 전부 이 호수 때문에 붙여진 이름이었다. 이싸무동은 뤄부호의 호숫가에서 농사를 지었고 그는 공사의 모범 구성원이 되었다. 그는 날이 채 밝기도 전에 일하러 나갔다가 날이 어두워서야 들어오곤 하였다. 그는 경작지와 흙 속에서 마멋[14]처럼 부지런히 오가며 일하였다. 날짜에 따라 노동점수를 계산할 때에는 일찍 나갔다가 늦게 들어오면서, 중간 휴식시간까지 아껴서 일하였고, 할당량의 완성 백분율로 노동점수를 계산할 때에는, 늘 체력이 약한 사람을 도와 일하였다. 그리고 차에 양식을 적재할 때에는 항상 사람들이 싫어하는 자리를 택했는데, 즉 바람을 맞받아 서서 흙먼지를 가장 많이 먹는 자리에서 일하였다.

수로를 수리할 때에는, 또 가장 낮고 질척거리는 구간을 맡아 하였고, 잡초를 제거할 때에는 경작지의 가장자리거나 잡초가 가장 무성하고, 흙이 가장 딴딴한 긴 고랑만 찾아 칸투만을 휘둘렀다. 밀 가을을 할 때에는 휴식시간을 이용하여 미리 수염풀을 베어놓음으로써 매끼를 만드는 데 편리함을)주었다. 그의 일솜씨는 나무랄 데가 없지만 그의 말과 웃음은 지나칠 정도로 적었다. 생산대에서 선정한 오호(五好) 구성원에 그는 두 번씩이나 당선되었지만 끝까지 상장을 받지 않았다.

---

14) 마멋(marmot, 다람쥣과 마멋 속의 포유류를 통틀어 이르는 말. 몸은 작은 토끼만 하고 온몸이 회갈색 털로 덮여 있다. 9월부터 이듬해 4월까지 동면한다. 평지의 바위가 많은 곳이나 평원에 굴을 파고 사는데 아시아, 유럽 북부, 북아메리카 등지에 11종이 분포한다.

대장은 그를 도무지 이해할 수 없는 사람이라고 하였고, 잘난 척하기를 좋아하는 한 젊은 회계는 그를 노동만 하고 정치적 적극성은 눈곱만치도 없는 사람들의 전형이라고 하였다. 날이 갈수록 그에게 들어오는 혼담은 점점 늘어갔고, 심지어 공사의 한 초등학교 여교사는 그에게 사랑이 듬뿍 담긴 편지를 썼다. 계란형 얼굴에 길고 가는 눈썹이 매력적인 황금 귀고리를 한 혼기가 꽉 찬 이 처녀는 현지에서 소문난 미인이었는데, 사람들은 그녀를 눈이 높고 지나치게 까다로워 그 나이까지 시집을 가지 않은 '공주'라고 말했다. 하지만 이싸무동은 이 모든 것을 거절하였다. 그리하여 그에 대한 여러 가지 추측과 의논이 난무하기도 하였지만, 한 점 흠이 없는 그의 노동과 성품 덕분에 한 번도 악의의 유언비어로 번진 적이 없었고, 사람들은 결국 모두 그에게 마음을 빼앗기게 되었다.

1964년 겨울 네 가지 정돈 공작대가 들어왔을 때 그는 두려움에 떨었다. 한 달 동안의 선전과 설명을 들은 후, 그는 갈아입을 옷 몇 가지와 큰 낭 두 개를 지니고 공작조를 찾아갔다. 그는 자신의 상황을 곧이곧대로 진술하였고, 즉시 체포되어 제재를 받을 준비까지 마쳤다. 그는 밤을 새워 작성한 서면 진술 자료와 유서(遺書)를 제출하였다. 그는 자신의 죄가 막대하기 때문에 사형을 선고받을 가능성이 크다는 것을 아주 진지하게 생각해 보았던 것이다. 그리고 조국과 인민이 주는 징벌을 달갑게 받아들이겠다는 마음을 먹었다. 유일한 요구사항이 있다면 형벌에 복종하여 몸에 탄환을 맞게 되었을 때, 만약 그의 아내가 아직 중국에 있다면 그가 직접 쓴 유서를 아내와 아들에게 전해달라는 것이었다.

그의 유서에는 이런 내용들이 적혀 있었다.

나의 사랑하는 과거의 아내 우얼한! 귀여운 나의 아들 보라티쟝! 나는 두 사람이 지금 어디에 있는지, 무사하게 살아 있는지도 모르는 남편이고 아버지예요. 혹시 속임수에 넘어가거나 협박에 의해 나쁜 일에 연루되어 그쪽으로 넘어가게 되었다고 누가 그러나요? 굶주림과 추위 속에서, 냉담과 경멸 속에서 실의에 빠져 타국에서 떠돌며 연명하고 있다고 누가 그러나요? 혹시 고향에 남아 나대신 모욕을 당하고, 나를 대신하여 벌을 받고, 반혁명 활동분자, 외국으로 도망친 절도범의 가족이라는 이유로 감시와 통제를 받고 있나요?

우얼한 당신은 이미 재가하였고, 나의 이름에는 아마도 영원한 저주만 남아 있겠죠! 혹시 견딜 수 없는 수치와 고난 속에서 당신은 이미 병들어 이 세상을 떠났나요? 하지만 나는 한 순간도 당신을 잊은 적이 없어요. 당신에 대한 사무치는 그리움은 곧 당하게 될 사형보다도 더 고통스러운 벌이에요.

당신에 대한 참을 수 없는 그리움과 수많은 추억은, 또 죄악으로 물들여진 내 생의 마지막 순간의 한 줄기 유일한 빛이에요. 물론, 나의 이런 그리움은, 당신들에게 있어 치욕스러운 일이 될 뿐이라는 걸, 잘 알고 있어요.

……1962년 4월 30일 밤, 바람이 세차게 불고 모래가 날리고 돌이 굴러다녔으며, 천지가 어두컴컴하였죠. 쿠투쿠자얼, 그 가식적인 악당, 음험하고 악랄하게 사람을 해치는 살인범, 두 다리로 걷는 늑대가 나를 집밖으로 불러냈어요. 나는 어리둥절한 상태에서, 그의 꼬드김에 넘어가 지주 마리한 네 문 앞까지 따라가게 되었어요. 그리고 어딘가에서 갑자기 세 사람이 나타나더니, 나를 밀다시피 하여 마리한 네 집으로 끌고 들어갔어요.

그때 쿠투쿠자얼은 이미 사라지고 없었어요. 그 세 사람 중 한 사람은 바로 우리 집에 찾아왔던 라이티푸예요. 나머지 두 사람은 몰골이 아주 흉악하였는데, 자세한 설명은 생략할게요. 라이티푸는 교민협회에서 이닝시에 이미 몇 개의 중계 수송기지를 설립하였고, 각 현의 그쪽으로 넘어가려는 사람은 현재 거기에서 숙식을 해결하면서 절차를 밟고 버스 티켓을 구입하고 있다고 하였어요. 그리고 더욱 많은 사람들을 알마티(阿拉木圖)로 보내기 위해 중계 수송기지는 많은 양의 양식이 필요하다고도 했어요. 그리하여 그들은 나에게 창고문을 열라고 했어요.

나는 소련으로 건너갈 의향이 전혀 없을뿐더러, 소련으로 넘어갈 마음이 있다고 하더라도, 나에게는 창고 문을 함부로 열 권리가 없다고 했어요. 왜냐하면 창고 안에 있는 양식의 주인은 제7생산대의 모든 구성원 것이니까요. 그러자 나머지 흉악하게 생긴 두 사람이 다짜고짜 칼을 꺼내들더니 나랑 여기에서 논쟁할 시간이 없다며 협박하는 거예요. 그래서 그들과 함께 범죄를 저지르기로 하였고, 지옥으로 떨어질 각오를 하였어요.

라이티푸는 또 대대 서기도 그들과 같은 편이고, 전 이리가 그들의 편이며, 교민협회의 명령이 곧 가장 권위적인 명령이라고도 했어요. 때문에 그들은 최고의 권력자라는 거예요. 뿐만 아니라 쿠투쿠자얼에게서 듣게 된 소식인데, 공사의 당위원회는 이미 나를 체포할 거라는 계획을 상부에 보고하였고, 요 며칠 상부의 허락이 떨어질 것이며, 그렇게 되면 나는 꼼짝없이 쇠사슬에 묶여서 감옥에 들어가야 한다고 말해주었어요. 때문에 나에게 남은 길은 단 한 갈래, 즉 그들과 한 편이 되는 것이라고 하였으며, 이번 일을 마치면 그들은 책임지고 나를 안전하게 교민협회의 중계 수송기지로 보내줄 것이고, 국경선 저쪽으로 실어다 줄 거라고 약속했어요. 그리고 타슈켄트나 알마티, 프룬제(伏龍芝, 비슈케크의 전 이름), 혹은 두샨베(杜尚別), 혹은 아슈하바트(阿什哈巴德)에서 마음대로 직업을 선택할 수 있을 뿐만 아니라, 후방에서 물자를 조달한 공헌이 있기 때문에, 상금을 톡톡히 받게 될 수도 있다고 하였어요. 그밖에도 라이티푸는 즉시 조치를 취하여, 당신과 아들 두 사람도 곧바로 그쪽으로 보내줄 테니까, 우리 한 가족은 곧 만나게 될 거라고 설명해주었어요. 라이티푸의 모든 설명이 끝나자 그들은 나의 허리춤을 뒤져서 습관적으로 허리띠에 묶어서 지니고 다니는 창고 열쇠를 가져갔어요.

그리고 일이 벌어졌어요. 큰 잘못은 이미 빚어지고 말았어요. 나는 이와 같은 어두운 길을 걸어 여기까지 오게 되었어요. 이 길의 시작점에서 나는 아주 약간의 회유와 뇌물을 받았고, 아주 조금의 고기를 더 먹었고, 아주 조금의 술을 더 먹었을 뿐이에요. 그러나 이 길의 종착점은 절도이고, 나라에 대한 배반이며, 선조, 가족, 톈산, 이리하와 타림강(塔裏木河)을 배반한 나라의 죄인이고, 민족의 죄인이 되었어요!

……그런데 왜 떠나지 않았던 것은 1962년 5월 6일의 아침이었어요. 날이 채 밝기도 전에 라이티푸는 나에게 버스 정류장으로 가라고 하는 거예요. 그리고 당신들이 거기에서 나를 기다리고 있으며, 당신들도 이미 '교민' 신분이 되었다는 거예요. 하지만 나는 정류장에서 당신들을 보지 못했어요. 따지고 묻자 그들은 또 당신들이 이미 첫 버스를 타고 먼저 떠났다며 말을 바꾸는 거예요.

약 10시쯤에 우리는 국경지대에 도착하였어요. 그곳은 개활지였어요. 중국 이쪽에는 약간의 봄밀을 심었는데, 물을 대지 못한 탓에 농작물의 상태가 그다지 좋지 않았지만, 그래도 녹색의 작은 밀들이 있

463

어 생기가 있었어요. 소련 저쪽은 완전히 황무지였는데, 경비가 삼엄한 양쪽의 철조망은 모두 구멍이 뚫려 있었고, 완전 무장한 외국 병사가 '질서를 유지'하고 있었어요. 그리고 조금 떨어진 곳에 범포로 완전히 가린 대형트럭들이 줄지어 서 있었는데, 시동을 끄지 않은 트럭의 엔진소리가 "우르릉, 우르릉" 울리고 있었어요. 우리 쪽의 진짜 혹은 가짜 소련 교민증을 제출하고 심사를 기다리고 있는 사람들은 고함을 지르고, 서로 밀면서 날뛰고 욕하며 난리도 아니었어요. 그들은 폭풍우 속에서 선두 양(산양)을 잃어버리고, 무질서하게 날뛰는 양떼(면양) 같았고, 산불이 난 삼림 속에서 허겁지겁 도망쳐 나온 한 무리의 토끼 같았어요. 그곳은 흥분의 도가니였어요.

대부분의 사람들은 미친 듯 날뛰고 있었고, 변경을 건너기 일보 직전에 이미 얼빠진 사람처럼 사색이 되어있는 사람도 가끔 있었어요. 그 한 무리의 양과 토끼들, 흥분을 주체 못하고 날뛰던, 그리고 이미 사색이 된 사람들은 국경을 넘어가는 순간 하나같이 손을 아래로 내리고, 머리를 숙인 채 고분고분 줄을 서서, 숨조차 크게 쉬지 못하게 된 거예요. 그들은 조심스럽고, 바보스럽게 줄을 지어 걸어가서 검사, 검역, 소독을 받았어요. 소독을 받는 광경은 정말 무시무시하였어요. 피부가 하얗고 부드러우며 몸집이 뚱뚱한 그쪽의 몇몇 젊은이들은 가짜 소련 교민들을 붙잡고, 그들의 몸에 가루약을 한 줌씩 뿌린 다음, 또 그들의 앞자락과 뒷깃을 들썩이며 그 안으로 가루약을 집어넣었어요. 그리고 마지막에 물약을 뿜고 나서야 비로소 소독을 마쳤지요. 코를 찌르는 지독한 소독약 냄새는 국경선을 넘어 우리 쪽까지 퍼져왔어요.

나는 국경선에 서서 이 모든 것을 지켜보았고, 가축을 대하듯 소리를 지르며 그들 가짜 교민들을 몰아가는 외국 병사들과 검역공무원들의 난폭한 말투를 들었어요. 짐승과 같이 심지어 짐승보다도 못한 벌레 취급을 당하며, 검역과 소독을 받은 사람들은 분말과 액체로 범벅이 되어 있었어요. 모든 절차를 마친 사람들은 마지막에 범포를 덮어놓은, 창문도 없고 환기구도 없는, 트럭 화물칸에 실려 떠나갔어요. 알라신이여! 얼마나 무섭고 잔인한 일인가요! 그것은 자유, 행복, 향락의 그림자조차 찾아볼 수 없는 광경이었어요! 위구르족들의 낙원은 도대체 어디에 있는 걸까요? 위구르족들의 행복은 어디에 있을까요? 위구르족들의 미래는 또 어디에 있을까요? 그쪽에 있을까요? 철조망 건너편에 있는 걸까요? 낯설고 경비가 삼엄한 타국에 있을까요? 득의양양하고, 높은 지위에서 부유한 생활을 누리고 있는, 외국 관리들의 손바닥 안에 있을까요? 통풍이 되지 않는 트럭의 범포 아래에 있는 걸까요? 아니면 숨이 막힐 것 같은, 가루 혹은 액체로 된 화학약품 속에 있는 걸까요?

　나는 국경선에 섰어요. 나의 등 뒤에는 내가 나고 자란 고향이고 조국이 있고, 나의 앞에는 낯설고 경비가 삼엄한 외국이 있어요. 발을 들어 한 걸음만 내디디면, 나는 나의 조국, 나의 고향, 나의 가족, 나의 과거, 40년을 함께 한 봄·여름·가을·겨울과 영원히 작별하게 되는 순간이었어요. 바람에 작은 밀들이 일렁이고 있었어요. 어슴푸레한 하늘에 구름이 어수선하게 펼쳐져 있었어요. 어딘가에서 볶음 요리 냄새가 살짝 풍겨왔어요. 바람과 구름은 국경선의 준엄함을 절대 모를 거예요. 어린 밀들아 우리 중국인들이 얼마나 부지런한지 너희들은 알고 있니? 이토록 척박한 땅에도, 그들은 구슬땀을 흘리며, 황금 씨앗을 뿌리지 않았느냐? 문득 토지개혁 당시 배웠던 노래가 떠올랐어요.

　우리의 낙원은 곧 우리의 토지,
　우리의 행복은 곧 우리의 노동,
　우리의 어머니는 곧 우리의 조국,
　우리의 마음은 곧 우리의 노랫소리.

　부들부들 떨며, 짐승처럼 다뤄지고 트럭에 실려 가는, 가엾고 가증
스러운 사람들을 보면 그들은 자신의 땅과 자신의 노동으로 가꿔낸
모든 것, 자신의 조국을 버리고 떠났기 때문에, 자신의 노래조차 부
를 수 없었어요. 국경선 이쪽에서 마음껏 욕하고 소리를 지르던 그들
은, 그쪽으로 넘어가는 순간, 무골충이 되었고, 엄마 잃은 아이, 줄기
에서 떨어진 참외, 상갓집의 개와 같은 불쌍한 신세가 되었지요. ……
　나는 이미 스스로 나의 목을 졸랐고, 지난날의 잘못을 털어 버리고
새사람이 될 수 있는 길을 차단해 버렸어요. 나도 곧 그 망할 놈들 중
의 일원이 될 것이고, 곧 검은 범포 아래에 실려 가게 되겠죠. 잘 있
어요, 나의 조국! 나는 당신을 버렸어요! 나는 조상의 무덤을 버렸고,
가족의 축복과, 부뚜막의 재, 이리하 위에 서려 있는 새벽안개를 버
렸어요.
　나는 이리의 사과, 궁류(鞏留)현의 전나무, 자오쑤현의 준마, 터커
쓰현의 젖소, 차부차얼의 수박과, 신위안(新源)현의 일망무제하고 푸
르디푸른 나라티 초원(那拉提草原)을 버렸어요. 나는 고향 봄철의 꾀
꼬리와 헤이주런(黑主人, 새의 이름), 여름철의 설레는 맥랑(麥浪), 가을
철 콩잎 위의 아침 이슬, 겨울철의 눈썰매를 버렸어요. 나는 「동방홍」

의 노랫소리를 버렸고, 산뜻하고 아름다운 국기를 버렸으며, 소싯적의 우정과 청년기의 사랑을 버렸어요. 그리고 당신, 우얼한, 내가 가장 사랑하는 여인을 버렸고, 나의 아들, 보라티쟝, 나의 후대, 나의 위구르 기사(騎士)를 버렸어요!

우얼한, 당신은 나 때문에 눈물이 마르고, 나 때문에 머리가 희어졌겠죠? 보라티쟝, 넌 나 때문에 양쪽의 귀여운 보조개와 어린애의 천진난만함을 잃었겠지? 그리고 나는 문득 깨달았어요. 또 믿었어요. 당신들이 넘어가지 않았다는 것을요! 당신들은 절대 가지 않을 거라고 생각했어요! 당신들은 반드시 중국에 남아 있을 거예요! 설사 그쪽으로 갔다고 해도, 곧 다시 돌아올 거라는 생각이 들었어요! 바로 나의 등 뒤에서 당신들이 나를 지켜보고 있는 것 같았어요! 아, 전지전능의 알라신이시어! 당신은 마지막 순간에 나에게 이렇게 큰 깨달음을 주었어요.

나 같은 뇌물 수수범과 절도범, 마약에 중독된 건달, 방탕아, 외국 불순 세력의 노예와 도구가 된 죄인 이싸무동마저, 조국과 당신들에 대한 정을 잊을 수 없어 고통스러운데, 하물며 당신들, 정직하고 충성심이 넘치는 우얼한 당신과 순진하고 착한 보라티쟝이 어찌 조국을 등지고, 횡포하고 오만하며 매몰찬 타국으로 가려고 했겠어요?

나는 한쪽 무릎을 꿇었어요. 그리고 두 번째 무릎도 꿇었어요. 그리고 나는 조국의 가장 변두리 지역의 그 땅 위에 엎드려, 엉엉 울었어요. 그러면서 알라신이시여! 조국을 배반한 저에게 죽음을 내려주세요. 나의 이 죄악의 몸이, 한없이 드넓은 조국의 품속에서 죽어갈 수 있도록 부디 은혜를 베풀어 주세요 하고 기도했지요.

"왜 그래요? 괜찮아요?"

갑자기 낭랑한 목소리가 들려왔어요. 뒤를 돌아보았더니, 중국 측의 한 공무원이었어요. 나이가 그다지 많지 않아 보이는 그 사람은, 위구르어를 할 줄 아는 한족이었어요. 그의 표정에는 침착함과 영리함, 경계와 약간의 우울함이 묻어 있었어요.

"만약 아직 마음을 정하지 못한 거라면, 만약 기만과 협박으로 인해 여기까지 오게 된 거라면, 또 혹은 고향이 그리워 발걸음이 떨어지지 않는다면, 지금 돌아서요. 조국은 바로 이쪽에 있어요!"

그 사람은 손가락으로 이쪽을 가리키며 말했어요. 나는 그의 손가락이 가리키는 방향을 따라 천천히 머리를 돌렸어요. 눈앞에는 노을빛으로 물든 대지가 펼쳐져 있었고, 귓가에서는 「동방홍」의 가락이 울려 퍼졌어요. 나는 그의 목을 와락 끌어안았어요. 그리고 그의 앞에 무릎을 꿇었어요.

......

우얼한, 사랑스러운 나의 여동생, 일편단심인 나의 아내, 고지식하고 가엾은 나의 여인이여! 나의 사랑, 나의 가슴, 만약 애초에 당신의 말을 들었더라면…… 하지만 이젠 다 끝났어요. 이젠 돌이킬 수 없게 되었어요. 찰나의 실수의 대가로, 목숨을 바치게 되었어요.

현재 네 가지 정돈 운동이 이미 시작되었어요. 이것은 장엄하고 위대한 운동이에요. 나도 사람들과 함께 중앙문건을 꼼꼼하게 학습하고, 보고도 들었어요. 그리고 생을 마감할 때가 되었다는 걸 깨닫게 되었어요. 조국과 인민의 징벌은 당연히 받아야 하는 것이고, 당신에게 준 고통과 모욕감만으로도, 나는 이미 사형감이에요!

보라티쟝에게 아버지다운 아버지가 되어줄 수 있는, 부지런하고 청렴결백한 남자를 만나, 행복하길 바라요. 그리고 보라티쟝이 나와 똑같은 잘못을 저지르지 않도록, 잘 가르쳐주길 바라요. 먼 훗날 보라티쟝이 조국의 드넓은 대지에서 아낌없이 땀 흘리며 근면하게 일하고, 자신을 엄하게 단속하며, 어떤 유혹에도 흔들리지 않는 어엿한 사내가 되었으면 좋겠어요. 그리고 오점 없이 평생 순결하고 깨끗하게 살아가길 희망해요. 우리 무슬림들에게 있어 청결과 청진보다 더 중요한 건 없어요. 청진(淸眞)을 위해서라면, 우리는 죽음도 두렵지 않은 사람들이에요. 그러기에 나 때문에 슬퍼하지 말아요. 하늘을 원망하거나 남을 탓하지도 말아요.

우리 조국의 가슴은 아주 넓어요! 나는 바로 이러한 조국의 땅에서 죽게 될 것이고, 나의 영혼은 조국의 산과 물, 조국의 대지를 영원히 그리워할 거예요!

공작조 동지는 그의 이야기에 귀를 기울이면서 열심히 기록하였다. 그리고 그가 쓴 '유서'와 진술 자료도 꼼꼼하게 읽어 보았다. 이싸무동은 말을 마치고 자리에서 일어나 미리 준비해온 짐 꾸러미를 멨다. 그리고 말했다.

"저를 공안국, 법원, 감옥으로 보내주세요! 저는 이미 준비가 되었어요."

공작조 동지는 그를 흘끗 보고 나서 엄숙하고도 차분하게 입을 열었다.

"허튼 생각하지 말고, 일단 진정 해요. 자발적으로 찾아와, 이러한 상황을 진술한 것은 아주 칭찬할만한 일이에요. 들어보니 엄중한 잘못을 저지른 건 틀림없고, 유죄 판결을 받게 될지도 모르겠어요. 하지만 당신은 자신이 죄를 저질렀다는 걸 뻔히 알면서도, 그쪽으로 건너가지 않았어요.

당신에게는 나라를 사랑하는 마음이 있고, 당신은 여전히 조국의 아들이에요. 우리의 사회주의 조국에서 잘못을 바로잡는 길은 언제나 열려 있어요. 잘못을 바로잡으려는 사람을 우리는 언제나 두 팔 벌려 반겨줘요. 물론 우선 이리 측과 연락을 해 봐야 하고, 상황을 자세하게 검토해야 하며, 또 당신 가족들의 상황에 대해서도 탐문해야겠죠. 소식이 있으면, 당신에게도 알려드릴게요. 그리고 당신의 진술에 의하면, 다른 사람들도 이 사건에 많이 연루되어 있어요. 특히 그 당원 지도자씩이나 되는 작자 말이에요. 그러니까 반드시 비밀을 엄수해야 해요. 일단 다른 사람과는 아무 내색도 하지 말아요. 당신은 아직 여전히 안니와얼쓰라무인 거예요. 좋아요, 그럼 일단 이렇게 합시다."

이싸무동은 얼빠진 사람 같이 어리둥절해서 그 자리에 서있었다.

"일단 집으로 돌아가서, 푹 쉬세요. 음식도 제대로 챙겨 먹고요. 조금 전에 과도하게 흥분하는 바람에, 에너지 소모가 클 거예요."

"그럼, 저를 체포하지 않는 건가요? 적어도 민병들을 시켜, 저를 임시로 감금이라도 해야 되는 거 아닌가요?"

"아니요. 허튼 생각은 하지 말라고 했잖아요. 일단 돌아가세요. 갈아입을 옷까지 챙겨왔네요. 너무 긴장해하지 말아요."

"아무리 그래도, 민병을 시켜 저를 감시라도 해야 하지 않나요?"

이싸무동이 오히려 애원하는 것 같았다.

"민병의 역할은 아주 커요. 감금과 감시를 할 때도 가끔 있죠. 하지만 그게 다가 아니에요. 우리는 맹목적으로 독재적 수단에만 의지하지 않아요. 만약 그 해 5월 6일에 당신이 그쪽으로 넘어갔다면, 우리는 민병들을 어디로 파견해야 할까요? 그러나 당신은 가지 않았고, 여기에 남았어요. 그리고 오늘 우리를 찾아왔어요.

당신은 우리 조국을 사랑하고, 우리의 조직을 신뢰하고 의지하고 있어요. 때문에 당신 스스로 잘못을 바로잡을 수 있다고 믿어요. 법적인 처분과 행정적 처벌은 우선 철저하게 조사를 하고 나서, 사법기관에서 결정할 문제예요. 그러니까 조급해하지 말아요. 제재를 가하지 않았을 때, 무산계급 독재 정치를 공고히 하는데 영향이 있거나, 민중들의 분노를 가라앉힐 수 없는 범죄분자에 대해서는, 나라에서도 가차 없이 제재를 가할 거예요. 반면에 잘못을 회개할 의지가 확실할 뿐만 아니라, 이미 잘못을 바로잡기 위해 노력하고 있는 사람들에 대해서는 당과 인민은 언제나 두 팔 벌려 환영하는 입장이에요. 이건 이해하기 어렵지 않잖아요? 그러니까 걱정하지 않아도 돼요!"

"하, 하지만, 저는 그럴만한 가치도 없는 사람인 데요……"

"그런 말을 하지 말아요. 당신은 40도 채 되지 않았어요. 그 동안 이곳에서 누구보다 일을 열심히 하였고, 성품에도 문제가 없었어요. 때문에 예전과 다르게 살 수 있는 기회가 있고, 새로운 길을 선택할 기회도 있어요. 당신에게는 조국의 대지에 바칠 수 있는 수많은 정력과 체력, 지혜가 있어요. ……"

"고맙습니다, 마오 주석!"

이싸무동은 눈물을 흘리며, 가슴에 손을 얹고 마오 주석 상을 향해 경례를 하였다.

그 뒤 20일이 지났을 때 공작조 동지가 말했다. 이미 이리 측과 연락을 해 보았고, 이싸무동이 진술한 상황이 아주 중요하다는 것이었다. 동시에 가족 우얼한과 보라티쟝은 모두 무사하고, 여전히 원래 그 집에서 정상적으로 생활하고 있으니 걱정하지 말라고 하였다.

"무사하다! 정상적! 원래 그 집!"

이싸무동은 주문을 외우듯 끊임없이 중얼거렸다. 그야말로 뜻밖의 과분한 희소식이었다. 그는 꿈만 같았고, 농도 짙은 술을 마신 것처럼 머리가 어지럽고, 숨이 잘 쉬어지지 않았다.

"하루빨리 가족과 함께 생활할 수 있도록 당신을 이리로 돌려보내고, 사건에 대한 자세한 조사를 통해 정확한 결론을 내림으로써, 이 사건을 끝까지 마무리하라는 것이 조직의 의견이에요. 신분을 숨긴 채 암암리에 활동하고 있는 적대 세력들의 경계를 불러일으키지 않기 위해, 당신을 현까지 안전하게 바래다줄 사람 한 명을 파견하기로 하였어요. 그다음 현에서 다시 당신이 공사로, 그리고 집으로 돌아갈 수 있게 도와줄 거예요."

공작조 동지가 말했다.

나를 데려다줄 사람 한 명을 파견한다는 건가? 이싸무동은 자신이 조직에 너무나 큰 폐를 끼치는 것 같아 마음이 편치 않았다! 그도 그럴 것이 그가 혼자 돌아갈 수는 없는 일이 아니겠는가?

그리하여 이싸무동은 이 외지고 부유한, 반농반목의 작은 현 체모를 떠나게 되었다. 아얼진산(阿爾金山), 타스싸이강(塔什薩依河) 드넓게 펼쳐진 장엄하고 거친 원시 후양림(胡楊林)과 작별하고 떠난 지 벌써 3년이 된 이리로 돌아왔다. 사랑하는 여전한 이리여! 3년 전 이싸무동은 두려움과 혼란 속에서, 이성과 줏대를 잃은 상황에서 이리를 떠났다. 그리고 오늘 그는 불안하고 안타까운 마음으로 뚜렷한 주견을 가지고 다시 돌아왔다.

그를 기다리고 있는 건 어떤 상황일까? 가족과 단란하게 모여 살면서 미래에 대한 기대를 품고 열심히 일할 수 있을까? 아니면 받아 마땅한 준엄한 제재가 기다리고 있을까? 그는 눈을 지그시 감았다. 그리고 국경지대에서 보고 경험했던 가장 끔찍하고 수치스럽고, 또 가장 소중한 것들을 떠올렸다. 그러자 아무것도 두렵지 않았다.

그는 체모현에서부터 그와 동행한 공작대 간부 동지와 작별인사를 나누었다. 그는 고맙고 미안한 마음에 체모에서 온 귀한 손님을 집으로 초대하여 살뜰하게 접대하고 싶었지만, 지금의 상황이 여의치 않았다. 그래서 마음이 아팠다. 이닝시 공안국은 차로 그를 약진공사까지 실어다 주었는데 모두 비밀리에 진행되었다.

약진공사에 도착한 후 현에서 온 한 동지와 타례푸 특파원, 그리고 리시티 서기 앞에서 그는 1962년 봄에 있었던 모든 관련 상황들을 다시 꼼꼼하게 돌이켜 보면서 진술하였다. 그리고 쿠투쿠자얼에 관한 문제를 집중적으로 이야기하였다. 그의 서술에 근거하여 공사 지도자와 사회주의 교육공작조는 함께 의논하고 연구함으로써 처리 방법을 결정하였다. 그다음 타례푸가 말했다.

"이제 집으로 돌아가도 됩니다."

쿠투쿠자얼는 이미 막다른 골목에 몰린 상황이었다. 마리한이 소식을 전해주고 떠난 후, 그와 마이쑤무는 만나서 의논하였다. 그들의 결론은 막다른 골목에서 다시 활로를 찾고 완강하게 끝까지 버티자는 것이었다. 그리고 밀절도사건에 있어 이싸무동은 더욱 많은 방증과 증거를 제출할 수 없을 것이고, 이싸무동 한 사람의 구두 자백으로는 쿠투쿠자얼의 죄를 판결할 수 없다는 것이 그들의 논리였다. 문제를 확실하게 마무리하지 못하고 질질 끌다 보면, 언젠가 철저하게 뒤엎을 시기가 올 것이고 희망이 있다는 것이 그들의 생각이었다. 하지만 그들은 또 한 번 실책하였다. 베슈얼이 주재하고, 윤중신과 싸이리무가 참석한 대대를 범위로 소집된 고발 및 비판대회에서, 쿠투쿠자얼이 생떼를 부리기 시작하였을 때, 누구도 예상하지 못한 일이 벌어진 것이었다. 쿠투쿠자얼의 친형, 낙엽이 떨어져도 머리가 깨질까봐 두려워하는 아시무가 떨면서 일어난 것이다. 그리고 그 늙은 중농이 말했다.

"억지 부리지 말게, 아우! 더 이상 남에게 죄를 뒤집어씌우지도 말란 말이오. 이대로 나가면 당신의 죄는 눈덩이처럼 점점 더 커질 거네. 내가 겁쟁이라는 사실은 누구나 다 아는 사실이네. 그래서 나는 두렵다네. 1962년 이래나는 무서워서 간이 콩알만 해졌네. 나는 아이쥬지머우쥬지가 두렵다네. 성인이 말했지. 이맘도 말했고. 세계종말의 날이 오면, 한 무리의 아이쥬지머우쥬지가 나타난다고 했네. 그런데 지금 보니 쿠투쿠자얼 동생이 그 아이쥬지머우쥬지가 된 거 같아 끔찍하다네! 4월 30일 밤 소리가 나서 문을 열고 보았더니 자네가 수로를 망가뜨리고 있었어! 창고 앞을 지키고 있는 아이바이두라를 속여 자리를 비우게 하기 위해 자네는 일부러 수로를 파괴했던 거지. 그다음 자네들은 수작을 부려 창고 안의 양식을 훔쳐갔어. 그리고 그 죄를 오히려 아이바이두라와 타이와이쿠에게 뒤집어씌웠고. ……아우, 형으로서 당신을 해치려는 마음은 눈곱만치도 없다네. 다 아우를 구하기 위해 하는 소리니까 잘 이해바라네. 우리의 부모님은 우리에게 사람으로서 도저히 못할 짓을 해도 된다고 가르친 적이 없다네. 목이 날아갈 위험한 일은 더욱 해서는 안 된다고 말씀하셨지. 그런데 아우는 어찌 이런 사람이 되었나? ……"

아시무는 울먹였다. 다른 사람들도 너도나도 일어나서 적발하였고, 유력한 방증들을 제시하였다. 랴오니카는 직접 무라퉈푸에게서 들었던 말을 증거로 제시하였다. 즉 무라퉈푸가 쿠투쿠자얼네 집으로 찾아가 쿠투쿠자얼에게 일단 그쪽으로 건너가지 말고 기다리라고 설득한 적이 있다는 것이었다.

러이무는 관개 담당자 명단에 대해 쿠투쿠자얼은 사전에 이미 철저하게 연구하였고, 일부러 4월 30일 밤 그 시간을 선택하여 니야쯔와 협동으로 범행을 저질렀다고 적발하였다. 잇따라 우얼한도 일어나 마을로 돌아온 후 쿠투쿠자얼 부부는 강온 양책을 동시에 쓰면서 그녀를 억압하고, 통제하고, 기만하였으며, 보라티쟝을 찾게 된 경과도 사실 의심스러웠다고 하였다. 제4생산대 대장 우푸얼은 1962년에 쿠투쿠자얼이 어떤 방식으로 분쟁을 일으켰고, 사람들을 부추겼는지, 불순분자와 적대 세력에 어떤 도움을 주었는지에 대해 고발하였다. 그리고 본인의 아내 라이이만의 출신에 관한 정보를 무라퉈푸에게 알려준 사람도 쿠투쿠자얼일 가능성이 크다고 지적하였다.

리시티와 이리하무는 다년간의 그의 사상과 품행, 업무상의 전반적인 태도, 네 가지 정돈 운동을 대하는 그의 태도와 행동에 근거하여, 전면적인 적발과 비판을 진행하였다. 마리한도 강단에 올라가서 사건의 자초지종을 진술하게 되었다. …… 수많은 요술 겨울 앞에서, 그리고 군중들의 불같이 타오르는 분노 속에서, 지나치게 총명을 떨던 오리도 결국 정체를 들키자 고개를 숙여야 했다.

하지만 그는 필사적으로 마지막 한 가지를 지키고 있었다. 그는 그와 마이쑤무 사이에 맺어진 새로운 관계에 대해 한 마디도 하지 않았다는 점이다. 그 밖의 죄는 모두 인정하였다. 그의 성격대로라면 마이쑤무를 폭로하고도 남았다. 좋은 일은 혼자 즐기고, 나쁜 일은 여럿이 함께 나눠 감당해야 한다는 것이 그가 생활 속에서 얻은 지혜였다. 그리하여 그는 니야쯔에 대해 폭로하였다. 니야쯔는 현금 50위안을 대가로 범행에 동참하였다고 했다. 그러자 니야쯔의 변명이 시작되었는데, 그는 그 사건 속의 정치적 배경, 특히 국제적 배경에 대해 전혀 모르고 있었다고 하였다.

본인은 단순하게 불난 집에서 도적질을 하고, 잇속을 챙기려고 했던 것뿐이라고 하였다. 그리고 스스로 아주 설득력이 있다고 생각되는 논거를 제기하였다. "만약 이 사건의 배후 조종자가 소련 교민협회라는 것을 알았다면, 내가 과연 50위안만 요구했을까요? 만약 미리 알았더라면 적어도 100위안은 요구하였을 텐데 말입니다."

쿠투쿠자얼은 또 마리한에 대해 폭로하였다. 마무티 촌장과 마리한이 자신을 어떻게 매수하였고, 어떻게 조종하였는가에 대해 낱낱이 까밝혔다. 하지만 마이쑤무와의 관계에 있어서는 이리하무에 대한 불만으로 인해 단지 사상과 감정상의 공명이 있었을 뿐이라고 하였다.

그는 지금 이 순간까지도 속으로 주판을 놓고 있었던 것이다. 이해타산을 계산하는 행상인의 능력이 여전히 발휘되고 있었다. 그는 자신이 이미 궁지에 몰려, 더 이상 물러설 곳이 없는 처지라는 것을 잘 알고 있었다. 그렇기 때문에 지주와 불순분자들의 꼬드김에 넘어가 나쁜 길로 들어서게 된 것이라고 인정할 수밖에 없었다. 그는 타락하여 변질된 앞잡이, 뇌물수수 및 절도분자, 기회주의자라는 죄명을 쓰게 될 것이다. 물론 이것은 끔찍한 일이 아닐 수 없다. 하지만 가장 끔찍한 일은 아니었다. 가장 끔찍한 것은 그와 마이쭈무와의 관계가 폭로되는 일이었다. 만약 마이쭈무와의 관계가 밝혀진다면 사람들은 그 실마리를 따라 끊임없이 위로 쫓아 올라갈 것이고, 그러다 보면…… 목이 날아가는 건 시간문제일 따름이었던 것이다.

윤중신의 일기 - 비방과 반비방(反誹謗)의 투쟁
각 인물들의 운명 - 회고와 독백

수없이 많은 낮과 밤은 눈코 뜰 새 없는 다망함과 넘치는 격정 속에서 훌쩍 지나가 버렸다. 윤중신은 일기장을 펼치고 이렇게 써내려갔다.

1965년 3월 11일 맑음

오늘 애국대대에서 정책실현대회를 소집하였다. 대회에서는 두 가지를 선포하였다. 첫째, 이싸무동에 대한 형사처분을 면제하고, 창고 관리인을 담당하고 있을 당시의 그의 장부에 대한 철저한 조사는 전담자에 의해 진행되도록 하며, 그 기간의 횡령, 수뢰, 불법적인 수단으로 점용한 양식은 원칙에 따라 반환해야 하되, 형편이 확실히 어렵다고 판단될 경우 양을 줄이거나, 시간을 늦추거나, 혹은 면제할 수도 있다. 둘째, 쿠투쿠자얼의 당 내외 모든 직무를 해임하고, 그에 대한 대중들의 적발과 비판은 계속될 것이며, 운동 후기에 조직 및 사법적인 처리를 한다.

사람들은 눈물을 글썽이며 "마오 주석 만세!"를 부르짖었다. 토지개혁 이래, 이처럼 감동적이고 격정적인 광경은 아주 오랜만에 보는 것이었다. 몇 몇 노인들은 나의 손을 잡고 눈물을 흘렸지만, 나는 더욱 송구스러웠다. 우리의 인민은 얼마나 사랑스럽고 훌륭한가! 운동 초기, 제7생산대의 공작조가 실사구시의 사상노선을 정확하게 관철하지 못했고, 그래서 좋은 사람에게 상처를 주고, 나쁜 사람을 비호한 비극이 벌어졌는데, 이 모든 것은 지도자로서의 역할을 제대로 하지 못한 나의 책임이다. 하지만 인민들은 우리들에 대해 많은 책망을 하지 않았다.

초기에 우리는 인민들에게 큰 실망을 안겨주었고, 인민들의 마음에 상처를 남겼다. 그리고 지금 우리는 사물의 본래의 모습에 근거하여, 세계를 인식하려고 노력하고 있고, 여러 종류의 사람들의 진면목을 환원시키기 위해 노력하고 있다. 그럼에도 불구하고, 우리에 대한 인민들의 평가는 아주 높고, 태도는 아주 우호적이다. 그렇다면, 고참 간부로서, 고참 병사로서, 나는 우리 위구르족 농민들을 위해 도대체 무엇을 하였는가? 나는 마오 주석의 가르침을 저버렸고, 인민들의 기대에 부응하지 못한 못난 지도자이다!

좋은 사람인가요, 나쁜 사람인가요? 이것은 어린이들이 연극을 볼 때, 가장 많이 묻는 질문이다. 그리고 우리의 공작 중에서, 매일 시시각각으로 나타나게 되는 가장 중요한 문제이기도 하다.

특히 사회주의 사회에서, 인민들의 견고한 나라에서, 적들은 은폐되어 있기 때문에 이 문제는 더더욱 중요하다. 이번 운동을 왜 '네 가지 정돈'이라고 부르는 걸까? 무엇을 정돈하든, 우선 적·아와 시·비부터 제대로 구분해야 한다. 어린이들의 말로 표현한다면, 좋은 사람과 나쁜 사람을 분명하게 가려내야 한다는 것이다.

지금과 같은 조건 아래에서 안전하게 살아가면서 파괴활동을 계속하려면, 나쁜 사람들은 반드시 자신을 좋은 사람으로 위장하고, 좋은 사람을 나

뻔 사람이라고 모함해야 한다. 따라서 위장과 위장을 분쇄하는 투쟁, 비방과 반비방의 투쟁, 모함과 반모함의 투쟁은 피할 수 없는 것이고, 동시에 가슴이 찢어지도록 아프고 고통스러운 일이다. 이런 것이 또 바로 투쟁의 엄중함이고, 첨예함이며, 감동적이고 격정적인 부분이다.

좋은 사람은 비방을 당할 수 있는데, 이것은 좋은 사람들이 겪게 되는 가장 큰 시련이다. 나쁜 사람은 처음엔 목적을 달성하였다고 득의양양해 하겠지만, 결국은 정체가 탄로 나고 멸망하게 된다. 그런데 우리 중의 어떤 사람과 어떤 일, 어떤 수법 때문에, 나쁜 사람들이 오히려 득의양양하고, 좋은 사람들이 타격을 입게 되었다! "자기편을 슬프게 하고, 적을 기쁘게 하다(親痛而仇者快)"라는 말도 있다. 이 말처럼 되지 않기 위해, 우리는 반드시 수많은 땀과 눈물, 그리고 피를 흘려야 한다!

쿠투쿠자얼은 확실히 보통 인물이 아니다. 하지만 더 대단한 것은 이리하무이다. 이리하무는 묵묵히 이 모든 것을 견뎌냈다. 한 가지 정직하게 인정해야 할 것은 만약 똑같은 상황이 나에게 일어났다면, 나는 아마 이 위구르족 농민, 젊은 이리하무처럼 꿋꿋하게 견뎌내지 못했을 것이다. 또 어떻게 보면 일반 농민이기 때문에, 그러한 시련과 괴롭힘을 모두 이겨낼 수 있었을 것이다!

가엾은 장양은 과도하게 총명을 부린 바람에 그는 1에 2를 더하면 3이 아니라는 공식을 이해하고 신봉하였다. 이와 같은 일은 앞으로도 종종 일어날 수 있다.

'전도(顚倒, 위치나 차례가 바뀌어 뒤바뀌는 것 - 역자 주)'보다 더 혐오스러운 것은 없다. 또 전도의 전도보다 더 감동적인 것도 없다. 이 외진 변경지대의 공사에서 일하다 보니 혁명에 참가하게 된 나의 최초의 목적과 소망이 떠올랐다. 그것은 바로 불공평한 낡은 사회의 전도 때문이 아닌가? 외래의 왜구

강도들이 우리 중화민족의 후손을 함부로 도살하고, 국민당의 탐관오리들이 횡포를 부리던 시절, 농사를 짓는 농민들은 배를 곯았고, 천을 짜는 사람들은 몸에 실오라기 하나 걸치지 못하였다. 무치함이 장엄함을 능욕하고, 저급함이 고상함을 비웃으며, 탐욕이 청렴을 억압하고, 교활함이 정직함을 희롱하며…… 이와 같이 전도된 사회를 다시 뒤바꾸기 위해, 열 몇 살의 유치하고 황당무계한 환상도 많지만, 누구보다 성실하고 용감했던 윤중신이 부모의 곁을 떠나 학업을 포기하고, 도시를 떠나, 혁명대오에 참가하였고, 기꺼이 뜨거운 피를 쏟겠다고 다짐하였다. 혁명은 비록 승리를 거두었지만, 끝난 것이 아니다. 앞으로 또 다른 전도가 나타날 것이고, 전도된 것을 다시 뒤바꾸기 위해, 이 한 몸을 바쳐 싸워야 할 것이며, 이는 나의 평생의 사업이 될 것이다……

1965년 6월 22일 흐림

한 번 또 한 번 미루어지던 총결산 대회(總結大會)가 오늘 드디어 현에서 열렸다. 이번에 내려온 우리 사회주의 교육공작대의 임무는 오늘까지 모두 완수하였다고 선고하였다. 내일부터 공작대 대원들은 각자 단위로 돌아가 그동안의 업무를 종합하여 보고한 다음, 잠깐 휴식하며 정비하게 된다. 나는 이미 7월 10일에 이리 좐취 당위원회에 가서 도착 신고를 하고, 올해 겨울과 이듬해 봄까지의 다음 기의 사회주의 교육운동을 기획하고 조직하라는 통지를 받았다.

그리고 우연인지 아니면 다른 이유가 있는 건지 단정할 수는 없지만, 마침 이리지역에서는 오늘부터 음식점에서 식사를 하거나, 낭 가게에서 낭을 사거나, 혹은 식품점에서 간식거리를 사거나 할 때, 식량 배급표로 교환하지 않아도 된다는 새로운 규정을 선포하였다. 내가 알기로는 이것은 현재 전국에서 유일무이한 상황이다. 몇 년 동안 지속적인 어려움을 겪다 보니 양식의 양자만 들어도 사람들은 얼굴색이 바뀌고 한숨을 쉰다. 그런데 이리지역에서 식량 배급표제도를 풀어주다니, 이건 말도 안 되는 소리지 않는가? 문득 영화에서 흔히 볼 수 있는 장면이 떠올랐다. 상상조차 할 수 없는 좋은 일이 벌어졌을 때, 여주인공은 말한다. "이게 꿈은 아니겠지?"하고 말이다.

우리 공작대는 공사의 각급 지도자들을 도와 중장기 발전 계획을 제정하였다. 우리는 자치구 지도자가 제기한 '삼다(三多)·오호(五好)·일강(一強)'을 관철시켰다. '삼다'는 양식, 목화, 식용유 이 세 가지가 풍부하다는 것이고, '오호'는 경작지, 도로, 산림대(山林帶), 수로, 거주지역이 훌륭하다는 것이며, '일강'은 사람이 굳건하고 완강하다는 것이다. 이것은 듣기만 해도 만족스럽고 행복한 표현이고, 생각만으로도 슬픔이 밀려오는 꿈이며, 더 이상 좋을 수 없는 완벽한 계획이다. 이것도 많고, 저것도 많고, 이것도 부족하지 않고, 저것도 부족하지 않으며, 이것도 훌륭하고, 저것도 훌륭하고, 이것도 저급하지 않고, 저것도 저급하지 않은 이 모든 것을 마지막에 강한 사람에게 귀결시켰다. 허약하지 않고 저열한 근성도 없으며, 궁지에 몰린 것도 아니고, 굽실거리지도 않으며, 허풍을 떨지 않는 그런 사람……

몇 천 명의 간부와 지식인, 대학교 졸업생, 민주당파 인사와 각계각층 인물들은 모두 농촌과 산간벽지로 내려가 바삐 뛰어다니며, 밤낮으로 수고하고 있고 연장 근무도 마다하지 않고 고생하며 일하고 있다. 그들은 집을 떠나 천리도 넘게 떨어진 먼 타지로 가서 먹을 것 입을 것을 아끼고, 기율을 엄수하며, 가난한 하층 중농들 속으로 깊이 들어가 그들과 함께 생활하고 일하고 있다. 그러다 보니 아내와 아이들과 긴 시간을 떨어져 지내야 하고, 각자의 본업도 잠시 내려놓아야 한다. 이처럼 기세가 넘치고, 규모가 크며, 이처럼 군중 속으로 깊숙이 파고들고, 이처럼 근검하고 소박하며, 이처럼 필사적으로 분투하고, 이처럼 민중들을 의지하고 민중들과 하나가 된 경우는 그야말로 전후무한 것이다. 진시황(秦始皇) 시기부터, 손중산(孫中山) 시기까지 통틀어 이와 같이 거대한 힘과, 엄청난 대가를 들여 민중들 속으로 깊게 들어감으로써, 신장 변경지역의 어느 한 가정도 빠짐없이 보살피고 영향을 주었던 정권은 없었다.

이것은 위대한 단련이고, 위대한 혁명화의 과정이며, 전례 없는 최초의 위대한 사업이고, 인민정부와 인민의 지도자의 위대한 장거임이 틀림없다.

하지만 나는 여전히 기대하고, 여전히 눈이 빠지게 기다리고 있다. 운동, 운동, 혁명화, 혁명화, 투쟁, 투쟁, 정돈, 정돈, 더욱 많은 양식과 채소, 더욱 많은 고기와 계란, 더욱 많고 더욱 좋은 주택, 더욱 행복한 생활을 기대하고 또 기다리고 있다…… 그런데 나의 이런 생각은 중앙의 취지에 부합되는 걸까? 무슨 문제가 있는 건 아닐까? 어쨌든 우리는 필사적으로 노력하고 있고, 젖 먹던 힘까지 짜내어 분투하고 있으며, 또 아주 큰 가르침과 단련을 받게 되었다. 하지만 우리는 농민들에게 도대체 무엇을 가져다주었을까?

장양은 이러한 일들에 대해, 그리고 스스로 확신하는 제7생산대의 계급투쟁의 형세 '역전'에 대해 시종일관 이해할 수 없다는 태도였다. 그의 생각은 이러하였다. "이랬다저랬다 변덕이 손바닥 뒤집기인 타이와이쿠의 말을 어떻게 믿을 수 있는가? 분명히 절도사건에 참여하였고, 게다가 외국으로 도망치려다가 실패한 이싸무동에게 어떻게 아무런 형사책임을 묻지 않을 수 있는가?

쿠투쿠자얼이 조우한 복잡한 상황은 아부두러허만과 러이무, 라이이라 부부에게 닥친 복잡한 상황과 같은 것인데, 왜 쿠투쿠자얼만 엄중한 처벌을 받게 되었는가? 만약 당시 「23가지 사항」 문건이 선포되지 않고, 원래의 문건을 끝까지 견지하였더라면, 이 모든 사건은 지금과 다르게 해석되고, 다른 결론이 나지 않았을까? 상황들이 너무 어수선하고, 너무 공교롭다. 알고 보니 동쪽에서 뜨는 태양이 서쪽에서도 뜰 수 있구나. 좋은 사람이 나쁜 사람으로 해석될 수도 있고, 나쁜 사람이 좋은 사람으로 해석될 수도 있는 거구나."

장양은 사회주의 교육운동을 본인의 정치 운세의 전환점이라고 생각하였다. 1965년 여름부터 그의 '벼슬길'은 한 번 좌절하고 나서 다시 분발하지 못했다고 볼 수 있었다. 윤중신이 고의로 자신을 곤경에 빠뜨렸다는 의심을 그는 시종일관 떨쳐버릴 수 없었지만, 끝까지 증거를 찾지는 못했다. 특히 이후에 벌어진 '문화대혁명(文化大革命)', 발란반정(撥亂反正)운동, 억울한 사건·날조된 사건·오심 사건 바로잡기(平反冤假錯案), 개혁 개방(改革開放), 동란, 시장경제(市場經濟), 혁명노래 부르기(唱紅歌)와, 보구카이라이(薄穀開來) 살인사건 재판 등 일들을 겪고 나서 그는 머리가 완전히 붕괴되는 것 같았다.

……2012년은 비가 잦은 해였다. 8월 31일 비가 그친 뒤, 당시 79세가 된 장양은 마트에 가서 물건을 구입하고 돌아오던 길에 그만 미끄러져 넘어지고 말았다. 그 뒤 그는 혼수상태에 빠져 한동안 깨어나지 못했는데, 병원에서는 뇌혈전(腦血栓)이라고 진단하였다. 9월 22일 여러 차례의 치료를 거쳐 간신히 정신을 차렸지만, 또 간경화(肝硬化)와 전립선 종양(前列腺腫瘤) 등의 질병을 발견하게 되었다. 건강상태는 점점 악화되어 갔고, 정신상에도 다른 시원찮은 문제가 생긴 상황에서 어느 날 그는 자녀들을 불러놓고 응얼응얼 말했다.

"……이제야 깨달았다. 우리 당의 위엄은 인정할 수밖에 없는 것이란다. 우리의 문건은 역사와 생활을 창조하였고, 계급투쟁을 하는가, 마는가를 결정하였으며, 조화로움을 만들어냈다. 모든 시비·진위·공과·우열은 문건에 의해 해석되고 결정되는 것이다.

일을 함에 있어 관건은 문건을 열심히 학습하는 것이란다. 예를 들어, 갑이라는 문건이 있다고 칠 때, 그 문건을 나리처럼 받들고, 철저하게 관철하며, 실현시켜야 한단다. 동시에 명심해야 한다. 을이라는 문건이 언제 나타날지 모르기 때문에, 항상 조심해야 한단다. 모든 구체적 상황과 구체적 사실의 중요성은, 사실 어느 문건에 부합되는가에 의해 결정되는 거란다. 문건에 부합되는 사실은, 곧 황금이고 보석이며, 문건에 어긋나는 사실은 개똥보다도 못한, 반드시 제거해야 하는 종양과 같은 존재란다. ……적의 성루는 언제가 반드시 무너지게 된단다. ……"

장양은 이와 같은 말을 몇 번씩이나 거듭하였다. 자녀들은 어리둥절하여 서로 얼굴만 쳐다볼 뿐, 노인이 무슨 말을 하는 건지 아무도 알아듣지 못했다. 그들 중 둘째 손자가 가장 선진적인 iPad3로 노인의 말을 녹음하였는데, 그 후 노인이 다녔던 단위로 찾아가 노간부과(老幹部科) 과장에게 정리를 부탁하였다. 그 뒤로도 몇 번을 더 이야기하였지만 말소리는 점점 더 흐려져 갔고, 두서도 없었고 점점 더 어수선해져 갔다. 끝내 노인은 웃음을 머금고 세상을 하직하였다.

1960년대 초반 머나먼 신장, 풍경이 유독 아름다운 이리하곡에서 벌어진 이러한 일들은 긴긴 역사의 흐름 속에서 볼 때, 몇 개의 작은 물보라일 뿐이고 생활의 악장 속에 있는 몇 개의 작은 악절에 지나지 않았다. 나는 역사의 흐름을 생생하게 녹음해 둠으로써, 반복적으로 들으며 따라 읊고 싶다! 흐르는 강물은 모든 것을 알고 있고, 모든 것을 감당하고 있으며, 비와 이슬, 햇빛, 톈산의 푸른 소나무 숲에서 불어오는 시원한 바람, 초원 위에서 울려 퍼지는 노랫소리 등 모든 것을 포용하고, 흙과 모래, 거품, 모든 불결한 것을 소화하고 가려내고 있다.

악장은 사람들의 마음을 깨끗하게 씻어주고, 횃불을 지펴 준다. 생활의 악장은 이처럼 풍부하고, 웅장하며, 다정하고, 또 이토록 맑고 깨끗하다. 역사의 대하(大河)는 영원히 세차게 흐를 것이고, 생활의 악장은 한 번도 멈춘 적이 없다. 대하는 협곡을 지나고 물굽이를 돌아, 암초의 장애를 극복하고 더욱 세차고 통쾌하게 흐른다. 악장은 소음을 누르고 다양하고 어려운 변주를 이겨냄으로써 꽁꽁 닫혀 있던 창문을 열어젖히고, 광명정대한 개선가(凱旋歌)의 선율을 들려주고 있다. 역사의 대하는 끊임없이 세차게 흐르고, 생활의 악장도 쉼 없이 울려 퍼진다……

절대 멈추지 않는 그대들이여! 그대들은 담아서 간직하기가 너무 어렵다. 그대들은 허풍도 없고, 표명도 변명도 하지 않는다. 그대들은 자신의 법칙에 따라 발전하고 변해가고 있을 뿐이다. 그대들의 고통은 후대들에게 어리석은 것으로 보일 수 있고, 그대들의 추구는 후대들에게 선정적이고 공허한 것으로 이해될 수 있으며, 그대들의 진지함은 후대들에게 굳이 또는 지나친 것으로 비춰질 수 있다. 하지만 그대들은 수없이 많은 소중한 추억과 감동적인 이야기, 황금과도 비할 수 없고, 또 바꿀 수 없는 생활의 지혜와 교훈을 남겼다…… 그대들은 늘 상표(라벨)를 잘못 붙이거나, 타도와 옹호를 혼동하고 지나치게 부르짖거나 또는 가끔 터무니없는 이유로 억지를 부리거나, 모든 것을 걸고 공멸할 때까지 무모하게 악투에 미혹되어 있을 때도 있다. 사람들은 이것을 피할 수 없는 시행착오, 수업료, 준비과정이라고 말한다. 사실 그에게는 아주 잘 어울리는 이름이 있는데 바로 모색(摸索)이다. 그리고 사회주의라는 아주 훌륭한 목적도 가지고 있다.

지도자들은 두 번 싸워서 한 번 승리해도, 좋은 지휘관이라고 말한다. 2전

2승의 성적을 낼 수 있는 지도자를 기대하는 건 무리이고, 물론 2전 2패하는 사령관은 아니기를 바란다. 마오 주석께서 말씀하셨다. "소란을 피우다가 실패하고, 또 소란을 피우고 또 실패하고, 결국 멸망하는 것이 바로 반동파들의 객관법칙이다." 이들은 이 객관법칙을 벗어날 수 없다. 그렇다면 투쟁하다가 실패하고, 또 투쟁하고 또 실패하고, 결국 승리를 거두는 것이 인민의 객관법칙이다. 물론 인민들도 이 객관법칙을 어기지 않아야 한다. 하지만 유심히 살펴보면 인민들의 이 객관법칙도 마찬가지로 거듭되는 실패를 맛보게 된다. 하지만 마지막에는 결국 승리를 거두는 것은 인민들이고, 멸망하게 되는 것은 반동파들이다. 그렇기 때문에 끊임없는 실패는 인민과 반동파, 나아가 전 인류의 공통적인 운명이다.

기세는 방대하지만 효율이 의심스러운 1960년대는 여전히 생활과 격정, 창의(創意), 신념, 꿈과 청춘으로 가득 찼다. 열정적이고 다정다감하면서도, 가끔은 터무니없고, 환상에 젖어 있는 청춘! 가장 아름다운 시간, 가장 숭고한 헌신, 가장 당돌한 실수, 가장 간고한 탐색, 이러한 것은 그대의 또 나의, 공화국의 청춘과 함께 있고, 이보다 더 진실할 수 없고, 이보다 더 감동적일 수 없으며, 시대는 지났지만 영원히 유행을 타지 않고, 실록보다 더 섬세한 1972년에 시작하여, 1978년에 초고를 완성한 이 장편소설과 함께 있다.

......이리하무의 경우를 보면 집으로 돌아온 후 3년 동안, 그는 용광로 속의 한 덩이 광석과 같은 신세로 살아갔다. 그동안 그가 겪지 않은 일이 있었던가? 그 당시 이 소설의 작가도 바로 '노동 단련(勞動鍛煉)'이라는 명의로, 이리 농촌에 내려왔던 것이다. 그렇다면 이리하무는 무지막지한 단련을 받았다고 해야 할 것이다. 그는 국내의 적대적 모순과 인민 내부의 모순을 겪었을 뿐만 아니라 국외 침략 및 전복 세력(몇 년 뒤 전부 청산되었고, 그리하여

몇 십 년 뒤에는 더 이상 전복 활동과 침략으로 인정되지 않을 수도 있다)과의 투쟁도 겪었다.

그는 마리한과 이부라신과 맞서 싸워야 한다는 가르침을 받았을 뿐만 아니라, 바오팅구이·니야쯔와 같은 사람들의 무자비한 공격도 당했다. 그리고 장양과 같은 사람들, 그가 존경하고 믿어왔던 일부 공작 간부들은, 또 혁명의 이름으로 그에 대해 모함하고, 그에게 시련을 주었다. 이쯤에서 작가 왕멍은 문득 소련의 니콜라이 부하린(尼古拉·伊萬諾維奇·布哈林, 소련의 혁명가, 정치가)이 떠올랐다. 만약 니콜라이 부하린이 소설을 쓴다면, 그는 과연 어떤 사상으로 어떤 글을 창작하였을까?

사람, 역사, 전투. 나는 이 책의 마지막 몇 줄을 남겨두고, 그들을 위해 묵념할 것이다.

1965년 여름 이리하무는 신생활대대의 지부 서기(후임자 양성을 위해 리시티는 자발적으로 이리하무의 조수가 되었다)의 신분으로 새 수로의 방수의식(放水典禮)을 주재하였다. 공사 구성원들의 환호 속에서 기특한 용수는 위엄 넘치는 "콸콸" 소리를 내며, 서서히 무거운 맷돌을 돌리기 시작하였다. 이리하무는 사람들이 수로에 정신이 팔린 틈을 타 팔뚝으로 재빨리 눈가를 닦았다. 그리고 아무 일도 없었다는 듯이 사람들과 함께 웃으며 즐겼다. 그러나 리시티는 그의 행동을 지켜보고 있었다. 리시티는 그런 이리하무를 보며 묵묵히 머리를 끄덕였다. 이리하무가 눈을 비빈 이유는 맑은 용수가 새 수로의 하류 지역에서 더 세차게 흐르는 정경을 자세하게 보기 위한 것일까? 아니면 어렵게 이룬 승리에 대해 감격스러워서 였을까? 혹은 지금 이 장면을 보고 있노라니 저도 모르게 챠오파한 외할머니가 떠올랐고, 생전에 다하지 못한 노인의 뜻을 아직 이뤄드리지 못한 것 때문에 슬펐던 것일까? 혹은 베이징에 가서 당당히 마오 주석께 보고할 수 있는 더 새롭고 더 거대한 성적을 아직 이룩하지 못해 내심 부끄러웠던 걸까? 젖 먹던 힘까지 다 들여 기개가 비범한 수많은 조치를 강구하였고, 수도 없이 맹세하고 다짐하였으며, 숱한 밤을 지새우며 일하였지만, 생산력은 왜 한사코 그에 상응하는 향상이 이루어지지 않는 것이고, 재부가 밀물처럼 몰려오고, 노동이 삶을 즐기는 첫 번째 요소가 되는 그런 아름다운 광경은 현실과 점점 더 가까워질 것이라고 했던 당내의 교육과는 달리, 왜 이렇게 멀게 느껴지는 걸까? 이리하무도 알 수가 없었다. 천하의 이리하무라도 그것은 알 수 없는 일이었다.

최근 몇 년간의 경력은 타이와이쿠에게 있어서도 평생 잊을 수 없는 경험이었다. 사랑과 증오, 냉담과 열정, 기만과 진실, 광분과 각성을 겪으면서 그는 마침내 뭔가를 깨닫게 되었다. 오늘날 아내 아이미라커쯔와 함께 지난날의 이러한 일들을 떠올리며 이야기를 나눌 때면, 그는 항상 '옛날' 혹은 '젊은 시절에', '그 시절'이라는 수식어들을 앞에 붙이곤 하였는데, 마치 아득히 먼 옛일을 이야기하는 듯하였다. 심지어 다른 타이와이쿠를 말하는 것 같이 들리기도 하였다. 착한 천성이 사상적 무장을 대체할 수 없고, 호방하고 강개한 성격과 무산계급의 넓은 도량은 별개의 문제이다. 건장하고, 열정이 넘치며, 질박한 위구르족 사내여! 앞으로의 거친 파도와 비바람 속에서, 당신이 가야 할 길은 아직 멀고도 험하며, 더 많은 것을 겪게 될 것이다.

그리고 철저한 변화와는 거리가 먼 사람들도 있었다. 무싸는 현재 마음을 잡고 착실하게 살고 있다. 잘나가고 득의만만할 때는, '기고만장'하여 거들먹거리고, 난관에 부닥쳐 한풀 꺾이고 나야 차분해지는 것이 바로 그의 성격이었다.

네 가지 정돈 운동 중에, 그도 쿠투쿠자얼에 대한 투쟁에 참가하였고, 함께 양 꼬치를 먹었을 때 쿠투쿠자얼이 했던 악의적인 말을 곧이곧대로 고발하였다. 대장을 맡고 있었을 때 권력을 이용하여 부당하게 잇속을 챙긴 것 등의 문제로 무싸 본인도 그에 상응하는 심사를 받았고, 그에게 책임지고 배상하라는 명령도 내려졌다. 그리하여 그는 오히려 마음이 홀가분해졌고, 잘 먹고, 잘 자면서 마음 편히 지낼 수 있게 되었다. 그리고 마을사람들이 지도자, 아내, 친척들을 대하는 태도가 고분고분하고, 어딘가 귀엽기까지 하였다.

　그는 노동시간을 엄수하고, 일도 열심히 하였다. 가끔 허풍을 떨며, 자신의 팔 힘과 지식, 기교를 뽐내는 것만 빼면, 그는 즐겁고 모범적인 사원이었다. 지난날 그가 저지른 망나니짓들이 생산대, 무싸 본인, 장년이 되어서야 이룬 가정에 가져다준 것은 굴욕과 파산, '경제위기'와 '공신력 위기'뿐이었다. 마위친은 자신의 일부 장신구를 팔고, 몰래 숨겨두었던 늙은 이맘 마원펑의 몇 가지 유품을 팔아 부당하게 챙겼던 재물을 신속하게 배상할 수 있도록 도와주었다. 그리하여 무싸는 덕분에 칭찬까지 받게 되었다. 그러니 어찌 감지덕지하지 않을 수 있겠는가?

　인생이란 바로 이런 것이다. 세력을 얻을 때가 있으면, 재수 없을 때도 있고, 남편 덕에 아내가 위풍당당하고 부귀영화를 누릴 때가 있으면, 남편이 아내 덕을 볼 때도 있는 것이다. 말이 여위면 털이 길어지고, 사람이 가난해지면 뜻이 작아진다. 신경 쓰지 말고 그냥 흘러가는 대로 내버려 둬야 한다…… 이와 같은 그의 달관한 모습 뒤에서 사람들은 그에 대해 완전히 마음을 놓은 것은 아니었다. 만약 형세가 조금이라도 그에게로 기울고, 그의 작은 야심에 새로운 기회가 주어진다면, 그 땐 어떻게 될까를 생각하며 주시하고 있었다.

그 외에 심사숙고와 임기응변에 모두 강한 마이쑤무는 어떻게 되었을까? 그는 제 딴에는 무사하게 잘 넘겼다고 생각하였다. 물론 그의 활동범위는 전보다 훨씬 작아졌고, 본인도 많이 위축되었다. 그리고 대대 가공공장의 출납원이라는 직무에서도 해임되었다.

쿠투쿠자얼은 이미 당적 제명의 처분을 받았고, 대중들의 감독과 통제를 받게 되었다. 니야쯔도 비판을 받았고, 그의 내력을 알아보기 위해 공사에서 외부조사 협조공문 몇 개를 보냈는데, 돌아온 것은 전부 "신원조회를 하였지만 확인이 되지 않습니다."라는 답변이었다. 그리하여 그에 대한 조사는 진일보 이루어져야 하는 상황이었다. 바오팅구이 부부의 불법 활동과, 민족단결을 파괴하는 언행은 이번 운동 중에 비판을 받았고, 왕 씨가 나서서 그들을 적발하였다.

마이쑤무에 대한 민중들의 원성도 자자하였지만 대체로 무사하게 지나갔다. 그는 겉으로 조심스러운 척하면서 속으로는 약간 우쭐하였다. 게다가 그에게는 한 친구가 있었다. 바로 지식과 종교를 존중하는 진부한 목수 야썬이다. 그는 가끔 야썬 목수와 나란히 앉아 여전히 역사를 논하고, 본인도 아는 게 별로 없는 『코란경』에 대해 논하고, 아랍어와 페르시아어에 대해 논하였다. 그는 심지어 야썬의 막내아들에게까지 손을 뻗었는데, 고전문헌에 관심이 있다면 시간이 날 때 자기 집으로 오라고 넌지시 말을 건넸다. 그는 어린 시절에 아주 잠깐 경문학교에 다닌 경력을 톡톡히 써먹고 다녔다. 이리하무는 그의 이런 행동을 모두 지켜보고 있었다. 사회주의 교육 공작대와 공사 당위원회의 최종 의견은 마이쑤무에 관한 안건을 잠시 보류하자는 것이었다. 즉 줄을 길게 늘여 대어를 낚겠다는 뜻이었다. 물론 이 계획은 절대 누설해서는 안 되는 것이었다. 그런 줄도 모르고 마이쑤무는 우쭐하여 자기를 대단하게 여기고 있었다. 그는 눈이 빠지게 무라퉈푸와 라이티푸, 환향단(還鄕

團, 중국의 해방전쟁시기에 해방된 지구의 지주·악질 토호들이 국민당 통치 구역으로 도망가서 조직한 지방의 친국민당 무장 조직)을 기다리고 있고, 적대 세력들은 발을 동동 구르며 마이쑤무가 빨리 내통해주기를 바라고 있었다. 인민들은 눈을 크게 뜨고 이 모든 것을 명확히 지켜보고 있었다.

이보다 훨씬 많은 사람들은, 지난 몇 년 동안의 경력을 통해, 여러 가지를 배우게 되었고, 성장하게 되었다. 위축되고 슬픔에 젖어 있던 쉐린구리의 모습은 온데간데없이 사라졌다. 시험장에서의 업무와 학습 성적이 모두 우수하여 그녀는 이리주의 농업과학연구소(農科所)에 가서 반년 간 연수를 하고 돌아왔다. 얼마 전 그녀는 또 우량종 번식작업을 위해 하이난섬(海南島)에 다녀왔는데, 거기에서 8개월이나 머물게 되었다. 옛날에 입을 떼기도 전에 머리부터 숙이고, 혹은 손으로 얼굴을 가리던 처자가 지금은 사원 혹은 간부들의 집회에서 당당하고 차분하게 말도 잘하는 여성이 되었다. 그리고 몸매도 더 풍만해졌다. 경험이 풍부하고, 이론지식도 탄탄한 농촌의 기술자, 지금의 쉐린구리의 모습에서 예전의 항상 눈물이 글썽하고, 놀란 토끼처럼 위축되어 있던 타이와이쿠의 어린 아내의 모습은 전혀 찾아볼 수 없었다.

아이바이두라는 제7생산대의 부대장이 되었다. 러이무가 대장이었다. 1965년 겨울 아이바이두라는 사람들을 인솔하고, 하스허 상류의 롱커우에서 황취(지금의 런민취[人民渠])를 위해, 현대화 취수 갑문(引水閘)과 배수 갑문(泄洪閘)을 건설하였다. 그들은 디워쯔(地窩子, 사막화된 지역의 비교적 누추한 거주 방식)에 묵으면서, 차가운 바람과 펑펑 쏟아지는 눈을 무릅쓰고, 주야 3교대(三班)제로 두 달 동안이나 분투하였다. 아이바이두라가 인솔하는 제7생산대는 모범기관(紅旗單位)으로 선정되어 매 사람에게 각각 수건 한 장, 러닝셔츠 한 장, 해방화 한 켤레씩 나누어주었다.

이리 좐취의 당위원회 지도자 동지 톈싱우(田星五)는 아이바이두라의 가슴에 손수 붉은 조화(大紅花)를 달아주었다. 중간에 이리하무는 마차에 식용유, 밀가루, 말린 고기, 당면 등 음식들을 가득 싣고, 그들을 위문하러 친히 찾아왔다. 그리고 황취를 보는 순간 이리하무는 자신도 참여했었던 1963년 물막이 작업 당시의 상황이 새록새록 떠올랐다. 지금 그곳은 사람이 바다를 이루고, 깃발이 파도를 치며, 불도저(推土機)·기중기(起重機)·마차가 꼬리에 꼬리를 물고 대규모의 결전을 벌이고 있었다. 하스허에 대한 치수와, 런민취의 롱커우 공사를 통해, 이리하무는 이리의 성장과 생산의 발전을 보았다. 그는 더없이 기쁘고 위안이 되었다. 동시에 결코 평탄하지 않은 멀고 긴 여정이 눈앞에 그려졌다.

투얼쉰베이웨이는 우루무치에서 열린 청년단 대표 대회(團代會)에 참석하였다. 그 후 모범 우편배달부 아리무장은, 열흘이나 보름에 한 번씩 그녀에게 편지 한 통씩을 배달해 주었다. 그리고 소식은 봄바람처럼 퍼져나갔다. 그녀는 소싯적 친구인 디리나얼과 쉐린구리 앞에서 본적이 이리이고, 노동자 출신인 한 사내가 자신에게 구애하고 있다는 사실을 인정하였다. "나도 처음부터 싫지는 않았어요." 그녀는 솔직하게, 그리고 정도를 지키며 말했다. 나이는 그다지 많지 않지만, 사상이 낡아빠진 한 여인이 이 소식을 듣고, 개가 쥐를 잡듯이, 짜이나푸를 찾아가 말했다. "세상에, 이게 말이 돼요! 투얼쉰베이웨이가 스스로 자기 남편을 고른다는 소문이 자자하던데요!" 그러자 짜이나푸가 뭐라고 대답하였을까? 그녀는 두 손을 허리에 걸치고 서서, "하하" 웃으며 말했다. "정말 잘 됐네요! 나는 내 딸을 믿어요. 절대 한량이나 밥통 같은 사내를 데려오지 않을 거니까요." 이런 멋진 어머니의 딸로 태어난 것은, 투얼쒼베이웨이의 복이 아닐 수 없다! 짜이나푸의 말에는 약간 '빗대'는 뜻이 담겨 있었다. 아니나 다를까, 개가 쥐를 잡듯이 한달음에 달려온 그 여자는 멋쩍었는지 입을 삐죽거렸다!

　가장 많은 것을 배우고, 인상이 가장 깊게 남은 인물들 속에서 빠져나와 다시 이싸무동 부부에게로 돌아와야 하지 않겠는가? 시간 그대는 얼마나 무정한가! 몇 년 사이에 이 부부는 벌써 '노부부'가 되었다. 이싸무동은 머리가 벗겨지고, 수염이 희끗희끗해졌으며 등도 약간 굽었다. 그는 지식인이다. 그는 신문 구독 신청을 죽 해왔고, 위구르어로 된 『신장문학』이라는 월간지도 신청해서 읽었다.

　그가 체모에서 쓴 유서 그 글의 문채와 감정 표현은 그 글을 읽은 적이 있는 사람들의 호평을 받게 되었고, 그리하여 그는 자신에게 글재주가 있다는 것을 발견하게 되었다. 그 후 그는 『이리일보』와 『신장일보』의 부록에 투고하기 시작하였다. 어느 날 신문을 읽으려고 펼쳤는데 갑자기 안개 낀 것처럼 눈앞이 뿌옇게 흐려지는 것이었다. 그리고 한참 눈을 비비다가 그제야 깨달았다. 늙어서 이미 눈이 침침해졌던 것이다.

　그는 이닝시로 달려가 훙치빌딩 대각선 쪽에서 6위안을 주고 돋보기를 샀다. 앞으로 책을 보든, 신문을 읽든, 이 두 장의 유리조각을 절대 떠날 수 없게 되었다. 그도 그럴 것이 그는 벌써 사십이 넘었다. 그렇다면 우얼한은 어떤 상태일까? 우얼한은 사실 아직 사십도 되지 않았다. 출생 연월일을 따져 보았을 때, 그녀는 이리하무보다도 며칠 더 어렸다. 다만 이싸무동 때문에 이리하무가 평소에 그녀를 '누님' 혹은 '형수'라고 부르는 것뿐이다. 하지만 그녀는 스스로도 자신을 알아보지 못할 만큼 늙어버렸다.

　아오쓰마풀(奧斯瑪草)로 검푸른 눈썹을 칠하고, 봉선화로 손톱과 손바닥,

발바닥을 빨갛게 칠하고, 진이 가득한 풀뿌리를 뽑아 입안에 넣고 질근질근 씹던 시절이 눈 깜짝 할 사이에 흘러가 버린 것 같다. 근심걱정 없이 뛰놀던 유년시절이 방금 지나간 것 같은 항미원조를 선전하기 위한 현 문화관에서 열린 공연이, 아직 절반밖에 지나지 않았고, 지금은 중간 휴식시간인 것 같은데, 소녀의 환한 웃음과 고민, 신혼의 부끄러움과 행복을 제대로 만끽하지도 못했는데, 순식간에, 그녀는 이미 '늙어' 버렸다. 탄력과 윤기를 잃은 피부는, 처지고 푸석해지기 시작하였고, 눈가의 주름은 거울 없이도 손으로 만져서 느낄 수 있었으며, 귀밑머리는 벌써 희끗해졌다.

여자의 귀밑머리는 언제나 가장 먼저 이 불쾌한 변화를 전해준다…… 어느 날 머리를 빗다가 한 움큼의 머리카락이 빗에 딸려 나오는 것을 보고 우얼한은 충격을 받았다. 청춘이여! 그대는 어떻게 왔다가, 또 어떻게 떠났는가? 그대는 이처럼 불충하고, 이처럼 불안정한 것이었나? 그대 때문에 그대의 주인은 눈을 떴었고, 열정이 불태웠었지만, 어떤 성과를 이루기도 전에 그대는 이미 무심하게 떠나버렸다. 다시는 돌아올 수 없는 곳으로 가버렸다. 청춘이 우리를 버리고 떠나는 순간, 우리는 땅을 치며 후회하고, 청춘이 우리를 배신한 것이 아니라, 우리가 청춘을 저버린 것이라고 인정하게 된다. 하지만 시간과 청춘은, 결코 무정하지도 무심하지도 않다!

공사는 발전하고 있고, 생활은 향상하고 있으며, 보라티쟝은 이미 성장하여 준수한 소년이 되었다. 그는 그의 아버지를 사랑하고, 그의 어머니를 더욱 사랑하며, 이리하무 아저씨와 미치얼완 아주머니를 자주 찾아가 뵈라고 아버지를 재촉하기도 한다. 아이의 마음은 싸이리무호(賽裏木湖)의 맑고 투명한 물 같았다. 깨끗한 호수는 파란 하늘과 흰 구름, 나무와 하늘을 나는 매를 아주 또렷하게 남김없이 담아낸다. 아이가 자라고 있는 동안 그들 부부는 아무런 발전도 없었던 걸까? 그렇지만은 않았다.

1965년 이후 머리가 벗겨지고, 눈이 침침해지고, 귀밑머리가 희끗해지고 나서야 그들은 비로소 행복과 선·악, 가정과 조국에 대해 진정으로 깨닫게 되었다. 개인의 청춘은 짧지만, 조국의 청춘은 영원하다. 개인의 청춘은 보잘 것 없지만, 조국의 청춘은 위대한 것이다. 네 가지 정돈운동 중에 모든 생산대가 함께 세운 사회주의 신 농촌 건설에 관한 계획은, 지금 막 꽃을 피우고 있고, 가는 곳마다 새 수로, 새 도로, 새 경작지, 새 거주지가 있다. 이르는 곳마다 새 굴뚝, 새 자동차, 새 콤바인, 새 장미원·포도원·사과 과수원이 있다. 이 새로운 시대, 새로운 생활 속에서, 청춘의 아름다움과 행복을 마음껏 누리고 있는 모든 젊은이들에게 조국을 사랑하고, 일분일초도 그의 곁을 떠나지 말라고 말해주고 싶다! 그들은 눈에서 흐른 눈물과 뱃속으로 삼킨 눈물로, 너무 일찍 희어진 머리카락으로 갈기갈기 찢겼지만, 지금은 완전히 치유된 마음으로 모든 젊은이들에게 말하려고 한다.

"이리의 하늘은 다시 파랗게 변했어요. 이리의 상쾌한 바람 속에는, 다시 꽃향기가 가득 찼고, 이리의 땅 위에는, 또 다시 농작물이 빼곡히 자랐으며, 이리의 처녀들은 꿀벌과 나비마저 홀딱 반하는 오색찬란한 두건을 다시 꺼내 썼어요. 이리의 준마는 드넓은 들판 위를 질주하고 있고, 이리의 인민들은 사회주의 큰 길 위에서 힘차게 행진하고 있어요. 이 모든 것들, 이 땅 위의 인간 세상의 모든 즐거움과 광명은 우리의 사랑하는 조국으로부터 왔어요. 우리의 유일한 소망, 유일한 요구와, 가장 큰 행복은, 바로 자신을 조국에 바치는 거예요. 우리의 노동과 사랑으로 우리의 조국을 더욱 아름답게 가꿔가고 싶어요. 백년이 지나도 천년이 지나도, 조국 대지의 흙의 하나의 작은 분자가 되고 싶은 우리의 마음은 변치 않을 것이고, 여전히 이리를 노래하고,

톈산을 노래할 것이며, 황허와 창장을 노래하고, 수많은 시련을 거쳐 비로소 얻게 된 우리의 위안을 노래할 거예요. 우리는 조국과 영원히 함께 있을 것에요."

- 끝 -